한국문학의 동아시아적 지평

한국문학의
동아시아적 지평

김종욱

역락

'한국문학의 동아시아적 지평'을 펴내면서

몇 년 전이었습니다. 코로나19가 찾아오기 전이어서 새해를 맞아 학생들과 조그마한 모임을 가졌습니다. 그 자리에서 즉흥적으로 약속을 했더랬습니다. '한국 근대소설의 역사'를 쓰고 싶다고 말이지요. 그때만 하더라도 촘촘하고 정연한 모습을 염두에 두었을 터인데, 내 능력이나 노력으로 만들 수 있는 것이라곤 이렇게 성긴 모습입니다. 설령 시간이 많이 주어지더라도 한국 근대소설이 걸어왔던 지난 백 년의 역사를 복원할 수 없다는 것을 알기에 이쯤에서 하나의 매듭을 짓고자 합니다.

역사를 공부하는 사람이 갖기 쉬운 착각 중의 하나는 현상과 현상을 인과 관계로 설명할 수 있다는 믿음이 아닐까 합니다. 하지만 정작 공부를 하면 할수록 원인과 결과 사이에 또 다른 매개항이 무수히 자리잡고 있다는 사실을 깨닫게 됩니다. 우리가 그것을 찾아내려는 의지를 품고 있고, 그것을 찾아낼 수 있는 시력을 갖추고 있다면 말입니다. 그러니 현상과 현상 사이를 연결시켜 필연성으로 설명하는 것은 언제나 잠정적일 수밖에 없습니다. 또 다른 매개항이 발견된다면 둘 사이의 관계를 새롭게 설명해야 하니까요.

구체성의 관점에서 말하자면 현실 세계가 무한한 것처럼 텍스트의 세계 또한 무한한 듯합니다. 그러니 문학사를 일관된 관점에 따라 하나의 선으로 설명하는 것은 복잡성의 세계를 미분하여 가시화한 것에 불과합니다. 텍스트와 텍스트를 연결시킨 '하나의 선'은 실제로 수많은 점들의 집합입니다. 좀 더 명민해서 몇 개의 선을 더 그린다고 해도 상황은 달라지지 않습니다. 일원론을 비판하면서 '제삼의 길' 따위를 내세워 다원론을 주장한 이들에 매혹된 적도 있었지만, 끝내 그들에게 동의할 수 없었던 것도 이 때문입니다. 그들은 역사를 '하나'의 선으로 만드는 일을 비판했을 뿐, 여러 개의 '선'으로 만드는 자신들을 되돌아보지 않았습니다.

훌륭한 성취를 이루었든지 혹은 그렇지 못했든지 상관없이 모든 텍스트는 그 자체로 독립적인 세계를 구축했다고 믿습니다. 그래서 모든 사람이 사회적 평가와 무관하게 그 자체로 존재해야 하는 것처럼, 모든 텍스트도 예술적 성취와 무관하게 그 자체로 의미를 지녀야 할 것입니다. 텍스트란 언제나 사람과 동격입니다. 더구나 한 사람이 시간 속에서 끊임없이 변화하는 과정을 담은 유일한 흔적이니, 소중하고 섬세하게 다루어져야 합니다. 그런 점에서 텍스트가 생성되는 사회적·역사적 맥락을 고려하지 않고 그것을 바라보는 이의 논리를 앞세우는 것은 텍스트에 대한 예의가 아닐 것입니다.

그 자체로 개별성과 자립성과 완전성을 지니고 있는 텍스트는 비유컨대, 하나의 별입니다. 그 하나하나의 별을 선으로 이어 '성좌'를 만들어내는 것이 지금까지의 역사 연구였다면, 그것은 입체적인 공간을 평면적인 공간으로 환원하는 방식이었다고 할 수 있습니다. 별을 제 모습대로 보기 위해서는 별자리 만들기를 포기해야 합니다. 내가 보는 대로 '성좌'를 그리거나 '성군'을 만들 것이 아니라, 별들이 만들어내는 '성단'을 상상해야 합니다. 바깥으로는 다른 성단과의 입체적 관계를 살펴야 하고, 안으로는 그 성단의 가장 반짝이는 별빛을 돋보이게 만드는 어둠까지 함께 살펴야 할 것입니다.

문학사를 염두에 두면서도 하나의 방법론을 구상하지 않았다는 변명이 너무 길었습니다. 하지만 임화의 신문학사를 비판하면서도 사람들이 방법론이라는 이름의 잣대를 먼저 제시하는 임화의 방식을 답습하는 것을 여전히 수긍하지 못합니다. 대신 오랫동안 꿈꾸었던 것은 '점으로서의 문학사'였습니다. 각각의 점들을 동일한 좌표 위에 놓고 하나의 점이 어떤 위치를 차지하는지, 다른 점과는 얼마만큼의 거리를 지니는지 보고 싶었습니다. 이 책에서 특별히 염두에 두었던 좌표는 시간과 공간과 이념이었습니다.

타자에 대한 의존성을 거부하고 스스로 삶의 주인이 되는 것을 근대라고 할 때, 가장 중요한 것은 '신민'과 '국민', 그리고 '세계시민' 사이의 길항이었습니다. 지금에야 누구도 '신민'이 되기를 원하지 않겠지만, 대한제국기는 말할 것도 없고 일제강점기까지 많은 사람들이 자발적으로 '신민'이 되고자 했던 것을 기억합니다. 해방 이후 '국민'이 되었다고 해도 여전히 국가에 개인의 삶을 위임하거나 혹은 국가를 위해 동원되는 한, '신민'과 '국민' 사이의 거리는 그리 멀지 않은지도 모릅니다. 풍문이나 가상 속에서 가까스로 존재하는 '자기통치'와 '세계시민'의 형상을 붙잡으려 한 것은 이 때문입니다. 해방 이후 건설된 국민국가에서 네이션/내셔널리즘이 아니라 스테이트/스테이티즘에 관심을 가진다는 뜻이기도 합니다.

한국 소설의 근대적 이행과정을 살피면서 눈여겨보았던 것이 더 있다면, 그것은 한반도를 중심으로 일본과 중국, 그리고 동아시아로 확장되는 동심원적 공간이었습니다. 대한제국 시기에 본격적으로 시작된 한국 근대문학은 제국주의의 식민지 침탈과 함께 문화적으로도 일본에 대한 종속성을 피하기 어려웠습니다. 하지만 대륙을 향해 시선을 돌리는 순간 뜻밖의 풍경을 만나게 됩니다. 한국의 작가들이 실존적 모험을 감행하던 일상적 생활세계였으며, 한국의 전통이 서구적 근대와 만나던 언어적 접경지대였고, 한국의 사상이 국민주권이라는 정치적 상상력을 얻게 된 역사적 원천이 바로 중국이었습니다. 그러니 한국 근대문학을 올바르게 이해하기 위해서는 일본뿐만 아니라 중국, 한걸음 더 나아가 동아시아를 살펴보아야 했습니다. 그것은 해방 이후 삼팔선과 휴전선으로 가로막혀 갈라파고스화 된 지리적 상상력을 복원하는 길이기도 합니다.

요즘 들어 문학을, 인문학을 공부한다는 것이 무엇인지 자꾸 되묻게 됩니다. 말을 공부하는 것이 문학 공부라면, 말 너머에 존재하는 삶을 배우는 것이 인문학일 것입니다. 말을 모른 채 삶에 접근할 수 있는 방법은 없겠지만, 분명한 것은 삶이 말 너머에 있다는 사실입니다. 예전에야 그 간극이 그리 멀지 않다고 믿었는데, 하루하루 살아가면서 삶에 대한 자신감도 줄어들고 사람에 대한 믿음도 희미해지는 요즘입니다. 그래도 지금까지 해 왔듯이 별들을 하나하나 꼼꼼히 살피다 보면 언젠가 별무리를 그려 보고, 아름다운 미리내도 만날 수 있지 않을까 하는 소망을 고이 간직하겠습니다.

이 책에 실린 글들을 다시 살펴보면서, 글을 쓸 때 맺었던 수많은 인연을 떠올립니다. 호치민·남경·북경·상해·청도·연길 등 그저 스쳐가는 우연이 될 수도 있었을 경험들이 그분들 덕분에 영감을 얻어 한 편의 글로 만들어졌습니다. 아울러 자료를 부탁한다는 염치없는 부탁을 선뜻 들어주셨고, 제멋대로 떠들어도 조용히 지켜보고 계시는 여러 선생님들께 감사드립니다. 내가 만났던 분들의 따뜻함과 너그러움이 지금의 나를 만들었던 것처럼 나 또한 다른 사람에게 그런 모습이었으면 좋겠습니다. 마지막으로 지난 삼십 년 동안 변함없이 철없는 나를 이끌어주시고 응원해 주시던 분을 특별히 기억합니다. 2012년 봄 밤, 그분과 함께 나누었던 시간들을 얼마나 소중하게 간직하고 있는지 지금은 아실런지요.

2022년 12월
수리산 자락에서

제2부 흥사단 원동임시위원부의 문학적 스펙트럼

신민(臣民)과 신민(新民) 사이의 신소설

캉유웨이의 맥락에서 「혈의 누」 읽기

1. 청일전쟁과 동아시아

1894년은 동아시아 역사에서 중요한 분기점에 해당한다. 아편전쟁 이후 서구의 침탈로 영향력이 약화되던 청은 임오군란(1882)을 계기로 조선의 내정에 깊숙이 간여했고, 메이지유신으로 근대화 프로젝트를 시작한 일본 역시 조선에 정치·경제적 이해관계를 가졌기 때문에 청과 일본, 그리고 조선 사이의 긴장과 갈등은 지속되었다. 이러한 상황에서 갑오농민전쟁이 일어나자 조선은 서둘러 청에 파병을 요청했고, 일본은 천진조약을 내세워 조선에 군대를 파견했다. 이에 조선 정부는 농민군과 전주화약을 맺고 양국의 철병을 요구하지만, 일본이 선전포고도 없이 7월 25일 풍도 앞바다에서 청 군함을 공격하면서 전쟁이 일어났다.

청일전쟁은 동아시아에서 대륙세력과 해양세력 사이에 벌어진 대규모 국제전쟁이었다. 임진왜란이 중국과 일본, 그리고 조선의 정치체제에 큰 변화를 유발한 것과 마찬가지로 청일전쟁을 거치면서 동아시아의 국제질서는 근본적인 변화를 맞이했다. 전쟁에서 승리한 일본은 시모노세키조약(1895.04.17)을 통해 청으로부터 막대한 배상

금과 영토를 할양받았으며, 조선에서도 농민군을 진압함으로써 영향력을 확장할 수 있었다. 이로써 메이지유신 이래 오랫동안 짓눌렸던 서구에 대한 열등감을 벗어던지고 동아시아의 패자로서 세계열강의 대열에 합류할 수 있는 발판을 마련했다.

이와 달리 전쟁에서 패배한 청은 1870년대 이후 서양 열강에 맞서기 위해 리훙장(李鴻章, 1823~1901)을 중심으로 추진해 왔던 양무운동(洋務運動)의 한계를 절감하면서 새로운 변화를 모색했다. 1884년에 있었던 프랑스와의 전쟁에서 남양해군이 패퇴한 데 이어, 1894년에 있었던 일본과의 전쟁에서 북양해군마저 대패한 까닭에 국가의 전면적인 개량을 요구하는 목소리가 높아진 것이다. 이 과정에서 캉유웨이(康有爲, 1858~1927)는 서구의 기술만 받아들일 것이 아니라 일본처럼 체제 자체를 근본적으로 혁신하자는 변법자강운동(變法自彊運動)의 지도자로 성장한다.

이처럼 청일전쟁을 거치면서 동아시아는 커다란 변화에 직면한다. 조선 역시 전통적인 중화질서(Sino-centric world order)가 붕괴되면서 독립국가로서 만국공법 체제, 곧 베스트팔렌 체제 속에 편입되었다. 그런 점에서 한국 근대문학의 출발점에 놓인 이인직(李人稙, 1862~1916)의 「혈의 누」가 동아시아 근대사의 분기점이라고 할 수 있는 청일전쟁을 배경으로 삼은 것은 결코 우연이 아니었다. 러일전쟁에서 일본 육군성 제1군 사령부 소속 통역관으로 발탁되어 인천, 평양을 거쳐 압록강까지 종군하면서 이인직은 동아시아의 국제질서가 새롭게 형성되는 과정을 누구보다 생생하게 체험할 수 있었다. 그가 청일전쟁 중에 펼쳐졌던 평양 전투를 무대로 삼은 것은 이러한 경험 덕분이었을 것이다.

청일전쟁과 「혈의 누」의 관계에 주목했던 이는 임화였다. 그는 「개설 조선신문학사」에서 「혈의 누」라는 "소설 전체가 바로 직접 청일전쟁의 후일담"이라고 언급하면서 작가 이인직이 "해협을 건너와 흉포한 청군을 몰아내는 신선한 흑의의 군대 가운데서 개화정신의 유량한 행진곡을 들었을 것"이라고 말한다. 그리고 청일전쟁을 "한 사람에 또는 한 가정에 또는 한 국가에 적지 않은 변동을 야기하면서도 조선의 역사를 전체로 낡은 세계로부터 새로운 세계로 내어 밀은 추진력"으로 그려냈다는 점에서 "작가의 비범한 현실관과 소설적 재능"을 엿볼 수 있다고 높이 평가한 바 있다.[01]

김윤식과 정호웅도 『한국소설사』에서 비슷한 입장을 표명했다. "청일전쟁(1894)이 이 작품의 머리에 비석모양 놓여 있다. [⋯⋯] 이인직이 「혈의 누」를 썼다기보다는 청일전쟁이라는 정치적 사건이 이 작품을 쓴 것이다. 그것은 보다 구체적으로 말하자면, 청일전쟁을 '일청전쟁'이라 일컫는 독특한 정치적 감각이 「혈의 누」를 만들어 내었다는 의미"[02]라고 언급하면서, 일본식 언문일치 문체라든가 문명개화와 근대교육이라는 이념이 모험소설의 형식과 결합하여 나타났다고 주장한다.

하지만 「혈의 누」에 묘사된 청일전쟁은 여러 모로 비판의 대상이었다. 사소하게는 '일청전쟁'이라는 용어를 문제 삼기도 하고, 평양 전투에 참가한 청군이 주둔지를 약탈하고 부녀자를 겁탈하며 국제법을 무시한 채 의무부대를 포격하는 야만적인 군대로 묘사된 반면 일본

---

01 임화, 개설 신문학사, 임화 문학예술전집 2[임규찬 책임편집], 소명출판, 2009, 261~274면.

02 김윤식·정호웅, 한국소설사, 예하, 1993, 35면.

군이 위기에 처한 조선인들에게 도움을 주는 구원자로 묘사된 점이라든가, 주인공 옥련이를 구출한 군의를 통해 일본의 근대적 성격이 부각된 점 등을 들어 친일적인 작품으로 평가했던 것이다. 물론 이러한 비판은 일본의 식민지 침탈에 적극적으로 협력했던 이인직의 행적을 볼 때 타당한 것처럼 보이지만, 「혈의 누」가 발표되던 상황을 고려하지 않고 친일과 반일의 이분법으로 단순화시킨 것은 아닌지 의심스럽다.

이인직이 「혈의 누」를 발표한 것은 을사조약(1905)이 체결되어, 국제적으로는 외교권을 박탈당하고 국내적으로는 통감부와 이사청이 설치되어 대한제국이 일본제국의 식민지로 편입되던 시절이었다. 이인직은 러일전쟁 중에 일본군과 함께 조선에 돌아왔다가 1906년 1월 6일 일진회가 기관지 《국민신보》를 창간하자 2월 무렵부터 4개월 남짓 활동했으며, 6월 17일 천도교를 이끌던 손병희가 기관지 《만세보》를 창간하자 「혈의 누」(1906.07.22~1906.10.10)와 「귀의 성」(1906.10.16~1907.05.31.)을 잇달아 연재한다. 그가 참여했던 《국민신보》와 《만세보》는 모두 '동학과 관련되어 있다. 갑오농민전쟁이 일본군에 의해 진압된 후 1898년 교주 최시형마저 처형되자, 동학의 도통을 이어받은 손병희는 1901년 3월 관헌의 추적을 피해 일본으로 피신한 채 이용구를 대리인으로 내세워 국내에 진보회를 조직한다. 하지만, 이용구가 이끌던 진보회가 송병준의 일진회와 합동하자, 손병희는 1905년 12월 1일 동학을 천도교로 개칭하고, 이듬해 1월 귀국하여 조직을 정비하면서 김연국과 이용구를 출교시킨다. 이에 따라 동학은 손병희 중심의 천도교와 이용구 중심의 일진회(혹은 시천교)로 양분된다.

이처럼 천도교와 일진회 사이의 갈등을 염두에 둘 때, 일진회 기관지에서 천도교 기관지로 자리를 옮긴 이인직의 행적은 여러 모로 궁금증을 낳는다. 손병희 또한 일본에 망명해 있는 동안 갑진개화운동을 주도하면서 러일전쟁 중에 일본에 적극적으로 협력할 정도로 친일적이었고, 이용구에 대한 출교 조치가 내려지기 전이던 《만세보》 창간 초기만 해도 천도교와 일진회가 협조관계를 유지하고 있었으며, 동학 교단의 분열에도 불구하고 정치적으로 친일적이었던 두 신문에 참여한 것이라고 하더라도 이인직의 선택은 여전히 불분명한 지점을 포함하는 것이다.

2. 구원자로서의 캉유웨이와 '연방체제'의 의미

「혈의 누」의 첫대목은 청일전쟁 중에 벌어진 평양 전투로 시작한다. 1894년 9월 15일 새벽 평양에서 일본군 1만 7천여 명과 청군 1만 4천여 명 사이에 전투가 벌어진다. 당시 일본군은 청군에 비하여 병력 수에서 약간의 우세를 점했을 뿐 보급선이 멀어 물자와 장비에서 열세에 놓여 있었음에도 불구하고 전투에서 크게 승리한다. 일본군 전상자가 180여 명에 불과했던 반면, 청군은 2,000명 이상의 희생자가 발생한 것이다. 일본이 대승을 거둔 것은 당시 평양 전투에 참여했던 청군이 리홍장의 사병이었던 북양군을 중심으로 편제되었기 때문이다. 자신의 권력 기반인 군사력을 잃게 될 것을 염려하여 리홍장이 전세가 불리하면 곧바로 퇴각하라는 명령을 내려놓았기에 일본군의 기습공격에 효과적으로 대응할 수 없었던 것이다.

그날은 평양성에서 싸움 결말나던 날이요, 성중의 사람
이 진저리내던 청인이 그림자도 없이 다 쫓겨나가던 날이요,
철환은 공중에서 우박 쏟아지듯 하고 총소리는 평양성 근처
가 다 두려빠지고 사람 하나도 아니 남을 듯하던 날이요, 평
양 사람이 일병 들어온다는 소문을 듣고 일병은 어떠한지, 임
진 난리에 평양 싸움 이야기하며 별 공론이 다 나고 별 염려
다 하던 그 일병이 장마 통에 검은 구름 떠들어오듯 성내 성
외에 빈틈없이 들어와 박히던 날이라. (6면)[03]

그런데, 평양 전투가 벌어지던 와중에 옥련모는 가족과 헤어져 방
황하다가 겁탈당할 위기에 처한다. 옥련모를 겁탈하려던 인물은 "산
에 가서 젊은 부녀를 보면 겁탈하고, 돈이 있으면 뺏어가고, 제게 쓸
데없는 물건이라도 놀부의 심사같이 작란하"(6면)던 청군이 아니라
평소에는 "손은 명주같이 부드럽고 옷은 십이승 아랫길 세모시 치
마"(3면)를 입은 부인을 쳐다보지도 못하던 조선인 농군이었다. 이 상
황에서 옥련모를 구해준 것은 일본군이었다. 일본군의 도움은 여기
에서 그치지 않는다. 부모를 잃고 헤매던 옥련 역시 왼쪽 다리에 총
알을 맞아 쓰러졌지만, 일본 적십자 간호수에게 발견되어 야전병원
으로 이송된 뒤 목숨을 구한다.[04]

---

03 텍스트로는 2003년 서울대출판부에서 간행한 『한국신소설전집 1』(권영민·김종욱·
배경열 편)을 사용했다. 인용문은 모두 현대적인 표기법에 따라 고쳤으며, 인용 말
미에 면수를 밝혔다.

04 청군과 일본군, 그리고 조선인 농군 사이에 놓인 옥련모의 위기상황은 다양한 해석
의 가능성을 내포한다. 예컨대 국제정치적 관점에서 열강에 의존할 수밖에 없었던
조선의 위기상황으로 볼 수도 있지만, 계급적 관점에서 하층민의 저항으로 인해 외
세의 도움을 요청할 수밖에 없었던 조선 부르주아지의 나약성을 지적하거나 젠더
적 관점에서 전쟁 중에 여성의 신체에 가해지는 남성적 폭력을 살필 수도 있을 것

옥련이 일본에 건너간 뒤 이노우에 부인은 옥련에게 전쟁이 행운이라고 말한다. "네가 조선서 자랐으면 곧 공부하는 구경도 못하였을 것이다. 네 운수 좋으려고 일청전쟁이 난 것"(32면)이라는 것이다. 하지만, 전쟁 중에 일본인을 만나 목숨을 구하고 신학문을 배웠다고 하더라도 일본인은 결코 구원자가 아니었다. 이노우에 부인이 심상소학교를 갓 졸업한 옥련에게 생계를 의탁하려는 순간 구원자로서의 선량한 모습이 사악한 욕망을 감춘 위선에 불과했다는 사실이 드러난다. 구원과 시혜의 최종적인 목적은 옥련이에게 의탁하여 편안한 삶을 누리는 것이었다. 청일전쟁이 결국 행운이 아니었다는 사실이 밝혀지자 옥련은 자살을 꾀하게 된다.

이렇듯 「혈의 누」에서 일본인은 일시적인 구원자에 지나지 않았다. 그래서 의모를 피해 아무런 계획도 없이 가출했던 옥련은 기차 안에서 우연히 조선인 유학생 구완서를 만나면서 미국 유학이라는 새로운 모험을 시작한다. 하지만, 구완서와 옥련이 미국에 도착하자마자 낯선 땅에서 말조차 통하지 않아 큰 곤경에 빠진다.

> 원래 그 청인은 일본에 잠시 유람한 사람이라, 일본말을 한두 마디 알아들으나 장황한 수작은 못 하는지라. 옥련이가 첩첩한 말이 나올수록 그 청인의 귀에는 점점 알아들을 수 없고 다만 조선 사람이라 하는 소리만 알아들은지라.
> **청인이 다시 서생을 향하여 필담으로 대강 사정을 듣고 명함 한 장을 내더니 어떠한 청인에게 부탁하는 말 몇 마디를 써서 주는데, 그 명함을 본즉 청국 개혁당의 유명한 강유위**

이다.

라. 그 명함을 전할 곳은 일어도 잘하는 청인인데, 다년 상항
에 있던 사람이라. 그 사람의 주선으로 서생과 옥련이가 미국
화성돈에 가서 청인 학도들과 같이 학교에 들어가서 공부를
하고 있더라.(43~44면, 강조는 인용자)

　　구완서와 옥련에게 도움을 준 청인은 다름아닌 '청국 개혁당'의 캉
유웨이였다. 소설 속에서 그들이 만난 때는, 옥련이가 "일곱 살에 와
서 지금 열한 살이 되었소"(39면)라고 말한 것에 비추어본다면 1898년
이어야 하겠지만, 옥련이가 4년의 심상소학교 과정을 졸업한 직후로
설정된 점을 염두에 둔다면 1899년으로 볼 수도 있다. 당시 캉유웨이
는 서태후가 무술정변을 일으켜 광서제를 중남해의 영대에 구금하고
탄스퉁(譚嗣同, 1865~1898)을 비롯한 무술육군자를 처형하자, 중국을
떠나 해외에서 망명 생활을 시작한다. 무술정변 직후 영국 공사관의
도움으로 홍콩으로 피신했다가 1898년 10월 27일 영국 여객선을 타
고 일본으로 망명했고, 이듬해 2월 27일 일본을 떠나 캐나다에 갔다
가 3월 12일 영국을 방문한 다음 캐나다로 되돌아와 보황회(保皇會)를
설립했으며, 9월에는 아내의 병 때문에 캐나다에서 일본을 거쳐 홍콩
으로 돌아오는 긴 여행 중에 있었다.[05] 따라서 「혈의 누」의 주인공 구
완서와 옥련이 샌프란시스코에서 캉유웨이를 만났다는 설정은 작가
이인직의 상상이긴 해도 최소한의 개연성은 확보했다고 할 수 있다.
아마도 청의 정치개혁 실패와 그 지도자였던 캉유웨이의 행적이 여
러 매체를 통해서 꾸준하게 보도된 덕분일 것이다.

05　1899년 활동 기록은 캉유웨이가 직접 편찬한 「南海康先生年譜 續編」(康南海自編年
譜, 中華書局, 1992, 71~73면)을 참조했다.

그렇다면, 구완서와 옥련을 도와줄 구원자로 구태여 캉유웨이라는 실존 인물을 호명한 까닭은 무엇일까? 서양인도 아니고 일본인도 아닌 청나라 정치인 캉유웨이를 불러들였던 이유는 무엇일까? 이 문제는 좀 더 섬세하게 다루질 필요가 있다. 왜냐하면 청일전쟁 중에 야만적인 것으로 의미화되었던 청의 이미지는 캉유웨이의 등장과 함께 완전히 다른 모습으로 바뀌기 때문이다. 이제 일본인 이노우에 부인에게 구박당해 집에서 쫓겨난 옥련은 중국인 캉유웨이의 도움을 받아 새롭게 공부를 시작한다. 만약 이노우에 부인의 말처럼 "네가 조선서 자랐으면 곧 공부하는 구경도 못하였을 것이다. 네 운수 좋으려고 일청전쟁이 난 것"(32면)이라면, 캉유웨이야말로 옥련의 '최종적인' 구원자인 셈이다.

　이렇게 본다면, 「혈의 누」에 대한 기존 연구에서 청과 일본을 문명과 야만으로 범주화한다거나 혹은 일본인이 구원자의 역할을 담당한다는 점을 들어 친일성을 지적한 것은 재검토될 필요가 있다. 소설 속에서 옥련의 구원자는 일본인 군의 이노우에와 조선인 유학생 구완서, 그리고 청국 정치가 캉유웨이 등으로 변모한다. 옥련이 삶의 위기를 능동적으로 이겨내지 못하고 항상 남성들의 도움을 받아 해결한다는 점을 비판할 수는 있겠지만, 일본인의 도움을 받았기 때문에 친일적이라는 해석은 성립하기 어렵다.

　또한 눈여겨보아야 할 대목은 캉유웨이의 소개로 만난 청인의 도움을 받아 구완서와 옥련이 "미국 화성돈에 가서 청인 학도들과 같이 학교에 들어가서 공부를 한"(44면)다는 사실이다. 그들은 일시적으로 캉유웨이의 도움을 받은 데서 그치지 않고, 지속적으로 캉유웨이의 영향력 아래 있었다. 그래서 구완서가 개진했던 정치적 야망에서도 캉유웨이의 영향력을 발견할 수 있다.

> **구씨의 목적은 공부를 힘써 하여 귀국한 뒤에 우리나라**
> **를 독일국같이 연방도를 삼되, 일본과 만주를 한데 합하여 문**
> **명한 강국을 만들고자 하는 비사맥 같은 마음이요,** 옥련이는
> 공부를 힘써 하여 귀국한 뒤에 우리나라 부인의 지식을 넓혀
> 서 남자에게 압제받지 말고 남자와 동등권리를 찾게 하며, 또
> 부인도 나라에 유익한 백성이 되고 사회상에 명예 있는 사람
> 이 되도록 교육할 마음이라. (54~55면, 강조는 인용자)

조선과 일본, 만주를 합하여 '문명한 강국'을 만들겠다는 구완서의
정치적 포부에 대해서 여러 연구자들은 '정한론(征韓論)'에 바탕을 둔
아시아연대론이라고 해석하면서 일본의 제국주의적 논리에 깊이 침
윤되었다고 지적한 바 있다. 하지만, 구완서가 이러한 정치적 포부를
갖는 과정, 곧 캉유웨이가 소개한 "사람의 주선으로 서생과 옥련이가
미국 화성돈에 가서 청인 학도들과 같이 학교에 들어가서 공부를 하"
였다는 사실에 주목한다면, 구완서의 연방론은 다른 맥락에서 이해
될 수도 있다.

일찍이 캉유웨이는 『대동서』[06]에서 인간이 세상에서 느끼는 괴로
움을 열거하면서 그 원인으로 아홉 가지의 차별[九界]을 든 적이 있거
니와, 그중에서 첫째 원인으로 '강호와 부락을 나누는 국계(國界)'를 언

---

06 『대동서』는 1913년에 일부분이 발표되었으며, 1935년에 완전한 형태로 간행된
다. 그렇지만 1913년판 서문에서 "내 나이 스물일곱, 광서 갑신년(1884)"에 『대동
서』를 지었다고 밝힌 바 있고 캉유웨이가 제자들에게 강의한 『대동서』의 기본내용
이 량치차오의 「강유웨이전」 등을 통해서 세상에 알려져 있었다. (리쩌허우, 중국근대
사상사론, 임춘성 역, 한길사, 2005, 269면)

급한다.

> 대저 사람들이 있어 가족을 이루게 되며, 가족이 모여 병
> 탄하여 부락을 이루고, 부락이 모여 병탄하여 방국(邦國)을 이
> 루고, 방국이 모여 병탄하여 통일된 대국을 이루게 된다. 이
> 렇게 작은 것을 합하여 큰 것을 이루는 것은 모두 셀 수 없는
> 전쟁을 통하였고, 무수한 백성들을 도탄에 빠뜨리면서 이룬
> 것이다. 그런 뒤에야 오늘날의 국가 형세를 이루었으니 이는
> 모두 수천 년 전부터 모든 나라에서 이미 그래왔던 일이다.[07]

캉유웨이는 전쟁의 원인을 국가의 존재에서 찾고, "지금 장차 백
성의 참화를 구하기 위해서 태평의 즐거움과 이로움을 이루게 하고
대동의 공익을 구하려 한다면 반드시 먼저 국가로 인한 경계를 부수
고 국가를 없애는 것부터 시작해야 한다"[08]고 주장한다. 그리고 대동
세상으로 나아가기 위한 구체적인 방법으로 공의회(公議會)→공정부
(公政府)→공국(公國)으로의 발전 모델을 제시한다. 각국이 평등한 '연
맹 체제'에서 공정부가 통치하는 '연방 체제'를 거쳐 국가를 없애고 세
계를 합일하는 '단일 체제'로 발전해야 한다는 것이다. 이런 맥락을
따르면 구완서가 내세우는 연방체제는 대동세상으로 나아가는 과도
기에 해당한다. 「혈의 누」가 국가 간의 대립이 빚어낸 전쟁, 곧 청일전
쟁에서 시작한 것은 국가 간의 경계가 사라진 대동세상의 필요성을

---

07 캉유웨이, 대동서, 이성애 역, 민음사, 1991, 151면.
08 같은 책, 196면.

내세우기 위한 설정이었던 셈이다.[09]

서술자가 일본과 만주를 한데 합하여 문명한 강국을 만들고자 했던 구완서의 꿈을 "제 나라 형편 모르고 외국에 유학한 소년 학생의 의기에서 나오는 마음"(55면)이라고 비판한 것은 이 때문이다. 만약 기존의 해석처럼 구완서의 입장을 식민주의 담론에 침윤된 것이라고 본다면 그것을 비판한 서술자는 식민주의 담론에 대한 저항으로 평가받아야 한다. 하지만 서술자는 연방체제를 주장하는 구완서의 정치적 이상 자체를 부정하는 것이 아니라 그것을 실현할 수 있는 현실적인 여건이 마련되어 있지 않음을 지적한 것에 불과하다. 그것은 캉유웨이가 민주주의 체제를 태평세로 상정하면서도 민지(民智)의 미성숙 때문에 입헌군주제를 주장한 것과 크게 다르지 않다.

이처럼 「혈의 누」는 청일전쟁에서 시작된 한 조선인 여성의 삶이 조선과 일본과 미국으로 이어지고 확장하고 성숙해지는 과정을 그리지만, 그 이면에는 "국가로 인해 발생한 끝없는 전쟁의 재난을 꾸짖는 것에서 출발하여 반드시 국가를 폐지해야 한다"[10]는 캉유웨이의 사상과 내밀하게 공명한다. 국가 간의 전쟁을 인간의 근원적인 고통의 하나로 파악하고 국가가 사라진 대동세상을 꿈꾸었던 캉유웨이의 사상은 "당시 제국주의의 야만적인 침략에 대한 반식민지 중국의 항의를

---

09 리쩌허우는 캉유웨이의 대동사상에 대해 다음과 같이 평가한다. "캉유웨이가 공개적으로 선포하지 않으려 했던 '대동' 공상은 중국 근대의 공상적 사회주의사에서 중요한 진보적 지위를 차지하고 있다. 또한 이것은 소박한 태평천국의 농업사회주의 공상에 비해 크게 한 걸음 전진한 것이었다. 사회가 필연적으로 발전한다는 역사진화론에 근거하여 고도의 물질문명을 경제토대로 삼고, 모든 사람이 노동하고 재산을 공유하는 것을 기본원칙으로 삼으며, 정치민주와 개인의 평등과 자유를 사회구조로 삼는 '대동' 세계를 주장한 것이다"(리쩌허우, 앞의 책, 264면)

10 같은 책, 259면.

반영"11한 것이라고 할 수 있다. 다만, 캉유웨이가 "강한 자가 병합해 삼키고 약소한 나라는 멸망하는 것 또한 대동의 선구"12라고 파악함으로써 아시아의 국가 가운데 오직 중국과 일본과 인도 등을 제외한 약소국들은 반드시 멸망하리라고 예언한 것처럼, 구완서의 연방체제 역시 일본과 중국이라는 동아시아의 강대국 사이에 놓인 약소국 조선이 소멸되는 것을 필연적인 것으로 받아들이게 만드는13 식민주의적 논리로 변질될 가능성을 가졌던 것은 기억해야 할 것이다.

3. 이인직과 공자교회 활동

이인직과 캉유웨이와의 관련성은 비단 「혈의 누」에만 국한되는 것은 아니다. 이인직은 러일전쟁 중 일본군 통역으로 조선에 돌아온 후 소설 창작뿐만 아니라 언론 활동에도 많은 관심을 기울였는데, 한 가지 주목해야 할 것은 공자교회 설립에 깊이 관여했다는 사실이다. 사실 동양의 정신세계를 지배해 왔던 '공맹의 도'는 서양의 기독교와 달라서 '종교(religion)'보다는 '학문'이나 '윤리'에 가까웠다.14 그런데 기독

---

11   같은 책, 259면.

12   캉유웨이, 대동서, 앞의 책, 198면.

13   같은 책, 205면.

14   1897년에 발표된《독립신문》의 논설은 이러한 인식을 잘 보여준다. "공자의 교 하는 사람들은 공자님을 큰 선생으로는 대접을 할지언정 공자님을 믿고 공자님께 기도하여 공자님의 덕택으로 하느님께 보호를 받으면 천당에를 죽은 후에 간다는 말은 없은즉 후생 일은 도모지 공자님이 하신 일이 없고 다만 금생에서 어떻게 살라는 학문만 말하였으니 교라 이를 것이 아니요 세상 사람에게 일러준 학문"이다(논설, 독립신문, 1897.01.26)

교라는 종교가 서구 문명의 발전 과정에서 커다란 역할을 수행했다는 인식이 생겨나면서 '공맹의 도'를 서구의 기독교와 마찬가지로 종교화하려는 운동, 곧 공교운동(孔敎運動)이 나타난다.

전통적인 유학사상을 서구 기독교의 유일신 개념에 대응하여 종교로 재구성하는 공교운동의 출발점에서 우리는 또다시 캉유웨이를 만나게 된다. 그는 일찍이 "삼세라는 『춘추공양전』의 용어를 진화론적 입장에서 재해석하여 그것을 개혁이론으로 삼았다"[15] 그리고 『신학위경고』(1891)나 『공자개제고』(1897) 등을 통하여 유학을 종교화하고, 공자를 교주화하려는 이론적 기초를 마련했다. 예컨대 1898년 6월 광서제에게 올린 상소문 「請尊孔聖爲國敎立敎部敎會以孔子紀年而廢淫祠摺」에서 공교를 국교로 삼아 교부(敎部)·교회(敎會)를 세우고 공자 기년을 정할 것을 건의하는 한편, "모든 인간이 하늘의 아들[天之子]이므로 하늘에 제사 드리는 것이 마땅하다"는 '천민설(天民說)'을 바탕으로 황제가 하늘에 대한 제사를 독점해 왔던 전통에서 벗어나 모든 사람들이 하늘에 대한 제사에 참여할 것을 제안한다. 이렇듯 인간평등사상에 기초한 '천민(天民)'들의 새로운 제사공동체[16]를 통하여 유학을 종교화하고 공자를 교주(敎主)의 지위로 승격시키고자 한다.

한국에서 공교운동의 선편을 쥐었던 이는 박은식이다. 그는 1909년 9월에 장지연 등과 함께 캉유웨이의 대동사상에 영향을 받은 대동교(大同敎)를 조직한다. 그런데 박은식이 대동교를 창건하자 유생들에게 영향력을 확대해가고 있던 대동학회(大東學會, 1907.12) 역시 종

---

15 이혜경, 량치차오:문명과 유학에 얽힌 애증의 서사, 태학사, 2007, 19면.

16 임부연, 중국의 종교와 유교 논쟁:캉유웨이와 량치차오를 중심으로, 퇴계학보 137, 2015.06, 294면.

교조직으로의 전환을 서둘러 10월 24일 공자교회(孔子敎會)를 출범시
킨다.[17]

> 대동학회를 공자교회로 변명(變名)하고 회장은 이용직(李
> 容植) 씨로 부회장은 홍승목(洪承穆) 씨로 상의원(常議員) 이십
> 명을 추천함은 전보(前報)에 이게(已揭)하였거니와 [……] 재작
> 13일 하오 3시에 상의원회을 우개(又開)하고 부장 추천 건을
> 우제(又提)하였더니
> 　홍우석(洪祐晳) 씨가 회장에게 질문하기를 "차회(此會)가
> 회장의 전제가 아니어든 어찌하여 임원에 생면목(生面目)이
> 다출(多出) 하느냐" 한즉
> 　회장이 답변하기를 "다수 회원이 차외의 경장이허(更張裏
> 許)를 부지함이라. **이인직(李人稙), 이응종(李膺鍾) 양씨가 공자**
> **교회를 설(設)하려다가 성립치 못한 고로 차회에 의급(議及)**
> **하여 왈, 만일 차회를 공자교회라 변명하면 합설(合設)하겠노**
> **라 한 고로 중의(衆議)가 차(此)에 급함이오 또 일편에서 대동**
> **교회를 시설(始設)하였음이 차중인(此中人)을 역 차회(此會)에**
> **제입(提人)코자 함인 고로 원영의(元泳義) 씨를 추천하였노라"**
> (강조는 인용자)[18]

이인직은 독자적으로 공자교회를 설립하려던 시도가 무산되자,

17　대동교 초대 총장이었던 이용직은 공자교회가 출범할 때 회장으로 선임된 뒤 곧바
　　로 학부대신으로 입각했는데, 공자교회 측이 대동교를 방해하기 위한 술책으로 보
　　인다. 당시 《대한매일신보》는 논설을 통하여 공자교회의 출범을 비판한다. (魔學會
　　의 명칭 변경, 대한매일신보, 1909.10.08)

18　공자교회 풍파, 황성신문, 1909.10.15.

대동학회를 공자교회로 바꾸는 방향으로 전환한다. 그리고 이용직·여규형·김학진·홍우철·이순하·민병한·김유제·이응종·박제빈·정선흥·정진홍·이의덕·이윤종·정만조·윤덕영·정병조·박치연·박정동 등과 함께 발기인으로 참여한 뒤, 박제빈·이응종 등과 함께 회칙을 만드는 일을 담당한다.[19]

한국에서 공교운동이 대동교와 공자교회로 분리된 것은 정치적인 이유 때문이었다. 공자교회의 모태가 된 대동학회가 결성된 것은 1907년 3월이다. 대동학회에서는 "유도로서 체(體)를 삼고 신학문으로 용(用)을 삼아 신구의 사상을 합일시켜 보자"는 취지를 내세우며 유림들의 지지를 얻고자 노력한다. 이러한 대동학회의 노선은 동도서기론(중체서용론의 변형)에 바탕을 둔 것이다. 초대회장이었던 신기선 역시 1890년대 동도서기론의 대표주자로 알려져 있다.

당시 통감부는 대동학회에 대한 지원을 아끼지 않았다. 초대통감이었던 이토 히로부미는 대동학회 창립 당시 2만원의 자금을 지원한다. "일제는 대동학회의 친일유림들을 동원하여 강연회, 총회 등을 통해 우리 종교계를 암암리에 친일화하는 고도화된 정책을 펼쳐나갔다. 곧 일진회로 하여금 천도교(동학)에 대응하게 하고 대동학회(공자교)를 통하여 유림들을 친일파로 회유해 나갔던 것이다"[20] 그 결과 247명의 회원으로 출발했던 대동학회는 일년이 지날 무렵에는 열배 가까운 2,200명으로 크게 늘어난다.[21]

---

19 여규형 편, 孔子敎會之旣往及將來, 발행자불명(등사판), 1912, 42면.

20 유준기, 1910년대 전후 일제의 유림 친일화 정책과 유림계의 대응, 한국사연구 114, 2001.09, 69면.

21 잡보, 대한매일신보, 1908.02.28.

이토 히로부미의 후원 속에서 대동학회를 이끌던 이완용은 1907년 5월 내각을 개편하면서 이인직의 정치적 후견인이었던 조중응을 법부대신으로 임명한다.[22] 당시 정국은 헤이그밀사사건으로 인해 요동치고 있었다. 이토 히로부미는 고종에게 특사 파견의 책임을 추궁하여 강제로 퇴위시키고 7월 20일 양위식을 강행한다. 이에 흥분한 군중은 일진회 기관지 《국민신문》을 파괴하고, 이완용의 집에 불을 지르는 등 격렬한 항일시위를 벌인다. 일본 역시 여기에 맞서 한일신협약(정미7조약, 07.24), 신문지법 공포(07.27), 보안법 공포(07.29), 군대해산 명령(07.31) 등을 통해 대한제국의 주권을 약화시킨다. 이 과정에서 이완용은 내각을 적극적으로 지지하는 언론이 필요하다는 것을 절감하고 재정난에 빠져 있던 천도교 기관지 《만세보》(6월 29일, 293호로 종간)를 인수하여 7월 18일부터 《대한신문》이라는 이름으로 발간하는데, 이인직에게 사장을 맡긴 것이다. 이인직이 「은세계」의 결말 부분에서 고종의 양위와 순종의 즉위에 적극적인 찬사를 보낸 것은 이러한 사정과 무관하지 않다.

이처럼 이완용과 조중응의 협력이 구체화되면서 이인직 또한 이완용과 정치적 이해관계를 공유하게 된다. 그리고 이인직은 대동학

---

22 1908년 2월 25일 간행된 《대동학회월보》 창간호의 표제자는 이완용이 친필로 적은 것이다("太子少師大勳輔國內閣總理大臣 李完用 篆"이라고 씌어 있다) 한편 조중응은 1896년 아관파천으로 국사범으로 몰려 오랫동안 일본에 망명했던 까닭에 이완용의 정치적 영향력에 비해 매우 초라한 상태에 놓여 있었다. 조중응은 을사조약이 체결되고 통감정치가 시행된 1906년 3월에야 특별사면을 받아 7월에야 귀국할 수 있었다. 귀국 이후에는 일본 고마바(駒場)농업학교에서 강습을 받았던 경험을 살려 10월부터 통감부 촉탁을 맡아 대한농회 부회장으로 선임되고 11월에는 이인직, 이해조 등과 함께 《소년한반도》 창간에 관여하는 정도였다. 그런데, 1907년 3월 대동학회 창립 당시 서상훈, 윤덕영 등과 함께 기초위원을 맡고 지방총무로서 적극적으로 활동하다가 5월에는 이완용 내각의 법부대신으로 입각한다.

회에서 조중응이 지방총무로 일했던 것을 이어받아 공자교회의 지방부를 맡아 포교원을 두고 교회의 확대를 꾀한다. 향교 직원에게 지방포교원 자격을 주어 이들을 가담시킴으로써 공자교회를 전국적인 조직으로 확장시키려 했던 것이다. 이와 함께 1909년부터 신문 발행[23]을 위하여 여러 가지 방책을 도모하다가 1910년 7월에는 《대한일일신문》을 인수하여 공자교회 기관지로 개편하고자 시도한다.[24]

이렇듯 이인직은 개화파를 대표하는 신소설 작가이면서도 유학을 종교화하고자 했던 공교운동에 적극적으로 참여했다. 일본이 국권을 침탈한 후 성균관을 대신한 경학원의 사성(司成)이 된 것도 이러한 활동 덕분이었다. 이인직이 죽은 후 장례식에 참석한 박제빈, 이완용, 조중응, 김윤식, 이용직 등은 모두 대동학회와 그 후신으로서의 공자교회에서 함께 활동했던 인물들이다.[25] 「귀의 성」에서 무능한 김승지에 대한 서술자의 시선이 그리 날카롭지 않았던 까닭도 여기에 있지 않았을까.

신소설 작가 이인직의 모습 속에는 이처럼 유학/유교의 그림자가 짙게 드리워져 있거니와, 멀리 변법유신과 공교운동을 통해 중국의 근본적으로 변화시키고자 했던 캉유웨이와의 관련성을 발견할 수 있

---

23 《대한민보》(1909.10.14.) 《대한매일신보》(1909.10.16) 등의 기사 참조.

24 공자교회에서 《대한일일신문》을 인수했는지는 확인하기 어렵다. "공자교회셔 대한일일신문을 매입한 사는 각 신문에 게재한 바어니와 사장은 대한신문 기자 신태범 씨로 추천하고 경비는 매삭 공자교회에서 삼백 환씩 당하기 하였다더라"(사장 추천, 대한매일신보, 1910.08.02)라는 기사라든가 일본에 인쇄기계를 주문했다는 기사(日日報 將刊, 대한매일신보, 1910.08.17)가 나오기도 했지만, 일제의 국권 침탈 직전에 "공자교회에서 전 대한일일신문을 매입 발간한다 함은 누보(累報)어니와 갱문(更聞)한즉 영위파약(永爲破約)하였다는 설이 유하더라"(신문 발간 파약, 황성신문, 1910.08.25)는 기사가 보도되었기 때문이다.

25 이인직의 장의, 천리교식의 장의, 매일신보, 1916.12.02.

다. 서구의 진화론적 사유를 바탕으로 『춘추공양전』을 재해석하여 사회변혁의 논리로 삼고자 했던 캉유웨이의 '탁고개제(托古改制)'의 사상은 근대전환기에 '동도서기론'의 입장에서 점진적으로 국가를 개조하려던 개화파 지식인들에게 적지 않은 영향을 미쳤다. 개화파 지식인들은 캉유웨이를 통해서 유교적 사유방식을 부정하지 않고서도 개화를 추구할 수 있는 가능성을 발견했던 것이다.

4. 신소설의 진보성과 퇴행성

19세기 말 변법자강운동이 실패로 돌아가면서 캉유웨이와 량치차오(梁啓超, 1873~1929)가 망명한 뒤 두 사람 사이의 관계는 매우 소원해진다. 량치차오는 일본으로 망명한 뒤 《청의보(淸議報)》, 《신민총보(新民叢報)》 등을 통해 동아시아를 대표하는 지식인으로 성장한다. 이 과정에서 량치차오는 국가의 보존[保國], 민족의 보존[保種], 종교의 보존[保敎]이라는 삼대 과제 중에서 나라를 보존하는 근거로서 '보교'를 내세우는 캉유웨이와 달리 국가의 존립이 모든 문제에 우선하는 근본임을 주장한다. 그리고 '공교비종교론(孔敎非宗敎論)'을 제시하면서 종교의 보존[保敎]과 공자의 존숭[尊孔]을 분리시킨다.[26] 종교는 비과학적이고 미신에 빠지기 쉬우며 파벌적인데 비해 유학은 비과학적인 것이 아니고 종파적이 아니기 때문에 종교라고 할 수 없다는 것이다. 대신 량치차오는 신민설을 주장하면서 국가의식을 강조한다.

---

26 금장태, 근대 유교 개혁사상의 유형과 사상사적 전개, 국사편찬위원회, 1988. 1~68면.

반면 캉유웨이는 자신의 존공 사상을 끝까지 포기하지 않는다. 그래서 캉유웨이의 사상을 가장 잘 계승했다고 평가받는 천환장(陳煥章)은 1907년 뉴욕에서 '공교회'를 조직했고, 1911년 신해혁명으로 중화민국이 탄생하자 '공교'를 국교로 제정할 것을 주장한다. 그리고 공교 국교화가 실패하자 1912년에는 상해에서 '공교회'를 재조직하여 캉유웨이를 회장으로 추대한다. 또한 1914년 공자 제사[祀孔] 전례의 부활, 천단의 하늘제사[祀天禮] 거행, 1916년 공교의 국교화 선언 등을 제안하여 근대주의자와 논쟁을 벌인다.

이렇듯 캉유웨이의 공교운동은 변법자강운동 시기부터 신해혁명 이후까지 많은 대립과 논쟁을 야기했다. 신해혁명 이후 차이위안페이의 대학령(大學令, 1912~1913)과 위안스카이의 제공령(祭孔令, 1914)은 존공과 비공 사이의 대립을 잘 보여준다. 중화민국 초대 교육부 장관에 취임한 차이위안페이가 공자를 역사화했다면, 위안스카이는 공자를 다시 성인으로 추앙함으로써 캉유웨이를 중심으로 한 복벽운동에게 힘을 보탰다. 1916년 캉유웨이와 진독수의 논전이라든가 1918년 루쉰의 「광인일기」에 나타난 유교 비판 등은 존공과 비공 사이의 치열한 논전을 잘 보여준다.

한국에서도 공자 내지는 유학에 대한 평가를 통해서 신소설의 역사적 위치를 판단하는 시금석을 마련할 수 있을지도 모른다. 예컨대 신소설 작가였던 이인직이 캉유웨이의 사상적 자장 속에 놓여 있었음을 지적했거니와, 이해조 또한 이인직과 크게 다르지 않았다. 이해조의 정치의식이 가장 잘 드러나 있다고 평가받는 「자유종」에도 캉유웨이의 이름이 직접 거명되거니와, 등장인물들 간의 대화 역시 캉유웨이의 천민설과 량치차오의 신민설 사이의 논쟁으로 구성되어 있다. 그들은 공맹의 도를 최고의 가치로 여기고, '동도서기론'이라는 사고에서 벗어나지 못한 유학자들이었다.

우리는 흔히 20세기 초에 활동했던 신소설 작가들을 개화파로 규정함으로써 전통적인 유학과 무관하거나 대립하는 것으로 파악하는 경향이 없지 않다. 하지만 서구의 근대적 종교 개념이 유입되면서 전통적인 유학 역시 새롭게 재편되는 과정을 겪었고, 진화론적 사유라든가 인간평등 사상에 따라 유학을 재해석하는 작업이 지속적으로 이루어졌던 사실을 간과했기 때문이다. 신소설 작가들은 자신들의 기반이었던 양반계급 내지는 유학을 배반하지 않았다. 비록 서자라고 해도 양반 계층 출신으로 유학을 배우면서 성장했던 이인직 또한 개화를 통한 국가 혁신을 꿈꿀 때조차 유학적 사유에서 벗어날 수 없었다.

그런 점에서 보자면 이인직의 소설이나 사회활동 속에서 중국 최후의 유학자였던 캉유웨이의 흔적을 발견하는 것은 전혀 이상한 일이 아니다. 캉유웨이가 『대동서』를 통해 제시했던 남녀의 평등, 가족제도의 폐지, 인종차별의 소멸, 계급의 철폐, 농공상업의 공영, 세계정부에 의한 지배와 전쟁 없는 세계의 모습은 과거의 유교적 전통에 기대어 있으면서도 동시에 봉건시대에는 상상조차 할 수 없었던 새로운 이상이었다. 그런데 중국 역사에서 캉유웨이의 사상이 한때 진보적인 유교 개혁 운동이었다가 점차 보수적인 색채를 강화했듯이, 그리고 입헌군주제를 지향했던 량치차오가 쑨원이 이끄는 혁명파와의 제휴를 거부하고 개명전제론으로 돌아섰듯이, 한국에서도 동도서기론에 바탕을 둔 신소설 작가들은 태생적 한계를 극복하지 못한 채 퇴행적인 모습으로 역사 속에서 사라진다.

「륜리학」번역 과정에 담긴
량치차오의 흔적

1. 제국의 위기와 윤리학의 등장

세월이 한참 흐른 후에 우리가 '신소설'이라는 이름으로 부르게 될 새로운 서사양식이 모습을 드러낸 것은 1906년 무렵이다. 이 시기는 흔히 '개화기'나 '애국계몽기' 등으로 불리지만, 정치적으로는 대한제국 시절이었다. 그렇지만, '제국'이라는 호칭에 걸맞지 않게 당시 대한제국의 국제적인 위상은 미미하기 이를 데 없었다. 러일전쟁에서 승리한 일본의 위협 아래 1905년 11월 17일 을사조약을 체결하면서 독립국의 지위를 상실하고 일본의 보호국으로 전락했기 때문이다.

대한제국이 선포된 것은 1897년 10월 12일이었다. 1894년 일본과의 전쟁에서 패배한 청은 그동안 정치적 속국으로 주장하던 조선에서의 특권적인 지위를 포기할 수밖에 없었다. 대한제국은 이러한 새로운 국제질서 속에서 태동했다. 하지만 대한제국이 독립국임을 선포하는 순간 새로운 위협과 맞닥뜨렸다. 과거에 청이 차지했던 지위를 빼앗으려는 제국주의 열강의 경쟁이 치열하게 전개되었기 때문이다. 따라서 대한제국은 제국주의의 위협을 이겨내고 독립국으로 살아남기 위해 커다란 모험을 시작해야만 했다. '칭제건원(稱帝建元)'은 모험의 시작을 알리는 깃발이었다.

하지만, 국제정세는 대한제국이 독립국의 길을 걷는데 우호적이지 않았다. 대한제국을 선포한 지 십 년도 채 지나지 않아 일본은 러시아와의 전쟁에서 승리하고 대한제국을 보호국으로 만들었다. 만약에 이인직의 「혈의 누」를 신소설의 출발점으로 간주한다면, 한국의 신소설 혹은 근대소설의 맹아는 보호국 체제에서 발아했다고 말할 수 있다. 한국 근대소설의 운명적 조건은 바로 이것이다. (준)식민지 상태에서 출발했던 까닭에 국가에 대한 사유는 문학적 상상을 지배했다. 한국 근대문학은 '보호국의 처지에 놓인 국가 상황을 어떻게 받아들일 것인가?'라는 질문에서 자유로울 수 없는 것이다.

20세기 초에 '윤리(학)'에 대한 지식인 사회의 관심도 이러한 국가 사상과 무관하지 않다. 'ethics'의 번역어로서의 '윤리학(倫理學)'[01]과 함께 등장한 '윤리'라는 개념은 전통적인 '수신(修身)' 개념을 변용시킨다. 오랫동안 개인적인 실천과 연관되어 있던 수신 개념을 윤리학의 대상이라고 할 수 있는 윤리와 구분해야 했기 때문이다. 이에 따라 가족관계를 바탕으로 효(孝)를 가치의 중심에 놓았던 전통적인 수신과 달리 윤리를 국가 개조와 불가분의 관계를 맺는 것으로 새롭게 규정한 것이다.

---

01 일본 근대철학의 개척자인 이노우에 데쓰지로(井上哲次郎 1855~1944)는 1880년에 도쿄제국대학을 졸업하자마자 강의를 시작했는데, 그는 『철학자휘(哲學字彙)』에서 「예기 악기」의 "윤리는 통한다(通于倫理)"와 「근사록」의 "윤리는 바르게 하고, 은의를 돈독히 한다(正倫理 篤恩義)"를 근거로 삼아 ethics의 번역어로 '윤리학'을 채택한다. 井上哲次郎 等編, 哲學字彙, 東京大學三學部印行, 1881, 31면. (김현수, 근대시기에 성립한 윤리학 개념과 한국 유학 이해의 방향성, 동서인문학 52, 2016, 30면에서 재인용)

윤리 혹은 윤리학에 대한 사회적 요구에 주목할 때, 우리는 작가 이해조(李海朝, 1869~1927)를 만나게 된다. 그는 1908년 6월 20일부터 10월 27일까지 《제국신문》에 「륜리학」을, 곧이어 1908년 12월부터 이듬해 7월까지 《기호흥학회월보》에 「윤리학(倫理學)」을 발표한다. 두 글은 표기방식이라든가 서술형식에서 적지 않은 차이를 가지고 있다. 전자는 국문으로 표기된 문답체 형식임에 비해, 후자는 한문이 중심이 된 국한문체로 표기된 논설체 형식이다. 「윤리학」이 《기호흥학회월보》의 종간으로 완결되지 못한 까닭에 확언할 수 없지만, 두 글은 내용면에서 큰 차이가 없다. 이해조는 발표 매체나 잠재적인 독자를 염두에 두고 서로 다른 언어로 번역을 한 셈이다.

주지하듯이 이해조는 한국 근대소설의 여명기에 가장 많은 소설을 발표한 작가이다. 그렇지만 많은 소설을 창작했음에도 불구하고 그의 사상적인 면모를 엿볼 수 있는 글은 거의 남아 있지 않다. 그래서 여러 연구자들은 작가의 계층적 특성이라든가 개인적 교우관계, 그리고 교육계를 비롯한 여러 사회적 활동 등에 주목한다. 「륜리학」과 「윤리학」이 "이해조 문학의 사상적 기반을 밝히는 한편, 이해조 소설의 작법 원리와 구조를 이해하는데 중요한 열쇠"[02]가 되리라는 기대 아래 여러 연구자들의 관심을 받았던 것이다.

2. 이해조는 어떤 책을 번역했을까?

이해조가 번역한 「윤리학」에 처음 관심을 보인 이는 송민호이다.

---

02 배정상, 이해조 문학 연구, 소명출판, 2015, 82면.

그는 「륜리학」이 학계에 공개되지 않은 상태에서 「윤리학」이 모토라 유우지로(元良勇次郎)의 『중등교육(中等敎育) 원량씨(元良氏) 윤리서(倫理書)』(成美堂, 1902) 상권을 번역했으며, 번역 과정에서 내용을 덧붙였다고 지적한다.

> 「윤리학」이라는 글은 일본의 심리학자이며, 1890년 이후로 동경대학교 교수였던 모토우 유우지로(元良勇次郎, 1858~1912)가 1900년 중등교육용을 낸 『윤리강화』를 축약하여 문부성 교과서 검정을 받기 위해 성미당 편집부에서 1902년에 편찬한 『중등교육 원량씨 윤리서』 상권을 기본으로 하여 번역하고 내용을 덧붙인 것이다. 이해조는 총 28장으로 되어 있는 이 책의 내용을 1장 '윤리학의 범위와 정의(倫理學の範圍及び定義)'로부터, 2~5장 '자기의 관념(自己の觀念)' 1~4, 6장 '덕성 함양의 필요(德性涵養の必要)', 7~9장 '가족윤리(家族倫理)', 10장 '사회윤리(社會倫理)'의 첫부분까지를 번역하고 있다. 원 책의 경우 23장까지 '사회윤리'를 다루고 있고, 나머지 28장까지는 '국가윤리(國家倫理)'까지를 다루고 있는데, 이해조는 이 책을 번역하여 윤리학 교과서로 출판할 계획을 갖고 있었던 것이 아닌가 생각되지만, 여러 가지 사정으로 인해 완역하지는 못한 것으로 보인다.[03]

송민호의 뒤를 이어 배정상은 학계에 「륜리학」을 처음 소개하면서 『중등교육 원량씨 윤리서』를 저본으로 삼아 번역하되, 전체 목차 중

---

03 송민호, 이해조의 근대적인 교육관과 초기 소설의 윤리학적 사상화의 배경, 한국현대문학연구 33, 2011.04, 81면.

필요한 부분을 선별하거나 저본에 없는 부분을 추가"하거나 "전문적인 지식을 필요로 하는 부분이나 당시 조선의 실정에 부합하지 않는 내용은 삭제"했다고 언급한다.[04]

송민호와 배정상의 연구 이후 「륜리학」과 「윤리학」을 모두 『중등교육 원량씨 윤리서』의 번역으로 간주해 왔다. 김복순이나 유봉희 등의 연구에서 이를 확인할 수 있는데, 최근 다지리 히로유키(田尻浩幸)가 이러한 입장에 의문을 제기하고 『중등교육(中等教育) 윤리강화(倫理講話)』(右文館, 1900)가 더 일치한다고 주장한다.[05]

『중등교육 윤리강화』를 바탕으로 문부성 교과서 검정을 받기 위해 수정한 책이 『중등교육 원량씨 윤리서』라는 점에서 두 책은 거의 동일한 내용으로 이루어져 있고, 이해조가 역술의 방식을 채택하고 있어서 번역의 저본을 확정짓는 것은 쉽지 않다. 하지만, 『중등교육 윤리강화』의 제40장 지와 행의 관계(知と行との關係)와 제51장 사상과 실행의 관계(思想と實行との關係)가 『중등교육 원량씨 윤리서』에서 '思想と實行との關係' (1)과 (2)로 바뀌어 제40장 제41장으로 바뀌었다는 사실을 눈여겨본다면, 「륜리학」에서 '사상과 실행의 관계'와 '종교와 윤리의 관계'가 연속되어 있다는 점에서 다지리 히로유키의 입장이 더 설득력이 높다고 판단된다.

그렇지만 이해조가 일본어에 능통하지 못했기 때문에 『중등교육 윤리강화』를 직접 번역했을 가능성이 그리 높지 않다. 이해조의 다른 번역물들, 예컨대 「화성돈전」이나 「철세계」 등도 중국어본에서 번역

---

04 배정상, 앞의 책, 88면.

05 다지리 히로유키, 「鬼의 聲」과 '정욕', 어문연구 175, 2017년 가을, 381면의 각주 20) 참조.

한 것들로 알려져 있다.[06] 이 점을 염두에 두고 중국에서 출간된 윤리서를 뒤적이다 보면, 광서 28년, 곧 1902년에 중국 상해에 있던 출판사 광지서국(廣智書局)에서 모토라 유우지로의 『중등교육 윤리강화』가 『중등교육(中等教育) 윤리학(倫理學)』이라는 이름으로 간행된 것을 확인할 수 있다. 1장부터 31장을 담은 전편과 32장부터 50장을 담은 후편으로 나뉘어 간행했던 것이다.

모토라 유우지로의 책이 중국어로 번역된 데에는 량치차오(梁啓超, 1873~1929)의 영향력이 작용했으리라 짐작된다. 1897년 무술정변이 실패한 후 변법자강운동의 지도자였던 캉유웨이(康有爲, 1858~1927)를 따르던 많은 문하생들이 해외로 망명을 떠나는데, 일본에 망명했던 량치차오는 《청의보(淸議報)》, 《신민총보(新民叢報)》 등을 중심으로 활발한 저술활동을 펼친다. 이 무렵 그는 「동적월단(東籍月旦)」(1899) 제1장 윤리학 부분에서 모토라 유우지로의 『중등교육 윤리강화』를 이노우에 엔료(井上円了, 1858~1919)의 『윤리통론(倫理通論)』(普及社, 1887)과 함께 두 권의 필독서로 추천한다. 그가 이 책들을 필독서로 꼽은 이유는 "간명하고 개괄적이어서 초십자에게 적합(此書簡明賅括最適於初學之用)"[07]하다고 여겼기 때문이다. 특히 『중등교육 윤리강화』에 대해서는 강의 내용을 복습할 수 있는 문제가 마련되어 있어서 그것의 해답을 만드는 과정에서 독자를 계몽하는 효과가 있다고 언급하기도 한다(一課之後皆附以問答 能濬發人思想 誠斯學最善之本也)[08] 이

---

06 최원식, 「화성돈전」 연구:애국계몽기 조지 워싱턴 수용, 민족문학사연구 18, 2001, 273~299면.

07 梁啓超, 東籍月旦, 飮冰室文集 4권, 86면.

08 같은 책, 87면.

책을 출판한 광지서국이 캉유웨이 문하의 계몽의식을 전파하기 위한 출판기관이었다는 점을 염두에 둔다면, 변법자강파들의 국가 개조 프로젝트의 일환으로 모토라 유우지로의 『중등교육 윤리강화』가 중국어로 번역된 것이다.

이제 『중등교육 윤리강화』와 두 개의 번역본 목차를 서로 비교해 보자.[09]

中等教育 倫理講話 (元良勇次郎 著)	中等教育 倫理學 (麥鼎華 번역)	륜리학 (이해조 번역)
緒論		
제1장 倫理學の範囲及定義	제1장 緒論 倫理學之範圍及其定義	제1장 윤리학의 석의와 및 범위
제2장 自己の觀念 (一)	제2장 緒論 (二) 自己之觀念 (一)	제2장 자기의 관념
제3장 自己の觀念 (二)	제3장 緒論 (三) 自己之觀念 (二)	제3장 자기의 관념
제4장 自己の觀念 (三)	제4장 緒論 (四) 自己之觀念 (三)	제4장 자기의 관념
제5장 自己の觀念 (四)	제5장 緒論 (五) 自己之觀念 (四)	
제6장 德性涵養の必要	제6장 緒論 (六) 德性涵養之握要	제6장 덕성함양의 대요
제7장 家族倫理 家族組織	제7장 家族倫理 家族組織	제7장 가족윤리
제8장 家族倫理 親子の道	제8장 家族倫理 親子之道	제8장 가족윤리 (부자의 도리)

09 이해조가 번역한 「륜리학」의 목차는 배정상의 『이해조 문학 연구』에 따랐다.

제9장 家族倫理 婚姻論	제9장 家族倫理 婚姻論	제9장 가족윤리(혼인)
제10장 社會倫理 概論	제10장 社會倫理 社會概論	제10장 사회윤리
제11장 社會倫理 公益論	제11장 社會倫理 公益論	제11장 사회윤리(공익론)
제12장 社會倫理 礼儀論	제12장 社會倫理 禮儀論	제12장 사회윤리(예의론)
제13장 社會倫理 信義論	제13장 社會倫理 信義論	
제14장 社會倫理 慈善論	제14장 社會倫理 慈善論	제14장 사회윤리(자선론)
제15장 社會倫理 名譽論	제15장 社會倫理 名譽論	제15장 사회윤리(명예론)
제16장 社會倫理 訴訟論 (一)	제16장 社會倫理 訴訟論 (上)	제16장 사회윤리(소송론)
제17장 社會倫理 訴訟論 (二)	제17장 社會倫理 訴訟論 (下)	제17장 사회윤리(소송론)
제18장 社會倫理 娛樂論 (一)	제18장 社會倫理 娛樂論	제18장 사회윤리(오락론)
제19장 社會倫理 娛樂論 (二)		
제20장 社會倫理 獻身論	제19장 社會倫理 獻身論	제19장 사회윤리(헌신론)
제21장 社會倫理 生命論	제20장 社會倫理 生命論	제20장 사회윤리(생명론)
제22장 社會倫理 財産論	제21장 社會倫理 財産論	제21장 사회윤리(재산론)
제23장 社會倫理 品格論		
제24장 國家倫理 國家組織論一斑	제22장 國歌倫理 國家組織	제22장 국가윤리 (국가의 조직)
제25장 國家倫理 臣民相互の關係	제23장 國家倫理 臣民相互之關係	제23장 국가윤리 (국민의 피차관계)
제26장 國家倫理 納稅の義務	제24장 國家倫理 納稅兵役之義務	제24장 국가윤리 (납세와 병역의 의무)

제27장 國家倫理 兵役の義務		
제28장 國家倫理 權利義務の解釋	제25장 國家倫理 釋權利義務	제25장 국가윤리 (권리와 의무)
제29장 國家倫理 責任論	제26장 國家倫理 責任論	제26장 국가윤리(책임론)
제30장 國家倫理 國際倫理	제27장 國家倫理 國際倫理	제27장 국가윤리(국제론)
제31장 國家倫理 一般人類と國家との關係	제28장 國家倫理 人類與國家之關係	제28장 국가윤리 (인류전체와 국가의 관계)
제32장 國家倫理 政府と人民との關係	제29장 國家倫理 政府與人民之關係	
제33장 國家倫理 人民階級論	제30장 國家倫理 人民階級論	제30장 국가윤리 (인민계급론)
제34장 國家倫理 國民といへる觀念	제31장 國家倫理 所謂國民之觀念	제31장 국가윤리 (국민의 관념)
제35장 思想倫理 生存競爭と德義との關係	제32장 思想倫理 生存競爭與德義之關係	제32장 사상윤리 (생존경쟁과 덕의의 관계)
제36장 思想倫理 自家保存の理法及其制限	제33장 思想倫理 保存自己之理法及其制限	제33장 사상윤리 (자기를 보존하는 이법과 한도)
제37장 思想倫理 勤'と安息とに就きて	제34장 思想倫理 勤勞與安息之關係	제34장 사상윤리 (노동과 안식의 관계)
제38장 思想倫理 自愛と他愛との關係	제35장 思想倫理 自愛及愛人之關係	제35장 사상윤리 (자기를 사랑함과 타인을 사랑하는 관계)
제39장 思想倫理 職業の選擇	제36장 思想倫理 職業之選擇	제36장 사상윤리 (직업의 선택)
제40장 思想倫理 知と行との關係	제37장 思想倫理 知與行之關係	제37장 사상윤리 (지와 행의 관계)
제41장 思想倫理 欲望論	제38장 思想倫理 慾望論	제38장 사상윤리(욕망론)

제42장 思想倫理 恭"ロと 奢侈	제39장 思想倫理 節儉與 奢侈	제39장 사상윤리(검소와 사치)
제43장 思想倫理 殘忍の 情廢すべし	제40장 思想倫理 殘忍之 情可去	제40장 사상윤리 (잔인의 마음을 버릴 일)
제44장 思想倫理 安心 と'疑心	제41장 思想倫理 安心與 懷疑心	제41장 사상윤리 (안심과 의심)
제45장 思想倫理 反省の 習慣を養成すべき事	제42장 思想倫理 養成反 省之習慣	제42장 사상윤리(경우)
제46장 思想倫理 嗜好論 (一)	제43장 思想倫理 嗜好論	제43장 사상윤리(기호론)
제47장 思想倫理 嗜好論 (二)		
제48장 思想倫理 自由及 其制限	제44장 思想倫理 自由及 其之制限	제44장 사상윤리 (자유와 제한)
제49장 思想倫理 改心論	제45장 思想倫理 改過論	제45장 사상윤리(개과론)
제50장 思想倫理 道德の 制裁	제46장 思想倫理 道德之 制裁	제46장 사상윤리 (도덕의 제재)
제51장 思想倫理 思想と 實行との關係	제47장 思想倫理 思想與 實行之關係	제47장 사상윤리 (사상과 실행의 관계)
제52장 思想倫理 宗敎と 倫理との關係	제48장 思想倫理 宗敎與 倫理之關係	제48장 사상윤리 (종교와 윤리의 관계)
제53장 思想倫理 善惡の 標準	제49장 思想倫理 善惡之 標準	제49장 사상윤리 (선악의 표준)
제54장 思想倫理 常道論	제50장 思想倫理 常道論	제50장 사상윤리(상도론)

이렇게 목차를 나란히 비교해 보면, 이해조의 「륜리학」이 무엇을 번역의 저본으로 삼았는지 쉽게 알 수 있다. 『중등교육 윤리강화』가 총 54장으로 이루어져 있었음에 비해 중국어 번역본에서는 19장 '사

회윤리 오락론 (2)', 23장 '사회윤리 품격론', 47장 '사상윤리 기호론' 등이 빠지고 27장 '국가윤리 납세의 의무'와 28장 '국가윤리 병역의 의무'가 통합되어 50장으로 구성되었는데, 이해조의 번역본 역시 총 50장으로 구성되어 있을 뿐더러 장 제목도 거의 일치한다. 또한 「륜리학」 제5장, 제13장, 제29장의 장제목이 없고 연재 날짜 또한 연속되어 있어서 번역과정에서 삭제된 것처럼 보이지만, 내용상으로는 해당 부분을 찾을 수 있다. 예컨대 중국어 번역본 제5장에 해당하는 부분은 7월 10일과 11일에, 제13장에 해당하는 부분은 7월 30일에, 제29장에 해당하는 부분은 9월 12일에 각각 실려 있는 것으로 보아 신문 편집 과정에서 제목을 빠뜨린 것으로 보아야 할 것이다. 이해조의 「륜리학」은 모토라 유우지로의 『중등교육 윤리강화』를 중국어로 번역한 『중등교육 윤리학』을 역술한 것으로 보아 틀림이 없다.

3. 이해조는 왜 윤리서를 번역했을까?

앞서 얘기한 것과 같이 「륜리학」에 대해 관심을 갖는 것은 이해조의 사상적 입장을 엿볼 수 있으리라는 기대 때문이었다. 이를 위해서는 이해조가 어떤 책을 저본으로 삼아 번역했는가, 그리고 새롭게 추가하거나 삭제한 내용은 무엇인가에 초점을 맞추어 연구가 진행되었다. 어떤 텍스트를 비교의 대상으로 삼느냐에 따라 해당 부분이 달라지긴 했지만, 이 방법은 오랫동안 유지되어 왔다.

송민호가 『중등교육 원량씨 윤리서』와 비교하면서 주목했던 대목은 '윤리학의 석의 급 범위'였다. 그는 모토라 유우지로와의 비교를 통해서 원저자가 "설명 없이 넘어가고 있는 부분에 대해서도 나름대로 상세하게 설명을 덧붙이고 있는 것을 보면 당시 이해조가 윤리학과 관련된 다양한 책들을 접하면서 스스로 윤리학이라는 학문을 정립하고자 하는 의욕을 가지고 있었다"[10]고 추측한다.

이후 김복순은 「륜리학」에서 '사상과 실행의 관계'를 '지와 실행의 관계'로 합친 것을 두고 "실사구시를 강조했던 실학의 정신이 반영된 것"[11]이라고 지적한다. "이해조의 윤리학은 국민국가 패러다임으로서 지와 실행의 관계를 '책임'과 '윤리'의 문제로 접근한다. 사회윤리와 사상윤리가 줄어든 데 반해 국가윤리는 전혀 축소가 없다는 점에서도 이를 확인"[12]할 수 있다는 것이다. 유봉희도 "윤리학」에서는 『대학』, 『서경』, 『시경』 등 고전의 내용이 언급되기도 하고, 맹자는 자주 인용되고 있다. 이 부분이 이해조 「윤리학」의 독창성"이라고 말한다[13] 김복순, 유봉희 등 문학 분야뿐만 아니라 홍을표[14], 김현수[15] 등 철학 분야에서도 이러한 입장을 반복하면서 모토라 유우지로와 이해조의 차이점을 통해 이해조의 사상을 해명하는데 노력해 왔다.[16]

---

10 송민호, 앞의 글, 82면.

11 김복순, 「제국신문」 학문론의 실학적 변모와 학지(學知)의 타지성, 여성문학연구31, 2014, 35면.

12 김복순, 앞의 글, 36면.

13 유봉희, 「윤리학」 통해 본 동아시아 전통 사상과 이해조의 사회진화론 수용, 한국현대소설연구 52, 2013, 367면.

14 홍을표, 이해조 '윤리학'의 교육사상적 이해:동도서기적 교육론, 문화와사회, 2016.08, 315면.

15 김현수, 앞의 글, 29~51면.

16 『중등교육 윤리강화』와의 유사성을 강조한 다지리 히로유키 또한 다음과 같이 말한다. "元良의 『윤리강화』(원문)의 제륙장 '덕성함양의 필요'는 文頭에서 대학의 三綱八目이 도덕심을 기르는 것이라며 인용된 것에 비하여 「제국신문」의 륜리학 (한

그런데, 「륜리학」의 저본이라고 할 수 있는 모토라 유우지로의 『중등교육 윤리강화』와 마이딩화(麥鼎華)의 『중등교육 윤리학』 그리고 이해조의 「륜리학」을 비교해보면 이러한 논의가 성급했다는 것을 알 수 있다.

『중등교육 윤리강화』

古より　道義を説くもの、必德性の涵養に重きを置けり。大學に日く、大學之道、在明明德在親民、在止於至善と。此三者は大學の綱領なり。又日く、古之欲明明德於天下者、先治其國、欲治其國者、先齊其家、欲齊其家者、先修其身、欲修其身者、先正其心、欲正其心者、先誠其意、欲誠其意者、先致其知、致知在格物と。此八者は大學の條目なり。是等を合して、大學の三綱八目と云ふ。是れ卽德性涵養の意に外ならざるなり。[17]

『중등교육 원량씨 윤리서』

古より人の道を説くもの、德性の涵養を重んぜざるはなし。實に、人の人なる所以も、德性の涵養に由ることなれば、我等は力めて之を實行せざるべからず。人の德性は一は天稟により、一は教育によれり。されば同じ教育を受けたる者も必ずしも同じ德性を得ることなく、或は溫厚なるあり、或は勇壯なるあり。其の他種種の差異あれども、概して德性を有てる

___

국어 역문)에서는 皐陶의 아홉 개의 덕, 論語의 溫凉恭儉과 克己復禮, 中庸의 戒愼恐懼, 孟子의 存心養成 등이 모두 德性을 함양하는 것이라며 추가됐다. 또한 원문의 제칠장 가족윤리(一) '가족조직'에서는 마지막에 妾制度의 "風俗을 打破하고, 一夫一婦의 制를 固守해야 한다"고 쓰였지만, 역문의 「륜리학」에서는 이 부분은 번역되지는 않았다"(다지리 히로유키, 앞의 글, 392~393면)

17　元良勇次郎, 中等教育 倫理講話 前編, 右文館, 1900, 49면.

人は、品格の高きものなり。[18]

『중등교육 윤리학』
大學有言, 大學之道, 在明明德, 在親民, 在止於至善。又曰,
古之欲明明德於天下者, 先治其國, 欲治其國者, 先齊其家, 欲齊
其家者, 先修其身, 欲修其身者, 先正其心, 欲正其心者, 先誠其
意, 欲誠其意者, 先致其知, 致知在格物。是大學之三綱八目, 實
不出涵養德性之一義。此外皐陶謨之言九德, 洪範之言三德, 論語
所謂溫良恭儉讓, 所謂徙義崇德, 所謂克己復禮, 所謂忠信篤敬,
中庸所謂好學, 力行知恥, 所謂戒愼恐懼, 孟子所謂存心養性, 所
謂反信强恕, 凡所云云, 皆不外此, 德性之必須涵養, 古人蓋明有
以教我矣。[19]

「륜리학」
문:덕성의 함양은 무엇을 말함이요?
답:대학의 삼강령 팔조목과 서전 고요모의 아홉 가지 덕을 말
함과 논어의 이른바 온량공검(溫良恭儉)과 극기복례(克己復
禮)와 중용의 계신공구(戒身恐懼)와 맹자의 존심양성(存心養
性) 등이 모두 덕성을 기르는 바이니, 옛날 성인의 이미 밝
히 우리를 가르치셨느니라.

「윤리학」
大學에 曰 大學之道는 在明明德ᄒ며 在親民ᄒ며 在止於至
善이라 ᄒ고 又曰古之欲明明德於天下者는 先治其國ᄒ고 欲治

18　元良勇次郎, 中等教育 元良氏 倫理書 上卷, 成美堂, 1902, 39면.
19　元良勇次郎, 中等教育 倫理學 前編, 順德麥鼎華公立 譯, 廣智書局, 1902, 8~19면.

其國者는 先齊其家ᄒ고 欲齊其家者는 先修其身ᄒ고 欲修其身
者는 先正其心ᄒ고 欲正其心者는 先誠其意ᄒ고 欲誠其意者는
先致其知니 致知는 在格物이라 ᄒ니 是는 大學의 三綱八目이
라 實노 涵養德性의 一義에 不出ᄒ고 此外에 皋陶謨의 九德을
言홈과 洪範의 三德을 言홈과 論語의 所訹溫良恭儉讓이며 所
謂 徙義崇德이며 所謂 克己復禮며 所謂 忠信篤敬과 中庸 所謂
好學, 力行, 知恥며 所謂 戒愼恐懼와 孟子 所謂 存心養性이며
所謂 反身强恕가 皆此에 不外ᄒ니 德性을 반다시 涵養홈은 古
人이 明히 我를 敎ᄒ얏도다.

이 부분은 제6장 '덕성 함양의 대요'의 첫대목으로 여러 연구자들
이 이해조가 모토라-유우지의 원본과 달리 서술한 부분으로 조목해
왔다. 그런데 중국어 번역본을 사이에 놓으면 이해조의 독창적인 사
상을 보여주는 것이 아니라 중국어 번역본을 그대로 옮긴 것에 불과
하다는 사실이 드러난다.

모토라 유우지로는 처음 『중등교육 윤리강화』를 저술할 때 『대학』
의 삼강팔목을 언급하며 덕성 함양의 필요성을 언급한다. 그런데 이
를 『중등교육 원량씨 윤리서』로 편찬하는 과정에서 수정한다. 중등학
교 교과서라는 점을 고려하여 덕성을 구성하는 요소로 천품과 교육
을 들고, 교육을 통한 덕성 함양을 강조한 것이다. 『중등교육 원량씨
윤리서』와 비교했던 여러 연구자들은 이러한 맥락을 전혀 고려하지
않았다. 또한 『중등교육 윤리강화』를 저본으로 삼아 번역된 중국어본
『중등교육 윤리학』에는 『대학』뿐만 아니라 『서경』, 『논어』, 『중용』, 『맹
자』 등이 덧붙어 있는데, 이는 중국어로 번역할 때 마이딩화가 새로
추가한 것이다. 따라서 『중등교육 원량씨 윤리서』와의 비교를 통해서

이해조가 모토라 유우지로와는 달리 고유한 유교적 사유를 보여준다는 기존의 논의는 사실과 전혀 다른 것이다.

마이딩화가 『중등교육 윤리강화』를 번역하면서 이렇게 새로운 내용을 추가하거나 삭제했다는 것은 차이위안페이(蔡元培, 1868~1940)의 「서」에서도 확인할 수 있다. 차이위안페이는 마이딩화가 "元良 氏가 책을 저술함에 있어서 그 나라의 사정에 의거했다는 점을 염두에 두어 자세히 우리나라 사정에 맞게 설명(又擧元良氏附錄彼國之言, 悉易之以國粹)"했다고 말한다. 다만 "국가윤리 편에 있어서 우리나라 헌법이 아직 제정되지 않아 참고사항이 없다는 점을 감안하여 이 부분에 대해서는 그 나라의 법제를 그대로 원용하여 왕으로 된 자가 법을 취하는 대의를 제시(惟國家倫理篇, 以我國憲法未立, 有無可憑藉者, 則仍援彼國法律, 以示取法之義)"하고자 했다는 것이다. 메이지유신을 통해 입헌군주국으로 변신한 일본과 달리 전근대적인 전제군주국에 머물던 상황이기에 중국의 상황에 맞게 변용할 수 없었던 셈이다.

유가적인 원리 역시 마이딩화가 '우리나라 사정(國粹)'에 맞도록 변용하여 중국어로 번역하는 과정에서 추가되었다. 다시 차이위안페이의 「서」로 돌아가 보자. 그는 프랜시스 베이컨 이래 서양의 윤리학은 오늘날에 이르러서는 하나의 독립적인 과학으로 정립되었다고 지적하면서 "정의로운 사람은 득실을 따지지 아니하고, 도리를 깨달은 자는 공명을 따지지 않는(正誼不謀利 明道不計功者)" 직감설(直感說)과 "사물의 현상을 관찰하고, 이치를 파고드는(見蹟觀通, 見動象儀)"는 경험설(經驗說)로 유형화한다. 그런데 직감설과 경험설은 각각 장단점이 있기 때문에 "교과서는 양자(兩者)의 조화로운 점을 취(是故普通教科,

莫善於善采兩者而調和之)"[20]해야 할 터인데, 『중등학교 윤리강화』는 그런 점에서 윤리 교과서로서의 이론적인 균형을 갖추었다는 것이다.

> 이 책은 경험파의 공리주의를 주축으로 하면서도 직감파의 내용을 언급하는 것으로 보완하고 있다. 또한 사회주의와 개인주의, 국가주의와 세계주의, 동양사상과 서양사상은 자고로 쉽게 충돌할 수 있는 것임에도 이를 적절하게 조화시키는 한편 우리나라 유가(儒家)를 인용함으로써 이를 증명하였다. 그런고로 부자와 조손의 관계로서 설명되기 때문에 '종교(宗敎)' 이전의 우리나라 선조들의 가르침과도 맞물리는 것이다. 그런고로 우리 교육계에서 사용할 책으로서 적절하며 대체로 선두적인 것으로 보인다.
>
> (是書隱以經驗派之功利主義爲干, 而時時以直覺派之言消息之。不惟此也, 社會主義與個人主義, 國家主義與世界主義, 東洋思想與西洋思想, 凡其說至易衝突者, 皆務有以調和之;而又時時引我國儒家之言以相證;又以父子祖孫之關係, 易宗敎之前身來世, 尤合於我國祖先敎之旨。故是書之適用於我敎育界, 並世殆無可抗顏行者)

결국 이해조의 「륜리학」과 「윤리학」이 모토라 유우지로의 책과 다르다는 점에 착안하여 "이해조 문학의 사상적 기반과 소설 작법의 원리를 이해할 수 있"으리라 기대했던 지난 몇 년 간의 연구는 실증적 오류에서 비롯된 해프닝이다. 물론 중국어 번역본과의 비교를 통해서 다시 시도될 수도 있겠지만, 지금까지의 연구와는 다른 방향으로 새롭게 시작되어야 한다.

---

20 蔡元培, 序, 中等敎育 倫理學, 앞의 책, 8~19면.

이해조의 「륜리학」에 대한 연구가 불필요하다고 섣불리 결론을 맺을 필요는 없다. 번역의 전체적인 맥락을 고려한다면 이해조의 작품 세계를 해명하는데 일정한 도움을 줄 수 있기 때문이다. 그것은 두 텍스트 사이의 차이점에 초점을 맞춘 것에서 벗어나 공통점에 초점을 맞추는 것으로 연구의 시각을 전환하는 것을 의미한다. 이해조는 중국어로 발간된 여러 윤리학 서적 중에서 왜 마이딩화가 번역한 모토라 유우지로의 책에 관심을 가지게 되었을까? 와 같은 의문으로 문제의식이 바뀌어져야 한다.

앞서 언급한 것처럼 윤리학이 ethics의 번역어로 자리잡으면서 새롭게 파생된 '윤리'라는 개념은 전통적인 수신 개념을 개인적인 차원으로 축소시키는 한편, 근대 이전의 유학에 대하여 '공맹의 수신학'이라고 하여 "이학(사이언스)의 고증을 결여하고 논리의 규칙에 맞지 않는 것"[21]으로 폄하한다. 그런데 이러한 입장과 달리 유학을 종교화함으로써 서구의 근대화과정에서 기독교가 수행했던 역할을 담당하려는 시도 또한 나타났다. 당시 변법자강운동을 주도하던 캉유웨이는 서양이 국력을 키울 수 있던 가장 중요한 이유가 기독교라고 생각해서 동양에서도 국력을 기르기 위해서 종교가 필요하다고 여기고 공자를 종교의 차원으로 발전시키고자 공교 운동을 펼친다.

『중등교육 윤리강화』를 중국어로 번역한 마이딩화는 바로 캉유웨이 문하에서 공부하면서 스승의 뜻을 좇아 공교 운동에 참여했으며, 1911년 신해혁명 후에는 천쉰이(陳遜宜), 캉스꾸안(康思貫)과 함께 잡지 《불인(不忍)》(1913년 2월 창간)의 편집을 맡아 공화국을 반대하고 황

---

21 이혜경, 근대 중국 윤리 개념의 번역과 변용, 철학사상 37, 2010, 98~100면.

제 복위를 주장했다. 그렇지만 독일 파울젠(泡爾生)의 『윤리학원리(倫理學原理)』[22]를 번역했던 차이위안페이로서는 전통적인 유가의 논리를 동원한 마이딩화의 번역에 동의하기 어려웠다. 차이위안페이가 「서」의 첫대목에서 "서양에서는 종교가 필수교과목인 것에 비추어 동양에서도 종교를 대체할 수 있는 윤리가 필요하다(西洋普通學校, 必有宗教一科, 而東洋敎育家欲代之以倫理)"고 주장한 것은 이런 맥락에서 이해된다. 마지막 대목에서 "우리나라 교육자들이 이를 적극 취하여 응용을 함으로써 더 이상 사서오경과 같은 참고서들이 우리 학자들의 사상을 어지럽히게 해서는 안 될 것(吾願我國高敎育者, 亟取而應用之, 無徒以四書五經 種種參考書, 我學子之思想也)"이라고 당부한 것처럼, 민권파의 입장에서 마이딩화를 비판한 것이다.

이런 맥락을 고려한다면, 이해조가 20세기 초에 다양하게 소개된 윤리서 중에서 하필이면 마이딩화의 번역본을 선택한 것은 사상적인 친연성 때문이었다. 이해조는 유학의 영향을 깊게 받았으면서도 사회진화론을 수용한 인물이다. 그리고 전제군주제에 사로잡혀 있었다. 그것은 19세기 후반에 캉유웨이가 『대동서』에서 모색했던 유학의 공양삼세론과 사회진화론의 결합을 떠올리게 하는 것이다.

4. 남는 문제들

지금까지 살펴본 바와 같이 이해조는 모토라 유우지로의 『중등교

---

22 F. Paulsen, System der Ethik mit einem Umriss der Staats- und Gesellschaftslehre (1889)

육 윤리강화』를 중국어로 번역한 마이딩화의 『중등교육 윤리학』를 저
본으로 삼아 문답 형식의 「륜리학」과 논설 형식의 「윤리학」을 발표했
다. 비교문학적 관점에서 발신자와 전신자가 밝혀지긴 했지만, 여전
히 해명되어야 할 몇 가지 문제가 남아 있다.

첫째는 「륜리학」과 「윤리학」이 번역했을 때 무엇을 먼저 번역했는
지 밝혀질 필요가 있다. 물론 「륜리학」이 먼저 발표되긴 했지만, 한문
에 익숙한 지식인의 경우 국한문혼용체로의 번역이 훨씬 용이하리
라는 점 때문에 「윤리학」을 먼저 번역하고 그것을 문답체로 변용하여
「륜리학」으로 발표했을 가능성 또한 높다. 문답체 형식은 논어, 불경,
성경과 같은 종교적 경전이 선택한 매우 전통적인 방식이며, 또한 매
우 계몽적인 형식이기도 하다.[23] 「륜리학」의 경우에는 작가가 의도적
으로 문답체의 계몽성을 활용하는 것이다. 그리고 그 아이디어는 『중
등교육 윤리강화』가 교안이라는 형식으로 독자에 대해 물음을 던지
고 있다는 점에서 비롯된 것인지도 모른다.

둘째는 중국어 번역본을 중역한 것이 이해조에게서만 나타나는
특수한 현상이 아니라 김교제나 최찬식의 경우에도 살펴볼 수 있는
광범위한 현상이라는 점이다. 그동안 한국 근대문학 연구는 주로 일
본과의 관련성을 탐구하는데 집중해왔다. 그것은 개화-반개-미개의

---

23 마루야마 마사오(丸山眞男)는 문답체 형식에 대해서 다음과 같이 말한 적이 있다
"법륜이나 캐티키즘의 문답체에서는 모두 근본적인 입장이 서로 충돌하는 것이다.
그런데 「三醉人經綸問答」에서는, 물론 보통의 의미에서의 입장의 충돌도 있지만,
그와 동시에 일정한 정치적 상황에 대한 인식의 방법에서, 착안점의 차이, 스포트
라이트를 비추는 방식의 차이를 보여주고, 그렇게 함으로써 문제의 소재를 너 넓고
더 깊게 파악하려고 했다. 그것이 일반적으로 중요할 뿐만 아니라, 남해선생에 의
하면 정치의 사회에서는 특히 중요하다고 한다"(마루야마 마사오, 충성과 반역, 박충석
역, 나남, 1998, 279면)

삼분법에 기초해서 일본[亞西歐]과 중국을 문명의 직선 위에 위치시 킨 것과 무관하지 않다. 하지만 당시 지식인들의 언어능력이나 사고 구조를 염두에 둔다면 중국과의 오랜 문화적 친연성이 하루아침에 단절되었을 리 없다. 일본을 통해서 서구의 지식을 수행한 것 이상으 로 중국을 매개로 한, 그래서 중국식으로 변용된 서구 사상과 연결되 어 있었다. 그것은 개화의 통로가 대단히 복잡한 양상을 띠었으며, 동 아시아에 대한 심상지리 또한 다층적이었음을 암시한다.

셋째는 신소설의 역사적 성격과 관련된다. 「혈의 누」에서 나타난 캉유웨이의 흔적이라든지 「자유종」에서 엿보이는 캉유웨이의 천민론 (天民論)과 량치차오의 신민론(新民論) 사이의 논쟁 등등을 고려해 보 았을 때, 이인직과 이해조의 이념은 여러 모로 캉유웨이와 유사했다. 그동안 신소설과 중국문학과의 비교문학적 접근은 대체로 량치차오 와의 영향 관계에 대해 주목했지만, 오히려 그렇지 않을 가능성이 더 높다. 따라서 캉유웨이-량치차오-쑨원으로 이어지는 20세기 초 중국 의 사상사적 전환을 염두에 두고 한국 근대문학을 살펴보는 것은 매 우 흥미로운 일일 뿐만 아니라 한국 문학을 바라보는 새로운 시야를 마련해 주는 것이다.

신소설 작가 내지는 개화파들의 반역사성은 그들이 서구의 가치 를 맹목적으로 받아들인 '구화주의자(歐化主義者)'였기 때문이 아니라 오히려 전통적인 가치에서 벗어나지 못한 '국수주의자(國粹主義者)'였 기 때문인지도 모른다. 잘 알려져 있듯이 대한제국은 전제군주국가 였다. 대한제국의 주권은 군주가 소유했으며 주권자의 의지에 따르 는 전제정을 목표로 했다. 따라서 국가는 곧 군주와 동일시될 수밖에 없었다. 이인직이나 이해조와 같은 신소설 작가들은 이완용을 비롯한 친일관료들이 그러했듯이 주권자였던 대한제국 황실을 보존함으로써 국가가 (외형적으로) 소멸한다고 해도 국본을 유지할 수 있다고 믿었다. 그들은 과거의 사덕(私德) 대신에 국가윤리와 같은 공덕(公德)을 강조했다고 하지만, 그것은 군주제의 논리에 따라 '국가=군주'를 벗어나지 못했다. 많은 우국지사들이 군주제에 대한 전통윤리에서 벗어나지 못함으로써 반동적인 퇴행의 길을 걷는다. 이인직이나 이해조도 기본적으로 (외국 유학 경험 여부를 떠나) 근왕주의자들이었다. 그들이 계몽적이면서도 또한 역사적으로 퇴행적인 이유가 여기에 있다. 설령 입헌(立憲)을 내세워 주권자의 권한을 제한하려고 할 때에도 그것은 인민을 주권자로 상상하는 것까지 나아가지 못했다. 중국의 경우 19세기 말 변법자강운동을 통해 국가 개조를 부르짖던 캉유웨이라든가, 이에 맞서 20세기 초의 지성계를 이끌던 량치차오가 모두 십수년 만에 쑨원이 대표하는 중화민국을 반대한 것을 상기하자. 그들의 사유 속에는 모두 인민에 대한 불신과 군주제에 대한 맹목이 자리잡았던 것이다.

그런데 국가=군주의 주권이 제한되는 보호국 체제에서 계몽은 국가에 대한 새로운 사유로 이끌어간다. 만약 전제군주국가인 대한제국이 보호국 체제를 벗어나는 것은 주권자로서의 군주와 관련되는 것일 뿐이지만, 민지를 계발하여 국가를 개조하거나 국권을 회복할 수 있다는 의식은 인민을 주권자로서 새롭게 사유하기 시작했음을 암시하는 것이다.

주권자에 대한 새로운 상상은 대한제국 황제가 주권을 완전히 포기했을 때 비로소 분명한 모습으로 떠오른다. 융희황제가 일본제국에 주권을 양도한 순간 대한(제)국의 주권자는 사라지고, 그 텅빈 자리에 새로운 주권자 곧, 인민이 자리잡을 여지가 생긴다. 그런 점에서 대한제국의 마지막 십년은 주권자에 대한 새로운 상상이 시작되는 혁명적 변화의 순간이었고, 1910년대 문학은 군주제와 민주제가 분화하는 과도기였다. 물론 이 새로운 상상이 구체적으로 현실 속에 뿌리내리는 과정은 오랜 시간을 필요로 했다. 1919년 혹은 1926년의 만세운동이 민중들의 동의를 쉽게 얻었던 것도 대한제국 황제의 죽음이라는 대중적인 감수성과 결합되어 있었기 때문이다. 그리고 이태준이 「해방전후」에서 김직원이라는 인물을 통해 보여주었듯이 주권자로서의 군주에 대한 향수는 오랜 시간 동안 대중의 의식 속에 잔존했다. 그럼에도 불구하고 주권자로서의 인민에 대한 새로운 상상은 대한제국기 신민회의 구성원들이나 삼일운동 이후 아나키스트나 볼세비키들의 문학에서 꽃을 피운다. 그들은 인민을 주권자로 상정하고 새로운 문학을 구상한 것이다.

중국 의화본 소설집 『금고기관』과 「월하가인」

1. 들어가는 말

「월하가인」은 1911년 1월 18일부터 4월 5일까지 《매일신보》에 연재된 후 얼마 지나지 않은 1911년 12월 20일 보급서관에서 단행본으로 발간되었다. 연재 당시에는 '하관생(遐觀生)'이라는 이름으로 발표했다가 단행본을 발간하면서 김용준을 저작겸발행인(혹은 편집겸발행인)으로 올린 까닭에 창작자가 누구인지를 두고 의문을 가진 이들도 있었지만, 소설 「화의 혈」서문에서 이해조(李海朝, 1869~1927)가 「박정화」, 「화세계」, 「월하가인」을 자신의 저술로 언급하면서 저자 문제는 일단락된 듯하다.

「월하가인」은 초판 발행 이후 거의 매해 판을 달리할 만큼 독자들의 지속적인 사랑을 받는다.[01] 1916년 박문서관으로 출판사를 옮

---

01 최성윤에 따르면 「월하가인」이 출판된 지 얼마 지나지 않은 1913년에 여인의 수난사에 서사가 집중되어 있는 「화원호접」이 현영선의 이름으로 대창서원에서 출판된 적도 있다고 한다. (최성윤, 이해조 신소설을 저본으로 한 모방·번안 텍스트의 양상 연구, 현대소설연구 57, 2014, 460~462면)

겨 4판을 발행한 뒤로 1921년 8판을 발행한 것까지 확인할 수 있는 것이다. 그런데 8판에서는 띄어쓰기와 행갈이가 완전히 무시되면서 110~120면 내외를 유지하던 전체 면수가 86면으로 줄어든다. 6판과 7판을 직접 확인할 수 없어서 이러한 퇴행이 언제 일어났는지를 확언하긴 어렵지만, 1910년대 말에 신소설의 인기가 떨어지면서 제작비용을 줄이기 위한 출판사의 자구책이었으리라 짐작된다. 화려한 채색으로 장식되어 있던 표지가 단순해진 것도 이와 무관하지 않을 것이다.

초판	재판	3판	4판	5판	…	8판
1911.12.20. (명치 44)	1913.01.30. (대정 2)	1914.02.05. (대정 3)	1916.01.25. (대정 5)	1917.03.06. (대정 6)	…	1921.12.25. (대정 10)
보급서관		보급서관	박문서관	박문서관	…	박문서관
저작겸 발행자 김용준	제3판 판권지에서 확인함	편집겸 발행자 김용준	편집겸 발행자 김용준	편집겸 발행자 김용준	…	저작겸 발행자 김용준
124면		118면	118면	109면	…	86면
정가 25전		정가 25전	정가 30전	정가 30전	…	정가 25전

그런데, 소설이 한창 인기를 끌던 1910년대에 발간된 「월하가인」의 표지를 살펴보면, 마당가의 고목나무라든가 집 옆의 붉은 벽돌집 등 배경이 조금 달라졌을 뿐 양복을 입은 남자가 팔을 벌린 채 한복

을 입은 여인과 머리를 깎은 어린 아이가 있는 기와집 마루로 다가서는 구도를 유지한다. 가족 간의 헤어짐과 만남이라는 가정소설적 맥락에서 독자들의 관심을 끌고자 한 것이다. '애정소설(哀情小說)'이라는 명칭도 이와 관련되어 있는 것처럼 보인다. 표지에서 눈길을 끄는 것은 청복(淸服)을 입은 사람이 대문 바깥에서 기웃거리는 모습이다. 소설 속에서 중국인이 중요한 역할을 담당함을 표지를 통해서 암시하는 것이다.

최근에 「월하가인」이 주목받은 것도 표지에 등장했던 중국인과 관련되어 있다. 초창기 연구가 가족 간의 이별과 재회라는 가정소설의 맥락에서 접근한 것과 달리, 최원식이[02] 멕시코 이민사와 관련시킨 이래 여러 연구자들이 '코리언 디아스포라'의 관점에서 접근한다.[03] 그 결과 대한제국 말기에 정치적인 변동과 경제적인 몰락에 의해 발생한 해외 이주 문제를 다룬 선구적 작품으로 재평가되기에 이른다.

그런데, 이러한 접근방법은 「월하가인」이 멕시코 이민을 재현하려는 목적에서 창작되었다고 전제한다. 이해조가 소설의 재료를 옛사람의 지나간 자취, 가탁의 형질 없는 것, 현금에 있는 사람의 실지사적으로 구분한 뒤 「월하가인」은 현금에 있는 사람의 실지사적을 그린 것이라고 말한 까닭이다. 이 무렵 이해조가 '기자'라고 자칭한 것도 이와 관련된다. '현금에 있는 사람의 실지사적'을 "허언낭설은 한 구절도 기촉치 아니하고 정녕히 있는 일동일성을 일호차착 없이 편

02　최원식, 신소설과 노동이민, 한국근대소설사론. 창작사, 1986, 262~285면.

03　표언복, 미국 유이민(流移民)의 발생과 신소설, 어문연구 30, 1998, 381~396면.
　　　김형규, 일제 식민화 초기 서사에 나타난 해외이주 형상의 의미, 현대소설연구 46, 2011, 101~134면.
　　　강진구, 한국소설에 나타난 墨西哥(묵서가) 연구, 어문론집 60, 2014, 211~237면.

제1부 신민(臣民)과 신민(新民) 사이의 신소설 | 65

집"[04]하는 것을 목표로 삼았을 때 허구적인 이야기의 창조자라는 관념은 틈입할 여지가 없었던 것이다.

하지만, 이해조가 멕시코 이민자들의 삶을 소설적 제재로 삼았을 때, 그 내용은 언론을 통해서 보도된 것과 다를 바 없었다. 일본제국이 조선의 국권을 침탈한 뒤 총독부 기관지로 전락한 매일신보사에 취직한 이해조는 1910년 10월부터 쉬지 않고 소설을 연재했기에 소설 창작을 위해 새롭게 취재를 할 여력이 전혀 없었다. 그렇다면 이해조는 왜 국권 침탈 이후에 멕시코 이민을 형상화하려고 했을까? 이 글의 문제의식은 여기에서 출발한다.

2. '실지사적'의 허구적 재구성

역사적으로 볼 때 19세기 말에서 20세기 초는 전세계적으로 대규모 이주가 이루어진 시기였다. 이러한 상황은 대한제국기의 한반도에서도 예외적일 수 없었다. 만주나 연해주를 포함한 동북아시아뿐만 아니라 하와이를 위시한 미주 지역까지 광범위한 국외 이주가 진행되었다. 물론 그들이 한반도를 떠난 이유는 다양했다. 제국주의의 침탈에 맞서 국권을 지키기 위해 정치적 망명을 떠나기도 했고, 사회적 혼란의 와중에서 생존을 위해 경제적 이민을 떠나기도 했다. 하지만 멕시코 이민은 국가 간의 외교관계가 성립되지 않은 상태에서 불법적으로 이루어졌기 때문에 지속될 수 없었다. 1905년 4월 일천여 명의 한국인들이 멕시코 유카탄 지역으로 이주한 뒤 오랫동안 후속

04　이해조, 화의 혈, 매일신보, 1911.04.06.

이민이 이루어지지 않았다.

그런데 멕시코 이민선[05]이 인천항을 떠난 지 석 달 여가 지난, 그리고 이민자들이 멕시코에 도착한 지 두 달 여가 지난 1905년 7월 말에 멕시코 이민자들의 곤경이 국내에 알려진다. 미국에서 유학 중이던 신태규·황용성·안정수·방화중 등이 멕시코 이민자의 비참한 생활을 알리는 중국인 허웨이(河惠)의 편지와 함께 샌프란시스코에서 발행된 중국계 신문《문흥일보(文興日報)》를 보내오자, 당시 상동청년회 서기를 맡았던 정순만은《황성신문》에 기고문을 쓰면서 허웨이의 편지를 「묵국(墨國) 이주민의 참상」이라는 제목으로 발표한 것이다.[06]

하지만 러시아와의 전쟁에서 승리한 일본이 외교권 박탈(1905.11. 17. 을사조약 체결)을 준비하던 상황에서 대한제국 정부의 능동적인 외교활동을 기대하기는 어려웠다. 광무황제가 8월 1일 조령[07]을 통해 이민자들을 조속히 송환할 방법을 강구하라고 명하지만, 8월 말 현지조사를 위해 파견한 외무협판 윤치호는 여비 부족으로 되돌아오고 만다. 그렇지만 미주지역 한인사회와 연계되어 있던 상동청년회

---

05 멕시코 에네켄 농장주들의 위임을 받은 이민브로커 마이어스(John Meyers)는 일본의 대륙식민회사 한국지부의 책임자였던 오바 칸이치(大庭寬一)와 함께 이민노동자를 모집한 뒤 2월 출항할 계획이었으나 멕시코와의 정식 외교관계도 없었기 때문에 국제적인 문제가 발생할 것을 우려하여 블랑시 프랑스 공사를 통하여 은밀하게 여권을 발급받는다. 1905년 4월 이민선이 인천 제물포를 떠날 무렵 대한제국의 외부에서는 하와이와 멕시코 이민을 금지([잡보]電禁移民, 황성신문, 1905.04.03) 하지만, 이미 조선을 떠난 이민자들을 보호할 수 있는 방안을 마련하기 어려웠다. 한편 조선을 떠난 이민자들은 일본 요코하마에서 영국 상선으로 갈아탄 다음 한달 여의 여행 끝에 멕시코 살리나 크루즈 항에 도착한 후 기차와 배를 이용하여 5월 15일 프로그레소 항구에 도착했다.

06 정순만, 國民이 盡爲奴隷어늘 誰能救乎아, 황성신문, 1905.07.29.

07 고종실록 46권, 고종 42년 8월 1일[양력]. (http://sillok.history.go.kr/id/wza_14208001_001)

는 현지조사단을 파견하는 등 적극적인 활동을 펼친다. 특히 박장현은 1906년 1월 미국을 거쳐 멕시코시티를 방문하고 현지 조사를 벌여 불법적인 노동이민에 대한 사회적 경각심을 고취시킨다.[08]

이해조의 「월하가인」은 멕시코 이민을 떠난 몰락 양반의 이야기를 담고 있다. 충주 목계에 살던 심진사(학서)는 동학당으로 참여하라는 '부랑잡배'들의 강요를 피해 아내와 함께 외가인 이강동 댁이 있는 경기도 양주의 평구역말로 도망을 친다. 하지만 외가는 이미 한양으로 이사를 간 뒤여서 다시 한양에 올라와 겨우 몸을 의탁한다. 그런데 몇 달 지나지 않아 이강동마저 세상을 떠나자 장례를 치루느라 생계에 곤란을 겪던 심진사는 우연히 동문수학하던 정윤조를 만나 멕시코에 가면 쉽게 돈을 벌 수 있다는 소문을 듣는다. 결국 심진사는 가까운 시일에 돈을 벌어 귀국하겠다는 약속을 남기고 인천항에서 윤선을 탄다.

한인 이민자들이 도착했을 당시 멕시코는 포르피리오 디아즈(Porfirio Diaz)가 장기집권체제를 구축한 상태였다. 멕시코는 삼백년 이상 스페인의 지배를 받다가 1810년에 독립을 선언했는데, 1877년부터 국가권력을 장악한 디아즈는 경제적 근대화를 내세워 백인들의 자본과 기술을 도입하고자 했다. 이 과정에서 토지개혁이라는 명분 아래 국유지와 소규모 토지소유자의 땅, 그리고 원주민 공유지를 약

---

08 박장현은 멕시코 현지 조사 중 농장주에게 속전 100페소를 지불하고 풀려나 멕시코시티에 거주하던 염우규와 안규선을 만났다. 하지만 에네켄 농장이 밀집해 있던 "메리다까지는 길이 험하고 인심이 사나워 현지 조사가 어렵고 그곳에 갈 경우 돌아올 자금이 부족하며 더 이상 조사할 만한 내용이 없으며 정부 간의 교섭이 아니면 교포들을 구출할 길이 없다고 판단"하여 국내로 되돌아온다. (移民慘況, 대한매일신보, 1906.04.19) 박장현의 보고서는 《황성신문》(1906.04.18)과 《대한매일신보》(1906.04.12, 04.19~04.21)에 실려 있다.

탈하여 대토지소유제로 전환시킨다.[09] 이렇게 몇몇 농장주에게 집중된 라티푼디움(latifundium) 체제는 플랜테이션 농업으로 활용되었는데, 멕시코 한인 이민자들이 도착한 유카탄 지역에서는 선인장의 일종인 에네켄(Henequen) 재배가 일반적이었다. 에네켄이 선박 밧줄과 끈, 낚시줄을 만드는 원료로 사용되면서 19세기 내내 호황을 누렸기 때문이다. 결국 멕시코 한인 이민자들은 언어소통이 불가능하고 기본적인 의식주 생활조차 갖추어지지 않은 상태에서 새벽부터 밤까지 에네켄 잎을 잘라야 했다.

> 윤조의 있는 농막을 찾아가니 토인이 채찍을 들고 수십 명 고용하는 사람을 양의 떼 모양으로 몰아오는데 개개이 의복이 남루하여 더러운 살을 감추지 못하고 얼굴에 줄줄이 때가 흘러 눈만 겨우 반짝반짝 하는데 심진사를 보고 피차간 인사는 본래 없는 자들이나 동시 동양 사람이라 반가움을 이기지 못하여 무엇이라 말을 하려 한즉 토인이 소리를 버럭 지르며 발길질을 하니 다시 꿀꺽 말을 못하고 지나더라. (62면)[10]

멕시코 이민자들의 노동계약은 현대적인 의미의 임금노동이 일반화되기 이전의 계약노동 관행을 따른 것이었다. 뿐만 아니라 1915년 1월 카란자(Venustiano Carranza) 대통령에 의해 농장법이 폐지되기까지 멕시코에서 적법한 것이기도 했다. 따라서 멕시코 이민자들이 열악

---

09 에두아르노 갈레아노, 박광순 역, 수탈된 대지:라틴 아메리카 500년사, 범우사, 1980, 204면.

10 텍스트로는 1911년 보급서관에서 간행한 『월하가인』을 사용한다. 인용문은 모두 현대적인 표기법에 따라 고쳤으며 인용 말미에 면수를 밝혔다.

한 노동조건에 처해 있었다고 하더라도 그들은 '노예'는 아니었다. 계약노동은 일정한 기간의 계약이 끝나면 자유로운 삶을 살 수 있다는 점에서 노예노동과 분명히 구별된다. 실제로 멕시코 이민자들은 4년간의 계약이 끝난 1909년 5월 12일에 자유인의 신분을 되찾는다.

「월하가인」이 발표된 것은 멕시코 이민자들이 계약노동의 굴레에서 완전히 벗어난 뒤였다. 그들이 자유인이 되었다는 소식이 국내에 전해진 것은 1909년 4월 초였다.[11] 뒤이어 샌프란시스코에 있던 대한인국민회에서 파견한 황사용과 방화중의 지도를 받아 메리다지방회를 결성했다는 소식까지 전해진다. 이해조가 멕시코 이민자에 대해서 처음으로 관심을 표명한 것은 이 무렵이다. 「모란병」에서 멕시코 이민을 "못 먹고 헐벗고 삼시로 매를 맞으며 노동을 한다"[12]라고 언급하면서, 아들이 유학을 떠난 사실을 모르는 부모를 속여 재산을 빼앗는 과정에서 중요한 모티프로 활용했던 것이다. 흥미로운 것은 「모란병」이 발표된 시기가 멕시코 이민자들이 계약노동에서 풀려나던 때와 맞물려 있다는 점이다. 현재 《제국신문》이 1909년 2월 28일까지

---

11 「年前 我同胞 千餘人이 南米 墨西哥 地方에 渡往하여」, 《황성신문》, 1909.04.02. 이후 《황성신문》에서는 「在墨同胞의 活動」(1909.04.27), 「在墨同胞 現況의 續聞」(1909.06.11~12) 등의 논설을 발표했고, 《대한매일신보》에서도 1909년 6월 15일에 「기념어저귀」라는 기사를 실었다.

12 "일본 와 수소문을 하온즉, 수복이가 여간 가지고 왔던 여비를 다 없애고 묵서가 사람에게 몸을 자매하여 건너갔는데, 못 먹고 헐벗고 삼시로 매를 맞으며 노동을 한다더니 근일에는 생사존몰을 알지 못한다 하오니, 사실이 불가불 묵서가로 들어갈 터이온데, 종제가 다행히 천신만고 중 살아있으면 제 몸을 속량하여야 하겠삽고, 만일 풍설과 같이 불행한 일이 있으면 골육을 그곳에다가 버려둘 수 없사오니, 매가육장을 하신대도 운구를 불가불 하겠사오니, 돈 일천 환만 이 사람 편에 구처하여 보내 주옵소서. 이 사람이 신실무의하오니 조금도 염려 말으시옵소서"(이해조, 모란병, 박문서관, 1911, 92면)

만 남아 있어서[13] 멕시코 이민을 언급한 부분이 언제 발표되었는지를 확정하기는 어렵지만, 단행본의 분량을 고려하면 멕시코 이민자들이 계약노동에서 풀려나던 무렵일 가능성이 매우 높다.

이처럼 멕시코 이민자들의 후일담을 이해조가 알았다면, 「월하가인」을 통해서 멕시코 노동이민의 참상을 재현하는 것 역시 시의성이 없다는 것도 잘 알았을 것이다. 그렇다면 이해조가 멕시코 이민을 다룬 이유는 무엇이었을까? 이와 관련하여 국권 침탈 이후 이해조가 조선총독부 기관지로 전락한 매일신보사 기자로서 소설을 발표했다는 사실을 상기할 필요가 있다. 이해조가 소설 「화세계」를 연재하던 무렵, 《매일신보》 제1면에는 '세계잡조(世界雜俎)'라는 이름으로 국제정세가 실려 있었는데, 당시 세계의 이목은 '20세기 최초의 혁명'이 발생한 멕시코에 집중되어 있었다. 36년 동안 군림해 왔던 디아즈가 1910년 선거에 또다시 출마하자 이에 맞서 마데로(Francisco Indalècio Madero) 등이 선거 거부를 선언하면서 멕시코내전이 발생한 것이다.

멕시코는 일본제국의 관심 지역이기도 했다. 메이지 개국 이래 최초의 평등조약으로 평가받는 멕시코와의 수호통상조약(1888년) 체결 이후 많은 일본인들이 이민을 떠난 까닭에 멕시코에 깊은 관심을 지닐 수밖에 없었다. 1910년 9월 1일 멕시코 수도에서 '일묵박람회(日墨博覽會)'[14]를 개최하고 9월 16일 멕시코 독립 백주년 기념식에는 특명전권대사를 파견[15]할 정도였다. 따라서 1910년 내내 멕시코 정세는

---

13   이해조의 「모란병」은 《제국신문》에 1909년 2월 13일부터 연재되기 시작했으나, 2월 28일까지만 확인되었고, 언제 연재가 끝났는지는 확인하기 어렵다. (배정상, 이해조 문학 연구, 소명출판, 2015, 187면)

14   日墨博覽會, 황성신문, 1910.07.02.

15   특파대사 발정, 대한매일신보, 1910.07.05.

여러 언론매체를 통해서 지속적으로 보도되었다.[16] 따라서 이해조가 이미 완전한 자유인이 된 멕시코 이민자를 새삼스럽게 형상화한 것은 멕시코혁명에 대한 당대의 관심에 부응하려는 것으로 보아야 할 듯하다. 이해조가 멕시코 이민을 객관적으로 재현하려는 목적을 지니지 않았다는 점은 여러 역사적 사건을 왜곡한다는 점에서도 확인할 수 있다.

좀 더 구체적으로 살펴보자. 소설의 첫 대목에서 심진사는 "갑오년 동학란을 당하여 부랑잡류들이 아무쪼록 심진사를 끌어내어 앞장을 세우고 도당을 소집하려고 입도하기를 여러 번 권"(2면)하는 것을 피해 한양에 올라왔다가 우여곡절 끝에 멕시코까지 흘러간 것으로 서술되어 있다. 그런데 심진사가 한양에 올라올 무렵 장씨부인은 첫 아이를 수태한 지 오륙 삭 정도였고, 이강동의 장례를 치르고 난 직후에 몸을 풀었다. 그런데 아내의 해산구완조차 하기 어려운 상황에서 심진사는 거리를 헤매다가 고향 친구인 정윤조를 만나 멕시코로 갔으니, 심진사가 동학란을 피해 한양에 올라왔다가 멕시코로 떠나기까지 소요된 시간은 몇 달이 채 안된다. 심진사가 멕시코로 떠났을 때 아들 창손은 "세상에 나온 지가 인제 겨우 백일"(16면)밖에 지나지 않은 갓난아이였다. 따라서 「월하가인」의 첫대목에서 1894년의 갑오농민전쟁과 1905년의 멕시코 이민을 연결시킨 것은 단순한 착오라고 하기에는 서사적 개연성을 크게 벗어난 것이다.

---

16 1910년 6월말부터 7월 초까지 멕시코 대통령 선거 관련 기사는 《황성신문》(06.12, 06.17, 06.26, 07.02)과 《대한매일신보》(06.19, 06.26, 06.28)에 실려 있으며, 1910년 11월에는 멕시코내전 관련 기사가 《매일신보》(11.15, 10.16, 10.17, 10.19, 10.25, 10.26)에 실려 있다.

뿐만 아니라 이해조는 심진사가 "동양에서 건너간 사람을 전신에 유혈이 낭자하도록 채찍질을 하여 가며 뼈가 빠지도록 노동을 시키며 사람은 차마 견디기 어려운 악한 음식을 주어 만일 괴로이 여기고 게으른 빛이 있으며 무지한 발과 우악한 주먹으로 차고 때리"(53~54면)는 가혹한 상황에 놓여 있다고 말하면서 멕시코를 "아직도 문명진화(文明進化)가 못다 되어서 인류를 우마와 같이 천하게 대우하는 악풍이 그저 있는"(53면) 야만적인 국가라고 말한다. 여기에서 이민자들에게 태형을 가하고 강제노동을 강요하는 '토인'은 멕시코 토착민, 곧 인디오들이 아니라 "옥색물을 풀어 들인 눈"(55면)을 가진 백인들이다. 이처럼 「월하가인」에서 멕시코의 백인들은 '토인'이자 '야만인'으로 묘사된다. 당시의 멕시코 현실에 대한 이해가 부족한 상태에서 이민자들의 참상을 토착민과의 갈등으로, 그리고 한 걸음 더 나아가 문명과 야만의 이분법으로 환원시키는 과정에서 담론적 혼란이 빚어지는 것이다.

마지막으로 심진사가 멕시코를 탈출한 뒤 미국 화성돈에서 수학을 하다가 미국 공사의 도움을 받아 한국으로 귀국하는 과정 또한 역사적 사실과 부합하지 않는다. 심진사는 멕시코를 탈출한 뒤 미국에서 공부를 하다가 주미공사로 와 있던 민판서의 도움으로 서기생으로 추천된다. 하지만 대한제국은 1905년 11월 일본과의 을사보호조약으로 인하여 외교권을 박탈당했기 때문에 미국 공사관 또한 폐쇄당했다. 만약 소설에서 언급된 대로 심진사가 미국에 건너가던 "그때는 전한국 주미공사가 있었을 때"라고 하더라도 민판서가 귀국한 뒤에 '외부대신'이 되고 심진사 또한 민판서를 도와 참서관을 거쳐 "국장으로 협판까지 승차"(473면)를 하는 것은 있을 수 없는 일이다.

이처럼 「월하가인」에서 심진사의 이민과 귀국 과정은 역사적 사실과 부합하지 않는다. 토마체프스키의 용어를 빌리자면, 이야기 자체의 개연성과 무관하게 삽입되는 이러한 자유모티프들 속에서 식민화의 위기에 맞섰던 갑오농민전쟁을 부랑잡배의 행위로 비하하고 제국주의 질서 속에 편입되던 대한제국의 정치상황을 정상적인 것처럼 왜곡하는 것이다. 따라서 이해조가 「월하가인」에서 시의성을 상실한 멕시코 이민을 새삼스럽게 소설적 제재로 삼은 것은 역사적 현실을 사실적으로 재현하려는 목적과는 거리가 멀다. 당대에 세계사적인 관심지역이었던 멕시코를 소설적 배경으로 삼아 독자들의 관심을 끌려는 상업적인 목적에서 출발했을 뿐만 아니라, 일제의 식민담론에 편승하여 식민질서를 정당화하고 있는 것이다.

3. 중국인에 대한 긍정적 묘사와 그 의미

「월하가인」에서 심진사가 멕시코로 이민을 떠난 동안 한양에 남아있던 장씨부인은 여러 차례 위기와 맞닥뜨린다. 남편이 떠난 후 여러 달이 지나도록 아무 소식이 없자 방물장수 또성어미가 중매로 한 몫 챙기려는 욕심으로 접근한다. 그녀는 처음에 온갖 친절을 베풀어 환심을 산 뒤에 값비싼 노리개를 훔쳐 장씨부인으로 하여금 어쩔 수 없이 선을 보게 만든 것이다. 그런데 선을 보는 자리에서 장씨부인의 사연을 들은 장시어가 오히려 또성어미를 고발하고 서로 의남매를 맺으면서 사건은 일단락된다. 그런데 장시어가 벽동집과 결혼한 뒤 고향 원주로 내려가면서 장씨부인에게 새로운 위기가 찾아온다.

벽동집은 장씨부인을 시기하여 패물을 훔친다고 모함하여 쫓아낸다. 결국 장씨부인은 원주를 떠나 한양으로 가던 중에 우연히도 아버지 장판서에게 은혜를 입은 중국인을 만나는데, 이것이 계기가 되어 남편 심진사와도 재회한다.

이러한 가족 재회의 서사는 이해조의 다른 소설과 크게 다르지 않다. 「월하가인」은 본질적으로는 헤어진 부부의 재회 과정을 그리는 가정소설의 플롯을 따르는 것이다. 그런데 「월하가인」에서 눈에 띄는 것은 서사 전개 과정에서 중국인이 중요한 역할을 수행한다는 점이다. 중국인 왕대춘은 "산동사람으로 조선에 건너와 장사를 하다가 중병으로 자본을 다 없애고 노동생활을 하"(56면)기 위해 멕시코로 건너간다. 그는 멕시코에서 심진사를 만나자, 미국에 살던 외사촌을 동원하여 미국 정부의 신분 보장을 얻어내고 자신이 오랫동안 모아두었던 돈으로 몸값을 대신 치루는 등 많은 도움을 준다. 왕대춘의 도움은 여기에서 끝나지 않고 장씨부인이 벽동집의 모함을 받아 한양으로 쫓겨가는 과정에서도 계속된다. 심진사와 헤어져 영국 런던으로 갔던 왕대춘이 "종형의 자본으로 각종 물품을 무역하여 가지고 장사치로 조선으로 다시 나왔"(107면)다가 장씨부인을 만나 선대의 은혜를 갚은 것이다.

이처럼 중국인 왕대춘은 심진사와 장씨부인이 위기에 처할 때마다 구원자의 모습으로 등장한다. 또한 심진사와 장씨부인이 재회하도록 주선함으로써 헤피엔딩으로 이끌어간다. 이 시기 신소설이 대체로 중국인을 부정적인 존재로 묘사했다는 점을 감안한다면 이러한 왕대춘의 형상은 매우 이채롭다. 그래서 배정상은 "이해조 소설이 총독부 기관지인 《매일신보》의 담론을 전적으로 수용하고 있었다면, 오히려 청인 조력자보다는 일본인 조력자를 등장시키는 편이 효과적이었을 것이다. 이해조가 굳이 청인 조력자를 등장시킨 것은 적어도 「월하가인」이 《매일신보》 또는 식민주체의 담론으로부터 비교적 자유로운 상태에서 연재되었음을 알 수 있다"[17]고 말한 바 있다.

그런데 「월하가인」에서는 다른 신소설들과 달리 왜 중국인 왕대춘이 구원자 역할을 담당한 것일까? 이와 관련하여 주목할 만한 부분이 있다. 작가는 소설의 마지막 대목에서 왕대춘의 입을 빌어 다음과 같이 말한다.

> (심) 저번에는 미처 묻지를 못하였소마는 공의 댁 소경력에 무슨 곡절이 있기로 우리 내외의 일과 방불하여 감구지회가 생긴다 하셨나요?
> (왕) 그는 졸사간에 말씀으로 할 수 없삽고 상해 소설대가가 내 집 일을 희한히 여겨 「동정추월」이라는 신소설을 편집 발행하는 것이 있으니 그 책을 구하여 보시면 자세히 아시리이다. (124면)

여기에서 왕대춘은 심진사 일가의 이야기가 자기 가문의 소경력과 방불하여 감구지회가 생긴다고 말하거니와, 이에 따르면 왕대춘 일가의 이야기를 그린 「동정추월」과 심진사의 이야기를 다룬 「월하가인」은 유사한 작품이 될 수밖에 없다. 이렇게 한 텍스트에서 다른 텍스트를 지시하는 방법은 이미 「홍도화」에서 사용된 바 있다. 주인공 태희가 영평 홍생원 집으로 시집을 왔다가 청상과부가 되어 누명

---

17 배정상, 앞의 책, 281면.

을 쓰고 자결을 하려고 할 때, 그녀에게 다시 삶에 대한 희망을 되살려 준 것이 《제국신문》에 실린 논설이었다. 이런 점을 염두에 둔다면 「월하가인」에서 언급한 「동정추월」 역시 실제로 존재할 가능성이 있다. 하지만, 「동정추월」이라는 중국 신소설 작품은 눈에 띄지 않는다. 대신 1912년 청송당에서 민준호가 번안한 신소설 「동정추월」이 있긴 하지만, 일본인 오카모토 유키코(岡本雪子)가 아버지와 남편의 원수를 갚는다는 내용이어서 유사성을 찾기 어렵다.[18]

그런데, 소설 속에 등장한 「동정추월」과 관련하여 눈길을 끄는 것은 『금고기관』[19]의 아홉 번째 이야기인 「전운한우교동정홍(轉運漢遇巧洞庭紅)」이다. 이 작품에는 김유후와 문약허의 이야기가 실려 있는데, 특히 거부가 된다는 점술가의 말을 믿고 허랑하게 지내던 문약허가 친구의 도움으로 무역선을 타고 해외에 나갔다가 동정홍 덕분에 큰 행운을 만나는 두번째 이야기가 주목된다. 이야기의 배경이 명나라 때여서 「월하가인」과 직접 비교하기는 쉽지 어렵지만, 두 이야기는

---

18   이영아는 이 대목을 두고 "동정추월"이라는 신소설의 홍보를 곁들이고 있다"고 말한 바 있지만, 1911년에 연재되고 간행된 작품이 1년 뒤에 출간될 작품을 홍보한다는 해석은 그리 적절해 보이지는 않는다. (이영아, 1910년대 매일신보 연재소설의 대중성 획득과정 연구, 현대문학연구 23, 2007, 50면, 각주 20)

19   『금고기관(今古奇觀)』은 중국 명대의 숭정 10년(1637년) 전후하여 포옹노인(抱瓮老人)에 의해 편찬되었다고 전해지는 이야기책을 말한다. 본디 송대의 화본(話本)은 구연을 위한 간략한 이야기였지만, 출판되면서 많은 인기를 얻자 화본을 모방한 '의화본(擬話本)'들이 양산되었다. 이렇게 만들어진 의화본은 출판과 결합한 읽을거리였기 때문에 이야기 구성이나 인물 묘사에 있어서 큰 발전을 보였다. 그래서 여러 권의 의화본들이 책으로 출판되기도 했는데, 가장 유명한 것이 삼언(『喩世明言』『警世通言』『醒世恒言』)과 이박(『初刻 拍案驚奇』와 『二刻 拍案驚奇』)이다. 이렇듯 독자들의 사랑을 받았던 삼언이박 중에서 좋은 작품만을 골라 놓은 것이 『금고기관』이다. '삼언'에서 29편[유세명언(8편), 경세통언(10편) 성세항언(11편)], '이박'에서 11편[초각박안경기(8편) 이각박안경기(3편)] 등 총 40편을 엮은 것이다.

왕대춘의 말마따나 "초년에 괴로움을 겪다가 말년에 원만한 복을 누리"(123면)게 된다는 점에서 유사하다.

「월하가인」의 주인공 심진사는 난리 때문에 큰 어려움을 겪다가 일확천금의 꿈을 꾸면서 멕시코로 떠난다. 문약허가 큰 부자가 되리라는 점술사의 예언을 믿은 것처럼 심진사 역시 멕시코에 가면 큰돈을 벌 수 있다는 이야기를 "처음에는 허황하게 듣고 그대 생의도 아니하다가 윤조의 이야기에 귀가 솔깃하"(10~11면)여 함께 멕시코로 떠나기로 약조한다. 하지만 멕시코에 도착하자마자 환상은 깨어진다. "이름이 노동이지 별것이 아니라 기계를 둘러주기나 하고 고등을 틀어 놓기나 하는데 그것도 시간을 작정하여 하루 몇 시간 동안쯤 하고 그 나머지 시간은 제 자유로 공부를 하려던 공부도 하고 장사를 하려면 장사도 하며"(10면) 지낼 수 있다는 이야기는 "개발회사의 풍설"(11면)에 지나지 않았고, 심진사는 친구 정윤조의 "풍치는 말"(53면)에 속은 꼴이 된 것이다.

그런데 멕시코에서 패가망신한 줄로만 알았던 심진사는 예기치 않은 행운을 만난다. 문약허가 우연히 거북의 등껍질을 얻어 페르시아 상인에게 팔아 엄청난 부를 얻었듯이, 심진사는 중국인 왕대춘의 도움으로 멕시코에서 탈출한 뒤 미국에서 공부를 하여 서기생에 피임되었다. 멕시코로 이민을 떠날 때 작가가 "옛적으로 말하면 상부사 역관이나 되어 가는 듯이, 지금으로 말하면 공영사 서기관이나 되어 가는 듯"(11면)하다고 언급한 것은 앞으로 일어날 일을 암시하는 복선이었던 셈이다.

서기생이 공교히 신병을 인하여 청원 귀국을 하는지라

공사가 즉시 심진사로 천보를 하였더니 천행으로 서기생 피
임을 하여 공사관에서 근무를 하다가 공사가 체임이 되어 돌
아올 새 심서기도 그곳에 홀로 떨어져 있기도 싫고 자기의 목
적하던 공부도 이미 졸업을 하였은즉 더 기다리고 있을 일이
없는지라 (73면)

물론 두 이야기의 주인공이 해외에서 크게 성공한다고 하더라도
그 양상에는 차이가 있다. 「전운한우교동정홍」에서는 문약허의 행운
이 물질적인 부와 연관되어 있으며 그 실현과정도 점술사의 예언과
관련된다는 점에서 운명론적이라고 한다면, 「월하가인」에서는 심진
사의 행운이 입신출세와 연관되어 있으며 저축이나 학업과 같은 개
인적인 성실성의 결과로 그려진다. 정윤조가 개발회사에 대한 허황
된 풍설을 믿고 그것을 유포한 대가로 서사적인 징벌을 받은 것과 달
리 심진사는 어려운 환경 속에서도 항상 성실하게 학업을 닦고 근검
한 생활을 영위한 덕분에 보상을 받는 것이다.[20]

이렇듯 「월하가인」은 멕시코 이민이라는 특수한 역사적 사건을 다
루긴 하지만, 서사적 뼈대로 삼는 것은 「전운한우교동정홍」이라고 여
겨진다.[21] 이해조가 여러 작품에서 『금고기관』의 서사를 활용한 것은

---

20 심진사는 "상업학교에 입학을 청원하여 낮이면 목사의 집에서 사환을 부지런히 하
고 밤이면 학교에 가서 공부를 열심으로 하"(71면)여 경륜을 쌓았기 때문에 출세할
수 있었다. 이러한 모습은 경제적인 측면에서 왕대춘이 "수 년 동안에 여러 만금의
자본을 저축"(58면)한 것이나 심진사가 벼슬을 한 뒤에도 "월급 중에 식가(食價)를
제한 외에는 꼭꼭 저축하기만 종사"(82면)했다는 것과 유사하다. 그런데 윤리적 덕
목으로서의 성실성이 제국주의의 질서 속에서 어떤 의미를 지니는지에 대해서 전
혀 의식하지 않았다는 점에서 비판받아 마땅하다.

21 최원식은 왕대춘의 형상과 관련하여 한문단편 「북경 거지」와 「홍역관」의 화소에 기
대어 있다는 점을 지적한 바 있고(최원식, 277면), 송민호는 「월하가인」의 첫대목에

널리 알려진 사실이다.[22] 초창기에 발표한 「고목화」나 「원앙도」의 경우에 번안에 가깝게 전폭적으로 수용되었지만, 이후에는 점차 특정한 상황이나 사건의 설정을 차용하는 방식으로 변모한다.[23] 「월하가인」은 그런 점에서 매일신보사 입사 이후 『금고기관』의 서사를 어떻게 활용하는지를 잘 보여준다. 이해조는 『금고기관』의 서사를 부분적으로 차용하면서 그 상상력의 빈틈을 역사적 사건들을 끌어들여 보충한다. 이 무렵에 쓴 여러 소설들에서 첫머리에 역사적 사건을 배치한다든가 혹은 "현금에 있는 사람의 실지사적"을 강조한 것도 이와 관련된다. 「화세계」에서 청일전쟁이라든가 군대 해산을 끌어들이고 「월하가인」에서 갑오농민전쟁과 멕시코 이민을 그려내며 「소학령」에서는 연해주 지역의 의병운동을 형상화한 것은 모두 같은 맥락으로 이해될 수 있다.

　결국 「월하가인」의 밑바탕에 중국인의 해외 무역과 성공을 그린

서 "선비가 화적단(동학군)에 끌려가 두목이 되어줄 것을 요구받"는 것을 예로 들어 「이견공궁도우협객(李汧公窮途遇俠客)」의 관련성을 언급한 바 있다.

22 이경림, 근대 초기 『금고기관』의 수용 양상에 관한 연구, 한국근대문학연구 27, 2013, 225~259면.

23 송민호에 따르면 이해조가 『금고기관』의 삽화를 수용하는 방식에는 크게 두 가지가 있다. 하나는 수용 삽화의 전체 서사를 유지하여 소설에 차용하는 방식이고, 다른 하나는 수용 삽화의 전체 서사가 아닌 특정한 상황·사건의 설정을 차용하는 방식이다. (송민호, 이경림 발표 '근대 초기에 미친 금고기관의 영향에 대하여'에 관한 토론문, 한국근대문학회 제 26회 학술대회, 2012.06.02., 48면 참조) 강현조 역시 "이해조는 《제국신문》에 작품을 발표하던 시기뿐만 아니라 《매일신보》에 소설을 연재하던 1910년대 초에 이르기까지 명대백화문학과 만청소설의 번안적 수용, 그리고 「화성돈전」·「철세계」·「누구의 죄」의 번역 등 다양한 중국 문학작품들에 대한 섭렵을 통해 작품 집필에 임했던 작가라고 말해도 지나치지 않을 것이다"라고 언급한 바 있다. (강현조, 한국 근대초기 번역·번안소설의 중국·일본문학 수용 양상 연구, 현대문학의 연구 46, 2012, 7~37면 참조)

백화소설이 놓여 있다면, 중국인 구원자의 등장을 예로 들어 이해조가 식민지 통치권력의 검열 제도에 거리를 두려 했다고 해석하는 것은 조금 과장된 것처럼 느껴진다. 이와 함께 멕시코 이민이 사회적인 관심사로 떠올랐던 과정에서도 중국인이 깊이 관련되었던 것을 기억할 필요가 있다. 1905년에 상동청년회의 정순만이 멕시코 이민의 참혹상을 처음 고발했을 때, 그 근거는 중국인 허웨이의 편지였다.[24] 연동교회를 매개로 상동청년회와 관련을 맺었던 이해조 또한 이와 다르지 않았을 것이다.[25]

사실 중국에 대한 이해조의 애정은 뿌리 깊은 것이었다. 이인직이 일본에 대한 편애로 일관한 것과 달리 이해조는 「빈상설」에서 중국을 파락호 남편이 새로운 인물로 재탄생하는 공간으로 묘사한 적도 있었다. 따라서 「월하가인」에서 중국인이 긍정적인 구원자로 형상화한 것은 서사의 원천이 중국 백화소설에 놓여 있다는 것, 그리고 실제 역사적 사건에서 중국인이 긍정적인 역할을 담당했다는 점, 마지막으로 작가 자신이 중국에 대해 호의적인 시선을 간직해 왔다는 점들을 고려해 볼 때 총독부의 식민담론에 대한 저항으로 말하기는 어려울

---

24 상동청년회를 중심으로 한 개화파 지식인들이 중국인 허웨이의 말을 신뢰한 것과 달리 이민자들의 통역을 맡아 멕시코에도 다녀왔던 권병숙은 한인 이민자들로 인해 직업을 잃게 될 위기에 놓인 중국 광동인들이 꾸민 계략이라고 주장하기도 한다. (권병숙, 하혜의 간계, 황성신문, 1905.11.15~17) 이러한 권병숙의 주장은 황현의 『매천야록』에서도 발견된다. "어떤 사람들의 말에 의하면 멕시코에서 고용된 청국인들은, 부지런하고 영리한 우리 유민으로 인하여 소외되자 그들은 유언비어를 퍼뜨려 우리 유민들이 도착하는 것을 계속 저지했다"(매천야록, 광무 9년 乙巳(1905년) ①)

25 권병숙은 을사오적이었던 권중현의 사촌으로 한양의 미국공사관에서 통역사로 활동하기도 했다. 그는 1905년 한국인 이민자들을 이끌고 멕시코에 갔다가 1907년 귀국했는데, 멕시코 이민자를 추가로 모집한다는 소식이 전해지자 《황성신문》에서 「寧入鬼門關이언정 勿向墨西哥」(1907.06.12)라는 논설을 발표하기도 했다.

듯하다. 「월하가인」에 등장하는 중국인 구원자의 모습은 식민지 통치권력이 아직 편재하지 않았기 때문에 나타난 현상일 뿐 이해조가 적극적으로 통치권력에 대항함으로써 생겨난 것은 아니었다. 「월하가인」이 발표된 지 얼마 지나지 않아 이해조가 「소학령」에서 중국인을 동양인종이면서도 동시에 문명과 야만의 이분법에 따라 계몽의 대상으로 재맥락화했다는 사실은 이것을 반증한다.

4. 신소설의 서사적 원천

이해조는 백화체로 된 한문소설 「잠상태(岑上苔)」 이래 많은 소설을 발표했다. 십 년도 채 되지 않는 짧은 시간 동안 삼십 여 편에 이르는 소설들을 발표했으니, 그 생산력에 놀라지 않을 수 없다. 이 경이로운 생산력의 비밀을 파악하는 하나의 단서는 여러 연구자들이 지적한 바 있듯이 『금고기관』과 관련된다. 그런데 이해조의 초기작들이 전체 서사의 골격을 『금고기관』에서 그대로 가져왔다고 한다면, 1910년을 거치면서 역사적 사건들을 서사의 전면에 배치하여 『금고기관』의 영향력을 은폐하는 방향으로 전환되었다. 표면적으로는 당대의 관심을 끌었던 사건들을 다룸으로써 독자들의 호기심에 영합하고자 했다. 이러한 이해조의 서사전략은 매일신보사의 대중화 기획과 보조를 같이 할 뿐만 아니라 소설적 제재로 삼은 역사적 사건을 해석하는 과정에서도 식민질서를 정당화하는 태도를 보여준다.

이처럼 제국의 질서 속으로 점차 편입되어 간다는 점에서 이해조의 소설세계는 비판받아 마땅한 것이지만, 다른 한편으로 끝내 『금고

기관』의 상상력에서 벗어날 수 없었다는 사실은 1910년대의 신소설을 이해할 때 좀 더 세심한 접근이 필요하다는 것으로 보여준다. 조선후기부터 널리 알려졌던 중국 백화소설이라는 익숙한 이야기가 '신소설'이라는 외장 아래 여전히 많은 독자들의 지속적인 사랑을 받았다는 사실은 독자들의 취향이 그리 많이 바뀌지 않았음을 의미한다. 당시의 독자들은, 그리고 신소설은 여전히 동양문학, 혹은 전통서사의 강력한 자장 아래 놓여 있다. 그런 점에서 신소설이라는 문학사적인 혁명은 우리의 상상 속에서만 존재하는지도 모를 일이다. 따라서 이해조 소설, 더 나아가 신소설의 정확한 위상을 파악하기 위해서는 그 원천을 탐구하는 작업을 지속할 필요가 있다. 중국 백화소설을 '한국문학'의 외부에 놓을 것인지 혹은 내부에 놓을 것인지에 대한 논의가 필요하겠지만, 다른 한편으로 신소설의 서사적 원천을 일본문학뿐만 아니라 중국문학에서 찾으려는 시도 또한 요구되는 것이다.

제2부

흥사단 원동임시위원부의
문학적 스펙트럼

정치적 망명과 시인의 선택

1. 문학, 그 낯선 이름

소설가 김동인(金東仁, 1900~1951)이 일본으로 유학을 떠난 것은 열네 살이던 1914년이었다. 평양교회 초대 장로였던 아버지 김대윤(金大潤) 덕분에 미션스쿨인 숭덕소학교를 거쳐 숭실학교에서 공부하다가 도쿄(東京)로 떠났다. 김동인과 동갑인 데다가 기독교 집안에서 성장했던 까닭에 소학교에서 함께 공부하기도 했던 주요한(朱耀翰, 1900~1979)은 이미 일본에서 미션스쿨인 메이지학원(明治學院)에 다니고 있었다. 유학생 선교목사가 된 아버지 주공삼(朱孔三) 목사를 따라서 일년 전에 헤어진 친구였다. 그런데 의사나 변호사가 되겠다고 말하는 김동인에게 주요한은 뜻밖에도 '문학'을 하겠다고 말한다. 주요한에게 처음 '문학'이라는 말을 들었던 날의 충격을 김동인은 다음과 같이 적었다.

> 동경에서 주요한이 나보다 먼저 와 있었다. 요한은 그의
> 아버지가 동경 조선인 유학생 선교 목사로 동경에 주재하게
> 된 관계로, 아버지를 따라 나보다 일년 전에 동경에 와 있던

것이다.

　본국서도 같은 소학교(중등학교의 전신인 예수교 소학교)에 다녔었다. 동경의 요한을 만나니 요한의 말이 자기는 장차 '문학'을 전공하겠다 한다.

　법률학은 분명 변호사나 판검사가 되는 학문이다. 의학은 분명 의사가 되는 학문이다. 그러나 문학이란 장차 무엇이 되며 무엇을 하는 학문인지, 어떻게 생긴 학문인지, 그 윤곽이며 개념조차 짐작할 수 없는 나는 이 주요한이 나보다 앞섰구나 하였다. 소년의 자존심은 요한보다 뒤떨어지는 자기 자신이 스스로 불쾌하고 부끄러워서 학교에 입학하는 데도 명치학원을 피하고 동경학원에 들었다. 요한은 일년 전에 학교에 들었는지라 그때는 벌써 명치학원 중학부 이학년이었다. 나는 새로 입학하려면 일학년에 입학하게 되는지라 일년 뒤떨어진다. 같은 명치학원에서 요한보다 하급생 노릇하기가 싫어서 동경학원 일학년에 입학을 한 것이다.[01]

　일찍이 이광수(李光洙, 1892~1950)가 '이보경(李寶鏡)'이라는 이름으로 「문학의 가치」(대한흥학보 11, 1910.03)라는 글을 쓴 적이 있긴 하지만, 조선에서 '문학'이라는 말은 여전히 낯설었다. 춘원 이광수가 「문학이란 하오」(매일신보, 1916.11.10~23)를 다시 써야 했던 이유였다. 그러니 평양에서 공부하던 김동인으로서는 '문학'이라는 말 자체가 생소할 수밖에 없었다. 어린 시절부터 함께 공부하면서 서로 견주던 사이였던 친구 이미 '문학'이 무엇인지 이해하고 '문학'을 전공하겠다는

01　김동인, 문학과 나 -문단 30년의 자취, 신천지, 1948.03~1949.08, 김동인문학전집 6, 누리미디어, 2015, 41면.

뜻을 품었던 반면 일년 늦게 유학 온 탓에 '문학'이 무엇인지도 몰랐으니 자존심 강한 소년은 커다란 상처를 입지 않을 수 없었다.

실제로 주요한은 메이지학원 중등부 시절 러시아의 문호들과 서구의 시인들, 그리고 일본 근대시인들의 작품을 읽었을 뿐만 아니라 동급생들과 회람지를 발행하기도 했다. 그리고 1915년부터 시인 가와지 류코(川路柳虹)의 문하에서 시를 공부하면서 일본어로 시를 써 문단의 인정을 받기까지 했다. 1918년 9월 가와지 류코가 주재하던 《현대시가(現代詩歌)》에 「미광(微光)」으로 추천을 받은 것이다.[02] 그렇듯 일본어 시 창작에 재능을 보였던 주요한이었지만, 1918년 무렵 모국어로 시를 쓰기로 결심하고 유학생잡지였던 《학우(學友)》에 「에튜드」를 발표하고, 동인지 《창조》에 시 「불놀이」를 발표했다.

그때까지만 하더라도 주요한은 김동인과 마찬가지로 언어를 통해 자연과 인생을 '창조'하는 것이 문학의 진정한 가치라고 믿었다. 《창조》 창간호의 「남은 말」에서 비판했던 '도학선생'과 '통속소설'이 구체적으로 이광수를 염두에 두었는지는 알 수 없지만, '자연과 인생을 언어로 창조한다'는 목표를 공유한 것은 분명하다.[03] 김동인이 독립선언서를 써 달라는 서춘(徐椿)의 제안을 거절했다고 회상하는 것도 같은

---

02 요코하마 게이코(橫山景子). 주요한의 일본어시, 한민족어문학 35, 1999, 83~126면.
심원섭, 한·일문학의 관계론적 연구, 국학자료원, 1998.
정기인, 주요한 문학 연구, 서울대 석사논문, 2006.

03 "무엇을 선전하는 수단이나 방편으로 여기는데 반감을 품고 재래의 계몽문학이나 애정소설에 대하여 불만을 가지고, 자연과 인생을 그대로 표현하여 재창조에 있는 문학의 가치성을 인식하는 새로운 문학관을 가지고, 그때 말로 '예술을 위한 예술'을 주장하는 소장파 몇 사람이 한국의 새로운 문학을 개척해 보려는 엉뚱한 야심을 가지고 출발한 것이 순문예잡지 《창조》였다"(전영택, 창조, 사상계, 1960.01 ; 전영택전집 3, 목원대출판부, 1994, 512면)

맥락일 것이다. 그들은 세상을 변화시키기보다 세상을 창조하는 것이 훨씬 가치 있다고 믿었다.

그런데 《창조》 창간호가 세상에 나온 지 얼마 지나지 않아 주요한은 중국 상해(上海)로 떠났다. "좀 더 강렬한 열정에 살고 싶다, 저기 저 횃불처럼 엉기는 연기, 숨 막히는 불꽃의 고통 속에서라도 더욱 뜨거운 삶을 살고 싶다"고 웅얼거리던 「불놀이」의 시인은 삼일운동을 겪으면서 문학 바깥에 '뜨거운 삶'이 있다는 것을 깨달았던 것이다. 언어로 세계를 창조하는 것보다 더 중요한 가치를 지니는 것이란 다름 아닌 '민족의 독립'이었다. 김동인의 표현[04]을 빌리자면 "혼자서 놀래 소곤소곤 장난하다가도 남이 보면 얼른 피하고 소심하고 어두운 곳을 좋아하"는 쥐처럼 남몰래 문학이라는 열정을 품었던 '외로운 영혼'의 소유자였던 주요한으로서는 엄청난 모험이었다.

주요한의 중국 체류 기간에 대한 연구[05]는 대체로 상해 시절 《독립신문》[06]에 발표한 시편들에 집중되었다. 이 작품들은 《창조》에 발표했

---

04 김동인, 내가 본 시인—주요한 군을 논함, 조선일보, 1929.11.29~12.03.

05 김윤식, 준비론사상과 근대시가-주요한의 경우, 한국근대문학사상사, 한길사, 1984.
이동순, 상해판 《독립신문》과 망명지에서의 문학 주체의식의 확보, 민족시의 정신사, 창작과비평사, 1996.
조두섭, 주요한 상해 시의 근대성, 우리말글 21, 2001.08.
이용호, 주요한 연구, 동광문화사, 2002.
권유성, 상해 《독립신문》 소재 주요한 시에 대한 서지적 고찰, 문학과언어 29, 2007.05.
박윤우, 상해 시절 주요한의 시와 민중, 한중인문학연구 25, 2008.12.
김미지, 접경의 도시 상해와 '상하이 네트워크'-주요한의 '이동'의 궤적과 글쓰기 편력을 중심으로, 구보학보 23, 2019.12.

06 이 신문은 1919년 8월 21일 《독립》이라는 이름으로 창간되었다가, 10월 25일(제22호)부터 《독립신문》으로 제호를 바꾸었다.

던 「불놀이」와 달리 민족의식을 직접적으로 표현하고 있어서 "정치운동과 문학운동의 동질성을 역사의 어느 순간에 휘황하게 보여준 작품"[07]으로 평가받기도 한다. 하지만 이 무렵의 주요한을 《독립신문》에 수록된 시편들로 이해하는 것은 충분하지 않다. 박경수[08]가 지적했듯이 1924년에 간행된 첫 시집 『아름다운 새벽』을 포함하여 주요한의 많은 작품들이 중국 체류 시절에 창작된 작품들이다. 따라서 발간 시점에 개작되었을 가능성을 염두에 두더라도, 이 시기의 주요한을 이해하기 위해서는 국내외 여러 잡지에 발표된 시를 함께 살펴야 한다.

더욱 중요한 것은 주요한의 활동을 문학으로 한정해서는 안된다는 사실이다. 주요한은 대한민국임시정부 기관지에서 일했고, 호강대학(滬江大學)에 진학한 후에 학업뿐만 아니라 유학생단체에서 청년운동에도 힘썼다. 특히 안창호(安昌浩, 1878~1938)의 노선을 신봉하며 독립운동에 참여했기 때문에 중국 체류 시절의 주요한을 이해하기 위해서는 이러한 다양한 활동을 포괄적으로 고려할 필요가 있다.

2. 문사의 길과 무사의 길: 《독립신문》 시절

주요한이 상해에 망명정부가 수립되었다는 소식을 듣고 "밀항 아닌 밀항"으로 일본 나가사키항을 떠난 것은 1919년 5월 중순이었다.[09]

---

07   김윤식, 앞의 글.

08   박경수, 주요한의 상해 시절 시와 이중적 글쓰기의 문제, 한국문학논총 68, 2014, 1~41면.

09   주요한, 내가 당한 이십세기, 주요한문집(1), 요한기념사업회, 1982, 27면.

함께 문학을 논하던 친구 김동인도, 함께 유학을 하던 동생 주요섭도 모두 차가운 평양감옥에 갇혀 있었으니, 아무리 제국의 신민으로 출세가 보장되어 있던 도쿄 제일고보 학생이라고 하더라도 "운명을 뿌리부터 뒤바꿔놓"[10]는 길에 몸을 맡기지 않을 수 없었을 것이다. 그렇지만 울분에 사로잡힌 스무 살 남짓의 청년이 서둘러 찾아간 상해에서 무엇을 해야 할지 갈피를 잡을 수 없었던 것 또한 사실이었다.

상해에 도착한 직후 주요한은 "남양대학 운동장에서 춘원과 처음 대면"[11]했고 얼마 지나지 않아 안창호를 만났다. 도산 안창호가 미국에서 삼일운동 소식을 듣고 미주지역 대한인국민회 특파원 자격으로 정인과·황남진과 함께 떠난 지 오십여 일이 지난 5월 25일에 상해에 도착했다. 일본을 경유하는 노선을 피해 호주와 홍콩으로 우회하는 머나먼 여행길이었다. 상해에 도착한 다음날 안창호가 북경로예배당에서 연설회를 개최했는데, 주요한은 등사판 신문 《우리소식》의 기자로 연설회를 취재하다가 처음으로 안창호를 만났다.[12] 그로부터 한 달이 지난 6월 28일 안창호는 상해 대한민국임시정부 내무총장 취임하면서 정부 수립의 의의를 첫째 우리의 주권을 되찾는 것이고, 둘째 한반도에 모범적 공화국을 세워 이천만으로 하여금 천연의 복락을 누리게 하는 것이고, 셋째는 신공화국 건설로 동양 평화를 견고하게 하고 나아가 세계 평화를 돕는 것이라고 규정했다. 이러한 생각은

---

10 주요한, 상해판 독립신문과 나, 아세아, 1969.07·08, 150면.

11 상해에서 이광수와 '처음' 만났을 때 "눈동자가 노랗고 살결이 희며 얼굴과 체구가 커서, 백인종과의 트기가 아닌가 의심"스러웠다고 적었다. (주요한, 같은 글, 28면) 그렇지만 이광수는 도쿄에서 이미 "재주 있고 글 잘 짓는" '요마한 아이'였던 주요한을 본 적이 있다고 적었다. (장백산인, 문인 인상 호기, 개벽 44, 1924.02, 99면)

12 주요한, 도산 선생의 추억, 앞의 책, 768면.

과거 신민회(新民會)의 이념을 계승한 것이었다. 대한제국 시절 전제군주정 치하에서 '반역'의 이념이었던 '입헌공화국'의 꿈이 십 수 년 만에 망명정부로 실현된 셈이었으니 실로 감개무량한 일이었다.

안창호가 내무총장에 취임한 뒤 가장 먼저 시작한 일은 파리강화회의에 제출할 『한일관계사료』[전4권]를 편찬(1919.07.02~1919.09.23)하는 것이었다. 주요한은 이때 이광수와 함께 '임시사료편찬위원회'에 참여했고, 곧이어 임시정부 기관지 《독립신문》 창간 멤버로 합류했다. 이광수가 신문사 사장을 맡았고, 주요한은 《창조》를 발간할 때에 조판과 인쇄를 맡았던 경험을 살려 출판부장을 맡았다.

> 상해에서 룸펜 노릇을 몇 개월 하고 있노라니까 나를 또 등사판 신문의 기자로 임명한다. 나는 이 숙명적 직업을 이행하는 첫날밤을 새워가면서 호리이(掘井) 등사원지 약 20매를 파기하고 결국 신문은 발간치를 못하였으므로 등사직공으로서의 자격은 영이란 것을 입증하였다. 그러나 그 이튿날 나는 외근기자로서의 처음 어사인멘트로 기념할만한 연설을 필기하게 되었다. 그것은 그날 바로 북미에서 도착된 모씨가 북경로 예배당에서 행한 연설이었다. 모씨는 이름난 웅변가였다. 나는 그의 연설을 처음 듣는 것이었다. 나는 그 연설의 요령을 따서 익 발간의 신문에 게재하는 광영을 입었다.
> 활자를 가지고 신문을 발간하자는 의논이 생기고 돈이 변통되었다. 우리는 조선문 성격에서 활자를 골라서 상무인서관에 주어서 자모들 만들라고 하였다. 수동주조기 1대와 중국인 주조공 1인을 마련하였다. '가'자로부터 '홰' '횅' 자에 이르기까지 약 2천 종의 언문 활자가 주조되었다. 그러나 케이스 배열을 아는 사람이 없었다. 나는 조선문 책을 가지고

언문자 사용통계를 만들었다. '이' 자가 제일 많이 씌우고 그
다음에 '의' '한' '하' '고' 등이 많이 쓰였다. 그래서 우편으로부
터 시작하여 '가나다라' 순으로 각 활자의 위치를 정하고 많
이 쓰이는 글자는 케이스의 칸을 넓게 하여 많이 비치하도록
만들었다. 그리고는 직공 지원자 수인과 함께 문선 연습을
개시하였다. 아지못거라, 지금도 상해에서는 이 주식(朱式)
문선출장(文選出場)이 그대로 사용이 되는지 혹은 그 뒤에 정
식 문선직공이 가서 출장을 고쳐놓았는지.

한문 문선은 물론 중국인이 한다. 그다음에 식자는 중국
인이 하게 되는데 언문 글자는 잘 모르니까 짐작으로 눈에 익
지 않는 것은 자수를 세어 가지고 차례로 한자와 섞어 나간
다. 그러다가 '사' 자를 업더질 '사' 자로 잘못 본다던지 '츠' 자
를 설 '立' 자로 잘못 보아 한자가 틀리게 되면 그 이하는 전부
수수께끼같은 괴문이 되어 버린다.

조동우 군과 함께 신문반절형 4페이지를 조판교정 끝내
서 기계로 넘기고 나니 날이 딸꾹 새었다. 우리는 맞은 집에
서 아이스크림을 한 잔씩 사먹고 쾌재를 불렀다. 8월 27일이
었다고 기억된다. 내 손으로 원고를 쓰고 문선하고 식자하고
조판하고 교준(校準)하고 '차환(差換)'하고 인쇄까지 하였다.
내 손은 늘 인쇄묵(印刷墨)으로 까매가지고 있었다.

익년 9월에 호강대학에 입학하면서 겨우 인쇄묵의 흔적
을 씻어 버렸다.[13]

주요한이 《독립신문》에 직접 관여한 시간은 이년 남짓이었다. 그
동안 신문기자로서 기사를 쓰기보다는 출판부장으로서 인쇄 및 제작

---

13 주요한, 기자 생활의 추억, 신동아 31, 1934.05 ; 주요한, 앞의 책, 675~676면.

에 더욱 심혈을 쏟았다. 그런 성실성 덕분에 주요한은 안창호에게 흥사단(興士團) 입단을 권유받았다. 청년, 곧 젊은 세대에 대한 안창호의 기대와 관심은 뿌리 깊은 것이었다. 그는 대한제국의 운명이 풍전등화와도 같았던 시절 독립운동에 참여할 인재를 양성하기 위해 청년학우회(靑年學友會)를 결성한 적이 있었고, 국권 침탈을 전후하여 미국으로 망명한 뒤에는 미주지역에서 흥사단을 이끌었다. 그런 안창호였기에 새롭게 독립운동의 중심지로 떠오른 상해에서 흥사단 조직을 확장하는 것은 조금도 이상할 것이 없었다. 안창호는 1920년 1월 흥사단 단원인 박선제와 김항주를 상해로 불러 서무 경리와 조직 책임을 맡기고, 새로운 조직을 준비하기 시작했다. 공공조계에 단소(모이명로 빈흥리 301호)를 마련하고 흥사단 약법을 인쇄하는 한편, 흥사단의 설립 취지와 활동 내용을 설명하며 단원을 물색하던 중이었다.

흥사단은 단원을 모집할 때 예비단원, 통상단원, 특별단원을 구분했다. 입단을 원할 때에는 먼저 입단문답을 치루었는데, 안창호의 질문에 대한 대답을 통해 입단 여부가 결정되었다. 입단문답에 합격한 예비단원은 두 달 이상 단원으로서의 의무를 수행한 뒤, 2차 입단문답을 통과해야만 통상단원으로서 단우번호를 부여받았다. 상해에서도 마찬가지였다. 이곳에서 처음 흥사단 단원이 된 사람은 이광수(103호)[14]였다. 주요한(104호)의 경우 5월 5일에 통상단원 문답이 있었고, 그 이튿날 서약례가 있었던 것으로 미루어, 2월 초에 1차 입단문답이 진행되었으리라 짐작된다. 《독립신문》에서 함께 일하던 박현

---

14 제103단우 이광수, 도산 안창호 전집 10, 이광수는 상해에서 처음으로 가입한 단원이었지만 흥사단 전체로 봤을 때 103번째 단원이었다. 이광수의 경우 입단문답(1920.01.29)과 통상단우 문답(1920.04.26)을 거친 뒤 4월 27일에 서약례가 이루어졌다.

환, 김여제 등이 뒤를 이었다.

조선을 포함하여 중국·연해주·일본을 관할하는 흥사단 원동임시위원부(이하 원동흥사단)가 출범한 것은 1920년 9월 20일이었고 곧이어 흥사단 제7회 대회가 1920년 12월 29일에 개최되었다. 그런데 흥사단은 단순한 수양단체는 아니었다. 특히 원동흥사단은 흥사단 미주본부(이하 미주흥사단)의 지원을 바탕으로 '민족의 전도대업'을 추구하는 조직으로 구상되었고, 실제로 많은 단원이 국무원과 의정원에 참여하여 임시정부를 이끌었다. 원동흥사단의 핵심단원이었던 주요한이 이러한 사실을 모를 리 없었다. 주요한은 《독립신문》에 발표한 여러 편의 시와 산문들에서 이러한 '민족의 전도대업', 곧 독립에 대한 헌신을 표현했다.

이 무렵 주요한은 《독립신문》에 글을 발표할 때 '송아지'라는 필명을 사용한다. 평양에서 보았던 삼일운동의 상황을 그린 「추회(追悔)」(17호, 1919.10.04)가 맨처음 발표한 산문이다. 이후 1920년에 접어들면서 「가는 해 오는 해」(34호, 1920.01.01.), 「즐김 노래」(49호, 1920.03.01), 「설움에 있는 벗에게」(75호, 1920.05.11), 「조국」(81호, 1920.06.01) 그리고 「새해노래」(89호, 1921.01.01) 등 다섯 편의 시를 발표했다. 그리고 삼일운동 일주년 기념호(49호, 1920.03.01)에서는 '요(耀)'라는 필명[15]을 사용하여 시 「대한의 누이야 아우야」와 「적십자의 노래」를 발표했다. 이들 시편들은 《창조》에 실려 있는 「불놀이」와 달리 격정적인 어조와 반복

---

15 『독립신문논설집』의 광고(83호, 1920.06.10)에 「대한의 누이야 아우야」가 포함되어 있어서 오해의 여지가 있긴 하지만, 이광수가 '요(耀)'란 필명을 사용한 적이 없고, 주요한의 다른 글도 이광수가 편집한 이 책에 수록되어 있어서 주요한의 작품으로 보는데 무리가 없다. (권유성, 상해 《독립신문》 소재 주요한 시에 대한 서지적 고찰, 문학과언어 29, 2007, 143~146면)

적인 율격으로 독립운동의 정당성을 노래한 시편들이다. 그래서 《독립신문》에 발표된 시에서 개인의 내면을 발견하기란 불가능하다.

이러한 면모는 논설들에서 더욱 두드러진다. 주요한은 1920년에 「부인 해방 문제에 관하여」(52호, 1920.03.11)를 발표한 적이 있었고, 이광수가 병 때문에 직무를 수행하기 어려웠을 때에는 「정치적 파공(罷工)」(69호, 1920.04.24), 「적수공권(赤手空拳)」(82호~86호, 1920.06.05~06.24)이라는 논설을 발표했다.[16] 「정치적 파공」은 제1차세계대전 이후 본격화된 아일랜드 독립운동[17]의 영향을 받아 "무기와 탄약으로 승부를 결하는 적극적 전투"와 "평화적 수단에 의하는 소극적 전투"가 모두 독립전쟁의 일환이라고 언급하면서, 관리 퇴직이나 납세 거절 같은 방법과 함께 정치적 파공[파업]을 적극 활용해야 한다는 주장한다.

이러한 주장은 「적수공권」에서도 반복되었다. 독립운동의 최후 목표인 독립을 달성하기 위해서는 반드시 '무력적 해결'(독립전쟁)을 거치지 않을 수 없었다. "과거 어느 시대를 물론하고 피정복민족이 정복민족의 압제를 탈(脫)하려면 반드시 무기를 집(執)하고 일어났다. 그리하여 혹은 일거에 혹은 칠전팔도의 고통을 경과한 뒤에 기 목적을 달(達)"했던 역사가 그것을 증명한다. 그런데 이 '최후의 전쟁'에서

---

16 「적수공권」이 '송아지'라는 이름으로 발표된 것과 달리 「정치적 파공」은 무서명으로 발표된 논설이다. 그렇지만 「적수공권」을 시작하면서 "오인(吾人)은 먼저 「정치적 파공」이란 단론(短論)을 초(草)"했다고 서술했으며, 그 내용 또한 파업이나 납세 거부를 통한 독립의 성취를 주장한다는 점에서 연속성을 지니고 있어서 주요한의 글로 판단한다.

17 주요한은 「'창조' 시대의 문단」(자유문학, 1956.07)에서 시집 『아름다운 새벽』에 영향을 준 시인으로 로버트 번즈, 월트 휘트먼과 함께 예이츠를 거론한다. 주요한이 예이츠에게 공감을 가졌다면, 아마도 아일랜드 독립전쟁과 관련된 정치적인 영감과 관련될 것이다.

승리하기 위해서는 '무력적 해결'을 준비하는 한편, 관리 거부·납세 거절·정치적 파업과 같은 '평화적 전쟁'을 벌여야 한다. 왜냐하면 "평화적 전쟁은 독립전쟁의 시기를 최촉(催促)함에 필요하고 독립전쟁의 준비로 필요하고 독립전쟁의 시기 내에서 더욱 필요"하기 때문이다. 비록 '적수공권'이더라도 '평화적 전쟁'을 통해서 제국주의의 통치를 거부함으로써 독립이라는 목표에 다가설 수 있다는 것이다. 「적수공권」은 '독립운동 진행 방침 사견(私見)'이라는 부제에서도 드러나듯이 주요한의 정치적 입장을 분명하게 드러냈다. 독립을 달성하기 위해서는 최후의 무력투쟁을 준비해야 하지만, 충분한 무력이 갖추어지기 전에 무력투쟁을 벌이면 희생만 늘어나기 때문에 '평화적 전쟁'을 수행해야 한다는 안창호의 노선을 충실히 따르고 있는 것이다.

그런데, 이 논설은 뜻하지 않은 파문을 일으켰다. 1920년 6월 24일자(제86호)를 발행한 뒤, 일본이 논조가 과격하다는 이유를 들어 프랑스조계 당국에 항의하여 신문사를 폐쇄시킨 것이다. 이처럼 자신의 글이 문제가 되어 신문 발간이 어려워지자 주요한의 활동은 위축될 수밖에 없었다. 어쩌면 이 사태의 빌미가 되었기 때문에 신문의 재발간을 위해서 표면적으로나마 신문사를 떠나는 모습을 보여주어야 했을지도 모른다. 결국 상해로 망명한 탓에 그만둘 수밖에 없었던 학업을 계속하기로 하고 1920년 9월부터 호강대학 예비반에 다니기 시작했다. 일본에서 제일고보를 다니던 수재이긴 해도 대부분 영어로 강의를 진행하는 호강대학에서 공부하기 위해서는 외국어 공부가 필요했던 것이다.

"숨 막히는 불꽃의 고통 속에서라도 더욱 뜨거운 삶을 살고 싶다"는 욕망은 평범하던 청년을 머나먼 이국땅의 망명정부로 이끌었다.

《독립신문》에 발표한 시편들은 그런 열정이 빚어낸 산물이었다. 문학에 대한 막연한 열정은 안창호와의 만남을 통하여 '민족의 전도대업'이라는 현실적인 목표로 변화되었고, 일본에 머물던 시절에 썼던 「불놀이」와는 전혀 다른 방향으로 확장되었다. 그렇듯 정치적인 열정을 담은 글쓰기는 문학적인 글쓰기와 달리 글을 읽는 사람들의 공감을 얻는 것이 필수적이다. 공감을 얻어야만 듣는 사람의 지지를 얻을 수 있고 한 걸음 더 나아가 구체적인 실천을 이끌 수 있기 때문이다. 그런 점을 고려한다면 경어체란 말하는 이와 듣는 사람의 언어적 위계를 조정하여 공감을 얻어내는 전략이라고 할 수 있다. 이러한 방식을 가장 잘 사용한 정치가가 바로 안창호였으니, 상해 시절 이광수와 주요한의 논설에서 경어체가 자주 발견된다는 사실은 흥사단 단원들이 그만큼 '어투의 정치성'을 민감하게 의식했다는 의미일 것이다. 글쓴이의 권위를 강조하는 평어체는 쉽게 독백적인 언어로 전락하고 마는 것이다.

본디 문학적인 글쓰기란 자신의 생각과 감정을 드러내는 것이어서 듣는 사람과의 관계를 그리 의식하지 않는다. 내면의 진실을 어떻게 정확하게 표현하는가가 중요할 따름이다. '문학'이 무엇인지 모르는 사람들에게 글쓰기라는 것은 지식인 혹은 전통적인 의미의 선비가 갖추어야 할 덕목에 불과했겠지만, 약관의 나이에 '문학자'가 되고 싶었던 사람에게 문학적인 글쓰기는 정치적인 글쓰기와 엄연히 다를 수밖에 없었다. 《독립신문》의 글쓰기를 두고 문학과 정치의 동질성이 빚어낸 휘황스럽게 찬란한 국면으로 파악했던 김윤식의 관점과는 달리, 정작 그 글을 썼던 주요한은 자신이 문학이 아닌 다른 길로 접어들었다고 생각했을 것이다. 문학과 정치를 결합시키겠다든가 문학을 통해서 정치를 하겠다든가 하는 생각은 애당초 없었다. 문학은 문학이고 정치는 정치였으니, 문학을 하든가 정치를 하든가 선택해야 했다.[18] 그 점에서는 이광수도 마찬가지였다. 그들은 안창호를 도와 흥사단 활동을 하면서도 완전히 몰입할 수 없었다. 그들은 '민족의 전도대업'에 몸과 마음을 바치는 '선비'가 되기로 맹세했으면서도 동시에 문학을 꿈꾸던 '문사'이기도 했기 때문이다.

> 독립신문을 시작할 때 춘원은 사장 겸 주필의 직책을 갖고 주로 논설을 썼고 나는 기사 취재와 편집을 했다. 중국사람 주택을 세 얻어 편집실과 문선실을 차렸는데, 그 뒷방에 넓은 나무침대 하나를 놓고 춘원과 나와 함께 잤다. 어떤 날 대 조각으로 엮은 행리 속에서 춘원의 여자의 낡은 자리옷 한 벌을 꺼내 보였다. 그것은 그가 본국에 남기고 온 애인 허영숙 씨의 자리옷이었다.
> 동경시대에 술을 폭음했다는 그가 상해에서는 거의 술을 끊었었다. 한가한 시간이 있으면 나와 함께 군밤을 까먹으면서 문학이야기도 했다.
> "도산 선생과 정치와 도덕 이야기는 통할 수 있으나 문학 이야기는 너하고밖에 말거리가 안된다"고 춘원이 말한 적도 있다. 내가 시조를 지어서 보이면 첨삭을 해주기도 했다.[19]

'문학'은 이처럼 이광수와 주요한만이 알고 있는 비밀스러운 언어

---

18 이 무렵의 시 창작에 대해 주요한은 다음과 같이 회고한 적이 있다. "그 무렵은 문예작품을 시험한 시간적·정신적 여유가 없었다. 쓴다면 「독립가」라든지 군가 같은 창가 등이었다"(주요한, 《창조》시대, 신천지, 1954.02)

19 주요한, 나의 《창조》 시대, 앞의 책, 715면.

였다. 그것을 공유할 수 있는 사람은 '문학'의 세례를 받았던 두 사람 뿐이었다. 정신적 스승으로 모셨던 안창호도 그들을 이해할 수 없었다. 오직 두 사람만이 공유하는 이 비밀스러운 감각을 가시화한 것은 바로 이광수가 주요한에게 꺼내 보인 '낡은 자리옷 한 벌'이다. '민족의 전도대업'을 위해 자신을 희생하기로 맹세했으면서도 결코 포기할 수 없는 '문학'에의 꿈은, 두고 온 애인의 체취를 간직한 자리옷과 다를 바 없었다. 주요한이 상해에서 창작하여 국내의 여러 잡지에 발표한 뒤 시집 『아름다운 새벽』에 수록한 시들은 근대 도시로서의 상해의 풍광을 담은 시들을 제외하고 대부분 고향에 대한 아련한 향수를 담고 있다. 그 향수는 구체적으로는 동생 주요섭이나 가족들, 그리고 고향 평양을 향하지만, 어쩌면 자신이 남겨두고 떠난 문학이라는 것에 대한 그리움인지도 모른다.

원동흥사단의 일원이 되기로 맹세했을 때 이광수와 주요한은 문무를 겸비한 '진정한 선비[士]'가 되기를 꿈꾸었겠지만, 문사를 꿈꾸던 사람들이 갑자기 무사가 되는 것이 쉽지 않았다. 대부분의 사람들은 문사나 무사 중 하나를 선택하거나 혹은 아무것도 선택하지 않는다. 그 선택의 시간은 예상보다 빠르게 찾아왔다. 주요한이 호강대학 예비반에서 대학 진학을 준비하는 동안 상해에서의 독립운동은 전환기를 맞이하고 있었다. 1920년 4월 연해주참변, 그해 10월부터 이듬해 봄까지 경신참변이 이어지면서 민족해방이 멀지 않았다는 낙관적인 분위기가 사그라졌고, 독립운동 세력들의 분열과 대립 또한 본격화되었다.[20] 이 와중에 원동흥사단의 첫번째 단원이었던 이광수는 안

---

20 《동광》 2호(1926.06)에는 「팔월 이십일 일」과 「새생활」이라는 두 편의 시가 실려 있다. 「팔월 이십일 일」의 경우 '○○신문 창간 한 돌'이라는 부제가 달려 있는데, 여기

창호의 만류를 뿌리치고 귀국했다.[21] 이광수는 '무사'의 길을 포기하고 '문사'의 길을 선택한 것이다.

이광수가 아무런 예고도 없이 도망치듯 귀국하자 주요한은 한동안 주필의 빈자리를 메꾸어 신문을 발간하는 데 여념이 없었다. 「새해노래」(89호, 1921.01.01)를 끝으로 시를 발표하지 않는 대신, 「뉘 독립운동?」(頌兒, 102호, 1921.04.09), 「비분강개」(頌, 103호, 1921.04.21), 「자유와 사(死)」(頌, 105호, 1921.05.07), 「국민적 자각」(頌, 106호, 1921.05.14) 등의 논설을 잇달아 발표하며 신문의 논조를 이끌었던 것이다. 그렇지만, 109호(1921년 6월 9일자)를 인쇄하던 삼일인쇄소에 또다시 폐쇄 명령이 떨어졌다. 일년 전과 마찬가지로 '과격주의 서류를 인쇄했다는 혐의'였다. 결국 1921년 8월 15일에 110호로 속간했을 때 창간 멤버들은 남아 있지 않았다. 이광수는 조선으로 귀국했고, 김여제는 1921

에서 'OO신문'이란 바로 《독립신문》을 가리킨다. 1919년에 신문이 창간되었으니, 이 시를 쓴 것은 아마 1920년 8월 하순이었을 것이다. 이 무렵 《독립신문》 발행 금지 상태였다는 것을 떠올려보면, "고향 생각 / 나라 생각 / 님 생각"에 근심만 가득 한 시적 화자가 어떤 상황 속에 놓여 있었는가를 쉽게 짐작해 볼 수 있다. 처음 신문을 발간했을 때에는 금방이라도 독립을 이룰 수 있을 것처럼 용기백배했었지만, 일년여의 시간이 지나면서 낙관적인 분위기는 사그라들고 "이를 악물고 결심" 해야 할 만큼 현실이 엄혹해진 것이다. 「새생활」은 1920년 9월 10일에 창작된 것으로 부기되어 있는데, 'OO학교에 입학하면서'라는 부제처럼 호강대학 예비반을 다니게 된 소회가 오롯이 담겨 있다. '상해의 둘째 여름'이라는 첫 구절 또한 그것을 보여준다. 이 시에서 시적 화자는 일년 동안 '상해'에서 보냈던 시절을 "거짓과 속임", "게으름과 떠들음", "어려움과 낙담"으로 의미화한다. 시적 화자가 "스러져가는 겨레를 위하여 / 한 줄기의 희망"을 간직하고 "참됨을 찾으려 하고", "부지런하기를 힘썼"다는 것은 흥사단의 이념이었던 '무실역행'의 다른 표현이다. 시적 화자는 흥사단 단원으로서 "소리 없이 제 일만 보려 하"였음에도 불구하고 끝내 현실에게 배반당하고 만다. 결국 시적 화자는 상해를 떠나 "새 바람"을 품고 "새 길"을 걷기로 한다. 그 길이 호강대학 진학이었다는 것을 "강에서 부는 바람은 기숙사 방으로 들어"온다는 구절을 통해서 우리는 확인할 수 있다.

21 이광수 군 수월 전에 사임, 독립신문, 1921.04.21.

년 8월 미국으로 유학을 떠났다.[22] 주요한도 9월부터 호강대학에 정식으로 입학해 기숙사 생활을 해야 했기 때문에 신문사 일을 맡을 수 없었다. 그러니 속간호였던 110호 1면에 실린 「국민대표회는 왜 모이나」(110호, 1921.08.15)가 주요한이 《독립신문》에 참여하면서 쓴 마지막 글이라고 할 수 있다. 그로부터 두 달 여가 지나고 새로운 진용이 갖추어진 다음에 111호가 발간될 때 주요한의 「국치(國恥) 기념 감상」(頌兒, 111호, 1921.10.05)이 4면에 실린 것은 이 때문이다.

흥미로운 것은 《독립신문》에 시나 산문을 발표하면서 '송아지'라는 필명을 사용하던 주요한이 '송(頌)', '송아(頌兒)'라는 필명을 사용한다는 사실이다. 앞서 문제가 된 「적수공권」이 '송아지'라는 필명으로 발표된 것을 떠올려본다면, 신문의 원활한 발행을 위한 고육책이었을 가능성이 없지 않다. 하지만, '송/송아' 필명을 처음 사용한 「뉘 독립운동」이 발표된 1921년 4월은 공교롭게도 춘원이 귀국한 직후였다. '송아지'라는 필명이 이광수가 붙여준 이름[23]이었다는 점을 떠올려본다면, '송아지' 대신 '송아' 혹은 '송'이라는 필명을 사용한 것이 이광수의 귀국으로 변화된 심경을 반영할 가능성은 남는다. 그는 이광수가 떠나자 《독립신문》의 주필을 맡았고 선참자로서 원동흥사단을 이끌어야 했던 것이다. 그래서 새로운 필명의 사용을 두고 이광수의

---

22 《독립신문》 제2기를 이끌었던 김승학, 박은식, 윤해 등은 창간 멤버들과 확연히 달랐다. 그들은 민족주의적이기보다는 훨씬 국제주의적이었다. 1922년 7월 20일 중문판 《독립신문》을 창간한 것은 그 좋은 예이다. (중문보 창간, 독립신문 133, 1922.07.15) 「아리랑」의 김산(장지락)이 《독립신문》에 참여한 것도 이 시절이었다.

23 "'송아(頌兒)'라는 것은 언문으로 '송아지'에서 나온 것인데 '송아지'라는 것은 해외 방랑 시에 춘원 선생이 지어준 '아호(雅號)'이었습니다"(주요한, 나의 아호, 나의 이명(異名), 동아일보, 1934.03.19. ; 주요한, 앞의 책, 675~676면)

정치적 선택에 대해 거부감을 표시한 것인지, 혹은 이광수의 영향력에서 벗어났음을 선언한 것인지, 그렇지 않다면 또 다른 어떤 의미를 염두에 둔 것인지 상상해 볼 여지는 있지만, 그 의미를 섣불리 단정하기 어렵다. 다만 『아름다운 새벽』(1924)에 수록된 총 66편중에서 1920년에 쓴 시가 절반에 해당하는 33편인데 비해 1921년과 1922년에 쓴 것은 각각 1편과 3편에 불과한 것으로 미루어, 주요한이 이광수가 선택했던 '문사'의 길에 쉽게 합류하지 않은 것은 분명해 보인다. [24]

3. 문학으로의 외도: 호강대학 시절

1921년 9월 주요한은 상해 양수포에 자리잡은 호강대학 화학과에 입학했다. 도쿄 제국대학 예과에 해당하는 제일고보 시절 불법과(佛法科)에서 공부한 것을 떠올려보면 주요한이 화학을 전공한 것은 의외의 선택이었다. 이광수가 쓴 것처럼 "과학은 민족생활의 원천이다. 과학 없는 문명 생활은 파멸이다. 그런데 조선인에는 과학적 흥미가 적다. 나는 과학을 공부하려다"[25]라는 말은 약관의 나이에 '문학'을 꿈꾸던 주요한의 모습과 너무 달랐다. 어쨌든 새로운 환경에서 낯선 분야에 도전하기로 결심하면서 주요한은 자연스럽게 망명정부와 거리를 둘 수밖에 없었다. 특히 호강대학은 학생들이 모두 기숙사 생활을 해야 했기 때문에 물리적으로도 신문 발간에 참여하는 것이 불가능

---

24 박경수는 주요한의 시집 『아름다운 새벽』(1924)에 수록된 시들을 창작 연대에 따라 분류한 뒤, 총 66편의 시 중에서 1920년에 쓰어진 시가 절반에 해당하는 33편인데, 1921년과 1922년에는 각각 1편과 3편에 불과하다고 지적한다.

25 이광수, 문단 인상 호기, 개벽 44, 1924.02, 99면.

했다. 그래서 대학 입학 후에 「유호청년대회(留滬青年大會) 비판연설회를 보고」(頌, 132호, 1922.06.14)를 발표한 것이 유일했다.

　호강대학에 진학하던 무렵 《독립신문》에서 주요한이 활동할 수 있는 공간이 점점 줄어든 것도 사실이다. 신문 창간 때부터 후견인 역할을 담당하던 안창호가 1921년 5월 대한민국임시정부 노동총판직을 사임했다. 그리고 5월 12일 사백여 명의 상해 동포가 운집한 연설회에서 여운형과 함께 임시정부 쇄신을 위한 국민대표회의 소집을 요구했다.[26] 주요한도 이에 호응하여 「국민대표회는 왜 모이나」(110호, 1921.08.15)를 썼으니 임시정부 기관지였던 《독립신문》을 이끌어 갈 새로운 멤버들이 구성되어야 했다. 이에 주요한도 신문사를 떠나 학교생활에 충실했다. 양동국에 따르면 대학 1학년과 3학년 때 화학과 대표로 뽑혀 활동하면서 화학대상을 수상하기도 하고, 2학년 때부터 4학년 졸업 때까지 축구부 활동을 하는 한편 3학년 때부터는 야구부 주장을 맡기도 했다. 뿐만 아니라 3학년 때부터 대학 교지인 《천뢰(天籟, The Shanghai)》의 편집 겸 총무 일을 수행했다.[27] 이처럼 성실한 학교생활은 '무실역행'을 강조하는 흥사단 단원으로서의 의무였다.

　주요한이 원동흥사단 단원으로 활동하는 모습은 유학생단체에서도 확인된다. 당시 상해를 비롯한 중국 여러 지역으로 많은 조선인 유학생들이 고등교육을 받을 수 있는 기회를 찾아 모여들었다. 임시정부가 세워진 후 유학생 수가 점점 불어났고, 1923년 관동대진재 이후 일본 유학길이 막히면서 유학생 수가 폭발적으로 증가하여 상해

26　留滬同胞의 대연설회, 독립신문 106호, 1921.05.14, 3면.

27　양동국, 동경과 상해 시절 주요한의 알려지지 않은 행적, 문학사상 330, 2000.04, 257~258면.

에만 육백 여 명에 이를 지경이었다. 그래서 상해에 유호학생회(留滬學生會)가 조직되었고 남경에 남경학우회(南京學友會), 소주에 유오동학회(留吳同學會)가 각각 결성되었다. 주요한의 활동무대는 화동유학생연합회(華東留學生聯合會)였다.[28] 1921년 7월에 강소성·안휘성·호북성·절강성·강서성에서 유학하는 한인 학생들로 조직된 이 단체는 단순히 유학생들의 친목을 도모하거나 권익을 증진시키는 것에 머물지 않고, 안창호의 정치노선을 추종한 단체로 알려져 있었다.[29] 이 단체에서는 1922년 소련 모스크바에서 열린 극동인민대표회의[30]에 정광호와 김상덕을 파견했고, 1922년 4월 중국 북경에서 열린 제1회 만국기독교청년대회[31]에 주요한을 파견하기도 했다.

제1회 만국기독교청년대회는 신구 제국과 식민지를 망라한 33개

---

28 1922년 당시 이 단체의 임원을 살펴보면 회장 鄭光好, 부회장 卓明淑, 회계 姜斌, 서기 金柱, 조사원 朴贊永, 의사부 의사장 金善良, 의사원 朱耀翰, 李康熙, 崔志化, 安原生였다. (강빈, 高麗華東留學生聯合會의 출생과 그 유래, 개벽 24, 1922.06, 54~55면)

29 주요한이 화동유학생대회에서 연설을 했다는 사실은 이광수의 편지에서 확인할 수 있다. (이광수, 1920년 3월 14일 보낸 편지, 이광수전집 9, 삼중당, 1972, 300면)

30 1922년 1월 21일부터 2월 2일까지 모스크바에서 열린 극동인민대표회의[극동피압박인민대회]는 제2차 코민테른 국제대회(1920)에서 채택한 「민족·식민지 문제에 관한 테제」에 따라 "약소민족은 단결하라"는 표어를 내걸고 동아시아 민족해방운동을 적극 지원했기 때문에 공산주의자뿐만 아니라 민족주의자들도 참여했다. 조선, 중국, 일본, 몽고, 인도네시아 등 9개국 대표 144명이 참가한 가운데 우리 대표단은 23개 단체의 대표 52명이 참석했고, 대회 의장단에 김규식과 여운형이 선출되기도 했다. 파리강화회담과 워싱턴회의에서 서구 열강들이 제1차세계대전의 승전국이었던 일본의 식민통치를 인정하고 조선의 독립에 대해 무관심한 태도로 일관했던 사실과 비교해보면, 극동인민대표대회는 조선의 독립운동에 대한 관심과 지지와 원조를 통해서 민족주의자들의 호응을 이끌어낸 것이다. 주요한도 이 대회에 참석하자는 나용균의 제안을 받았지만, 사상적 거부감 때문에 거절했다고 회고한 바 있다. (주요한, 앞의 책, 39~40면)

31 이 대회에 대해서는 여운홍의 기행문을 참조할 것.

국의 학생들이 '세계개조에 관한 문제를 토론'하기 위한 자리였다. 조선에서도 조선기독교청년회(YMCA)에서 이상재 회장을 비롯하여 이대위와 여운홍을, 새로 결성된 여자기독청년회(YWCA)에서도 김활란과 김필례를 대표로 파견했다. 주요한은 화동유학생연합회 대표로 참석[32]했지만, 일제의 감시 때문에 국내대표단과 공동 활동을 펼칠 수 없었다. 조선에서 온 여운홍과 상해에서 온 여운형 형제가 대회장에서 상봉하면서 감시의 눈초리가 더욱 촘촘해졌기 때문이다. 결국 주요한은 "한국 독립을 원조하는 것이 세계학생의 책임"이라는 내용의 선언서를 발표하고 돌아올 수밖에 없었다.[33]

이렇듯 주요한은 호강대학 재학 중에도 원동흥사단 관련 단체에서 꾸준하게 활동했다. 안창호(위원장)·차리석(서무)·이규서(재무)·손정도(무임소)와 함께 무임소위원으로서 원동흥사단의 주축을 이루었던 적도 있었다. (1922.05.23)[34] 그리고 1923년 1월 국민대표회의가 개최되어 안창호가 부의장에 취임하자 임시정부 개조론을 적극 지지했다. 4월 14일 프랑스조계에 있는 삼일당에서 국민대표회의 참석자들을 위한 환영회가 열렸을 때 주요한은 유학생 대표로 연설을 했다.[35]

---

32 기독교파의 전세계학생대회, 독립신문 123, 1922.04.15.

33 학생대회의 후문(後聞), 독립신문 124, 1922.05.06. 주요한의 회고에 따르면 「한국청년회의 주장」이라는 영문 성명서를 작성해서 여러 신문사에 보내자 《도보(導報)》라는 신문사에서 그 전문을 게재했다고 한다. (주요한, 내가 당한 이십세기, 앞의 책, 40면)

34 1923년 3월 원동흥사단이 14반부터 20반까지 7개 반으로 단원들을 편제할 때, 주요한은 주요섭·현정주·신형철 등 호강대학 학생들을 중심이 된 18반에서 활동했다. 각 반의 반장은 차리석(14반), 김복형(15반), 유상규(16반), 유영(17반) 주요섭(18반), 선우훈(19반) 김선량(20반)이었다. 1923년도 흥사단 단원 복무 성적을 살펴보면 주요한의 경우 독서 성적이 미진하여 '결근'으로 분류되어 있다.

35 국민대표의 환영회, 조선일보, 1923.04.23.

하지만, 1923년 5월 국민대표회의가 창조파와 개조파의 대립 속에서 결렬되자, 안창호는 상해를 떠나 북경에 해전농원을 만들었고, 원동 흥사단의 단소 역시 남경(관가교 태평항 6호)으로 이전하고 이곳에 머물렀다.

이렇듯 대한민국임시정부가 분열된 것과 달리 중국의 상황은 크게 달랐다. 1924년 1월 쑨원(孫文)이 이끌던 중국국민당이 소련과의 연합[聯蘇]·공산당과의 제휴[容共]·노동자와 농민에 대한 원조[農工扶助]를 채택함에 따라 중국공산당원들이 개별 입당하면서 제1차 국공합작이 시작된 것이다. 1921년 7월 상해에서 출범한 중국공산당은 국공합작을 통해 대중적 기반을 확대할 수 있었고, 중국국민당 역시 북벌계획을 수립하여 근대적인 국민국가 건설을 꾀하게 되었다. 이러한 중국 정세의 변화 속에서 상해에서도 노선 투쟁이 치열하게 전개되었다. 특히 중국 국민혁명의 기운이 고양될수록 사회주의 노선을 지지하는 사람들이 늘어갔다. 그리고 청년들을 중심으로 통일전선을 구축하려는 시도가 나타나기도 했다.

1924년 3월 21일 좌우합작을 통해서 상해청년동맹회가 출범[36]하자 주요한은 조윤관과 함께 화동유학생회를 대표하여 신언준(보산학우회), 최충신(상해유학생회), 최남식(간로학생연합회), 변극(보산학생회) 등과 함께 초기 집행위원회를 구성했다. 하지만, 상해청년동맹회가 점차 좌경화하면서 주요한을 포함하여 원동흥사단 단원들의 이름 또한 사라진다. 이념적 차이를 극복하는데 실패한 것이다. 결국 화동유학생회는 1924년 남경에 있던 본부를 상해 프랑스조계(길익리 16호)로

---

36 최선웅, 1924~1927년 상해청년동맹회의 통일전선운동과 대한민국임시정부, 한국근현대사연구 44, 2008, 194~195면.

이전하고, 주요한이 편집위원을 맡아 기관지 《화동학우(華東學友)》의 발행을 준비하는 등 독자성을 강화한다.[37] 국민대표회의 개최를 둘러싸고 벌어졌던 독립운동 세력들의 난맥상은 유학생 사회에도 반복되었던 것이다. 청년운동 내지 유학생 사회까지 파고든 분열을 목격하면서 주요한 역시 환멸을 경험하지 않을 수 없었다.

> 《독립》신문 기자로서의 생활은 내 나름으로 독립운동에 기여하는 것이라고 자부했으나, 임시정부를 둘러 싼 '정치'에 대해서는 '방관자'가 될 수밖에 없었다.
> 나이가 어린 탓도 있으나, 이른바 감투놀음이나 파벌경쟁으로 인한 정력과 시간 소비를 역기능적이라고 혼자서 분개하지 않을 수 없었다.
> 정열적인 청년들은 폭탄을 들고 본국에 들어가 죽음과 감옥 생활을 감수했고, 상해에서 폭탄을 만들다가 폭발사고로 부상을 입기도 했다. 사고를 조사하러 나왔던 프랑스경찰이 잘못 폭약을 밟아 다리를 자르게 되어 임시정부는 일만 달러의 치료비와 위로금을 주고 수습한 일도 생겼다.
> 그런데 이른바 '망명정객'들은 파벌 싸움에 평안한 날이 없었고, 만주지역에서 총칼을 메고 일본군과 싸우려는 독립군도 대동단결이 안되고 여러 갈래로 찢어 나갔다. 소위 '흑

---

37 화동유학생회 내용을 쇄신 기관 잡지도 발간, 동아일보, 1924.09.28. 1925년 7월 10일~12일에는 화동유학생회는 각 지방대표회의를 개최하고 남경으로 다시 본부를 이전(화동학생회 남경으로 이전, 동아일보, 1925.07.25)한다. 원동흥사단과 사회주의 세력과의 불화는 1926년 5월 미국에서 다시 돌아온 안창호가 '대독립당' 건설 노선을 내세우기 전까지 지속되었던 듯하다. 1926년 10월 23일 통합단체인 상해 한인학우회(韓人學友會)가 결성되고 주요섭을 비롯한 원동흥사단 계열이 참여하면서 상해청년동맹회의 해체를 공식적으로 요구한 것도 이 때문이다.

하(黑河)사건'은 시베리아 지역에서 두개의 독립군끼리 전투를 벌여 사망자를 내는 불상사였다.

　　이런 일들을 나는 봉건주의의 찌꺼기라고 스스로 규정지어 보기도 했다. 한편 앞서 1917년에 러시아에서 정권을 잡은 공산당의 영향 내지 후원 밑에서 두 갈래의 조선공산당이 조직되었고, 그들이 민족운동 속에 침투해서 이른바 헤게모니를 잡기 위해 민족주의자의 배척과 공산진영 내부의 투쟁을 일삼아 혼란이 점점 격화되는 것을 보는 20세 청년의 정열은 시들기 시작한 것이다.[38]

　정치에 대한 열정이 식었을 때, 주요한의 눈앞에는 현실이 남루한 모습으로 펼쳐졌다. 환멸을 만들어내는 것은 비루한 현실만이 아니었다. 더욱 중요한 것은 그것을 바라보던 열정이 사라졌다는 사실이다. 열정이 사라진 눈으로 바라볼 때 현실은 언제나 비루하다. 이러한 환멸은 누구나 짐작하듯이 임시정부 내의 권력 투쟁을 바라보는 청년들의 보편적인 감정이고, 주요한뿐만 아니라 이광수도 공유한 감정이었을 것이다. 결국 남루한 현실을 받아들이고 싶지 않았을 때, 이광수가 선택한 것은 국내로의 귀국이었고, 도덕적 수양의 필요성을 선전하는 길이었다. 이광수와 다른 길을 선택한 것처럼 보였던 주요한 역시 이광수와의 재회를 통해서 새로운 행로를 모색한다.

　주요한은 《조선문단》(1924년 10월 창간)에 참여하면서 이광수와의 인연을 다시 잇는다. 1924년 여름방학 무렵에 귀국한 뒤 이광수 부부, 방인근 부부와 함께 함경남도 안변에 있는 석왕사에 머물면서 함

38　주요한, 내가 당한 이십세기, 앞의 책, 32면.

께 창간을 준비한다. 상해에서 헤어진 뒤에도 주요한과 이광수는 몇 차례 만난 적이 있었다. 1922년 상해 호강대학에서 축구 교류를 위해 조선에 오기로 했을 때 선수단 중에서 주요한의 이름이 발견된다. 경성에서 열린 행사에서 주요한이 이광수를 만난 것 같지는 않지만, 1923년 봄에 만난 것은 분명하다.[39] 그리고 이듬해에 다시 만나 《조선문단》을 만들기로 의기투합한다. 약관의 나이에 '문학자'가 되고 싶었던 주요한에게 그 꿈은 쉽게 포기하기 어려운 것이었음에 분명하다.

문학의 길로 돌아오면서 주요한은 정치와 거리를 두려는 것처럼 보인다. 이러한 모습이 가장 잘 드러난 것이 호강대학을 졸업하던 1925년에 일어난 상해 5·30사건이었다. 1925년 5월 15일 일본인 공장의 노동쟁의 중에 중국인 노동자가 일본군 수비대가 발포한 총을 맞아 사망하고, 십여 명이 부상당한 사건이 발생했다. 그리고 이에 항의하는 시위대를 향해 조계경찰이 발포하면서 사태는 걷잡을 수 없이 확대되었다. 1925년 5월 30일 상해에서 약 이십만 명의 노동자들이 참여하는 총파업이 일어났고 전국적으로 이어진 것이다. 몇 년 전에 있었던 5.4운동에 못지않은 대규모 반제국주의 운동이 펼쳐지던 상황에서 주요한은 호강대학 학생위원회의 선전부장을 맡는다. 물론 외국인 유학생이었던 주요한이 이 역할을 맡은 것은 조금 의아하게 느껴질 수도 있다. 하지만 선전부의 역할이 주로 영어로 선전문을 만드는 것이었으니 교내잡지인 《천뢰》에서 영문주필로 활동한 적이 있

---

39 "나는 거의 1개년이나 한집에 있었다. 그러나 그 때에 君은 벌써 '요마한 아희'가 아니오. 성숙하고 존경할 인격자였었다. 도리어 조숙이라 할 만하게 20세 내외에 벌써 여러 동지의 존경을 받았다. 명철한 두뇌, 강한 의지력, 신의를 지키는 힘, 輩間에 빼어난 존경을 받은 것이다. 그러한 지 2년 만에 昨春에 君은 다시 경성에서 만났다. (장백산인, 문단 인상 호기, 앞의 글, 99면)

던 주요한이 적임자로 여겨진 것이다. 그런데 이런 중요한 역할을 맡았던 주요한은 1925년 6월 방학이 되자 서둘러 국내로 귀국한다.

> 졸업하던 해, 곧 1925년 5월에는 유명한 상해 총파업과 남경로 상에서 시위학생 11명이 총에 맞아죽은 큰 사건이 있었다. 그래서 졸업식도 없이 본국으로 돌아왔고, 졸업장은 두달 후에 우편으로 받았다. (당시는 6월이 학년 말이었다) [……]
> 호강대학에서도 '학생위원회'가 조직되어 교문은 닫혀 버리고 배일운동의 전략과 선전방법 등을 세우기 시작했는데, 내가 '선전부장'으로 뽑혔다. 영어로 선전문을 만들고 등쇄하여 뿌리는 일이다. 학생위원회 본부에는 중국의 대양(大洋) 은전(미화로 50센트 해당)을 책상 위에 무더기로 쌓아두고 일을 하고 있었다.
> 그 돈이 어디서 왔느냐 하니까, 누가 내 귀에 대고 소련대사관에서 공급된다고 했다.
> 이런 사태가 그칠 줄 모르기 때문에 학교 당국은 학기 종료를 선언하고 기숙사 문을 폐쇄해버려, 나는 오년간 내 집처럼 되었던 캠퍼스를 떠나 고향인 평양으로 돌아왔던 것이다.[40]

주요한의 갑작스러운 귀국은 이미 학업을 마친 졸업생 신분이었고, 일본제국의 침략이라는 공통점에도 불구하고 남의 나라 일이라는 판단에서 빚어진 일인지도 모른다. 동생 주요섭이 적극적으로 참여한 것과는 달리 주요한은 소련의 후원을 입은 학생운동에 대해 지

40 　주요한, 내가 당한 이십 세기, 앞의 책, 41~42면.

극히 회의적인 입장을 가졌던 것이다. 반제국주의를 내세운 학생들의 동맹 파업이 소련대사관의 조종을 받는다고 생각한 순간 주요한은 미련 없이 상해를 떠난 것이다.

주요한은 그렇게 조선으로 돌아와 가족과 재회한다. 방학을 이용하여 몇 차례 귀국한 적이 있긴 했어도 학업을 마치고 완전히 귀국한 것이었으니 감회가 남다를 수밖에 없었다. "열두 살에 집을 떠났다가 만 스물다섯 살에 집으로 돌아온 맏아들"이었다. 그래서 당시의 풍속에 따라 서둘러 결혼을 시키려는 부모의 뜻을 좇아 황해도 사리원 출신의 최선복과 약혼을 한다. 그리고 잠깐 동안 이광수가 있던 동아일보 학예부에서 일을 돕다가 다시 중국으로 돌아간다. 그가 돌아간 곳은 상해가 아니라 남경이었다. 남경에는 한서문 안 쌍석고에 원동흥사단의 단소가 있었고, 해외 유학을 준비하는 한인 청년들을 위한 동명학원(東明學院)이 있었다.[41] 동명학원은 유학에 필요한 언어능력을 배양하는 한편, 흥사단의 무실역행 정신을 가르쳐 민족의식을 가질 수 있도록 훈련하고자 설립된 학교였다. 주요한은 이곳에서 영어교사로 일했다. 하지만, 진짜 목적은 스스로 미국 유학을 준비하는 것이었다. 당시 중화민국 국적법에 따라 5년 이상 중국에 거주하면 중국 국적을 취득할 수 있었기 때문에 주요한은 이곳에서 학생들을 가르치면서 중국 호적을 만들고 미국여행권을 사면서 유학 준비에 몰두했다. 하지만, 약혼녀가 함께 떠날 수 없다고 하는 바람에 미국 유학의 꿈을 포기할 수밖에 없었다. 그렇게 1926년 초에 주요한은 오랜 중국 생활을 마감하고 귀국한다. 그에게는 흥사단 기관지의 창간이

---

41 같은 글, 44면.

라는 막중한 임무가 맡겨진다. 조선에 귀국하자마자 결혼을 하고 동아일보사에 취직을 하고, 그리고 1926년 5월 《동광》을 창간한다. 그렇게 중국 생활은 완전히 끝나고 새로운 생활이 시작된다.

4. 준비론, 혹은 다른 목소리

주요한은 남경 동명학교에서 학생들을 가르치며 미국 유학을 준비하다가 꿈을 접고 1926년 초에 귀국한 뒤 《동광》을 창간한다. 조선에서 수양동우회가 흥사단 지부로서 활동하던 상태에서 주요한이 기관지 창간 업무를 맡은 것은 《동광》이 수양동우회의 기관지가 아니라 흥사단의 기관지였기 때문이다. 주지하듯이 국내로 돌아온 이광수는 김종덕·박현환·김윤경·강창기 등과 함께 1922년 2월 경성에서 청년 남녀의 수양 기관을 표방한 수양동맹회를 결성했다. 그런데 같은 해 7월 평양에서도 김동원·김성업·조명식·김영윤·김광신·이제학·김형식 등이 동우구락부를 결성했다. 이 두 단체가 모두 흥사단의 지부를 표방하자 안창호는 1923년 이광수를 불러 단체의 통합을 제안했고, 1926년 1월에 수양동우회로 재조직된다. 이것은 수양동우회가 되기 전까지 수양동맹회나 동우회구락부는 공식적인 흥사단 지부로 인정되지 않았다는 뜻이기도 하다. 이렇듯 미주본부와 원동임시위원부에 이어 수양동우회가 결성됨으로써 흥사단은 미주지역과 원동지역, 그리고 조선을 연결하는 국제적인 네트워크로 완성된다. 이에 따라 세 조직을 아우를만한 공식적인 기관지가 필요해진다. 주요한은 이처럼 중대한 임무를 부여받고 국내에 귀국한다.

그런데 동일한 목적과 규약을 가진 단체임에도 불구하고 세 조직의 성격이 달랐기 때문에 흥사단은 갈등을 내포하고 있었다. 특히 국내지부였던 수양동우회는 식민지 치하였기 때문에 '민족의 전도대업'이라는 흥사단의 목적을 표면에 내세울 수 없었다. 그래서 수양동우회는 '민족의 전도대업' 대신에 '신문화 건설'을 전면에 내세운다. 하지만 독립전쟁까지 염두에 두었던 안창호의 '민족의 전도대업'이 '신문화 건설'로 축소될 수는 없었다. 이처럼 원동흥사단과 수양동우회는 흥사단의 이념을 공유했다고 해도 둘 사이에 적지않은 차이가 존재했다. 전자가 정치단체로서의 성격을 강조한다면, 후자는 수양단체로서의 성격을 강조한 것도 이와 관련되어 있다. 따라서 원동흥사단에서 활동하던 주요한과 수양동우회를 이끌던 이광수가 문학에 대한 열정을 공유했다고 해도 그들 사이에는 갈등이 잠복해 있었다.

> 기자: 그러면 요한 씨는 조선의 문예는 어떠해야 된다고
> 생각하십니까?
> 요한: 나는 내가 사숙하는 선생님이 한 분 계신데, 그이는
> 문학자는 아니에요. 그이의 말씀이 "현금 조선 사람
> 은 모든 방면의 노력으로 오직 한 가지 방면에 집중
> 할 필요가 있다. 그러므로 현금 조선의 문예운동에
> 도 조선의 오직 한 가지인 그 사업을 위하여 사용할
> 것이라"고 하시는데 나는 그 말씀을 믿어요.[42]

이 탐방기에서 주요한은 "내가 사숙하는 선생님"인 안창호의 뜻

---

[42] 문사탐방기, 조선문단, 1927.02, 71~72면.

을 빌어 "현금 조선의 문예운동에도 조선의 오직 한 가지인 그 사업을 위하여 사용"해야 한다고 말한다. 그 사업이란 다름 아닌 '민족의 전도대업'이다. 그렇다면 문예운동도 정치운동의 일환이라는 의미이다. 이 점이 주요한과 이광수가 다른 점이다. 이광수가 민족의 전도대업과 신문화 건설을 등치시켰다면, 주요한은 신문화 건설 내지는 조선의 문예운동을 민족의 전도대업의 일환으로 인식했다. 실제로 조선에 귀국한 뒤 주요한의 행적을 살펴보면 문학인의 모습이라기보다는 언론인이자 정치인의 모습이었다. 그렇기 때문에 수양동우회를 수양단체로 만들려는 이광수와 대립하면서 신간회에 참여하고 좌우합작운동을 전개하는 등 정치단체로 개조하려는 시도를 계속한다. 이러한 주요한의 입장은 신간회에 가담하는 것조차 꺼리던 이광수와는 완전히 다른 것이다.

그동안 흥사단의 이념에 대해서는 적지 않은 오해가 있었는지도 모른다. 이광수의 문학을 도산 안창호의 사상과 관련시켰던 김윤식은 흥사단의 이념을 '점진적 민족주의 사상'으로 이해하고 '준비론'이라고 명명했다. 하지만 이것은 이광수가 파악한 흥사단의 이념에 불과했다. 안창호는 점진적 민족주의 사상을 가졌다고 해도 한번도 '최후의 전쟁'을 내려놓은 적은 없었다. 반면 이광수는 민족의 전도대업 대신에 '신문화 건설'을 전면에 내세운다. 문화통치에 속았든 혹은 그것과 공모했든 상관없이 '문화=정치'로 받아들인 것이다. 그것이 이광수가 안창호를 이해하는 방식이었다. 그러니 이광수는 수양단체로서의 수양동우회가 정치단체인 신간회에 참여할 필요가 없다고 믿었다. 합법적 수양단체로서 수양동우회는 문화운동을 통해서 항상 정치투쟁을 하고 있다는 것이 이광수의 믿음이었다.

하지만 주요한은 이광수와 다른 방식으로 안창호를 이해했다. 그는 안창호가 추구했던 민족의 전도대업이 문화 건설을 통해서 이루어지리라는 이광수의 신념을 받아들일 수 없었다. 그는 전도대업과 신문화 건설이 동일하지 않다는 사실을 잘 알고 있었다. 그래서 수양동우회가 정치단체로서의 성격을 띠기를 원했다. 안창호가 상해에서 다양한 이념들을 모두 포괄하는 민족대혁명당을 구상했듯이 신간회에 참여하는 것도 주저하지 않았다. 실제로 안창호는 민족의 전도대업을 추구하는 과정에서 이념을 문제 삼지 않았다. 그가 이끌던 흥사단의 멤버들도 마찬가지였다. 류기석과 같은 아나키스트도, 장지락(김산)과 같은 코뮤니스트도 모두 흥사단과 관계를 맺었다. 그렇듯 주요한은 신간회에 적극적으로 참여할 것을 주장하고, 약법개정운동을 벌이면서 수양동우회를 동우회로 개조한다. 수양단체로서의 성격을 불식시키기 위한 선택이었다. 그리고 그 결과가 '동우회 사건'으로 이어졌음은 주지의 사실이다.

결국 동우회 사건 이후 주요한도 적극적인 정치 참여를 주장했던 종전의 입장을 철회하고 이광수와 같은 태도를 취한다. 민족의 전도대업과 신문화 건설을 등치시키는 이광수의 논리는 일제강점기 말의 주요한에게도 구원의 길이 되었다. 예컨대 1954년에 발표한 「'창조' 시대」를 읽다보면 "《창조》의 출현은 광범한 의미에서의 하나의 민족운동이었다고 생각된다. 정치적 독립을 주장한 삼일운동과 문화적 신경지를 개척하려는 문예운동과는 일맥상통하는 민족적 발전의 전기를 간취"[43]했다는 방식으로 의미화하고 있음을 보게 된다. 이제 민

---

43 주요한, 창조 시대, 앞의 책, 711면.

족의 전도대업과 문학운동 사이에 아무런 낙차도 없다. 하지만 상해에서 돌아온 뒤의 이광수 혹은 동우회 사건 이후의 주요한이 내세운 논리는 거꾸로 선 것이다. 그들은 문학과 정치를 구분하지 않았다. 정치를 문학과 동격으로 놓고 나면, 문학을 하면서도 자신의 일이 정치적이라고 착각하는 일이 벌어진다. 정작 정치를 내팽개쳤으면서도 자신들이 정치 활동을 한다고 믿는 것이다.

이처럼 안창호와 이광수와 주요한이 만들어내는 삼각형은 흥미롭다. 안창호는 문사와 무사를 구분하지 않고 독립을 위한 '선비[士]'를 기르고자 했다. 정치의 공간이었던 상해에서 이광수와 주요한은 안창호의 지도 아래 놓여 있었다. 그렇지만 이광수는 '문사가 되기를 원했다. 주요한 역시 안창호가 결코 알 수 없었던 비밀스러운 '문학'에 대한 감각을 이광수와 공유했다. 그 시간 동안 주요한은 이광수를 통해서 안창호를 바라보았다는 점에서 르네 지라르 식으로 말해 모방적 욕망에 사로잡혀 있었는지도 모른다. 이광수는 욕망의 대상이 되기 위한 비밀스러운 '매개자'였다. 김동인이 이광수라는 대립자와 끝까지 맞섰던 것과 달리 주요한이 쉽게 이광수와 함께 한 까닭일 것이다. 김동인이 문학이라는 칼을 빌어 이광수와 대립한 것과 달리 주요한이 집어든 것은 정치라는 칼이었다. 그러므로 《조선문단》과 시집 『아름다운 새벽』은 그 와중에서 빚어진 문학사적 해프닝이었다. 김동인이 주요한에게 정치에서 몸을 빼고 문학으로 되돌아오라고 했지만, 그것이 이광수와 대립하는 또 다른 방식이었다는 것을 김동인은 알 수 없었다. 김동인은 문학주의자였기 때문이다.

그렇다면, 도산 안창호의 사상은 무엇이었을까? 이광수가 파악한 것도 아니고 주요한이 파악한 것도 아닐 것이다. 도산만이 도산의 사상을 알 수 있겠지만, 우리가 그것을 알 수 있는 방법은 없다. 다만, 도산을 다른 방식으로 바라본 사람들이 있었다는 것만은 기억한다. 안창호와 함께 대독립당 운동을 전개했던 사람들 말이다. 그들 중의 한 명의 이름은 주요섭이다.

민족 연대의 상상과 내셔널리즘의 분기

1. 같은 곳 다른 시선

주요섭(朱耀燮, 1902~1972)이 형 주요한(朱耀翰, 1900~1979)을 만나기 위해 상해(上海)를 찾은 것은 1921년 4월 무렵이었다. 민족사의 전환점이었던 삼일운동을 겪으면서 그 역시 격동의 시간을 지나고 있었다. 일본 유학 도중 평양으로 돌아온 그는 등사판 지하신문을 발행하다가 출판법 위반으로 체포되어 평양감옥에서 복역했다. 함께 유학했던 형 주요한은 그동안 도쿄 제국대학 입학이 보장된 제일고보를 박차고 1919년 5월 상해로 망명[01]한 뒤, 안창호(安昌浩, 1878~1938)와 이광수(李光洙, 1892~1950)를 만나 대한민국임시정부에 합류했다. 주요섭 또한 1919년 11월 평양감옥에서 풀려나자마자 상해로 가고자 했으나, "비상경계가 몹시 심한" 까닭에 뜻을 이루지 못하고 잠시 숭실학교에서 수학한 뒤 일본으로 건너가 1920년 10월부터 이듬해 3월

---

01 김윤식은 1919년 10월 25일자로 '수업료 미납'으로 제적된 도쿄 제일고등학교 학적부를 근거로 주요한이 1919년 한 학기를 마치고 상해로 갔다고 했지만, 주요한의 회고(주요한, 내가 당한 20세기-나의 이력서, 주요한문집(1), 요한기념사업회, 1982, 24~31면)를 고려할 때 1919년 5월에 상해로 간 것으로 보인다.

까지 세이소쿠영어학교(正則英語學校)를 다녔다. 아마 호강대학(滬江大學) 예비반에 다니던 형의 충고를 받아 영어 실력을 기르고 있었으리라 짐작된다. 그렇게 기회를 엿보던 주요섭이 '중국인'으로 위장하여 상해에 도착하자 형제는 삼일운동 직후 고향에서 얼굴을 본 지 이년 만에 낯선 땅에서 감격적으로 상봉했다.

1912년 형 주요한이 아버지를 따라 일본으로 유학을 떠난 뒤 오랫동안 헤어졌던 형제는 1918년 동생 주요섭이 일본에 오면서 함께 생활했다. 그러니 형제는 늘 서로에게 각별한 존재였다. 특히 오랫동안 객지에서 생활했던 주요한에게 부모형제나 고향은 늘 그리움의 대상이었다. 첫 번째 시집 『아름다운 새벽』을 출판하면서 「고향 생각」이라는 장을 따로 묶을 정도였다. 그래서 주요섭이 기숙사 때문에 소주(蘇州)에 있던 안성중학(晏成中學)에 다녔던 시간(1921.04~1921.06)을 제외하면 형제는 상해에서 함께 대학을 다니며 돈독한 우의를 보여주었다. 2년 먼저 호강대학에 입학한 형이 축구단과 합창단에서 활동하면서 영어 변론팀 주장이나 《천뢰(天籟, The Shanghai)》의 영문주필을 맡은 것처럼 동생도 육상, 특히 장거리경주[02]에 두각을 나타냈고 《천뢰》

---

02 주요섭은 호강대학 중학부 시절부터 육상에 타고난 소질을 가지고 있어서 1922년 5월 20일 열린 유호학생회 춘계육상대운동회에서 우승을 차지(독립신문 127호, 1922.05.27)한 적이 있었다. 대학 진학한 후 1923년 11월 10일 상해 남양대학에서 열린 상해체육경진회 도보경주에서 호강대학 교육학과에서 함께 공부하던 신형철의 뒤를 이어 이등을 차지(상해 체육경진 조선 학생 우승, 동아일보, 1923.11.19)했으며 이듬해 12월에는 중국 남방팔대학 연합체육대회에서는 삼영리(오천미터) 단축마라톤 경기에서 일등을 차지했다. 그리고 1925년 5월 1일과 2일 상해 성요한대학에서 열린 전국운동회 오천미터 경주에서 17분 30초라는 기록으로 우승을 차지하여 중국 대표로 선발(극동대회에 참가할 五 동포 선수, 동아일보, 1925.05.11)되었고, 현정주(축구), 김영호(십종경기), 신형철(육상), 박관해(남경 동남대학) 등 5명의 동포 선수와 함께 제7회 극동 올림픽대회(필리핀 마닐라, 1925.05.16~)에 중국 대표로 참가하

의 편집에도 참여한 것이다.[03]

두 사람이 모두 비슷한 대학생활을 보낸 것은 흥사단과 관련되어 있다. 주요한은 대한민국임시정부 기관지 《독립신문》에서 일할 무렵 안창호를 만나 이광수의 뒤를 이어 105호 단원이 되었고, 주요섭 역시 1921년 9월 경 144호 단원으로 합류했다. 흥사단 단원이 된다는 것은 공적으로 단원으로서의 의무에 충실해야 할 뿐만 아니라 사적으로 다양한 활동을 통해 지·덕·체의 균형 발달을 도모해야 한다는 것을 의미했다. 그래서 형제는 비록 전공분야가 다르긴 했어도 흥사단을 매개로 하여 닮은꼴의 대학 생활을 보낸 것이다.

그렇지만 형제의 삶을 지켜보노라면, 가끔 서로 다른 곳을 바라보는 듯한 모습을 발견한다. 1926년 10월 《동광》 제6호에 실려 있는 시 「진화」를 살펴보자. 소설가로 알려져 있긴 해도 1930년대에 「북해에서」라는 시를 발표한 적이 있으니, 주요섭이 시를 썼다고 해서 크게 이상할 것은 없다.

> 어머니는 아들 삼형제를 두었습니다.
> 맏이가,
> "낮추 난 자와 높이 난 자를 모두 같은 사람을 만든다!"고
> 떠들고 나가더니 가슴에 살촉을
> 꽂고 들어왔습니다.
> 둘째가
> "흰 사람이 검은 사람을 때리지 못하게 한다!"고

여 만미터 경주에서 3위를 차지했다. (萬米突 결승에 동포 三着, 一二着은 比軍, 조선일보, 1925.05.22)

03 육령, 주요섭과 호강대학교 내 신문 《천뢰》, 비교한국학 28권 1호, 2020.03, 329면.

외치고 나가더니 잔등에 긴 칼을
꽂고 들어왔습니다.
막냉이가,
"노는 사람이 일하는 사람의 것을 빼앗지 못하게 한다!"고
뛰쳐나가더니 머리에 총을 맞고
들어왔습니다.
지금은 가슴 상한 어머니가 혼자서
저녁마다 문턱에 서서
이름 모를 꽃을 들고
세 장사의 무덤을 찾아 가는
수많은 소녀들을 봅니다.

1925년 3월 10일에 창작되었다고 밝힌 이 시에서 시적 화자는 세 아들의 삶을 통해서 인간 사회의 부조리를 개선하고자 하는 의지를 표현한다. 맏이가 꿈꾸었던 모두가 평등한 세상은 둘째가 꿈꾸었던 인종 차별이 없는 세상, 그리고 셋째가 꿈꾸었던 계급 차별이 없는 세상으로 이어진다. 이러한 시적 구성이야 그리 특별할 것이 없다. 시인이 추구하는 바를 직접적으로 진술하고 있는 이 시에 주목하는 것은 시적 완성도와도 무관하다. 이 시에 눈길을 주는 것은 바로 형 주요한을 겨냥한다는 점 때문이다.

동생들이 아직도 젖먹이일 적에
큰처녀는 벌써 책보 들고 학교에 갔었다.
그러나 해 뜨기 전에 시드는 나팔꽃같이
졸업할 그 해에 그는 무덤으로 갔다.

십년이 말없이 지나갔다.
둘째처녀가 학교를 마치고 동리에
말거리 많은 색시가 되었다. 그러나 얼마 안 있어
그는 폐렴에 걸려 형의 뒤를 따라갔다.

셋째처녀가 책보를 집어던지고
혁명당이 되어 집을 떠났다.
북쪽으로 오는 소식을 기다리는 끝에
삼년만에 그의 시체가 기차에 실려 왔다.

시방은 가지런히 않는 세 비석에
여름이면 이끼가 파랗게 날 뿐……

이 시는 시집 『아름다운 새벽』 제4부 「힘 있는 생명」에 실려 있는 작품 「세 형제」[04]이다. 그런데 주요섭의 「진화」와 주요한의 「세 형제」를 나란히 놓고 보면 시적 상황뿐만 아니라 시상 전개 방식이 매우 유사하지만, 정작 시적 화자가 진술하는 내용이 다르다는 것을 알수 있다. 주요한의 시에서는 셋째처녀가 혁명당이 되었다는 사실이 인상적으로 다가오기는 해도 전체적으로는 삶의 무상함이라는 정서에 침윤되어 있다. 첫째와 둘째의 삶이 이상을 향한 투쟁과는 무관하게 죽음 앞에 무력한 양상을 띠기 때문이다. "세 비석에 여름이면 이끼가 파랗게 날 뿐"이라는 시적 결말 역시 그런 분위기를 형성하는데 중요한 역할을 한다. 이와 달리 주요섭의 시는 체념의 정서보다는 분노나 저항의 정서를 바탕에 둔다. 세 형제의 죽음이 이상을 추구하는

---

04   시집 『아름다운 새벽』에 따르면 이 작품은 1923년 작이다.

과정에서 맞이하는 비극인데다가, 그들이 추구하던 이상이 "무덤을 찾아가는 수많은 소녀"들에 의해 추모되거나 계승되는 것처럼 표현하기 때문이다.

주요섭의 시가 실린 《동광》은 흥사단에서 발간하던 기관지였다. 1925년 대학을 졸업하고 남경 동명학원에서 영어를 가르치던 주요한은 김성수의 제안을 받아 조선으로 돌아온 뒤 동아일보사에서 일하면서 《동광》 편집도 맡았다. 따라서 주요섭의 시를 가장 먼저 읽을 사람은 다름아닌 형 주요한이었다. 주요섭이 일부러 형과 다른 생각을 드러내고자 했다면 '진화'라는 제목 역시 꽤 상징적이다. 형과 다른 길을 걷겠다는 동생의 선언처럼 느껴지기 때문이다.

2. 상해 5·30사건이라는 갈림길

주요섭이 형 주요한을 찾아 상해로 왔던 1921년 4월은 삼일운동 직후 민족해방이 멀지 않았다는 낙관적인 열기가 식어가고 대한민국임시정부가 침체의 늪에 빠져들던 시기였다. 그것을 상징하는 것이 바로 독립신문사 사장 이광수가 조선으로 되돌아간 사건이다. 이에 안창호는 1921년 5월 노동국 총판을 사임하고 여운형과 함께 국민대표대회를 추진하면서 대한민국임시정부의 개조에 나서는 한편, 흥사단 원동임시위원부(이하 원동흥사단)의 첫번째 단원이었던 이광수의 공백을 메꾸기 위해 조직을 재정비한다. 이 과정에서 주요섭은 144호 단원으로 원동흥사단에 합류한다. 이후 주요섭은 1921년 12월 23일 상해 삼일예배당에서 유호학생회(회장 이강희)가 주최한 연설회에서 허연, 박헌영 등과 함께 연사로 나서 대한독립을 관철하기 위해서는 최후의 일인까지 싸워야 한다는 취지로 독립정신을 고취하는 연설[05]을 한 적이 있긴 하지만, 주로 원동흥사단을 무대로 활동했다. 1922년 5월 27일 원동흥사단 상해 지방단우회 제26회 모임에서 「습관」이라는 제목으로 강연[06]을 했고, 1923년 3월에는 주요한, 현정주, 이태서, 신형철 등 호강대학 학생 위주로 구성된 원동흥사단 제18반 반장을 맡기도 했다. 그의 성실한 모습은 1923년도 단원 복무 성적을 기록한 문서에서도 확인된다. 흥사단에서는 단원들의 성적을 정근(精勤), 결근(缺勤), 불근(不勤)으로 나누었는데, 주요섭은 차리석, 주현측 등과 함께 정근자로 분류되어 있다.[07]

그런데 1924년에 접어들면서 주요섭의 변화가 감지된다. 1924년 2월 7일부터 이틀간 남경에서 열린 흥사단 제10회 원동대회의 첫날 강론회에서 주요섭은 「마르크스와 우리」라는 제목으로 강연[08]을 했

---

05 留滬我學生, 독립신문 118호, 1921.12.26.

06 1922년 5월분 원동지방단우회 경과, 독립기념관 소장자료(자료번호:1-H00619-000)

07 주요섭이 원동흥사단 활동에 열정적이었다는 사실은 수필 「상해의 여름」(개벽, 1923.08)에서도 확인할 수 있다. 이 글에서 주요섭은 상해의 여름 풍경을 그리면서 "우리나라 유학생으로 2, 3년 전에 조직된 화동한국유학생연합회 대회가 연례로 늘 7월 상순에 상해서 개최"(46면)된 것을 꼽는데, 화동한국유학생연합회는 원동흥사단과 밀접한 관련이 있는 유학생단체였다. 이와 함께 "팔월 그믐에 상해 법계(法界) 어떤 모퉁이에서 수백의 조선인이 모이어 눈물을 흘리고, 가슴을 치며 비분강개한 연설을 하고 간절한 묵도를 올리는 밤"(46면)을 언급함으로써 국치일 기념 행사를 떠올리게 한다.

08 흥사단 제10회 원동대회 경과상황(1924), 독립기념관 소장자료(자료번호 1-H00534-001) 독립기념관 자료해제에는 주요한이 「마르크스와 우리」라는 강연을 한 것으로 되어 있으나 이 대회에서 주요한은 『개조』라는 문제를 가지고 이광수 군의 저술한 민족개조론에 근거하여 약 1시 20분 동안 명쾌한 강론을 하"였고, 「마르크스와 우리」라는 주제로 강연을 한 것은 주요섭이었다.

다. 강연 내용에 대해서는 구체적으로 알려져 있지 않지만 마르크스 (주의)에 대해 관심을 가진 것은 분명해 보인다.[09] 주지하듯이 제1차세 계대전이 끝나고 러시아혁명이 성공하면서 세계적으로 마르크스(주 의)에 대한 관심이 커졌다. 제국주의 열강이 중심이 된 국제연맹과 달 리 제삼인터내셔널(코민테른)은 세계 곳곳에서 식민지 해방을 지원하 면서 식민지 지식인들을 매료시켰다. 중국에서도 그러했다. 1924년 1월 1일 쑨원(孫文)이 이끌던 중국국민당은 광동에서 열린 제1차 전 국대표대회에서 공산당원을 개인자격으로 국민당에 가입시키고 연 소(聯蘇), 용공(容共), 농공부조(農工扶助)의 3대원칙을 채택하면서 제1 차 국공합작을 시작하자 미완의 혁명이었던 신해혁명이 다시 활화산 이 되어 역사의 전면에 솟아올랐다.

이러한 중국 정세의 변화는 1923년 국민대표회의 결렬 이후 분열 을 거듭하던 상해의 독립운동이나 유학생 사회에도 커다란 반향을 불러일으켰다. 그동안 유호한국학생연합회와 화동한국유학생연합회 등으로 나뉘어 활동하던 한인 유학생들이 하나로 결집하여 1924년 4

---

09 흥사단 회원으로 활동하다가 탈퇴하고 아나키스트로 활동했던 류기석은 함께 강 연했던 주요섭에 대해 다음과 같이 회고한다. "흥사단 원동위원부는 1925년 남경 에서 한차례 연례회의를 열었다. 참가한 단원과 내빈은 모두 백여 명이었다. 그때 연례회의에서 나와 주요섭 두 사람은 학술연구보고를 맡으라는 명령을 받았다. 내 가 선택한 제목은 「현단계의 조선 청년운동의 동향」이었고, 주요섭이 선택한 제목 은 「나의 유물사관에 대한 이해」였다. 주요섭의 발표는 전체 청중의 주의와 흥미 를 끌었다. 그가 선택한 제목은 당시로 말하자면 매우 새로운 것이었으며, 아울러 주요섭의 논점은 이미 흥사단의 유심사상 범주를 넘어섰으며 유물주의에 기울어 져 있었기 때문이다. 그러나 주요섭은 후에 이 방면으로 계속해서 연구하지 않아 그의 관점과 입장은 끝내 부르주아지의 영역을 벗어나지 못하였다"(류기석, 남경 시 절, 삼십년 방랑기, 해외의 한국독립운동사료 35, 국가보훈처, 2010, 361면 ; 공훈전자사료관 https://e-gonghun.mpva.go.kr/)

월 5일 상해청년동맹회를 결성[10]한 것이다. 이 단체는 "독립운동의 기치 하에서 민족적으로 일치단결하자"를 첫번째 강령으로 내세운 좌우합작운동의 일환[11]이었다. 주요한이 화동한국유학생연합회를 대표하여 상해청년동맹에 가담했으니, 주요섭 또한 크게 다르지 않을 것이다. 주요섭이 본격적으로 활동에 나선 것은 호강대학 2학년이 된 뒤의 일이었다. 상해 유학생을 중심으로 좌우합작운동이 확산되면서 화동한국유학생연합회도 남경에 있던 본부를 상해로 옮기고 1924년 9월 새롭게 집행부를 구성하는데, 여기에서 주요섭은 서무위원으로, 주요한은 편집위원으로 각각 선출[12]된 것이다. 호강대학 교내잡지 《천뢰》에 참여하여 영문기사의 편집을 담당[13]한 것도 이 무렵이다.

1924년 10월 《개벽》에 발표한 「선봉대, 학생들아 우리는 지휘관」에는 주요섭의 사상적 모색이 드러난다. 이 글은 상해 시내로 들어가는 도중에 만난 노동자들에 대한 상념을 담고 있다. 주요섭은 호강대

---

10   1924년 3월 21일 孔昌烈, 金尙德, 金鈺, 金政宇, 郭英, 朴震, 邊(極)錦波, 賓光國, 申國權, 申彦俊, 嚴恒燮, 尹蘇野, 張德震, 趙允寬, 趙德津, 崔南植, 崔天浩, 崔忠信 등이 상해청년동맹의 발기인으로 참여하면서 유학생 사회에서 민족통일전선을 구축할 필요성이 본격적으로 제기되었다. (상해에도 청년동맹, 동아일보, 1924.04.01)

11   최선웅, 1924~1927년 상해 청년동맹회의 통일전선운동과 대한민국 임시정부, 한국근현대사연구 44, 2008, 194~195면. ; 국지훈, 언론인 신언준의 중국에서의 민족운동, 한국독립운동사연구 55, 2016, 149~150면.

12   화동유학생회, 동아일보, 1924.09.28.

13   육령의 연구에 의하면, 호강대학 학생자치회는 학과 대표 10명으로 구성된 출판부를 편집부와 집행부 및 발행부 등을 나누고, 《천뢰》의 발행주기를 반월간으로 바꾸면서 학술적인 성격을 강화하여 연구논문, 문예작품, 통론(通論:사설), 학교 기사 등으로 구성했다. 하지만 1924년 강절전쟁 때문에 중요한 편집자들이 참여할 수 없자 조직을 다시 정비하면서 각 학년에서 추천을 받아 중국어와 영어 통신원 10명을 뽑아 교문(校聞)란의 편집자로 채용했다. 주요섭은 14권 1호부터 영어 통신원이 되어 영문기사의 편집을 맡았다. (육령, 앞의 글, 329~330면)

학에 재학하는 동안 양수포(楊樹浦) 미주로(眉州路)에 있던 학교 기숙사에서 생활했다. 여느 학교와 마찬가지로 호강대학 기숙사 역시 엄격하게 통제되었다. 그래서 흥사단 활동에 정기적으로 참여해야 했던 주요섭으로서는 늘 빠듯한 시간을 보낼 수밖에 없었다. 그렇듯 서둘러 상해 시내로 가는 길에서 주요한 "근 십년 내에 비 뒤 죽순 일어서듯 일어선 일인들의 공장"에서 일하는 노동자들과 마주친다. 밤새 공장을 돌리다가 주간작업조와 교대하고 돌아가는 야간작업조 노동자들이었다. "우리가 침대에 누워 꿈꾸고 평안히 자는 그 왼 밤 동안을 이 사람들은 누구를 위하여 하는지도 모를 일을 한 분도 쉬지 않고 계속했다 하는 것을 생각할 때 몸서리치지 아니할 수 없었다" 그런데 '내어버리운 자들의 떼'와 다를 바 없는 노동자들을 향한 주요섭의 시선은 단순한 연민에 멈추지 않았다. 노동자들의 행렬을 "총과 칼을 아니 가졌을 뿐" "어떤 위대한 반항력의 잠재"를 갖춘 "군대의 행진"으로 바라보는 것이다.[14] 그의 눈에 비친 노동자들의 모습은 선봉대 그 자체이다. 다만, 그들이 힘을 제대로 발휘하지 못하는 것은 아직 지휘관을 갖지 못한 까닭이다.

양수포의 일본 방직공장에서 일하는 중국인 노동자들의 모습은 조선의 현실과 중첩된다. "우리나라에도 그와 같은 선봉대는 너무 많다" 문제는 그러한 선봉대를 이끌어 갈 '참된 지휘관'이 없다는 사실이다. '목자 없는 양'이거나 혹은 '지휘관 없는 선봉대'에 불과한 것이다. '민족의 전도대업'을 이룩할 젊은 인재, 곧 '선비[士]'의 양성을 목적으로 삼았던 흥사단 또한 지휘관을 양성한다는 점에서 유사하지만, 노

---

14 주요섭, 선봉대, 학생들아 우리는 지휘관, 개벽, 1924.10, 104~106면.

동자들을 향한 주요섭의 관심은 특별히 기억할 만하다. 대학에서 공부하는 목적 역시 선봉대들에게 "길 인도하고 싸움 방법도 가르치고 척후도 해" 노동자들에게 먹을 것을 주고 자유를 주기 위한 것이라고 말하기 때문이다. 그러니 다음과 같은 구절로 글이 끝난다고 해도 크게 이상하지 않다.

> 학생들아, 준비하자. 그러나 그 준비하는 목적을 확호불변하는 어떤 이상에다가 세우지 않으면 아니될 것이다. 가을 바람이 경종을 울리는 이때에 특별히 생각해서 어서 해결을 얻지 아니하면 아니될 문제일다.[15]

여기에서 주요섭은 "준비하는 목적을 확호불변하는 어떤 이상에다 세우지 않"으면 안된다고 말한다. 준비하는 것이 필요하지만, 무엇을 준비해야 하는지 명확하지 않다면, 그 준비는 아무 의미가 없다는 것이다. 흥사단이 설령 준비론에 바탕을 둔 단체라고 하더라도 그 이상을 어디에 설정하는 것에 따라 그 모습은 완전히 달라질 수 있다. 그 이상을 설정하는 것이 1924년 가을 무렵 주요섭을 괴롭히던 문제였을 것이다.

1925년 1월 28일부터 29일까지 상해 중서여숙 회의실에서 제11회 흥사단 원동대회가 열렸다. 이 대회는 1920년 원동흥사단이 만들어진 후 처음으로 안창호 없이 열린 대회였다. 안창호는 1924년 11월 22일 미국으로 건너가 1926년 5월 16일에야 상해로 돌아왔기 때문이다. 이 대회에서 주요섭은 「민족개조는 가능한가」라는 문제로 강연을

---

15 같은 글, 107면.

했다. 주요섭이 이광수의 민족개조론에 대해 어떤 태도를 취했는지는 분명하지 않다. 하지만 일년 전에 열린 제10회 대회에서 주요한이 「개조」라는 주제로 강연을 한 것과 관련지어 보면 여러 상상을 해볼수 있다. 주요한의 경우 1924년 내내 이광수와 함께 《조선문단》을 준비한 사실을 떠올리면 우호적이었을 가능성이 높지만, 1926년 귀국이후 수양주의 노선을 이끌던 이광수와 대립하며 정치주의 노선을주장하여 수양동맹회를 동우회로 변화시키던 모습을 떠올리면 비판적이었을 가능성도 없지 않다. 하지만 이광수에 대한 주요한의 태도와 상관없이 주요섭이 주요한의 입장에 불만이 있었으리라는 사실은강연 제목을 통해서도 충분히 짐작해 볼 수 있다. 흥사단 원동대회가끝난 지 얼마 지나지 않은 2월 7일에 주요한은 유학생회 주최 강연회에서 「진화론에 대하여」라는 주제로 강연[16]을 했고, 주요섭이 그로부터 한달 여가 지난 1925년 3월 10일에 시 「진화」를 썼으니 설령 주요한의 강연과 직접 연관시키기 어렵더라도 순전히 우연으로만 치부해버릴 수도 없는 것이다.

주요섭이 이광수와 다른 지점에 서 있었다는 사실은 쑨원과의 관계를 통해서도 유추해 볼 수 있다. 이광수는 상해 망명 중에 쑨원과직접 대면할 기회가 있었지만 「민족개조론」에서 그에 대해 부정적인평가를 내린 바 있었다. 이와 달리 주요섭은 쑨원 사망 직후에 발간된 특집호에서 쑨원이 민족 문제나 민권 문제뿐만 아니라 민생 문제를 중요시하며, 이 과정에서 민족을 공산주의나 사회주의와 대립시키지 않고 서로 결합하여 국공합작을 실현한 점을 내세워 삼민주의

16　유학생회 강연, 동아일보, 1925.02.17.

에 적극적으로 공명하기 때문이다.[17]

이런 모색 속에서 주요섭은 1925년부터 본격적으로 소설을 쓰기 시작한다. 상해에 오기 전에 이미 《매일신보》 신춘문예에 응모할 만큼 문학에 관심을 가졌던 그는, 중학 시절에 상해의 신문 보도에서 힌트를 얻어 창작한 「추운 밤」(개벽, 1921.04)이라든지 전래 동화를 고쳐 쓴 「죽음」(신민공론, 1921.07)과 「해와 달」(개벽, 1922.10) 등을 투고했다. 하지만, 그 무렵의 창작들은 습작 수준을 벗어나지 못했다. 교내 잡지 《천뢰》에서 활동하면서 영문으로 논설적인 글을 쓰기도 했고, 자신의 전공이었던 교육학과 관련된 학술적인 글을 발표하다가 본격적으로 소설쓰기에 나선 것은 이 무렵이다. 1925년 일년 동안 주요섭은 「인력거꾼」(개벽, 1925.04), 「살인」(개벽, 1925.06), 「영원히 사는 사람」(신여성, 1925.10), 「첫사랑값」(조선문단, 1925.09~1927.03) 등 네 편의 소설을 발표했는데, 모두 중국을 배경으로 한데다가 중국인을 등장시킨다.[18] 「인력거꾼」은 강소성의 강절전쟁(江浙戰爭)을, 「살인」은 호남성 수해를,

---

17 주요섭, DR. SUN'S ADHERENCE TO RUSSIA, 天籟 14권 11호, 1925.04.01. ; 육령, 앞의 글, 329~330면에서 재인용.

18 이 무렵에 발표한 주요섭의 작품에 대해서 한국문학사는 대체로 신경향파문학의 등장과 관련시켜 이해해 왔다. 백철은 『조선 신문학사조사 현대편』(백양당, 1947, 66면)에서 「인력거꾼」과 「살인」을 빈민계급 자체가 주인공이 된 작품으로서 "신경향적인 작품으로 제일위에 서는 작품"이라고 고평한 바 있다. 「인력거꾼」의 아찡이 "병원에서 신사의 설교를 듣는 장면의 전후는 소위 반종교문학으로서 빛"나고 있으며, 「살인」의 우뽀가 청년을 발견한 때부터 살인에 이르기까지 "의식이 밝아가는 과정이 실로 자연스럽게 추묘"되고 있다는 것이다. 그런데 문학사적 맥락을 논외로 하더라도 독실한 기독교 신자였던 주요섭에게 「인력거꾼」에서의 종교 비판은 매우 큰 변화를 암시하고 있다고 여겨진다. 「첫사랑값」의 주인공 리유경이 "벌써 삼 년 전에 이십여 년이나 믿던(날 때부터 믿었으니까) 종교라는 것이 무가치한 염가의 위안물인 것을 깨달은 이래 나는 늘 종교가들을 저주"해 왔다고 말한 것을 작가 주요섭의 경험과 연관시킬 수 있을지 모른다.

「영원히 사는 사람」은 산동성의 쑨메이요(孫美瑤) 인질 사건을 각각 소재로 삼고 있어서 1926년 이후에 발표한 「천당」과 「개밥」이 조선을 배경으로 한 것과 사뭇 다르다. 그만큼 중국 정세에 깊은 관심을 가졌음을 반증한다.

1925년 5월 상해에서 일어난 5·30사건은 주요섭의 관심이 어디에 있었는지를 분명하게 보여준다. 이 사건의 발단은 일본계 방적공장에서 일본인 감독이 중국인 여공을 학대한 일이었다. 처음에는 노동쟁의로 시작되었으나, 5월 15일 중국인 노동자가 일본군 수비대가 발포한 총에 의해 사망하고 십여 명이 부상당하면서 중국인들의 공분을 불러 일으켰다. 특히 5월 30일 상해 중심가인 남경로 공공조계에서 조계경찰이 '조계 회수' 등을 요구하는 학생들에게 발포하면서 사태는 걷잡을 수 없게 되었다. 이십여 만 명의 노동자들이 참여하는 총파업으로 이어져 노동자조직인 총공회가 조직되었고, 학생·상인 단체와 함께 공상학연합회(工商學聯合會)를 조직해 불평등조약의 철폐를 요구하는 반제국주의운동으로 확산되기에 이른다.

상해 5·30사건 당시 상해에 있던 여러 한인 유학생들은 이 운동에 적극 참여했다.[19] 그 가운데에서 주요한은 호강대학 학생위원회의 선전부장을 맡았다. 외국인 유학생이 이 역할을 맡은 것이 조금 의아할 수도 있지만 선전부의 역할이 주로 영어로 선전문을 만드는 것이었으니 교내잡지인 《천뢰》의 영문주필로 활동한 적이 있던 주요한이

---

19 손과지는 "5월 30일 동제대학에 다니던 최병낙·김규선·이덕원·서재현 등 13명이 중국 학생들과 함께 상해역에서 절강로를 따라 구호를 외치면서 남경로로 행진하다가 조계경찰과 충돌했다. 또 호강대학의 주요섭·주요한 형제와 현정주·장건식·안원생·안준생 등은 호강대학 중국학생들과 같이 闡北에서 전단을 배포"했다고 밝히고 있다. (孫科志, 상해한인사회사:1910-1945, 한울, 2001, 261면)

오히려 적임자로 여겨진 것이다. 그런데 이런 중요한 역할을 맡았던 주요한은 여름방학이 되자 서둘러 국내로 귀국해 버렸다.[20] 주요한이 상해를 떠나 조선으로 돌아온 날짜는 정확히 알 수 없으나 1925년 6월 경으로 보인다.[21] 그가 귀국하기로 마음먹은 것은 학업을 마친 졸업생 신분이었고, 일본제국의 침략을 받는다는 공통점에도 불구하고 남의 나라 일이라고 판단했기 때문일 것이다. 더욱이 사회주의에 회의적이었기에 학생들의 동맹 파업이 소련대사관의 조종을 받고 있다는 사실을 안 뒤 상해를 떠난 것이다. 주요한은 그렇게 조선으로 돌아온다.

그런데 동생 주요섭은 형과는 다른 선택을 한다. 사실 5·30사건이 발생하던 날 주요섭은 필리핀 마닐라에서 열렸던 극동올림픽대회에 참여했다가 귀환했다. 그리고 호강대학 학생들과 함께 상해 인근의 농촌을 찾아다니며 중국 농민들을 대상으로 국민의식을 고취하려는 국민계몽대에 참여했다.

> 각 대학에서는 국민계몽대를 조직하여 근방 촌락으로 돌아다니며 '타도 일본제국주의', '타고 영국제국주의'를 울부짖었다. 나도 십명 단위로 조직된 계몽대의 일원이 되어 빈 사과상자를 들고 인근 촌락들을 순회했다. 동리 앞에 촌민들을 모아 놓고 먼저 중국 국가부터 제창하는데 부르는 사람은 학생들뿐이요, 촌민들은 부를 줄을 몰랐다. 번갈아 사과상자 위에 올라선 학생들이 비분강개 열변을 토하고 나서는 촌민

---

20   주요한, 앞의 글, 41~42면.
21   1925년 7월 3일 자 《동아일보》 기사에 따르면 "일전"에 금의환향했다고 적었으니 늦어도 7월 초에는 귀국한 것으로 보인다. (주요한 군 졸업, 동아일보, 1925.07.03)

들에게 국가를 배워주고, 다른 동리로 가곤 했다. 이 운동이 한달이나 매일 계속되었기 때문에 그 해는 학년말 시험도 치르지 않고 그냥 진급하게 되었다.[22]

중국어를 능란하게 구사할 수 없었던 까닭에 직접 연설할 기회도 없었고, 유세 역시 이틀만에 끝나버렸지만[23] 주요섭이 중국인들을 향한 국민계몽대에 직접 참여한 것은 꽤 흥미로운 일이다. 아마 제국주의의 침략 아래 놓인 중국인들의 민족의식을 깨움으로써 제국주의에 맞설 수 있는 동력을 얻을 수 있으리라고 믿었던 것이리라. 세계 곳곳에 무자비한 탐욕의 손길을 뻗치는 제국주의에 맞서기 위해서 민족을 뛰어넘는 광범위한 연대가 필요하다고 생각한 것이다.[24]

3. 주요섭의 「첫사랑값」(1925~1927)에 담긴 흔적들

주요섭의 소설 「첫사랑값」은 《조선문단》 1925년 9월부터 11월까지 3회에 걸쳐 연재하다가 잡지가 경영 문제로 발간되지 못하면서 중단되었고, 일 년 여 뒤 《조선문단》 속간호(1927년 2월호)에 지난 줄거리와 함께 다시 연재되기 시작하여 2월호와 3월호에 후반부를 실었지만, 다시 잡지가 중단되면서 끝내 완성되지 못한 비운의 작품이다.

---

22 주요섭, 내가 배운 호강대학, 사조 6, 1958.11, 215~216면.

23 주요섭, 1925년 5·30, 신동아, 1934.05, 194면.

24 "여학생들이 두 팔을 걷고 나서서 주먹밥을 함지를 들고 내음새 나는 노동자들 틈으로 끼어 돌아다니는 것을 보던 그 광경은 그 당시에도 한 개의 판타지를 보는 듯싶었고 지금도 어째 꿈속 같다"(주요섭, 1925년 5·30, 신동아, 1934.05, 194~195면)

특히 5회 연재분 말미에 "차호 완"이라고 예고되어 있어서 더욱 아쉬움을 남긴다.

1927년 2월 《조선문단》 속간호에 다시 연재하면서 주요한은 다음과 같이 언급한다.

> 이 작품 「첫사랑값」은 원작자가 연전에 《조선문단》에 3회까지 발표하다가 중지된 것인데, 이제 동지가 속간됨에 제하여 편자와 독자의 욕구가 있으므로 **나의 수중에 보관되어 있던 하반**을 다시 실리게 하였으나 기간 원작자의 창작태도가 혹시나 변천됨이 있으면 이 작품을 속재키를 원치 않을런지도 모를 것이매, 게재의 전책을 원고 보관자인 나로서 지게 되는 것을 부기하는 바며, 또 독자 제위의 편의를 위하여 전 3회의 대략을 부술하노라. (요한, 강조는 인용자)[25]

이 글을 보면 「첫사랑값」은 연재를 시작할 때 혹은 늦어도 속재를 시작할 때 완성되었으리라 짐작된다.[26] 만약 원고가 완성된 상태에서 연재를 시작했다면, 월간지 발간 일정을 고려할 때 1925년 8월 중에 잡지사 편집부에 넘겨져 조판 과정에 들어갔을 것이다. 소설의 배경

---

25 주요한, 「첫사랑값」 속재에 대하여, 조선문단, 1927.02, 141면.

26 "주요섭 씨의 「첫사랑값」을 다시 연재케 되었다. 벌써 끊어버린 지 삼년이나 되는 것을 이제 와서 다시 게재하는 것을 불만히 여기실 이도 없지 않으나 **완성된 원고**를 잡지의 일시의 액운으로 말미암아 유야무야간에 파묻히어 버리게 하는 것은 문단적으로 보아도 아까운 일이요 또 작자에게 대하여서도 미안한 일이며 독자 여러분에게도 그지없는 빚이 되는 일이라 이번에 전회의 경개와 함께 연재케 되었다. (학송)" (편집후기, 조선문단, 1927.02, 155면)

을 이루는 5·30사건이 발생한 지 두 달이 채 넘지 않은 때였다.[27]

「첫사랑값」은 "유경이가 죽었다는 소식은 내게 쇼크를 주었다"(50면)[28]라는 문장으로 시작한다. '나'(김만수)의 오랜 친구 리유경이 중국 상해의 대학에 다니다가 학업을 중도에 포기하고 평양의 고향집에 와 있다가 음독자살을 한 것이다. '나'는 친구의 부고를 듣고 고향에 내려갔다가 '나'에게 남겨진 일기를 받는다. 종이로 꽁꽁 싼 일기 뭉치의 겉면에 "타인은 물개(勿開)할 사(事)"(52면)라고 씌어져 있었지만 '나'는 친구가 유서처럼 남긴 일기를 공개하기로 결정한다. 칠팔 년 동안 고향을 떠나 간도·상해 등으로 다니며 수많은 고생을 겪었던 리유경의 삶을 그냥 묻어버리기에는 너무 안타까웠기 때문이다.

이처럼 이야기의 결말, 곧 리유경의 자살이 서두에 제시된 까닭에 「첫사랑값」은 미완성의 텍스트이긴 하지만 이야기로서의 완결성이 크게 문제되지 않는다. 리유경이 '죽은 원인'이 무엇인지에 관심이 쏠릴 수밖에 없을 터인데, 중국인 여학생 N과의 연애 문제가 부각되어 있기 때문이다. 그런데 여러 연구자들이 이미 지적했듯이 이 작품은 1925년 5·30사건을 전후로 해서 서사의 진행이 크게 달라진다. 일인칭서술이라는 특성을 고려하더라도 서술의 템포라든가 이야기의 배경 등에서 현격한 차이를 보이는 것이다.

---

27 주요한은 처음 원고를 받았을 때보다 뒤늦게 연재함으로써 작가의 창작 태도에 모종의 변화가 있을지도 모른다고 우려하면서 만약 그러하다면 그 책임은 온전히 자기의 몫이라고 말한다. 주요한과 주요섭은 혈연적으로는 동기간이었으며 이념적으로는 동지라고 할 수도 있으니 누구보다도 작가의 내밀한 사정에 대해 잘 알았을 것이다.

28 텍스트로는 2012년 문학과지성사에서 간행한 작품집 『사랑손님과 어머니』를 사용했다. 인용문은 모두 현대적인 표기법에 따라 고쳤으며, 인용 말미에 면수를 밝혔다.

소설의 전반부는 리유경이 N을 혼자 사모하다가 점차 서로 사랑하는 사이로 발전하는 과정을 담고 있다. 제1차 제노전쟁[강절전쟁]이 예견되던 1924년 8월 28일 피난민과 함께 항주에서 상해로 온 리유경은 학기 초에 열린 신입생 환영회 때 "쏘는 듯한 광채 있는 눈"(55면)을 가진 N을 만나 온통 마음을 빼앗긴다. N을 향한 낭만적 격정에 몸부림치는 리유경의 모습은 생물학 표본 모집을 위해 항주의 서호로 답사를 떠났다가 N과 단둘이 만나는 1925년 4월 25일의 일기에서 절정에 이른다.

그렇지만 리유경은 N에 대한 연정을 표현할 수 없었다. 리유경이 N과의 사랑을 두려워하는 것은 두 사람 사이에 존재하는 '민족 문제' 때문만은 아니었다. 물론 사랑한다면 꼭 결혼해야 한다고 믿었던 리유경에게 N과의 사랑은 조선으로 돌아가는가 그렇지 않으면 중국에 남는가 하는 선택의 문제였다. 전자의 경우라면 경제적·문화적 차이 때문에 N이 불행해지는 모습을 지켜봐야 할 것이고, 후자의 경우라면 처음 유학 올 때 굳게 결심한 것처럼, "사람들이 희망을 붙이고 그 사람들이 사랑하는 우리 흰옷 입은 어린이들을 깨우치고 가르치고 사람을 만드"(80면)는 목표를 포기해야 하는 것이다. 이처럼 전자가 N과의 결혼이 가져올 현실과 관련된다면 후자는 리유경이 추구하는 이상과 관련된다.

그런데 리유경이 N에게 사랑하지 않는다고 말하는 것은 리유경이 아닌 A선생의 목소리였다고 해도 과언은 아니다. 즉 결혼 생활이 불행하리라는 불길한 예감보다는 "불쌍한 민족을 위하여는 가족도 재산도 명예도 행복도 마지막에는 목숨까지도 즐거운 마음으로 희생"(95면)하라는 A선생의 목소리가 N에게 사랑하지 않는다고 말하도록 강요했던 것이다.

> 벌써 날은 저물어서 그의 선명한 윤곽이 잿빛 배경과 어
> 우러져 스러지는 듯했다. 두 팔을 힘없이 내려뜨리고 고개
> 를 숙이고 섰는 것이 퍽 불쌍해 보였다. 이때 만일 내게 조그
> 마한 용기만 있었던들 나는 뛰어가서 그를 끌어안고 무수한
> 키스를 했을 것이다. 나는 극도로 피어오르는 흥분을 필사의
> 노력으로 제지하면서 그를 바라다보았다. 그는 무엇을 기다
> 리는 것처럼 여전히 처량한 태도로 서서 발끝만 들여다보고
> 있었다. 나는 차마 그를 더 보고 있을 수가 없어서 고개를 돌
> 렸다. 내 온 전신이 부들부들 떨었다. 이런저런 생각이 번갯
> 불같이 머리를 스치고 지나갔다. A선생이 언젠가 불쌍한 민
> 족을 위하여는 가족도 재산도 명예도 행복도 마지막에는 목
> 숨까지도 즐거운 마음으로 희생하라는 권고를 간절히 하던
> 말이 다시 귀에 들리는 것 같았다. 그러고 소설(「기모노」)의 일
> 이 다시 생각되었다. 상투 튼 불쌍한 사람들이 눈앞에 나타
> 났다. (95면)

'나'를 위한 것이 아니라 '우리'를 위해 살아야 한다는 것, 따라서
개인적인 연애 감정을 만족시키기보다 민족을 위해 자신을 희생시키
는 것에서 참된 기쁨을 찾아야 한다는 것은 A선생, 곧 도산 안창호의
목소리였다. 그래서 리유경은 중국인 여학생 N을 향한 감정이 깊어
갈수록 민족을 배신한다는 자책에 시달렸다. 민족을 배신한다는 것
은 중국인을 사랑한다는 것이 아니라 개인적인 감정 때문에 민족적
인 헌신을 하지 않는다는 것을 의미했다. 그렇듯 리유경은 민족의 전
도대업을 위해 희생하기로 결심했던 흥사단 단원으로서의 고민을 잘

보여준다.

> 이 참담한 살육, 증오, 편견. 사기 속에서 민족적으로. 또
> 경제적으로, 사회적으로, 또 정치적으로, 종교적으로, 또 도
> 덕적으로 이보다 더 좋은 더 완전한 더 진리에 가까운 사회를
> 만들기 위해서 나는 내 몸을 내맡기지 않았는가? 박테리아같
> 이 아메바를 먹지 말고 서로 돕고 서로 사랑하고 서로 붙들어
> 주는 물방울을 만들기 위해 곧 **약육강식과 생존경쟁의 생활
> 법칙을 부인하고 상호부조 생존상애의 생활 법칙을 깨워놓
> 기 위해서 남는 몸을 바치노라고 뭇사람 앞에서 맹서를 하지
> 않았는가.** 아… 왜 나는 그것을 위하여는 내 몸에 행복이라는
> 것은 단념하여야 하는가?(106면, 강조는 인용자)

리유경이 "뭇사람 앞에서 맹서"를 했다는 것도 곧 흥사단 단원이
되기 위해서 입단문답을 거치고 난 후 여러 단원 앞에서 했던 서약례
를 의미한다. 리유경은 제1차세계대전을 일으켰던 "약육강식과 생존
경쟁"이라는 사회진화론적 인식론에서 벗어나 '상호부조 생존상애'의
상호부조론적 인식론을 통해 새로운 사회, "더 좋은 더 완전한 더 진
리에 가까운 사회"를 만들기 위해 개인적인 희생을 기꺼이 받아들이
겠다고 맹세한 것이다. 일차적으로 민족의 전도대업, 곧 조선의 식민
지 해방을 목표로 삼았지만, 궁극적으로는 제국주의 축출을 통해 민
족 간의 경쟁과 갈등을 제거함으로써 세계평화를 이루는 길이기도
했다. 그것은 곧 안창호가 내무총장에 취임하면서 내세웠던 대한민
국임시정부 수립의 의의였다.

그런데 5·30사건 직후 N에 대한 감정에서 도피하기 위해 회계부

장직을 사임하고 고향으로 가겠다고 자치회장에게 '거짓말'을 한 순간부터 리유경의 논리는 왜곡된다. 그동안 리유경은 "현금의 조선 청년은 비상한 시기에 처하여 있"(72면)어서 중국인을 포함한 모든 '여성'과의 사랑이 허락되지 않는다고 믿었다. 그런데 고향으로 돌아가겠다고 결심하면서 리유경은 N에 대한 감정에서 벗어나기 위해 다른 여성을 만날 수 있다고 생각한다. N에 대한 감정이 '중국인' 여성과의 문제로 바뀐 것이다. 그리고 집에 돌아온 뒤에는 부모의 강권을 빌미 삼아 미모의 유치원 교사와 약혼한다.

이처럼 「첫사랑값」은 5·30사건을 거치면서 주인공 리유경이 겪는 정신적 고뇌를 그린다. 그런데 그동안의 연구는 주로 남녀간의 사랑, 특히 조선인 남성과 중국인 여성의 문제에 초점을 맞추어 작가 주요섭의 자전적인 경험과 관련시켰다. 평양 출신의 상해 유학생이라는 주인공의 모습에서 주요섭을 발견했던 것이다. 이러한 경향을 부채질한 것은 주요섭과 상해에서 함께 생활했던 피천득(皮千得, 1910~2007)의 회고였다. 그에 따르면 주요섭은 상해에서 한 중국 여학생과 이루지 못할 사랑을 했고, 이 때문에 '타고 남은 마음'이란 뜻의 여심(餘心)이라는 아호를 지었다고 말한 바 있다.[29] 이어령 또한 피천득을 인용해 주요섭이 상해에서 호감을 가졌다는 여성에 대해서 적기도 한다.[30]

「첫사랑값」을 작가의 자전적인 경험으로만 해석하기엔 몇몇 석연치 않은 부분이 있다. 1925년 동안 중국 민중들의 삶에 관심을 가지고 「인력거꾼」, 「살인」 등의 단편소설을 썼던 주요섭이 두 민족 사이

---

29 피천득, 여심, 인연, 샘터사, 1996, 194면.

30 이어령, 주요섭, 한국작가전기연구(하), 동화출판공사, 1980, 144~145면.

의 애정을 부정한 것은 자기모순적이라고 느껴진다. 사실 주인공 리유경이 평양 출신의 상해 유학생으로 아동 교육에 관심을 가졌다는 점에서 작가 주요섭을 연상시키기는 하지만 상해에 유학한 기간이나 전공 등에서 차이가 있다. 그래서 김미지는 리유경을 이광수와 연관된 인물로 해석한 적이 있다. 상해에 가기 전 몇 해 동안 "서북간도로 다니며 고생을 했다"(51면)는 것은 이광수가 미국행을 위해 치타로 갔다가 시베리아 북만주 일대의 한인 결사체 '대한인국민회'에 몸담았다는 사실을 연상시킨다는 것이다.[31]

그렇지만 N에 대한 짝사랑으로 채워졌던 서사가 새로운 방향으로 급변하는 계기가 5·30사건이었다는 점을 염두에 둔다면, 리유경을 이광수에 연결시키는 것도 자연스럽지 않다. 잘 알려져 있다시피 이광수는 천애고아여서 "무슨 두려운 사건의 연루자로 삼면기사에 오르고 내려 늙은 부모의 간담을 서늘하"(137면)게 만들 턱이 없는데다가, 5·30사건이 일어날 무렵 조선에 머물렀기 때문이다. 사실 「첫사랑값」에서 5·30사건 직후 대학생들이 노동자들의 투쟁에 호응하여 제국주의 타도, 조계 회수 등을 내걸고 투쟁에 나서자 회계부장을 맡는다거나, 회계부장을 사직한 뒤 평양으로 돌아와 부모의 뜻에 따라 미모의 유치원 여교사 K와 약혼을 하는 리유경의 모습은 주요한을 떠올리게 한다. 피천득의 회고처럼 중국인 여성과의 사랑이 주요섭의 개인적인 경험이라고 하더라도 5·30사건 이후의 모습은 주요한에 가깝다.

그렇다면 작가는 왜 리유경의 자살로 소설의 결말을 삼았을까? 만

---

31 김미지, 괴테 「젊은 베르테르의 슬픔」의 동아시아적 변주-주요섭의 「첫사랑값」과 궈모뤄(郭沫若)의 「喀爾美蘿姑娘」 겹쳐 읽기, 인천대 인문학연구 33, 2020.06, 121면.

약 작가 자신과 일치된 인물이었다면 주인공의 자살이야 작가 자신의 완전한 회심이겠지만, 타인을 염두에 두었다면 섬세하게 고찰될 필요가 있다. 연인에 대한 사랑과 민족에 대한 사랑을 저울에 올려두고 그 경중을 따지는 것이 불가능한 일임에도 불구하고 5·30사건 이후 리유경은 '흰 옷 입은 사람의 자손'이라는 점을 내세워 중국인과의 사랑을 포기하고 고향으로 돌아온 것을 민족적인 선택으로 합리화한다. 개인적인 사랑을 포기하고 조국/부모에 대한 의무에 충실하려는 행위라는 것이다. 하지만 냉정하게 말해 리유경은 하나를 선택하고 다른 하나를 버린 것이 아니라 둘 다 버린 것에 불과했다. 중국인 여학생과의 사랑에서 벗어나기 위해 식민지 상태의 민족으로 되돌아오지 않겠다는 결심을 팽개쳤다는 점에서 사랑과 민족을 모두 배신한 것이다. 그는 식민지 상태의 고향으로 돌아오지 않아야 했다. 그것이 사랑을 지키고 민족을 위하는 방식이었다.

어쩌면 작가 주요섭이 말하고 싶었던 것은 조국이나 부모에 대한 의무감을 내세워 식민지 치하의 조국으로 돌아온 것에 대한 비판이었는지도 모른다. 사랑을 버리고 귀환한 리유경에게 남은 것은 '육욕의 만족'뿐이었다. 미완 상태로 남겨진 연재본은 "나는 이렇게까지 타락했는가!"(152면)로 끝을 맺는데, 이것은 민족을 위한 희생을 포기한 채 개인적인 안락을 추구하는 삶에 대한 환멸을 보여주는 것이라고 할 수 있다. "지금에 와서 도리어 후회가 난다. 좀 더 좋은 방면으로 나아가보겠다는 결심으로 왔는데 지금에 와서 현저히 나는 타락되었다"(138면) 리유경의 모습은 현실에 투항한 타락자의 모습 그 자체였다.

이러한 생각은 이미 「선봉대」에서 드러나고 있었다. 한때 선봉대의 지휘관이 되고자 했던 "이미 많은 우리의 선진들이, 이 선봉대를 버리고 적군에게 항복하고 거기 종노릇을 갔다"[32] 이 대목이 상해를 떠나 귀국한 이광수를 직접적으로 겨냥하는지 분명하지 않지만, 해외에서 독립운동을 포기하고 귀국을 선택한 사람들에 대해 비판적이었다는 것은 충분히 짐작할 수 있다.

> 그러고 가서, 그들의 원수한테 가서, 몇 닢 돈에 내 몸을 팔겠는가? 물론 그것은 못할 일이었다만은 항상 우리는 약하고 꾀임은 강해서 빠지기 쉬운 것일다. 그러면 우리는 어서 더 강해져야 할 것이다.[33]

따라서 소설 「첫사랑값」에서 중국인 여성과의 연애감정은 개인적인 의미 차원을 넘어 민족 간의 연대 혹은 민족을 뛰어넘는 사랑을 의미한다고 보는 것이 더 적절하다. 5·30사건에 완전히 투신할 수 없었던 리유경이 자살한 것은 민족적 한계를 넘어서지 못한 것에 대한 자기비판이라고 할 수 있으며, 남녀간의 연애와 사회적 관습 사이의 대립보다 훨씬 심원한 정치적 의미를 지녔다. 리유경은 N에 대한 개인적인 사랑도 지키지 못했고, 조국에 대한 약속도 지키지 못했다. 따라서 리유경이 자기처벌로서 자살을 선택한 것은 조국 해방을 꿈꾸고 해외로 망명했다가 국내로 돌아온 이들을 향한 주요섭의 문학적 파산선고와 다를 바 없다.

흥미로운 것은 「첫사랑값」을 처음 연재했던 《조선문단》의 편집동인이 주요한이었는데, 이 작품이 발표되던 무렵 다시 중국으로 돌아

---

32 주요섭, 선봉대, 학생들아 우리는 지휘관, 앞의 글, 106면.
33 같은 글, 106면.

갔다는 사실이다. 주요한이 중국으로 가는 길에는 주요섭도 동행했다.[34] 상해에서 동생과 헤어져 남경으로 간 주요한은 원동흥사단이 운영하던 동명학교에서 영어교사로 일했다. 이런 맥락을 고려하면 「첫사랑값」에서 주요섭이 리유경의 모습을 통해 겨냥하고 있는 것은 5·30사건 당시 중국인과의 연대를 포기하고 서둘러 귀국한 주요한이었는지도 모른다. 주요섭에게 있어 형 주요한의 선택은 타락으로 비쳤던 것이다. 하지만, 중국으로 되돌아가 남경에서 미국 유학을 준비하던 주요한은 약혼녀가 함께 떠날 수 없다고 하는 바람에 조선으로 돌아와야 했다. 주요한은 1926년 초에 중국 생활을 마감하고 귀국한다. 그에게는 흥사단의 기관지 창간이라는 새로운 임무가 맡겨진다.

한편, 주요섭은 5·30사건 이후 상해 유학생 단체의 좌우합작통일전선 운동에 깊이 관여한다. 1925년 10월 상해한인유학생회·청년동맹회·삼일공학학우회·상해소년회가 연합하여 프랑스조계 삼일당에서 개최한 연설회에서 '민족주의 대 사회주의'라는 제목으로 강연을 했다.[35] 당시 주요섭의 연설 내용에 대해서는 알 길이 없으나, 1925년 초에《천뢰》에 발표한 다음 글과 크게 다르지 않으리라 짐작된다.

　　민족주의자는, 정말로 자기 민족에게 성실하다면, 동시
　에 사회주의자가 되어야 한다. 그것은 가장 자연스럽고 현명
　하고 정확하고 실용적인 일이다. 손 박사와 같은 위인은 이

34　주요한, 남경 가는 길에, 동아일보, 1925.09.24~10.02. 이 글에서 주요섭이 직접 등장하는 경우는 없지만, '동생(同生)'을 언급한 몇몇 대목을 찾을 수 있다. 그들은 부산과 모지, 나가사키를 거쳐 상해까지 함께 했다.

35　독립신문 189호 (1925.11.11); 대전현충원묘적부, 독립운동사(국가보훈처) 제2권 373면.

절박한 진실을 간과할 수 없었고 그는 우리에게 이 위대한 원
리를 보여 주었다.[36]

　주요섭에게 있어 민족주의와 사회주의는 대립하는 이념이 아니
었다. 일본제국을 몰아내고 식민지 상태에서 벗어나려는 민족주의의
목표는 사회주의와의 협력을 통해서 앞당길 수 있다고 믿었다. 중국
국민당의 국공합작은 좌우합작이 가져올 수 있는 폭발력을 보여주는
실례일 것이며, 그러한 전략과 전술의 모태가 된 쑨원의 사상, 곧 삼
민주의야말로 주요섭에게 '확호불변하는 어떤 이상'이었다.[37]
　주요섭의 정치적 입장이 더욱 힘을 얻게 된 것은 안창호의 상해
귀환이었다. 1924년 말 미국에 건너갔다가 1926년 7월 상해로 돌아
온 안창호는 상해 삼일당에서 독립운동촉진회 주최로 개최된 연설회
(1926.07.08)에서 민족유일당 혹은 대독립당의 건설을 새로운 독립운
동의 방략으로 제시한다.[38] 일본제국의 통치를 종식시키고 새로운 국
가를 건설해야 하는 민족운동의 과제를 달성하기 위해서는 이념과
사상의 차이를 접고 공동으로 협력해야 한다는 것이다. 물론 안창호
는 민족유일당의 필요성을 강조하면서도 자치론자나 실력양성론자
를 협력 대상으로 여기지 않았다. 무력투쟁 혹은 독립전쟁을 통한 일

36　주요섭, DR. SUN'S ADHERENCE TO RUSSIA, 天籟 14권 11호, 1925.04.
01.; 육령, 앞의 글, 337~339면에서 재인용.

37　주요섭은 수필 「말[言語]」(동광 1, 1926.05)에서 "한 사람이 자기의 언어로 더 많은 사
람을 이해시키고 감화시킬 수 있을수록 그 사람은 그 사회에서 위대한 인물이 된
다"고 말하면서 예수와 레닌과 쑨원을 꼽았다.

38　이 연설문은《신한민보》에 「대혁명당 조직하자. 임시정부를 유지」라는 머릿글로 4
회[1회, 995호, 1926.10.14(4) ; 2회, 996호, 1926.10.21(4) ; 3회, 997호, 1926.
10.28(4) ; 4회, 998호, 1926.11.04(4)]에 걸쳐 전문 게재되었다.

제의 축출이라는 최종적인 목표를 포기한 자들로 간주했기 때문이다. 안창호는 이러한 노선을 실천하기 위해 상해, 북경, 그리고 만주 곳곳을 방문하면서 각지의 독립운동가를 설득했다. 그래서 1926년 10월 북경에서 대독립당조직촉성회를 결성한 것을 시작으로 여러 지역에서 호응을 얻을 수 있었다. 1927년 11월에는 상해에서도 한국독립당 관내촉성회연합회가 조직되었다.

안창호가 새로운 독립운동의 방략으로 민족유일당 혹은 대독립당을 내세운 것은 제1차 국공합작을 바탕으로 중국국민당이 국민국가를 건설하기 위한 북벌전쟁을 시작할 즈음이었다. 중국혁명의 진전에 따라 해외뿐만 아니라 국내에서도 신간회로 대표되는 좌우합작노선이 확산되었다.[39] 이에 호응하여 주요섭은 1926년 10월 23일 상해한인유학생회와 화동한국학생연합회로 분열되어 있던 유학생 단체를 통합하여 상해한인학우회를 조직[40]한다. 상해한인학우회는 제시한 네 가지 강령, '첫째 사상적 순화를 기약하고 규율적 훈련을 도모할 것, 둘째 비타협적 민족운동의 기강을 확수할 것, 셋째 계급적 투쟁의 원리를 밝힐 것, 넷째 우방의 혁명을 원조할 것'[41]은 이 무렵 주요섭의 입장과 크게 다르지 않을 것이다. 유학생 조직이 통합된 후 주요섭은 상해청년동맹의 뒤를 이을 새로운 청년운동 조직을 건설하는데 앞장섰다. 1927년 3월 10일에 상해 인성학교에서 상해한인청년

---

39 좌우합작 노선을 펼치던 주요섭은 1926년 12월 17일 안창호·이유필·조상섭·송병조 등과 함께 원동흥사단 위원으로 선임되었다. (在南京 흥사단의 近狀에 관한 건, 1926.12.17)

40 한인 학우 창립 상해재류학생이 한데 통일되어, 동아일보, 1926.11.01.

41 국지훈, 언론인 신언준의 중국에서의 민족운동, 한국독립운동사연구 55, 2016, 151면 각주 60.

회 발기 모임이 있었고 주요섭은 집행위원으로 선출되었다.[42] 이처럼 주요섭은 안창호의 민족유일당 노선을 지지하던 원동흥사단의 일원이었고, 중국혁명의 이념적 기초를 세운 쑨원의 사상에 공감하고 있었다.

4. 내셔널리즘과 인터내셔널리즘의 동시적 출현

주요섭의 중국 체류 경험은 온통 원동흥사단 내지는 안창호와 연루되어 있다. 주요섭과 함께 호강대학에 다녔던 피천득의 회고에 따르면 "앨범 첫 페이지에는 도산 선생의 사진이 있었고 그 밑에는 나의 존경하는 선생님"[43]이라고 쓸 만큼 주요섭은 안창호에 매료되어 있었다. 그 점에 있어서는 주요한도 다르지 않다. 그래서 형제는 동기간의 우애를 넘어 이념적인 동지이기도 했다. 하지만, 호강대학 학생으로서 5·30사건을 경험했던 두 살 터울의 형제의 시선은 꽤 다르다. 소설 「첫사랑값」을 읽다 보면 형제간의 오랜 우정에 균열이 생긴 것을 보게 된다.

주요섭은 중국의 국민혁명에 열성적인 지지를 보냈다. 이러한 모습은 국민국가의 상상력에 의거한다면 꽤 낯선 풍경이다. 이를 이해하기 위해서 우리는 흔히 엠엘주의라거나 프롤레타리아 국제주의를 떠올린다. "만국의 노동자여 단결하라"고 외쳤던 공산당 선언의 정신

---

42 상해거류 청년회의 조직과 청년동맹회의 해산에 관한 건, 朝保祕 제634호, 1927. 03.26. (독립기념관 한국독립운동정보시스템)

43 피천득, 여심, 인연, 샘터사, 1996, 192면.

에 따라 국가를 넘어, 계급적 연대를 통해 세계혁명의 꿈을 꾸었다고
여기는 것이다. 그래서 이 무렵의 주요섭을 두고 사회주의에 기울어
졌다고 말하기도 한다. 특히 일제가 남긴 「동우회 사건 기소문」에서
주요섭은 '실력양성론'에 반기를 들고 직접적 혁명운동을 단행하여
사회주의로 이행해야 한다고 주장[44]한 인물로 서술되어 있다.

주요섭이 장제스(蔣介石)의 반공쿠데타 때 보여주었던 행적 역시
그러한 의심을 불러일으키기에 충분하다.[45] 뿐만 아니라 미국으로 유
학을 떠나기 직전 '상해에서 여심'이라는 이름으로 발표한 「국민당 우
파의 소위 청당운동(淸黨運動)」(동아일보, 1927.06.29~1927.07.01)은 1927
년 4월 12일 장제스가 쿠데타를 일으킨 뒤 내세운 국민당의 새 강령
이 쑨원의 삼민주의 정신을 왜곡하고 있음을 비판하면서 무한정부와
대립하는 남경정부가 "순부르주아지로 돌아서"고 있다고 우려하는 내
용이다. 제1차 북벌전쟁이 끝난 후 장제스가 남경에 국민정부를 세우
고 수반으로 취임하자 1928년 10월 16일 동아일보 특파원 자격으로
파견[46]된 주요한의 글[47]을 살펴보면 형제의 차이는 더욱 선명해진다.

그렇지만 주요섭을 사회주의자로 단정하는 것은 그리 온당하지
않다. 사실 '민족의 전도대업'을 달성하기 위한 조직으로서의 흥사단
은 어떤 특정한 이념을 강요하는 단체는 아니었다. 흥사단이 여러 형

---

44 김윤식, 이광수와 그의 시대 3, 한길사, 1986, 840면 참조.

45 주요섭은 호강대학에 있는 공산당원들의 피신을 도왔고 자신이 갖고 있던 오십여
권의 좌경 서적을 불살라버렸다고 회고한 적이 있다. (주요섭, 내가 배운 호강대학, 사
조, 1958. 11)

46 신흥중국방문 기자 주요한 특파, 동아일보, 1928.10.16.

47 주요한은 남경 특파원으로 활동하면서 신중국방문기 연재(1928.11.16~1928.12.17)
(전29회)와 「신중국의 해부」(1928.12.20~1928.12.31)(전8회)를 잇달아 연재한다.

태의 사회주의, 곧 엠엘주의뿐만 아니라 다양한 형태의 사회주의에 대해서도 적대적이지 않았던 것은 도산 안창호의 행적을 통해서도 확인해 볼 수 있다. 원동흥사단 단원으로 가입하여 안창호를 통해 정치를 배웠다고 회고했던 김산(장지락)이 「아리랑」에서 그려냈듯이, 반제국주의 혁명으로서의 중국혁명이 성공하면 아시아에서 일본을 비롯한 제국주의 열강의 세력이 약해져서 조선의 독립도 가까워지리라 믿었던 조선인 혁명가들이 중국혁명에 직접 투신했던 것이다. 공산주의자들만이 아니었다. 많은 민족주의자들도 중국혁명에 관심을 가졌고 적극적으로 협력했다. 중국혁명을 통해서 제국주의를 축출할 수 있다면 일본제국의 지배를 받는 조선의 독립도 가까워지리라는 믿음 때문이었다. 그래서 제1차 국공합작을 기반으로 한 중국 국민혁명을 위해서 조선인 혁명가들도 민족과 이념의 차이를 불문하고 함께 참여할 수 있었다.

주요섭의 개인적인 경험 또한 중국혁명에 관심을 기울이게 만든 계기였을지 모른다. 1927년 6월 주요섭이 미국 유학의 길에 올랐을 때, 그의 국적은 중국이었다. 1912년 제정된 중화민국 국적법에 의하면 "계속하여 5년 이상 중국에 주소가 있는 자"에게 중국 국적을 부여할 수 있었다. 1921년 4월 상해에 와서 6년이 넘는 세월 동안 호강대학에서 중학과 대학을 마쳤던 까닭에 1927년 미국 유학을 가기 위해 중국 국적을 취득하고 '귀화증'을 받는데 아무런 지장이 없었다. 훗날 북평(北平=北京)의 보인대학(輔仁大學)에서 교수 생활을 한 것도 중국인 신분이었기 때문이다. 그는 평양에서 태어난 '조선인'이었기에 '일본인'으로서의 국민적 정체성을 강요받았지만, 이 '귀화증' 덕분에

1943년 봄 북평의 일본영사관경찰 특고계 형사에게 압수[48]당할 때까지 '중국인'으로 살 수 있었다. 그런 점을 떠올려보면, 1921년 4월 일본 큐슈의 모지(門司)에서 '중국인'으로 위장하여 상해행 배에 올라탄 것은 어쩌면 주요섭의 미래를 암시하는 운명의 얼굴이었는지도 모른다.[49] 더욱이 1925년 필리핀 마닐라에서 열린 극동올림픽대회에 중국 대표로 참가한 적도 있었으니 말이다.

그렇듯 주요섭에게 있어 중국은 '제이의 조국'이었다. 그러니 '조선인'으로서도, '중국인'으로서도 일본제국의 침탈을 받아들일 수 없었던 것은 당연한 일이다. 이러한 상황은 국민국가에 바탕을 둔 현재에는 이해하기 어렵지만 20세기 초만 하더라도 동아시아에서 국경을 넘나드는 것은 그리 어려운 일이 아니었다. 베스트팔렌 체제에 막 편입되기 시작한 동아시아에서 근대적인 국민국가를 형성한 일본을 제외하고, 조선은 일본의 식민지로 전락한 상태였고 중국의 경우에는 광동지역에 중화민국 정부가 존재하긴 했어도 각 지역별로 군벌들이 할거한 상태였다. 그래서 각 개인들은 국가적·국민적 정체성이 뚜렷하지 않은데다가 국가의 인구 관리 역시 허술하기 짝이 없었다. 국경이 분명하지 않거나 혹은 국경 자체가 만들어지기 이전이었다. 국경은, 국민적 정체성은, 그리고 국가는 새롭게 만들어져야 했다. 달리 말하면 내셔널리즘은 아직 사람들의 의식 속에 자리 잡지 못하고 있었다.

그러니 소설 「첫사랑값」에 나타난 중국인과의 갈등과 연대는 일본제국주의가 기승을 부리던 동아시아 상황에서 볼 때 현대적인 맥

---

48   주요섭, 다시 타향에서 들여다본 조국, 신동아, 1964.10, 64면.
49   주요섭, 안성중학 시절, 학등, 1934.04, 25~26면.

락과는 차이를 지닌다. 통상적으로 인터내셔널리즘은 내셔널리즘이 자리잡은 뒤에 나타나리라고 생각하지만, 당시는 내셔널리즘이 아직 충분히 성숙하지 못했던 까닭이다. 이 소설과 비슷한 배경을 다룬 「상하이」에서 요코미쓰 리이치(橫光利一, 1898~1947)가 상해에 건너간 일본인들의 무국적적 성격을 그린다든가, 「인간의 조건」에서 앙드레 말로(André Malraux, 1901~1976)가 주인공 기요를 어떠한 국민적 정체성으로도 규정할 수 없는 존재로 만들어낸 것은 당시 동아시아의 역사적 상황과 무관하지 않다. 소설 「첫사랑값」에서 보여지듯이 제국주의와 대항하는 (인터내셔널한) 연대 속에서 내셔널리즘이 나타났다는 것이 사실에 가깝다. 그것은 제국의 외부를 식민지를 통합함으로써 제국을 인터내셔널한 잡종성으로 구성하는 제국주의의 본성에서 기인한 것이기도 하다. 제국주의적 인터내셔널리즘에 저항할 수 있는 방법은 두 가지이다. 하나가 단일한 정체성을 가진 국민 혹은 민족으로 재구성하려는 내셔널리즘일 터이고, 다른 하나는 지배자들의 인터내셔널리즘으로서의 제국주의에 반대하여 피지배자들의 인터내셔널한 연대를 통해 제국주의를 넘어서는 길이다. 주요한이 선택한 길이 전자였다면 주요섭이 선택한 길은 후자였다.

| 류기석 |

중국혁명을 바라보는 아나키스트의 시선

1. 길림, 1927년 1월 27일

1927년 1월 북경(北京)에서 머물던 안창호(安昌浩, 1878~1938)가 만주 길림(吉林)을 향해 떠났다. 1919년 이후 상해(上海)를 중심으로 흥사단 원동임시위원부(이하 원동흥사단)에서 활동하던 안창호는 1924년 12월 미국으로 갔다가 일년 반만에 상해로 돌아왔다. 그리고 1926년 5월 12일 열린 환영회에서 새로운 독립운동 방략을 제시했다.[01] 그가 내세운 것은 이념적 차이를 넘어선 민족유일당 혹은 대독립당 건설이었다. 이에 따라 침체되어 있었던 원동흥사단도 부지런히 움직이기 시작했다.

당초 원동흥사단은 북경 지역에서 활동하던 독립운동가들과 대립하고 있었다. 1923년 국민대표회의에서 안창호가 이끌었던 개조파와 대립하던 창조파는 1924년 국호를 '한(韓)'으로 하는 새로운 국민위원회를 개최하고 소비에트러시아의 지원을 받아 연해주에 임시정부를

---

01 원동흥사단 단원이었던 류기석도 이 환영회에 참여한 듯하다. 1926년 8월 《신민》 16호에 실린 「소비에트 노서아와 조선○○운동」의 끄트머리에 "1926년 5월 9일 於 上海"라고 써 있다.

창조하려 했지만, 레닌의 사망으로 정세가 급변하면서 뜻을 이루지 못했다. 그 후 북경에 돌아온 창조파들은 북경 한교동지회를 조직하고 《도보(導報)》를 발간하며 정부 대신에 민족유일당을 결성할 것과 절대독립론을 주장하고 있었다.[02]

그런데 안창호가 미국에서 귀환한 직후 대독립당 건설을 내세우면서 북경을 방문하자 상황은 크게 바뀌었다. 그리고 10월 대독립당 조직북경촉성회가 조직되었다.[03] 이에 안창호는 1927년 1월 만주에서 대독립당 촉성운동을 위해 길림으로 가기로 결정했다. 만주는 봉천군벌이 장악한 지역이기는 했어도 미쓰야협정(三矢協定)을 통해 일본의 영향력이 막강한 지역이었다. 자칫하면 조선의 독립운동가들이 공산주의자로 몰려 중국 관헌에게 체포된 후 식민지 조선으로 인계될 수도 있는 위험하기 짝이 없는 곳이었다. 그래서 안창호는 길림행에 앞서 많은 준비를 했다.

안창호의 길잡이는 류기석(柳基石, 1905~1980)이었다. 그는 당시 산서성 태원(太原)에 있던 비행학교에서 비행교관으로 있는 안창남의 통역으로 일하면서 비행술을 배우고 있었다. 이곳은 북경에서 오백 킬로미터 남짓 떨어져 있긴 해도 정태선을 타고 석가장(石家庄)에 와서 경한선으로 갈아타면 북경에 갈 수 있었기 때문에 류기석은 1926년 무렵 북경에 드나들면서 안창호의 대독립당 촉성 운동에 힘을 보탰다. 류기석이 안창호와 함께 활동했다는 사실은 류서(柳絮)라는 이름으로 발표된 「연경(燕京) 교외 잡관, 동양사상에 희유한 남구(南口)

---

02   조규태, 1920년대 중반 재북경 창조파의 민족유일당운동, 한국민족운동사연구 37, 2003, 249~251면.

03   같은 글, 266~270면.

전적」(동광 11, 1927.03)을 통해서도 확인할 수 있다. 이 글의 서두에서 류기석은 "양력으로 11월 하순 어떤 날 나는 산옹(山翁)을 따라 토지 형편 시찰을 위주하고 겸하여 남구(南口) 전적 구경을 하기로 하고 북경(北京) 성외로 떠났다"[04]고 썼다. 류기석과 함께 길을 나선 '산옹(山翁)'은 안창호이다. 1924년 북경 서직문 바깥에 해전농원을 만들었다가 실패한 안창호는 이상촌 건설에 적당한 장소를 새롭게 찾는 중이었다. 그래서 안창호는 중국어에 능숙한 류기석을 통역으로 대동하고 '토지 형편 시찰'을 나선 것이다. 이들이 찾아간 곳은 직예군벌 우페이푸(吳佩孚)와 봉천군벌 장쭤린(張作霖)의 연합군이 펑위샹(馮玉祥)의 '국민군'과 일전을 벌였던, 소위 '직봉풍전쟁'의 흔적이 남아 있던 남구였다.

남구는 용관과 팔달령이 둘러싸고 있어서 공격과 방어가 용이한 천혜의 요새였고 경수선이 지나가고 있어서 북경이나 차하르(察哈爾) 지역으로 가기 위해서는 반드시 거쳐야만 했기에 군사적 요충지였다. 그래서 1926년 5월 18일 국민군이 옌시산(閻錫山)이 지배하는 산서성을 향해 진군하자 우페이푸와 장쭤린의 직봉연합군도 남구를 포위하면서 직봉풍전쟁이 시작된다. 이 전쟁은 군벌들 간의 헤게모니 쟁탈전이기는 했어도 이전과는 사뭇 달랐다. 1924년 제2차 직봉전쟁 때 우페이푸 수하에 있던 펑위샹은 정변을 일으켜 북경을 장악하고 자금성에 머물던 푸이황제를 쫓아낸 뒤 광동 국민당정부의 쑨원(孫文)에게 정권을 이양할 뜻을 내비쳤다. 하지만, 장쭤린이 북경에 입성하면서 뜻을 이루지 못하자 펑위샹은 장지쟝(張之江)에게 군대를 맡

04　류서, 연경 교외 잡관, 동양사상에 희유한 南口 전적, 동광 11, 1927.03, 35면.

기고 소련으로 유학을 떠났다. 한편 펑위샹에게 북경을 빼앗긴 우페이푸는 권토중래를 위해 봉천의 장쭤린과 동맹을 맺은 데 이어 산서성의 옌시산과도 동맹을 맺고 펑위샹의 군대와 남구에서 결전을 벌이는 중이었다. 그런데 7월부터 광동의 국민당정부가 북벌전쟁을 선포하자, 우페이푸는 자신의 근거지가 있는 남쪽으로 내려가서 북벌군에 맞서지 않을 수 없었다. 당초 남구전투를 우페이푸에게 맡겨둔 채 관망하던 장쭤린은 우페이푸가 남쪽으로 떠나면 남구전투를 떠맡아 막대한 희생을 입을 것이 두려워 서둘러 봉천군을 지원해 남구를 함락시킨다.

그런 역사적 맥락을 고려하면 류기석이 이 글의 마지막에서 "어찌 군벌이 민중을 구하여 주려니 믿으랴마는 그래도 아직은 다만 서북(西北)을 향하여 그들의 승리를 빌 뿐이다"[05]라고 말한 것은 흥미롭다. 류기석이 승리를 기원하는 '서북'이란 우페이푸와 장쭤린의 군대에게 패배하고 감숙성 방면으로 쫓겨난 펑위샹의 '국민군'을 말한다. 남구가 함락된 직후 모스크바에서 서둘러 귀국한 펑위샹은 국민당에 가담하고 "쑨원 선생의 유지를 받들어, 국민혁명을 진행하고 삼민주의 실천에 노력한다"면서 북벌 참여를 선언하며 국민군 연합군 총사령관이 되었다. 류기석이 남구전투에서 패배하고 서북의 감숙성으로 후퇴한 국민군에 대해 기대를 품는 것은 이 때문이다. 이 글을 쓸 무렵 장제스(蔣介石)의 북벌군은 10월 10일 우페이푸의 근거지였던 무한(武漢)을 점령했고, 11월 초에는 또 다른 군벌이었던 쑨촨팡(孫傳芳)을 구강(九江)과 남창(南昌)에서 쫓아냈다. 이제 장제스의 북벌군과 펑

---

05   같은 글, 40면.

위샹의 국민군이 군벌들을 몰아내고 근대적인 국민국가를 건설하는 일은 그리 멀지 않은 것처럼 보였다.

중국 국민혁명에 대한 기대는 안창호가 내세우는 대독립당 건설과도 무관하지 않다. 1920년대 중반에 중국혁명이 급속하게 진행된 것은 1924년 시작된 제1차 국공합작 덕분이었다. 안창호의 대독립당 건설 노선은 제국주의를 축출하고 식민지 해방을 이루는 과정에서 이념적 분열을 넘어선다는 점에서 중국국민당의 국공합작 노선과 일맥상통한다. 안창호가 류기석과 함께 길림으로 향한 것은 동아시아에서 좌우합작을 통한 반제국주의운동의 급격한 성장을 기회로 삼아 식민지 조선의 해방을 이루기 위한 목적이었다.

길림에 가기 위해서는 먼저 남만철도의 요충지였던 장춘(長春)까지 약 천 킬로미터에 이르는 길을 여행해야 했다. 그런데 경봉철도를 타고 봉천(奉天)까지 가는 길과 달리 남만주철도회사(만철)가 관할하는 봉천에서 장춘에 이르는 길은 일본의 감시 아래 있었다. 그래서 안창호와 류기석은 중국인으로 위장했다. 안창호(晏彰昊)와 유길사(劉吉思)라는 중국 이름으로 변명하고 중국옷을 입어 중국인으로 행세했다. 그런데 류기석과 달리 안창호가 중국어에 능란하지 못했기 때문에 조선어는 물론 중국어로 대화하는 것조차 어려울 수밖에 없었다. 그래서 중국인으로 변장하는 것만으로 안심할 수 없었던 안창호와 류기석은 봉천군벌로부터 신변 보장을 받기 위해 여러 방법을 동원했다. 류기석의 친구였던 심용해(沈容海, 1904~1930)를 내세워 당시 북경을 장악한 봉천군벌의 실세 장쉐량(張學良)의 막하에서 비서장으로 일하는 장원저(張雲責)로부터 안전을 보장한다는 편지를 얻었던 것이다. 심용해가 길림에 있을 때 장원저에게 배운 적이 있었기 때문이다.

일제의 감시망을 피해 1월 14일에 길림에 도착한 안창호는 먼저 동경성(東京城)과 경박호(鏡泊湖) 일대를 돌아보며 이상촌 건설에 적합한지 답사한 뒤 1월 27일 길림시 조양문 밖에 있던 최명식(崔明植)의 정미소 대동공창(大同工廠)에서 열린 연설회에 참석한다. 이 연설회는 1926년 12월 28일 조선식산은행에 폭탄을 투척한 뒤 동양척식회사 경성지부에 들어가 일본인들을 권총으로 사살했던 나석주(羅錫疇) 의사의 추도회를 겸하는 행사였다. 그래서 만주 지역의 많은 독립운동가가 참여하여 성황을 이루었다. 안창호의 연설회가 열리기 전 류기석은 현지 학생들과 함께 연극 「산하루(山河淚)」를 공연한다.[06] 남경 동남대학의 허우야오(侯曜)[07]가 창작한 이 작품은 경성을 무대로 하여 삼일운동 발생 직전부터 오륙개월이 지난 초가을까지의 사건들을 그린다. 한국독립단을 이끄는 안남잠을 주인공으로 내세워 독립선언서를 낭독하고 만세 시위를 이끄는 장면이나 신임 일본총독에 대한 폭탄을 투척하려는 장면을 담아 일본제국주의에 항거하는 조선인들의 투쟁을 담아낸 것이다.

허우야오가 「산하루」를 쓴 것은 1923년 12월에 있었던 화재로 학교 건물이 소실되자 신축 공사 자금을 모으기 위해 학생자치회에

---

06 류기석, 감옥살이:삼십년 방랑기, 해외의 한국독립운동사료 35, 국가보훈처, 2010, 390면. ; 공훈전자사료관 https://e-gonghun.mpva.go.kr/

07 허우야오는 廣東 蕃禺人이며 자는 翼星이다. 1925년 7월에 동남대학 교육과를 졸업했다. 동남대학 재학 중에 5·4 신문화운동의 영향을 받아 鄭振鐸, 周作人 등이 1921년 북경에서 조직한 신문학 단체인 '문학연구회'에 회원으로 참여였고, 1922년 '중국 사회주의청년단 남경 지방위원회'의 창건에도 참여했다. (윤은자, 중국 남경의 국립 동남대학과 한인독립운동(1921~1926), 중국근현대사연구 68, 2015.12, 116면) 그는 대학 재학 시절에 「산하루」 외에도 7편 정도를 창작하고 연출했으며, 졸업 후에는 1920~30년대 신파영화의 작가·연출가로서 활발한 활동을 벌였다.

서 준비하던 학예회에서 공연할 극본이 필요했기 때문이다. 그래서 1924년 5월 24일부터 이틀간 남경에서 초연[08]한 이후 인기를 얻자 인근 도시에서도 공연을 하여 그 수입금을 학교 공사 자금으로 충당했다고 한다. 류기석이 안창호의 연설회에 앞서 학생들과 함께 「산하루」를 공연한 것은 이 작품이 삼일운동을 배경으로 한 작품이어서 민족의식을 고취하는데 도움이 되리라 믿었기 때문일 것이다. 그래서 3막 7장(제1막=2장, 제2막=3장, 제3막=2장)에 이르는 전편을 공연하기보다는 관객들에게 쉽게 공감할 수 있는 몇몇 장면을 무대에 올렸으리라는 것은 의심의 여지가 없다.

그런데 류기석이 「산하루」를 공연한 또 다른 이유는 이 작품이 남경에서 초연되었을 때 화중공학에 다니던 류기석이 출연하여 작품 내용을 잘 알았기 때문이다. 그래서 류기석이 감독 역할을 맡아 공연을 준비한 것이다. 이 작품은 류기석뿐만 아니라 안창호와도 관련되어 있었다. 이 작품이 공연된 직후 원동흥사단 위원장을 맡은 차리석(車利錫)이 미국에 보낸 서신에 다음과 같은 내용이 있다.

> 此 『山河淚』는 이곳 동남대학교에서 공부하는 候曜라는 중국학생이 우리 독립운동 사실을 가지고 극본을 만들어 얼마 전 이곳에서 흥행하여 대환영을 받은 것이온데 당초에 그 극본을 만들 때에 島山선생에게 교정을 求한 것이오며 候曜군이 원고 양원을 가져 안선생에게 드린 고로 이제 한 권을 보내오니.......[09]

---

08 「산하루」 첫 공연은 1924년 5월 24일~25일 남경에서 열렸다.

09 차리석이 홍언, 송종익에게 보낸 서신 (1924.06.11), 독립기념관 자료번호:1-

이 편지에 따르면 허우야오는 도산 안창호에게 극본의 교정을 요청했고 후에 두 권의 원고를 안창호에게 증정했다. 허우야오는 어떻게 해서 안창호와 인연이 닿았을까? 1923년 1월부터 대한민국임시정부의 개혁을 위해 개최된 국민대표회의가 무산되자 안창호는 상해를 떠나 중국 각지를 돌아다니며 이상촌 건설에 적합한 지역을 찾아다니다가 남경에 정착한다. 그리고 1924년 봄에는 원동흥사단 단소를 남경으로 이전하고 미국으로 떠나던 겨울까지 일년 가까이 머물렀다.

남경에 머물던 안창호에게 허우야오를 연결시켜 준 인물은 아마 함경북도 명천 출신의 박관해(朴觀海, 1899? 1902?~ ?)일 것이다. 그는 류기석과 연변도립제2중학에서 함께 공부했고 용정 만세운동 때에는 심용해와 함께 충렬대(忠烈隊)에 가담한 인물이었다. 류기석과 비슷한 시기에 간도를 떠나 상해에 온 박관해는 주요섭이 다녀서 우리에게 익숙한 안성중학(晏成中學)을 졸업한 뒤 남경의 동남대학에 진학했다. 대학 재학시절에는 현정주, 주요섭 등과 함께 중국 대표로 극동올림픽대회에 참가하기도 했다. 주요섭과 몇몇 행적을 공유하는 것에서 짐작할 수 있듯이 그는 원동흥사단의 단원이었다. 따라서 동남대학에 다니던 허우야오가 안창호의 도움을 받아 희곡을 창작하거나 혹은 다른 학교에 다니던 류기석을 초연 당시에 배우로 섭외한 것은 박관해 덕분이라고 보는 것이 자연스럽다.[10]

---

10 박관해는 류기석이 떠난 뒤인 1924년 음력 11월 중에 박관해 최찬학·나창헌·최천호 등과 남경에서 모여 ×××목적으로 하는 뇌성단을 조직했다. 박관해가 류기석·심용해 등과 함께 다녔던 학창시절과 그 이후의 행적에 대해서는 류연산의 『불멸의 지사 심여추 평전』(중국조선민족문화예술출판사, 2002)과 심용해의 동생 심극추의 「나의 회고」(20세기 중국 조선족 역사자료집, 중국조선민족문화예술출판사, 2002)를 참

이처럼 허우야오의 「산하루」는 남경 시절의 원동흥사단과 관련된 작품이었다. 따라서 안창호의 연설회에 앞서 이 작품을 공연하는 것은 뜻깊은 일이었다. 그런데 1925년 5월 허우야오가 상해 상무인서관(商務印書館)에서 '문학연구회 통속연극총서 제4종'으로 출간하기에 앞서 1924년 8월 7일 항주에서 쓴 「서」에 극본 「산하루」를 완성하는 데 있어서 박은식의 『한국독립운동지혈사』를 비롯한 세 권의 책 외에도 "과거 독립운동에 직접 참여했던 조선인들의 구술에서 단편적인 소재를 얻을 수 있었다"고 한 것으로 미루어 보아, 어쩌면 류기석의 경험이 녹아 있는지도 모를 일이다. 동남대학 학생도 아니었던 류기석이 연극에 특별출연한 까닭이 거기에 있지 않았을까?

류기석의 「산하루」 공연에 뒤이어 열린 연설회에서 안창호는 자치운동 비판에 많은 시간을 할애했다. 안창호가 국민대표회의 시절 창조파나 공산주의자들과 대립한 원인 중의 하나는 국내에서 활동하던 자치운동론자와의 애매한 관계 때문이었다. 그래서 안창호는 「조선민족운동의 장래」라는 제목[11]으로 이루어진 연설의 상당부분을 자치운동에 대한 비판에 할애함으로써 자신에 대한 오해를 해소시키고자 했다. 그런데 안창호의 연설 도중에 뜻밖의 일이 벌어진다. 공산주의를 선전하는 집회라는 신고를 받고 중국찰이 출동하여 안창호를 비롯한 수백 명의 참석자들을 연행한 것이다. 이른바 '길림대검거' 사건이다.

당시 길림에서는 일본의 영사관 경찰이 조선인을 직접 체포할 권리가 없었다. 그래서 안창호의 길림 방문과 연설회 개최를 사전에 탐

고할 수 있다.

11 연설회의 제목에 대해서는 "군사행동단체의 통일과 대독립당의 결성" "조선독립운동의 과거와 현재, 미래" "대한 청년의 진로" 등등 여러 설이 있다.

지한 조선총독부 경무국에서는 구니토모(國友) 등을 파견하여 중국 헌병사령관 양위팅(楊宇霆)에게 공산주의를 선전하고 적화를 도모하는 연설회가 개최되는 중이라고 신고하여 중국 관헌들이 체포하게끔 만들었다. 하지만 안창호를 비롯한 오십 여 명의 독립운동가를 한꺼번에 조선으로 압송하려는 조선총독부의 계략은 성공하지 못했다. '길림대검거' 사건이 언론을 통해 알려지면서 중국 국적을 지닌 사람을 외국에 인도한다는 것은 국가의 수치라는 여론이 비등하자 북경을 점령한 봉천군벌 또한 이십 여일 만에 풀어줄 수밖에 없었다. 그동안 류기석은 봉천군벌과 동맹을 맺은 산서군벌 옌시산에게 직접 편지를 쓰기도 하고, 북경에 있던 심용해를 통해 봉천군벌의 막료 장원저를 동원하기도 하면서 안창호의 구명운동에 힘썼다.

2. "나는 무명소졸이다": 소설 「원한의 바다」 읽기

류기석은 1924년 여름 화중공학을 졸업한 뒤 여느 원동흥사단 단원들처럼 해외 유학을 꿈꾼다. 그렇지만 정치를 배워 민족에 봉사하라는 안창호의 권유를 받아들여 북경에 있는 조양대학(朝陽大學)[12]으로 진로를 결정한다. 이후 류기석은 일본이 패망할 때까지 아나키즘을 바탕으로 한 반제국주의운동에 오랫동안 헌신했다. 그리고 조선과 중국에서 당 노선의 프로파겐더 역할을 주장하는 볼세비키적 계

---

12 조양대학은 1912년(중화민국 원년)에 설립된 법률계 사립대학으로, 1926년 세계법학회 헤이그회의에서 "중국에서 가장 훌륭한 법률대학"으로 평가받았다. 1949년 中國政法大學에 개편되었다.

급문학론을 비판하고 예술의 자율성을 옹호하는 아나키즘적 계급문학론을 견지했다. 루쉰(魯迅)이나 바진(巴金)과 같은 저명한 중국 소설가와 친교를 나눈 것도 이러한 예술적 관점을 지닌 덕분이었다.

1927년 8월 《신민》에 발표한 단편소설 「원한의 바다」는 류기석의 아나키스트로서의 면모를 잘 보여준다. 이 작품은 일인칭 서술자 '청원(靑園)'이 옛친구 왕기영(王基英)에게 받은 편지를 공개하는 형식의 서간체 소설이다. "편지한 리군의 허락은 없어도 나는 그의 편지를 공개하지 않을 수 없다. 원문대로 발표하였으면 좋겠으나 조선 독자에게 뵈이자니 조선글로 번역하게 된 것이다"(87면)[13] 이렇듯 편지를 공개한 이유를 잠깐 언급한 뒤에는 편지가 그대로 소설의 내용을 이루기 때문에 서사적인 완성도가 높은 작품이라고는 하기 어렵다. 더욱이 검열로 인해 '31행'이 삭제되면서 주인공의 삶이 평면적으로 전개되는 것도 사실이다.

그렇지만 미학적인 관점에서 벗어나 역사적인 관점을 채택한다면 여러 모로 흥미로운 요소를 발견할 수 있다. 「원한의 바다」에서 일인칭 서술자 '나'는 거의 눈에 띄지 않는 대신 편지를 보낸 왕기영이 전면에 부각된다. 왕기영은 장제스가 이끄는 국민군의 일원으로 북벌전쟁에 참여했다가 총을 맞고 목숨이 위태로운 신세였다. 그래서 어린 시절 친구였던 청원에게 자신의 인생을 회고하는 편지를 쓴다. 청원에게 보낸 편지에서 왕기영은 자신의 일생을 몇 가지 에피소드로 요약한다.

첫째는 왕기영이 학창시절에 의붓아버지 때문에 중국인으로서 살

---

13 텍스트로는 1927년 8월 《신민》에 발표한 단편소설 「원한의 바다」를 사용했다. 인용문은 모두 현대적인 표기법에 따라 고쳤으며, 인용 말미에 면수를 밝혔다.

아갈 수밖에 없었던 아픈 기억이다. 왕기영은 본디 간도에 살던 조선인 부모의 피를 받고 태어났다. 그래서 편지 말미에 밝힌 것처럼 이창선(李昌善)이라는 이름을 가졌지만, 아버지가 일찍 세상을 떠난 후 어머니가 중국인에게 개가를 하면서 의붓아버지의 강요로 왕기영이라고 불린다. 그리하여 "우리 집은 자연히 전부 중국말을 하게 되고 중국옷을 입"게 되었고, "어려서 같이 놀던 조선 동무다 다 잃"고 "조선사람과도 거래가 아주 끊"(88면)어져 버린다. 더욱이 중국 관립소학교를 다닌 탓에 점점 조선말도 완전히 잊어버려 중학교에 입학한 뒤에는 그냥 중국사람이라 자처하고 지낼 수밖에 없었다. 하지만, 사정이 알려지면서 왕기영은 조선인이나 중국인 모두에게 욕을 먹는 처지가 된다. 그런데, 학생 중에서 나이가 어리다고 중국 학생들에게 늘 업신여김을 당하는 어린 조선 학생만은 동병상련의 마음으로 동정해주어서 유일한 친구로 남게 된다. 그가 바로 왕기영의 유일한 조선인 친구인 청원이다.

둘째는 왕기영이 졸업 후에 겪었던 몇몇 차별에 관한 이야기이다. 그는 도립중학교를 졸업한 후 조선인을 도와주고 싶은 마음에도 불구하고 "여지껏 중국 사람이라 하고 중국 사람과만 상종을 했는데 이제 드러내놓고 조선사람이라는 패를 차고는 중국인 가운데 섞이어 맘대로 일을 하지 못"(89면)하게 될까 노심초사한다. 그래서 여러 방법을 찾다가 경관 시험을 치르고 종성간도 파출소장으로 부임한다. 하지만 다른 중국인 경관들과는 달리 조선인들의 어려운 사정을 봐주다 보니 상급자들에게 뇌물을 바칠 수가 없었고, 결국 그동안 조선인들을 괴롭히며 돈을 갈취하던 동료들의 무고를 받아 면직되고 만다. 그 후 왕기영은 길림에 있는 상점에 취직했는데, 여자사범학교에 다니는 주인집 딸과 사랑에 빠지게 되어 쫓겨나다시피 떠날 수밖에 없었다. 그래서 상점 종업원이라는 처지를 한탄하면서 "지금 세상의 사랑은 오직 돈 가진 사람 세력 있는 사람에게만 붙어다니는 전유품(專有品)"(90면)이라고 생각하기에 이른다.

셋째는 왕기영이 황포군관학교를 졸업하고 북벌전쟁에 참여하여 부상을 입은 사정이다. 왕기영은 그동안 여러 일들을 겪으면서 조선인에 대한 중국인의 민족적 차별을 경험했을 뿐만 아니라 같은 중국인이라도 계급적 차별이 존재한다는 사실도 깨닫는다. 그래서 살아남기 위해서는 '힘'을 가져야 한다고 생각하고 "재작년 오월"(91면) 황포군관학교에 입학한다. 왕기영이 편지를 쓴 것이 1926년 말이니 1924년 5월 황포군관학교가 개교하자마자 입학한 셈이다. 그리고 졸업 후에는 북벌전쟁에 합류하여 강서성 일대를 지배하던 군벌 쑨촨팡의 군대와 전투를 벌인다. 특히 쑨촨팡의 대본영이 있던 구강전투에서는 평복대로 가장하고 성 안에 잠입하여 화약고에 불을 지르며 소요를 일으키는 등 시가전을 벌이다가 유탄에 맞았다. 다행히 동무 덕분에 목숨을 건지고 미국 사람에 병원에서 치료를 받던 와중에 "나의 생명은 앞으로 일주일을 유지하기 어렵다"(92면)는 의사의 말을 엿듣고 이 편지를 쓴 것이다.

그런데, 왕기영이 쓴 편지의 수신자 '청원(靑園)'은 작가 류기석의 필명이기도 하다. 류기석은 본명 외에 '류서(柳絮)'라는 이름을 자주 사용했지만, 1927년 7월 《신민》 27호에 「노서아 제삼혁명-크론슈타트폭동」을 발표할 때 '청원생'이라고 쓴 적이 있었고, 「원한의 바다」와 같은 시기, 곧 1927년 8월 《동광》에 루쉰의 「광인일기」를 번역할 때에도 '청원'이라고 썼다. 자신의 또 다른 필명을 사용함으로써 작가 류기석이 실제로 받은 편지를 공개한 듯한 착각을 불러일으키는 것이다.

실제로 첫번째 에피소드는 작가 류기석이 연길에서 수학할 때 만났던 '왕이긍'이라는 인물을 모델로 한 듯하다. 류기석은 여덟 살이던 1913년에 두만강을 건넜는데, "어느 한곳에 정착하지 못하고 유랑하다가 1915년이 되어서야 연변 국자가(현 연길시)에 정착"[14]할 수 있었다. 1911년에 세워진 국자가교회(소영자교회)에서 폐교된 태광학교를 인수하자 전도사였던 아버지 류찬희(柳纘熙, 1884~1930)가 교장으로 부임하고, 이듬해인 1916년에 국자가에서 무악흥업을 운영하며 경제적으로 안정을 찾은 덕분이다. 류기석은 1916년에 태광소학에 입학했다가 일본영사관이 국자가에 보통학교를 세운 뒤 태광소학과 합병하려 하자 이에 반발한 류찬희가 화룡현 남양평으로 이사를 하면서 함께 창동학교(昌東學校 / 彰東小學)로 옮겼다.

1918년 창동학교를 졸업한 류기석은 길림성 연길도립제2중학교[1919년 길림성립 제4사범으로 명칭 변경]에 입학한다. 이 학교는 연변에서 유일한 공립 한족중학교였다. 하지만, 이백여 명의 전교생 중에서 절반 정도가 조선인 학생이었다. 류기석은 이곳에서 심용해, 박관해 등과 사귀었을 뿐만 아니라 왕이긍이라는 친구를 만난다.

왕이긍은 나보다 한 살 많았다. 원래 성이 태였으나 그의 부친이 오래 전에 돌아가셨기 때문에 그의 모친이 중국 상인에게 재가하여 그 역시 의붓아버지 성을 따른 것이다. 그의 집 속사정은 우리 급우 중 몇 명의 조선 급우만이 알고 있었다. 왕이긍의 의붓아버지는 두 모자에게 중국인으로 고쳐 부

---

14 이호룡, 류기석-재중국 한국인 아나키스트운동의 실천적 지도자, 역사공간, 2019.

르기를 원하였고, 조선인과 왕래하지 못하게 하였다. 때문에 집에서 두 모자도 조선말을 하지 않고 온 가족이 모두 중국어를 사용하였다. 그러나 어린 왕이긍은 조선말을 잊지 않았고 우리와 공부할 때 때로는 조선말로 몇 마디 답하였다. 그가 학교에 제출한 것은 중국인 호적이었으므로 선생님들도 왕이긍의 속 내막을 한 분도 알지 못했다. 그는 의붓아버지의 뜻을 공개적으로 어길 수 없었으므로 학교에서도 중국 학우하고만 왕래하고 조선 학우와는 친하지 않았다. 나는 그의 집안의 형편을 깊이 알고 있었기 때문에 그의 처지에 공감하였다. 왕이긍의 내심은 조국을 사랑하는 마음이 깊이 숨겨져 있었으나 그것을 나타낼 수 없었다. 16세의 소년이 이중인격의 생활을 하다니, 얼마나 마음 아픈 일인가.[15]

그런데 1919년 3월 13일 용정 만세운동이 일어나자 류기석은 다른 조선인 학생들과 함께 만세를 부르다가 뜻하지 않게 왕이긍을 만난다. 그는 등에 커다란 태극기를 두른 채 만세를 부르고 있었다. 많은 사람들 속에서 그를 쉽게 알아본 것은 "그의 옷차림은 남달라 특히 우리의 주의를 끌"[16]었기 때문이다. 그는 중국옷을 입었던 것이다.

이처럼 「삼십년 방랑기」에서 인상 깊게 기억하는 왕이긍의 모습은 소설 「원한의 바다」에 등장하는 왕기영의 모습과 닮았다. 그리고 도립중학교 시절 류기석의 나이가 어렸다는 사실도 주인공 왕기영을 실존인물로 바라보고픈 충동을 부채질한다. 하지만 종성간도의 파출소장이 되어 조선인들의 편의를 보아주다가 일년도 안돼 조선인 잠

---

15   류기석, 3·1운동 시절:삼십년 방랑기, 앞의 책, 348면.

16   류기석, 같은 글, 348면.

상의 뇌물을 받는다는 무고를 받아 면직된 일이라든가 길림에서 상점 서기로 일하면서 주인집 딸과 사랑에 빠졌다가 쫓겨난 일[17]이 왕이긍의 모습이었는지는 확인할 수 없다.

더욱이 왕기영의 형상에 왕이긍만 담겨 있는 것은 아니다. 왕기영의 모습 속에서 류기석의 모습도 발견된다. 용정 만세운동 시절 심용해, 박관해 등과 함께 충렬대에 가입했던 류기석은 친구 이배근의 밀정 살해 사건에 연루되어 일제의 수사망에 걸려들자 어쩔 수 없이 아버지가 대한국민회 재무부장으로 활동하던 왕청현 알아하로 피신할 수밖에 없었다. 그런데 추석 전날, 그러니까 1920년 9월 25일 새벽에 아버지는 류기석에게 서둘러 상해로 떠나라고 명한다. 무장독립군이 봉오동전투에서 승리한 후 간도 지역에서 일본군과의 긴장감은 점차 높아지고 있었다. 류찬희가 군자금을 제공하는 터에 류기석까지 일본 경찰에게 쫓기는 신세이었으니, 아버지로서는 아들의 안위를 걱정하지 않을 수 없었을 것이다. 그렇게 간도를 떠나 상해로 오면서 류기석은 조선인이라는 신분을 감춘 채 중국 군인이 되어 군권을 장악하겠다는 허황된 계획을 세운 적이 있었다고 회고[18]한다. 열대여섯

---

17 이 에피소드는 용정 만세운동 이후 길림성 제일중학교(길림성 신개문리 소재)를 다녔던 심용해와 관련되어 있을 가능성이 높다. 그가 학교에 다니면서 길림성 정부 관리의 가정교사를 맡았을 때 겪었던 첫사랑의 경험은 『불멸의 지사 심용해 평전』(앞의 책, 117~119면)에서 확인할 수 있다.

18 "나는 연길을 떠나 상해에 도착하였을 때 이러한 생각을 이미 품었다. 나의 조국을 조속한 시일 내에 회복시키기 위하여 나는 우선 중국인이 되려고 하였다. 왜냐하면 조선인의 신분으로 내가 지원한 군관학교는 들어가기가 쉽지 않았고, 설령 군관학교를 졸업하더라도 중국 군대에서 지휘권을 주관할 수 없었기 때문이다. 그래서 나는 자신의 본적을 속이고 평생 중국 군인이 되려고 하였다. 장래에 지휘권을 잡을 수 있어 기회가 되면 임진왜란 때 왜군에 대항하여 조선을 지원한 이여송 장군처럼 대군을 이끌고 압록강을 건너 조선을 지원하고 나의 강산으로 돌아가는 것이

살 무렵의 어린 류기석에게 이러한 사유방식이 잘못된 것임을 알려준 사람이 바로 안창호와 이광수였다. 영웅숭배열에 들뜬 왕기영의 모습은 작가 류기석의 어린 시절인 것이다.

이렇듯 주인공 왕기영은 특정한 인물을 모델로 창조되었다기보다는 작가 류기석의 다양한 경험을 종합하여 창조되었다고 할 수 있다. 자신을 포함하여 그동안 만났던 다양한 인간 군상의 경험, 즉 조선인의 피를 가지고 태어났음에도 불구하고 중국인으로 살아갈 수밖에 없는 정체성의 혼란, 계급적인 문제 때문에 첫사랑을 이루지 못한 정신적 상처, 그리고 무력으로 자신의 뜻을 관철하려는 영웅숭배적 태도 등등을 종합하여 주인공으로 형상화한 것이다.

그런데 소설 「원한의 바다」는 1927년 8월에 발표되었지만, 작품의 말미에 1926년 12월 25일 북경에서 창작되었다고 밝힌다. 류기석이 안창호와 함께 길림으로 출발하기 직전에 창작한 것이다. 소설 속에서 주인공이 부상을 입은 구강전투가 실제로 벌어진 것이 1926년 11월 초인데다가 청원에게 편지를 쓴 날짜 또한 12월 20일로 적혀 있는 것으로 보아, 길림으로 떠나기 직전 서둘러 이 작품을 쓴 것으로 짐

다. 나는 이 염원을 솔직하게 안창호 선생과 이광수에게 말하고, 그들의 의견을 구하였다. 그러나 그들은 모두 나의 생각에 찬성하지 않았다. 그들은 이것은 모순된 생각으로 조선 청년은 자신의 본적을 버려서는 안 되며, 진실로 구국운동에 참가할 의지가 있으면 떳떳하고 정당하게 혁명가의 신분으로 직접 조국의 독립운동에 참가해야 한다고 말하였다. 교묘한 수단의 기회주의 생각을 품어서는 안 된다고 하였다. 나는 연장자들의 권고에 순종하여, 결국에는 원래의 옳지 않은 생각을 버리고 주저없이 흥사단에 가입하였다. 입단 의식은 매우 성대하였고 선서를 하고 문답이 있었다. 후보 단원은 목에 빨강과 노랑 두 가지 색의 휘장을 했다. 오래지 않아 단체 본부에서는 나의 입단 번호가 170번이라고 알려주었다. 이는 1920년 겨울까지 흥사단의 단원은 170명에 이른다는 것을 의미한다" (류기석, 남경 시절:삼십년 방랑기, 앞의 책, 359면)

작된다. 그렇다면 류기석은 안창호와 함께 길림행을 준비하면서 어떤 불길한 예감 속에서 자신의 경험을 소설로 남겨놓았을까? 그렇다면 작가 자신이 주인공이 되어 자신의 경험을 채워넣는 형식을 취하지 않고 서간체 형식을 빌어 타인의 일생으로 제시하는 방식을 선택했을까? 류기석이 서둘러 소설을 창작하면서 정녕 말하고 싶었던 것은 무엇이었을까?

소설에서 왕기영은 북벌전쟁에 참여했다가 총에 맞아 목숨이 위태로운 지경이다. 그가 북벌전쟁에 참여한 이유는 매우 복합적이다. 처음에 그는 자신의 처지를 비관하여 군벌처럼 '힘' 혹은 권력을 얻고자 했다. 하지만 군벌처럼 힘을 얻는다 해도 제 마음대로 세상을 다스리겠다는 섣부른 권력욕과는 다르다. 그가 황포군관학교에 입학하기로 결심한 대목을 살펴보자.

광동으로 가려는 이유는 그때까지 유년의 심리로 이태리(伊太利) 삼걸의 마치니는 못될 망정 카르발디라도 그도 못되면 중국의 한 군벌과 같은 지위에라도 하고 공상의 공상을 하였지요. **그래서 북으로 장작림을 처메치고 한 지반(地盤)을 얻어 남북만주의 조선사람을 평안히 살게 하고 그것을 근거하여 그타의 일을 하고 동시에 도탄(塗炭)에 빠진 불쌍한 중국 백성을 도와 일어나게 하며 이로부터 세상의 모든 강권(強權)을 배척하고 무강권인 자유사회의 건설을 기도(企圖)한다는 위대한 꿈같다면 꿈같기도 하고 사실 그럴 듯도 한 큰 꿈을 품고** 좌우간 이제로부터 십년만 군인으로 나아가면 무슨 결과를 보리라는 생각으로 광동혁명군 황포군관학교(黃浦軍官學校)를 목적하고 처음으로 시험의 발길을 디디려 하였습니

다. (90~91면, 강조는 인용자)

　여기에서 왕기영이 군인이 되고자 했던 이유는 두 가지로 요약된다. 하나는 "장작림을 처메치고 한 지반을 얻어 남북만주의 조선사람을 평안히 살게 하고 그것을 근거하여 그타의 일을 하고 동시에 도탄에 빠진 불쌍한 중국 백성을 도와 일어나게 하"는 것이다. 그는 조선인 부모 사이에서 태어났어도 여러 가지 사정 때문에 조선인으로서의 정체성을 갖지 못했다. 그래도 조선인들을 위해 무엇인가를 하고 싶다는 생각은 바뀐 적이 없다. 군벌이 되어 권력을 쥐겠다는 허황한 생각을 가질 때에도 그 밑바탕에는 조선을 해방시키겠다는 열망이 놓여 있었다. 남북만주에서 조선사람을 평안하게 살게 만든 뒤에는 "도탄에 빠진 불쌍한 중국 백성을 도와"주고자 한다. 류기석이 조선인들을 억압하는 봉천군벌, 한걸음 더 나아가 중국인들을 핍박하는 여러 군벌들에 대해 비판적이었다는 사실은 펑위샹의 국민군에게서 희망을 발견하는 대목에서 이미 확인한 바 있다. 「원한의 바다」에서 왕기영이 장제스가 지휘하는 북벌군에 목숨을 걸고 참여하는 것은 이 때문이다.

　그런데 왕기영의 북벌전쟁 참여가 군벌 축출에만 목표를 둔 것은 아니었다. 군벌들을 축출한다면 봉천군벌 아래 고통 받는 남북만주의 조선인들뿐만 아니라 일본제국 아래에서 신음하는 조선인들도 해방을 맞이하리라 믿었다. 많은 조선인들이 황포군관학교를 거쳐 중국 국민혁명에 투신한 것도 이러한 희망 때문이었다. 그들은 조선의 독립을 위해서는 중국 북벌전쟁이 성공해야 한다고 믿었다. 그렇다면 조선의 해방과 중국의 북벌전쟁은 어떻게 연관되어 있는 것일까?

비밀은 왕기영이 맞은 총탄에 숨어 있다. 이 작품에서 왕기영이 학교에 다닐 때의 에피소드를 그린 대목에서는 검열로 인해 '31행'이 삭제되었다. 그 내용을 정확히 알기 어렵지만 전혀 짐작이 안 되는 것은 아니다. 왜냐하면 소설의 후반부에서 "나의 맞은 탄환은 용정(龍井)서 만세 부르던 사람들이 맞은 것과 같은 연철(鉛鐵)입니다. 그래서 연독으로 인하야 점점 우으로 부어오릅니다"(92면)라는 대목이 나오기 때문이다. 삭제된 31행에는 용정 만세운동에 참여했던 사람들이 연철로 된 총탄에 맞았다는 내용이 담겨 있었을 것이다. 실제로 1919년 3월 13일, 용정의 서전평야에서 만세운동이 이어나자 연길도윤 타오메이센(陶梅先)은 연길주둔군 연대장 멍푸더(孟富德)의 병력을 동원하여 만세운동에 참여한 조선인들에게 발포한다. 19명이 사망하고 30여 명이 크고 작은 부상을 입었던 이 사건에서 중국군이 발포한 총탄은 일본제품이었다. 일제가 연길주둔군에게 총탄을 제공하고 발포를 사주한 것이다. 그런데 구강전투[19]에서 왕기영을 다치게 한 탄환도 마찬가지다.[20] 용정 만세운동이나 북벌전쟁에서 중국 군벌들이 쏜 총탄은 모두 일본이 제공했다. 일본제국이 군벌의 후견인 노릇을 했던 것이다. 따라서 군벌과의 투쟁에 승리할 수 있다면 제국주의를 약화시켜 조선의 독립을 이룰 수 있다는 희망을 가질 수 있었다.

---

19 구강은 장강과 연결된 항구도시이자 중국 남북을 연결하는 경구선(京九線)이 통과하는 요충지여서 쑨촨팡의 사령부가 있던 곳이다. 장제스의 중로군이 이곳을 공격한 것은 11월 5일이었다. 무한으로 향했던 서로군이 공산당 계열이었던 것과 달리 중로군은 국민당 계열이었다. 평소에 엠엘주의자와 갈등을 벌였던 류기석의 면모를 생각해 보더라도 주인공 왕기영이 중로군에 참여한 것은 쉽게 이해된다.

20 이인직이 「혈의 누」에서 옥련이 맞은 총알을 통해서 청국군의 야만성을 설파하던 대목과 비교해 보면 흥미롭기 그지없다.

이렇듯 일본제국과 결탁한 군벌들을 축출하고 조선인과 중국인을 해방시킴으로써 "모든 강권(強權)을 배척하고 무강권인 자유사회의 건설을 기도(企圖)한다는 위대한 꿈"(91면)은 실현될 수 있다. 왕기영이 품은 이 위대한 꿈은 작가 류기석이 이 무렵에 이미 아나키즘에 경도되어 있음을 잘 보여준다. 비록 주인공 왕기영이 이러한 아나키즘적 이상에 도달하는 과정이 설득력 있게 제시되어 있지 못함에도 불구하고 소설 「원한의 바다」에서 작가는 자신의 이상을 드러내는데 조금도 주저함이 없었다. 그런데 자신이 권력자가 되어 모든 강권을 제거한 '자유사회'를 이루겠다는 꿈은 분명 모순적이다. 스스로 권력자가 되어 권력을 없애겠다는 것만큼 허망한 것도 없다. 권력자는 결코 권력의 논리에서 벗어날 수 없을 뿐만 아니라 설령 권력자가 권력을 동원하여 권력을 없앤다고 하더라도 그 자체가 권력적인 행위이기 때문이다. 따라서 권력을 해체하기 위해서는 권력을 해체할 수 있는 권력자가 되는 것이 아니라 권력자의 위치에 오르고 싶은 욕망과 유혹에서 벗어나야 한다. 편지의 서두에 놓인 "나는 일개의 무명소졸임을 자백"(87면)하는 일이 소중한 것은 이 때문이다. 모두가 "일개의 무명소졸"이 되었을 때 "모든 강권(強權)을 배척하고 무강권인 자유사회의 건설을 기도(企圖)한다는 위대한 꿈"을 향한 첫 발걸음이 시작된다.

3. 동아시아 아나키스트의 연대와 '동방혁명론'

류기석이 「원한의 바다」를 쓰던 무렵 중국에서는 북벌전쟁이 한창이었다. 1924년 1월 제1차 국공합작을 성사시킨 광동의 국민당 정권은 황포군관학교를 세우고 전쟁을 준비하다가 1926년 7월 9일 "제국주의와 매국 군벌을 타도하여 인민의 통일정부를 건설"한다는 목표를 내세워 북벌을 시작한다. 북벌전쟁의 일차 목표는 장강 일대를 장악한 직예군벌 우페이푸와 쑨촨팡을 몰아내고 펑위샹의 국민군과 합류하는 것이었다. 예상과 달리 전쟁은 거의 일방적이었다. 탕성즈(唐生智)의 서로군은 호남성으로 진격한 7월 11일에 장사(長沙)를 점령한다. 그런데 북경 인근의 남구전투에서 승리한 우페이푸가 남하하여 반격을 가하면서 격전이 벌어지기도 했지만, 10월 10일 무한 삼진을 완전히 점령하는데 성공했다. 장제스(蔣介石)의 중로군도 강서성에서 쑨촨팡의 주력군과 맞섰다. 9월 19일 강서성의 성도 남창에 입성했다가 쑨촨팡의 반격으로 빼앗기기도 했지만 11월 8일에 되찾았다. 허잉친(何應欽)의 동로군은 복건성에 대한 공격을 개시해 12월 9일 복주(福州)를 점령하는데 성공했다. 이렇듯 제1차 북벌전쟁을 시작한지 몇 달 만에 국민당 정부는 장강 일대에서 우페이푸와 쑨촨팡을 몰아내고 광동을 비롯하여 광서·호남·호북·강서·귀주·복건 등 일곱 개의 성을 차지하게 되었다. 그리고 1927년에 접어들면서 절강성과 강소성(그리고 상해)를 향해 진격을 계속했다.

하지만 북경은 류기석이 안창남과 함께 산서성 태원으로 떠나던 반년 전과는 사뭇 다른 풍경이었다. 류기석이 머물던 북경은 아나키즘적 분위기가 팽배해 있었다. 징메이주(景梅九)[21]등 중국의 아나키스트 190여 명이 참가한 북경안사(北京安社)가 있었고, 판번량(范本梁), 린빙원(林炳文) 등 대만의 아나키스트 18명이 참가한 신대만안사(新臺

---

21 본명은 징딩청(景定成, 1879~1949). 1924년 펑위샹과 국민군을 조직하고 북경정변을 일으켜 쑨원을 초청했으며, 국민군 제6군 사령관을 역임했다.

灣安社)도 있었다. 그리고 1924년 4월 이회영과 유자명, 이을규, 이정규, 정화암, 백정기 등 조선의 아나키스트 여섯 명이 참가한 재중국조선무정부주의자연맹(재중무련)도 결성[22]되었다. 그런데 1926년에 접어들면서 3·18사건[23]으로 북경의 아나키즘은 침체기에 접어들었다. 특히 3·18사건 직후 북경에 진주한 봉천군벌이 진보적 지식인들을 체포하면서 많은 아나키스트들이 북경을 떠났다. 북경대학 교수였던 루쉰 역시 복건성 하문대학로 옮긴 후였다.

조선인 아나키스트들의 사정도 크게 다르지 않았다. 1926년에 정화암과 백정기는 천진에 있었고, 1926년 11월부터 이을규·이정규 형제는 상해에서 활동하고 있었다.[24] 이러한 상황 속에서 류기석은 1926년 12월 「主張組織東亞無政府主義者大聯盟」(民鐘 제16기, 1926)을 통하여 아나키즘 세력의 국제적인 연대를 통해 돌파구를 마련하고자 한다. 그는 "아나키즘이 동아시아에 유입된 지도 어언 삼십년이 된 지금껏 연합적인 통신기구가 하나도 없다는 것은 얼마나 부끄러운 일인가!"라고 반성하면서 동아시아 아나키스트 간의 연대 조직을 제안한다. 「원한의 바다」를 쓴 것과 거의 같은 시기였다.

동아시아에서 아나키스트들의 연대가 본격적으로 추진된 것은 제1차세계대전 이후였다. 동아시아 아나키스트들의 국제적인 연대는 1907년 4월 도쿄에서 일본, 중국, 인도, 필리핀, 베트남 등의 혁명가

---

22 재중국무정부주의자연맹에서는 이회영을 발행인(혹은 주간)으로 하여 기관지《정의공보》(석판 순간)를 9호까지 발행했는데, 현재 전하지 않는다.

23 1926년 3월 18일, 북경의 대학생들이 천진 대고구(大沽口)의 군사 시설을 철폐하라는 일본, 미국, 영국 등 8개국의 무리한 요구에 항의하여 집회를 벌이다가 돤치루이(段祺瑞) 정부의 무력진압으로 수백 명의 사상자를 낸 사건이다.

24 오장환, 이정규(1897-1984)의 무정부주의 운동, 사학연구 49, 1995, 190~191면.

들이 참여한 아주화친회(亞洲和親會)에 그 기원을 둔다. 이 단체는 "아시아인으로 침략주의를 주장하는 자를 제외하고, 민족주의·공화주의·사회주의·무정부주의를 불문하고 모두 입회할 수 있다"고 규정한데에서 알 수 있듯이 반제국주의를 목표로 하는 광범위한 국제적 연대였다. 이후 일본인 아나키스트 단체인 금요강습회와 중국인 아나키스트 단체인 사회주의강습회 간의 상호 교류가 이루어진 바 있으며, 1920년 10월에는 일본인 오스기 사카에(大杉榮)가 상해로 밀항하여 극동사회주의자회의에 참석한 후 동방무정부주의자연맹을 추진하기도 했다. 그렇지만 오스기 사카에가 관동대지진 중에 살해당함으로써 동아시아 아나키스트의 연대 활동은 중지된다.

동아시아 아나키스트들은 제1차세계대전이 제국 간의 영토 전쟁이었던 탓에 세계개조론의 등장과 함께 데모크라시가 광범위하게 확대되리라 믿었다. 1917년 러시아혁명의 성공은 봉건적인 군주제의 완전한 몰락을 가져올 사건으로 여겨지기도 했다. 그렇지만, 베르사이유 체제가 성립되면서 패전국의 군주제가 붕괴된 반면 승전국의 군주제는 여전히 강고하게 살아남았다. 뿐만 아니라 데모크라시의 이상을 내세워 세계혁명의 도화선이 되리라 기대했던 러시아혁명 또한 열강들의 시베리아 출정과 내전을 거치면서 일국혁명으로 축소되는 한편, 노멘클라투라의 등장으로 반동화의 길로 접어들었다.

이러한 흐름 속에서 류기석이 내세운 것은 '동아시아피압박계급의 국제적 연대'였다. 그는 일본제국을 동아시아 공통의 적으로 상정하고 중국을 중심으로 조선·대만·일본의 피억압계급이 참여하는 동아시아혁명론을 주장했다.

식민지의 동지들이 가장 먼저 착수해야 할 것은 식민지
를 해방하는 운동을 위해 힘을 쓰되, 그럼에도 절대 민족의
구별을 가져서는 안 될 것이다. 예컨대, 현하 조선민중들은
사회혁명을 전개하고자 하더라도, 일본제국주의를 타도하기
이전에는 절대로 사회혁명을 완성할 수 없는 것이다.[25]

이러한 류기석의 주장은 일본제국주의가 내세운 동양주의 혹은
아시아연대론이 내포한 침략주의에 대한 맞대응이었다. 일본제국은
이미 일본뿐만 아니라 식민지 조선과 대만, 그리고 중국에까지 광범
위한 영향력을 행사하는 제국적 질서를 구축했다. 따라서 북벌전쟁
과 같은 동아시아의 역사적 사건들은 단순히 한 국가 혹은 한 민족만
의 문제가 아니었다. 「원한의 바다」에서 형상화한 바와 같이 제국주
의의 앞잡이 노릇을 하는 군벌과 매판을 축출함으로써 도탄에 빠진
조선인과 중국인들은 해방될 수 있다. 인터내셔널한 제국에 대항하
기 위해서는 종족과 국가를 뛰어넘는 광범위한 피압박 민중들의 인
터내셔널리즘이 요구되었던 것이다.

따라서 류기석의 동방혁명론은 식민지배자와 피식민자 사이의 민
족혁명처럼 보이지만, 실질적으로는 계급혁명으로 이해된다. 이러한
특징은 두 가지 차이를 파생시킨다. 먼저 류기석은 피식민자의 저항
대상을 식민지배자 전체를 포괄하는 민족간 갈등으로 바라보는 민족
주의자들과 견해를 달리한다. 그래서 식민통치를 수행하는 제국주의
본국의 지배계급만을 저항대상으로 삼아야 하며, 궁극적으로는 민족

---

[25] 柳絮, 主張組織東亞無政府主義者大聯盟, 民鐘 제16기, 1926.12.15, 38~40면 ; 高
軍·王檜林·楊樹標 主編, 無政府主義在中國, 489면.

간의 원한감정을 넘어 인류 전체의 자유를 평등을 구현하는 피억압자들의 연대로 확장되어야 한다고 생각했다. 또한 류기석은 민족혁명과 계급혁명을 구분하는 2단계 혁명론을 부정했다. 부르주아민주주의혁명 단계를 거친 이후에 프롤레타리아혁명이 가능하다는 엠엘주의자들과 달리 민족혁명과 사회혁명을 동시적으로 추구한 것이다.

이에 따라 류기석은 반제국주의운동으로서의 민족혁명이 한편으로 피억압자들의 연대를 통해 세계혁명으로 확장되어야 했고, 다른 한편으로는 피억압자들의 자유와 평등을 보장하는 사회혁명으로 연속되어야 한다고 생각했다. 식민지 조선의 독립운동 역시 조선과 일본의 대결이 아니라 조선 민중(무산계급)과 일본제국주의(자본가계급)의 대결이었고, 일본제국의 (반)식민지로 전락한 동아시아 지역은 제국주의 타도라는 동일한 기치 아래 동아시아의 모든 피압박 민중이 함께 연대해야만 해방될 수 있다고 믿었던 것이다. 류기석을 비롯한 아나키스트들이 '동방'이라는 개념을 오랫동안 간직한 것은 이 때문이었다. 1928년 이후 코민테른이 세계혁명의 이상을 포기한 채 민족 내지 국가 단위의 혁명론으로 전회한 뒤에도 아나키스트들은 중국혁명·일본혁명·조선혁명이 아닌 '동방혁명'의 꿈을 결코 내려놓지 않았다.

그렇지만 류기석의 '동방혁명론'은 민족주의자였던 안창호와의 관계를 악화시켰다. 안창호로서는 민족적 관념에 따라 일본인을 적대적인 대상을 삼는 것을 비판하고 동아시아 피압박계급의 연대로 확장시키려는 류기석의 주장에 섣불리 동의할 수 없었다. 류기석은 일본 프롤레타리아계급 역시 동방혁명을 위한 주요한 연대의 대상이 삼았기 때문이다. 안창호와의 갈등은 오래 전부터 예견되었던 일인지도 모른다. 길림 여행 중에 두 사람이 함께 여행하면서 일본의 피억압계급이 조선 독립을 위한 연대의 대상으로 볼 수 있는가에 대해서 이견을 노출시켰다. 결국 안창호와 류기석은 서로 정치적인 입장을 같이 할 수 없다는 것을 인정한다.[26]

> 도산은 혁명 대상에 대한 인식이 부정확하여 계급관점과 계급분석이 모자랐다. 그러므로 일체의 일본인을 모두 적으로 삼았다. 이 부분에서 그는 편협한 민족배타적 애국주의 입장을 아직 벗어나지 못하였다. 당시 이 문제에 대하여 나는 다른 의견을 나타내었다. 나는 모든 일본인을 우리의 적으로 삼을 수 없다고 생각하였다. 우리는 반드시 혁명의 대상을 선택하여야 한다. 그때 도산은 민족 투쟁 상황에서 이러한 것까지 걱정할 수 없다고 하였다. 그는 현재 일본 민중 절대다수가 아직도 천황제를 옹호하므로 그들은 바로 우리의 적이라고 생각하였다.[27]

1920년 가을 연변을 떠나 혈혈단신으로 상해로 찾아온 열다섯 살의 류기석을 감화시켰던 안창호와의 동행은 이렇게 칠년 만에 마침표를 찍었다. 그가 "1927년 6월 11일 경진차(京津車) 위에서"라고 부기해놓은 루쉰의 「광인일기」 번역(동광 16, 1927.08)이 흥사단 기관지였던

---

26 "나중에 나와 도산은 연이어 상해로 돌아왔다. 도산은 나를 세 차례 불렀고, 매번 수 시간 이야기하였다. 그러나 우리 두 사람의 의견은 끝내 합치되지 못하였다. 결국 그는 나의 아내 잉치롼(應起鸞)과 나를 청하여 남경로 대동여관에 가서 양식을 함께 먹으며 각자의 앞날을 위하여 서로 기원하고, 각자 자신의 목표를 향해 노력하기로 하였다. 이것이 나와 도산의 마지막 접견이었다" (류기석, 안창호 소전·삼십년 방랑기, 앞의 책, 372면)

27 류기석, 같은 글, 371면.

《동광》에 실린 류기석의 마지막 흔적이었다.

　류기석의 '동방혁명론'은 비단 민족주의자뿐만 아나키스트 사이에서도 논쟁을 불러 일으켰다. 특히 신채호는 일본제국에 맞선 피압박 민중의 국제적인 연대를 통한 '동방혁명'이라는 대의에 동의하면서도 일본 무산계급과의 연대만은 받아들이지 않았다. 무산계급이라 하더라도 배후에 일본제국주의가 있으므로 절대로 연대가 불가하다는 것이다. 일본 무산계급을 연대의 대상으로 삼을 것인가를 두고 조선인 아나키스트들의 내분은 오래 전부터 있었다. 1924년 4월 북경에서 이회영·이을규·이정규·백정기·유자명·정화암 등이 재중국조선무정부주의자연맹을 결성했을 때 신채호는 참여하지 않았다. 당시 신채호가 북경 교외의 관음사에서 승려가 되었던 시절이었다고는 하지만, 이후에도 재중국조선무정부주의자연맹에 참여했던 이을규·이정규 형제를 비롯하여 정화암·유자명 등이 류기석과 같은 입장에 선 것과는 뚜렷하게 구분된다.

　이 무렵 중국에서의 아나키즘 운동은 중대한 갈림길에 서 있었다. 군벌 쑨촨팡으로부터 상해를 빼앗은 장제스의 국민군이 4월 13일 반공쿠데타를 일으켜 '청당'이라는 이름 아래 공산주의자들을 학살한 것은 잘 알려진 사실이다. 이에 따라 아나키스트와 국민당의 합작, 이른바 '안국합작' 역시 붕괴될 위기에 처해 있었다. 그런데 국민당정부에 참여한 신세기파 출신의 원로 아나키스트 차이위안페이(蔡元培)·리스쩡(李石曾) 등이 중심이 되어 상해 노동대학을 설립할 계획을 수립한다. 남경정부가 상해 총공회 산하의 여러 노동조직들을 해산하면서 새롭게 노동계를 이끌어갈 간부를 양성할 필요성을 인식한 것이다. 당시 조선인 아나키스트들 중에서는 상해 노동대학에 협조하지 말자는 의견도 적지 않았지만, 이을규·이정규 형제는 일본인 아나키스트 이와사 사쿠타로(岩佐作太郎)를 설득하여 함께 설립준비위원(객원)으로 참여[28]했다.

이러한 아나키스트들의 국제적 연대는 상해 노동대학 개교를 앞두고 있던 이정규가 중국인 아나키스트 친왕산(秦望山)과 량룽꽝(梁龍光)의 제안을 받아 복건성 천주(泉州)에서 농민자위단 운동을 벌이면서 더욱 구체화된다. 상해 노동대학에 참여하지 않았던 류기석도 이정규의 제안을 받고 8월경에 복건성으로 가 농민운동에 직접 참여한다.[29]

> 이때 마침 상해에서 몇몇 친구를 만났는데 그들의 사상은 여추(茹秋)와 비슷하였다. 아마도 여추보다 더 '좌경'이었다. 그들은 공개적으로 자신들을 '아나키스트'라 불렀다. 그들은 말할 때마다 자본주의를 반대하였고, 또 소련의 무산계급 독재정치를 반대하였으며, 무권력·무정부의 공산사회를 주장하였다. 나의 머릿속에 개인영웅주의, 자유주의의 소자산계급의 환상이 충만해 있었기 때문에 바쿠닌(Michael Bakunin)과 크로포트킨(Pyotr A. Kropotkin)의 아나키즘이 자연스럽게 스며들어 나 또한 아나키스트로 변하기 시작하였다. 도산 선생이 거듭 만류하였으나 나는 의연하고 결연하게 흥사단 탈퇴를 발표하였다. 이 한 번의 행동은 내가 이미 자산계급 개량주의 정치생활을 포기하였음을 나타낸다. 아나키

---

28 오장환, 이정규(1897-1984)의 무정부주의 운동, 사학연구 49, 1995, 190~191면.
29 최기영, 1920-30년대 류기석의 재중독립운동과 아나키즘, 한국근현대사연구 55, 2012, 148면.

스트 친구들의 선동 아래 나는 미국으로 유학 갈 생각을 단념
하고 그들과 함께 상해를 떠나 민남(閩南)으로 갔다.[30]

비록 이 운동은 토비들의 공격과 자금 부족으로 1928년 2월까지
만 유지되었지만, 복건성의 하문(廈門)과 천주(泉州)는 중국인 친왕산
과 량룽꽝 등과 조선인 이을규·이정규·류기석·이기환·류지청, 그
리고 일본인 아카가와 케이라이(赤川啓來, 중국명 진시퉁秦希同)·이와사
사쿠타로(岩佐作太郎) 등이 함께 활동했던 동아시아 아나키스트들의
실천적 연대의 장소가 되었다.

류기석을 비롯한 재중국조선무정부주의연맹 계열의 조선인 아나
키스트들이 일본인·중국인들과 함께 복건성에서 활동하는 동안 화
북지역에서는 서건(恕健)의 발의에 따라 조선·중국·대만·베트남·인
도·일본 6개국의 아나키스트들이 천진 프랑스조계에 모여 비밀리에
회합을 갖고, A동방연맹을 조직했다. 북경에서 활동하던 신채호 또
한 이필현(李弼鉉:일명 李志永, 李三永)과 함께 한인 아나키스트를 대표
하여 A동방연맹에 참석했다. 하지만 A동방연맹이 별다른 성과를 보
이지 못하자 신채호는 이듬해 4월 천진에서 직접 각국 아나키스트 대
표대회를 열어 동방무정부주의자연맹을 조직하고 아나키즘세력의
단결과 직접행동을 촉구하고 나섰다. 1928년 5월 신채호가 대만 아
나키스트 린빙원과 함께 국제위체 위조를 통해 자금을 마련하려다
체포된 것은 이 단체의 활동자금을 마련하기 위한 것이었다.

한편 1928년 2월 상해로 철수한 류기석 일행은 상해나 남경 등 화
남지역에서 활동하던 조선인 아나키스트들과 함께 재중국조선무정

30　류기석, 천주 민단과 이기환 사건:삼십년 방랑기, 앞의 책, 401~402면.

부공산주의자연맹을 조직했다. 1924년 북경에서 결성되었던 재중국 조선무정부주의자연맹의 후신이었다. 그리고 5월에는 이을규·이정규 형제, 그리고 정화암 등과 함께 상해 프랑스조계 내의 화광의원(華光醫院)에서 조선·중국·일본·대만·인도·베트남·필리핀 등 7개국 대표 200여 명이 참여한 아나키스트대회를 개최하고 동방무정부주의자연맹을 결성했다. 서기국 위원으로는 조선인(이정규), 일본인(赤川啓來), 중국인(毛一波. 汪樹仁)이 선출되었고, 《동방(東方)》이라는 기관지를 발행했다. 1926년 12월 류기석이 동아시아 아나키스트들의 국제적인 연대를 제안한 지 일년 반만의 일이었다. "1928년 5월 12일 법조계에서" 씌어진 「약소민족 해방의 목표(弱小民族解放之目標)」(文化戰線, 第1卷 第2期, 1928)는 류서(柳絮)와 위(韋)의 공동명의로 발표되었거니와, 일본제국주의에 저항하는 동아시아 아나키스트들의 국제적 연대조작인 동방무정부주의자연맹의 창립선언에 해당한다.

4. 매개항으로서의 아나키즘

20세기를 혁명의 시대라고 할 수 있다면, 특히 1920년대는 동아시아에서 혁명에 대한 열기가 높아지던 시기이기도 했다. 1911년 쑨원의 국민혁명이 위안스카이의 반동으로 실패한 듯 보였지만, 1919년 조선에서 일어난 3·1운동을 계기로 중국에서도 반제 여론이 높아지면서 5·4운동으로 이어졌다. 그리고 러시아혁명 이후 '세계개조'라는 이름으로 다양한 혁명세력들이 반제국주의 담론 아래 모여들었다. 특히 1924년 1월 국공합작이 이루어지면서 이러한 흐름은 더욱 강화되었다. 1925년 상하이 5·30 사건 이후 중국정세가 급변하기 시작하였고, 국공합작에 의한 국민혁명군의 북벌 성공은 많은 조선인들에게 희망을 불러 일으켰다. 1927년 1월 3일 《조선일보》는 「중국민의 단계적 성공」이라는 사설을 통해서 중국혁명의 진전은 "중국의 해방에 그치는 것이 아니라 모든 피압박국민의 선구가 되어 세계적 혁명을 실현하는 기초가 서가는 것"으로 표현했을 정도였다. 국내의 신간회 운동, 국외의 민족유일당 운동은 모두 이러한 동아시아 정세의 변화와 무관하지 않다.

이에 따라 식민지 조선의 문단에서도 중국혁명에 대해 큰 관심을 갖게 되었다. 예컨대 1928년 2월 《조선지광》에 발표된 송영의 「인도병사」는 제1차북벌전쟁 당시 한구를 배경으로 하여 서구 열강들의 조계지를 회수하기 위한 중국인들의 투쟁과 함께 영국 영사관을 지키던 인도병사와의 연대를 다루고 있다. 이러한 피억압민족들 사이의 연대는 엠엘주의자들만의 문제는 아니었다. 제1차 국공합작에 참여했던 아나키스트 역시 중국 국민혁명이 일본제국주의를 영향력 아래에 놓인 동아시아 정세를 근본적으로 변화시킬 수 있으리라고 기대하고 적극적으로 참여했다. 원동흥사단의 북경단소를 무대로 활동했던 류기석의 모습은 그동안 잘 알려지지 않았던 아나키스트들의 숨겨진 면모를 이해하는데 큰 도움을 준다. 그동안 안창호와 원동흥사단이 '준비론'으로 단순화되었던 것과 달리 훨씬 다양한 이념적 스펙트럼을 지니고 있었다는 사실을 우리에게 알려주고 있는 것이다.

뿐만 아니라 그동안 우리가 놓치고 있었던 새로운 시야를 열어주기도 한다. 비록 창작활동은 소설 「원한의 바다」로 국한되지만, 류기석은 볼세비키와 논쟁을 벌이고 루쉰의 「광인일기」를 번역하는 등 다양한 활동을 꾸준히 펼쳤다. 그를 통해서 식민지 조선의 문단은 중국이라는 또 다른 세계와 연결고리를 간직할 수 있었고, 다른 방식의 '식민 이후'를 상상할 수 있었다. 1920년대 후반 많은 이념들이 내셔널리즘과 공모하던 순간에도 인터내셔널리즘의 깃발을 사수했던 것이다. 그리고 류기석이라는 매개항을 발견함으로써 머나먼 이국에 고립되어 있던 신채호 역시 한국문학과 접속할 수 있게 된다. 그러니 류기석을 위시하여 정래동, 김광주 등과 같이 중국에서 활동했던 한국인 아나키스트들의 전모가 밝혀지는 순간, 그동안 존재조차 의심스러웠던 하나하나의 점들은 뚜렷한 선이 되어 우리 앞에 나타날 것이다. 그때 비로소 한국문학은 '동경문단의 경성지부'라는 오명에서 벗어날 수 있을 것이다.

민족에 대한 전근대적 상상

1. 「단종애사」가 놓인 자리

이광수는 1928년 11월 30일부터 1929년 12월 1일까지 《동아일보》에 「단종애사」를 연재한다. 이 작품은 제목 그대로 단종이 태어나서 왕위에 올랐다가 숙부 수양대군의 정변으로 폐위된 채 죽음을 맞이하는 과정을 네 부분으로 구분하여 서사화한다. '고명편(顧命篇)'에서는 단종의 탄생과 등극 과정을 그리면서 성삼문·신숙주에 대한 고명을 부각시키는 한편, 여기에 맞서 정권 찬탈을 도모하는 수양대군과 권람의 밀의 과정을 서술한다. '실국편(失國篇)'에서는 수양대군이 홍윤성, 한명회 등과 함께 계유정난을 일으켜 김종서와 안평대군 등을 제거하고 정치적 실권을 장악하는 과정을 그리고 있으며, '충의편(忠義篇)'에서는 단종이 정인지 등의 위협으로 수양대군에게 왕위를 넘겨준 뒤 사육신이 단종 복위 운동을 펼치다가 실패하는 과정을 담는다. 마지막으로 '혈루편(血淚篇)'에서는 노산군(魯山君)으로 강등된 단종이 영월 청령포에서 최후를 맞이하는 과정을 그린다.

조선 왕조가 세워진 지 얼마 지나지 않은 15세기 중엽에 벌어졌던 단종과 세조 사이의 권력투쟁은 대중적인 관심을 집중시킬 만한 역사적 사건이었다. 그래서 근대로 접어든 뒤에도 여러 서사물이 창작되었다.[01] 그중에서도 신소설 「홍장군전」(오거서창, 1918)과 「한씨보응록」(오거서창, 1918)은 정난공신이었던 홍윤성과 한명회를 다룬 이야기여서 계유정난에 대한 근대 초기의 인식을 짐작하게 한다. 작가 이해조는 작품 속에서 계유정난에 대해 직접적으로 평가를 내리지는 않지만, 전통적인 서사양식인 '전'의 형식을 통해 홍윤성과 한명회의 영웅적인 면모를 부각시키고 있다는 점에서 계유정난에 대한 긍정적 입장을 엿볼 수 있다. 뿐만 아니라 「홍장군전」이 1926년 광학서포에서 상하권으로 재출간[02]되었다는 사실로 미루어볼 때, 독자들에게 꾸준히 사랑받았던 것 또한 사실로 보인다.

그런데 이광수의 「단종애사」는 계유정난으로 폐위된 단종에 대한 연민을 전면에 내세우고 있다는 점에서 이해조와는 완전히 다른 관점에서 쓴 작품이다. 우연적인 현상으로 치부할 수도 있겠지만, 이광수는 여러 차례 '이해조 다시쓰기'를 시도한다. 예컨대 「단종애사」가 「홍장군전」과 「한씨보응록」을 마주보고 있는 것처럼 「일설 춘향전」(1925) 또한 이해조가 산정한 「옥중화」(1912)와는 다른 관점에서 「춘향전」을 해석했다. 예컨대 이해조의 「옥중화」에서 변학도는 춘향의 정절을 훼손하려 한 사악한 인물이 아니다. 전통적인 신분제의 틀 안에서 기생에게 수청을 강요한 수령에 불과했다. 그래서 어사 이몽룡 또

---

01 권순긍, 〈신숙주 부인 일화〉의 소환과 역사적 사실의 '이야기 만들기', 구비문학연구 42, 2016.06.

02 우리에게 알려진 것은 1926년 광학서포에서 출간한 『義勇雙全 洪將軍傳』 상·하권이다. 그런데, 오거서창 재판본 『화의 혈』의 광고에 이해조가 『홍장군전』과 『한씨보응록』을 특별히 편집했다는 내용이 실려 있어 1918년에 처음 간행한 것으로 밝혀졌다. (한국민족문화대백과사전 참조)

한 변학도에게 징벌을 내리기는커녕 "남아(男兒)의 탐화(貪花)함은 영웅열사(英雄烈士)의 일반이라. 그러나 거현천능(擧賢薦能) 아니하면 현능(賢能)을 뉘가 알며 본관(本官)이 아니면 춘향(春香) 절행(節行) 어찌 아오리까. 본관(本官)의 수고(受苦)함이 얼마쯤 감사(感謝)하오"[03]라고 하면서 변학도를 위로하기에 이른다. 하지만 <일설 춘향전>에서 이광수는 판소리계 소설의 결말을 복원하여, 이몽룡이 "봉명사신으로 사곡한 정을 둘 수 없어 변 부사를 봉고파직하여 즉각으로 지경 밖에 내치라고 엄히 분부"[04]하는 모습으로 그려낸다.[05]

근대문학의 초창기를 대표하는 이해조와 이광수가 이처럼 뚜렷한 차별성을 지닌다는 사실은 매우 흥미로운 현상이다. 이광수는 「무정」이나 「개척자」 등의 작품을 통해서 소설의 새로운 가능성을 모색하고 있었을 뿐만 아니라, 신소설로 대표되는 전대의 소설사적 맥락과 대결하고 있었다. 이러한 점을 염두에 둔다면, 「단종애사」가 이해조의 「홍장군전」이나 「한씨보응록」과 다른 역사적 경향 속에 재맥락화되고 있다는 사실은 눈여겨볼 만하다.

이러한 문학사적 (비)연속성과 함께 「단종애사」가 발표되던 1920년대 후반에 역사소설이 한국 근대소설사에서 전면에 등장하기 시작했다는 점 또한 기억해야 한다. 벽초 홍명희가 1928년 11월 21일 《조

---

03 이해조, 옥중화, 보급서관, 1925, 155면.

04 이광수, 일설 춘향전, 동아일보, 1925.09.30~1926.01.03. ; 이광수전집 1, 우신사, 1979, 520면.

05 이를 두고 박상준은 "춘향전에 열광하는 독자들을 대상으로 하여 옥중화계 춘향전들의 잘못된 사태 인식 태도를 정면으로 부정했다는 점에서 실천적인 함의를 띠는 것"이라고 평가한 바 있다(박상준, 역사 속의 비극적 개인과 계몽의식:춘원 이광수의 1920년대 역사소설 논고, 우리말글 28, 2003.08. 217면)

선일보》에 「임거정전」을 연재하기 시작했고, 이로부터 열흘이 지나지 않아 이광수 또한 《동아일보》에 「단종애사」를 연재하기 시작했다. 이처럼 역사소설 「임거정전」과 「단종애사」가 동시에 연재됨으로써 두 작가의 개인적 차원을 넘어서 《조선일보》와 《동아일보》 사이의 미디어 경쟁, 그리고 '민족개조론'을 주창한 점진론자와 '신간회'를 등에 업은 급진론자 사이의 이념적 대결이 자존심을 걸고 한판대결을 벌인다. 총 11번의 휴재(자료조사로 인한 경우를 제외하고 10번의 휴재는 모두 이광수의 건강 때문이었다)로 인해 1년 동안 217회밖에 연재할 수 없었음에도 불구하고 이광수가 「단종애사」를 멈출 수 없었던 또 하나의 이유였을 것이다.

이와 관련하여 「단종애사」가 마무리되던 1929년 11월 12일부터 이듬해 1월 12일까지 두 달 여 동안 《동아일보》에 실린 일반 독자들의 독후감은 양가적인 성격을 지니고 있는 것처럼 보인다. 당시 『동아일보』에서는 '단종애사 독후감'이란 제목 아래 전국 각지에 살고 있는 42명의 독자들이 보내온 다양한 형식의 독후감을 통해서 「단종애사」에 대한 사회적 평판을 부각시키려 했던 것이다.[06] "누계 수천 통의 투서가 들어오니만치 독자군의 인기가 굉장"[07]했다는 김동인의 회

---

06 《동아일보》에 수록된 "독후감은 독자의 거주지역과 이름, 본문, 투고 날짜로 구성되어 있는데, 거주지역과 이름, 본문의 형식이 매우 다양하다. 경성은 물론 용인·발안·인천의 경기권, 대구·안동·하동의 경상권, 논산·홍성·전주·남원·김제 등 충청·호남권, 평양·함흥·진남포 등 관서·관북 등 전국 각지에서 보내온 독후감이 게재되었다. 또한 李六天, 金載埈 같은 실명으로 판단되는 이름뿐만 아니라 一讀者나 鳥山生, 쇠박휘와 같은 가명으로 투고한 글들은 짧은 단형의 국문 감상문, 시조, 한시, 한문평 등 형식이 다채로운 것으로 미루어 독자층이 다양했음을 알 수 있다"(김종수, 역사소설의 발흥과 그 문법의 탄생, 한국어문학연구 51, 2008.08, 295면, 주19)

07 김동인, 춘원 연구, 김동인전집 16, 조선일보사, 1988, 100면.

고는 결코 과장이 아니었던 셈이다. 하지만 이 시기에 《조선일보》 사회부 기자로 활동했던 김을한이 "임꺽정이 연재되는 동안 《조선일보》는 처음으로 《동아일보》의 연재소설을 능가할 수 있었다"[08]라고 회고한 것을 보면 「임거정전」의 인기 또한 만만치 않았을 것으로 짐작되거니와, 어쩌면 '단종애사 독후감'은 1920년대 문학장에서 점차 축소되는 이광수의 영향력을 복원하기 위해 기획된 이벤트일지도 모른다.

이광수의 「단종애사」는 이러한 통시적·공시적 좌표 위에 놓여 있는 작품이다. 통시적으로는 이해조를 위시한 개화파 작가들의 신소설과 대결하고 있으며, 공시적으로는 홍명희를 포함한 카프 맹원들의 경향소설과 대립하고 있는 셈이다. 이 글은 이러한 문학사적 맥락을 염두에 두고 「단종애사」를 살펴보고자 한다. 이 과정에서 전통적인 유학에 대한 작가의 태도를 중점적으로 분석할 것이다. 작품 속에서 서술자의 시선과 어조와 깊이 있게 관련되어 있을 뿐만 아니라, 이를 통해 이광수의 통시적·공시적 좌표가 보다 분명히 드러나리라 예상되기 때문이다.

2. 도덕주의적 시선과 근왕주의적 어조

「단종애사」는 역사적 사실에서 취재를 한 것이기에 작가의 상상력이 개입할 여지가 그다지 넓지 않다. 잘 알려져 있듯이 단종은 1441년(세종 23)에 왕세자 문종(文宗)과 현덕왕후 사이에 태어났고, 1450년

08　김을한, 인생잡기:어느 언론인의 증언, 일조각, 1989.

문종이 즉위와 함께 왕세자가 되었다가 1452년 왕위를 이어받았다. 그렇지만 즉위 1년 후인 1453년 숙부였던 수양대군이 주도한 계유정난으로 실권을 빼앗겼으며, 1455년에는 수양대군에게 선위한 채 상왕으로 물러났으나, 이듬해 사육신이 주도한 단종 복위 사건이 발생하면서 1457년 노산군으로 강등되어 강원도 영월에 유배되었다가 사약을 받고 죽음을 맞이했다. 이러한 단종의 일대기는 명백한 역사적 기록이어서 작가가 서사적 골격을 변용하거나 훼손하는 것이 거의 불가능에 가까웠다.

이러한 점은 홍명희의 「임거정전」과 확연히 구분되는 점이기도 했다. 임거정이 역사상의 실존 인물이라고 하더라도 기록 자체가 거의 남아 있지 않아서 작가가 자유롭게 새로운 인물을 창조하고 사건을 진행시켜 나갈 수 있었던 것에 비해, 「단종애사」는 계유정난 당시 홍윤성에게 척살당한 김종서를 지키던 여진족 여인 '야화'라든가 금성대군이 단종의 복위를 도모할 때 고변하는 관비 '금련' 정도가 작가의 상상력으로 창조되고 있을 따름이다. 따라서 실제 사건이나 실존 인물들과 비교를 통해서 「단종애사」의 특성을 찾는 것은 쉽지 않다. 대신 「단종애사」에서 가장 눈여겨보아야 할 것은 서사를 진행하는 서술자라고 할 수 있다. 작가 이광수가 「단종애사」를 통해 창조한 것은 인물이나 배경 혹은 사건과 같은 전통적인 플롯의 요소가 아니라 역사적 사건을 바라보는 시선이었다.

「단종애사」는 다음과 같이 시작한다.

지금부터 사백구십 년 전, 조선을 가장 잘 사랑하시고 한글(언문)과 음악과 시표(時表)를 지으시기로 유명하신 세종대

왕(世宗大王) 이십삼 년 칠월.이날에 경복궁 안 자선당(資善堂=
동궁이 거처하시던 집)에서 큰 슬픔의 주인 될 이가 탄생하시니
그는 세종대왕의 맏손자님이시고, 장차 단종대왕이 되실 아
기시었다.

아기가 탄생하시기는 진시 초였다. 첫 가을 아침볕이 경
회루 연당의 갓 피는 연꽃에 넘칠 때에 자선당에서는 아기의
첫 울음소리가 난 것이다. (상권, 1면)[09]

이 대목은 우리에게 다음과 같은 사실을 알려주고 있다. 먼저 「단
종애사」의 서술자가 서 있는 자리가 세종 23년에서 "사백구십 년"이
지난 시점이라는 사실이다. 세종 23년을 서력으로 환산하면 1441년
이니, 서술자는 1931년의 시점에서 단종의 탄생을 그리고 있는 셈이
다. 물론 「단종애사」가 처음 연재되기 시작한 것이 1928년 11월이었
으니 "사백구십 년 전"이라는 언급은 조금 어색하게 느껴지기도 하지
만 작가 이광수의 착각이거나 혹은 두루뭉수리하게 표현하면서 생겨
난 착오쯤으로 볼 수 있을 듯하다. 그런데 서술주체와 서술대상 사이
에 오백 년 가까운 시차가 개입되어 있기 때문에 「단종애사」에서 플
롯은 동시대적인 사건, 곧 진행형의 사건이 아니라 역사적인 사건, 곧
완료형의 사건으로 받아들여진다. 이에 따라 서술자가 과거의 역사
속에 자리잡고 있는 「임거정전」에 비해 현장감과 박진감이 현저히 감
소될 수밖에 없다.

「단종애사」에 등장하는 이러한 서술특성이 약점만을 지니는 것은

---

09 「단종애사」는 회동서관에서 1930년 10월 5일 초판이 발행되었고, 박문서관으로
옮겨 재판(1933년 11월 10일)과 3판(1935년 11월 15일) 4판(1942년 12월 10일)이 발행
되었다. 이 글에서는 3판을 텍스트로 삼고, 인용말미에 면수를 밝히고자 한다.

아니다. 서술대상과 서술주체와의 시차는 다른 한편으로 사건에 대한 서술에 객관성을 부여하는 효과를 가져오기도 한다. 실제로 「단종애사」에서 서술자는 '이야기꾼'이라기보다는 '역사가'에 가깝다. 『연려실기술』 등과 같은 사료를 광범위하게 참조하여 객관적으로 해석하고자 할 뿐만 아니라 사료를 비교하고 검토하여 오류를 바로잡기도 하는 것이다.[10]

> ㉮ 계유 시월 십일 영양위 궁 마당에서 황보 인, 이양, 조극관 등을 추살한 데를 『연려실기술』에 '사윤성수구치관추살지'라고 하였으나 삼십육 인 정난공신에 구치관이 녹훈이 아니된 것을 보면 그는 그날 밤에 철추를 든 사람은 아닌 듯하기로 지금까지 구치관이란 칭호로 부르던 인물을 우치만이라는 가공적 인물로 대신케 합니다.[11]

> ㉯ 수양대군은 국인(國人)의 이 흠점을 잘 알기도 하고 목격해 보기도 하였기 때문에 더구나 아무에게도 알리지 아니하고 심지어 좌우 대신에게도 미리 의논함이 없이 다만 혜빈 양씨에게 알리고는 독단적으로 다 정해 버리었다. "조정에서

---

10 1920년대 이후에 등장하는 '단종과 세조'를 소재로 한 소설들은 기존의 역사서와 야사류에 서술된 내용을 중심으로 전개된다. 활자본 소설들이 활발히 출간되는 시기, 이광수와 박종화를 비롯한 근대 역사소설 작가들 그리고 활자본 소설을 취급했던 편집자들이 조선의 역사 사료에 접근할 수 있었던 것은 일본인 조선연구단체들과 조선총독부, 그리고 민족주의 단체들이 전개했던 '사료 편찬 운동'에 기인한다. 특히 『연려실기술』의 간행은 단종과 세조 간에 발생한 사건들에 쉽게 접근할 수 있게 하는 중요한 자료가 되었다. 여기에 대해서는 최주한의 「이광수의 『단종애사』와 영월:부재하는 민족국가의 역사지리적 상상력」(대동문화연구 101, 2018.03, 234~237면)에 자세하게 언급되어 있다.

11 이광수, 단종애사, 동아일보, 1929.02.25.

왕비 책립하기를 여러 날 하여 마지아니하거늘[朝廷請納妃
累日不己]"이라고 실록에 있지마는 그것은 다 그럴 듯하게 쓴
말에서 지나지 못한다. (상권, 419면)

㉮는 「단종애사」 연재본에서 작가가 붙인 주석이다. 작가의 말에
따르면 『연려실기술』에 따라 '구치관'이라는 실존인물의 행위로 기술
해 왔지만, 전후 상황에 비추어볼 때 구치관이 한 행위로 보기 어려
우므로 '우치만'이라는 인물로 이름을 바꾸겠다는 언급이다. 그리고
단행본으로 발간할 때에는 우치만이라는 이름 대신에 '함귀'라는 새
로운 이름을 사용하여 완전히 허구적인 인물로 바꾸어 버린다. ㉯는
『조선왕조실록』의 기록을 그대로 따르지 않고, 세조의 성격에 비추어
달리 해석했음을 서술자가 직접 언급하고 있는 대목이다. 서술자가
단순히 사료 그 자체를 인용하는데 머물지 않고 그것을 객관적이고
정합적으로 해석하고자 했다는 점을 강조하고 있는 것이다. 이처럼
「단종애사」에서 서술자는 사료를 정확하게 해석하여 독자들에게 역
사의 온전한 모습을 전달하는 역사가로서의 역할을 자임하고 있다.
사료를 원문 그대로 제시하고 그것을 우리말로 번역하거나, 한 걸음
더 나아가 독자들이 알아듣기 쉽게 항목화하여 설명하는 모습 역시
이와 관련되어 있다.

그런데 서술자가 사료 해석에 있어서 객관적인 태도를 유지하고
자 노력했더라도 인물 형상화의 측면에서 본다면 주관적인 면모를
벗어나지 못한 것이 사실이다. 백낙청이 이미 지적한 바 있듯이 「단
종애사」에서 서술자의 해석과 판단은 선인과 악인, 보다 구체적으로
는 단종과 세조라는 이분법 위에 축조되어 있다. "역사의 진행을 몇

몇 가슴 속에서 정의와 사욕의 대결로 한 역사소설의 등장인물이 선·악 두 팀으로 갈라서지 않을 수 없"[12]었던 것이다. 그리하여 단종을 따르는 인물들은 긍정적으로 그려진 반면 수양대군을 따르는 인물들은 부정적으로 그려진다.

> 집현전 여러 학사들 중에 성삼문과 가장 절친하기는 신숙주였다. 성삼문과 신숙주와는 서로 같은 점보다도 서로 다른 점이 더욱 많았다. 삼문은 키가 크고 눈이 크고 숙주는 그와 반대로 키도 작고 눈도 작았다. 삼문은 눈초리가 봉의 눈인데 숙주는 팔자눈인 것같이 반대요 성질로 보더라도 삼문은 서글서글하나 아무렇게나 하는 점이 있으되 숙주는 겉으로는 서글서글한 체하여도 속은 매우 깐깐하여 이해타산을 분명히 하였다. 삼문이 아무리 재주가 있다 하더라도 일을 도모하기에는 도저히 숙주와 겨룰 수가 없었다. 그러므로 삼문은 무엇에나 일에는 항상 숙주에게 졌다. 삼문은 속에 무엇을 하루를 숨겨 두지 못하는 성미나 숙주는 필요로만 생각하면 일생이라도 마음에 감출 수가 있었다. 그러므로 삼문의 속은 숙주가 빤히 들여다보지마는 숙주의 속을 삼문은 삼분지 일도 알지 못하였다. (상권, 78~79면)

이 대목에서 서술자는 문종의 고명을 받던 성삼문과 신숙주를 함께 묘사하고 있는데, 성격이 "서글서글하"여 "속에 무엇을 하루를 숨겨두지 못하는 성미"를 지닌 성삼문과 "겉으로는 서글서글한 체 하여도 속은 매우 깐깐하여 이해타산을 분명히 하"고 "필요로만 생각하면

---

12   백낙청, 역사소설과 역사의식, 창작과비평 2권 1호, 1967년 봄, 110면.

일생이라도 마음에 감출 수가 있"는 신숙주를 뚜렷하게 대비시킨다.

이렇듯 단종을 따르는 인물과 수양대군을 따르는 인물을 충절과 변절, 선과 악으로 판단함으로써 「단종애사」에서 개별 인물들은 생동감을 갖지 못한 채 정형적인 모습으로만 무대에 등장했다 사라져간다. 수양대군은 인륜을 어기고 왕좌를 탈취한 폭력적인 인물이며, 그의 추종자들 역시 수양대군의 권력욕에 기대어 자신의 사리사욕을 챙기는 모습으로만 존재한다. 이와 반대로 단종은 나이가 어리고 육체적으로 연약한 인물이며, 그의 추종자들은 대의명분을 위해 자신의 목숨까지도 아까워하지 않는 충직한 모습으로 그려진다. 이렇듯 선인과 악인의 대립이라는 도덕주의적 시선은 '전'이라는 낯익은 일대기 형식의 구성과 함께 「단종애사」가 독자들에게 쉽게 수용될 수 있는 중요한 이유인지도 모른다.[13] 고전소설적 독법에 익숙한 일반 독자들은 악한 자에 대한 분노와 선한 자에 대한 연민을 교차시키면서 쉽게 등장인물과 동일화되었던 것이다.

그렇지만, 서술자의 도덕주의적 시선이 작품 전편에 걸쳐 일관성 있게 유지된다고 말하기는 어렵다. 「단종애사」에서 서술자는 흥미롭게도 왕(세종과 문종과 단종, 그리고 세조)을 묘사할 때 존대법을 구사하는 반면 다른 인물들을 묘사할 때에는 평서법을 사용한다. 그래서 수양대군이 왕위에 등극하는 순간 서술자의 어조는 대단히 드라마틱하게 변화한다.

　　㉺ 수양대군은 곧 근정전으로 올라가려 하였으나 다시

13　　김종수, 앞의 글, 297면.

생각하고 대군청으로 나왔다. 이때에는 벌써 수양대군이 아니요 상감마마시어서 백관이 좌우에 시립하고 군사가 겹겹이 시위하였다.

일각이라도 지체할 수 없다. 일변 집현전 부제학 김예몽을 시켜 선위·즉위의 교서를 봉하게 하고 일변 유사를 시켜 근정전에 헌가를 베풀어 즉위식 차비를 시켰다. 그 동안이 실로 순식간이다.

수양대군은 미리 준비하였던 익선관·곤룡포를 갖추고 위의엄숙하게 백관의 옹위를 받아 근정전 뜰로 들어가 수선하는 의식을 마치고는 전정에 올라가 옥좌에 앉아 백관의 하례를 받고 이내 사정전에 들어가 상왕께 뵈오려 하였으나 상왕은 받지 아니하시었다. (하권, 116면)

㉺ 그날 밤으로 왕(수양대군)은 근정전에 대연을 배설하고 백관을 불러 질탕하게 노시었다.

오늘밤에는 군신지분을 파탈하고 놀자. 누구든지 마음대로 마시고 마음대로 노래하고 마음대로 춤추라 무슨 일이나 허물치 아니하리라 하시었다. 그리고 왕이 친히 잔을 들어 정인지·신숙주·강맹경·한확 같은 공신들에게 술을 권하고 좀 더 취하게 되매 몸소 무릎을 치고 노래를 부르시었다.

신하들도 한없이 기쁜 듯하였다. 아까까지는 영의정이요 같은 신하였지마는 지금은 상감이 되신 수양대군이 손수 권하시는 술잔을 받을 때에 항송하고도 감격하여 눈물을 흘리는 자까지 있고 우리 성주께 충성을 다하리라고 술 취하여 어눌한 음조로 맹세하는 것은 저마다였다. (하권, 116~117면)

여기에서 왕위에 오르기 전(㉻)과 왕위에 오른 다음(㉺)의 수양대군을 언급하는 서술자의 어조는 완전히 변화한다. 이에 따라 서술자가 허구세계에 등장하는 '왕'을 이야기할 때, 현재의 시점이 아니라 십오세기 궁중 속에 들어가 신하의 위치에 서 있는 듯한 착각을 불러일으킨다. 20세기의 독자들 역시 또한 서술자와 마찬가지로 등장인물로서의 '왕'에 대해 경외감을 느끼는 것이다.

이러한 근왕주의적 어조는 앞서 살핀 바처럼 서술자가 서 있는 자리가 20세기라는 점을 고려할 때 전근대적이고 봉건적이라는 비판에서 벗어나기 어렵다. 어쩌면 「홍길동전」 수준으로 서사적 관습을 퇴행시키고 있는지도 모른다. 뿐만 아니라 이러한 근왕주의적 어조는 도덕주의적 시선과 모순을 심각한 모순을 일으킨다는 점에서 문제적이다. 만약 서술자가 도덕주의적 시선을 엄격하게 지킨다면 수양대군은 왕위를 찬탈한 불의의 화신으로서 부정과 비판의 대상에서 벗어날 수 없다. 그런데 수양대군이 왕위에 올랐다는 이유로 존대법을 구사한다면, 서술자는 그에게 도덕적인 비난을 보낼 수 없을 뿐만 아니라 어쩌면 가치판단의 대상으로 삼는 것 자체가 불가능해지고 만다. 결국 「단종애사」에서 서술자가 등장인물들을 판단하는 도덕률로 삼았던 '충의'란 신하들에게만 요구되는 특수한 가치체계에 불과했던 셈이다.

3. 신민회의 문학적 계승과 단절

「단종애사」는 단종의 출생에서 시작하여 죽음으로 끝을 맺는 일대기소설이긴 하지만, 정작 서사의 주인공이 단종인가에 대해서는 의문의 여지가 있다. 단종은 서사에 지속적으로 등장하지 않을 뿐더러 사건의 진행에서도 주도권을 지니지 못한다. 수양대군과 그 추종자들은 사건을 만들어 자신들의 욕망을 실현해가는 주동적인 역할을 맡는 반면, 단종과 그 추종자들은 수동적이어서 그 사건에 휘말릴 따름이다. 그런 점에서 「단종애사」의 진정한 서사적 주인공은 수양대군이라고 해도 과언은 아니다. 그럼에도 불구하고 작가가 「단종애사」라는 이름을 붙인 까닭은 다음과 같은 「작가의 말」에 잘 드러나 있다.

> 단종대왕처럼 만인의 동정의 눈물을 끌어 내인 사람은 조선만 아니라 전세계로 보더라도 드물 것이다.
> 왕 때문에 의분을 머금고 죽은 이가 사육신을 머리로 하여 백으로써 세일 만하고, 세상에 뜻을 끊코 일생을 강개한 눈물로 지낸 이가 생육신을 머리로 하여 천으로써 세일 것이다. 육신의 충분의열은 만고에 꺼짐이 없이 조선 백성의 정신 속에 살 것이오, 단종대왕의 비참한 운명은 영원히 세계 인류의 눈물로 자아내는 비극의 제목이 될 것이다.
> 더구나 조선인의 마음, 조선인의 장처와 단처가 이 사건에서와 같이 분명한 선과 색채와 극단한 대조를 가지고 드러난 것은 역사 전폭을 털어도 다시없을 것이다.
> 나는 나의 부조한 몸의 힘과 맘의 힘이 허하는 대로 조선 역사의 축도요, 조선인 성격의 산 그림인 단종대왕 사건을 그려 보려 한다.
> 이 사실에 들어난 인정과 의리—그렇다, 인정과 의리는 이 사실의 중심이다—는 세월이 지나고 시대가 변한다고 낡아질 것이 아니라고 믿는다.
> 사람이 슬픈 것을 보고 울기를 잊지 아니하는 동안, 불의

를 보고 분내는 것이 변치 아니하는 동안 이 사건, 이 이야기
는 사람의 흥분을 끌리라고 믿는다.[14]

　여기에서 작가는 단종 폐위 사건이 전세계적으로 보기 드문 '비극'
이어서 '인정'과 '의리'가 살아있는 한 사람들의 흥미를 끌 것이라고 말
한다. 하지만 단종을 주인공으로 삼는 한 결코 비극이 될 수 없다. 주
인공의 죽음으로 끝이 났으니 독자들의 눈물을 자아낼 수는 있을지
라도 자신에게 부여된 운명과 맞서 싸운 것이 아니기에 '비극적'인 주
인공이 될 수 없는 까닭이다. 단종은 단지 보통사람보다 우월한 '계
급'의 인물일 뿐, 운명에 순응한 나약하고 평범한 인물이었다. 다만
나이 어리고 연약해서 폭력적인 세계에 무방비 상태로 노출되어 있
다는 사실, 그리하여 아무 일도 하지 않은 채 권력을 빼앗기고 결국
죽음을 맞이한다는 사실을 강조함으로써 '사이비 비극'의 주인공이
될 수 있었을 뿐이다.

　그래서 어떤 이들은 「단종애사」가 단종의 죽음을 통해 독자들에게
국가 상실의 경험을 환기시키려고 했다고 말하기도 한다. 1919년 삼
일운동이 고종의 죽음과 연관되어 있다는 점, 1926년 육십만세운동
이 순종의 죽음과 깊이 연관되어 있다는 사실을 언급하면서 "당시 일
본사람한테 강제로 나라를 뺏긴 조선 사람 삼천만의 마음은 마치 사
백여 년 전에 강포한 수양대군한테 강제로 신민 노릇을 당하고 있는
그때 그 심정이었다"[15]라고 평가하는 것이다. 하지만 「단종애사」의 서

14　이광수, 소설 예고-단종애사 작자의 말, 동아일보, 1928.11.20. ; 이광수전집 10,
　　앞의 책, 506~507면.
15　박종화, 「단종애사」 해설, 이광수전집 4, 앞의 책, 610면.

술자는 근왕주의적 태도로 사건을 서술하고 있기 때문에 수양대군이 왕위를 찬탈하여 세조가 되는 순간 일종의 면죄부를 부여받았다. 박종화의 해석을 그대로 받아들인다면 일본 제국주의의 식민통치 역시 조선인들에게 거역할 수 없는 운명으로 받아들여진다는 점을 인정해야만 한다. 따라서 「단종애사」에서 수양대군에 의한 단종 폐위를 망국의 한과 직접적으로 대응시키는 것은 그리 적절해 보이지 않는다. 오히려 우리의 관심을 가져야 할 것은 근대주의자였던 이광수가 '충의'를 도덕적 판단의 준거로 삼고 근왕주의적 어조로 사건을 서술하는 모습이라고 할 수 있다.

사실 1910년대 이래 오랫동안 이광수는 대표적인 반유교주의자[16]로 활동해 왔다. 그는 1918년 9월 《매일신보》에 「신생활론」을 연재한 바 있는데, 여기에서 중화사상, 경제 경시, 형식주의, 무조건적인 효, 애정 없는 부부관계, 소극주의, 상문주의(尙文主義), 계급사상, 운수론, 과학 천시 등 무려 열한 가지에 이르는 폐단을 거론하며 유교를 신랄하게 비판한다. "조선의 유교는 실로 우리의 정신의 만만 기능을 소모하고 마비한 죄책"[17] 을 지니고 있다는 것이다.[18] 《매일신보》에 연재한 장편소설 「무정」을 통해 젊은이들의 폭넓은 지지를 등에 업은 이광수가 이처럼 유교를 정면으로 비판하자, 유학자들 역시 집단적으로 이광수를 공격했다. 이광수의 회고에 따른다면 "중추원 참의들과

---

16 김현이 "이광수의 계몽사상 연구에 획기적인 전환점"이라고 평가한 바 있는 「신문학 초기의 계몽사상과 근대적 자아」에서 김붕구는 이광수가 유교를 계몽사상의 적으로 여겼다고 언급한 바 있다. (김현 편, 이광수, 문학과지성사, 1983, 68~83면)

17 이광수, 신생활론, 매일신보, 1918.09.11. ; 이광수전집 10, 앞의 책, 329면.

18 「신생활론」에 나타난 유교 비판에 대해서는 신용철의 「춘원 이광수의 유교관 시론」 (춘원연구학보 4, 2011.12)에서 상세하게 다루어지고 있다.

경학원 직원들이 연명하여 내 글을 신문에 싣지 말라는 진정서를 총독부 당국과 신문사 당국에 제출"[19]할 지경이었다. 그럼에도 불구하고 이광수는 유학자들에 대한 반감을 감추지 않았다. 1921년 《창조》에 발표한 「문사와 수양」에서 장지연과 여규형 같은 '한문시대의 문사'들을 "不思家人生業하고 不拘小節하고 酒因無量飮"[20]하는 모습으로 조롱하기까지 했던 것이다.

그런데 이광수가 '조선의 유교'를 비판하고 있음에도 불구하고 유교 자체를 부정하지 않았다는 사실을 잊지 말아야 한다. 이광수는 「신생활론」에서 "王陽明을 통하여 전한 유교는 일본을 흥하게 하였고 朱熹를 통하여 전한 유교는 조선을 쇠하게 하였습니다"라고 언급하고 있거니와, 주자학과 달리 양명학은 일본이 근대화를 달성하는데 매우 중요한 자산이었음을 강조한다.[21] 이처럼 이광수는 조선의 몰락이 유교 때문이라고 언급하긴 했지만, 정작 비판의 초점에는 유교 전체가 아닌 주자학이 놓여 있었을 뿐이었다.

이광수가 주자학을 비판하고 양명학을 옹호했던 것을 이해하기 위해서는 일본이 조선의 국권을 침탈하던 1910년 전후의 상황을 살

19　이광수, 다난한 반생의 여정, 조광, 1936.04~06. ; 이광수전집 8, 앞의 책, 453면.

20　이광수, 문사와 수양, 창조 8 , 1921.01 ; 이광수전집 10, 앞의 책, 355면.

21　주자학과 양명학에 대한 인식은 1930년대 초반에 발표한 글에서도 그대로 유지된다. "부산에서 하관을 건너서면 무엇을 보는가. 우리는 空論과 實行의 差를 본다. 반만년 조선인이 살아오는 조선에 아무 것도 없음을 볼 때, 그것은 공론의 귀결이 아니고 무엇인가. 조선은 아직도 공론의 아편을 못 버리고 있다. 무실역행의 새 신호를 못 취하고 있다. 주자학은 공론의 학이라고 한다. 이씨조선이 철저한 공론의 終論이 된 것은 주자학의 독이라고 한다. 양명학은 실행의 학이라고 한다. 명치유신이 대업을 이룬 것은 양명학의 효과라고 한다"(이광수, 공론과 실행의 차-일사일언, 조선일보, 1933.10.19. ; 이광수전집 9, 앞의 책, 361면)

펴볼 필요가 있다. 우리는 흔히 이광수의 사상적 출발점을 언급하면서 안창호와 이승훈을 떠올린다. 그들은 모두 1907년 결성된 비밀결사 '신민회'와 깊이 연관되어 있었는데, 이 단체는 중국의 개혁사상가였던 량치차오(梁啓超)의 영향을 받아 성립되었다. 량치차오는 1898년 무술정변으로 인해 변법자강운동이 실패하자 일본으로 망명한 뒤, 《청의보》《신민총보》 등을 통해 스승 캉유웨이를 비판하면서 독자적인 길을 걷기 시작한다. 국가의 보존[保國], 민족의 보존[保種], 종교의 보존[保敎]이라는 삼대 과제 중에서 나라를 보존하는 근거로서 '보교'를 주장하는 캉유웨이와는 달리 '보국'이 모든 문제에 우선하는 근본임을 주장했던 것이다.

이러한 량치차오의 사상은 20세기 초 조선의 지식인들에게 큰 영향을 미치고 있었다.[22] 신민회 역시 량치차오를 따라 국권회복이라는 목표를 달성하기 위해 투철한 국가의식으로 무장한 새로운 국민, 곧 '신민(新民)'의 탄생을 도모하며 결성되었다.[23] 그런데 신민회가 국권회복을 목표로 했기에 안창호를 위시한 서북지역 기독교인뿐만 아니라 다양한 이념적·종교적 스펙트럼을 지닌 인물들이 참여했다. 예컨대 박은식·신채호·장지연·이회영 등 양명학의 세례를 받은 유학자

---

22 20세기 초 조선의 지식인들과 량치차오와의 관계에 대해서는 우림걸의 『한국 개화기 문학과 양계초』(박이정, 2002)에 잘 정리되어 있다. 그런데 우림걸의 경우 량치차오와의 유사성에만 주목함으로써 역사적 맥락을 놓친 경우가 적지 않다. 이와 달리 필자는 이해조와 이인직의 경우 캉유웨이의 천민설에, 박은식과 신채호의 경우 량치차오의 신민설에 기대어 있다는 점에서 사상적인 변별점을 지닌다고 생각한다.

23 이 무렵 안창호는 량치차오의 저작에 심취하여 평양 대성학교 교재로 『음빙실문집』을 사용했거니와, 안창호가 강조했던 무실(務實)·역행(力行)·충의(忠義)·용감(勇敢)이라는 4대 덕목 역시 량치차오가 생각했던 지도자의 덕목과 상당한 유사성을 보이기도 한다.

들도 포함되어 있었다. 이인직이나 이해조와 같은 개화파 지식인들이 캉유웨이의 천민설(天民說)이라든가 대동사상(大同思想), 혹은 공교운동(孔敎運動)의 자장에서 벗어날 수 없었던 것과 달리 량치차오의 신민설을 통해서 국수사상, 곧 국가주의를 받아들여 민족적 주체성을 확립하고자 했던 것이다.

국권이 상실되던 무렵에 발표한 두 편의 글은 당시 이광수의 사상적 거점이 어디에 있었는지를 잘 보여주고 있다. 「조선 사람인 청년들에게」에서 그는 민족으로서의 조선과 국가로서의 조선을 구분한 뒤, "국가의 명칭은 비록 천으로 변하고 만으로 변한다 하더라도 조선민족이란 이름은 영겁무궁히 변치 아니하리라, 변하려고도 하지 않을 것이요, 설혹 변하고자 하여도 얻지 못할 것이리라. 조선민족이란 이름, 실로 우리 민족에게는 정답고 영예로운 이름이니라. 나로 하여금 죽게는 할 수 있을지언정 조선민족이란 이름은 벗기지 못하리라"[24]라고 주장한 것이라든지, 「여의 자각한 인생」에서 사상적 방황을 거쳐 "국가의 영고(榮枯)와 나의 개성의 영고(榮枯)와, 국가의 생명과 나의 생명과는 그 운명을 같이하는 줄을 깨"달아서 "애국주의에 정박"[25]했다고 고백하는 것은 이러한 '신민'의 이념과 부합하는 것이다.

「춘향전」 해석을 둘러싸고 이해조와 이광수가 큰 차이를 보여주었던 것은 이러한 개화기 지성사가 놓여 있다. 뿐만 아니라 신민회에 참여했던 신채호나 박은식이 역사적인 영웅들의 전기를 통해서 민족의식을 고취하고자 한 것도 량치차오의 영향 속에서 이해될 수 있다. 개화파 신소설 작가들이 캉유웨이의 천민설을 따르던 까닭에 영웅적

---

24 이광수, 조선사람인 청년들에게, 소년, 1910.06. ; 이광수전집 1, 앞의 책, 532면.

25 이광수, 여의 자각한 인생, 소년, 1910.08. ; 이광수전집 1, 앞의 책, 577면.

인 인물에 호감을 갖고 있지 않았던 반면 량치차오의 영향력 아래 있던 개신유학자들의 경우 '신민'이라는 이름의 새로운 영웅의 출현을 갈망했던 것이다. 이광수의 천재론 또한 이러한 영웅론의 변형인 셈이다. 이처럼 1910년대의 이광수는 박은식과 신채호의 뒤를 잇는 신민회의 문학적 적자라고 해도 지나친 말은 아니다. 이광수가 1910년대 내내 국외 망명을 꿈꾸다가 결국 2·8독립선언을 쓰고 상해로 망명하여 대한민국임시정부에 참여했던 것은 이러한 신민회 이념의 필연적 귀결이었다.[26]

그렇지만 중국의 역사가 보여주듯이 량치차오가 스승 캉유웨이에 맞서 내세웠던 신민설 역시 진보적 의의를 오랫동안 유지할 수 없었다. 쑨원이 삼민주의를 내세워 중국 혁명을 도모하자 량치차오는 유교에 대한 부정을 포기하고 절충적인 입장으로 돌아선다. 그는 변법을 꿈꾸긴 했지만 완전한 혁명가는 아니었던 것이다. 결국 량치차오는 민주제를 받아들이는 대신 개명군주제로 돌아섰다.[27] 1920년대의 이광수 또한 이러한 량치차오의 전철을 밟고 있다. 신민회가 내세웠던 공화제의 이념을 좇아 대한민국 임시정부에 합류했던 이광수였지만, 귀국한 후에는 점차 인민주권 사상과 거리를 두기 시작한다. 예컨대 이광수는 「민족개조론」에서 쑨원의 국민혁명론을 비판한다. "그네

---

26 1910년 전후의 사상사에서 안창호와 신채호가 신민회를 매개로 동거할 수 있었던 것은 량치차오의 신민론(캉유웨이의 천민론과 대비되는 의미에서)에 바탕을 두고 있었고, 이를 통해 국수론(國粹論)을 펼쳤다는 점과 관련되어 있다. 그런데 신채호의 경우 구화주의(歐化主義)와의 대립을 염두에 두면서 낭가(국풍파)와 유가(한학파)를 사유하고 국수로 발전시켜 나갔던 것에 비해, 이광수의 경우는 반유교주의만을 상정했던 것처럼 보인다.

27 이혜경, 량치차오:문명과 유학에 얽힌 애증의 서사, 태학사, 2007.

가 혁명을 백천 번 하고 孫文, 顧維均, 王正廷이 아무리 혁명과 외교를 잘한다 하더라도 중화인의 구제는 오직 민족개조운동자에게서만 찾을 것"[28]이라고 말한다. 이렇듯 인민주권에 기반한 공화제의 이념을 포기했을 때 '신민'의 이념은 국가우선주의라는 표피만 남거니와, 그 결과 손쉽게 유교적 충의론과 만난다. 량치차오가 쑨원을 만났을 때 보수적 성격이 드러났듯이, 이광수 또한 1920년대 사회주의자의 등장과 함께 급격하게 보수화되고 만 것이다.

4. 근대주의자 이광수의 퇴행

1910년대 이후 지속적으로 주자학적 전통을 비판했던 이광수가 1920년대 말에 발표한 「단종애사」는 여러 모로 낯설다. 선인과 악인의 대립이라는 이분법적 인식이야 차치하고서라도 서술자가 보여주는 근왕주의적 어조는 소설적 관습의 측면에서나 작가적 이념의 측면에서 쉽게 수긍하기 어렵다. 불과 십여 년 전에 유교에 대한 강렬한 비판을 쏟아놓았던 이광수가 유교적 충의의 관점에서 역사를 파악하는 인물로 변신했던 셈이다.

「단종애사」를 쓰던 무렵의 이광수는 더이상 반(反)유교주의자가 아니었다. 오히려 반(半)유교주의자에 가까웠다. 이러한 변화가 낯설기는 하지만 전혀 예상 못할 바도 아니다. 이광수의 나이라든가 혹은 제국주의 일본과의 타협 가능성 때문이 아니다. 량치차오가 쑨원의 국민혁명론을 부정한 뒤 입헌군주제를 포기하고 개명군주제로 퇴행

---

28   이광수, 민족개조론, 개벽, 1922.05.; 이광수전집 10, 앞의 책, 136면.

했듯이, 공화제의 이념을 포기한 국가주의가 유교적 충의론과 만난 것이다.

「단종애사」는 그런 점에서 이광수의 역사적 위상을 잘 보여주는 작품이라고 할 수 있다. 한편으로는 도덕주의적 시선을 통해서 전대의 서사문학과 차별성을 드러낼 수 있었으며, 다른 한편으로는 근왕주의적 어조를 통해 동시대의 계급문학과 날카롭게 대립할 수 있었다. 그의 민족주의는 여기에 이르러 비로소 사상적인 안식처를 발견한다. 하지만 사상적인 안식처를 발견한 순간 그의 문학은 이제 보수적이거나 혹은 퇴행적인 성격을 띨 수밖에 없었다. 근왕주의자로의 변모 이후 십여 년의 세월이 흘렀을 때, 그는 천황제로 한 발 한 발 다가가고 있었던 것이다.

제3부

만주를 향한
새로운 상상지리

남만주 반석(磐石)의 풍경 1910~1945

1. '동북작가'의 등장과 영토에 대한 새로운 감각

1931년 9월 18일 일본제국이 만주를 침략한 뒤 청나라 마지막 황제 푸이(溥儀)를 내세워 만주국을 건설하자, 반제국주의적 경향의 문필 활동을 펼쳤던 많은 작가들은 상해(上海)와 북경(北京)으로 활동무대를 옮겨야 했다. 1933년 소설가의 길에 들어섰던 샤오훙(蕭紅, 1911~1942)도 샤오쥔(蕭軍, 1907~1988)과 함께 출판한 소설산문집 《跋涉(산을 넘고 물을 건너다)》으로 인해 경찰의 추적을 받자 대련(大連)을 거쳐 1934년 6월 청도(靑島)로 피신했다. 샤오훙은 이곳에서 「生死場(생사의 마당)」(1934.09.09 탈고)을 집필했는데, 이듬해 루쉰(魯迅, 1881~1936)의 추천을 받아 상해에서 출간할 수 있었다.

이미 4년 전의 일이다. 2월이었는데, 나와 유정은 상하이 짜베이(上海閘北)의 전쟁터에 빠져 눈으로 직접 중국인들이 도망치다가 사망하거나 사라지는 것을 보았다. 후에 몇몇 친구들의 도움을 받아 비로소 평화로운 영국 조계(英國 租界)로 들어갈 수 있었다. 길에 난민들이 가득하긴 했지만 주민들은 안전하고 편안했다. 짜베이와 4~5리밖에 안 떨어져 있어도 이렇게 다른 세상인데, 하얼빈의 상황이야 우리가 어떻게 상상할 수 있었겠는가?

　이 소설의 원고가 내 책상에 도달한 것은 이미 올해 봄이었다. 나는 일찌감치 이미 짜베이로 돌아와 있고, 주변은 또다시 흥성한 세월을 회복했는데, 오히려 5년 내지 그보다 더 이전의 하얼빈을 보게 된 것이다. 이것은 물론 인물 묘사에 뛰어난 서사와 서경의 약도에 불과하다. 그러나 북방 인민들의 삶에 대한 굳고 강한 의지와 죽음에 대한 몸부림이 지배(紙背)를 뚫고 있다. 여성 작자의 섬세한 관찰과 비범한 필치가 명쾌한 아름다움과 신선함을 적지 아니 더해 주고 있다. 정신이 건전하긴 해도 문예를 깊이 증오하고 공리만 중시하는 사람이 만약 이 글을 본다면 그는 아주 불행할 것이다. 그는 어떤 소득도 얻을 수 없을 테니까.

　문학사(文學社)에서 이 책을 출판하려고 원고를 중앙선전부의 서적·신문검사위원회에 제출했으나, 반 년 동안 계류하였다가 결국 불허했다고 한다. 사람이란 늘 사후에야 겨우 총명해지곤 하는데, 회상해 보면 이것은 정말 당연한 일이었다. 삶에 대한 굳고 강한 의지와 죽음에 대한 몸부림은 확실히 (국민당 정부의) 훈정(訓政)의 궤도에 크게 배치되는 것일 것이다. 금년 5월에 단지 「황제에 대해 간략히 논함(略談皇帝)」이라는 글 한 편으로 인하여 기염을 토하던 위원회는 홀연히 소멸하였으니 그야말로 '자기 자신을 법칙으로 삼은(以身作則)' 실지 대교훈이었다.

　'노예사(奴隷社)'가 피로 바꿔 모은 몇 푼의 돈으로 이 책을 출판하고자, 우리의 상급 기관에서 '자기 자신을 법칙으로 삼았던(以身作則)' 그 반 년 후에 나에게 서문 몇 구절을 써달라고 하였다. 그러나 이 며칠 동안은 오히려 무수한 소문이 떠돌고, 짜베이의 풍요로운 주민들이 또 머리를 감싸고, 숨고, 거리에 짐차와 사람들이 낙역부절 오가고, 길가엔 흰색과 황색 두 종류의 외국인들이 미소를 머금고 예의와 양보의 나라의 흥성한 상황을 감상하고 있다. 스스로 안전지대에 있다고 생각하는 신문사의 신문은 목숨을 건지기 위해 도망치는 이런 사람들을 '못난이(庸人)' 혹은 '우민(愚民)'이라고 부른다. 그러나 나는 그들은 아마 총명한 사람들일 것이라고 생각한다. 적어도 이미 경험에 비춰 반짝이고 매끄러운 상투적인 문장은 믿을 수 없다는 것을 아는 것이다. 그들은 그래도 기억력이 있다.

지금은 1935년 11월 14일 밤인데, 나는 등불 아래에서 「생사의 마당」을 다시 한 번 읽었다. 사방은 죽은 듯이 고요하다. 흔히 들리던 이웃 사람들의 얘기소리도 없다. 음식물 장수들의 외침소리도 없다. 그러나 가끔 멀리서 짖는 개 소리는 들린다. 생각해 보면 영국과 프랑스 조계는 틀림없이 이런 상태가 아닐 것이다. 하얼빈도 역시 이런 상태가 아닐 것이다. 나와 그곳 주민들은 피차간 모두 다른 마음을 품고 다른 세계에서 살고 있다. 그러나 내 마음엔 현재 오래된 우물 속의 우물물처럼 작은 물결도 일어나지 않는다. 마비되어 이상의 글을 썼으니, 이것은 그야말로 노예의 심리이다! 그러나 그래도 만약 독자의 마음을 흔들었다면? 그러면 우리는 절대 노예는 아닌 것이다.

그러나 편안히 앉아서 하는 내 고민을 듣느니 차라리 다음의 「생사의 마당」을 읽는 게 낫다. 그녀(샤오훙)만이 당신들에게 꿋꿋하게 몸부림 칠 힘을 줄 것이다.[01]

---

01   샤오훙, 생사의 마당, 원종례 역, 글누림, 2014, i~iii면.

루쉰은 추천사에서 1932년 2월 상해사변 때 영국 조계로 피난했던 경험을 떠올리면서, 자신이 머물던 곳과 불과 사오 리밖에 떨어져 있지 않았음에도 완전히 다른 세상이었다고 말한다. 영국 조계와의 위화감은 다시 하얼빈으로 연장된다. "나와 그곳 주민들은 피차간 모두 다른 마음을 품고 다른 세계에서 살고 있"어서 내 마음에서는 "오래된 우물 속의 우물물처럼 작은 물결도 일어나지 않는다"는 것이다. 그런데, 이 진술의 참된 의미는 다음 문장을 통해서 드러난다. 자신의 자리에 머문 채 바깥 세상에 무관심한 것은 '노예의 심리'이다. 샤오홍이 그려낸 동북지역 농민들의 삶을 보고 마음이 흔들리고, 꿋꿋하게 몸부림칠 힘을 얻었을 때 비로소 정신이 마비된 노예상태에서 벗어날 수 있다는 것이다. 루쉰은 이처럼 아이러니를 동원하여 하얼빈과 상해가 연결되어 있다는 사실, 달리 말하면 국민적 정체성을 공유한다는 점을 상기시킨다. 공간적으로 멀리 떨어져 있더라도, 그리고 계급적으로 다른 삶을 살고 있더라도 상해의 루쉰과 만주의 농민들은 모두 '중국인'이다. 루쉰에게 만주는 머나먼 이역의 땅이 아니라 '중국'의 영토로 상상된다.[02] 오랜 기간 동안 정치적·문화적 변경지대에 불과했던 만주가 중국의 일부로 상상되고 중국인으로서의 정체성을 공유하게 된 것이다.[03]

---

[02] 이수현, 혁명의 투사 또는 염소의 목자, 중국문학 94, 2018.02, 105~109면.

[03] 이현정, 샤오홍의 삶과 죽음의 장에 묘사된 농민의 항일투쟁에 대한 재검토, 중국현대문학 50, 2009.09 참조. 그는 "1931년에 마오쩌둥이 상해의 공산당중앙과 노선을 달리하여 강서성에 수립한 중화소비에트정부가 농민들의 당면 문제에 집중하면서 세력을 확대해나갔고, 1933년에 공산당중앙을 흡수한 후 항일전쟁, 국공내전을 거쳐 1949년 이후의 중화인민공화국 정권으로 이어졌기 때문"(79면)에 "농민들의 혁명 참여는 매우 중요한 정치적 이슈"(79면)라고 언급하면서, "동북 현지인들이, 농민이건 작가이건 간에, 강한 민족의식을 가지기 쉽지 않은 역사적 배경이 있음에도

'동북작가'가 중국문단에 자리잡은 것은 반제국주의 투쟁 과정에서 국민적 정체성을 확립하는 것이 시급했던 이러한 시대적 분위기와 무관하지 않다. 이러한 맥락을 염두에 두었을 때, 샤오훙의 「생사의 마당」은 제10절 '10년'을 전후로 선명하게 나뉜다. 전반부에서 오랫동안 인고의 삶에 익숙했던 농민들은 "마을에 일장기가 걸"린 이후 국가의 위기를 자각하고 적극적인 투쟁에 나선다. 예컨대 짜오샨은 "패기가 있는 사람은 매국노가 되니 차라리 왜놈의 칼 아래의 원귀가 되고 싶구만요?"[04]라고 말하면서 마을사람들에게 항일운동에 나설 것을 호소하고, 왕씨 아주머니나 얼리빤은 여기에 동참하는 것이다.

> 　　"혁명군은 어디에 있지?"
> 　　얼리빤이 갑자기 짜오샨에게 묻는다. 얼리빤의 이 말은 짜오샨에게 '이 사람이 일본놈들의 앞잡이인가?'하는 의구심을 갖게 한다. 그는 그에게 알려주지 않았다. 얼리빤은 또 리청싼에게 가서 묻는다. 리청싼이 대답한다.
> 　　"알려고 하지 마. 며칠 후에 나랑 같이 가면 돼"
> 　　얼리빤은 곧장 혁명군으로 달려갈 것처럼 조급하다. 리청싼이 느린 어조로 그에게 말한다.
> 　　**"혁명군은 반석에 있어. 자네 갈 수 있겠나?"**(강조는 인용자)[05]

불구하고 일제의 침략을 받은 1930년대 이후 중국 중심부의 담론에서는 동북지역이 민족의식 및 항일투쟁이라는 주제와 결부"(81면)되었다고 지적한 바 있다.

04　샤오훙, 앞의 책, 77면.
05　같은 책, 195면.

따라서 「생사의 마당」에 언급된 '반석(磐石)'은 제국주의 침탈에 맞선 중국 동북지역 농민들의 저항을 상징하는 장소라고 할 수 있다. 정치적인 활동에 전혀 관심이 없었던 얼리빤은 일본군에게 아내와 아들을 잃은 뒤 혁명군을 찾아 '반석'으로 떠난다. 이를 통해 얼리빤은 '노예 상태'에서 벗어날 수 있었고, 혁명군이 존재하는 반석은 개인적·국가적 전망이 되었다.

샤오홍이 혁명군의 근거지로 호명한 '반석'은 오랫동안 제국주의에 맞섰던 땅이었다. 뿐만 아니라 샤오홍의 문학적 동반자이자 '동북작가군'을 대표하던 샤오쥔이 「八月的鄕村(팔월의 향촌)」에서 형상화했던 조선인 여성 혁명가의 모습처럼, 반제국주의의 기치 아래 국가와 민족을 초월한 연대와 협력이 이루어지던 장소이기도 했다. 따라서 '반석'에 머물렀던 조선인들의 삶을 살펴보는 것은 개별 국민국가를 넘어 일본제국과 중화민국, 그리고 만주국과 식민지 조선이 복잡하게 얽혀 있는 20세기 초의 만주를 바라볼 수 있는 색다른 기회를 제공한다.

2. 남만주에서의 조선인 자치운동

1924년 7월 《개벽》에는 「남만(南滿)을 다녀와서」라는 제목의 글이 실린다. 글쓴이는 멀리 시베리아에서 출발하여 3월 3일 길림에 왔고, 12일 아침에 반석 방면으로 출발하여 닷새 동안 이백십오 리의 길을 걸은 끝에 16일부터 합마하자(蛤蟆河子)에서 머문 후, 18일에 다시 길을 떠나 이틀 만에 목적지인 호란집창자(呼蘭集廠子)에 도착하여 임장

(林庄) 씨와 닷새 동안 "환호취음(歡呼趣飲) 중에 지내"[06]다가 24일 길림으로 향했다고 적었다. 제목에 걸맞게 보름여 동안 남만주 일대를 돌아보는 여정을 담았으니 이 글을 기행문이라고 해도 크게 잘못된 것은 아니다.

이 글을 쓴 사람은 북경에 있던 'ㅅㅅ생'이다. 일찍이 허경진과 강혜종은 당시 북경에 머물던 단재 신채호가 필자일 가능성을 언급[07]했지만, 여러 사실들로 미루어 볼 때 강재 신숙(申肅, 1885~1967)의 글로 보아야 할 듯하다. 경기도 가평에서 태어난 신숙은 1903년 동학에 입도한 후 천도교 대구대교구장, 중앙총부 대종사 종법원 겸 의사원 등으로 활동하다가 삼일운동 때에 천도교에서 운영하던 보성사에서 독립선언서 교정과 인쇄 작업을 맡았던 인물이다. 이후 국내외에서 여러 임시정부가 수립될 때 천도교측 연락 임무를 띠고 활동하다가 경성헌병사령부에 체포되어 고초를 겪었고, 1920년 봄 대한민국임시정부의 요청을 받고 만주를 거쳐 상해로 망명하였다. 태봉(泰鳳), 태련(泰鍊)이라는 이름 대신에 신숙(申肅)이란 이름을 사용한 것은 이 무렵이다. 「남만을 다녀와서」의 첫대목에 "오년 전에 그곳에 한번 유력(遊歷)한 일이 있었"는데, "나의 성명까지도 그때와는 판판 다른 사람으

---

06   ㅅㅅ생, 남만을 다녀와서, 개벽 49, 1924.07, 92면.

07   "이름 대신 'ㅅㅅ生'이라고만 밝힌 작자의 신원은 정확히 알 수 없으나, 이 글이 수록된 《개벽》제49호의 목차에 있는 작자의 설명에 '在北京'이라고 쓰여 있으므로 북경에 거주했던 이로 판단된다. 당시 생존인물 중 호나 필명의 끝 글자가 '生'이고[호:일편단생(一片丹生), 단생(丹生), 필명:열혈생(熱血生), 무애생(無涯生)] 북경에 머물렀던 이로 신채호(申采浩, 1880~1936)가 있는데, 글에서 밝힌 바처럼 5년 전인 1919년 만주지역을 방문한 적이 있어서 'ㅅㅅ生'이 그의 필명으로 추정되나, 이후 명확한 조사가 이루어져야 한다"(허경진·강혜종, 근대 조선인의 만주 기행문 생성 공간-1920~30년대를 중심으로, 한국문학논총 57, 2011.04, 258~259면)

로 갔"[08]다고 회상하거나, 여행 도중에 천도교 종리사나 천도교인들과 만나는 것은 이러한 신숙의 개인적 이력과 부합한다.

신숙이 반석에 간 것은 개인적인 이유만은 아니었다. 그는 1923년 1월부터 상해에서 개최된 국민대표회의에서 대한민국임시정부를 대신하여 새로운 독립운동 기관을 세울 것을 강력히 주장하던 '창조파'의 중심인물이었다. 그런데 오개월 여에 걸친 창조파와 개조파의 대립이 해소되지 못하고 국민대표회의가 와해되자, 창조파는 6월 3일 '한(韓)'을 국호로 하는 독자적인 정부를 발족시키고, 신숙(내무)을 포함하여 김규식(외무), 지청천(군무), 윤덕보(재무), 김응섭(경제) 등으로 국민위원회를 구성한다. 이에 신숙은 국민대표회의에서 결정된 사항을 실천하고자 1923년 8월 20일 김규식·지청천·윤해·원세훈 등과 함께 블라디보스톡으로 가서 코민테른과 조선 문제에 관해 논의하지만 성과를 얻지 못한 채 1924년 2월 말에 중국으로 되돌아온다. 이때의 일을 신숙은 다음과 같이 회고한 바 있다.

익년[1924년-인용자] 40세 되는 갑자년 1월 중순 경에 지(至)하여 전부터 국제당에서 전력을 경주하던 독일의 혁명이 마침내 실패되자 이어 국제당을 총지배하던 레닌이 또한 사망[1924년 1월 21일]함에 따라 소비에트의 정치국면은 갑자기 정략적 방향을 전환하게 되었다. 그리하여 국제당은 동당의 대표로 우리와 교섭하던 파인불크까지 소환하여 임시로 중앙집행위원회를 개(開)하고 외국 혁명운동에 원조 문제보다 내부 수습에 급급하였던 것이다. 동년 2월 15일 경에 지

08   ㅅㅅ생, 앞의 글, 91면.

(至)하여 국제당으로부터 한국 혁명에 관하여는 아직 정안(定案)이 없은즉 후일을 기다려 다시 접흡(接洽)하기로 하고 국민위원회 제인(諸人)은 다 국경을 퇴출하여 달라는 최후의 통고를 접하였다. 반년 동안이나 계속 고뇌하면서 겨우 결정을 얻은 모든 방략이 거의 실현될 도정에 이르러 일조에 그만 실패를 당케 되었다. 그리하여 소위 국제당의 혁명 도덕상 가장 신의가 결여하고 또한 실제상 역량이 부족한 것을 잘 체험 인식한 우리의 일행은 부득이 각 지방단체에 복귀하여 기정(旣定)한 당의(黨義)와 당강(黨綱)을 선전하며 절실한 동지 결합에 노력할 것을 약속하고 2월 말 3월 초를 기하여 중령(中領) 각지로 퇴출하는 동시 나는 3월 1일 밤차로 노령을 등지고 삼일 만에 만주 길림에 도착하였다.[09]

이처럼 「남만을 다녀와서」는 신숙이 블라디보스톡에서 북경으로 돌아가는 길에 남만주에 들렀던 일을 적은 글이다. 따라서 신숙을 글쓴이로 확정하고 보면 이 글은 풍부한 역사적 맥락 속에 놓인다. 코민테른과의 회담이 결렬된 이후 신숙이 찾아간 임장 씨는 다름 아닌 석주(石洲) 이상룡(李相龍, 1858~1932)이었다. 임장 씨의 영윤이 동구(東邱) 이준형(李濬衡, 1875~1942)이라고 밝히기 때문이다.

이상룡이 솔가하여 압록강을 건넌 것은 1911년 1월 초였다.[10] 그는 처음 남만주 유하현 고산자에 자리잡고 조선인의 경제적 안정과 법적 지위 보장 등을 위해 중국 당국과 협상하여 경학사를 설립한 뒤 부민회(1914)와 한족회(1919)로 발전시키는 한편, 신흥강습소(신흥학교

09　신숙, 강재 신숙의 생애와 독립투쟁, 국학자료원, 2000, 82면.

10　이상룡, 서사록(西徙錄), (국역) 석주유고 (하), 경인문화사, 2008, 15면.

와 신흥무관학교)를 통해 독립군을 양성하기도 했다. 삼일운동 이후에는 한족회를 바탕으로 군정부가 조직되고 총재로 추대되었으나, 상해에 대한민국임시정부가 수립되자 서로군정서로 개칭하고 독판으로 취임하여 국내진공작전을 펼치며 본격적인 항일무장투쟁에 나섰다. 이어 1922년 6월에는 남만주 일대의 항일단체와 독립군단을 통합해 대한통군부를 조직한 뒤 이를 확대 개편하여 대한통의부를 수립하기도 했다.

이처럼 이상룡은 남만주에서 활동하던 독립운동의 지도자였다. 그래서 신숙은 중국 망명 직후였던 1921년 4월 북경에서 박용만·황학수 등과 함께 군사통일회의를 개최할 때 만주 독립군 대표로 참석한 이상룡을 만난 적이 있었고[11], 대한민국임시정부를 이끌던 이승만의 외교론에 반발하여 '대조선공화국'을 선언하고 이상룡을 대통령으로 추대한 적도 있었다. 독립운동의 통합을 앞세운 이상룡의 거부로 뜻을 이루지 못했지만, 신숙의 존경과 신뢰는 그만큼 깊은 것이었다. 신숙이 블라디보스톡에서 돌아올 때 일부러 수백리 길을 걸어 반석현 호란집창자로 찾아간 것은 "남만(南滿)의 주인옹(主人翁)"[12]이었던 이상룡을 만나 독립운동의 새로운 방략을 모색하기 위한 것이었다. 이상룡의 손부였던 허은의 회고록에서도 신숙의 방문을 확인할 수 있다.

> 우리는 다시 반석현 후얼란집창자라는 곳으로 이사를 갔다. 한해에 다섯 번을 이사한 것이다. 그러자니 붙어있는 것

---

11 이상룡, 연계여유일기(燕薊旅遊日記), 같은 책, 55~95면.

12 ㅅㅅ생, 앞의 글, 92면.

도, 남아나는 것도 없었다. 그래도 형편 좋아 따를 뿐이었다. 새로이 이사 간 집은 다섯 칸 집인데 방이 여덟 개나 되었으니 허술하기가 말로 다 못할 지경이었다.

그런데 손님 다섯 분이 오셨다. 그중 한분은 이청천으로 함자가 여럿이었으나 해방 후에 본성을 찾아 지청천으로 고친 분이었다. 그리고 강재 신숙, 몽호 황학수, 철기 이범석이었으며, 또 한사람은 함자가 잘 생각나지 않는다. 이분들께서 그 허름한 집에 오셔서 이박삼일 동안 계셨다. 이월 추위에 집에 아무것도 없는 데다 당숙모의 우환으로 쌀도 몽땅 없애버려 난감했다.

이웃에 사는 중국 사람은 우리의 지주이고 석주 어른께서 그 중국 사람에게 가서 돈을 빌려 오셨다. 쌀과 돼지고기를 사서 사흘 동안 손님을 대접했다. 이분들이 유숙하시는 동안 지은 글이 《개벽》이란 잡지에 실렸는데 그분들이 가시고 얼마 후에 우편으로 도착했다.[13]

허은의 회고록은 신숙의 「남만을 다녀와서」와 약간의 차이가 있다. 신숙은 '몽호', 그리고 'ㅊㅌ'과 함께 방문하여 닷새 동안 머물렀다고 말했지만, 허은은 신숙·황학수뿐만 아니라 이범석·지청천 그리고 이름을 기억할 수 없는 한 명이 함께 찾아와 사흘 동안 머물렀다고 말한다. 따라서 많은 세월이 지난 뒤에 이루어진 회고록을 의심할 만하지만, 비슷한 시기에 지청천이 블라디보스톡에서 길림을 거쳐 남만 통의부로 갔다는 신문 보도[14]를 떠올려본다면, 무작정 의심하기도

---

13   허은 구술, 변창애 기록, 아직도 내 귀엔 서간도 바람소리가, 민족문제연구소, 2010, 136면.

14   이청천 일파의 신 활동, 노국 관헌과 교섭 후 남만 통의부로 향해, 시대일보, 1924.

어렵다. 'ㅊㅌ'처럼 이름을 숨기듯이 신숙이 일제의 감시를 피하기 위해 위장술을 펼치는지도 모를 일이다.

당시 남만주에서는 상해 임시정부가 개조파와 창조파로 나뉘었듯이 독립운동의 세력들이 분열을 거듭하고 있었다. 1922년 8월 남만주지역 무장 독립운동 단체의 통합기관으로 출범한 대한통의부에 내분이 일어나 공화파인 통의부와 복벽파인 의군부로 분열되었다. 그 결과 1924년 5월 무렵 백광운·김원상 등에 의해 압록강변에 참의부가 건설되었고, 이어 1924년 11월에는 남만주 일대를 거점으로 정의부가 건설되었으며, 이듬해 3월에는 북만주 지역에 신민부가 건설됨으로써 삼파 정립시대가 시작된다. 몽호 황학수는 예전에 통군부 군사부장이나 통의부 군사위원(참모부장)으로 이상룡과 함께 일한 적이 있었기에 신숙과 함께 되돌아가지 않고 반석에 남았다. 그리고 1910년대에 이회영·이상룡 등이 세웠던 신흥강습소의 교관이기도 했던 지청천 또한 정의부 군사위원장 겸 사령관을 맡았다. 따라서 신숙의 「남만을 다녀와서」는 남만주에서 이상룡을 비롯한 남만주의 공화파들이 정의부를 결성하는 과정을 담았다고 할 수 있다.

그렇다면 망명객이었던 신숙이 자신의 본명을 숨긴 채 'ㅅㅅ생'이라는 이름으로 이 비밀스러운 회합을 《개벽》이라는 매스미디어에 발표한 까닭은 무엇이었을까? 그리고 'ㅊㅌ'이나 '洪○○'처럼 이름을 숨기거나 '임장'처럼 다른 이름을 쓰면서도, 때로 몽호나 동구처럼 호를 밝힌 것은 일본제국의 감시를 망각한 실수였을까? 만약 일제의 감시를 피하기 위한 목적이었다면, 모두 익명으로 처리하거나 혹은 아예

05.21.

글 자체를 발표하지 않는 것이 가장 현명한 방법이었음에도 불구하고 남만주에서 독립운동을 이끌던 석주 이상룡을 떠올리게끔 암시한 것은 무슨 까닭이었을까?

이런 의문들을 떠올리다 보면 자연스럽게 이 글에 실려 있는 다섯 편의 한시(신숙⬜1, 이상룡⬜2, 이준형⬜3, 황학수⬜4, 신숙⬜5)에 눈길이 가지 않을 수 없다. 지나치다고 느껴질 만큼 한시가 많은 분량을 차지하고 있어서 근대적인 기행문이라기보다 오히려 전통적인 시화(詩話)처럼 보일 지경이기 때문이다. 이 시편들은 만남과 헤어짐이라는 개인적인 정한을 담으면서도 일제와의 투쟁을 연상시키는 상징적인 언어로 이루어져 있다. 신숙⬜1은 "가소로운 당년의 실패객(可笑當年失敗客)"이라고 자칭함으로써 상해 국민대표회의에서 창조파로 활동하면서 코민테른의 협조를 모색했지만 끝내 뜻을 이루지 못했던 심정을 표현하는데, 특히 눈에 띄는 것은 "잠시 시구에 빗대어 내 진심을 희롱하리라(暫憑詩句弄吾眞)"고 한 결구이다. 자신의 '진심'이 시를 통해 드러날 수 있다는 언급은 이준형⬜3[15]의 "세상의 어지러움을 맑게 다스리고 함께 모일 날을 기다리며(待到澄淸圓會日), 이 운으로 기쁘게 읊은 시를 쓰네(記留玆韻快吟詩)"라는 구절이나 황학수⬜4의 "늘 은근한 약속을 잊지 말라고(莫忘平昔慇懃約)" "속마음을 말하고자 다시 시를 드리네(欲說中心更贈詩)"라는 구절과 조응하거니와, 신숙⬜1의 "봄눈은 남만주의 길 위에 날리는데(春雪霏霏南滿路)" "고달픔을 견디며 그대의 시를 읊네(堪忍困憊誦君詩)"에 이르러 수미상관으로 완성된다. 시편들을 통해 '속마음'이나 '은근한 약속'을 주고받았으니, 그 시편들을 읊는 것

---

15   이 시편은 동구 이준형의 문집 『(국역) 동구유고(東邱遺稿)』(국무령이상룡기념사업회, 2017)에 수록되어 있지 않다.

은 그 마음을 잊지 않겠다는 뜻일 것이다.

　그런 정황을 떠올린다면, 신숙①에서 차운한 이상룡②의 한시는 그들이 주고받은 '진심'이나 '속마음' 혹은 '은근한 약속'의 실체를 담았다고 할 수 있다.

運命初頭甲子春　때와 운이 만나는 초두 지금 갑자년 봄
天心世事一時新　하늘 뜻과 세상사 일시에 새로워지다
燕雲護送屠龍客　연운에서 호송된 용 잡는 사람
渤海來尋押虱人　발해 땅 와선 이 문지르는 사람을 찾네
溪破殘水呈釖筑　시내 깨어져 남은 얼음 검(劍), 축(筑)의
　　　　　　　　기운을 발산하고
山留點雪洗埃塵　산에 점점이 남은 눈 진애를 씻어주네
除非實力無他術　실력이 아니면 다른 방책 없으니,
種得眞因結果眞　참된 씨앗 뿌릴 수 있다면 결과도 참될 터[16]

　여기에서 이상룡은 북경을 무대로 활동했던 신숙을 연운(燕雲)에서 온 '용 잡는 사람(屠龍客)'[17]으로 부르면서, 자신을 '이 문지르는 사람(押虱人)'[18]이라는 표현한다. 이것은 겸양의 의미와 함께 외부의 시선에 얽매이지 않고 천하대세를 논하겠다는 의미를 담은 것처럼 보인다. 비록 누추하고 예의범절에 어긋날지 모르겠지만, 1924년을 맞아 급변하는 세계정세 속에서 새로운 독립운동의 방략을 모색하기 위해

---

16 안동독립운동기념관, (국역) 석주유고 (상), 경인문화사, 2008, 220면.
17 『장자(莊子)』열어구(列禦寇)에 언급된 용을 잡는 특별한 재주를 가진 이.
18 중국 진(晉)나라 왕맹(王猛)이 남의 앞에서 꺼리지 않고 옷에 붙은 이를 문지르며 이야기했다는 고사에서 나온 말.

허심탄회하게 의견을 주고받겠다는 의미로 이해된다.

이상룡의 시에서 가장 핵심적인 부분은 전구와 결구에 있다. 봄이 되어 녹기 시작한 시냇물을 '축(筑)'에 비유하는데, 이는 전국시대 연나라의 고점리(高漸離)가 연주하던 악기를 가리킨다. 《사기(史記)》「자객열전(刺客列傳)」에 따르면 형가(荊軻)는 고점리의 반주에 맞추어 「역수한풍(易水寒風)」의 노래를 부르며 진시황을 암살하기 위해 떠났지만 실패했고, 고점리 또한 같은 길을 걷다가 죽음을 맞이한다. 따라서 이 구절은 나라를 위해 '검'과 '축'을 바친 형가와 고점리의 고사를 통해 독립운동에 헌신하는 동지들의 뜻을 기리고 자신의 의지를 다지는 것이다. 또한 이상룡이 외교론, 준비론, 실력양성론 등과 거리를 두었다는 점을 고려하면, 검과 축은 "실력이 아니면 다른 방책이 없으니(除非實力無他術)"라는 구절과 연관되어 '자치를 통한 실력 양성'과 '무력투쟁을 통한 독립운동'을 병행하던 이상룡의 신념으로 해석할 수도 있다.

이처럼 상징적인 언어로 표현되긴 했어도 신숙의 「남만을 다녀와서」는 당시 남만주 독립운동 지도자의 메시지를 담았다는 점에서 의도적인 것이었음에 분명하다. 신숙의 글이 발표된 잡지를 받았다는 허은의 회고 또한 그런 정황을 암시한다. 이상룡은 천도교와 관련된 신숙의 도움을 받아 《개벽》을 통해 남만주 독립운동을 국내에 알리고자 했던 것이다. 신숙이 다른 인물들과의 관계를 통해 이상룡의 존재를 암시한 것이나 "근래에 우리 동포들의 적지않은 기망(企望)을 인기(引起)하는 지방"[19] 인 남만주에 대해서 "내지(內地)에 계신 농촌운동의

19　ㅅㅅ생, 앞의 글, 91면.

인사들에게 원념(遠念)"²⁰을 촉구한 것은 이러한 추정을 뒷받침한다.

신숙이 「남만을 다녀와서」를 발표한 지 일년이 지난 1925년 7월부터 8월까지 두 차례에 걸쳐 《개벽》에 또 다른 남만주 기행문이 실린다. 《개벽》의 편집인이었던 이돈화(李敦化, 1884~1950)가 1925년 5월 말부터 6월 초까지 무순·흥경·유하·해룡·개원 등 남만주 일대를 살펴보고 봉천으로 돌아오는 여정을 담은 「남만주행」이다.²¹ 이돈화가 압록강을 건너 중국에 들어선 것은 5월 20일이었다. 이어 봉황성과 번시호를 거쳐 봉천 초입의 혼하역에서 마중 나온 김의종(金義宗)을 만나 기차를 갈아타고 함께 무순역으로 향한다. 평안북도 선천의 천도교 가정에서 태어난 김의종은 삼일운동 이후 대한민국임시정부의 요청을 받고 최동오(崔東旿)에 이어 두 번째로 망명한 천도교 인사였다. 그의 뒤를 이어 파견된 인물이 앞서 「남만을 다녀와서」를 쓴 신숙이다. 그는 상해에 있을 때 천도교 상해교구실을 설치하고 임시정부를 지원하기 위해 신숙과 함께 통일당을 조직한 뒤, 재정부장으로서 자금 조달을 위해 국내에 잠입했다가 체포되어 옥고를 치룬 적이 있었다. 출옥 이후에는 다시 만주로 건너가 조선일보와 개벽 흥경지국을 운영했고, 1925년 4월에 경성에서 열렸던 조선기자대회에 참석하기도 했다. 따라서 김의종을 매개로 하여 이돈화가 남만주를 방문하게 되었으리라 짐작된다.

이돈화의 남만주 여행은 여기에서 그치지 않는다. 20일 밤늦게 무순에 도착하여 이튿날 무순을 구경한 후 22일에 마차를 타고 흥경(興

20　같은 글, 95면.

21　윤영실은 「자치와 난민: 일제시기 만주기행문을 통해 본 재만조선인 농민」(한국문화 78, 2017.06)을 통해 이돈화의 「남만주행」에 대해서 상세하게 분석한 바 있다.

京, 현 新賓 만주족자치현)으로 향할 때 김의종이 "부득이한 사고로 동행이 되지 못"[22]하면서 이돈화는 여러 고초를 겪는다. 이돈화가 흥경에 도착한 것은 5월 25일이었다. 그런데, 이돈화가 남만주를 찾은 진짜 이유는 흥경 방문이 아니었던 듯하다. 흥경에서 나흘 동안 머물면서 세 차례의 강연과 환영 행사에 참여한 뒤[23] 이돈화는 조선으로 돌아가지 않고 통의부 근거지[24]가 있던 왕청문(旺清門)으로 간다. 그리고 강연을 마치고 나서 다시 유하현(柳河縣) 삼원포(三源浦)로 향한다. 아직 길림에서 해룡(海龍:현 매하구)을 잇는 길해선이 건설되기 전이어서 교통의 오지였던 삼원포까지 가기 위해 이돈화 일행은 마적들의 소식을 물어가며 나흘 동안 길을 걸어야 했다. 이돈화가 이렇듯 온갖 어려움을 무릅쓰고 삼원포까지 찾아간 것은 '남만주자치본부'를 찾아보고 싶은 욕망 때문이다.

　　삼원포라는 말을 들을 때에 이상한 감상과 긴장한 기분이 돕니다. 그것은 다른 연고가 아니라 남만주자치본부가 그곳 어느 부근에 있는 연고입니다. 이것을 '사회'라고 별명을 지어 적으려 합니다. 먼젓달에 쓴 말을 다시 거듭하게 됩니다. '사회'는 다만 하나입니다. 작년까지도 여러 단체가 나뉘어 있던 것을 지금 와서는 아주 통일이 되어 가지고 완전한 통일기관이 된 것입니다. 일부러 이곳까지 왔다가 남만주 통

22　이돈화, 남만주행(제1신), 개벽 61, 1925.07, 108면.

23　이돈화의 기행문에서는 흥경에서의 일정이 자세하게 언급되지 않았다. 하지만, 같은 호에 실린 '海外海內'에서 「夜雷來滿」이라는 제목 아래 흥경 분사의 소식을 전한다. (개벽 61, 1925.07, 98면)

24　대한 통의부 근거지 이전, 동아일보, 1925.02.19.

일기관인 '사회' 구경을 못해서야 될 수가 있나 하는 굳은 결심을 가지고 아무쪼록 그들을 만나보려 한 것이외다. 삼원포에 도달하던 이튿날입니다. 어떤 조그마한 촌락을 찾아 갔습니다. 가운데 조그마한 산이 있고 산을 둘러 조선 가옥이 보기에도 정적하게 하나 둘, 양삼오륙(兩三五六)이 나란히 하여 있는 그 가운데 '사회' 기관이 박혀 있습니다.[25]

이돈화가 '사회'라고 부른 남만주자치본부는 삼원포에 자리잡은 정의부를 가리킨다. 그는 부민단이 한족회, 독립단, 청년단으로 분립했다가 통의부를 거쳐 정의부로 이합집산한 역사를 서술하는 한편, 정의부의 조직과 운영에 대해 자세하게 설명한다. 그곳에서 어떤 인물들을 만났는지에 대해서는 언급하지 않지만, "삼원포라는 곳은 남만주 조선인의 중심세력을 가진 곳이라 할 수 있는데 나의 본 바로서 말하면 대개 장래의 희망이 양양하리라 믿"[26]을 만하다고 강조한다.

이처럼 《개벽》에 실린 신숙과 이돈화의 남만주 기행문은 내밀하게 소통하면서 남만주에서 조선인 자치운동을 이끌던 정의부의 활동을 그려낸다. 당시 남만주의 상황은 근대 국민국가적 시각으로 파악하기에는 어려움이 적지 않다. 중국 최후의 봉건왕조였던 청은 중원을 포함하여 신장, 몽골, 티벳 등을 포함하는 거대한 제국을 이루었지만, 19세기 이후 민족을 내적 단위로 하는 국민국가가 세계사의 주체로 등장하면서 분열을 겪어야만 했다. 제국의 발상지로서 오랫동안 봉금상태에 있었던 만주 역시 조선인을 비롯한 다양한 종족이 이주

25 이돈화, 남만주행(제2신), 개벽 62, 1925.08, 91면.
26 같은 글, 92면.

하여 다문화지역으로 변모했다. 결국 청은 간도협약(1909년)을 통해서 두만강을 경계로 하는 국경을 확정하는 대신 일본에게 요동지역의 철도부설권과 광산채굴권을 제공한다. 그런데 1911년 신해혁명을 통해 중화민국이 새롭게 성립된 후 만주는 봉천군벌의 통치 아래 놓인다. 특히 만주족이 세운 청나라가 붕괴되고 한족이 중심이 되는 배만혁명(排滿革命)을 내세운 쑨원이 중화민국을 건설하면서 만주족은 국민적 정체성이 분명하지 않은 상태였다. 루쉰의 예에서 알 수 있듯이 산해관 바깥에 위치한 만주는 중화민국의 영토로 재전유되어야 했던 것이다.

만주에 이주한 조선인들의 국민적 정체성 역시 모호하긴 마찬가지였다. 예컨대, 조선이 식민지로 전락하자 일본제국의 신민이 되는 것을 거부했던 많은 이들이 만주를 망명지로 선택했다. 석주 이상룡 역시 그런 망명객 중의 한 사람이었다. 그들은 근대 국가가 인구 관리를 통해 보장하는 개인의 안전을 거부하고 스스로 무국적자의 신분을 선택했다. 하지만 '자발적 무국적자'가 된다고 해도 일본제국의 신민 상태에서 완전히 벗어날 수는 없었다. 일본은 식민지 조선에서 국적법을 적용하지 않음으로써 조선인들이 국적을 포기할 수 있는 기회를 원천적으로 봉쇄했다. 해외에 망명한 조선인들의 국적을 남겨둠으로써 언제든지 영사권을 활용하여 국내로 송환할 수 있는 가능성을 열어둔 것이다. 설령 외국 국적을 취득하여 이중국적 상태가 된다고 해도 상황은 크게 달라지지 않았다. 일본 국적이 남아있다는 사실을 내세워 조선인에 대한 영사권을 주장했기 때문이다. 따라서 만주에서 자발적 무국적자로 살아간다는 것은 쉽지 않은 일이었다. 법적 분쟁에 노출되는 순간 일본제국의 인구 관리 체제에 포획

되기 때문에 이를 피하기 위해서는 중국 관원의 부당한 횡포를 감내할 수밖에 없었다. 이돈화를 매료시켰던 '자치'는 이렇듯 재만조선인의 안전을 보호해 줄 법적 제도적 장치가 빈약한 상황에서 발전된 개념이었다. 근대 국민국가의 인구 관리 및 치안 논리에 순응하여 개인의 안전을 위임하고 통치의 대상이 되기를 거부한 '자발적 무국적자'들이 자유와 안전을 추구하는 방식이었던 셈이다.

자발적 무국적자들을 중국이나 일본이라는 근대 국민국가 체제 안에 포획하려는 시도는 지속적으로 이루어졌다. 재만조선인을 제국의 신민으로 통치하려는 일본은 말할 것도 없고, 봉천군벌 역시 민족주의적 경향이 강화될 때마다 중국인으로 귀화하지 않는 조선인들을 만주에서 축출하고자 시도했다. 이돈화가 남만주에서 돌아온 직후였던 6월 11일 조선총독부 경무국장 미쓰야 미야마쓰(三矢宮松)와 봉천성 경무처장 위전(于珍) 사이에 체결된 미쓰야협정은 재만조선인의 자치를 위협시하는 중국과 일본의 입장이 국가주의적 이념에서 일치했음을 보여준다. 미쓰야 협정 이후 국가의 통치권이 미치지 않는 자치의 공간은 점차 축소되었다. 남만주 자치운동의 지도자였던 이상룡은 대한민국임시정부 초대 국무령(1925.09~1926.01)을 맡아 상해로 떠났다가 임시정부 개혁에 실패한 채 만주로 되돌아왔다. 그동안 일본제국은 미쓰야협정을 활용하여 독립운동가들의 활동에 직접적인 제약을 가했을 뿐만 아니라, 길해선을 비롯한 여러 철도교통망을 구축해 만주 곳곳에 권력네트워크를 강화했다. 이때문에 반석을 비롯하여 교통의 오지들, 곧 통치권력이 미치지 못하는 지역의 촌락공동체를 기반으로 한 자치운동은 점차 국가권력에 포획되었다.

결국 전도가 양양하리라는 이돈화의 기대와 달리 재만조선인들의 자치는 만주국 건국과 함께 역사 속으로 사라졌다. 군벌체제를 대신하여 만주국이라는 국가체제가 자리잡으면서 자치에 대한 상상은 완전히 힘을 잃었다. 조국을 되찾을 때까지 만주 지역에서 조선인 자치를 도모하며 실력을 양성하려던 이상룡의 계획은 최종적으로 실패했다. 조선과 만주 모두 일본제국의 지배 아래 놓였으니 그들은 일본제국의 힘이 미치지 않는 제삼의 공간을 찾아야 했지만, 그것은 불가능에 가까운 일이었다. 결국 이상룡이 죽은 뒤 일가는 조선으로 귀국했다. 그렇게 자치의 꿈은 종말을 고했다. 만주국 건국을 선언한 지 두 달여가 지난 1932년 5월의 일이다.

3. '북향의식'의 안과 밖

만주국 건국을 전후하여 조선인 자치운동이 힘을 잃어가는 동안, 반석을 위시한 남만주 일대의 풍경 역시 바뀌고 있었다. 1924년 11월 석주 이상룡의 아들인 동구 이준형은 반석현에서 아들 이병화와 조카 이광민 등과 함께 한족노동당을 결성했다.[27] 이후 한족노동당은 남만농민동맹으로 확장되었고, 많은 공산주의자들이 반석으로 모여드는 계기가 되었다. 1926년 조선공산당 만주총국(엠엘파) 및 고려공

---

27 이돈화는 남만주행에서 "한족노동당이라는 것이 설립되었는데 발기인이 400여 명이나 되며 회원이 현재 1,500명 가량이고 목적은 '노동군중을 개발하야 신생활을 기도함'이라 한 것이며, 다음은 삼원포에 있는 다물당청년회입니다. 그 역시 한족노동당과 병행하여 동일한 취지 목적을 가지고 힘 있는 활동을 하여 가는 중입니다"라고 하여 한족노동당과 다물당청년회에 대해 언급한 적이 있다. (이돈화, 남만주행(제2신), 앞의 글, 92면)

산청년회 남만위원회가 각각 반석에 자리잡은 것이다. 뿐만 아니라 중국공산당도 반석에 거점을 확보하고자 노력했다. 1927년 10월 봉천에서 결성된 중국공산당 만주성임시위원회는 동변도특별위원회(동만특위)를 세우고 조직원을 파견한 것이다. 그리고 1928년 12월 코민테른의 「12월 테제(조선농민 및 노동자의 임무에 관한 테제)」로 조선공산당 만주총국이 해체되자, 조선인 사회주의자들은 일국일당주의 원칙에 따라 중국공산당의 지도를 받게 되었다.

이에 따라 조선인과 중국인 사이의 연대가 강조되었다. 한때 만보산사건 등으로 갈등관계에 놓이기도 했지만, 만주사변 이후 공동의 적인 일본제국 및 만주국에 맞서 연합 작전을 펼치기 시작한다. 1931년 10월 경 중국공산당 반석현중심위원회는 이통에서 이홍광을 비롯한 조선인 청년으로 적위대를 구성하고, 부일배들의 조직인 조선인민회(보민회) 및 악덕 지주들과 대결하면서 대중들에게 일제의 주구들을 숙청한다는 의미의 '개잡이대[打狗隊]'로 명성을 떨치기도 했다.[28] 이에 만주국이 건국된 직후였던 1932년 3월부터 이듬해 5월까지 관동군과 만주국군은 제1단계 치안숙정기간을 정하고 반제국주의 세력에 대한 대규모 공세를 시작한다. 여기에 맞서 반석에서는 적위대를 노농의용군으로 개편하고 4월과 5월에 연속으로 농민봉기를 일으켰다. 특히 5월 7일 합마하자에서 봉기를 일으켜 하루 동안에 오십여 명의 친일파를 체포하고 천여 섬의 곡식을 빼앗기도 했다. 반석에서 벌어진 반제국주의 투쟁은 9월 송구오롱(宋國榮)이 오천여 명의 만주국군을 이끌고 반석현성을 공격하면서 절정에 이른다. 이홍광이

28　장세윤, 이홍광 연구, 한국독립운동사연구 8, 1994, 34면.

이끌던 반석노농의용군 상점대(常占隊) 역시 이 전투에 합류했다. 샤오홍이 반석을 혁명군의 근거지로 형상화한 것은 이러한 역사적 사실과 무관하지 않다.

그런데 반석현성 포위 사건이 조선에 알려진 것은 사건이 발생한 지 한달쯤 지난 뒤였다. 1932년 10월 8일 《동아일보》에서 "총독부 길림 파전원으로부터 총독부에 들어온 전보"를 인용하여 때늦게 기사화한 것이다. 기사에 따르면 9월 10일부터 15일까지 반란군이 반석현성을 습격하여 조선인들을 약탈한 뒤 물러갔는데, 이백 명 정도가 희생되었다고 한다. "길해선 일대가 반란군의 발호로 교통통신기관이 두절되어 지금까지 다른데 알려지지 못한 것을 그곳 일본 영사관 경찰분서 경관 십 명이 사선을 돌파하다가 그중 일명이 간신히 탈출하여 길림에 들어와 급보한 까닭에 비로소 세상에 알려"[29]졌다는 것이다. 당시 만주는 세계사의 중심에 있었다. 1931년 9월 18일 일본 관동군은 봉천 교외에서 남만주 철도를 폭파하는 자작극을 펼친 뒤 봉천군벌의 지휘부였던 북대영으로 진격하여 만주사변을 일으켰다. 그리고 만주 군벌 장쉐량의 군대를 굴복시킨 뒤, 상해 공동조계에서 발생한 상해사변(01.28)에 국제적인 이목이 집중된 틈을 타 '만주국'을 선포(03.01)한다. 이처럼 만주에 대한 공고한 지배를 모색하던 차에 오천여 명의 대규모 반란군이 참여한 반석현성 포위 사건이 발생한 것이다. 당시 영릉가(4월), 쌍성보(8월) 등에서 일어난 여러 사건들이 신문에 보도된 경우가 거의 없었고, 더구나 한달 여의 시간이 지나 뉴스로서의 가치 또한 사라진 상태였음에도 불구하고, 반석현성 포위

---

29 길해선 반석현 하에서 조선인 이백명 ○○ 방화 약탈 등 피해로 참담, 동아일보, 1932.10.08.

사건이 신문에 보도된 것은 재만조선인들의 피해가 매우 컸기 때문이다. 《동아일보》의 경우 10월 15일, 10월 27일, 11월 25일에 연달아 후속 기사를 내보냈고, 11월 26일에는 「설한과 피난동포」라는 제목의 '시평'을 싣기도 했다.

> 「현재 수용된 피란민은 개산(概算) 이천팔백 명」(1932.10.08)
> 「적신(赤身)으로 호부호자(呼父呼子) 조난자 가두 방황, 길림에서 가족구제회 조직」(1932.10.15)
> 「석인구 재주조선인 일백여명 우봉란(又逢亂)」(1932.10.17)
> 「동변도 이만 피란민 이십칠일까지 원지 귀환」(1932.10.27)
> 「영하 삼십도 혹한의 만주에 피란 동포 이만오천」(1932.11.25)
> 「십개 도시서만 응급구제 중」(1932.11.25)
> 「혹한습래로 노동조차 불능」(1932.11.25)
> 「'시평' 설한(雪寒)과 피난동포」(1932.11.26)

《동아일보》는 이처럼 중국인 반란군에게 수많은 동포가 희생당했을 뿐만 아니라 살아남은 동포도 혹심한 고통을 받고 있으므로 서둘러 도움을 베풀어야 한다는 논지로 후속보도를 이어갔다. 그런데, 재만조선인에 대한 동포애를 고취할수록 동포들을 고난으로 몰고 간 '비적'에 대한 토벌을 정당화한다는 점에서 이러한 에스닉(ethnic)한 감정들은 제국주의와 제휴할 수밖에 없다. 실제로 조선총독부 역시 이 사건을 적극적으로 이용했다. 반석현성이 포위당했을 때 세 명의 조선인 전령이 위험을 무릅쓰고 길림에 주둔하던 일본군에게 소식을 알려준 사실을 부각시킨 것이다.

당시 일본에서는 상해사변 중에 일본군 공병대가 중국 국민혁명군 제십구로군의 방어에 막혀 고전하다가 1932년 2월 22일 에시타 타케지(江下武二), 키타가와 스스무(北川丞), 사쿠에 이노스케(作江伊之助) 등 세 명의 자폭으로 방어선을 뚫고 승리한 사건을 '육탄 삼용사'라는 전쟁미담으로 선전하여 애국주의 내지는 국가주의를 고취시켰는데, 조선총독부에서도 이를 모방하여 '반석 삼용사'라는 이름으로 전쟁영웅 만들기에 나선 것이다. '반석 삼용사'에 대한 영웅 만들기는 대중가요[30], 연극[31], 영화[32] 등 다양한 매체를 동원하여 이루어졌다. 그 정점은 1934년 조선총독부에서 편찬한 《보통학교 국어독본》 10권(5학년 2학기에 해당)에 「磐石の功績(반석의 공적)」이라는 제목으로 수록한 일이다. 이야기의 내용은 다음과 같다.

1932년 9월 7일 반석을 지키던 고지마 대좌의 기병본대가 길림으로 출발한 뒤 대규모 '비적' 집단이 반석을 포위하여 동포 삼천 명의 운명이 마치 풍전등화와 같았을 때, 세 명의 조선인(고원성, 이성관, 박경학)이 조양진에 있는 일본군에게 구원을 요청하는 위험한 임무를 자원한다. 그런데, 세 명의 전령이 온갖 어려움을 뚫고 조양진에 도착했을 때에는 그곳에서도 '비적'들과 전투가 진행 중이어서 성안에 들어갈 수가 없었다. 성문에 접근하면 성안에서 사격을 퍼부었던 것이다. 이러한 곤경에서 구해준 것은 '국기'였다. 그것을 꺼내어 높이 들자 맹렬한 폭탄 사격이 중지되었고, 수비대 대장에게 반석 사정을 알릴 수 있었다.

---

30 반석 삼용사 레코드 취입, 매일신보, 1934.10.07.

31 삼용사극 1, 2일 이틀간 부산공회당에서, 부산일보, 1933.06.01.

32 반석 전령의 삼용사 표창 방법 고구(考究) 중 활동사진도 만들어 공적 칭양, 총독부 군부와 협의, 매일신보, 1933.02.06.

"대장님 무슨 일이십니까"

"본부대는 북만 방면으로 진출하게 됐다. 자네는 여기를 지켜주게"

명령을 받은 아이자와(相澤) 중위는 굳은 결심에 얼굴을 빛내어 대답했다.

"알겠습니다. 사수하겠습니다"

곧 고지마 대좌는 기병본대를 이끌어 길림으로 출발했다. 때는 쇼와 7년, 가을바람에 사람도 말도 기운이 솟는 9월 7일 오후였다. 남겨진 아이자와 중위는 한 소대의 적은 병력으로 반석 수비의 중요한 임무에 임하게 됐다.

이 소문을 들은 피난민들은 실망했다. 그들이 비적의 독수(毒手)을 피해 이 반석거류민회에 피신한 것은 아직 찬 바람이 불던 4월 초의 일이었다. 그후 비적이 습격한다는 끊임없는 소문 때문에 마음 놓고 지낼 여유도 없었는데 지금 다시 생명을 맡긴 수비대 본부대가 떠났기에 그 불안은 컸다.

9월 10일 새벽, 비적의 대집단이 동문과 서문과 북문, 세 문으로 들어와 순식간에 우리 수비대와 거류민회가 포위됐다.

해가 뜨자 적의 공격도 시작되어 폭탄은 한동안 끊이지 않았다. 무용한 아군, 총을 쏘아 한번에 적을 분쇄시키려는 마음은 용감하되 우리 탄약에는 한계가 있었다. 더군다나 식량과 전선도 끊겨 아군은 완전히 고립되고 말았다. 시급한 과제는 겹겹이 둘러싸인 적의 포위를 돌파하고 이 상황을 조양진(朝陽鎭)에 있는 아군에게 보고해 구원을 받아내는 것이었다. 그러나 지금 상황에서 사수대에서 군인 한 명이라도 전령(傳令)으로 보내기는 어려웠다. 다가오는 운명 앞에서 아이자와 중위의 마음은 혼란스러웠다.

끊임없는 적군의 공격을 받은 불안 속에서 며칠을 보내

아군에게 맡겨진 동포 삼천 명의 운명은 마치 풍전등화와 같았다.

이때 목숨을 버려 전령의 임무를 수행하려고 하는 자가 나타났다. 용사는 자위대 내에서도 이름을 널리 알리는 고원성, 이성관, 박경학 등 세 명. 모두 농성이 시작된 이후 결사 활동을 계속해 군을 원조해준 이들이었다.

13일 이른 아침, 세 명은 아이자와 중위에게 호출됐다.

"고 군"

기다리고 있던 중위는 고원성의 손을 굳게 잡았다.

고원성은 굳은 결심을 얼굴에 드러내면서

"중위님, 저희는 앉아서 비적의 공격을 맞는 것보다도 자진해 삼천 명 동포를 위해 전령 임무를 수행하겠습니다"

이 비장한 각오를 듣고 중위의 눈은 감사와 감격의 눈물로 빛났다.

비가 내리는 와중에 하루도 저물었다. 멀리 남산 꼭대기에 빛나는 그림자가 세 개. 세 명이 적군의 포위망을 제대로 돌파한 사실을 알리는 신호였다. 중위를 비롯한 일동은 진심으로 그들의 안전을 빌었다.

어둠 속에서 이동하는 세 명. 비적의 위험을 피해 선로를 따라가니 그들의 앞길을 막는 일단의 그림자. 틀림없이 비적의 무리였다. 세 명은 바로 수수밭으로 피신했다.

본격적으로 비가 내리기 시작했다. 길도 허름하고 비와 땀으로 온몸은 젖어버려 마음은 급해도 제대로 움직일 수 없었다.

나무 그림자에 위로를 받으며 동틀 무렵, 조양진 성 밖으로 도착했다.

그러나 뜻밖에 여기에서도 비적과 대전중이라 성문에 쉽

게 접근할 수 없었다.

"여기까지 왔는데 성내로 들어갈 수가 없다니"

실망한 나머지 세 명의 기운도 빠졌다.

곧 세 명은 기운을 되찾아 우선 지리를 잘 아는 이성관이 들어가기로 했다.

"성공하면 곧 돌아와"

"알겠다"

그의 모습은 수수밭 속으로 사라졌다.

세 시간이 지나도 이성관은 돌아오지 않았다.

"혹시" 해서 두 명의 마음은 무거워졌다. 그러나 지금은 시간적 여유가 없다. 뒷일을 박경학에게 맡긴 고원성은 신변의 위험성을 고려하지도 않고 바로 성문을 향해 질주했다. 그것을 본 성내에서는 비처럼 총탄을 쏘아 한걸음도 움직일 수 없다, 이때 문득 생각난 것은 준비해 온 국기였다. 고원성은 곧 그것을 꺼내어 높이 들었다.

그러자 맹렬한 총탄 사격이 중지됐다. 고원성은 곧바로 성문을 통과해 수십 분 후에는 우리 수비대까지 도달했다.

고원성은 수비대장 앞으로 가 옷주머니에서 담배를 꺼내어 "이 안에 서류가 들어 있습니다" 하고 서류를 꺼냈다.

대장은 바로 읽기 시작했다. 순식간에 변하는 그의 안색, 오랜 침묵 끝에

"지금 당장 구원할 수 있으면 좋은데"

"네?"

대장은 말을 계속한다.

"우리도 지금 비적과 대전중이라 그것도 할 수 없다. 그러나 낙담하지 말아. 당장 비둘기 우편을 보내 반석의 상황을 봉천 군사령부에 보고하겠다. 구원 폭격기가 반석 상공에 나

타나는 것은 오늘 밤이나 내일 아침일 것이다. 뒤를 이어 길림에서도 응원부대가 들어와 비적을 격퇴시켜줄 거야"

자신감이 넘친 대장의 말에 고원성은 "이것으로 임무를 다 수행했다"하고 한숨을 쉬었다.

이때 갑자기 이성관과 박경학이 들어왔다. 그들에게 다가간 고원성은 두 사람의 손을 잡고 울기 시작했다.

비둘기 우편을 보낼 준비가 됐다. 선출된 비둘기 두 마리는 가볍게 하늘 높이 날아가 서쪽 방철령(方鐵嶺) 방향으로 떠났다. 세 명은 멀어져가는 비둘기 모습을 계속 보았다.

다음 15일 아침, 갑자기 반석 상공에 날리는 프로펠라 소리. 기다리고 기다리던 아군의 비행기였다. 땅을 흔드는 폭격에 이어 들려오는 기관총 소리. 이 갑작스러운 공습에 적은 산산히 흩어져 그 맹렬한 포화도 끝났다.

16일 늦은 밤, 멀리 길림 서쪽에서 온 기병본대도 당당하게 입성하고 이어서 보병부대도 도착하자 적군은 싸우지도 않고 사방으로 흩어졌다. 그 포위망도 자연스레 풀려 위험한 상황이었던 동포 삼천 명의 생명은 드디어 보장된 것이다. 아아, 우리 삼용사(三勇士)의 결사 행위. 혁혁한 그 공적은 황군(皇軍)의 무위와 함께 영원히 우리 역사를 장식할 것이다. (번역은 인용자)[33]

이처럼 「반석의 공적」은 표면적으로 '비적'에게 포위당한 '동포'들을 구하기 위해 목숨을 걸고 일본군을 찾아간 조선인 전령을 미화하는 내용이지만, 조선인들이 중국인 비적들의 위협에서 벗어나기 위

33　磐石の功績, 普通國語 권10, 조선총독부, 1934, 196~202면.; 김순전 외 편, 보통학교 국어독본:제삼기 원문(조선총독부 편찬), 제이앤씨, 2014.

해서는 일본인과 손을 잡아야 한다는 정치적 의미를 함축한다. 따라서 이홍광이 이끌던 반석노농의용군처럼 조선인들도 일본제국 및 만주국에 맞서 반석현성 포위에 참여했다는 사실은 은폐된 채 조선인과 중국인의 갈등, 조선인과 일본인의 연대로 단순화되었다. 조선총독부가 서둘러 보통학교 교과서에 수록하고 학생들에게 교육시킨 것은 이러한 정치적 의도 때문이었다.

반석 삼용사에 관한 이야기는 1937년 1월부터 《매일신보》에 연재했던 윤백남의 장편소설 「사변전후」에도 실려 있다. 이 소설은 1930년대 초반에 있었던 만보산사건, 만주사변, 만주국 건국 등 여러 역사적 사건을 다루었는데, 반석현성 포위 사건을 주로 다룬 것은 제10절 '삼용사'이다. 윤백남이 만주로 이주한 것이 1936년이었으니 간접적으로 전해들었을 이 에피소드는 왕명이나 김낙준을 주인공으로 하는 중심서사와 무관한 채 작품에서 두번째로 많은 분량을 차지할 만큼 상세하게 그려져 있다. 반석에서 삼웅백화점, 삼웅거리 등을 만들어 만주국에 협력한 조선인들의 행위를 영웅담으로 만들어 적극적으로 선전하는 한편, 조선에서는 만주 침략을 정당화하는 국가주의 담론을 확산시키고자 했던 조선총독부 내지는 언론사의 요구와 무관하지 않을 것이다.[34]

그런데 반석 삼용사에 대한 신화화 과정을 살펴보면, 재만조선인의 곤경이 드러난다. 1931년 만주국이 건국된 뒤였음에도 불구하고 반석 삼용사를 초청한 것은 조선총독부였다. 반석 삼용사 중 한 사람

---

34 반석 삼용사에 관한 이야기는 1973년 9월 《현대문학》에 발표된 박영준의 소설 「죽음의 장소」에 다시 등장한다. 이 소설의 주인공 천종구는 B현이 포위되었을 때 목숨을 걸고 지원군을 요청하러 갔던 세 명의 조선인 전령 중 한 명으로 설정되어 있다.

이었던 고원성을 초청하여 총독부 신문기자실에서 발표회[35]를 여는 가 하면, 조선총독과의 면담을 주선[36]하기도 했고, 조선총독 우가키 가즈시게(宇垣一成)가 감사장뿐만 아니라 금일봉과 토지를 하사하기 도 했다.[37] 또한 1933년 4월 27일에는 관동군 사령관 무토 노부요시 (武藤信義) 또한 신경에서 열린 위령제에서 세 사람에게 표창장을 수 여했다.[38] 이처럼 재만조선인들은 조선총독과 관동군 사령관의 통치 아래 놓여 있었다. 만주국이 성립된 후에도 재만조선인의 국민적 정 체성이 일본제국의 신민인지 아니면 만주국의 국민인지 결정되지 않 았기 때문이다.

만주국 국민을 어떻게 규정할 것인가의 문제는 쉽지 않았다. 만주 국 영토 내에 거주하는 이들을 모두 만주국 국민으로 규정하는 방법 이 있긴 했지만, 현실적으로 재만일본인은 대부분 만주국 국민이 되 는 것을 원하지 않았다. 만주국의 통치권력을 실질적으로 장악한 채 일본제국의 국민으로서 치외법권을 누리는 특권적인 존재로 남고자 했던 것이다. 반면 재만조선인들의 경우 이주민, 식민지인과 같은 마 이너리티로서의 위치에서 벗어나 오족협화의 이념 아래 세워진 만주 국의 구성원이기를 꿈꾸었던 듯하다. 하지만, 만주국 국민이 되거나 아니면 일본제국의 신민으로 남는 것을 자의적으로 선택할 권리가 조선인에게 주어지지 않았다. 그래서 재만조선인을 만주국 국민으로

---

35 삼용사의 稱譽 받는 반석현의 삼청년, 이천여 명 동포를 구해낸 그 공로 高 용사 그 진상 발표, 매일신보, 1932.12.26.

36 반석현 삼용사 의거를 襃彰 삼용사 중의 한 사람을 불러 총독도 전말 청취, 매일신 보, 1932.12.28.

37 반석 자위단 21명과 전령 삼용사의 영예 총독부에서 표창, 매일신보, 1933.05.09.

38 만주 삼용사 표창장을 수여, 매일신보, 1933.04.27.

편입시키려는 관동군과 재만조선인을 일본제국의 신민으로 규정하는 조선총독부의 입장이 합일점을 찾지 못하자, 그들은 만주에 살면서도 끝내 만주국 국민이 되지 못한 채 일본제국의 신민으로 남았다. 그들은 일본제국의 신민으로 조선총독부의 통치 아래 놓여 있었던 것이다.

이렇듯 만주국에서 재만조선인이 법적으로는 국민이 아니면서도 건국이념이었던 오족협화의 구성원이라는 모호한 내셔널리티를 지녔던 사실을 고려한다면, 만주를 '제이의 고향'으로 만들자는 주장은 처음부터 자기기만적인 성격에서 벗어날 수 없었다. 재만조선인의 경우 만주국에서 법적 지위를 갖지 못한 까닭에 당연히 정치적 권리 또한 가질 수 없었다. 물론 만주국을 실질적으로 지배하던 관동군이 일본제국과 긴밀하게 연관되어 있었다는 점, 그리고 일본제국이나 만주국이 모두 군주주권의 제국이었다는 점, 그래서 국가를 구성하는 국민들이 주권자가 아니었다는 점을 고려하면, 재만조선인뿐만 아니라 일본제국 내의 조선인과 일본인들도 모두 '신민'에 불과하다는 점에서 동일하다고도 할 수 있다. 하지만 만주국 내부로 시야를 한정한다면 만주국 국민과 외국인은 구별되었고, 만주국의 바깥인 일본제국의 신민이면서도 치외법권을 인정받는 재만일본인과 그렇지 못한 재만조선인은 구별되었다. 따라서 만주국 국민이 아니면서도 만주국에 뿌리를 내릴 수 있다는 것은 국민국가를 바탕으로 한 근대의 정치체제에서는 있을 수 없는 일이었다. 재만조선인이 만주를 새로운 고향으로 삼아서 정착해야 한다는 주장은 일종의 판타지에 불과했다.

만주국이 성립되면서 자치에 대한 상상을 포기한 재만조선인들은 국가의 통치 질서를 수용하고 치안의 대상이 되기를 선택했다. 하지만 만주국의 구성원으로 선언되기는 했을지언정 실질적인 권리를 갖지 못한 외국인, 곧 일본제국의 신민이었다. 이에 따라 치외법권을 누리던 동안에는 만주국의 영토 내에 거주하면서도 통치 대상에서 벗어난 듯한 착각에 사로잡혔지만, 치외법권이 박탈된 이후에는 만주국과 일본제국 모두의 통치 대상이 되는 이중적인 지배에 직면했다. 달리 말하면 만주국의 통치를 받을 때에는 일본제국의 보호를 받을 수 없었고, 일본제국의 신민으로서의 역할을 부여받았을 때에는 만주국의 보호를 받을 수 없었다. 자발적으로 국가의 지배를 거부했던 만주국 건국 이전과는 완전히 다른 의미에서 '무국적상태'와 다를 바 없었던 것이다.

따라서 만주국 건국 이후에 등장한 '북향'이라는 슬로건은 이러한 현실을 외면한 관념적인 태도에 불과했다. 혹은 일본 관동군의 통치 전략이었던 오족협화의 이념을 수용함으로써 자신들의 이익을 극대화하려는 위장된 포즈처럼 보이기도 한다. 실제로 만주국 건국 이후 일본제국은 재만조선인들이 정치의 영역에 개입하지 않는 한 경제적 이익을 추구하는 것을 금지하지 않았다. 안전을 매개로 자발적으로 통치체제에 편입된 조선인들이 물질적 욕망을 실현할 수 있는 가능성을 부여한 것이다. 그래서 만주사변 이후 지속된 만주에서의 국가주도적 공업화, 중국과의 전쟁으로 빚어진 경제 호황에 기대어 많은 조선인들이 만주 판타지에 자신을 내맡겼다. 개인적인 차이는 있겠지만, 많은 문학인들도 만주로 이주하여 조선에서보다 훨씬 안정된 생활을 영위할 수 있었다.

1941년 《문장》에 발표된 박영준의 소설 「무화지」에는 이러한 모습이 잘 나타나 있다. 이 작품의 배경인 B현은 길림에서 멀지 않은데 다 등장인물이 "참, 이곳은 우리 동포가 잊지 못할 곳입니다. 가장 먼저 땅을 개간하고 들어온 데가 이곳일 뿐 아니라 반만항일군에게 가장 큰 희생을 본 데도 이곳입니다. 그래두 조선 사람이 많기로는 간도 다음 갈 것입니다"[39]라고 말한 것으로 미루어 반석현을 가리킨다고 여겨진다.[40] 당시 반석에서는 반석현성 포위 사건 이후 반만 항일 유격대의 활동을 저지하기 위해 오랫동안 군정을 실시하다가 1937년 중일전쟁 이후 비로소 집단부락의 형태로 조선인들의 이주를 허용하던 시절이었다.

「무화지」의 주인공 재춘은 이곳에서 학교 장학회 회장, 협화회 분회 부분회장 등 여러 직함을 맡아 유지로 행세한다. 하지만, 화자가 시니컬한 어조로 말하듯이 이곳의 "지방 유지들이란 이는 물론 이 지방에서는 내노라고 하나 길림쯤만 가도 이름을 알고 찾아주는 이가 별반 없는 그야말로 숨은 지사"[41]일 뿐이다. 재만조선인들이 간도 다음으로 많이 사는 지역의 유지임에도 불구하고 신경[장춘]은 말할 것도 없고 길림에서조차 알아주는 이가 없다는 것은 만주국에서 재만

---

39 박영준, 무화지, 문장 3, 1941.02, 203면.

40 박영준이 반석에 간 것은 1938년 여름 무렵이었다. 1934년 3월 연희전문을 졸업하자마자 직장을 찾아 멀리 용정에 있는 동흥중학(현재의 용정삼중)에서 일년 여를 보낸 적이 있었으니, 두 번째 만주행이었다. 그동안 강서적화운동에 연루되어 반년 가까이 피검되었다가 풀려난 후, 직장을 찾지 못하다가 협화회 반석현본부에 취직하여 만주로 향했다. 강서적화사건의 핵심 관련자들에 대한 재판이 완료된 직후의 일이었다. 협화회 반석현본부에서 2년 정도 근무하다가 교하로 옮겨 일본이 패망하기까지 줄곧 협화회 교하가분회, 그리고 협화회 산하기관인 흥농합작사에서 근무했다.

41 박영준, 무화지, 앞의 글, 203면.

조선인들의 사회적 위치가 그리 높지 않았던 탓이다. 그래서 지역유지를 자처하는 사람들도 명예를 지키기보다 욕망을 추구하는데 익숙하다. 이러한 면모는 신경에서 파견 온 만주국 참사관을 대접하는 자리에서 적나라하게 드러난다. "만주에까지 같이 오지 않았느냐 하는 뜻에서인지는 모르나 술상만 마주 앉으면 체면도 계급도 전혀 없어지고 서로 부르는 말이 '군'으로 되어버리는 이곳 풍속"[42]에 따라 예의 범절도 갖추지 않고 함부로 사람을 대하는 것이다.

이처럼 박영준이 그려낸 1940년 전후의 반석은 욕망에 휘둘리는 파락호들의 세상이다. 다른 곳이라면 윤리적으로 비난받을 일이더라도 이곳에서는 아무도 비난하지 않는다. 만주에까지 온 사람이라면 응당 누군가를 비난할 만한 자격을 갖추지 못한다고 생각하기 때문이다. 그렇게 만주는 인간적인 윤리마저 벗어던진 채, 자신의 욕망만을 좇는 부도덕하고 타락한 공간으로 바뀐다. 이 작품에서 서술자가 등장인물을 비판적으로 조명하더라도, 작가 자신의 실제 행적과 중첩시키면 작가 역시 등장인물과 크게 다를 바 없다.[43] 박영준 또한 삼일운동에 앞장섰던 아버지의 뜻이라든가 적색농민조합운동을 함께 했던 동지들을 버리고 찾아간 곳이 바로 반석이었기 때문이다. '무화

---

42 같은 글, 204면.

43 이 무렵 박영준이 자주 언급하는 작가적 모럴은 이러한 모순적 상황에서 비롯한 것이라고 할 수 있다. "전전하면서도 생활 같은 생활을 한번도 못하면서도 다만 나만이 가진 정열로 말미암아 살고 있었다. 먹을 것이 없어 처자를 자기 집에 보내두고도 생활에 대한 걱정을 아니했다. 내 모럴을 파악하기 위하여 선배들의 작품을 읽기에 여념이 없었다. 그러나 아직까지 내가 바라는 내 모럴을 발견 못했고 따라서 내 작품의 가치는 옛날 것보다도 떨어지는 듯하다. […] 내 모럴을 파악하겠다는 노력을 그대로 가지고 있다. 시대적인 것보다 옛날로부터 지금까지의 공통된 무엇을 발견하고 거기에 따르는 내 마음자리를 잡겠다는 욕망, 이것이 내가 죽을 때까지의 수업과제이다"(박영준, 고독:나의 소설수업, 문장 2권 6호, 1940.07, 235면)

지'라는 표제는 등장인물의 삶을 요약하는 제목이기도 하지만, 서술자 혹은 작가 박영준, 더나아가 만주에 머물렀던 조선인들의 삶을 암시하는 제목인 셈이다.

이처럼 자신이 거주하는 공간에서 마땅히 주장해야 할 정치적인 권리를 스스로 포기한 자들은 언제 쫓겨날지 모른다는 불안감에서 벗어나기 어렵다. 그런 점에서 정치적인 권리와 무관하게 내세워진 북향의식이란 기만적인 성격을 띠고 있었다. 만주국 치하에서 조선인들은 정치적 권리를 전혀 갖지 못한 상태였기 때문에 아무도 그 땅에 뿌리내릴 수 없었고 고향으로 삼을 수도 없었다. 하지만, 만주국의 치안 대상이기를 스스로 포기했던, 그래서 만주국에 대항하여 자신들의 정치적 권리를 주장했던 탓에 '비적'이나 '마적'과 같은 이름으로 불리었던 이들이야말로 그 땅의 주인이 될 수 있는 자격을 갖추었는지도 모른다. 그들에게 만주는 새로운 고향, '북향'이었다.

4. 점유와 전유: 충돌하는 서사들

중국 길림성에 속한 반석현은 21세기를 살아가는 우리들에게 낯설기 그지없는 공간이다. 그렇지만, 20세기 전반기에 반석은 조선인들에게 그리 낯선 공간은 아니었다. 연변 지역에 뒤지지 않을 만큼 많은 조선인들이 여러 꿈을 안고 찾아갔던 곳이었다. 어떤 이들은 풍요로운 삶을 꿈꾸며, 또 다른 이들은 민족 독립의 이상을 가슴에 간직한 채 압록강을 건넜다. 그들은 법률적으로는 일본의 국민이면서도 국가가 제공하는 안전을 거부하고 자발적인 무국적자로 살면서 자치를 모색했다. 따라서 그들이 개척한 만주의 '땅' 역시 영속적인 거주를 염두에 둔 것이라기보다는 언젠가 식민지 상황이 종식되고 빼앗긴 조국을 되찾는다면 다시 떠나야 할 일시적인 거주의 장소에 불과했다. 중국인과의 연대가 가능했던 것은 이러한 장소감각 덕분이었다. 만주를 조선의 고토로 바라보았던 이들도 있었겠지만, 대부분의 조선인들에게 만주는 일시적으로 점유되는 장소여서 일본제국주의에 맞서 중국인과 함께 연대투쟁을 전개하는 것에 대해 거부감을 느끼지 않았다.

그렇듯 반석은 1930년대 최초로 항일유격대가 결성된 지역으로 조선인과 중국인들의 연대를 상징하는 곳이었다. 특히 1932년 10월에 있었던 반석현성 포위 공격은 일본군의 공습과 지원군 파견으로 실패했지만, 일본군과 만주국군에게 위기의식을 심어 주었을 뿐만 아니라 반만항일 투쟁이 강화되어 남만유격대, 동북인민혁명군 제1군 독립사로 발전하는 계기가 되었다. 따라서 샤오훙이 「생사의 마당」에서 반석을 혁명군의 본거지로 묘사한 것이라든가, 그의 문학적 동반자였던 샤오쥔이 「팔월의 향촌」에서 조선인 여성을 혁명군의 지도자로 그려낸 것 등은 결코 우연이 아니었다.

하지만, 일본제국이 만주를 지배하면서, 남만주 지역에서 조선인들이 처해 있던 상황은 크게 변화할 수밖에 없었다. 과거와 같은 자발적 무국적자의 삶은 불가능해졌고 일본인도 아니고 중국인도 아닌 채 조선인으로 살아갈 수 있다는 자치의 꿈 또한 사라져버렸다. 그 대신 조선인들은 '중국' 공산당의 지휘 아래 항일투쟁에 참여할 것인가, 아니면 '일본' 제국의 신민으로서 만주국 건설에 협력할 것인가 중에서 하나를 선택해야 했다. 조선인들이 중국인과 연대하여 일본제국주의에 맞선 것이 반석현성 포위라고 한다면, 일본제국주의와 협력을 통해 생존을 도모한 것이 반석 삼용사인 셈이다.

반석은 그렇게 제국의 확장을 알리는 동시에 다른 한편으로는 '반만의 근거지'로서 제국을 위협하는 장소로 서사화되었다. 일본제국이 만주 침략의 정당성을 확인하기 위해서 반만 항일유격대 활동을 '비적'들의 행위로 폄하하면서 조선인과 일본인의 연대를 강조했다면, 여기에 맞선 동북작가군들은 농민들의 투쟁을 그리면서 조선인과 중국인 사이의 연대를 그려낸다. 그런 점에서 조선인과의 연대는 지배 혹은 저항의 정당성을 확보하는 중요한 문학적 장치였다. 땅을 차지하기 위한 물리적인 충돌만큼이나 치열하게 전개된 서사들의 경쟁은 조선인들을 전유하기 위한 대결로 수렴된다. 땅을 지배하기 위해서는 동맹군을 필요로 했고, 동맹군을 확대하기 위해서는 서사가 필요했다. 연대와 협력은 물리력의 증대이기도 하지만 헤게모니의 강화를 통해 이데올로기적 정당성을 부여하기도 했다. 따라서 만주에 살았던 조선인들은 샤오쥔의 「팔월의 향촌」에 등장하는 조선인의 형상과 조선총독부의 교과서에 실린 조선인의 형상 사이에서 자신이 설 자리를 선택해야만 했다. 적어도 서사의 차원에서는 둘 사이에 중간지대가 존재하지 않았다.

이처럼 만주를 둘러싼 대립은 지리적이고 물리적인 차원에 국한된 것은 아니었다. 제국주의의 지배는 영토를 넘어 지배의 정당성을 확보하기 위한 서사의 차원에서도 이루어지듯이 만주에 살았던 수많은 사람들은 나름대로 수많은 서사를 창조하고 보급했던 것이다. 그렇지만 조선인들이 완전히 다른 방향으로 손을 내민 것처럼 보인다고 해도 국가를 기반으로 한 근대적 통치체제로의 편입이라는 점에서 동일하다는 것 또한 부인하기 어렵다. 압록강 너머에 풍문처럼 존재하던 자치의 풍경은 그렇게 흔적 없이 사라져버렸다.

| 이무영 |

「대지」의 번역이 미친 문학적 여파

1. '펄 벅'이라는 현상

19세기 말부터 선교사였던 아버지를 따라 중국에서 생활하던 펄 벅(Pearl Sydenstricker Buck, 1892~1973)은 1930년 동양과 서양 사이의 문화 충돌을 다룬 첫 소설 「동풍 서풍(East Wind West Wind)」을 발표했다. 이 소설이 미국에서 큰 성공을 거두자 이듬해 빈농에서 시작하여 대지주로 성공하는 왕룽과 그 아내 오란의 삶을 그린 장편 「대지(The Good Earth)」를 출간했다. 이 작품은 '이달의 북클럽' 도서로 선정되고 퓰리처상(Pulitzer Prize for the Novel, 1932)까지 수상함으로써 작가 펄 벅에게 부와 명예를 함께 안겨주었다. 이후 아버지 왕룽이 죽은 후 지주, 상인, 공산주의자로 살아가는 세 아들을 그린 「아들들(Sons)」(1933), 「분열된 일가(A House Divided)」(1935)를 발표하여 3부작 '대지의 집(The House of Earth)'을 완성하면서 펄 벅은 미국에서 가장 인기 있는 작가의 반열에 올랐다.

미국에서 「대지」에 대한 평가는 크게 엇갈렸다. 「대지」가 그린 중국 현실에 주목한 경우에는 찬사를 보내기도 했지만, 전통적이고 진부한 스타일로 씌어졌다고 부정적인 평가를 내리기도 했다. 하지만, 1930년대 초부터 중국을 둘러싼 국제상황이 복잡하게 전개되면서 '중국전문가'로서의 펄 벅의 위상은 높아졌고, 이에 따라 동아시아에서도 그에 대한 관심이 커졌다. 1930년대를 거치면서 중국과 일본, 그리고 식민지 조선에서도 펄 벅의 여러 작품이 번역되었고, 소설 「대지」를 원작으로 한 MGM의 영화 또한 큰 성공을 거둔 것이다.[01]

동아시아에서 펄 벅에 대해 가장 먼저, 그리고 가장 많은 관심을 가진 것은 중국이었다. 펄 벅의 소설이 처음 중국어로 번역된 것은 1932년이었다. 후중쯔(胡仲持, 1900~1968)가 '宜閑'이라는 필명으로 1932년 1월부터 《동방잡지(東方雜志)》에 「대지(大地)」를 번역하고, 이듬해 9월 상해 개명서점(開明書店)에서 단행본으로 출간한 것이다. 이후 중국에서는 1945년까지 「동풍·서풍」을 비롯하여 삼부작 '대지의 집'을 이루는 연작 장편 「대지」, 「아들들」, 「분열된 일가」뿐만 아니라 「첫번째 부인」, 「오래된 것과 새로운 것」, 「어머니」, 「애국자」와 같은 펄 벅의 작품 대부분이 번역되었다.[02]

일본의 경우 중국보다 늦게 번역되긴 했지만, 그 관심의 정도에 있어서는 중국에 못지않았다. 펄 벅의 소설에 가장 큰 관심을 보인 이는 니이 이타루(新居格, 1888~1951)였다. 그는 제일서방(第一書房)에서 '대지의 집' 삼부작에 해당하는 「大地」(1935), 「息子達」(1936), 「分裂

---

01 "영화는 미국과 유럽 양쪽에서 대단히 많은 관객을 끌어 모았다. 영화가들은 관객 수가 2,500만을 넘었다고 추정한다. 대지는 몇 개 분야에서 아카데미상을 받았고, 오란을 연기한 루이스 레이너는 오스카상을 받았다" (피터 콘, 펄 벅 평전, 이한음 역, 은행나무, 2004, 317~318면)

02 茹靜, 社會文化語境變遷与賽珍珠在中國的譯介和接受, 上海 复旦大學 博士論文, 2014.06. 「부록 1」에 제시된 펄 벅 작품의 중국어 번역본 목록도 이 논문의 140~142면을 재구성한 것이다.

せる家」(1936)을 잇달아 번역한다. 그리고 「ありのまゝの貴女」(ノーベル賞文學叢書, 今日の問題社, 1940)와 「龍子」(勞働文化社, 1950)를 번역함으로써 일본에서 펄 벅을 수용하는데 중요한 역할을 수행했다.

이처럼 중국과 일본에서 펄 벅의 작품들이 널리 수용된 것은 무슨 까닭이었을까? 가장 먼저 떠오르는 것은 중국에 대한 대중적인 관심이었다. 1920년대 말 찾아온 대공황과 함께 불안정해진 국제정세 속에서 1931년 9월 18일 동북사변이 일어나자 세계의 이목은 중국으로 집중되었다. 이에 따라 자신의 체험을 바탕으로 근대 중국의 농촌 현실을 그린 펄 벅의 작품은 주목을 받을 수밖에 없었다. 후중쯔가 「대지」를 번역하면서 "올해 3월에 뉴욕에서 출판되자마자 매달 미국출판계에서 조직하는 신서적추천회에서 걸작으로 당선"되었으며 "몇 개월 안으로 10판을 거듭하면서 지금까지도 매우 유행하고 있는 소설"이라고 소개한 것은 이러한 현실을 지적한 것이다.[03] 실제로 「대지」는 출판된 지 얼마 지나지 않아 독일어·프랑스어·네덜란드어·스웨덴어·덴마크어·노르웨이어 등으로 번역되었고, MGM영화사는 영화 판권을 사기 위해 당시 최고액인 5만 달러를 지불해야만 했다.[04]

하지만 동아시아에서 펄 벅의 수용을 미국에서의 대중적 관심만으로 한정지을 수는 없다. 중국에서나 일본에서나 번역자들은 한결같이 '새로운 농민소설'의 필요성을 강조하고 있기 때문이다. 《동방잡지》의 편집자는 「대지」 번역본을 싣기에 앞서 중국이 삼억 명의 농민으로 이루어진 국가임에도 불구하고 "농민들의 생활 실상과 그들을 대변하는 근본적인 사상을 훌륭하게 보여줄 수 있는 수준의 장편은

03　布克夫人(宜閑 譯), 大地, 東方雜志 29권 1호, 1932.01, 75면.

04　피터 콘, 앞의 책, 244면.

아직까지 국내에서는 찾기 어렵다"고 말하면서 "이 장편의 게재를 계기로 하여 중국인만의 독특한 시선과 해석으로써 중국 농촌의 쇠락이라는 실정과 토지 관념에 대한 농민의식의 전변을 읽어낼 수가 있"기를 기대한다고 말한다.[05] 이러한 편집 의도는 번역자의 언급에서도 확인할 수 있다.

> 본편이 묘사한 바는 우리나라 대도시에서 현대 물질문명을 누리는 상류계층이나 중등계층이 아닌, 내지 농촌 사회의 곤궁하고 우매한 '하늘의 도움에 의지하여 살아가는' 남녀들이다. 우리의 이 동포들은 비록 우리나라 인구의 다수를 차지하지만 권력자들은 그들을 까맣게 잊어버렸다. **현재 皮爾 S 布克 부인이 일부러 이런 가련한 농민들을 제재로 선택함으로써 오랫동안 부르주아 의식에 심취되어 있는 대도시 독자들의 반감을 살 수도 있으나, 나는 중국의 운명은 바로 괴로움을 호소할 곳이 없는 이러한 농민들과 긴밀한 연관이 있다고 본다.** 중국을 구하려면 우리는 반드시 먼저 그들을 철저하게 인식하여야 할 것이다. 布克 부인이 본편을 창작함에 있어서 자주 상상에 치우친 고로 중국 농민들의 형상을 표현할 때 다소 기이하고 인정에 맞지 않는 부분들이 존재하지만 대체적으로 명료하게 쓴 편이다. 우리는 그의 우아하고 아름다운 문체를 감상하는 동시에 적어도 외국문학자들이 중국 농민 사회에 대한 소감을 엿볼 수 있다. 또 본편에서 중국 구식예교의 단점에 대한 강렬한 묘사는 어쩌면 일부 독자들로 하여금 불쾌함을 느끼게 할 수도 있으나 나는 생각하기를, 만약 우리

05　布克夫人(宜閑 譯), 앞의 글, 75면.

가 진실에 대면하기를 두려하지 않는다면 이러한 것들은 또한 우리로 하여금 깊이 반성케도 하리라. (강조는 인용자)[06]

일본어판에서도 이와 유사한 번역 동기를 확인할 수 있다. 니이 이타루는 번역본 서문에서 1934년 펄 벅을 만나기 위해 남경을 방문했던 일을 언급하면서 소설 「대지」를 번역한 이유를 세 가지로 들었다. 첫째는 남경정부와의 불화 때문에 영화 제작이 순조롭지 못했던 사실을 언급하면서 펄 벅이 염려한 것처럼 영화 「대지」가 원작과 어떠한 차이가 있는지 살펴보기 위함이고, 둘째는 "이 농민소설은 어떤 의미에서 우리나라의 농민작가가 한번 돌아볼 만한 종류의 것이 아닌가 하는 생각" 때문이며, 셋째는 "지나에 대해 일개 외국인으로서, 다른 외국인이 어느 정도까지 지나의 생활을 묘사하는 데 성공했는지 어떤지, 연구할 가치가 있다고 믿기 때문"이라는 것이다.[07]

이처럼 동아시아에 펄 벅이 널리 수용된 것은 국제정세의 변화에 따른 미국에서의 관심이라는 요인 이외에도 '새로운 농민소설'을 활성화시키고자 했던 번역자들의 의도와 관련되어 있다. 근대화에 대한 강박 때문에 농민들을 외면해 왔던 동아시아 문학에 새로운 변화를 초래한 것이다.

---

06 같은 글.
07 パール・S・バック, 大地, 第一書房, 1935, 3~5면.

2. 「대지」 한국어 번역의 세 가지 양상

① 심훈 번역, 「대지」(사해공론, 1936.04~09)

펄 벅의 「대지」를 처음 한국어로 번역한 이는 심훈(沈熏, 1931~1936)
이었다. 그는 1936년 4월부터 잡지 《사해공론》에 「대지」를 번역하기
시작한다.

> 1935년의 최고 레벨을 걷는 작품은 펄 벅의 「대지」이라고
> 세계의 비판가로서 누구든지 말했다. 이에 세계의 명저는 오
> 직 《사해공론》에서! 라는 주장으로 단연 「대지」를 받아들였
> 다. 그러나 이를 능숙히 우리말로 고쳐줄 작가가 누구냐? 그
> 렇다, 역시 1935년도의 조선 문단 최고 수준의 임자 심훈밖
> 에 없음을 편집회의는 만장일치로 가결하였다.
> 　그 심훈은 여기에 구태여 말 안 해도 독자가 더 잘 알 것
> 이다. 동아의 「상록수」를 비롯하여 「영원의 미소」랄지 「불사
> 조」랄지 「동방의 애인」이랄지 모두가 주옥같은 대작만 생산
> 한 괴재작가(瑰才作家)가 아닌가! 우리 사(社)의 자랑이요 독자
> 의 행운이다. [08]

이 사고(社告)에 따르면 《사해공론》에서는 편집회의를 통해 번역
자로 심훈을 선정한 뒤 번역을 의뢰한 것으로 보인다. 심훈이 선택된
것은 번역자로서의 능력보다는 대중적인 관심 때문이었을 것이다.
당시 심훈은 동아일보 창간 15주년 기념 장편소설 공모에 당선된 소
설 「상록수」를 연재(동아일보, 1935.09.10~1936.02.15)하면서 문명을 떨

08　사고, 신역소설 예고, 사해공론, 1936.02.

치고 있었다. 뿐만 아니라 「상록수」를 쓰기 전에 이미 영화소설 「탈춤」을 발표하고 영화 「먼동이 틀 때」를 제작하고 여러 편의 영화비평을 발표하여 소설가이자 영화인으로 널리 알려져 있었다. "남경정부는 이 책의 출판과 또는 촬영까지 저지하고자 하였다"[09]라고 언급한 데에서 알 수 있듯이 막대한 제작비를 들여 제작되던 영화 「대지」에 대한 관심까지 아우를 수 있는 적임자가 심훈이었던 것이다.

심훈은 「대지」를 "최근 역자가 읽은 독서범위에서 가장 깊은 감명을 받"은 작품으로 "원(遠)한 이상과 인도적 정열을 가진 농민소설의 최대걸작"이라고 평가하면서 "조선에서도 이러한 농민소설이 나오기를 간절히 바라는 바"[10]이라고 번역 동기를 밝힌다. 이러한 번역 동기는 심훈 자신이 번역 대본을 삼았다고 밝힌 니이 이타루의 일본어판과 다를 바 없다. 번역 또한 일본어판을 그대로 직역한 수준이어서 그리 힘든 일은 아니었을 것이다. 이러한 사실로 미루어 볼 때 《사해공론》에서 「대지」를 번역한 주목적은 판매부수를 늘리기 위한 방편이었으리라 짐작된다.[11] 대부분의 지식인들이 일본어판을 읽는 상황이어서 심훈의 번역은 일본어를 모르는 독자들을 대상으로 삼은 셈이다. 심훈이 "독자는 통속소설과 같은 '재미'를 이 작품에서 구하지 말고 꾸준히 읽어주면 소득이 많을 줄 믿는다"라고 당부한 것은 이 때

---

09 심훈 역, 대지, 사해공론, 1936.04, 174~175면.

10 같은 책, 174~175면.

11 연재 말미에 달린 주석들은 《사해공론》에서 대지를 번역했던 의도를 잘 보여준다. "독자 여러분! 천하에 이렇게 우리의 골육에 사무치도록 손과 머리에 땀을 배이게 하는 소설을 한번이나 읽어보신 적이 있습니까? 물론 없을 것입니다. 이 앞으로는 그야말로 더한층 이 소설은 재미의 맛보다 흥분의 맛으로 여러분을 대할 것입니다"(연재 2회, 1936.05) 이와 유사한 편집자의 주석은 3회(1936.06)와 5회(1936.08)에도 실려 있다.

문이다.

그런데 심훈은 「대지」 번역을 끝맺지 못한다. 제6장 '새로 산 밭'의 일부를 발표한 뒤 심훈이 갑자기 장티푸스에 걸려 세상을 떠난 것이다. 그렇지만, 일본 제일서방에서 번역본이 출간(1935.09.10)된 지 4개월도 채 지나지 않아 대중잡지 《사해공론》에서 번역을 결정하고 서둘러 번역자를 물색할 만큼 펄 벅에 대한 관심이 높았다는 것은 분명해 보인다.

② 노자영 편, 『대지』(명성출판사, 1940.03.28)

1930년대 말 일본에서 「대지」는 오륙십만 부가 팔릴 정도로 대표적인 베스트셀러로 자리잡았다. 특히 MGM에서 제작한 영화 「대지」가 개봉되면서 일본과 조선에서 펄 벅 열풍이 다시 한 번 거세게 불었다. 헐리우드에서 영화를 제작하기로 한 것은 작품이 출간된 지 1년이 채 지나지 않은 1932년이었다. 그렇지만 영화 제작은 남경정부와의 갈등 때문에 지연되기만 했다. 결국 조지 힐, 빅터 플레밍을 거쳐 시드니 프랭클린이 메가폰을 잡은 「대지」는 1937년 1월 말에야 미국에서 개봉되었고, 이로부터 1년 뒤인 1938년 2월 4일 경성 명치좌(明治座)에서 개봉되었다.[12]

흥미로운 것은 영화가 개봉된 후 신극단체인 낭만좌와 동양극장에서 각각 「대지」의 연극 상연을 기획했다는 점이다. 당시 일본에서는 松竹과 東寶에서 각각 연극화에 성공했는데, "낭만좌에서는 송죽

---

12 근래의 대작으로 과장되는 「대지」 시사를 보고, 동아일보, 1938.02.02.
　　夢駒生(이병각), 신영화 「대지」 시사평. 시내 명치좌에서, 조선일보, 1938.02.01.

의 시천원지조 일파가 상연한 금자양문 씨의 각본을 상연"코자 했으나 "너무도 비참한 농민의 생활은 일반 교화에 미치는 영향이 좋지 못하다"는 이유로 경기도보안과의 각본 검열을 통과하지 못하고 만다.[13] 대중극단이었던 동양극장에서도 대지 공연을 준비했지만 실제로 공연된 기록을 찾을 수 없는 것으로 미루어 검열을 통과하지 못한 것으로 보인다.

이처럼 영화 개봉과 함께 촉발된 「대지」에 대한 관심은 노벨문학상 수상과 함께 절정에 이른다. 1938년 11월 11일 노벨문학상이 발표되자 정래동의 「펄 벅 여사의 작품과 생애」(동아일보, 1938.11.15~16)와 임화의 「'대지'의 세계성」(조선일보, 1938.11.17~20)이 발표된 것이다. 이렇듯 펄 벅에 대한 관심이 높은 상황에서 명성출판사는 '세계문학전집'을 기획하고 제1권으로 펄 벅의 「대지」와 「어머니」, 에바 퀴리의 「퀴리 부인」을 묶어 『금색의 태양』이라는 제목으로 출간한다.

이 책을 누가 번역했는지를 속단하기는 어렵다. 노자영이 편자로 이름을 올렸지만, 정작 판권지에는 정래동이 저작겸발행자로 올라 있기 때문이다. 그리고 당시 《동아일보》에 실린 광고(1940.04.23)에서는 노춘성(노자영)이 번역했다고 밝힌다.

조선에 문화 운동이 일어난 후 삼십여 년에 세계 명작을 조선말로 소개한 것은 한 권도 없다. 이제 본사에서 비록 초역이나마 전 12권의 '세계문학전집'을 발행하는 것은 그 의의가 적지 않다 하겠다. 더구나 이번 제일회 배본은 전 세계 인류의 최대의 상찬을 받고 수백만 부수를 매진한 명작 중 명작

---

13 「대지」조선에선 연극 상연 금지, 동아일보, 1938.04.07.

인 펄 벅 여사의 「대지」와 「어머니」와 또는 에바 퀴리의 「퀴리
부인전」을 **노춘성 씨의 유려한 필치로 번역한 것**은 실로 크
나큰 자랑이 아닐 수 없다. 「대지」는 지나 대중을 제재로 한
세기적 대작으로 전 세계 문자를 아는 사람은 모두 환호와 상
찬을 보내었고 더구나 영화까지 되어 세계 방방곡곡을 휘돌
게 되었다. 그리고 「퀴리부인전」은 일본서도 문부성 추천 명
서로 수십만 부가 팔리고 영화까지 되어 지금 동경에서 상영
중인 초명작이다. (강조는 인용자)

하지만 노자영이 일본어판을 바탕으로 발췌번역 내지는 다시쓰
기를 했을 가능성과 함께 정래동이 중국어 초역본을 번역했을 가능
성 또한 없지 않다. 당시 명성출판사는 정래동의 집에 사무실을 두었
고, 세계문학전집 제2권으로 『지나현대소설집』을 기획했다는 점에서
정래동의 영향력이 매우 컸다.[14] 그리고 중국에는 초역된 「대지」[15]가
출판되어 있었기 때문에 중국문학 전공자였던 정래동이 이를 번역했
을 수 있는 것이다. 이 점은 중국어 초역본과의 면밀한 비교를 통해
서 밝혀져야 할 것이다 (참고로 해방 후에 발간된 『정래동전집』에는 수록되
지 않았다)

그런데 번역의 관점에서 볼 때, 『금색의 태양』에 수록된 「대지」는
높은 평가를 받기 어려운 듯하다. 작품은 줄거리 중심으로 축약되어
있으며, 몇몇 장들은 특별한 이유 없이 다른 장과 합쳐져 있기도 하고

---

14 홍효민이 서평을 쓰면서 "외우 정래동 형으로부터 노자영 씨 편술 『금색의 태양』을
좀 읽어보라는 부탁"을 받았다고 언급한 것도 명성출판사와 정래동의 관계를 보여
준다. (홍효민, 『금색의 태양』을 읽고, 동아일보, 1940.04.13)

15 「부록 1」에 제시된 중국어 번역본 목록 중에서 Ⓐ Ⓕ Ⓚ이 이에 해당한다.

장 제목들이 바뀌기도 한다. 예컨대 제3장 '첫아들'은 제2장 '아란' 속에 포함되어 있다. 이미 많은 사람들이 일본어판 「대지」를 접한 상황에서 이렇듯 발췌번역한 것은, 홍효민의 말마따나 종이기근 상황을 염두에 두더라도, 대중적인 관심에 편승한 졸속 출판이라는 의심을 피하기 어렵다. 더구나 신문 광고에 함께 실린 방인근의 추천사는 그런 의심을 확신으로 바꾸기에 충분하다.

> 조선말로 세계 문학 전집이 발행된다는 것만 해도 참말 경축할 일이다. 더구나 전 세계 독서층을 풍미하여 수백만 부수를 돌파한 펄벅 여사의 《대지》와 에바 퀴리의 《퀴리 부인전》이 조선말로 발행된 것은 실로 우리 출판계에 일대 광명이 아닐 수 없다. 다소 전역이 아니요 초역이라고 하나 그 정수를 잃지 않고 그 역문이 유려한 것은 실로 금상첨화이다. **《대지》는 일본서도 오륙십만 부가 팔리고 《퀴리 부인》은 문부성 추천 도서로 역시 절대의 부수를 돌파하였다. 이런 책은 누구나 절대로 아니 볼 수 없는 책이며 동시에 자녀나 자매에게 안심하고 읽힐 수 있는 책이다.** 운운. (강조는 인용자)

③ **김성칠 번역, 『대지』**(인문사, 1940.□□.□□)[16]

노자영의 『금색의 태양』이 출간된 지 1년도 채 지나지 않아 새로

---

16 필자는 인문사에서 간행한 『대지』를 직접 확인하지 못했다. 그런데 1940년 10월 호 《인문평론》에 대지 광고가 처음 실린 것으로 미루어 9월 경에 출간된 것이 아닌가 생각된다. 한편 1953년 태극사에서 출간된 것을 보면 '머리말'이나 '후기' 등이 없이 한 페이지 분량의 간단한 '원저자 소개'만이 실려 있다. 인문사 판도 이와 크게 다르지 않으리라 짐작된다.

운 번역본이 발간된다. 역사학자로 알려진 김성칠이 「대지」를 완역하여 인문사에서 '세계명작총서' 제1권으로 출판한 것이다. 인문사는 자신들이 발행하던 《인문평론》에 이헌구의 신간평(1940.11)을 싣기도 하고, 박종홍·임화·배호·인정식·박기채 등의 추천사를 담아 여러 차례 광고를 게재하기도 했다.

　김성칠의 번역은 1936년 존데이출판사에서 발행한 「The Good Earth」를 저본으로 삼아 완역한 것이다. 역사학자가 소설을 번역한 것을 두고 이례적인 일로 치부할 수도 있겠지만, 그의 이력을 살펴보면 「대지」 번역이 우연이 아니라는 사실을 알 수 있다. 사실 김성칠은 오랫동안 농민들의 삶에 관심을 가지고 있었다. 1935년 동아일보 창간 기념 현상문예에 심훈이 장편 「상록수」로 당선되었을 때, 함께 진행된 특별 논문 공모에 「도시와 농촌의 관계」라는 제목으로 당선된 이가 바로 김성칠이었다.[17] 그는 이미 삼년 전에 같은 신문사에서 개최한 '농촌구제책'과 관련한 현상모집에 당선된 적도 있었다. "유위한 청년 인텔리층에게 요망하노니 그대들은 첨단적 국제이론에 고답적 추수를 일삼지 말고 하루바삐 농촌에 돌아와 조선의 현실을 응시하고 독자의 진로를 개척하라"고 웅변했던 것이다.[18] 이러한 귀농자로서의 관점은 대구고등보통학교 2학년 때 독서회 사건으로 검거되어 1년간 미결수로 복역한 뒤 집에서 5년간 농사를 지었던 경험에서 형성된 것이었다. 그 후 큐슈 토요쿠니중학(豊國中學)에 유학하고 돌아와 경성법학전문학교에 다니던 중 농촌 문제에 관한 논문으로 현상

17　본보 창간 15주년 기념 채택 특별원고 발표, 동아일보, 1935.05.25.; 본보 창간 15주년 기념 채택 특별원고 필자 소개, 1935.06.13.

18　김성칠, 나그네의 마음, 동아일보, 1932.09.27.

공모에 당선되었으니 김성칠의 「대지」 번역은 결코 일시적인 관심은 아니었던 셈이다.

이처럼 김성칠은 오랫동안 농민 문제에 관심을 가졌다. 만약 광고에서 언급된 것처럼 삼년 여 동안 「대지」를 번역했다면, 그가 경성법학전문학교를 졸업하고 1938년부터 1941년까지 전남 담양의 대치, 경북 영일의 장기 등지에서 금융조합 이사로 재직하던 시절과 대체로 일치한다. 이렇듯 노자영의 『금색의 태양』과 달리 오랫동안 공을 들여 「대지」를 완역한 김성칠은 「펄 벅과 동양적 성격」이라는 글을 통해 작품의 의의와 함께 번역 동기를 밝힌다.

김성칠에 따르면 "지나의 농촌과 사회문제에 대해서도 여사는 그 방면의 전문가를 놀래일만큼 정곡(正鵠)한 식견을 엿보"이고 있어서 「대지」는 "지나 정세를 알고 지나인의 성격을 이해할 수 있는 가장 첩경(捷徑)"[19]을 이룬다. 하지만, 이러한 상투적인 평가보다 특이한 것은 "펄 벅 여사의 작품에 남다른 매혹을 느낀 것은 그가 그린 여주인공의 성격이 내 심금에 터치한 것이 그 시초"[20]라는 언급이다. 보통의 경우 남주인공 왕룽의 토지에 대한 맹목적인 애착에 주목하는 반면, 김성칠은 "우리의 주위에 신교육을 받지 못하고 신풍조에 물들지 않은 오란과 같은 타입의 어머님과 누이"[21]로 인한 감정적 동일시를 더 중요하게 여긴 것이다.

---

19   김성칠, 펄 벅과 동양적 성격, 인문평론, 1940.06, 70면.
20   같은 글, 67면.
21   같은 글, 68면.

3. 농본주의 혹은 위장된 식민주의

1937년 7월 노구교(盧溝橋) 사건으로 중일전쟁이 발발하면서 중국은 다시 한 번 세계사의 현장으로 떠올랐다. 한국근대문학사에서 그 유례를 찾아보기 힘든 「대지」의 중복 번역은 당시 '중국전문가'로서의 펄 벅의 인기가 어떠했는지를 보여준다. 일본에서만 오륙십만 부가 팔리면서 『대지』는 "일본 내지와 조선에 있어서 베스트셀러의 최고봉"에 오른 것이다.[22] 명성출판사나 인문사 모두 시리즈 제1권으로 펄 벅을 선정한 것도 마찬가지 이유였을 것이다. 1930년대 후반 출판과 영화를 중심으로 펄 벅 열풍은 거세게 불었다. 그렇지만 펄 벅에 대한 대중적인 열광과는 달리 지식인사회의 평가는 냉정했다. "현재의 긴장한 세계사의 국면 가운데 황당한 걸음을 달리고 있는 지나를 취재로 한 소설의 작가가 아니었다면, 펄 벅의 인기쯤으로는 노벨상이 차지되지 않았으리라"[23]는 임화의 언급이라든가 "황망한 역사의 전변기에 제회하여 공교로이 그의 취한 무대가 세계의 네거리에 서게 된 까닭"[24]일지도 모른다는 김성칠의 언급은 모두 펄 벅의 예술적 성과를 높이 평가하지 않는 태도를 보여준다.

그렇지만 일본 문단에서는 펄 벅에 대한 대중적 관심에 편승하여 새로운 문학적 변화가 나타난다. 「대지」와 마찬가지로 "흙에 대한 농민의 애착을 강조"하는 농민문학간화회(農民文學懇話會)가 발족한 것이다. 1938년 11월 6일 발회식을 개최하고 정식으로 출범한 이 단체

---

22   「대지」조선에선 연극 상연 금지, 동아일보, 1938.04.07.
23   임화, 「대지」의 세계성, 임화문학예술전집 문학의 논리, 소명출판, 2009, 621면.
24   김성칠, 앞의 글, 66면.

에는 시마키 겐샤쿠(島木健作), 와다 젠(和田傳), 모리야마 게이(森山啓), 마미야 모스케(間宮茂輔), 나카무라 세이코(中村星湖) 등 농민작가 22 명이 참가했다. 하지만 발회식에 참석했던 인물 중에서 단연 이채로 웠던 이는 제1차 고노에 내각에서 농상의 자리에 있던 아리마 요리아스(有馬賴寧, 1884~1957)[25]였다. 그는 발회식에 참가하여 농민문학상을 제정하는데 필요한 자금을 지원하기로 약속한다.[26] 이러한 정부의 지원을 바탕으로 농민문학간화회에서는 『土の文學作品年鑑』(敎材社, 1939.02)을 간행하고 『農民文學代表作集』(상·하권, 敎材社, 1941)을 편찬하는 등 문단에서 농민문학의 고취를 위해 적극적으로 활동한다. 펄벅의 일본어 번역을 맡았던 니이 이타루는 이 단체의 상담역이자 제1회 아리마상(有馬賞) 선고위원[27]으로 활동할 만큼 핵심 인물 중의 한 사람이었다. 「대지」를 번역하면서 일본문단에 농민문학이 없다는 사실을 안타까워하던 그의 소망이 불과 몇 년 사이에 이루어진 셈이다.

이렇듯 일본문단에서 새롭게 등장한 '새로운 농민문학'의 흐름은 식민지 조선의 문단에도 적지 않은 영향을 미친다. 《인문평론》 창간

---

25 농민문학간화회의 후견인 역할을 자임했던 아리마 요리아스는 도쿄제국대학을 졸업하고 농상무성에서 근무하다가 1917년부터 모교에서 교수로 재직했다. 이후 중의원 의원, 귀족원 의원 등을 거쳐 1937년 6월 4일 제1차 고노에(近衛) 내각에서 농상에 취임했다. 그는 고노에의 최측근으로 신체제운동에 참여하여 1940년 대정익찬회(大政翼贊會)의 초대 사무총장으로 활동하기도 했다. 제2차세계대전이 끝난 후 A급 전범으로 수용되었다가 불기소 처리되어 은퇴했다.

26 출자자인 아리마 요리아스의 이름을 따 아리마상(有馬賞)으로 이름 붙여진 이 상은 1939년부터 1942년까지 농민문학간화회에서, 1943년부터 1944년까지 일본문학보국회(日本文學報國會) 농민문학위원회(農民文學委員會)에서 주관했다.

27 제1회 農民文學有馬賞의 선고위원으로는 有馬賴寧뿐만 아니라 加藤武雄, 吉江喬松, 藤森成吉, 新居格, 島木健作, 和田傳, 森山啓 등 농민문학간화회의 핵심 멤버들이 모두 참여했다.

호(1939.10)에서 의욕적으로 기획한 '모던문예사전'의 첫 항목으로 선정된 것은 다름아닌 '농민문학'이었다.

널리 농촌을 배경삼아 농민의 생활을 그리는 문학이면 무엇이나 농민문학이겠지만, 요새 쓰이는 이 말은 특히 有馬 농상을 고문으로 소화 13년(1938년) 10월 4일에 성립된 농민문학간화회원들의 작품을 지칭한다. 이 회는 新居格, 藤森成吉 씨 외 8씨를 상담역으로 추대하고 회원은 伊藤永之介, 橋木永吉 橋本永吉, 德永直, 和田傳, 間宮茂輔, 島木健作, 森山啓 씨 외 34 씨이다. 이 회는 有馬 농상의 적극적인 지원과 작가들의 협조 하에 탄생된 국책적 문학단체인데, 발회사 가운데 有馬 농상은 다음과 같은 말을 하였다.

"島木健作 군은 '국책의 선에 따라 적극적으로 활동하겠다'고 말한 것은 대단히 고마운 일이지만 농민문학은 기성의 국책에 따르는 것이 아니다. 차라리 앞으로 농촌을 구제할 만한 국책을 세울 그 원동력이 되어주기 바란다" 운운,

이 그룹에서 가장 중요시되는 점은 흙에 대한 농민의 애착을 강조하는 동시에 명랑한 농촌을 그리자는 것이다. "태고의 신들과 같이 과묵하고 손이 굵은 농경인의 깊은 예지와 정서와 생활의 탐구에 있어 실체를 파악하는 동시에 그것을 시국 내지 시대와의 관련 하에 처리하여 나가는 것이 금일 농민문학의 중요한 과제라"고 鎚田研一 씨는 말하였다.

현재에 있어 島木健作의 「生活의 探究」, 和田傳의 「沃土」, 久保榮太郎의 「火田灰地」 등이 농민문학의 대표작으로 주목

되고 있다. (강조는 인용자)[28]

　최재서가 언급한 것처럼 농민문학간화회 계열의 '새로운 농민문학'은 '흙에 대한 농민의 애착을 강조하는 동시에 명랑한 농촌을 그리자'라는 목표를 공유한다는 점에서 과거의 농민문학과 확연히 구분된다. 이전 시대의 농민문학들, 예컨대 이광수의 「흙」이나 이기영의 「고향」 그리고 심훈의 「상록수」에서 흔히 발견되는 이념성을 완전히 거세하고 '흙에 대한 본능적 애착'을 지닌 농민상을 창조하고자 했던 것이다.

　이러한 변화를 식민지 조선에서 가장 먼저, 그리고 적극적으로 실행했던 작가로 이무영을 꼽을 수 있다. 그는 1939년 7월 동아일보 학예부 기자를 그만두고 경기도 군포 근처의 궁촌으로 이주한 뒤 《인문평론》 창간호에 「제일과 제일장」을 발표한 뒤 이듬해 속편인 「흙의 노예」(인문평론 7, 1940.04)를 발표한다. 이 연작소설에서 주인공 수택은 도시생활을 버리고 농촌으로 돌아온 인물이다. 이같은 귀농지식인은 불과 5~6년 전에 이광수의 「흙」, 심훈의 「상록수」, 이기영의 「고향」을 통해서 문학사의 전면에 등장한 적이 있다. 하지만 이무영의 작품에 등장하는 귀농지식인은 이러한 농민소설과 달리 이념인으로서의 면모를 전혀 보여주지 않는다. 따라서 농민들 역시 계몽의 대상이 아니었다. 수택의 귀향은 흙을 삶의 근본으로 생각하는 아버지 김영감의 세계로 편입되는 것을 의미했다. 따라서 소설의 진정한 주인공은 수택이 아니라 아버지 김영감이다.

28　최재서, 농민문학, 인문평론 1, 1939.10, 106~107면.

김영감은 입지전적인 인물이라고 할 수 있다. 일곱 살 때 고아가 되었지만, 자수성가하여 서른 마지기 정도의 논을 가진 자작농이 되었고, 아들 수택을 대학공부까지 시킨 것이다. 그래서 그는 농사짓는 것에 대해 커다란 긍지를 가진다. 대학까지 마친 아들 수택이 다시 시골로 와서 농사짓기를 바랄 정도였다. 하지만 신문화의 영향과 자녀교육 등으로 지출이 많아짐에 따라 하나 둘 땅을 팔지 않을 수 없었고, 마침내 모든 땅을 잃어버린다. 자수성가로 힘들여 장만했던 땅을 잃었다는 것은 김영감의 가장 큰 괴로움이었다. 아버지의 괴로움을 잘 알고 있는 수택이 도회에서의 생활을 포기하고 농사를 짓겠다고 낙향했을 때 김영감이 무척 반가워했음은 물론이다. 결국 김영감은 병든 자기 몸 때문에 약값으로 땅 살 돈이 축날 것을 염려해 양잿물을 마시고 목숨을 끊는다. 마지막으로 그가 남긴 유언은 "찾어 땅"이었다.

이처럼 이무영은 흙에 대한 본능적인 애착을 지닌 인물들을 창조했다는 점에서 한국 농민소설의 역사에서 매우 주목할 만한 성취를 이룬 작가로 평가받았다. 하지만 이무영 소설은 제목에 대한 명명법이나 주인공의 형상에서 농민문학간화회가 추구했던 '새로운' 농민문학과 상통하는 부분이 적지 않다. 윤규섭은 월평에서 이무영의 소설이 일본에서의 새로운 농민문학의 경향을 대표하는 시마키 겐샤쿠의 「생활의 탐구」와 유사하다고 지적한다.

> 수많은 이달 창작 가운데에서 가장 읽은 보람 있는 작품
> 은 무영의 「제일과 제일장」(인문평론)이다. 씨의 「도전」(문장)
> 도 역시 그 의기에 있어서 취할 점이 없는 바 아니나 「제일과

제일장」에 나타난 작가의 기백은 흡사 **島木健作의「생활의 탐구」를 연상시킬 만큼 진지한 것이 있어 좋았다.** 사실 기백뿐만 아니라 취재에 있어서도 공통된 점이 없지 않았다. 작가 부기에도 있는 바와 같이 이 작품은 농촌을 주제로 한 어떤 장편의 서곡이라고 하니 주인공이라든가 사건의 진전이 장편으로서 여하히 전개될 것인가 지금 문제 삼을 것도 없는 것이며 또한 필요치도 않으나 **도시에 있어서 창백한 인텔리 생활을 하직하고 농촌으로 돌아가서 첫살림을 베푸는 수택의 의기는「생활의 탐구」에 나오는 杉野에 조금도 양두할 것이 없다고 본다.** (강조는 인용자)[29]

그런데, 이무영은 20여 년이 지난 후에 자신이 농촌으로 들어간 이유를 폴란드 작가 레이몬트(Władysław Stanisław Reymont, 1867~1925)의「농민」과 같은 작품을 써서 문명을 얻고자 함이었다고 회고한 바 있다.

> 해방 전 일이니까 벌써 20년 가까이 된다. 그때 나는 서울에서 한 시간 남짓해서 닿을 수 있는 K역에서도 한 십리 동쪽으로 들어간 '궁말'이란 산기슭 두 집 뜸에 살고 있었다. 아내 말을 빌리면 객기였지만 내 딴에는 농민문학을 하자면 농촌에 들어가서 농민들과 생활을 같이해야겠다는 생각이 있었다. 물론 지금 와서 보니 그것이 '객기'요 '패기'가 되어버렸지만 그때만 해도 젊었었다. 레이몬드의「농민」과 같은 4부작을 써서 일약 문단을 한번 뒤집어놓을 계획이었던 것이

29   윤규섭, 현실과 작가적 세계-10월 창작평, 인문평론 2, 1939.11, 128면.

다.[30]

여기에서 이무영이 언급하고 있는 「농민」은 1924년 노벨문학
상 수상 직후 가토 아사토리(加藤朝鳥)에 의해 처음 번역(春秋社,
1925~1926)되었다가, 이 무렵에 재번역(第一書房, 1939~1941)된 작품이
다. 1939년 니이 이타루가 첫째권 '가을'을 번역한 뒤 아베 토모지(阿
部知二)가 '겨울'을, 이토 세이(伊藤整)가 '봄'을, 그리고 니이 이타루가
'여름'을 각각 번역했다. 이무영이 언급한 「농민」은 니이 이타루가 관
여한 번역본이었을 것이다. 이무영은 니이 이타루가 주창한 '새로운
농민문학'의 자장 속에 놓여 있었던 것이다.

뿐만 아니라 이무영은 농민문학간화회의 또 다른 핵심멤버였던
가토 다케오(加藤武雄, 1888~1956)의 문하에서 문학을 공부했던 인물이
기도 하다. 가토 다케오는 농촌에서 취재한 작품으로 향토예술가로
불렸지만, 1922년 무렵부터 대중작가로 전향했다가 농민문학간화회
가 만들어졌을 때 상담역을 맡으면서 국책에 적극적으로 협력했다.
실제로 농민문학간화회는 일본 내에서의 '새로운 농민문학'을 고취하
는 활동에만 머무르지 않고, 아리마 농상을 매개로 국책에 적극적으
로 협력하면서 대륙 개척의 문화적 첨병 역할을 자임했다. 1939년에
농민문학간화회와 비슷한 성격을 지닌 대륙개척간화회(大陸開拓文藝
懇話會)를 결성하고 작품집 『개척지대-대륙개척소설집』(1939)를 간행
했다. 가토 다케오 역시 이러한 목적을 위해 여러 차례 조선과 만주
를 방문했는데, 이때 이무영과 자주 만나 문학적 입장을 조율했다고

---

30 이무영, 기차와 박노인, 이무영문학전집 제4권, 국학자료원, 2000, 591면.

알려져 있다.[31]

이처럼 1930년대 중반에 펄 벅의 「대지」에서 촉발된 일본문단에서의 '새로운 농민문학'은 불과 몇 년 사이에 예기치 못했던 국면으로 진입한다.[32] 그들은 프롤레타리아문학운동을 포함하여 전통적인 의미의 농민소설이 전혀 포착하지 못했던 '흙에 대한 본능적인 애착'이라는 새로운 농민상을 창조하고자 했다. 임화가 펄 벅의 노벨상 수상 직후에 발표한 「대지」의 세계성」에서 언급했듯이 "서양적 문화를 추급하는 나머지 채 돌아보지 못하고, 또한 아직 소청되지 않은 자기 자신의 자태의 일부분을 재발견"[33]했던 것이다. 이에 따라 '새로운 농민문학'은 서구화를 근대화와 동일시했던 뿌리 깊은 오리엔탈리즘을 전도시킨 듯한 착각을 불러일으킨다. 한국에서 이무영의 농민소설들이 높이 평가받았던 이유이기도 할 것이다. 이를 두고 와타나베 나오키는 루이스 영의 개념을 빌어 '재발명된 농본주의"(reinventing agrarianism)'라 명명한 바 있다.[34]

'새로운 농민문학'은 이처럼 농민이라는 대상을 새롭게 발견한 것,

---

31 임기현, 이무영의 친일문학과 그 내적 논리, 한국 현대소설의 현실인식, 글누림, 2007.

32 루이스 영에 따르면 1932년의 만주 식민 논쟁에서는 정부 지원이 그다지 많지 않았지만, 1936년쯤으로부터 상황이 **경이적으로 바뀌어서** 정부 지원을 얻을 수 있게 되면서 피폐한 일본의 농촌을 구하는 해결책으로서 만주 식민이 추진되게 되었다고 한다. (와타나베 나오키, 식민지 조선의 프롤레타리아 농민문학과 '만주':'협화'의 서사와 '재발명된 농본주의', 한국문학연구 33, 2007, 15면) 이러한 '경이적'인 상황 변화는 펄 벅의 대지 번역에 따른 중국 농촌에 대한 인식의 변화라든가 1937년 6월 4일 제1차 고노에(近衛) 내각에서 아리마 요리아스의 농상 취임 등이 복합적으로 작용한 결과라고 생각된다.

33 임화, 앞의 글, 624면.

34 와타나베 나오키, 앞의 글, 15면.

달리 말해서 농민을 새로운 시선에서 바라보는 것이긴 했지만, 실제로는 펄 벅이 '중국농민'을 바라보았던 시선을 모방한 것에서 촉발되었다. 토착적인 것으로 이름붙인 것들조차 기실 서양인의 눈으로 포착된 것에 지나지 않았다. 그것이 설령 동양인에 의해서 명명된다 하더라도 문제는 달라지지 않는다. 서양화된 동양인의 눈에 의해서 감지된 것에 불과하기 때문이다. 흙에 대한 애착을 지닌 농민을 '새로운' 대상으로 호명하는 행위나, 그것을 바라보는 주체의 '새로운' 시선 역시 발명된 것이 아니라 모방된 것에 불과했다.

그런 점에서 1930년대 후반에 일본과 조선에 등장한 '새로운' 농민소설은 '번역된 토착주의(translated Primitivism)'에 가깝다. 펄 벅이 동양적인 토착성을 발견했다고 할 때, 펄 벅의 위치를 대신 차지하고 그가 바라보는 시선까지 모방함으로써 성립된 것이다. 그런데 펄 벅의 경우 서양의 눈으로 동양을 바라본다는 '홑눈'의 시선이었지만 일본과 조선의 경우에는 한편으로는 펄 벅과 마찬가지로 동양이라는 대상을 바라보는 동시에 다른 한편으로는 동양을 바라보는 서양의 눈까지 바라보아야 하는 '겹눈'의 시선에 가까웠다. 따라서 자국문학으로의 번역 과정에서 균열과 착종은 나타날 수밖에 없었다.

이제 펄 벅에서 촉발된 '중국농민'에 대한 서사적 관심은 '중국'과 '농민'이라는 이중적인 방향으로 분할된다. 펄 벅의 경우 대상으로서의 '중국농민'은 근대적인 서구인에 대립하는 존재로서 단일하게 포착할 수 있었다. 반면, 일본제국의 경우에는 펄 벅이 '중국농민'들을 바라본 것처럼 자국의 농민들을 여전히 퇴행적인 상태에 놓여 있는 상태로 발견하면서도, '중국농민'을 다른 세계에 존재하는 것으로 그렸던 펄 벅과는 달리 자신과 하나를 이룬 존재로 받아들여야만 했다.

결국 전통성과 토착성이라는 긍정적인 가치를 자신의 내부인 '농민'에 부여하는 대신 퇴행성이라는 부정적인 가치를 자신의 외부인 '중국'으로 떠넘기게 된다.

펄 벅에서 촉발된 '중국농민'에 대한 서사적 관심이 이처럼 '중국'과 '농민'이라는 이중적인 방향으로 분할되고 통합되는 과정은 순전히 일본제국의 담론적 질서 속에서 이해되어야 한다. "농촌갱생운동의 정신주의적 고양"[35]을 내세웠던 농촌문학간화회는 자연스럽게 중국 침략과 더나아가 대동아공영권이라는 국책에 포획되었다. 이렇듯 '번역된 토착주의'가 번역 자체의 논리에 따라 일본제국의 담론 질서 속에서 변용되고 왜곡되는 것은 자연스러운 일이다. 펄 벅이 동양적인 것으로 그려낸 중국 농민들의 금욕적인 성실성은 대내적으로는 도회의 천박한 소비성에 맞서 농촌의 건강한 생명성을 예찬함으로써 제국 신민으로서의 의무를 강조하는 한편, 대외적으로는 낙후된 중국 농촌 사회에 대한 문명국가로서의 의무를 내세우는 침략주의로 변질된다. 식민지 조선의 경우도 이와 크게 다르지 않다. '새로운' 농민문학에 편승했던 이무영뿐만 아니라 만주개척민 소설 「대지의 아들」을 발표했던 이기영의 경우도 이에 해당할 것이다. 물론 이러한 제국주의적 침략 정책에의 순응 내지 참여는 펄 벅과는 무관한 것이었다. 펄 벅은 제국주의적 침략을 옹호한 적이 없었기 때문이다.

1930년대 후반 전세계에 불어닥친 펄 벅 열풍은 매우 흥미로운 현상이다. 동양인이 미처 보지 못했던 동양적인 것을 서양인이 발견한 이 놀라운 사건은 세계 여러 나라의 언어로 번역되면서 고유한 방식

---

35 中川成美, 幻影の大地―島木健作「滿州紀行」論, 昭和文學論考(小田切進 編), 八木書店, 1990.

으로 수용되고 전유되었다. 하지만 중국에 대한 관심을 보여주는 '펄 벅 현상'의 바탕에는 「대지」의 주인공 왕룽이 보여주었던 흙에 대한 애착과는 다른 의미에서 영토에 대한 욕망이 은밀하게 감추어져 있었다. 펄 벅의 소설과 영화가 일본과 조선에서 열광적으로 소비될 수 있었던 만주와 중국을 향한 일본제국의 욕망과 무관할 수 없다. 실제로 일본 문단에 등장했던 새로운 농민문학은 국책과 결탁하면서 대륙 침략의 논리로 변질되었고, 식민지 조선의 경우에도 많은 문학인들이 같은 전철을 그대로 밟았다.

그런데 이러한 토착성과 식민화의 결합은 토착성의 옹호라는 논리가 내재한 국수주의적 성격 때문이라기보다 토착적인 것으로 이름 붙이는 것조차 기실 타자의 눈을 빌렸다는 사실에서 기인할 것이다. 설령 동양인에 의해서 명명되었다 하더라도 문제는 달라지지 않는다. 서구화된 동양인의 눈에 의해서 감지된 것에 불과하기 때문이다. 지금까지 살펴본 것처럼 번역을 통해 발견된 토착적인 것은 내부와 외부를 동시에 발견하는 행위였고, 자신이 억압하거나 은폐했던 내부를 발견하는 인식론적 불편함이 외부에 대한 식민주의적 폭력으로 발현되었다. 발견이라는 행위는 언제나 현실에서 '식민'과 같은 결과를 초래하지만, 일본의 경우 그것이 훨씬 폭력적으로 나타난 것은 그 때문일 것이다.

「부록 1」 1945년 이전 펄 벅(賽珍珠) 작품의 중국어 번역본

Ⓐ『福地述評』, 伍蠡甫 역, 上海黎明書局, 1932. 7.

Ⓑ『兒子們』(福地之續篇), 伍蠡甫 역, 上海啓明書局, 1932. 12.

Ⓒ『東風西風』, 郭冰岩 역, 南京線路社, 1933. 3.

Ⓓ『大地』, 張萬里·張鐵笙 역, 北京志遠書店, 1933. 6.

Ⓔ『大地』, 胡仲持 역, 上海開明書店, 1933. 9.

Ⓕ『大地』, 馬仲殊 역, 上海開華書局, 1934. 3.

Ⓖ『兒子們』, 馬仲殊 역, 上海開華書局, 1934. 4.

Ⓗ『母親』, 邵宗漢 역, 上海四社出版部, 1934. 11.

Ⓘ『結髮妻』, 常吟秋 역, 商務印書館, 1934. 11.

Ⓙ『舊與新』, 常吟秋 역, 商務印書館, 1935. 2.

Ⓚ『大地』, 由稚吾 역, 上海啓明書局, 1936. 5.

Ⓛ『母親』, 萬綺年 역, 上海仿古書店, 1936. 5.

Ⓜ『分裂了的家庭』, 常吟秋 역, 商務印書館, 1936. 11.

Ⓝ『花邊』, 常吟秋 역, 上海中央書店, 1939. 4.

Ⓞ『愛國者』, 戴平萬·葉舟·舒湮·茜園·黃峯 역, 香港光社, 1939. 6. 1.

Ⓟ『愛國者』, 朱雯·唐齊·馮煒 역, 上海美商華盛頓印刷出版公司, 1939. 6. 5.

Ⓠ『愛國者』, 哲非·何之·步溪·任霖·梅藹·蔚廷·呂錫·滿紅 역, 上海羣社, 1939. 6. 6.

Ⓡ『黎明的古國』, 朱雯·唐齊·馮煒 역, 上海ABC書店, 1939. 11. 25.

Ⓢ『元配夫人』, 唐長孺 역, 上海啓明書局, 1940. 4.

Ⓣ『東風西風』, 唐長孺 역, 上海啓明書局, 1940. 8.

Ⓤ『分家』, 唐長孺 역, 上海啓明書局, 1941. 1.

Ⓥ『兒子們』, 唐允魁 역, 上海啓明書局, 1941. 2.

Ⓦ『永生』, 蔣旂·安仁 역, 上海國華編譯社, 1941. 4.

Ⓧ『滇緬公路的故事』, 以正 역, 貢州新貢南出版社, 1942. 4.

Ⓨ『龍種』, 王家棫 역, 重慶正中書局, 1943. 10.

Ⓩ『敵人』, 柳無垢 역, 桂林現代外國語出版社, 1944. 1.

「부록 2」1945년 이전 펄 벅(パール·S·バック) 작품의 일본어 번역본

ⓐ『大地 -長篇小說』, 新居格 역, 第一書房, 1935

ⓑ『母 -長篇小說』, 深澤正策 역, 第一書房, 1936

ⓒ『分裂せる家 -長篇小說』, 新居格 역, 第一書房, 1936

ⓓ『息子達 -長篇小說』, 新居格 역, 第一書房, 1936

ⓔ『戰へる使徒 -長篇小說』, 深澤正策 역, 第一書房, 1937

ⓕ『母の肖像』, 深澤正策 역, 第一書房, 1938

ⓖ『東の風西の風-代表選集』, 深澤正策 역, 第一書房, 1938

ⓗ『新らしきもの古きもの』, 松本正雄/片岡鐵兵 역, 六芸社, 1938

ⓘ『第一夫人』, 本間立也 역, 改造社, 1938

ⓙ『若き支那の子』, 宮崎玉江 역, 新潮文庫 317, 1938

ⓚ『王龍(わんるん)』, 松本正雄 역, 興亞書房, 1939

ⓛ『この心の誇り』, 鶴見和子 역, 實業之日本社, 1940

ⓜ『ありのまゝの貴女』, 新居格 역, 今日の問題社/ノーベル賞文

學叢書05, 1940

ⓝ『母の生活』, 村岡花子 역, 第一書房, 1940

ⓞ『山の英雄』, 葦田坦 역, 改造社, 1940

ⓟ『天使』, 內山敏 역, 改造社, 1941

ⓠ『支那の空』, 中里廉 역, 靑磁社, 1941

ⓡ『靈と肉』[전2권], 深澤正策 역, 河出書房, 1941

ⓢ『新しきもの古きもの』, 深澤正策 역, 河北書房, 1942

'거간꾼'과 '통역사'로서의 만주 체험

1. 김만선 소설과 만주

19세기에 시작된 만주 이주의 역사는 한일합방, 만주국 건국 등 굵직한 역사적 사건들과 결부되면서 수많은 부침을 겪어야만 했다. 그렇지만 여러 우여곡절에도 불구하고 제2차세계대전이 끝나기 직전 만주에는 약 230여 만 명의 조선인들이 거주하기에 이른다. 그런데, 일본이 패망하고 만주국이 붕괴되자, 약 80여 만 명의 재만조선인이 다시 한반도로 귀환한다. 해방공간에 발표된 작품 중에서 만주로부터의 귀환을 다룬 소설을 쉽게 찾아볼 수 있는 것은 이때문이다.

김만선[01]은 염상섭, 허준 등과 함께 만주로부터의 귀환 경험을 소설화한 대표적인 작가 중의 한 사람이다. 그는 1915년 1월 16일 종로구 체부동 203번지에서 아버지 김소남(金小男)과 어머니 최얌전(崔也音田) 사이에서 13남 1녀 중 장남으로 출생했다. 이어 경성 정동공립보통학교(1924.04.01~1928.03.19)를 거쳐 1929년 배재고등보통학교에

---

01 김만선의 개인적인 이력은 월북작가 해금 이후 간행한 『압록강』(깊은샘, 1989, 271~272면)에 잘 정리되어 있다.

입학했다. 그런데 4학년 때인 1933년 12월 19일 사상문제로 퇴학 처분을 받는다.[02] 1935년 조선중앙일보사에 입사하여 계열사였던 중앙출판사에서 1년간 근무했으며, 1936년에는 일본으로 건너가 잠시 유학한 것으로 알려져 있다. 1941년 《만선일보》에서 근무하다가 해방 후 귀국한 그는 조선문학가동맹에 가입하여 활발하게 활동하는 한편 안회남과 함께 출판사 육민사(育民社)를 경영하기도 했다. 1949년 사상 문제로 투옥되어 옥중에서 한국전쟁을 맞았다. 1950년 10월 인천 상륙작전으로 퇴각하는 인민군과 함께 월북한 후 종군작가로 활동한 것으로 알려져 있다. 북한에서 『351고지의 젊은 용사들』(민주청년사, 1954)과 『홍수』(1958)를 발간했다.

김만선에 대한 연구는 1988년 월북작가 해금과 함께 시작된다. 이 무렵 출간된 작품집 『압록강』의 해설을 통해 임헌영은 김만선의 문학세계가 1946년 발표된 「노래기」를 전후해서 만주 체험에 바탕을 둔 소설에서 당대의 정치상황을 반영하여 당파성을 구현한 소설로 발전했음을 지적한 바 있다.[03] 이동하 역시 김만선이 해방 전후의 체험을 강조했으며, 추상적이거나 도식적인 방향으로 나아가지 않았다는 점을 강조한다.[04]

이러한 작가론적 접근이 대체로 해방 공간에서의 이념 선택과 창

---

02 지금까지 김만선이 배재고보에서 퇴학당한 이유는 구체적으로 밝혀지지 않았다. 그런데, 서대문경찰서의 「경성 사립 배재고등보통학교 동요에 관한 주모 학생 처분에 관한 건」(京西高警祕, 제10769호)에 김만선의 이름이 언급되어 있다.

03 임헌영, 김만선 작품 세계, 압록강, 깊은샘, 1989.

04 이동하, 다시 찾은 작가와 작품-임서하·김만선·지하련의 소설들, 한국해금문학전집, 삼성출판사, 1988. ; 현대소설의 정신사적 연구, 일지사, 1989.

작방법과의 관련성에 주목한 것에 비해, 이정숙[05]은 간도행 이민소설을 다루면서 「이중국적」과 「한글강습회」, 「압록강」 등이 해방을 전후한 시기에 중국인과 일본인 사이에서 살아남은 기회주의자의 처세술을 통해 재만조선인의 만주 생활을 그린 작품으로 평가했으며, 강진호는 「홍수」와 「압록강」을 통해 "식민지시대에는 민중의 따스한 인간애와 낙관적인 의지에 관심을 보였고, 해방 후에는 만주 체험을 바탕으로 귀환 동포의 애환을 사실적으로 형상화하여 민족대이동의 광경을 증언한 작가"[06]로 평가한다. 이와 함께 박정규는 「홍수」와 「해방의 노래」를 통해서 김만선의 소설 전반을 규정하는 구성원리로서 아이러니를 지적한 바 있다.[07]

김만선의 문학 활동은 그리 길지 않았지만, 그는 해방 직후 만주에서 귀환한 지식인의 삶에 대해서 여러 작품을 남겼다. 1949년 동지사에서 발간한 작품집 『압록강』에는 총 8편의 소설이 실려 있는데, 그 중에서 「귀국자」, 「한글강습회」, 「이중국적」, 「압록강」 등 4편의 소설이 만주 체험과 직접적으로 연관되어 있다. 이러한 만주 체험을 소재로 한 작품에 대해서 작가는 "「노래기」 이전 소위 만주에서 취재한 제 작품과 그 이후의 작품들 사이에는 상당히 상위한 체취를 풍기고 있고, 이것은 바로 나의 사상적 발전의 한 흔적"[08]이라고 말하면서 "건설적인 인민과 더불어 전진하는 새로운 민주주의 민족문학"에 미치지 못

05　이정숙, 실향소설 연구, 한샘, 1989, 153~159면.

06　강진호, 지식인의 자괴감과 문학적 고뇌, 한국현대소설문학대계 25, 동아출판사, 1995, 492면.

07　박정규, 김만선 소설 연구, 서울산업대학교논문집 제41집, 1995, 544면.

08　김만선, 후기, 압록강, 앞의 책, 269~270면.

하는 "고루한 민족주의적 감정"[09]에 의해 씌어진 작품으로 평가절하하기도 한다. 그렇지만, 그의 소설들은 염상섭, 허준의 소설들과는 달리 만주국 붕괴 직후의 현실 상황과 민족대이동 과정의 애환을 사실적으로 묘사했다는 점에 주목할 만하다.

김만선이 만주로 건너간 것은 1940년대 초반의 일이다. 그가 언제 《만선일보》 기자로 입사했는지에 대해서는 분명하게 밝혀져 있지 않지만, 안수길의 회고록 「용정·신경시대」에 따르면 1941년 무렵으로 추정해볼 수 있다. 1940년 《조선일보》 신춘문예(해방 전 마지막 신춘문예)에 단편 「홍수」가 2등으로 당선되면서 문단에 등장했지만, 발표매체가 거의 없는 상황 속에서 신인 작가로서의 의욕을 펼칠 수 없었던 까닭에 《만선일보》 기자로 활동하면서 여러 가능성을 모색했던 것이다.[10]

이 글은 1945년 8월 만주국 패망을 전후한 여러 역사적 정황을 고려하면서 김만선의 소설에 나타난 만주 체험의 의미를 살피고자 한다. 김만선의 소설은 만주국에서의 조선인의 삶에 대한 기록이자, 해방 직후 만주국이라는 제국적 인터내셔널리즘이 붕괴되고 동아시아가 민족적 질서로 재편되는 과정을 담아낸 점에 주목할 필요가 있는 것이다.

---

09 같은 책, 267면.

10 "나는 작품다운 작품을 하나도 갖지 않았다. 발표한 작품의 수가 거의 없다시피 되었다는 이유에서뿐 아니라 왜제(倭帝)의 검열관계로 썼다는 작품 몇 개를 들추어 보아도 내게는 탐탁하게 생각되지 않아 이 책에도 수록하지를 않았다. 검열에 걸릴 정도의 내용을 담았다고만 해서 작품으로도 성공한 것이라곤 생각되지 않기 때문이다. 나의 문학 생활은 그러므로 해방 직후부터 시작된 것이다. 나는 완전히 이때부터 신인으로 재출발한 셈이다" (같은 책, 267면)

2. '거간꾼'으로서의 삶: 오족협화 속 재만조선인

김만선의 소설 「압록강」은 주인공 '원식'이 해방된 지 석 달이 지난 후에 만주국 수도였던 신경(新京, 지금의 長春)을 떠나 신의주에 도착하는 과정을 그린다. 8·15 직후에 고국으로 돌아오려 했지만, 여러 가지 이유로 석 달 여의 시간을 보낸 뒤에야 주인공 원식은 신의주행 기차에 몸을 싣는다. 이 작품에서 원식을 비롯한 재만조선인들은 만주국 붕괴 이후 가늠하기 어려운 불안에 사로잡혀 있는 모습으로 그려진다. "만주서 그대로 살아나갈 자신을 잃고 생활이 불안해"(147면)[11]지면서 한반도로 귀환한 것이다.

그런데, 그들을 옥죄는 불안의 정체는 분명하지 않다. 타자로부터의 위협은 구체적인 모습을 드러내지 않은 채 가능성으로서만 언급될 따름이다. 그들을 불안하게 만든 것은 "불한당들의 성화로 대개는 알몸으로 안동에 내리게 된다는 소문"과 "젊은 여자들이 자칫하면 '욕'을 당한다"(145면)는 등의 "이러그러한 풍문"(146면)이었다.[12] 기원과 실체를 알 수 없는 '소문'에 의해 막연한 두려움에 사로잡혀 있는 것이다. 이렇듯 상상에 의해 촉발된 불안은 위협의 대상을 뚜렷하게 인식할 수 있는 공포와는 달리 사람들에게 적극적인 대응 의지를 박탈하고 무력감을 불러일으킨다.

---

11 텍스트로는 1989년 깊은샘에서 간행한 작품집 『압록강』을 사용했다. 인용문은 모두 현대적인 표기법에 따라 고쳤으며, 인용 말미에 면수를 밝혔다.

12 이러한 막연한 불안 의식은 「한글강습회」에서 "원식 자신도 소문과 같이 안동까지 당도하는 동안 물품을 빼앗긴다는 것뿐 아니라 부녀들이 참을 수 없는 욕을 당한다는 위험만 해소되면 곧 이곳을 떠나리라고"(136면) 운운한 대목에서 그대로 반복된다.

8·15 이후 재만조선인들이 겪었던 불안은 「이중국적」에서 그 실체를 드러낸다. 소설의 주인공인 '박노인'은 30여 년 동안 만주에서 살면서 만주 옷으로 평복을 했고, 만주 여자를 첩으로 들였으며, 중국 국적을 얻는 등 시대의 변화에 성공적으로 적응하며 살아왔다. 그리고 만주국이 건국되자 국적 취득 사실을 숨기고 일본인과 만주인 사이에서 중개인, 곧 거간꾼 노릇을 하며 부를 축적한다. 그래서 일본이 패망했다는 소식을 듣고 조선으로 들어가자고 조르는 아들의 의견을 묵살한다. 그동안 어렵사리 모은 재산이 아깝기도 하거니와 "만인들 사이에까지 신용 있는 조선 사람이란 소문이 떠돈 만치"(111면) "만인들의 습격을 당하지 않을 만한 자신"(114면)이 있었던 것이다.

㉮ '만주사변'이 일어나기 십 수년 전 일인들의 만주에 대한 야망은 차츰 노골해가는 한편 이것을 막으려는 중국인들 틈에 끼어 재만조선인들은 처신하기에 난처했다. 아주 일인들의 앞잡이가 되던가 그렇지 않으면 중국 정부 현지 당국인 길림성장(吉林省長)의 소청대로 귀화하던가 하지 않으면 그날 그날의 생활에까지 위협을 느끼였었다. 그때 박노인은 선선히 중국인으로 국적을 고치고 말았다. 조선서 생활에 쪼들린 끝에 만주로 건너온 바에야 마음 놓고 살 수 있는 방법을 좇는 편이 현명할 것 같아서였었다. 그 뒤로부터 박노인은 언제나 민적(民籍)을 품에다 지니고 다녔었다. (117면)

㉯ 중국의 동삼성(東三省)이 만주국으로 행세하게 된 후로부터 일인들 앞에서 조선인들이 공공연하게 조선인으로서 처세한 것은 기실 조선인으로서이기보다도 일본인인 '반도

인'으로서였기 까닭에 일어는 불과 몇 마디 못하는 박노인이었으나 아들 명환의 일어를 빌어 만인들의 토지를 일인에게 소개해주는 잇속에 빠른 그에게는 중국인으로 귀화했다는 증거물을 지니고 다닐 필요가 없어서였다. 그러던 그는 작년부터 또다시 묵은 문서를 저고리 안주머니에다 지니고 다녔다. 전쟁 때문에 하도 세상이 시끄러우니까 어느 때 또 그놈이 긴요하게 쓰일지 몰라서였다. 좌우간 동기는 어떻던 간에 그가 중국인임에는 틀림없었다. 그러므로 중국인인 그가 만인들에게 조선인이라고 해서 봉변을 당해야 한다는 것은 알 수 없는 노릇이었다. (117~118면)

「이중국적」에서 주인공은 이처럼 종족상으로는 조선인이었으나 중국 국적을 취득한 중국 국민이었다. 하지만, 만주국이 건국된 후에는 '반도인', 다시 말해 외지 일본인으로 행세한다. 박노인의 이러한 다중적인 정체성은 만주의 역사적 상황과 밀접한 관련을 맺는다. 주지하듯이 20세기 초반부터 재만조선인의 '국적'을 둘러싸고 중국 정부와 일본 정부는 첨예한 외교적·군사적 갈등을 지속해 왔다. 중국 정부는 비귀화인에게 토지소유권을 부정하는 대신 귀화인에게만 토지소유권을 인정하는 차별 정책을 통해 만주에 이주한 조선인들을 통제했다. 그리고, 1920년대에 접어들면서 중국인으로 귀화하지 않는 조선인에 대하여 토지소유권을 박탈하거나, 퇴거 명령을 내리는 조치들을 잇달아 시행했고, 1929년을 전후해서는 조선인들의 입적과 토지소유권을 불허하는 방향으로 정책을 추진하기에 이른다.[13]

---

13 김춘선, 1900~1920년대 북간도 지역 佃民制와 한인의 토지 소유권 문제, 역사문제연구 3, 1999.06.

이러한 중국 정부의 귀화 정책에 맞서 일본은 "구한국을 계승하였으므로 구한국법에 의하여 조선인의 귀화를 불허한다"는 논리 아래 조선인의 중국 귀화를 강력하게 통제했다. 조선인에게 국적 선택의 자유를 부여할 경우, 만주에서 중국 국적으로 독립운동을 하는 조선인들을 통제할 수단이 없어지기 때문이다. 이처럼 일본 정부는 내지인과 외지인 사이에 국적법을 차별적으로 적용하면서[14] 자국민을 보호한다는 명분 아래 만주에서의 정치적·군사적 영향력을 확대해 갔고, 1931년에는 만주사변을 통해 무력으로 완전히 장악한다. 그리고 "한족·만주족·몽고족과 일본·조선의 각 종족뿐만 아니라, 기타국인으로서 장기간 거주하기를 원하는 자도 평등한 대우를 받을 수 있다"는 오족협화를 국가 통치 이념으로 내세운 만주국을 건설한다.

그런데 다민족국가로서 오족협화를 통치이념으로 내세웠던 만주국이었지만, 재만조선인들은 만주국 국민이 아니라 일본제국 국민으로 범주화되면서[15] 일본인(내지인)과 마찬가지로 치외법권적 특권을 부여받았다. 1937년 11월 5일 「만주국에서 치외법권의 철폐 및 남만주철도 부속지 행정권 이양에 관한 일본국과 만주국 사이의 조약」이 체결되기까지 조선인은 일본대사관·영사관·조선총독부의 직접 지배를 받았던 것이다. 조선인에 대한 이러한 치외법권적 특권은 을사조약 이후 만주 이주 조선인들을 '일본 신민'의 범주에 포함시켜 만주에 대한 영향력을 확대해오던 일본의 대외정책 때문에 빚어진 일이

14　박석윤, 간도의 인상, 동아일보, 1928.10.30.

15　滿洲國政府公報(1936년 1월 29일)에 따르면 만주국에서는 거주자들을 '만주국인', '일본인', '외국인' 등으로 구분한다. (김태국, '만주국'에서 일제의 식민지배 논리, 한국근현대사연구 35, 2005, 139면에서 재인용)

었다.

박노인의 '이중국적'은 이러한 역사적 상황의 산물이다. 조선이 일본에 의해 강제합병되면서 일본 국적을 부여받았고, 이후 중국 정부의 강제귀화 정책에 따라 중국 국적을 취득하면서 이중국적 상황에 처하게 된 것이다. 따라서 박노인의 이중국적은 한 개인의 기회주의적 속성이라기보다는 만주에서 조선인이 차지한 위상과 연관된다. 사회적 마이너리티로서의 위치 때문에 통치권력의 요구에 따라 중국인으로, 일본인으로, 혹은 조선인으로 '호명'당했던 것이다.

그런데, 중국인의 입장에서 볼 때 재만조선인은 식민의 다른 이름이었다는 사실에 문제의 복합성이 있다. 만주국 건국 이후 조선인은 치외법권적 특권을 누리는 이주민이라는 점에서 일본인과 다를 바 없었다. 따라서 만주국이 붕괴된 직후 박노인은 폭도들에게 쫓겨 중국인 친구집으로 피신했다가, 끝내 '국군'들에게 돈을 털리고 죽음에 이른다. 오족협화를 내세웠던 만주국이었지만, 식민지배자에 대한 피식민자의, 이주민에 대한 토착민의 오래된 원한(ressentiment)이 무정부적 상황 속에서 폭력적인 방식으로 분출된 것이다.

이렇듯 김만선의 작품을 지배하던 불안은 제국체제의 붕괴와 함께 나타난 일이었다. 만주국 체제에서 상대적으로 안정된 생활을 영위하던 조선인들은 만주국의 붕괴와 함께 일본인과 마찬가지로 보복과 추방의 대상이 된다. 그런데, 박노인은 죽어가면서도 자신이 죽어가야 했던 이유를 알 수 없었다. 박노인에게 있어서 중국인들은 맹목적인 분노와 약탈을 일삼는 폭력적인 타자로 인식될 뿐이다. "중국인인 그가 만인들에게 조선인이라고 해서 봉변을 당해야 한다는 것은 알 수 없는 노릇이었다"(118면) 처음에는 "조선 사람들은 일본인의 앞잡이였으니까 조선 사람들도 닥치는 대로 쳐야 한다는 민족적인 감정"(122~123면)에서 출발했으나 이내 "물욕에 완전히 사로잡"(123면)혀 "체면두 모르구 경우두 없"(118면)는 '유맹'이나 '폭도'로 인식되었던 것이다.

그런 점에서 만주국 패망 이후 중국인들은 문명화의 대상으로 포착되었던 식민주의 시기의 이미지와 다를 바 없다. 요컨대, 재만조선인들이 불안에 휩싸이는 이유는 식민통치 기간 동안 식민지배자로서 토착민에게 자행했던 역사적 과오 때문이기도 하지만, 식민 체제의 붕괴와 함께 더 이상 관리되거나 통제되지 않는 타자, 곧 피식민자들 때문에 빚어진 집단적 히스테리처럼 나타나는 것이다.

이러한 재만조선인들의 신경증적인 불안은 새로운 타자를 구성함으로써 제어된다. "일인들이 만주서 물러갈 것이니 이제부터는 마음 놓고 그러니까 중국 사람으로서 행세하는 편이 유리하다면 중국인으로서 또 조선인들을 외국인으로서 우대해준다면 그대로 조선인으로서 살아보겠다고 마음먹었던 박노인"(118~119면)의 기대와는 달리 만주는 내셔널한 논리로 재편되었고, 조선인은 만주국 건국 초기와 같이 외국인으로서 '우대'를 받기는 커녕 추방의 운명을 맞는다. 이 과정에서 과거에 공동운명체를 구성하던 식민지배자 사이에 균열과 전도가 발생하고, 일본인은 타자로 구성된다.

ⓣ 8·15 이후 원식이 그가 본 일본인은 마음으로나 생활로나 하루 아침에 더러워진 일본인이었다. 나라만 망한 게 아니라 민족으로서도 망한 성싶어 일본인을 경멸해 온 터인데, 산중에다 이천여 명의 조선 사람 피난민들을 내동댕이치

고 도주한 기관사와 같은 그런 종류의 왜종을 가끔 발견할 때
는 원식은 치를 떨었다. (152면)

　　⑭ 원식은 눈과 입만으로 수상한 중년 남자 두 사람을 가
리켰다.
　　얼마 후 그 중년 남자 두 사람은 보안서로 이끌려 가고 원
식은 개찰이 시작되어 다시 짐을 짊어졌다.
　　"당신두 그런 짓은 왜 해요"
　　원식의 아내는 끌려가는 일본인이 불쌍해서인지, 아직까
지도 일본인에게 억눌렸던 자국이 남아서인지 이렇게 남편
의 행동을 핀잔 주자,
　　"그런 짓이라니? 저놈 두 놈이 빠지면 우리 피난민 중의
한 사람이라도 더 이 차를 탈 것을 생각해 봐! 고놈 그러구두
중간에 가서 새치길 했단 말야……"
　　하고 되레 아내를 타박하는 원식도 기실은 생전 처음으로
일본인에게 벌을 준 가슴의 설렘이 없지 않아 있었다. (156면)

　안동으로 향한 '피난열차' 안에서 조선인과 일본인의 위계질서는
전복된다. 인용문 ⑭에서 보이듯이 일본인을 향한 비난은 이전에는
상상조차 할 수 없는 일이었다. 이러한 식민지배자 내부에서의 대립
은 압록강을 건너 신의주에 도착한 후 공격성을 띤다. 인용문 ⑭에서
주인공은 피난열차에 승차하려는 일본인을 보안대원에게 고발하고
"생전 처음으로 일본인에게 벌을 준 가슴의 설렘"을 느끼는 것이다.
　이런 맥락에서 재만조선인들의 국내 귀환 과정은 민족적 정체성
이 어떻게 형성되는가를 잘 보여준다. 비만주인이었던 까닭에 (내지/
외지) 일본인 취급을 받던 조선인들은 압록강을 건너면서 비일본인으

로서의 자기를 확인함으로써 민족적 정체성을 획득한다. 만주국 패망 직후 조선인으로서의 민족적 정체성은 비만주인, 곧 식민지배자로서의 자기를 확인받는 과정에서 촉발되어 비일본인, 곧 피식민자로서의 자기를 확인하는 과정으로 완성되는 것이다.

3. '통역사'로서의 삶: 만주국에서 조선어의 위상

주지하듯이 만주국은 서구라는 대립항을 설정함으로써 각 민족 간의 직분적 배치를 바탕으로 일본적 가치와 통치권력에 의해 규율되는 지역으로 상상되었다. 하지만 이러한 일본제국의 인터내셔널리즘은 인종적 동질성에 바탕을 둔 까닭에 외형적으로는 식민지배자와 피식민자를 구별하기 어렵다는 특성을 지닌다. 이 때문에 서구의 식민지처럼 인종적 차이라는 '가시적'인 구별 대신에 새로운 무엇을 요구한다. 김만선의 소설이 주목되는 것은 바로 이점이다.

「귀국자」는 만주에서 신문사 기자, 정부 관료로 일했던 '혁' 일가의 만주국 경험과 귀국 후의 생활을 그린 단편이다. 주인공은 만주국 치하에서 통치권력의 중심부에 자리잡았던 까닭에 일본인 거주지역이었던 관사촌에서 생활하면서 일본어만 사용하는 등 일본식 생활에 깊이 젖어들었다. 딸 경희는 일본식 교육을 통해서 일본인으로서 정체성을 구성하고 있어서 "조선 사람들은 정말 더럽다"(165면)라고 생각하기까지 한다. 이 때문에 경희는 국내에 돌아온 후 심각한 정신적 혼란을 경험한다. 경희는 "동무들 사이에 일어를 안 쓰기로 약속이 되어 있고, 그래서 일어를 많이 쓰는 사람에겐 '벌금을 물리기로"(161

면) 한 아이들 사이에서 누구보다 자주 걸려들어 학교 다니는 것을 꺼리는 것이다.

한편, 혁의 아내 영애는 딸 경희와는 달리 국내 생활에 성공적으로 적응한다. 그녀는 사실 만주에서 유창한 일본어를 바탕으로 '도모노가이(友之會)'에 참가하여 일본인 유력자들의 부인과 사귀고 여러 시국좌담에 참여하면서 일본의 식민정책에 자발적이고 적극적으로 동조했다. 그런데, 조선에 귀국하자 어느새 애국부인회에 참가하여 '조선의 어머니'가 되겠다고 나선 것이다. 그리고 남편 혁에게 '미군 통역'으로 전직할 것을 종용하기까지 한다.

> 언제는 그야말로 깨끗하게만 살아온 그 자신이 아님은 누구보다도 잘 짐작이 서는 것이고, 그렇다면 그다지 양심이니 뭐니 하는 것들을 돌아볼 필요 없이 아무 것이건 닥치는 대로 휘어잡아나 볼까 하는 충동 때문에 그것은 마침 또 그의 아내가 흥청거리고 살 수 있는 자리로만 골라 가라고, 그러니까 미군의 통역이면 어떻고 군정청 직원이면 상관 있느냐고 졸라대는 판이라 그러면 그렇게라도 작정을 해버릴까 하고 살림의 군색을 면하기 힘든 그는 적지 않게 방황했었다. 그러나 그는 끝끝내 그런 유혹에서 머리를 돌렸고, 그뿐 아니라 여차하면 언론기관에나 들어가지 하던 생각까지 단념해 버렸다.(169~170면)

인용문에서 보이듯이, 주인공 혁은 미군 통역을 권하는 아내의 의견을 묵살하고 ××전문의 영어교수 자리를 선택한다. 하지만, 그것 역시 별다른 열정을 불러일으키지 못한다. 그가 겪는 정신적 혼란은

"만주에서 이리저리 줏대 없이 뒹굴어" 다니던 모습과 "해방을 덕택을 보려는 기분으로 높직한 자리만을 연상하며 귀국"했다는 "양심의 부끄러움"(170면) 때문이다.

그런데, 이 작품에서 흥미로운 것은 주인공 혁이 왜 영어 '통역사'가 되기를 거부하는가의 문제이다. 작가 김만선이 조선문학가동맹에서 열성적으로 활동했다는 사실이 하나의 단서가 될 수도 있다. 해방직후 미국의 국가 이미지는 일본제국으로부터 식민지 조선을 해방시켰다는 긍정적인 이미지로부터 또 다른 제국주의 국가에 불과하다는 부정적인 인식으로 변모해간 것은 주지의 사실이다. 김만선이 활동했던 조선문학가동맹의 정치적 입장 역시 이와 무관하지 않았기 때문에 '미군정' 통역사로서의 삶을 거부하는 중요한 이유가 될 수 있을 것이다.

하지만, 이러한 정치적 입장과 함께 만주국에서의 언어 체험이 '통역사'로서의 삶을 거부하는 중요한 이유라고 보여진다. 이를 이해하기 위해서 만주국에서의 언어 정책과 조선인들의 역할을 살펴보자. 1940년대 태평양전쟁이 본격화되면서 국민통합[16]의 필요성 때문에 '고쿠고(國語)' 상용 정책을 강제적으로 시행한 조선과는 달리 오족협화를 내세운 만주국에서는 '고쿠고'로서의 일본어라는 개념이 끼어들 여지가 없었다. 이에 따라 만주국은 다민족 다언어 국가가 될 수밖에

---

16 식민지 기간 동안 일본제국은 조선에서 완전한 국민통합정책을 시행하지 않는다. 조선인에게 일본 국적을 부여하기는 했지만 제국의회에의 참정권과 같은 권리를 부여하지 않았다. 따라서 조선인은 대외적으로는 '일본인'이었지만, 대내적으로는 '비일본인' 내지 '비국민'의 지위에 놓여 있다. 이러한 모호성은 언어의 측면에서도 그대로 나타난다. '고쿠고(國語)'가 중요시되기는 했지만, 현지어(혹은 방언)로서의 '조선어' 역시 유지되었다. (오구마 에이지, 일본의 언어제국주의-아이누, 류쿠에서 타이완까지, 언어제국주의란 무엇인가, 이연숙·고영진·조태린 역, 돌베개, 2005, 75면)

없었다.[17] 이것은 당시 일본어가 언어생활 전반을 지배할 만한 능력을 지니지 못했기 때문에 나타난 현상이라고 할 수 있다.

이처럼 이질언어성(heteroglossia)이 지배했던 만주국에서 조선인들은 어떠한 삶을 살았을까? 조선에서 '고쿠고'로서 자리잡은 일본어는 피식민자들에게 자신의 모국어가 상실되었다는 사실, 따라서 식민 치하에 있음을 상기시켜주는 아픈 경험이다. 따라서 조선어는 쉽게 내셔널리즘적 열정과 결합될 수 있었다. 하지만, 만주에서의 경우는 이와 다르다. 「이중국적」에서 주인공 박노인은 일본 천황 히로히또(裕仁)의 패전 방송을 들으면서 그 말뜻을 한 마디도 이해하지 못한다. 대신 박노인은 만주어를 능란하게 사용할 줄 아는 이중언어 사용자였다. 뿐만 아니라 박노인의 아들 명환은 일본어를 능숙하게 구사할 수 있는 능력을 가졌다. 이렇듯 단일언어 사용자들 사이에서 박노인과 아들 명환은 이중언어 사용 능력을 발휘해 부를 축적한다. "일어는 불과 몇 마디 못하는 박노인이었으나 아들 명환의 일어를 빌어 만인들의 토지를 일인에게 소개해주는 잇속"(118면)을 챙긴 것이다.

이처럼 만주인과 일본인 사이에서 토지 매매를 중개하는 '거간꾼'으로서의 면모는 '만주어'와 '일본어'를 중개하는 '통역사'로서의 삶과 유비관계에 놓여 있다. 일본제국의 식민지 교육을 통해서 습득된 이

---

17 물론 만주국에서도 중일전쟁이 일어난 뒤 중국어가 차지하던 제도적 지위가 일본어로 옮겨가고, 언어의 서열화가 본격화되었다는 사실을 간과해서는 안된다. 이 시기 공문서에서 일본어 정문화(正文化), 관리 등용 제도에서 '일본어' 중시 경향과 그에 따른 어학 검정 시험의 실시, 언어 정책 기관의 설치, 교과목으로 '국어'에 '만주어', '몽골어' 등과 함께 '일본어'를 포함하는 등의 움직임이 나타난다. 이러한 개념은 '고쿠고'라는 개념과는 분명히 구별되는 것으로서, "모든 기관의 공용어, 혹은 국가가 국무를 집행할 때 사용하는 언어"라는 의미에서의 '국가어'의 개념에 부합한다고 할 수 있을 것이다. (고모리 요이치, 일본어의 근대, 소명출판, 2003, 322면)

중언어 능력을 바탕으로 식민지배자와 피식민자 사이의 소통을 담당한 것이다. 그런데 이러한 식민지배자의 언어와 피식민자의 언어 사이의 '통역'은 외형적으로는 의사소통을 담당하는 중립적인 행위이지만, 본질적으로는 언어권력에 따라 지배적인 언어를 따르는 정치적인 행위이기도 하다. 그들은 "조선인으로서이기보다도 일본인인 '반도인'으로서"(117면) 호명된 것이다.

결국 조선 내에서는 모국어인 '조선어' 때문에 차별을 받았던 경험은 만주국에서 '조선인/반도인/(외지)일본인'으로 호명되면서 '일본어' 덕분에 토착민과 구별된다는 정신적 우월감으로 변질된다.[18] 만주에서 일본어는 국가어로서 공식적인 언어생활을 지배했을 뿐만 아니라 제국적 인터내셔널리즘을 표상하는 언어로서 조선인이 식민지배자로서의 정체성을 획득하는 데 중요한 역할을 담당했던 것이다. 조선인들은 일본제국의 확장에 따라 '대동아공영권의 공통어'로서의 지위를 부여받은 일본어를 통해서 제국적인 인터내셔널리즘을 자기화한 것이다. 따라서 「귀국자」에서 '통역'을 거부하는 주인공의 의식 속에는 만주에서 '통역사'로서 식민체제에 암묵적으로, 혹은 적극적으로 동조했던 역사적 경험에 대한 반성이 개입되어 있었다.

이러한 면모는 김만선의 또 다른 작품인 「한글강습회」에서도 확인될 수 있다. 주인공 '원식'은 만주국이 붕괴된 직후 혼란한 상황 속에서도 한글강습회를 여는데 온 힘을 기울인다. 그 역시 해방 전에는 돈을 잡아보려고 무진 애를 쓰기도 했고, 해방 후에는 폭도들에게 알뜰히도 위하던 살림을 깡그리 약탈당한 아픈 경험을 가졌지만, 이제

---

18   김려실, 인터/내셔널리즘과 만주, 상허학보 13, 2004.08, 402면.

는 그것을 전혀 아깝게만 생각되지 않을 정도로 달라졌던 것이다. 그래서 원식은 "인민을 가르치고 인도한다는 입장"(139면)에 서 있는 민단 사람이나 무슨 청년회 하는 단체 사람들을 위해서 한글강습회를 열기로 한다.

> 다만 장춘 시의 조선 사람들을 대표하는 기관인 대한민단(大韓民團)이나 각 청년 단체에서 내다붙이는 광고문은 물론, 어떤 청년단체에선 선전문이나 강령에까지 철자가 뒤죽박죽인데다 글로서도 졸하기 짝이 없음을 종종 발견한 원식은 그만 정도의 사람은 가르치겠다는 자신을 갖게 된 것이다. (136~137면)

그런데 그가 한글강습회에 쏟았던 열정이나 부푼 기대와는 달리 막상 한글강습회에는 단 한 사람도 찾아오지 않는다. "장춘시에는 너무나 일본말에만 능숙한 청년들이 흔한 현상"(136면)이어서 아무도 한글강습회에 관심을 갖지 않았다. 한글강습회가 실패로 돌아간 뒤 원식은 그 원인을 따지는 과정에서 새로운 사실을 인식한다. 만주국 패망 직후 재만조선인 사회를 이끌던 지도층들이 대부분 "얼마 전까지 협화회(協和會)나 만주국 관리질을 해온 사람"(141~142면)이어서 일본어 문제에 관심을 갖지 않는 것이다. "제 민족의 글을 올바로 못 쓴다는 것은 어느 때나 수치밖에 무엇도 아니라고 확신"(136면)하는 원식과는 달리 과거에 만주국에 협조했던 인사들은 한글에 대해 조그마한 관심도 갖지 않는 것이다. 결국 만주국 패망 직후 재만조선인 사회를 장악한 친일적인 인사들은 "차라리 패전 왜놈들의 단체인 '세와카이(世話會)'들만치도 자기 동포들을 사랑할 줄 모르는 놈들"(141면)

이라고 평가된다.

이렇듯 김만선은 '언어=민족'이라는 관점을 통해서 민족/반민족에 대한 인식을 심화시켜 나간다. 김만선에게 있어 언어는 단순한 의사소통의 수단이 아니라 민족의 정체성을 표상한다. 따라서 일본어와 만주어 사이에서 '통역사'로서의 과거에 대한 반성이 영어와 조선어 사이에서 통역사 역할을 거부하는 것으로 나타난다. 해방 이후 또 다른 식민지배자의 모습으로 다가온 미국에 대한 거부를 표현하는 것이다. 「압록강」에서 "조선말을 제법 유창하게 씨부리는" 소련군 병사 박용수를 보면서 "그에게로 달려가 악수라도 하고 싶은 충동"(148면)을 느끼는 것도 이때문이다.

이처럼 김만선의 소설에서 민족은 하나의 언어, 하나의 종족이라는 단일성으로 상상된다. 타자들을 배제하고 단일한 것으로 정체성을 구현함으로써 만주에서의 분열된 자아는 통합되는 것처럼 보인다. 이 과정에서 식민지배자와 피식민자 사이에서 통역사, 혹은 거간꾼의 방식으로 살아갔던 인물들에 대한 강렬한 거부감이 생성된다. 김만선이 해방 이후 「노래기」 등의 작품을 통해서 정치의식을 날카롭게 벼려갈 수 있었던 계기도 바로 이러한 만주국 체험에 대한 반성에서 비롯된 것이라고 여겨진다.

4. 제국의 잡종성과 귀환서사의 의미

1930년대 이후 '만주'는 조선인에게 있어서 어떤 의미였을까? 일본제국의 지배 아래 놓여 있었다고 해도 조선과 만주국은 많은 차이를 지녔다. 일본제국의 전일적인 식민 통치 상황 아래 놓여 있던 조선인들은 제국/식민지, 내지/외지, 국민/비국민과 같은 대립항 속에서 차별적 대우를 감내할 수밖에 없었다. 이와 달리 형식적이나마 독립국의 형태를 갖추었던 만주국에서 다양한 종족들은 하나의 국민으로 통합되는 과정을 겪어야만 했다. 그런 점에서 만주국은 국민국가의 탄생을 보여주는 '근대의 실험실'과 같다고 말해도 좋을 것이다.

만주국은 모든 민족들이 공존·공영한다는 대동아공영권의 논리 속에서 탄생한 국가였다. 하지만, 오족협화의 이념에도 불구하고 다양한 종족들 사이에는 위계질서가 존재했다. 이렇듯 식민성을 내포한 인터내셔널리즘의 공간 속에서 조선인들은 매우 모순적인 위치에 놓여 있었다. 조선에서 일본제국주의의 피식민자로서 호명된 것과는 달리, 만주에서는 새로운 피식민자들을 문명화해야 할 식민지배자의 구성원으로 호명된 것이다. 1930년대 초반 이후 많은 조선인들이 만주국으로 이민을 떠났던 사실은 이와 무관하지 않을 것이다. 비록 경제적인 동기에서 촉발된 것이기는 하지만, 오족협화의 이념 속에서 식민지적 차별을 벗어나려는 정치적인 동기 또한 내포되어 있었다.

이러한 이중적이고 모순적인 위치 때문에 재만조선인들의 삶은 잡종화될 수밖에 없었다. 국가권력의 호명에 따라 그때그때 중국이나 일본, 혹은 만주국 국민으로서의 정체성을 부여받을 수밖에 없었으면서도 때로는 식민 교육 과정에서 습득한 제국의 언어를 통해서 피식민자들을 지배한 식민지배자로서의 허구적인 정체성을 획득하기도 했다. 이러한 모습은 김만선의 여러 소설에 형상화된 것처럼 '거간꾼'과 '통역사'로서의 삶을 통해서 잘 드러난다.

이러한 주체화에 대한 환상이 깨어진 것은 바로 일본제국주의의 패배와 만주국의 붕괴였다. 1945년 8월 소련군이 만주에 진입하면서 이러한 국민에의 꿈이 터무니없는 환상에 지나지 않았음이 분명해진다. 그들은 일본제국에 의해 이식된 '식민'의 다른 이름이었다. 식민 지배자과 피식민자 사이에서 거간꾼과 통역사를 통해서 자신의 이익을 극대화하는데 몰두했던 조선인들은 제국적인 인터내셔널리즘이 붕괴된 직후 내셔널리즘의 논리 속에서 민족적인 정체성을 강조하는 방향으로 변모한다. 해방 직후의 여러 소설들에서 만주에서의 식민 지배의 경험을 은폐하거나 망각한 것은 이 때문이다. 민족적인 단일성의 세계를 구축하기 위해 만주에서의 잡종화된 삶의 기억은 단순하고 단일한 것으로 재구성되었다. 해방 직후 귀환의 서사는 새롭게 재편되는 동아시아적 질서 속에서 만주국 이주민이 겪어야 했던 정체성의 재확인 과정을 담고 있는 것이다.

제4부

제국의 해체와
국민국가 체제로의 재편

저항과 협력의 변주곡

1. 1934년 전후의 박영준

박영준이 작가로서의 길을 걷기 시작한 것은 1934년이었다. 《조선일보》 신춘문예에 단편 「모범 경작생」(1934.01.10~23)이 당선되고 곧이어 《신동아》 현상소설 모집에 장편 「일년」(1934.03~12)이 당선되었으니, 1934년은 작가 박영준에게 매우 뜻깊은 해였다고 할 수 있다. 연희전문 졸업을 앞두고 찾아온 행운이었다. 이제 오랫동안 삶을 지배하던 불운은 끝난 것처럼 보였다. 사실 오랫동안 간난신고를 겪으며 박영준은 지쳐 있었다. 아버지 박석훈 목사가 삼일운동에 참여하여 평양 감옥에서 옥사를 한 탓에 가정은 경제적인 곤경에서 벗어나기 어려웠다. 그래서 향리의 함종공립보통학교를 다니다가 평양에 있는 숭실중학을 거쳐 광성고보를 졸업할 때까지 선교회의 도움을 받아야 했다. 졸업한 뒤에도 대판우선회사에 취직을 하려다 실패한 뒤, 다시 무어 목사의 도움을 받아 가까스로 연희전문에 진학할 수 있었다. 이처럼 수많은 역경을 견뎌온 박영준으로서는 연희전문을 졸업하고 소망하던 문인의 길에 접어들었으니, 오랜만에 희망으로 가슴이 부풀었을 것이다.

그렇지만 1934년은 이 불운했던 졸업생에게 더이상의 행운을 허락하지 않았다. 채만식이 「레디메이드 인생」을 통해서 잘 보여주었듯이 당시 조선 사회는 경제대공황의 여파로 심각한 실업난을 겪었기 때문에 그 역시 마땅한 직장을 구하기 어려웠다. 지인의 추천을 받아 신문사 입사시험을 보기도 했지만, 같은 지역 출신이 많다는 터무니없는 이유로 고배를 들기도 했다. 결국 박영준은 1934년 6월 용정에 있는 동흥중학(현재 용정삼중)에서 일년동안 교사로 생활했다. 그동안 문학적 변방인 용정에서, 「도시의 잔회」(신인문학 5, 1935.03, 「잿티」로 개제)라든가 「생호래비」(개벽 속간. 1935.01) 등을 발표하긴 하지만, 그의 작품세계는 등단작이었던 「모범 경작생」과 「일년」에서 크게 벗어나지 못한 상태였다.

박영준이 작품 활동을 시작한 1930년대 초는 농민 문제에 대한 사회적 관심이 매우 높았던 시기였다. 1929년 전세계를 뒤덮은 대공황의 여파로 위기를 겪었던 일본제국은 만주를 새로운 상품시장으로 편입시키며 탈출구를 모색했으나, 식민지 농촌의 경우 여전히 쌀값 폭락의 충격에서 벗어나지 못했다. 그래서 조선총독 우카키 가즈시게(宇垣一成, 1931.06.17~1936.08.05 재임)는 1932년 9월 30일 조선총독부 내에 농촌진흥위원회를 설치하고 전국적인 규모로 농촌진흥운동을 시행한다. 이 관제프로젝트는 초기에는 색의 보급, 금주와 금연, 도박 금지, 미신 타파 등 생활개선을 중심으로 진행되다가 1933년 3월 이후부터 자작농 창설이나 중견인물 양성 등을 내세워 농민들을 포섭하려 했던 것이다. 여기에 맞서 민족해방운동 세력도 다양한 방식으로 농민들을 전유하고자 시도했다. 예컨대 동아일보사를 중심으로 펼쳐진 브나로드운동이나 조선공산당 재건과 결부된 적색농민운동은 모두 농민들을 전유하기 위한 새로운 방책이었다고 할 수 있다.

이처럼 농민들을 전유하기 위한 식민지 통치권력과 민족운동 세력 간의 경쟁이 심화되던 시기에 농민소설 작가로 등장했기에 박영준은 문단의 주목을 받기에 충분했다. 하지만 카프 제2차 검거 사건으로 문단이 어수선한 탓이었는지 그에 대한 관심은 그리 높지 않았다. 그래서 박영준은 해방 이후에야 비로소 작가로서의 대접을 받았다고 푸념을 할 정도였다.

이 무렵 박영준의 이념은 사회주의에 현저하게 경도되었던 것으로 보인다. 이러한 징표는 소설 「일년」에 잘 나타나 있다. 이 작품에서 전면화되어 있는 것은 지주와 농민 사이의 갈등이라기보다는 소작농민들의 삶을 옥죄는 식민지 통치권력의 횡포라고 할 수 있다. 검열로 인해 장 전체가 삭제된 제7장 '호세'뿐만 아니라 일부가 삭제된 제8장 '치도', 제13장 '신축농장', 제15장 '의사' 등은 모두 식민지 통치권력과 직접적으로 관련된 부분이다. 그 가운데 특히 주목되는 것은 일본인 농장의 간척사업을 돕기 위해 농민들을 강제로 동원하는 모습이다. 소작농민들의 '일년'이라는 일반적인 플롯에서는 볼 수 없는 「일년」만의 특징인 동시에 조선총독부의 식민정책과 일본인들의 농민 수탈이 종합된 부분이기 때문이다. 제13장 '신축농장' 부분에서 중점적으로 그린 간척사업은 평안남도 강서군의 증산면과 신정면(1929년 신흥면과 풍정면을 통합), 그리고 장안면 일대에서 이루어진 대규모 공사였다. 처음에는 1928년 4월 1일 시작하여 1931년 말까지 마칠 예정(예상 공사비 365만원)[01]이었지만, 경제대공황 때문에 사업 주체가 불

---

01   국가기록원 소장 조선총독부 기록문서 「간척개간실시설계서(함종농장)」(1928)[문서 관리번호 CJA0005311] 참조.

이흥업에서 동양척식회사로 바뀌어 계획보다 2년이 더 지난 1933년 말에 이르러서야 제1기 계획이 완성될 수 있었다.[02]

간척사업을 시작한 불이흥업[03]은 조선총독부로부터 황무지나 도서 연안의 개간권을 획득한 뒤 농민들을 동원해 농장을 만들어 농민들에게 소작료를 징수하는 방식으로 막대한 부를 축적하여 악명을 떨쳤다. 특히 농민들을 동원할 때에는 '영구 소작권 보장, 소작료 3년 면제, 간척 공사 임금 지급'이라는 감언이설로 현혹한 뒤, 실제로는 고율의 소작료와 각종 노역을 강요하고, 항의하는 농민들에게는 소작권을 빼앗겠다고 위협하는 방식을 사용한 것이다. 당시 조선총독부에서는 식민지 조선을 식량공급지로 조성하려는 산미증식계획을 추진하기 위해 이러한 불이흥업의 불법적인 행위를 묵인했다. 「일년」에서도 식민지 통치권력은 간척사업을 원활하게 진행시키기 위해 밧튼골 농민들을 동원해 길을 닦기도 하고, "농장 사무소 옆에다가 파출소를 세"(7권, 81면)우는 등 온갖 특혜를 제공한다.

「일년」에서 밧튼골 농민들은 식민지 통치권력에 의해 농장 조성을

---

02 1933년 10월 6일자 《동아일보》에는 「동척 강서 간척지 이주농민 전형」이라는 제목으로 다음과 같은 기사가 실려 있다. "동척 강서간척지 제1기 계획에 의한 오백 정보의 간척사업은 이즈음 완성 내춘(來春)부터 농경 개시 가능이 되므로 동사에서는 이에 필요한 이주농민을 모집 중이었는데, 금번은 부근 조선농 이백오십 호를 이주하고 일호당 이정보로 소작하도록 목하 이주민을 전형중이다" 1933년 12월 15일에도 이와 비슷한 내용의 기사를 찾을 수 있다.

03 1904년 무렵 오사카후지모토합자회사(大阪藤本合資會社)에서 한국으로 파견된 후지 간타로(藤井寬太郎)는 일본의 면포와 생활필수품을 반입하고 쌀과 쇠가죽을 반출하는 무역업으로 이익을 축적했다. 그후 전라북도 옥구·익산 지역에 전북농장을 설립하면서부터 본격적인 농장 경영에 착수했고, 1914년에는 사와무라 규헤이(澤村九平) 등과 자본금 백만원으로 불이흥업(不二興業)을 설립한 이후 총독부의 적극적인 지원 아래 평안북도 용천(서선농장), 경기도 철원(철원농장) 등 전국 각지에서 불이농장(不二農場)을 운영했다.

위한 도로 건설에 강제로 동원되기도 하지만 품삯을 벌기 위해 자발적으로 간척사업 노동자가 되기도 한다. 그렇지만 간척공사 노동자로서의 생활은 오래 지속될 수 없었다. 임금이 밥값에도 미치지 못할 지경이었기 때문이다. 결국 농장에서는 조선인 대신에 중국인들을 고용하지만, 그들 역시 터무니없는 노동조건 때문에 파업을 일으킨다. "중국 노동자가 조선인보다 더 많던 그곳이 그들의 말소리가 없자 농장 안은 텅빈 듯했다. 남포소리도 없고 구루마소리도 없으며 보이는 감독마다가 눈을 번뜩이는 것이 조금 이상스러웠다. 더구나 한 명씩밖에 오지 않던 농장 순사들이 네 명씩 떼를 지어 다니며 모자줄을 느리우고 고개를 기웃거리는 것이 이상했다"(7권, 85면) 이처럼 중국인 노동자들이 파업을 벌이자 조선인 노동자들 역시 동조하여 파업을 일으키고, 특히 진억이는 조선인 노동자를 대표하여 회사에 임금 인상을 요구하는 진정서를 제출했다가 해고를 당한다.(7권, 86면)

이렇듯 서사 진행 과정에서 간척 사업은 중요한 서사적 의미를 담고 있다. 작가는 이를 통해 식민지 통치권력과 사업가 사이의 정치적·경제적 유착을 구체적으로 그려내는 한편, 밧튼골 농민들이 간척 공사장에서의 경험을 통해 부조리한 현실을 인식하고 투쟁하는 인물로 성장하는 과정을 그려낸다. 특히 진억과 순환은 노동자 경험을 통해서 민족을 넘어선 연대 투쟁에도 눈뜰 뿐만 아니라 인간적으로도 훨씬 성숙해진다. 중국인 노동자와 조선인 노동자 사이의 연대 파업이 구체적으로 다루어지지 못했지만, 만보산사건 이후 조선에서 점차 위세를 떨쳐가던 외국인, 특히 중국인에 대한 혐오를 넘어서 민족을 넘어선 연대를 모색했다는 점에서 충분히 주목할 만하다.

이러한 박영준이었기에 동흥중학에서 보낸 일년은 만족스러웠다. 당시 동흥중학에는 장연과 목포에서 사회주의 운동을 하던 장하일(강경애의 남편)과 김국진(박화성의 남편)이 교사로 일하고 있었다. 박영준과 이념을 공유하는 인물들이 포진했던 것이다. 또한 강경애의 「인간문제」가 《동아일보》, 1934.08.01~1934.12.22) 연재되었고, 박영준의 「일년」은 《신동아》에 연재되었으니 간도 지역 문인들과의 교류 또한 자연스러워서 《북향》 동인으로 참가하기도 했다. 설령 육체적으로 고단했을지라도 정신적으로는 행복했던 시절이었으리라 짐작된다. 이 무렵 《동아일보》 학예란에 발표한 시 「해란강」은 "유대 백성"이나 "집시" 그리고 "보헤미안"으로 불리는 서정적 자아가 해란강을 "나와 똑같은 동무"로 호명함으로써 디아스포라적 상황 속에서도 정신적인 만족감을 느끼고 있음을 엿볼 수 있다.

> 혜련아!
> 너는 어찌 그리 고독하게 사느냐
> 끝없는 만주벌을 소리도 없이
> 아무런 동무도 갖지 않고 홀로 흐르노나
> 물의 유일한 동무인 물새도 없이 강의 아들이 보트도 못
> 가지고서!
> 내 두만강을 건널 때 바위를 보았건만
> 때때로 쌈 싸울 바위도 안 가진 너로구나!
> 말없이 고적하게 흐르는 혜련아!
> 너는
> 유대백성같이 이 집시같이 떠도는 나의 맘에
> 조금도 빈틈없이 꼭 맞는구나!

혜련아!

봄향기가 땅에서 솟을 때도 너는

아름다운 네 이름같이 말개질 줄 모르느냐

그러나 혜련아!

너를 어미의 젖보다도 귀하게 생각하는

수만의 니아와 고려인이

너의 뒤에 있음을 알고

너는 위안을 받아라

그러나 혜련아-

보헤미안의 여행을 떠난 내가

나와 똑같은 동무 너를 만난 뒤 바라기는

나의 눈물 한 방울을 너에게 떨어트려 줄테니

너를 믿고 사는 그들의 논으로 가거든

벼 한 알을 만들어다고-[04]

    하지만 용정에서의 행복했던 시간은 그리 오래 지속되지 못했다. 1935년 여름 박영준은 경성으로 돌아온다. 동흥중학이 여러 가지 문제로 분규에 휩싸인 까닭일 것이다. 「재만조선인교육개선안」(1935)을 통해서 독립적인 민족교육을 통제하려는 일제의 책동에 부응하여 동흥중학에서도 오랫동안 학교를 자치해오던 교사들을 몰아내고 경영권을 장악하려고 시도하면서 박영준 또한 돌아올 수밖에 없었던 듯하다.[05]

---

04 박영준, 해란강, 동아일보, 1935.03.14.

05 경제난을 기화로 거듭 침범하는 마수 모함 중상, 결국은 경찰 문제까지. 동흥중학

2. 강서적화사건과 만주국 협화회

1935년 여름 무렵 경성으로 돌아온 박영준은 최인준(崔仁俊, 1912~ ?)과 함께 생활하면서 새로운 진로를 모색했다. 최인준은 광성고보와 연희전문에서 함께 공부한 동문이었으며 박영준과 마찬가지로 일 년 전에 신춘문예에 당선되었던 문우이기도 했다. 그런데 박영준은 1935년 12월 8일 평남 강서경찰서 형사들에게 피검된다. 당시 신문은 다음과 같이 전한다.

> ㉠ 평양 강계경찰서에서는 돌연 고등계원이 8일 입경하여 종로경찰서원의 응원을 얻어가지고 활동을 개시하여 모종 혐의 2명을 검거해 가지고 8일 오후 3시 급행으로 돌아갔다. 붙들린 사람은 시내 장사동에 있던 일찍 동경 등지에 오래 가서 있던 朴永俊(25)과 세브란스 연구실에 있는 의사 方觀赫으로서 사건은 아직 내용을 알기 어려우나 어떤 적색사건에 관련된 혐의라고 한다.[06]

> ㉡ 8일 아침에 평안남도 강서경찰서 고등계원이 상경하여 부내 종로서 응원을 받아 인사동 170번지 대성상회를 습격하고 그 주인 方觀斥 씨의 동생되는 세브란스의학전문학교를 졸업하고 현재 동교에서 연구 생활하는 중인 方觀赫(24)과 장사동 朴榮濬(25)을 검거하여 동일 오후 경성역 발차로 강서로 압송하였는데 사건 내용은 비밀에 부쳐 자세히 알 수

교 분쟁 전말(용정), 동아일보, 1935. 08. 28.

06   강계서원 입경-양 청년 검거, 동아일보, 1935. 12. 10.

없으나 강서지방에서 지방 청년들을 중심으로 한 적색비밀
결사가 탄로되어 이 사건의 관계혐의자로 검거된 듯한 바 사
건의 진전은 자못 주목된다.[07]

㉮와 ㉯는 같은 사건을 다루지만, 조금은 혼동스럽다. 왜냐하면
박영준이라는 이름의 한자 표기가 다를 뿐만 아니라 ㉮에서는 박영
준을 "일찍 동경 등지에서 오래 가서 있"던 인물이라고 언급하기 때
문이다. 그래서 ㉮만 보면, 한자 이름도 다르고, 경력도 무관하기 때
문에 소설가 박영준과 전혀 상관없는 일처럼 생각할 수도 있다. 하지
만, ㉯를 보면 소설가 박영준과 한자 이름도 같고 나이도 비슷할 뿐만
아니라 방관혁과도 개인적인 친분도 확인할 수 있다는 점에서 소설
가 박영준이라고 할 수 있다.[08]

박영준이 연루된 사건은 '강서적화사건'으로 불리며 여러 차례 언
론에 보도되었는데, 1936년 5월 초 고창제·차명철·김용규·이제
현·박관수 등이 평양검사국으로 송국되면서 일단락된다.

주범 고창제는 대정 8년 경에 경성 배재고보를 졸업하고
병으로 인하여 고향에 돌아갔는데, 그후 전신불수로 몸도 자
유롭지 못하면서 적색에 관한 서적을 탐독하던 바 **그 동리에**

---

07 강서 경찰서원 입경, 世專 의사를 押去, 적색비사의 혐의인듯, 조선중앙일보,
1935.12.10.

08 박영준과 함께 검거된 방관혁(1913.10.01~2015.06.03)은 박영준과 마찬가지로 평
안남도 강서 출신이다. 박영준보다 두 살 아래로 경성에서 중학교와 고등학교를
마친 후 1931년 세브란스연합의학전문에 입학했고, 브나로드 운동 때에는 평양
강서군 수산면 고학리에서 활동한 적이 있었다. (제1회 학생 브나로드운동, 동아일보,
1931.08.19. ; 금년 하휴(夏休) 이용 제1회 브나로드운동 총결산, 동아일보, 1931.10.21)

사는 청년 차명철, 김용규, 이제현, 박영준 등과 함께 소화 3
년 5월 경에 ○○구락부라는 비밀결사를 조직하고 강서군 신
정면 공보교 설립 반대와 동면 구하도로개수공사(구하도로개
수공사) 등에 농민들을 선동하여 항상 면 행정을 반대하여 왔
다. 한편 반종교운동을 하기 위하여 당지 예수교회 안에 동지
를 들여보내서 청년들에게 좌익사상을 고취하며 화산청년회
단체를 조직하였다가 다시 익년 삼월에 농촌용진회라고 명
칭을 변경시켜 독서회 토론회 동화회 연극 등을 시시로 개최
함은 물론 조기회 등산, 축구 등으로 조직적 활동을 감행하
였다. 또 고창제는 자기가 가르치고 있던 서당아동들로 하여
금 화산리 유년회를 조직하고 때때로 동화회를 개최하여 불
온사상을 주입하였으며 때로는 동지자끼리 모여 당지 연안
에 있는 이압도에서 캠프생활을 한다 하면서 비밀협의를 하
였으며, 강서군 수산면 등지 박관수와 연락하여 강서군 쌍룡
면 다족리 엡   청년회원의 대부분을 적화시켰다. 한편으로
자금을 얻기 위하여 소화 8년 이래 공동경작을 하여 보았으
나 그것만 가지고 늘 부족하므로 평양부 기림리에 오케이타
이어공장을 설치하였으며 동리민 약 40명을 모아가지고 소
화 10년 음 10월 10일에 화산소비조합을 조직하여 각 방면으
로 적화공작을 감행하다가 작년 11월 28일에 강서경찰서원
의 손걸렸다 한다.(강조는 인용자)[09]

당시 신문 보도에 따르면 고명철·차명철·김용규·이제현·박영
준 등이 '동인구락부'라는 비밀결사를 조직한 것은 1928년 5월 무렵

09   강서적화사건 금일 4명 평양 檢局에, 매일신보, 1936.05.09.

이다. 박영준이 광성고보를 졸업하고 대판우선회사에 취직하려다 실패하고 고향에 머물던 때였다. 그런데 일년 후에 무어 목사의 도움을 받아 연희전문에 진학하여 경성으로 상경했으니 동일구락부라는 비밀결사의 활동에 깊이 관여할 수는 없었을 것이다. 그런데 연희전문에 입학[10]한 후 정인섭의 영향 아래 문학에 뜻을 두었다가 "웬일인지 모르나 자기분열이 생기며 누구를 의뢰할 수도 없"[11]어 학교를 휴학하고 귀향하게 되었다. 강서군 함종면 발산리에서 태어났으나, 연희전문에 입학할 무렵 아버지의 향리로 이사했으니, 그가 돌아간 곳은 강서군 신정면 신리였다. 그는 이곳에 머물면서 면소재지인 구련리에 있는 사립 사달학교(四達學校)[12]에서 교편을 잡았으니, 다시 동인구락부와 연결되었던 것이다.

그런데, 일제가 4년 전에 있었던 일까지 파고든 것은 이 사건을 단순한 농촌계몽운동이 아니라고 판단했기 때문이다. 이 사건은 처음에 경성 배재고보에서 공부하다가 병을 얻어 전신불수 상태였던 고창제를 주모자로 지목했는데, 그는 건강 문제 때문에 서류상으로만 평양검사국으로 송국해야 할 정도여서 실질적으로 핵심 역할을 수행한 것은 차명철이었다. 그런데 조사 과정에서 "차명철은 삼년 전에 검거되어 목하 서대문형무소에서 복역 중인 공산당원 오기만(吳基萬)의 지도를 받아 전기 고창제와 박관수를 중심으로 강서군 수산면에

---

10   박영준 전집에서는 1928년에 연희전문에 입학한 것으로 기록했으나, 1929년 4월 4일자 매일신보의 연전 합격자 기사에서 박영준 이름을 확인할 수 있다.

11   박영준, 고독:나의 소설수업, 문장 2권 6호, 1940.07, 234면.

12   사달학교는 1903년부터 기독교조선감리교회 신정교회에서 운영한 미션스쿨이었다. (사달학교, 조선일보. 1937.12.30)

서 애한당(愛汗黨) 동인구락부를 조직"[13]한 것으로 밝혀진다. 그런데 오기만은 황해도 배천에서 신간회 활동을 하다고 옥고를 치루고 난 뒤 상해로 망명하여 김단야(金丹冶)로부터 적색노동조합과 조선공산당 재건명령을 받고 귀국하여 1932년 1월부터 진남포를 중심으로 활동하다가 1934년 4월 상해에서 체포되었다. 이처럼 차명철이 오기만을 거쳐 상해의 김단야로 연결되면서 이 사건은 조선공산당 재건운동과 이어지는 중대사건이 된 것이다.

박영준 또한 문단에 본격적으로 등단하기 전에 발표한 「시골 교원의 하루」(조선일보, 1932.05.12)에서 시골학교의 교원으로 취직했지만, 학교에 다닐 때 스트라이크 주모자였다는 이유로 교원 인가를 받지 못해 학교를 쫓겨나는 이야기를 그린 것이라든가, 사회주의를 표방한 《전선(全線)》에 「쫓기어난 남편」(제2호, 1933. 2), 「소녀공(少女工)」(제5호, 1933. 5) 등의 소설을 발표한 적이 있다. 뿐만 아니라 '동인구락부'가 펼쳤던 여러 활동들은 소설에 오롯이 담겨 있다. 「일년」에서 부각되었던 기독교 비판 또한 마찬가지이다.

본디 박영준은 독실한 기독교 신자였다. 아버지는 평양 남산현교회의 목사였고, 삼일운동에 앞장섰다가 평양형무소에서 옥사했다.[14] 그리고 네 형제 중에서 첫째와 셋째가 목사로 봉직할 정도로 신앙심이 깊은 집안이었다. 박영준이 어려운 가정형편 속에서도 또한 숭실학교와 광성고보, 연희전문에서 수학했던 것은 모두 기독교선교회의 도움이 있었기 때문이었다. 이처럼 기독교에 많은 것을 빚졌던 박영

---

13 50여 명 검거한 강서농어촌적화사건 조선중앙일보, 1936.04.27.

14 전영택의 소설 「생명의 봄」은 평양 남산현교회에서 박석훈 목사의 장례식을 치루는 장면을 담았다.

준이 「일년」에서 기독교를 비판한 것은 바로 동인구락부 활동 속에서만 이해될 수 있다. 그런 점에서 귀향의 변으로 삼았던 '자기분열'이란 독실한 기독교 신앙을 가졌던 박영준이 마르크스주의에 침윤되면서 겪는 종교적 번민을 암시한 것이다.

이로 미루어 볼 때, 박영준의 초기 소설들은 여러 모로 적색농민운동과 깊이 연관된 것처럼 보인다. 지주와의 경제투쟁을 넘어서 국가기관 내지는 국가기관과 결탁된 대규모 농업자본과의 대결을 암시한다든가, 민족의 경계를 넘어선 중국인 노동자와의 연대 등을 암시한 것 등은 다른 카프 농민소설에서도 발견하기 어려운 박영준 소설만의 미덕이다. 하지만, 강서경찰서에 반년 가까이 구금되었던 경험은 박영준에게 오랫동안 정신적 충격을 남겨 주었다.[15] 뿐만 아니라 박영준의 문학적 지향 역시 큰 변화를 보여준다. 아버지가 삼일운동에 참가하여 평양감옥에서 옥사한 데 이어 박영준마저 사상 사건에 연루되었으니 풀려난 뒤에도 생계를 꾸려나가기가 쉽지 않았으리라는 것은 충분히 짐작되는 일인데, 결국 박영준은 취직을 핑계로 남만주 반석으로 떠나기로 결심한 것이다.

그런데 박영준이 만주를 향해 두 번째 길을 떠날 때 왜 '반석'을 선

---

15   연세대학교 영문학과를 졸업하고 소설가로 활동했던 최인호는 다음과 같이 회고한다. "삼년전이었던가요. 원주에 지방 강연 가셨을 때 제가 따라갔었는데 깊은 밤중에 잠이 든 선생님이 노래를 부르셨습니다. "불 밝던 창에 어둠 가득 찼네. 내 사랑 나나 병든 그때부터……." 그렇습니다. 선생님이 주무시면서 노래를 부르고 계셨습니다. 깜짝 놀라 선생님이 깨신 후에 여쭈어보니 선생님은 빙그레 웃으시면서 "자면서 노래 부르는 게 내 버릇이지" 하셨습니다. 일제강점기 감옥소에 독서회 사건으로 끌려들어가 한 반년 가량 고생하셨을 때 생긴 버릇인데 꿈속에서 노래를 부르시는 버릇은 그 후로 계속되어 오셨다는 것이었습니다"(최인호, 어둠만이 가득 찼습니다, 현대문학 261, 1976.09, 15면)

택했는지에 대해서는 알려져 있지 않다. 보통 사람이 다른 곳으로 이주할 때 조그마한 연고라도 찾는 것이 인지상정이라고 한다면, 일 년여 동안 머문 적이 있었던 용정을 찾아가는 것이 자연스럽다. 하지만 박영준은 마치 소설 「중독자」에서 주인공이 "나는 겹쳐 돌아가는 생활이 싫어 만주로 온 사람이다"라고 말하는 대목처럼 일부러 자신을 알아보는 사람이 없는 반석으로 향한다.[16] 반석은 만주국 건국 이후에도 오랫동안 반만주국 항일운동세력이 활동하던 '위험한 땅'이기도 했다. 예컨대 1932년 9월에는 송구오룽(宋國榮)을 중심으로 한 항일연합군이 반석현성을 포위하여 많은 희생자가 생기기도 했다. 그래서 반석에서는 오랫동안 군정이 실시되고 집단부락 체제가 유지되다가 노구교 사건을 계기로 일본제국주의가 본격적으로 중국 대륙을 침략하면서 비로소 치안이 확보될 수 있었다.

이제 막 '위험한 땅'에서 벗어난 반석으로 향하는 박영준의 속내는 알 수 없지만, 아마도 '강서적화사건'과 연관이 있지 않을까 싶다. 앞서 살핀 대로 박영준은 연희전문 재학 중이던 1931년 고향인 평안남도 강서군 신정면 사달학교에서 1년간 근무한 적이 있었는데, 그 무렵에 강서군에서 브나로드 운동을 펼쳤던 동향의 후배 방관혁과 함께 체포되었다. 그런데 연희전문에 유학을 떠난 박영준과 방관혁은 송국 과정에서 풀려나고, 강서 지역에 남아 계속 활동했던 4명은 치안유지법 위반으로 재판에 회부되어 1938년 3월 1일에야 확정 판결을 받았다. 재판 결과 한 사람은 징역 1년 6개월을 선고받았고, 나머

---

16   박영준은 이때의 심경에 대해서 "나는 사람이 살지 않는 어떤 고도로 가고 싶은 마음이었다"라고 말한 적이 있다. (박영준, 자전적 문학론, 황소걸음-스승 만우 박영준을 기리며, 동연, 2008, 430~431면)

지 세 사람은 각각 징역 1년을 선고받았다. 이로 미루어 박영준이 생계 때문에 고생하면서도 1938년 여름이 되어서야 반석으로 떠난 것[17]은 재판이 마무리되지 않아 국내에서 경찰의 감시를 받았기 때문으로 보인다. 그 사이에 강서적화사건으로 함께 투옥되었다가 풀려난 방관혁은 북경에 있는 중국 협화의학원으로 유학을 빙자해 망명길에 올랐다. 강서적화사건에 연루되었던 인물 중에서 몇 사람은 옥고를 치루고 있고 한 사람은 중국으로 망명을 떠난 뒤였으니 혼자서 취직을 위해 만주로 가는 박영준의 심경이 편치 않았으리라는 것은 충분히 짐작이 가는 일이다. 이러한 심경은 '모럴'에 대한 회의와 갈등으로 드러나기도 한다.

> 전전하면서도 생활 같은 생활을 한번도 못하면서도 다만 나만이 가진 정열로 말미암아 살고 있었다. 먹을 것이 없어 처자를 자기 집에 보내두고도 생활에 대한 걱정을 아니했다. 내 모럴을 파악하기 위하여 선배들의 작품을 읽기에 여념이 없었다. 그러나 아직까지 내가 바라는 내 모럴을 발견 못했고 따라서 내 작품의 가치는 옛날 것보다도 떨어지는 듯하다. [……] 내 모럴을 파악하겠다는 노력을 그대로 가지고 있다. 시대적인 것보다 옛날로부터 지금까지의 공통된 무엇을 발견하고 거기에 따르는 내 마음자리를 잡겠다는 욕망, 이것이 내가 죽을 때까지의 수업과제이다.[18]

---

17 1938년에 발표한 수필 「꿈속의 고향」을 보면 1938년 봄이 지난 후에 만주로 간 것을 알 수 있다.

18 박영준, 고독: 나의 소설수업, 문장 2권 6호, 1940.07, 235면.

만주에 머무는 동안 박영준은 《만선일보》에 장편소설을 연재할
정도로 작가로서의 역량을 인정받았음에도 불구하고 그리 많은 작
품을 발표하지 않는다. 뿐만 아니라 이 무렵에 쓴 소설 중에서 만주
를 배경으로 한 작품도 찾아보기 어렵다. 「중독자」(신인단편집, 1938),
「무화지」(문장, 1941.02), 「밀림의 여인」(만선일보, 1941.09) 등에 불과하
다. 심지어는 《만선일보》에 연재한 장편소설 「쌍영」조차 만주와는 무
관하다. 그래서 반석에서의 경험과 내면 풍경을 엿볼 수 있는 작품은
「무화지」가 거의 유일하다.

　　「무화지」는 등장인물의 입을 빌어 "참, 이곳은 우리 동포가 잊지
못할 곳입니다. 가장 먼저 땅을 개간하고 들어온 데가 이곳일 뿐 아
니라 반만 항일군에게 가장 큰 희생을 본 데도 이곳입니다. 그래두
조선 사람이 많기로는 간도 다음 갈 것입니다"[19] 라고 말한 점으로 미
루어 볼 때, 반석을 무대로 한 작품이라고 할 수 있다.[20] 이 작품에서
서술자는 신경(장춘)에서 파견 온 만주국 참사관을 대접하는 자리에
모인 지방 유지들의 모습을 그리면서 시니컬한 어조로 "지방 유지들
이란 이는 물론 이 지방에서는 내노라고 하나 길림쯤만 가도 이름을
알고 찾아주는 이가 별반 없는 그야말로 숨은 지사"[21]라고 표현한다.
그리고 등장인물들의 추태에 대해서도 "만주에까지 같이 오지 않았
느냐 하는 뜻에서인지는 모르나 술상만 마주 앉으면 체면도 계급도
전혀 없어지고 서로 부르는 말이 '군'으로 되어버리는 이곳 풍속"[22]이

19　　박영준, 무화지, 문장 3, 1941.02, 203면.

20　　서영인, 박영준 문학과 만주:박영준 문학세계의 연속성 탐구를 위한 시론, 한국근
　　　대문학연구 24, 2011.10, 69면.

21　　박영준, 무화지, 앞의 글, 203면.

22　　같은 글, 204면.

라고 표현함으로써 등장인물과의 거리감을 드러낸다.

이러한 서술태도는 주인공 재춘을 형상화하는 과정에서 더욱 극명하게 나타난다. 그는 만주에 들어올 때는 먹을 게 없어 빌빌댈 지경이었지만, 조강지처를 버리고 얻어들인 후처가 알뜰하게 살림을 한 덕분에 지방 유지로 대우를 받는다. 그럼에도 불구하고 재춘은 아내에게 고마워하지 않을 뿐더러 아내를 죽음으로 몰고난 뒤에도 조그마한 죄책감조차 갖지 않는다. 오히려 "조강지처만을 데리고 사는 사람이 몇이나 있는가. 만주에 와서 마음대로 못 살면 어데서 이런 생활을 한담"[23]라고 하면서 합리화할 뿐이다.

이처럼 서술자는 만주에서의 삶을 부도덕하고 타락한 모습으로 그려낸다. 등장인물들이 만주를 찾아온 까닭은 지금까지와는 다른 모습으로 살아보겠다는 욕망이었지만, 그 욕망은 삶의 진정성을 회복하려는 모습이라기보다는 멋대로 살아가겠다는 파락호의 모습에 지나지 않았다. 문제는 서술자가 등장인물에 비판적인 거리를 취하는 듯 보이지만, 정작 작가 자신의 실제 행적과 중첩시켰을 때 서술자 역시 등장인물과 크게 다를 바 없다는 점이다. 서술자는 진공 상태에서 등장인물들의 윤리성을 '객관적'으로 평가하는 존재가 아니라, 그역시 작가 자신의 선택에 따라 윤리적으로 평가받아야 하는 존재이기 때문이다. 그런 점에서 볼 때 '무화지'라는 표제는 등장인물들의 삶을 요약하는 제목이기도 하지만, 서술자 혹은 작가 박영준의 삶을 암시하는 제목이기도 하다.

『싹트는 대지』(만선일보출판부, 1941)에 수록되기도 했던 단편 「밀림

---

23   같은 글, 210면.

의 여인」은 작가 박영준의 윤리적인 파탄을 보여주는 작품에 다름 아니다. 일인칭 서술자 '나'는 십여 년 동안 산속생활을 하다가 토벌군에 의해 총상을 입고 포로가 된 김순이라는 인물을 설득하여 만주국의 건전한 국민으로 재탄생시키기 위해 노력한다. 협화회의 주된 임무 중의 하나가 만주국 건국의 정당성을 일반 민중에게 선전하고 교화하는 역할이었으니, 반만 항일운동을 펼치는 '비국민'을 '국민'으로 순치시키는 것은 협화회 회원으로서 당연히 수행해야 할 임무였을 것이다. 그래서 반석지역에서 반만 항일 투쟁이 기치를 높이 들던 시기에는 협화회 회원들이 공산주의자에 의해서 처단되는 사건이 발생하기도 있다. 협화회는 만주국 건국의 정당성을 둘러싸고 벌어지는 이념의 전장에서 최전선에 서 있던 단체였다. 요컨대 강서적화사건의 관련자로 고초를 겪었던 박영준은 「무화지」에 흔적처럼 남아 있던 자의식마저 버리고 적극적으로 '공산비적'을 설득하여 제국주의에 순응시키는 협화회의 역할을 적극적으로 수행한 셈이다.[24]

3. 죄의식에서 벗어나는 방법: 「탈출기」

1945년 일제가 패망하던 무렵 박영준은 길림성 교하현(蛟河縣) 흥

---

24 서영인은 「밀림의 여인」을 분석하면서 "밀림의 여인은 당시 일본제국의 귀화정책에 호응하여 창작된 것이기는 하지만, 세부 내용은 정책이 지시하는 최소한의 것만을 다룬 것으로 보아야 하지 않을까 한다. 만선일보의 작품에 대한 검열과 압박이 한층 강해진 것이 1941년 초의 일이었고, 이 작품이 만선일보에 발표된 때가 1941년 7월이었다는 점도 함께 고려한다면 박영준의 만주에 대한 태도는 적극적 협력이라기보다는 무관심 내지는 의도적 거리두기였다고 보아야 할 것이다"라고 말한 적이 있지만 동의하기 어렵다. (서영인, 앞의 글, 74면)

농합작사에서 근무했다. 박영준은 흥농합작사에 대하여 "현재 우리 나라의 농협과 같은 것"이어서 "농자금을 대부하는 일 외에 농사 지도를 하고 있"었으며 전쟁 말기에 "한국사람들을 전쟁 수행에 협조하는 일반적 일에 지도적 역할"[25]을 수행했다고 언급한다. 그렇지만 협화회 산하조직이었던 만큼 흥농합작사의 임무는 일본의 침략전쟁과 깊숙이 연관되어 있었다. 일본이 패전을 선언하던 날에도 박영준은 조선 청년들을 이끌고 깊은 산속에 들어가 머루나무 잎으로 주석산을 만드는 일을 수행했기 때문에 패전 소식조차 삼일 후에야 알 정도였다. 따라서 패전 소식을 들으면서 "해방의 기쁨보다도 우선 불안에 떨지 않을 수 없"[26]었던 것은 당연한 일이었다. 결국 박영준은 1945년 9월 교하를 떠나 서울로 향한다. 만주에서 지낸 지 7년만의 일이다.

그런데 교하를 떠나는 기차에 오를 때 박영준은 혼자였다. 왜냐하면 만삭의 아내가 두 아이를 데리고 귀환길에 오르는 것을 반대했기 때문에 가족을 두고 떠날 수밖에 없었다.

> 아버지 기억하시겠지요? 1945년 해방이 되었을 때 아버지는 "나라가 해방되었다"며 그리도 기뻐하시고 빨리 서울에 가야겠다며 서둘러 길림성을 떠나실 때, 끝까지 따라가겠다고 기차 정거장 고삐차까지 따라가서 울던 저를 기억하시겠지요? 아버지는 그때 몇 번이나 고삐차를 탔다 내렸다 하시면서 저를 타이르고 또 내려와서 타이르곤 끝내는 함께 울고 헤어졌던 일 말입니다.

---

25 박영준, 밀림을 밝힌 자유의 햇살-만주 길림성에서 맞은 8·15, 세대 97, 1971.08, 196면.

26 같은 글, 197면.

"넌 엄마와 동생들을 돌보아 주어야 한다. 나는 너를 믿고 떠나는데 네가 굳센 모습을 보여주어야지"

제 나이 열한 살이었습니다. 그 후, 우리 식구는 늘 아버지를 그리워하며 따라다녔던 것 같습니다.[27]

박영준은 교하에서 길림을 거쳐 봉천과 안동으로 이어지는 안봉선(安奉線) 대신에 길림과 회령을 왕래하던 길회선(吉會線)을 타고 용정까지 온 다음 도보로 두만강을 건너 회령으로 들어섰다. "두만강까지 이르는 동안 한번 서기만 하면 떠날 줄 모르는 기차가 마음을 애태워주기는 했지만, 조국에의 첫걸음은 그리 힘들지가 않았다. 내가 살던 교하에서 용정을 거쳐 독립운동의 근거지였다고 말할 수 있는 명동촌을 지나 회령까지 이르는 동안 기차를 타고 자동차를 타고 또는 걷고 하여 사오일이 걸리었다"[28]

박영준은 자신의 귀환 과정을 해방 이후 처음 발표한 「피난기」(예술, 1945.12)에 담았다. 소설이라는 형식으로 발표한 것이어서 작가 개인의 삶과 등치시킬 수는 없겠지만, 그래도 다른 회고들과 비교해보면 귀환 과정이 오롯이 담겨 있음을 알 수 있다. 이 작품은 여러 모로 허준의 「잔등」을 떠올리게 한다. 「잔등」의 여정이 장춘에서 시작된 것과 달리 「피난기」의 여정은 교하에서 시작되기는 했지만, 두 소설의 주인공들은 용정부터 같은 길을 걸어 (아마 삼합진 근처를 건너) 회령으로 들어섰을 것이다. 그리고 나남, 청진, 주을을 거쳐 서울로 향한다. 「잔등」에서 주인공들이 만달린이 달린 호복을 입고 "안봉선을 택하지

27 박승렬, 편히 쉬시옵소서, 황소걸음-스승 만우 박영준을 기리며, 앞의 책, 320면.
28 박영준, 두 국경과 두 사선, 문학, 1950.05, 154면.

않고 이렇게 먼 길을 돌아오"던 것이 안전 때문이었던 것과 마찬가지로 「피난기」에서도 "헌 만주옷에다 시골사람으로 보이기에 알맞은 시꺼먼 보따릴 짊어지고 만주를 떠"²⁹났던 것이다.

그렇다면 소설의 주인공 민수는, 혹은 작가 박영준은 왜 가족들을 이역에 두고 혼자 떠날 수밖에 없었을까? 소련군 진주와 함께 가중된 혼란을 이유로 삼는다면, 그는 가족들을 위험 속에 방치한 채 홀로 도망친 셈이 된다. 그렇지는 않을 것이다. 이때의 절박한 선택을 이해하기 위해서는 박영준이 남긴 회고록을 함께 살펴볼 필요가 있다.

> 그래서 9월 20일 경 우리들 젊은 사람 대여섯 명이 다같이 단신으로 그곳을 떠났다. 이국에 남겨논 가족들 걱정이 어떠할 것인가? 그러나 조국과 더불어 호흡을 같이 하고 싶은 욕망이 주어진 현실을 운명이라 생각케 했다.
>
> 나는 현금 백 원을 가지고 떠났다. 도중 소련 군인들의 약탈이 있을 것이라는 겁도 겁이었지만, **가족들의 생활을 걱정하지 않을 수 없었기 때문이었다.** 옷도 허술한 것으로 갈아입었다. 화물열차에 시달려야 할 형편에 좋은 옷을 입을 수도 없었지만 서울만 가면 옷 같은 것이 문제랴 하는 생각이었다.
>
> 서울에 도착만 하면 대한민국의 한 지도자로 나를 맞이해 줄 것이라는 꿈 때문이기도 했다. 그래서 갈아입을 옷 한 벌 가지지 않고 빈 몸으로 떠났다. 일행 모두가 그랬다. 나는 그래도 만년필 한 자루만은 잊지 않았다. 앞으로의 내 생활을 창조해 줄 오직 하나의 만년필. (강조는 인용자)³⁰

---

29 박영준, 피난기, 예술, 1945. 12, 17면.

30 박영준, 밀림을 밝힌 자유의 햇살-만주 길림성에서 맞은 8·15, 앞의 글, 200면.

여기에서 박영준은 서둘러 귀국길에 오른 이유로 "조국과 더불어 호흡을 같이 하고 싶은 욕망"이나 "대한민국의 한 지도자로 나를 맞이해 줄 것이라는 꿈"을 들면서 '백 원'을 지니고 떠났다고 이야기한다. 도중에 소련 군인을 만나게 되면 빼앗길 것이 두렵기도 했지만 "가족들의 생활을 걱정하지 않을 수 없"어서 현금을 지녔다는 것이다. 하지만 남겨진 가족들의 생활이 걱정스러웠다면 현금을 놔두었어야 마땅하다는 점에서 이 진술은 당혹스럽기만 하다. 더구나 박영준은 1950년에 같은 장면을 회고하면서 "하루빨리 서울이 보고 싶었다. 그래서 기차가 없으면 걸어서라도 가야겠다는 생각에 허름한 중국옷을 입고 주머니의 여비는 최소한도로 하여 떠났다"[31]라고 말한 적이 있다. 귀환한 지 얼마 지나지 않은 시점에는 최소한의 여비만 지닌 채 돌아왔다고 말하다가, 오히려 세월이 지난 뒤에 돈 백 원을 지니고 떠났다고 말하니 정확한 사정을 알 길 없다.

이와 관련하여 정현기는 스승을 회고하는 자리에서 다음과 같이 적은 적이 있다.

8·15 광복 직후 두만강 물에 만주 때를 씻고 단독으로 귀국한 선생이 가지고 온 삼백 원 돈으로, 뒤에 처진 가족들은 집이라도 한 채 사기를 바랐고 또 그럴 수 있는 금액의 돈이었다. 그런데 천신만고 끝에 뒤미처 귀국하여 장충동 난민 수용소에 자식들을 남겨놓고 정숙용 여사가 찾아간 회사(그때 선생은 이무영 선생이 주관하던 《신세대》에 근무하고 있었다)에서 얘길 듣고 보니 선생은 돈을 한푼도 없이 날려 버렸고, 친

31　박영준, 두 국경과 두 사선, 앞의 글, 154면.

척이 사는 적산가옥의 방 한 칸을 빌려 살고 있었다.[32]

박영준은 만주로 건너간 이유를 직장이 없어서 먹고 살기 힘들었기 때문이라고 여러 차례 말했다. 그런데 만주 생활 칠년 만에 서울에 집 한 채를 살만큼 돈을 모은 것이다. 교하에 아내와 자식들이 머물고 있는 집이 있으니 만주 생활에서 모은 돈의 규모는 작지 않았다. 박영준이 가족을 두고 귀국해야 했던 이유는 바로 돈이었다. 그 돈이 없으면 다시 칠년 전의 가난으로 되돌아가야 했으므로 "가족들의 생활을 걱정해서" 혼자서 교하를 빠져나와야 했던 것이다.

하지만, 귀국할 때 지니고 왔다는 돈의 행방은 묘연하다. "돈을 한 푼도 없이 날려 버"린 것에 대한 언급은 박영준의 회고 어디에서도 발견할 수 없다. 어렵사리 지니고 온 돈을 방탕하게 탕진해 버렸는지, 아니면 브로커들에게 속아 사기를 당했는지, 아니면 귀국길에 빼앗겼는지에 대해서 아무 말이 없다. 가족들을 험지에 두고도 지켜야 했을 만큼 소중한 것을 정작 잃어버린 다음에 아무렇지도 않다는 듯 무심하게 지나가는 것은 무슨 까닭일까? 이 지점에 주목하는 것은 박영준의 윤리의식이 놓여 있다고 생각하기 때문이다.

「피난기」에서 주인공 민수는 서울로 귀환하는 도중에 성진에서 치안대 사람들에게 조사를 받는데 조사 도중에 치안대원은 민수의 손바닥을 가리키며 "일본놈 밑에서 잘 살았겠구먼……"[33] 하고 비웃는

---

32 정현기, 만우 박영준 문학과 사랑, 황소걸음-스승 만우 박영준을 기리며, 앞의 책, 215면.

33 이 경험은 밀림을 밝힌 「자유의 햇살-만주 길림성에서 맞은 8·15」에 자세하게 그려져 있다. 그런데 「피난기」에서 '일본사람의 앞잡이'였다고 의심을 받았다고 서술된 대목이 '미국의 간첩'이라고 의심을 받았다는 식으로 고쳐져 있다는 점도 고려해

다. 치안대원의 비웃음은 "쇳소리처럼" 민수를 괴롭힌다. "무엇을 잘 살았으랴마는 그런 말이 가슴을 찌르는 것을 또한 어찌할 수" 없었고, "누구는 그 밑에서 살지 않은 이가 있으련만 그렇다고 해서 민수가 머리를 버젓이 들 주제는 없었다"[34] 이 에피소드가 보여주듯이 박영준은 적어도 만주 생활 칠년 동안 일본제국주의와 협력하면서 편안한 생활을 해 왔다. 설령 「무화지」에서 그려낸 것처럼 윤리적 타락에 대한 선명한 자의식을 지녔다 하더라도 그 선택은 책임을 요구한다. 돈이야말로 그 결정적인 증거이다. 소설 쓰기란 말의 세계여서 얼마든지 자기합리화도 자기반성도 가능하겠지만 돈의 세계에서는 그렇지 않다. 그것을 두고는 '만주의 때'를 씻을 수 없는 것이다. 그러니 만주에서 모은 돈을 없애야 했다. 돈을 빼앗겨야 자신을 옥죄는 죄책감에서도 조금이나마 벗어날 수 있다. 허준의 「잔등」에서는 만주의 때를 벗기기 위해 주을온천에 가는 것만으로 충분했지만, 박영준의 경우에는 두만강을 건너면서 몸에 찌든 만주의 때를 씻는 것만으로는 부족했다. 만주에서 가져온 돈도 함께 없어져야 했다. 만주 칠년의 죄책감과 함께 없어질 수만 있다면 돈 몇 백 원쯤이야 그리 안타까울 일이 아니었는지도 모를 일이다.

이처럼 돈은 부끄러운 과거를 상징하는 그 무엇이었다. 돈이라는 증거가 남아 있는 한 과거의 죄책감에서 벗어나 미래를 향해 새로운 선택을 하는 것은 불가능하다. 「피난기」의 주인공 민수는 소설의 결말 부분에서 "과거의 생활을 추궁해보고 티 없는 구슬을 고른다면 조

야 할 것이다.

34 박영준, 피난기, 앞의 글, 18면.

선은 어찌될까?"[35]라고 생각하면서 옛동무를 찾아가 ××공장 자치위원회 조직 활동에 동참한다. 돈의 행방이 묘연해진 것과 함께 친일행위에 대한 진지한 고백이나 반성도 어느 틈엔가 사라진다. 과거에 친일행위를 했던 인물이 서울로 도망쳤다가 같이 일하자는 친구의 말에 고향에 돌아간다는 내용으로 이루어진 「환향」(우리문학 2, 1946.03) 역시 「피난기」와 다를 바 없다. 이로써 "너무나 비굴하고 너무나 소극적"이어서 "두 번 다시 생각하고 싶지 않은 만주의 생활"은 박영준의 글쓰기 공간에서 사라진다.

이렇듯 과거에 면죄부를 부여한 박영준은 거침이 없었다. 1945년 12월 「피난기」를 발표한 이후 1950년 6월까지 만 4년 반 동안 40여 편의 단편소설을 발표한다. 몇 편의 콩트가 포함되어 있긴 하지만, 매달 1편 정도의 소설을 쓴 셈이다. 이 시기 동안 박영준은 만주 경험을 다룬 「과정」(신문학, 1946.04), 「아버지와 딸」(부인, 1946.10), 「물쌈」(문학, 1946.11), 「고향 없는 사람」(백민, 1947.03) 등을 발표하는데, 그의 소설 속에서 만주 체험은 민족적 차별과 저항의 서사로 재구성된다. 예컨대 「과정」은 합작사에 근무하는 조선인들의 부당한 대우와 민족 차별을, 「물쌈」은 통치권력과 결탁하여 저수지를 만들고 물을 독차지하는 툰장의 횡포에 저항하는 조선 농민의 삶을, 「고향 없는 사람들」은 풍만저수지가 건설되면서 애써 개간한 땅이 물에 잠기자 새로운 땅을 찾아 떠날 수밖에 없는 이주민들의 애환을 그리지만, 작가 자신의 삶과 관련된 성찰적 글쓰기와는 거리가 멀다. 만주국 붕괴 이전의 조선인 농민들의 이야기를 여전히 "일본인으로부터 차별과 학대, 수모

---

35 같은 글, 19면.

를 견뎌내야 하는 민족 수난의 공간"[36]으로 재현하여 독자들을 민족적 울분으로 이끌어가는 서사전략을 구사하는 것이다.

4. 뒤늦은 귀환, 섣부른 해결: 「죽음의 장소」

박영준이 해방 직후에 발표한 작품들은 모두 길림성 교하 인근을 배경으로 한 작품이었다. 「과정」은 흥농합작사가 배경이고, 「물쌈」이나 「고향 없는 사람들」의 경우에는 농민들의 삶을 그려내는 것으로 보아 흥농합작사에서 근무하던 경험을 그린 것으로 보인다. 그런데 박영준은 자신의 만주 체험뿐만 아니라 만주 이주민들의 삶 또한 깊이 있게 천착하지 않는다. 흔히 박영준을 농민소설 작가라고 하지만, 정작 그의 창작활동 중에 농민문제를 깊이 있게 천착한 것이 등단 직후의 일, 이년에 불과했다는 사실을 떠올린다면, 해방 직후 재만조선인 농민들에 대한 관심이 금세 사그라진 것도 그리 이상할 것은 없다. 그런데 약 이십여 년이 지난 후 박영준은 다시 만주를 배경으로 한 「전사시대」(현대문학, 1966.03), 「죽음의 장소」(현대문학, 1973.09), 그리고 「밀림의 여인」[개작](현대문학, 1974.06)을 발표한다. 이 작품들은 거의 소설화된 적이 없었던 반석 시절을 다룬다는 점에서 흥미롭다. 오랜 세월을 두고 깊이 묻어두었던 반석 시절의 기억을 다시 끄집어 올린 것이다. 세 편의 작품 중에서 「밀림의 여인」 개작본은 몇몇 연구가 진행된 적이 있지만, 「죽음의 장소」는 거의 주목을 받지 못했다.

「죽음의 장소」는 1932년 9월에 있었던 반석현성 포위 사건과 깊

---

36 한홍화, 앞의 글, 54면.

이 관련되어 있다. 이 사건은 1934년 조선총독부에서 편찬하고 보급한 《보통학교 국어독본》 10권(5학년 2학기에 해당) 24단원에 「반석의 공적」이라는 이름으로 수록될 정도로 널리 알려져 있었다.[37] 반석현성이 반만 항일군에게 포위되었을 때 조선인 전령 세 명이 죽음을 무릅쓰고 길림성에 이 소식을 알려 위기에서 벗어날 수 있었다는 내용이다. 소설의 주인공 천종구는 바로 B현이 포위되었을 때 목숨을 걸고 지원군을 요청하러 갔던 세 명의 조선인 전령 중 한 명이다. 천종구를 포함한 세 용사의 활약 덕분에 '비적'들이 쫓겨나자 일본인 거류민들은 감사의 뜻을 담아 '삼용사기념비'를 세우고 협화회에서 근무할 수 있도록 주선한다. 그런 천종구였기에 일본의 패전 소식을 듣자 당혹감을 감출 수 없다. 이제 삼용사기념비는 '일본의 앞잡이'라는 사회적 낙인이 된 것이다. "동쪽 언덕에 서 있는 삼용사기념비가 눈에 보였다. 가슴이 철렁 내려앉았다. 기념비를 세운다 해도 왜 시가 어디서나 볼 수 있는 저 높은 곳에 세웠을까? 일제 밑에서는 한 번도 느껴보지 못했던 감정이었다. 도리어 그런 곳에 세워준 그들에게 감사했고, 스스로 자랑스럽게 생각해왔던 것이다"[38]

'일본의 앞잡이'라는 이 낙인은 어딘가 익숙하다. 바로 박영준이 가족들을 두고 혼자 귀국할 때 성진에서 치안대에 잡혀가 들었던 말이기도 하다. 이 낙인을 지우기 위해 일본의 앞잡이로 살면서 모았던 돈을 없애기도 했다. 그렇지만 일본의 앞잡이라는 낙인을 지울 수 있으리라는 믿음은 헛된 것이었거나 안이한 것이었다. 이십여 년의 세

---

37 박제홍, 만주사변 이후 교과서에 나타난 일제의 대륙진출에 대한 고찰, 일본어교육 70, 2014.12.

38 박영준, 죽음의 장소, 현대문학 225, 1973.09, 33면.

월이 흐르는 동안 종군작가로, 대학교수로 살아가면서 만주의 기억에서 벗어난 듯했지만, 여전히 마음 깊숙한 곳에서는 '일본의 앞잡이'라는 말이 쇳소리처럼 쟁쟁했던 것이다. 박영준은 여전히 만주로부터 해방되지 못하고 있었다. 만주로부터 해방되기 위해서는 교하 시절이라든가 흥농합작사 등이 아니라 만주 체험의 본질에 해당하는 반석현과 협화회를 정면으로 문제 삼아야 했던 것은 이때문이다.

박영준은 반석시절 협화회 반석현본부에서 근무했고, 교하시절에도 협화회 교하가분회에서, 그리고 협화회 산하기관인 흥농합작사에서 근무했으니 그의 두 번째 만주 체류는 온통 협화회와 관련되어 있다. 「죽음의 장소」는 반석현을 의미하는 B현을 배경으로 '협화회 촉탁'으로 근무했던 인물의 내면을 그려나간다. 그런데 소설에 언급된 것을 그대로 인용하자면, "협화회란 일본이 만주에서 융화정책을 실천한 기관이다. 만주의 유일한 정치기구인 동시 일본사상의 선양기구이기도 하다. 그런 기관에 근무했다는 것은 결국 일제에 협력했다는 증거가 된다"[39] 이것은 부인한다고 해서 부인될 수 있는 성질의 것이 아니다. 해방 직후 만주 체험을 다루면서도 교하 시절, 그리고 흥농합작사를 협화회와 무관한 척 전면에 부각시킨 것은 일종의 위장술이어서 작가의식의 심층에 놓인 민족적 죄의식을 소거할 수는 없었다.

위장술 혹은 미봉책이 실패한 이상, 이제 일본의 앞잡이였다는 낙인을 지우기 위해서는 새로운 논리를 개발해야만 한다. 천종구가 펼치는 친일의 변을 한 마디로 요약하자면, 일본을 위해서가 아니라 동

---

39 같은 글, 32면.

포를 위해서 일했다는 것이다. "협화회에 근무했다는 것도 민족적으로 부끄러운 일이 아니다. 협화회에서도 조선인을 위해 일해 왔으니까"[40] 민족을 위해 친일을 했다는 이 오래된 논리에 따로 주석을 달 필요는 없을 것이다. 박영준 자신도 이미 자전소설인 「전사시대」에서 만주행이 민족의식과 무관한 것임을 스스로 고백한 적이 있다.

> 유치장을 나온 뒤 삼년 동안 영수는 취직운동을 했지만, 끝내 취직을 못했다. 그때 만주의 친일단체인 H회에서 조선인을 쓴다는 말을 듣고 만주로 왔다. **오직 목숨을 살리기 위해서였다.** 특히 불온분자로 블랙리스트에 올라있는 그로서는 어찌할 수 없는 일이다. **할아버지와 아버지를 생각할 여유가 없었다.** 그래서 영수는 이름까지 일본식으로 기노시타(木下)라 고쳤고, 직장에서 집으로 돌아오면 유카다(일본 여름옷)나 단젱(일본 겨울옷)을 입고 게다를 신는 생활을 하지 않을 수 없다. (강조는 인용자)[41]

박영준의 할아버지와 아버지는 강서만세운동을 주도했던 인물이었고, 박영준은 그들을 통해서 민족의식을 기를 수 있었다. 그런데 「전사시대」에서 만세운동을 하다 감옥에 갇혀 모진 고문에 시달리다 끝내 죽음을 맞이했던 아버지를 생각할 겨를도 없이 오직 생존을 위해 만주의 친일단체 H회에 가담했다고 고백한 지 얼마 지나지 않아, 「죽음의 장소」에서 협화회에서 민족을 위해 일했으므로 민족적으로

40 　같은 글, 32면.

41 　박영준, 전사시대, 현대문학 135, 1966.03, 38면.

부끄러운 일이 아니다라고 말하는 것은 분명한 자기모순이고 자기기만이다. 만주에 살던 조선인들이 어느 편을 선택하는가는 개인의 몫이었지만, 그 선택에서 중간지대는 존재하지 않았다. 협화회 회원으로 공산비적과의 이념전에서 선봉에 섰던 경험을 「밀림의 여인」으로 소설화한 적이 있는 박영준이 이 사실을 모를 리 만무하다.

그런 사실을 염두에 두고 「죽음의 장소」를 읽다보면 소설의 마지막 대목은 대단히 인상적이다. 소련군이 만주에 진주하고 B현에도 치안대가 조직되면서 친일파들을 인민재판에 붙이기로 했다는 소식을 듣고 천종구는 큰아들과 함께 서울로 도망 오는데, 얼마 지나지 않아 소련군에게 겁탈을 당해 목숨을 끊으려 하는 큰아들의 약혼녀를 데리고 아내 또한 돌아온다. 두 사람은 비밀을 묻어둔 채 서둘러 결혼을 시키지만 며느리는 죄책감에서 벗어나지 못한 채 고통스러워한다. 상대방에게 자신이 겪은 일을 알리지 않았다는 생각에 "속으로 앓고 있는 복실과, 속으로 앓을 가능성을 가지고 있는 아들을 옆에서 보아야 하는 고통"을 견디던 천종구는 며느리에게 다음과 같은 이야기를 들려준다.

> "만주에서 농사를 짓고 있을 때 산에다 덫을 놓은 일이 있었다. 다음날 가보니 사슴 한 마리가 그 덫에 쳐 있었다. 분명히 쳐 있는데도 새끼에게 젖 먹이고 있음을 보았다. 덫에 치어 있는 한 다리에서는 피가 흐르고 있었다. 얼마나 아팠겠니? 죽을 시간이 눈에 보였을 거다. 그래도 사슴은 새끼에게 젖을 주고 있었다. 그때 나는 덫에 친 사슴은 잡아왔지만 젖

을 빨다가 도망가는 새끼사슴을 쫓아가지 못했다"[42]

늘상 그렇듯이 이 이야기는 우의적이다. 만약에 복실과 천종구의 처지가 같은 차원에서 비교될 수 있다고 한다면, 두 사람은 모두 자신이 겪은 일을 비밀로 만들었다는 점에서 덫에 걸린 존재들이라고 할 수 있다. 작가 자신이 명쾌하게 비유했듯이 덫이라는 것은 한번 발을 들여놓으면 절대로 빠져나갈 수 없다. 빠져나가려 하면 할수록 덫은 깊숙이 파고들어 더욱 고통스럽게 만들 것이다. 그렇다고 고통을 느끼지 않기 위해 가만히 있다면 머지않아 죽음이 찾아올 것이다. 복실이나 천종구는 어쩌면 죽기 전까지 그 덫에서 벗어날 수 없을지도 모른다. 죄책감에서 벗어나려 하면 할수록 오히려 더욱 커질 것이고, 죄책감을 떠안게 되면 삶을 지속해야 할 이유도 없기 때문이다.

천종구가 며느리 복실에게 이 이야기를 한 것은 죄책감을 느끼는 며느리나 그것을 바라보며 괴로워하는 자신이 모두 '덫에 치인 사슴'과 같은 존재라는 것을 말하고자 함일 것이다. 이야기 속에서 사슴은 새끼에게 젖을 먹임으로써 죽음의 슬픔으로부터 벗어난다. 다음 세대를 위해서 모든 고통을 기꺼이 감수하는 사슴의 행위는 본능적인 것이기에 숭고한 것이기도 하다. 그래서 천종구는 복실에게 "자식을 위해" 죄책감에서 벗어나라고 충고한다. 이와 마찬가지로 천종구 역시 "진심으로 조국과 동포를 위해 일을 하는 것"[43]으로 덫에서 벗어날 수 있다고 믿을 뿐만 아니라, 실제로 기차에 치일 뻔한 늙은 노파를 구해내고 대신 열차에 깔려 죽음을 맞이한다.

---

42 같은 글, 50~51면.

43 같은 글, 51면.

그런데, 비밀을 지녔다고 해도 복실과 천종구는 같은 차원에서 논의하기 어렵다. 복실의 경우 자신의 의지와 무관한 일이지만, 천종구의 경우에는 자신의 의지로 선택한 일이기 때문이다. 따라서 자식이나 혹은 조국과 동포와 같이 타자를 위한 행동 속에서 모두 죄책감에서 벗어날 수 있다는 대속(代贖)의 논리 또한 그리 설득력이 있어 보이지 않는다. 일제 치하에서 '동포를 위해' 어쩔 수 없이 친일을 해야 했다는 논리나 해방이 된 후에 '동포를 위해' 자신을 희생함으로써 죄책감에서 벗어날 수 있다는 논리는 모두 반석 사건이 일어났을 때 '동포를 위해' 비적들을 위해 토벌해야 한다는 논리와 크게 다를 바 없다. 오랫동안 자신을 짓눌러 왔던 죄책감에서 벗어나고 싶은 욕망이 빚어낸 것이긴 하겠지만 죄책감에서 벗어날 수 있는 지름길 따위는 없다. 살아 있는 동안 사람은 모름지기 자신이 선택한 것에 대한 책임을 짊어져야 하기 때문이다

사실 일제강점기에 활동했던 작가 중에서 박영준만큼 '만주'와 깊은 관계를 지닌 작가는 흔치 않다. 그가 만주국에서 보냈던 시간이 십년 가까운 세월이었으니, 안수길과 같은 몇몇 작가를 제외하고는 가장 오랜 기간 동안 만주에 머문 작가라고 할 만하다. 그런 만주국 체험 중에 반석에서 보낸 이년 남짓한 시간은 그의 문학적 생애 가운데에서 가장 힘들고 부끄러웠던 경험을 담고 있다. 그래서 엄청난 다작의 작가였던 박영준이었지만 반석을 무대로 한 작품만은 거의 발표하지 않았다. 일제강점기에 발표되었던 「무화지」 정도만이 반석에서의 내면풍경을 살짝 보여줄 뿐이다. 그만큼 깊이 숨겨두고 없는 것처럼 외면해버린 시간이었다.

박영준은 1960년대 이후에 「전사시대」와 「죽음의 장소」, 그리고

일제강점기 때 발표한 것을 개작하여 「밀림의 여인」을 발표한다. 이 세 편의 소설들은 저마다 독특한 방식으로 반석의 기억을 형상화한다. 부끄러웠던 과거를 고백하는가 하면, 조국과 동포를 내세워 자기 합리화를 도모하기도 하며, 개작이라는 이름 아래 과거의 흔적을 덧칠해 은폐하기도 한다. 세 가지 방식 중에서 어떤 것이 올바른지 판단을 내리는 것은 그 시절을 직접 경험하지 않은 세대로서 쉽지 않은 일이다. 부끄러워서 도려내고 싶었을 기억에 오랫동안 붙들려 있었다면 한번쯤은 은폐를 생각해 볼 수도 있고 합리화를 꾀할 수도 있고, 용기 있는 고백을 통해 용서를 받고 싶기도 할 것이기 때문이다. 삶은 그 옳고 그름의 경계 위에서 가까스로 유지되는 것이 아닐까. 박영준을 통해서 선택의 무게에 대해 다시 생각하게 된다.

언어의 제국으로부터의 귀환

1. 만주국 시절의 염상섭

1945년 8월 15일 12시 염상섭은 NHK 방송을 통해 일본제국의 쇼와 천황의 '교쿠온호소(玉音放送)'를 듣고 있었다. 천황은 떨리는 목소리로 일본의 무조건 항복을 요구하는 포츠담선언을 수락한다는 「대동아전쟁 종결의 조서」를 직접 발표하며, 일본이 전쟁에서 패배했음을 공식적으로 선언했다. 이미 나가사키와 히로시마에 원자폭탄이 투하되었고, 소련이 일본과의 불가침협정을 폐기하고 만주에 진입했으니 제국의 붕괴는 돌이킬 수 없는 사실이었다. 염상섭과 함께 방송을 함께 듣던 일본인들이 "비분에 가슴 쓰린 통한의 눈물"을 흘리는 사이 염상섭은 "뼈에 맺힌 원한이 갑자기 풀리는 환희의 열루"를 흘렸다.[01] 그렇게 해방이 찾아왔다.

염상섭이 살던 안동(안동시 대화구 6번통 6정목 105번지)은 만주국 시절 안동성의 성도였다. 지금은 동북삼성과 내몽고자치구로 바뀌었지만 만주국 시절만 하더라도 열여덟 개의 성으로 구분되어 있었다. 흑

---

01   염상섭, 만주에서-환희의 눈물 속에, 동아일보, 1962.08.15.

룡강성 지역은 빈강성·목단강성·동안성·삼강성·북안성·흑하성으로, 길림성 지역은 길림성·사평성·통화성·간도성·용강성·신경특별시로, 요녕성 지역은 안동성·금주성·봉천성·관동성(여순지역)으로, 내몽고와 열하지역은 흥안성·열하성으로 나뉘어져 있었다. 염상섭이 살던 무렵 안동에는 성공서를 비롯한 각종 관공서가 밀집해 있었다. 그리고 식민지 조선의 신의주와 연결되는 만주 철도 교통의 출발지이어서 일찍부터 철도역 주변에 개발된 신시가지에 많은 일본인들이 진출해 있었다. 안동은 다른 식민지 도시들과 마찬가지로 신시가지와 구시가지가 엄격하게 구분되는 이중도시를 이루었다.

안동시의 거리로 들어섰다. 만주의 철도 연변의 거리는 다 그렇듯이 역전은 일본인이 거리를 건설했고, 일본인만이 사는 거리였다.
"꼭 일본의 어떤 도시에 온 것 같은데, 저 마차와 인력거가 없다면"
"그렇지, 이 안동시만 해도 일본사람만 삼사 만은 될 걸. 그 이상일는지도 몰라. 신의주에도 일본 거리가 있지만 그건 문제도 되지 않아, 이 거리에 비하면. 저 마차를 타고 가……어, 마쳐, 마쳐……"
차균태는 빈 마차가 지나가는 것을 불러세웠다.
네 사람은 시간을 보내기 위해 진강산공원에 갔다. 동물원을 보고 산정에 올라갔다가 내려와, 만주반점이라는 데에서 점심을 하고는 또 그래도 다섯 시 차까지는 시간이 남아, 마차를 타고 중국인만이 산다는 구시가로 갔다.[02]

---

02 · 김광식, 식민지, 삼성출판사, 1972.

1943년 말 학병으로 동원되는 것을 피해 만주로 도망치다가 안동을 지나쳤던 작가 김광식이 소설 「식민지」에서 묘사한 안동의 모습이다. 염상섭이 살던 곳도 신시가지에 속한 곳이었으니 "일본의 어떤 도시"와 크게 다를 바 없었을 것이다. 염상섭이 이곳에 자리 잡은 것은 1939년 9월이었다. 그는 신경, 곧 지금의 장춘에 있던 만선일보사 편집국장을 사직하고 대동항건설주식회사 홍보담당 촉탁을 맡아 이곳으로 이사 왔다.

염상섭이 《만선일보》 주필을 맡아 만주로 옮겨간 것은 1937년 4월 무렵이었다.[03] 그는 1935년부터 매일신보사 정치부장[04]으로 일하다가 만주국 국무원 참사관이었던 진학문[05]의 권유를 받아들여 신경으로 갔던 것이다. 그런데 일년 여가 지난 1938년 4월 모친상으로 경성에 들른 김에 가족들과 동행해서 만주로 돌아갔다.[06] 당분간 만주에 정착하기로 마음 먹은 것이다. (신경시 장춘6가 104번지)

---

03 염상섭이 언제 만주로 이주했는지에 대해서는 분명하게 밝혀져 있지 않다. 1936년 3월 《만몽일보》와 《간도일보》가 통합되어 만주국 수도 신경에 《만선일보》가 자리잡을 무렵에도 염상섭은 경성에 머물렀던 것으로 보인다. 1936년 12월까지 《매일신보》에 장편 「불연속선」을 연재하고 있었고, 「장편 작가 회의」(삼천리, 1936.11) 참석한 바 있으며, 「'예술'이냐 '사(死)'냐, 문사 심경」(삼천리, 1936.12)이라는 설문에도 참여하고 있기 때문이다. 따라서 해방 후 《경향신문》 편집국장으로 발령받으면서 자필 이력서에 쓴 "1936년 매일신보 정치부장을 지냈고 1937년 4월 만주에서 일시 귀국하여 가족을 데려갔다"라는 기록은 신빙성이 그리 높지 않다.

04 "小說家 廉想涉씨는 最近 每日申報 政治部長으로 入社하여 勤務 중" (삼천리 기밀실, 삼천리, 1935.06)

05 진학문과 염상섭의 관계에 대해서는 김윤식의 염상섭 연구에 자세히 언급되어 있다. 진학문은 1936년 박석윤과 함께 만주국 국무원 참사관(장관급)에 임명된 바 있다. (김윤식, 염상섭 연구, 서울대출판부, 1987, 633~634면)

06 "염상섭 씨 = 그동안 內艱喪을 당하여 歸京 중이든 씨는 다시 新京으로 가다"(문단귀거래, 삼천리, 1938.05)

만주행은 염상섭에게는 인생의 커다란 전환점이었다. 그는 일본 유학을 마치고 조선에 돌아온 뒤 《동아일보》, 《조선일보》, 《시대일보》, 《매일신보》 등 거의 모든 신문에 근무하면서 줄곧 소설을 발표했다. 그가 두 가지 일을 병행할 수밖에 없었던 것은 소설 창작만으로는 생계를 도모할 수 없는 현실 때문이었다. 그렇기에 '신문쟁이'와 '소설쟁이'라는 두 가지 정체성 중에서 어느 것 하나 쉽게 포기하기 어려웠다. 그런데 만주로 오면서 그는 소설쟁이이기를 포기했다.

신문쟁이로서의 외길은 염상섭이 마흔을 넘는 방식이었다. 어쩌면 그는 다른 인생을 살고 싶었는지도 모른다. 사실 소설가로 발을 내디딘 뒤에 거의 매일매일 장편을 연재해 왔고, 그 사이에도 틈만 나면 단편 또한 발표했다. 신문사에서 근무하는 것과 소설을 창작하는 것이 그의 일상의 전부였다. 글쓰기에 지쳤다는 것이 그리 이상한 일도 아니다. 그리고 새로운 것을 배우고 공부하고픈 열망도 가졌을 법하다.[07] 진학문이 소설을 쓰지 않는다는 조건으로 초청했다고 알려져 있긴 하지만, 염상섭이 이 조건을 수락했다는 것은 스스로 소설 쓰기를 그만두고자 했다는 것을 의미한다. 그렇게 염상섭은 해방과 더불어 국내로 돌아와 다시 창작 활동을 시작하기까지 십여 년 동안 소설을 외면했다.

그런데 소설쟁이의 길을 포기하고 신문쟁이로서의 외길을 선택했다고 했지만, 그것조차 쉽지 않았다. 1938년 10월 신문사 혁신 과정

---

07 "십여년 전 만주로 떠날 제 결심은 밥걱정이나 안하게 될 때까지 공부나 하며 그 실답지 않은 고료 생활을 면하게쯤 되거든 다시 창작의 붓을 들겠다는 것이었으나 그역 꿈이었다"(염상섭, 나의 문학 수련, 문학, 1950.06, 169면)

에서 편집국장[08]이 되지만, 관동군의 감시(만주국 홍보처 감독관 야마구치가 파견되었다) 아래에서 신문을 만든다는 것은 또 다른 피로를 가져올 뿐이다. 결국 1939년 9월 만선일보사를 떠나면서 신문쟁이로서의 삶 또한 팽개친다. 이제 그가 선택할 수 있는 것은 소설쟁이나 신문쟁이의 일이 아니라 그저 평범한 회사원으로서의 일상이었다.

만주 시절의 염상섭을 신문기자로 이끈 것이 최남선과 진학문 등 《동명》과 《시대일보》 시절의 인적 네트워크였다면, 평범한 회사원으로 이끈 것은 형 염창섭이었다. 잘 알려져 있다시피 염창섭은 일본육군사관학교 출신이다. 1909년 7월 대한제국 육군무관학교 2년을 수료했으나 학교가 폐교되자 일본에 건너가 같은 해 9월 일본 육군중앙유년학교 예과 제3학년에 편입하여 1910년 8월 수료한 뒤 곧이어 9월 육군중앙유년학교 본과에 입학하여 1912년 5월에 졸업했다. 그리고 사관후보생으로서 일본군 제16사단 예하 보병 38연대(교토연대)에 6개월간 배속되었다가 1912년 12월 일본 육군사관학교에 입학해

---

08 "정부의 언론통제하에 만주국에선 오직 조선문신문으로는 유일기관인 滿鮮日報는 이번에 사내 진용을 일신하고 만선 일대에 향하야 약진을 試하리라 하는데 이번 기구개정의 요령은 現에 건국대학 교수로 있는 崔六堂이 名은 고문이나 社是 결정에 多分의 통제권을 가지는 지위에 있게 되고 협화회 수도본부 간부로 있는 金璟載 씨가 촉탁으로 사설반의 일인이 되고 그 밖에 외무부 朴錫胤 씨 또 내무부 秦學文 씨 또 관동군의 尹相弼 씨 등이 모다 명예객원격으로 모다 집필하게 되어 논객 다수를 외곽에 배치하게 되었다 하며 신문도 14段制 조석간으로 판매광고망에 대하여도 적극적으로 활약을 개시하리라는데 당국의 보조도 금년부터 년 64,000원으로 결정을 보았다고 한다. 이와 동시에 내부직제도 일신하여 종래 주필로 있든 廉尙燮(雅號 想涉) 씨가 편집국장(주필제는 폐지)으로 또 前 만선일보 정치부장으로 있든 洪陽明 씨가 정치경제부장으로 또 前 중앙일보 사회부장이든 朴八陽 씨가 사회부장으로 취임하였고 그 아래에 18명의 敏腕記者로써 편집국을 조직하였다 한다, 정예분자를 이와 같이 모은 同紙는 新年號 지면부터 生彩를 보일 모양이라고 기대된다"(기밀실, 우리 사회의 제 내막, 삼천리 제10권 제12호, 1938년 12월, 19~20면)

1914년 5월 제26기로 졸업했다. 졸업 후 일본 육군 보병소위로 임관했고, 1918년 7월 중위로 승진한 뒤 1918년 9월 일본의 시베리아 출병 당시 일본 육군 제12사단 소속으로 블라디보스톡으로 파견되었다가 1924년 2월 대위로 진급과 동시에 예비역에 편입되었다.

염창섭은 군문에서 벗어나자 곧바로 교토제대 경제학과(선과)에 진학하여 1927년 3월 졸업했다. 일본 육사 출신으로 시베리아 출정에 대한 보상 차원이었을 것이다. 대학을 졸업한 뒤 염창섭은 평안북도 정주에 있는 오산중학 교감으로 재직하다가 동맹휴학 때문에 학교를 떠났다.[09] 그가 선택한 것은 만주행이었다. 1932년 2월 조선총독부 총독관방 외사과 촉탁으로 임명되어 1936년 12월까지 만주국 요녕성을 비롯하여 봉천성·길림성·흑룡강성 등지의 일본영사관에서 파견 근무를 했다. 1933년 무렵 염상섭이 처음 만주를 여행[10]한 것도 염창섭과 관련되어 있을 것이다. 당시 만주국 건국을 전후하여 남만주 일대에서는 반만항일투쟁이 벌어졌는데, 염창섭은 길림영사관 조선과에 근무하면서 재만조선인들을 통제하는 일을 맡았다. 예컨대 1932년 겨울에 있었던 반석현성 사건으로 곤경에 처한 재만조선인들의 구호를 담당한 이도 염창섭이었다.[11]

---

09 1920년대 초반 염상섭이 동아일보사를 그만두고 오산중학에 근무한 것이 형과 관련되어 있으리라는 추정은 일본군 장교로 시베리아에 출정해 있었던 염창섭의 사정과 전혀 부합하지 않는다. 염창섭이 오산학교와 인연을 맺은 것은 1920년대 후반이었다.

10 "想涉 씨는 얼마 전에 거구를 들어 滿洲行을 하고 근일 돌아왔다. 이번 여행에 氏의 일이라 괄목할 制作의 재료를 가지고 돌아왔으리라 함은 京童의 이약이 소리"(만주국행의 廉想涉 씨, 삼천리 제5권 10호, 1933.10)

11 영하 사십도의 북만에 피난동포 오천여, 조선일보, 1933.01.28. ; 반석 조난동포 유족 구호에 施義하라, 매일신보, 1933.08.16.

이처럼 염창섭은 만주국 건국 과정에서 조선총독부 촉탁으로 재만조선인 통제에 적극 협력한 공로로 1934년 3월 만주건국공로장을 받았고, 만주국 체제가 자리잡은 뒤에는 조선총독부 촉탁 신분을 벗고 1936년 12월 만주국 봉천성공서 민정청 행정과 사무관에 임명되었다가 1938년 봉천시 재무처 이사관(천임관 5등)으로 승진하여 관재과장을 맡았다.

염창섭이 안동으로 옮겨온 것은 1938년 12월이다. 안동성 민생청 이사관(천임관 3등)으로 근무를 시작한 뒤, 이듬해 2월 안동성 이사관으로서 민생청 사회과장을 맡았고, 안동현협화회 보도부 부부장으로 활동하기도 했다. 염상섭이 대동항건설사업 촉탁으로 간 것은 이처럼 안동에서 영향력 있는 관료였던 형 염창섭 덕분이었다. 대동항 건설 사업은 만주국의 국책사업이었다. 1938년 10월 7일부터 이틀 동안 만주 신경에서는 만주국·관동군·만철·조선총독부 관계자들이 참석하여 안동 대동구에 대규모 항구를 건설하는 계획을 세운다.[12] 그리고 이듬해 3월에는 만주국 교통부 산하에 '대동구건설국(大東溝建設局)'을 설치하고, 안동성 차장이 겸무하기로 직제를 개편[13]하고 10월부터 본격적인 건설 작업에 들어간다. 염상섭이 합류한 것은 대동항 건설 사업이 본격화되던 바로 그 무렵이었다.[14] 그렇게 1941년 3월

12 압록강 하구 일대에 대공업지 항만 건설, 동아일보, 1938.10.13.
13 대동구 건설국 2일 직제 결정, 동아일보, 1939.03.02.
14 "……만주국 정부는 동계획(대동항 축항 계획-인용자)의 종합 수행의 만전을 기하고, 만철과의 일체화 하에 대동항건설공서 설립, 건설 사업을 관장하기로 되었다. 동 항의 건설 개요는 건설 소요기간 8개년, 1억 1천4백6십 만원의 공비로 부두 연장 4킬로, 탄토 능력 2백여 만톤(?)이라는 대축항 계획으로 이에 임항 공업지구를 중점으로 하는 5천만 평방미의 공업지대와 인구 40만을 목표로 하는 대동항 대공업도시계획도 진척되고 있는데……"(대동항건설계획 본격적으로 개시, 동아일보,

염창섭이 흑룡강 지역의 동안성으로 전근할 때까지 형제는 안동에서 함께 살았다. 시인 백석이 안동세관에서 일년 여 동안 머문 것도 모두 염창섭 덕분이었다.

신문쟁이로서의 삶, 소설쟁이로서의 삶을 모두 포기한 만큼 안동에서의 일상은 평화로웠다. 지난 몇 년 동안 염상섭을 힘들게 했던 상처들도 조금씩 아물었다. 만주에 와서 둘째딸 정희를 잃었고, 어머니와 중형 명섭, 그리고 아버지 규환까지 세상을 떠나면서 염상섭을 힘들게 했던 깊은 상실감도 조금씩 잊혀질 수 있었다. 1942년에는 막내아들 재현이 태어났으며 경제적으로도 풍요로웠다. 그 흔적이 바로 천황의 항복선언을 듣는 장면에 녹아 있다. 그는 일본인들이 사는 거리에서 일본인들에게 크게 꿇리지 않을 만큼 당당한 모습으로 살았다. 민족적 차별이 아주 없었다고 말하기는 어렵겠지만, 그래도 다른 조선인들이 겪은 것보다는 훨씬 좋은 대우를 받았다. 라디오를 갖출 만큼 경제적인 여유가 있었고, 옆집과 뒷집에 살던 일본인들과는 사이좋게 지냈다. 안동 지역은 대동항 건설 사업 등으로 전쟁 호황을 만끽하고 있었고, 만주국 고위 관료였던 염창섭이나 만주국 생활필수품회사의 상무로 있던 진학문의 후광까지 더해졌으니 염상섭의 "일생 중 가장 풍요한 생활"을 누릴 수 있었다.

2. '작가의 삶'으로의 귀환

일본의 항복 선언은 염상섭의 평온했던 안동 생활이 끝이 났음을

1939. 10. 28)

의미한다. 제국은 붕괴되었고 만주국 역시 사라질 운명이었다. 만주국이 붕괴되리라는 것, 일본이 패망하리라는 징후는 안동에 있던 염상섭 또한 충분히 짐작할 수 있었다. 만주에 소련군이 들어온 것은 8월 8일이었다. 당시 소련은 동아시아의 전쟁에 참전하는데 소극적이었다. 1941년 일본과 체결한 불가침조약이 여전히 유효한 상태였다. 그런데 미국이 히로시마에 원자폭탄을 투하하자 부랴부랴 선전포고를 감행하고 만주로 진주했다. 당시 관동군은 정예부대가 남방전선으로 동원된 뒤였기 때문에 소련군의 적수가 될 수 없었다. 만주뿐만 아니었다. 소련군은 한반도의 웅기, 나진으로 진출하여 8월 13일에 청진을 점령했다. 허준의 소설 「잔등」에는 그러한 전투의 흔적이 고스란히 담겨 있다.

소련군의 갑작스러운 진격으로 만주는 커다란 혼란에 빠졌다. 소련군의 파죽지세에 놀라 황제 푸이도 서둘러 피난길에 올랐으니 보통 사람들이야 말할 필요조차 없다. 그들은 전쟁을 피해 봉천·안동 등으로 몰려들었다. 그러니 피난민들의 행렬을 보더라도 만주국이 머지않아 붕괴되리라는 것은 누구나 짐작할 수 있었다. 천황의 항복 선언은 그것을 확인시켜 주는 것에 불과했다. 실제로 만주국은 천황의 무조건 항복 선언이 나온 지 이틀만에 국무총리대신인 장징후이(張景惠)가 통화에서 주재한 중신회의에서 해체를 결정하기에 이르렀다.

일본의 항복 선언 전후의 만주 풍경을 담은 「모략」(삼팔선, 금룡도서, 1948.1), 「혼란」(민성 31, 1949.1), 「말기 풍경」(얼룩진 시대풍경, 1973) 등을 살펴보면 이 무렵 염상섭의 삶을 짐작할 수 있다. 만주에서의 경험은 해방 이후 염상섭이 다시 시작된 작품 창작 과정에서 자주 모습을 드러낸다. 세 작품은 주인공이 조금 다른 모습으로 등장하긴 해도 여러 모로 닮은꼴이다. 은행원 김원영을 주인공으로 내세워 일본 패망 직전의 풍경을 그려내는 「말기 풍경」과 조선인회 부회장을 맡은 김창규를 주인공으로 내세워 일본 패망 직후의 풍경을 그려낸 「혼란」과 「모략」은 하나의 계열체를 이룬다. 발표 시기보다는 작품 속에서 다루고 있는 시간적 순서에 따라 살펴보도록 하자.

「말기 풍경」의 주인공 김원영이 사는 곳은 "아래윗층 네 가구씩 여덟 가구가 제각기 딴 현관을 가지"고 있는 '화양절충'의 아파트이다. 그가 이곳에 살기 시작한 것은 "한 자 성을 두 자 성으로 고치"는 일, 곧 창씨개명이 시작되기 전이었다. 1939년 11월 10일 제령 19호와 20호를 통해 창씨개명의 방침을 발표된 뒤 1940년 2월 11일 기하여 효력을 발휘했으니, 원영이 이곳에 온 시기는 염상섭이 안동에 온 것과 크게 어긋나지 않을 것이다. 그래서 처음에는 긴상으로 불리던 원영은 소학교에 가는 아이들을 위해 어쩔 수 없이 창씨를 하면서 가나무라상으로 바뀌었다.

김원영이 가나무라상으로 불린다고 해도, 그의 삶이 크게 바뀌는 것은 아니다. 은행에서는 '계장'에서 더이상 승진하지 못했고, 같은 동네에 사는 일본인들의 냉대도 여전했다. 원영의 창씨개명을 두고 "일본 사람은 아니꼽게 왜 우리 족보에 끼려드느냐고 전보다 더 홀대를 하고 만주사람은 만주사람대로 피 피 웃"는 상황에서 원영은 결국 신경쇠약에 걸리고 만다. 그래서 중국인 거리에 가서 비싼 '야미' 술을 먹어야 겨우 잠을 이룰 수 있을 정도였다.

그런데 전쟁 말기가 되면서 만주인들의 시선이 달라지기 시작했다. "그동안 단골로 다니던 집은 어째 눈치가 수상하고 도마질하는 놈의 눈이 무서워"졌던 것이다. 이곳에서 원영은 일본신문사 통신원이자 지국장으로 호사스런 생활을 하던 후타(屈田)를 만난다. 후타가 통신원 주제에 호사로운 생활을 할 수 있었던 구체적인 사정은 알 길이 없다. 다만 "정보가 빠른 덕에 제 식구만 돌려빼놓고 만인에게 내달려서 저 혼자만 안전하겠다고 애를 부덩부덩 쓰"는 모습을 보면 단순한 통신원이라기보다는 정보원에 가깝다는 생각을 하게 된다. 그런 후타가 가족을 부랴부랴 고향으로 보내고 값진 세간을 만주인 상점에 맡겨두었다가 어제 아주 팔았다는 소식을 들으면서 "정세가 점점 절박하여진 것이 분명하다"는 것을 깨닫는다. 언론 통제 때문에 전황을 파악하기 어려워지자 후타의 행동거지를 보면서 전황을 짐작하는 것이다.

이처럼 전쟁이 막바지에 이르고 일본의 패망이 분명해지면서 사람들은 모두 자신만의 예민한 후각을 동원해 생존을 도모한다. 세상이 뒤바뀐다면 자신에게 도움을 줄 만한 사람을 찾아 안절부절하는 것이다. 후타 같은 이들은 만주인들에게 의존하는 반면 같은 아파트에 살던 스미에는 원영에게 호의 어린 시선을 보낸다. 그렇지만, 불안한 것은 일본인뿐만 아니었다. 김원영의 처지도 크게 다를 바 없었다. 그래서 김원영도 "만인이 일본인 시가를 습격하면 그 사품에 쌓여서 빠져나지를 못할까 겁이 나서 멀찌감치 친구의 집 윗층으로 우선 옮"기게 된다.

이처럼 「말기 풍경」은 전쟁 말기 안동에 살던 일본인들의 불안을 그려내지만, 비단 일본인들만의 모습은 아니었다. 일본식으로 이름을 바꾸고 일본인들과 함께 살던 조선인 김원영도 불안하기는 마찬가지였다. 사실 김원영은 자신이 일본인들에게 차별받은 까닭에 울분을 삭이지 못하여 신경쇠약에 걸리었다고 여기지만 그 울분이라는 것도 지극히 모순적이다. 일본인에게 차별받았다는 불만과는 달리 만주인을 차별함으로써 자신의 자리를 차지했기 때문이다. 그런 점에서 일본인들과 대립하기보다는 공모하는 삶에 가깝다. 원영의 신경쇠약이라는 것은 어쩌면 일본인들의 위치를 선망함에도 불구하고 그것을 얻지 못한다는 질투의 감정이 밑바닥에 깔려 있는지도 모른다.

「혼란」은 김창규라는 주인공을 내세우는데, 조선인회 부회장을 맡고 있어서 염상섭의 경험과 훨씬 밀착되어 있는 듯하다. 이 작품에서 염상섭은 해방을 맞이한 만주에서 조선인회의 주도권을 둘러싸고 벌어지는 사건을 그려낸다. 소설은 천황이 항복을 선언한 후 만주반점 앞 광장에서 며칠째 만주인들의 축제 '까오자요'(高脚踊)가 벌어지는 모습을 바라보는 주인공 창규의 시선으로 시작한다. 그가 만주인들의 축제를 "신시가에 사는 이민족의 불안과 공포에 싸인 눈"으로 바라볼 수밖에 없는 까닭이야 「말기 풍경」에서 이미 언급했으니 따로 덧붙일 필요도 없다. 더구나 눈치 빠른 김창규는 언제든지 안동을 떠날 수 있도록 가산도 "다 팔고 정리하고 난 찌꺼기"만 남겨둔 상황이었다. 봉천이 소련군의 폭격을 받자 아내 친구가 서둘러 안동으로 피난을 왔기에 일본의 패망을 이미 짐작했던 것이다. 그렇지만 공교롭게도 아내의 친구가 아픈 까닭에 하루이틀 미루다가 기차가 끊겨 신의주로 건너갈 기회를 놓쳐 안동에 남았고 조선인회에 가담했다.[15] 물론 압록강을 건너는 것이 그리 어려운 일은 아니었다. 하지만 설령 신의주로 건너선다고 해도 기차가 연결되지 않아서 신의주 역 앞에 머물고 있는 피난민이 대부분이었다. 목적지인 서울까지 가기 어렵

---

15 염상섭이 안동을 떠날 수 없었던 또 다른 이유는 어쩌면 안동성을 떠나 동안성으로 직장을 옮겼던 형 염창섭의 가족들을 기다렸기 때문인지도 모른다.

다면, 차라리 연고가 있는 안동에 머무는 것이 훨씬 안전하리라 기대한 것이다.

그런데, 만주반점 앞에서 벌어지는 만주인들의 질서정연한 축제를 보면서 창규는 안타까움을 느낀다. 만주인들과 달리 조선인들은 해방의 기쁨을 만끽하지 못한 채 싸움질로 시간을 보낸다고 느끼기 때문이다. 소설의 이야기를 그대로 따른다면, 창규가 중심이 되어 먼저 조선인회를 조직했는데, 명망 있는 장교장이 회장직을 고사하자 어쩔 수 없이 임회장에게 맡기고 창규가 부회장을 맡은 것이다. 그런데 임회장에게 불만을 품은 사람들이 서성자지구를 중심으로 한교회라는 새로운 조직을 만들었다. 자신들이 가난해서 소외되었다고 반발하면서 젊은 사람들을 규합한 것이다.

창규는 조선인회가 분열된 것을 회장직을 둘러싼 명망가들의 명예욕이 빚어낸 '혼란'이라고 말하지만, 그것은 표면적인 이유에 불과하다. 창규가 조직한 조선인회라는 것은 "중앙지대"에 살던 사람들이 중심이 된 조직이었다. 창규가 살던 중앙지대라는 것은 일본인이 모여 살던 지역을 가리킨다. 그래서 「말기 풍경」의 원영이가 그러하듯이 일본인들과 교류하면서 살아왔고 일본이 패망한 뒤에도 일본인들이 중심이 된 동네자치회를 벗어날 수도 없었다. 그런데 조선인회의 회장을 맡은 임회장이 과거에 협화회 조선인회 회장을 역임했던 적이 있으니 서성자지구의 젊은 사람들을 중심으로 반발이 일어난 것이다. 협화회란 무엇인가? 본래 안동에는 오래 전부터 조선인민회가 있었고, 다른 지역과 마찬가지로 식민주의의 첨병 역할을 담당했다는 것은 잘 알려져 있다. 염상섭의 형 창섭 또한 조선인민회뿐만 아니라 협화회에도 깊숙이 관련되어 있었다. 따라서 일본이 패망이 된

다음에 협화회는 당연히 해체되어야 했고, 새로운 조직이 필요했다. 그럼에도 불구하고 과거에 협화회 회장을 했던 사람을 조선인회의 회장으로 내세운 것은 아직 일본인들이 실권을 장악한 상태에서 조금이나마 생활상의 편의를 도모할 수 있으리라는 판단 때문이었다고는 하지만, 창규의 역사감각이 그리 날카롭지 않았거나 혹은 한쪽으로 치우쳐 있었음을 반증하는 것이다.

이처럼 두 조직 사이의 갈등은 명예욕이라든가 개인 간의 감정대립으로 바라보는 창규의 시선과는 달리 만주국에서 조선인의 위치 때문에 빚어진 일이었다. 그리고 창규가 말하는 것처럼 단순한 무질서나 혼란이라기보다는 해방 이후의 미래를 바라보는 시선의 차이, 이념의 차이였다. 뒤늦게 그 사실을 깨달은 창규가 그동안 일본인 거리에서 일본인들과 맺었던 우호적인 관계를 끊고 조선인들이 사는 곳으로 이사를 간다 해도 과거가 모두 사라지지는 않는다. 자신을 옥죄는 과거의 주박에서 벗어나기 위해서 새로운 전략을 세워야 한다. 「모략」이 보여주는 것은 바로 그것이다.

「혼란」이 조선인 사회 내부의 분란을 담았다면, 「모략」은 일본인과 조선인 사이의 갈등을 그려냈다. 특히 소설 속에서 눈길을 끄는 인물은 노사키이다.

사십을 바라보는 창규보다는 젊으나 상등병인가 지낸 재향군인의 중견(中堅)이기 때문에 이 지방의 치안유지를 위하여 소집(召集)에 끌려가지도 않고 방공연습 때면 혼자 날뛰던 축입니다. 창규와는 한 계통의 회사에 다닌 일도 있고 사오년 격장에 살아서 무관하게 지내기도 하였지마는, 방공연습에 창규가 좀처럼 나가지를 않는 것으로 말다툼도 많이 하여 왔던 것입니다. 성미가 앙칼지고 주짜를 빼기 때문에 동리에서도 맞는 사람이 없고 창규 역시 좋아는 아니하나 그저 받자위를 해주기 때문에 간혹 바둑을 두러 오기도 하고, 8·15 당일에는 저의 집의 라디오가 잘 들리지 아니한다고 창규의 집에 내외가 같이 와서 듣다가, 아모 말도 없이 별안간 주먹으로 다다미바닥을 힘껏 치고 일어서며 눈물을 주르르 흘리고 간 뒤에는, 다시는 서로 만날 일도 없어서 오늘 처음 만나는 것이다.

　노사키는 일본인이면서도 조선어를 능란하게 사용하고 조선의 풍속이나 생활에도 익숙한 인물이다. 그래서 언뜻 보면 조선인인지 일본인인지 구별하기 쉽지 않다. 사실 일본이 패망하기 전만 하더라도 일본식 이름을 쓰고 일본어를 사용하면서 일본인인 척 살아가던 조선인들이 부지기수였다면, 일본이 패망하자 조선인인 척 꾸미는 일본인이 생겨났다. 그렇듯 자신을 감춘 채 가면을 쓴 이들을 기회주의자라고 비난하거나 거짓된 삶이라고 비웃을 수 있겠지만, 그것이 개인의 출세나 모리에 도움을 주기도 있고 생명의 위험에서 구해주기도 한다는 사실은 변함이 없다.

　그런데 노사키의 행동은 이러한 개인적인 차원을 넘어서 있다. 소설의 결말 부분에서 밝혀진 것처럼 노사키는 조선 옷을 입고 조선 말을 쓰면서 조선인인 척 가장하여 일부러 만주인과 갈등을 일으킨다. 뿐만 아니라 동네 야경꾼을 조선인에게 맡겼다가 살해하여 만주인이 죽인 것처럼 꾸미기도 한다. 만주인과 조선인 사이의 갈등을 조장하여 민족적 감정을 악화시키면 일본인에 대한 분노가 약화되리라는 얄팍한 계산에서 비롯된 행위들이다. 하지만 노사키의 책략은 수포로 돌아간다. 조선인 학교에 근무하고 있어 가토(河童)라는 이름만으로 조선인이라고 지레짐작해 살해한 사람이 하필이면 비슷한 발음을 가진 일본인 가토(加藤)였던 것이다.[16]

조선인과 만주인을 이간질시키려는 노사키의 '모략'은 다음과 같은 전제 위에서 꾸며진 것이었다. 일본인과 조선인은 모두 만주인의 미움을 받았다는 것, 그렇지만 일본인은 조선인을 죽여야 할 특별한 이유가 없다는 것이 바로 그것이다. 이 두 가지가 전제되었을 때, 조선인의 죽음을 만주인의 소행으로 몰아갈 수 있고, 만주인과 조선인 사이의 민족적 갈등을 조장하려는 노사키의 모략도 성립할 수 있다. 염상섭은 「모략」에서 이러한 책략을 통해서 일본인들의 안전을 꾀하는 노사키의 '간교함'을 드러내려고 했을 것이다. 하지만, 조선인이 일본인과 마찬가지로 만주인들의 분노의 대상이었다는 사실이 드러난 것은 아이러니컬한 일이다.

결국 염상섭의 소설 속에서 재만조선인이란 식민주의자의 모습

---

16 「모략」에서 다룬 사건은 염상섭이 실제로 겪었던 일이었다. "그런데 내가 여기에 말하고자 하는 것은 바로 그날[8·15—인용자] 저녁이 공교롭게도 내가 야경(夜警)을 도는 차례이었다는 것이다. 야경은 전시중 동내(洞內)에서 자치제로 시행하여 오던 터인데 나는 당일로 밤을 도와가며 조직하여야 할 우리 거류민회에 참석하기 위하여 순번을 바꾸어 달라고 청하여 인근의 국민학교의 일본인 선생이 대체하게 되었던 것이다. 그리하여 회를 마치고 야반에 집에 돌아와 앉았자니, 마침 내 집의 옆골목에서 딱딱이 소리가 나자마자 뒤미처 캭하고 비명이 희미하게 들리고는 잠잠히 밤은 깊어갔다. 이튿날 회에 나가서, 간밤에 내 집 골목에서 D보통학교 일인교원이 흉한의 백인(白刃) 아래 척살되었다는소식을 듣고 나는 내심으로 어크머니나! 하고 몸서리가 쳐졌으나, 부회장인 나는 회장 L씨와 함께 지면이요 횡사한 그의 집에 조위를 갔었다. 해마다 광복절을 맞으면서 그때 이날을 일생에 한번밖에 또다시 없을 환희의 눈물로 맞이하고, 그날 밤의 전율을 되씹고 있다. 그러나 그 환희는 비록 환희라 하여도 되풀이하여서는 안 되고 길이길이 후일을 위하여 명기하여야 할 것이다. 또한 나 개인으로서는 그날의 횡액에서 벗어났음을 천주께 감사할 따름이다. (염상섭, 만주에서 환희의 눈물 속에, 동아일보, 1962.08.15)

일 수밖에 없다. 그들이 아무런 차별을 받지 않았다고 말할 수는 없겠지만, 차별의 구조에 편승했던 것은 분명한 사실이다. 예컨대 「말기 풍경」에서 주인공은 조선인들이 계장에서 더 이상 승진할 수 없다고 불만을 표하지만 계장에 오르지도 못했던 수많은 만주인들이 있었다. 그리고 차별 때문에 신경쇠약에 걸려 술을 마시지만, 돌려 생각해 보면, 삶의 최저한도와 관련된 차별이 아니었던 것도 분명하다. 좀 더 나은 삶, 좀 더 풍요롭거나 호사스러운 삶을 살지 못했다는 정도에 불과한 것이다. 그러니 그 자랑스러울 것 없는 경험을 어떤 식으로든 극복하지 않고서는 작가로서의 길로 되돌아올 수 없으리라는 것은 명약관화한 일이다. 어쩌면 염상섭은 만주로 향할 때부터 알았을 것이다. 이미 자신이 식민주의자와 크게 다르지 않다는 것을 알았기에 그는 소설을 쓰지 않거나 혹은 쓸 수 없었던 것이다.

염상섭이 다시 작가의 길로 접어들기 위해서 선택한 방법은 노사키와 대결하는 것이었다. 물론 일본이 패망하기 전이라면 꿈도 꾸지 못했을 일이었다. 그저 「말기 풍경」의 원영이 겪는 '신경쇠약'이나 「혼란」과 「모략」의 창규가 느끼는 '공포'나 '강박관념'에 짓눌리기만 했을 것이다. 하지만, 일본이 패망하자 더 이상 미루어야 할 아무런 이유도 없었다. 개인적으로는 잃어버렸던 자존심을 회복하는 싸움이기도 했고, 조선인회의 실질적인 지도자 역할을 수행했기 때문에 민족적인 대결이기도 했다. 하지만 모든 언어적 수사 속에 깃들어 있는 것은 자신들을 향해 오는 만주인들의 분노를 상대방을 돌려야 한다는 목적이었다. 창규나 노사키는 만주인의 분노가 상대방에게 향하도록 유도한다는 점에서 다를 바 없다. 안동의 신시가지에서 함께 살았던, 뿐만 아니라 남의 말을 능란하게 구사하고 남의 문화에도 젖어 있어서, 조선인과 다를 바 없던 노사키와 일본인과 다를 바 없는 창규를 구분하는 것은 불가능하다. 한때 쌍둥이처럼 서로 닮아보였던 두 사람은 살아남기 위해서 자신을 향하는 칼날을 상대방에게 돌려야 했다. 동아시아에서 제국의 시대가 끝이 나고 국민국가 혹은 민족국가의 시대가 시작되었던 것이다.

3. 언어의 제국, 제국의 언어

해방 직후에 씌어진 염상섭의 단편소설들은 만주에서 해방을 맞이한 조선인들이 한반도로 귀환하는 과정을 그린다. 그러한 개인적 체험의 소설화 과정은 여러 의미를 지닐 수 있을 것이다. 만주에서의 10년 동안 작가적 불모 상태를 벗어나지 못했던 염상섭이 새롭게 작가로서의 창작의욕을 불태웠다는 점을 먼저 지적할 수 있다. 이러한 작가로서의 새로운 출발을 알린 작품으로 우리는 「해방의 아들」(『신문학』, 1946.11 ; 원제는 「첫걸음」이었으나, 금룡도서에서 단행본으로 묶어내면서 개제되었다)을 들 수 있다.

「해방의 아들」은 1945년 9월을 시간적 배경으로 한다. 주인공 홍규는 해방을 맞아 아내와 함께 신의주로 건너온다. 당시 신의주에는 소련군이 진주한 상태여서 조선에 살던 일본인들은 숨어지내는 형국이었다. 그런데, 우연하게 홍규 내외는 안동에서 함께 지내던 이웃집 여자를 만난다. 그녀는 조선인이라는 소문과는 달리 순수한 일본인이었으며, 대신 그녀의 남편이었던 마쓰노가 조선인 아버지와 일본인 어머니 사이에 태어난 혼혈로 밝혀진다.[17] 그런데, 「해방의 아들」에서 눈길을 끄는 것은 소설 속의 등장인물들이 나누는 대화 상황이다.

⑦ "글세 십분 이십분이면 건너설 것을, 다리 하나 격해서 빤히 바라보면서 이 지경이니 말라 죽겠세요. 집에서들은 죽었는지 살았는지 그 동안 무슨 일이 일어났는지 누가 알겠세요"

옆집 일본 여자의 조카딸인지 조카 며느리인지가 안동서 건너왔다가 길이 막혀서 못 가고 있다는 말은 안집 주인댁에서 들은 말이지마는 부엌 뒷문 밖에서 빨래를 널고 섰던 안해가 일본말로 이렇게 수작하는 소리에 홍규는,

'누구길래, 알던 사람인가'

하며, 보던 신문을 놓고 일어나서 부엌쪽 유리창을 내어다본다. (11면)[18]

⑭ 팔월 십오일 후에 이 거리의 일본집 처놓고 앞문에 첩을 박지 않은 집이 없지마는 마쓰노 집의 뒷문을 가까스로 찾아들어가니, 마주 내달아온 마쓰노는 하도 의외의 사람인데에 겁을 집어 먹은 듯이 벙벙히 섰다. 털복숭이가 된 검은 진

---

17 조선 내에서 일본인과 조선인 사이의 '내선결혼(內鮮結婚)'은 1926년 50~60건이었던 것이, 1935년에 250건, 1939년에는 2,405건에 달할 만큼 급속하게 증가했다. 1938년부터 1943년까지 5년간에는 총 5,458건, 연평균 1,902건이었다. 사실혼은 그보다 많았다고 한다. 이러한 현상은 1938년 8월 총독부 시국대책협의회에서 "내선일체를 철저하게 시행할 것에 관한 건"이 자문의제로 제출되었던 바, 이에 따라 "내선인의 통혼을 강려할 적당한 조치를 강구할 것" 등이 의결된 것과 무관하지 않다. (다카사키 소지, 식민지 조선의 일본인들, 이규수 역, 역사비평사, 2006, 168면)

18 텍스트로는 1987년 민음사에서 간행한 『염상섭 전집』 제10권에 실린 「해방의 아들」을 사용했고, 인용 말미에 면수를 밝혔다.

앉은 얼굴에는 충혈된 두 눈만 공포와 경계에 살기가 어리어
서 빈틈없이 반짝인다. 그 눈은 네가 적이냐 내 편이냐를 쉴
새 없이 묻는 것 같았다.

　　홍규는 냉정히 한참 간색을 하고 나서 저 편의 긴장을 느
꾸어주려고, 짐짓 미소를 띠어 보았다.

　　"나 신의주서 왔소이다.……"

　　홍규는 물론 조선말로 부쳤다. (22면)

인용문 ㉮는 마쓰노의 아내와 홍규의 아내가 일본어로 대화를 나
누는 장면이다. 그런데, 두 사람이 대화를 나누는 장소는 평안북도 신
의주다. 인용문 ㉯에서 안동에 머물던 마쓰노를 데리러 간 홍규는 조
선어를 사용한다. 조선에서는 일본어가 사용되고, 만주에서는 조선
어가 사용되는 아이러니컬한 상황이 펼쳐지는 것이다.

　　이러한 상황을 이해하기 위해서는 먼저 일본제국의 언어 정책을
살펴볼 필요가 있다. 식민지 조선에서는 국민통합정책이 완전히 적
용되지 않았다. 그래서 조선인에게는 일본 국적이 부여되었지만 제
국의회에의 참정권은 부여되지 않았다. 대외적으로는 '일본국민'이었
지만, 대내적으로는 '비일본인' 내지 '비국민'에 불과했다. 소위 '내지'
와 '외지'의 구별의 그것이다. 이에 따라 통치 기관 역시 일본제국 내
무성이 아니라 조선총독부였다. 이러한 모호한 위치는 언어의 측면
에서도 그대로 나타난다. '고쿠고(國語)'가 중요시되기는 했지만, 현지
어(혹은 방언)으로서의 '조선어' 역시 유지되었다. 그런데, 태평양전쟁
이 본격화되면서 국민통합의 필요성 때문에 이러한 정책적 모호성은
철회되고, 일본어가 조선어를 대신하려는 고쿠고(國語) 상용 정책이

강제적으로 시행되기에 이른다.[19]

이러한 조선과는 달리 만주국은 '건국선언'에서 "한족·만주족·몽고족과 일본·조선의 각 종족뿐만 아니라, 기타국 인으로서 장기간 거주하기를 원하는 자도 평등한 대우를 받을 수 있다"고 규정하기 때문에 언어의 측면에서도 식민지 조선과는 달리 지배와 피지배, 제국과 식민의 관계를 설정할 수 없었던 것이다. 이에 따라 만주국은 다민족 다언어 국가가 될 수밖에 없었고, 이러한 다중언어제의 관점에 따라 만주국에서는 '일본어' 외에도 다른 언어를 어느 정도 배려하는 듯한 태도를 취한다. 이 때문에 만주국은 여러 언어들이 함께 공존하는 언어의 제국을 이루거니와, 그것은 일본을 중심으로 한 대동아공영권의 관점에서 모든 국민국가들이 공존·공영한다는 '동아신질서'의 관점과도 무관할 수 없다.

그런데, 중일전쟁이 일어난 뒤 문화적·정치적인 힘의 우위를 바탕으로 언어의 서열화가 본격화된다. 초기 만주국에서 중국어가 차지하던 제도적 지위가 일본어로 옮겨가고, 만주어(중국어)·조선어·몽골어 등은 최소한의 지위만을 부여한 것이다. 이 시기 공문서에서 일본어 정문화(正文化), 관리 등용 제도에서 '일본어' 중시 경향과 그에 따른 어학 검정 시험의 실시, 언어 정책 기관의 설치, 교과목으로 '국어'에 '만주어', '몽골어' 등과 함께 '일본어'를 포함하는 등의 움직임이 나타난 것은 그 때문이었다. 그런데, 이러한 개념은 '국어'라는 개념과는 분명히 구별되는 것으로서, "모든 기관의 공용어, 혹은 국가가 국무를 집행할 때 사용하는 언어"라는 의미에서의 '국가어'의 개념에 부

---

19 오구마 에이지, 일본의 언어제국주의-아이누, 류쿠에서 타이완까지, 언어제국주의란 무엇인가, 이연숙·고영진·조태린 역, 돌베개, 2005, 75면.

합한다고 할 수 있을 것이다.[20]

이처럼 만주국의 언어 정책 실행자들은 '일본어'를 국가 제도의 틀에서 만주어(중국어)보다 높은 위치에 두려고 노력했다. 더욱이 일본 제국의 확장에 따라 일본어에 '공영권의 공통어' 혹은 국제어로서의 지위를 부여하는 것이 매우 현실적인 과제로 떠오른다. 그러나 '일본어'는 만주국 내에서 지배적인 언어로 자리잡을 만한 역량을 충분히 갖추지 못했기 때문에 제도적인 차원에서 빠르게 침투한 것과는 달리 비제도적인 차원에서는 느리게 보급될 수밖에 없었다. 결국 공식적인 언어생활과 일상적인 언어생활 사이에 괴리가 나타난다.[21]

이러한 만주국에서의 언어상황을 고려해 볼 때, 일상적인 언어생활에까지 일본어가 깊이 침투했다는 사실은 홍규가 만주국에서 그만큼 깊이 일본적인 생활 방식에 익숙해 있음을 말한다고 할 수 있다. 특히 조선인의 경우 식민지 교육을 통해서 습득한 일본어를 통해서 만주국인과 차별되는 정신적 우월감을 얻을 수 있었다.[22] 이처럼 모국어인 조선어 때문에 차별당했던 경험을 간직한 조선인들은 만주국에서 제국의 언어인 일본어를 통해서 특권적인 위치에 올라설 수 있었다. 이처럼 대동아공영권이라는 제국적 인터내셔널리즘 속에서 조선인들이 일본어를 사용하는 것은 현실적인 동기에서 비롯된다. 따라서 신의주에서 일본어로 의사소통을 한다는 것은 주인공 홍규가 만주에서 차지했던 사회적 지위를 보여준다. 홍규는 안동 중심가의 일본인 거주 지역에서 일본인들과 함께 생활했다. 마쓰노가 "단 세

20   고모리 요이치, 일본어의 근대, 정선태 역, 소명출판, 2003, 322면.

21   오구마 에이지, 같은 글, 96~98면.

22   김려실, 인터/내셔널리즘과 만주, 상허학보 13, 2004, 402면.

식구가 아이보기까지 두고 살"(28면)만큼 여유롭던 생활을 했던 것과 마찬가지로 홍규 역시 "자기가 입 한번만 버리면 조선인회의 피난민 증명서를 얻어주어서 당장으로 끌고 올 수 있을"(18면) 만큼의 지위에 있었던 것이다.

그런데, 마쓰노 아내의 부탁을 받고 만주로 건너간 홍규는 인용문 ㉯에서처럼 마쓰노에게 '조선말'로 말을 건넨다. 마쓰노는 부산 동래가 원적이었는데, 아버지가 죽은 후 어머니에 의해 나가사키에 있는 외가에서 성장하면서 외조부의 민적에 올랐다. 그가 일본인 행세를 하며 살아갈 수 있었던 것은 아버지의 성을 따르게 하는 조선과는 달리 어머니의 성을 따를 수 있었던 일본의 가족제도와 연관된다. 그리고 "가봉(加俸)이니 배급(配給)이니 이로운 점이 없지 않았던"(17면) 현실적인 문제도 간과할 수 없다. 오족협화를 내세운 만주국의 이념에도 불구하고 현존했던 종족간의 위계질서가 조준식이 아니라 마쓰노로, 조선인 아버지를 감추고 일본인으로 살아가게끔 한 것이다. 따라서 지금까지 일본인으로 살아왔던 마쓰노는 '조선말'을 앞에 두고 갈등에 사로잡힌다.

> 마쓰노는 잠깐 풀렸던 표정에 다시 무장을 하면서 무슨 말을 꺼내려 하였으나, 목이 말라서 그런지, 조선말이 서툴러서 선뜻 나오지를 않는지, 입만 뻥긋하고는 머리를 자꾸 흔든다. 피로와 긴장이 뒤섞여서 머릿속이 혼탁해지는 눈치다. (23면)

마쓰노에게 있어서 모어인 일본어 대신에 조선말로 호명하는 행위는 지극히 폭력적인 성격을 띤다. "다만 한 가지 분명히 들어야 할 것은 조선으로 가겠느냐 일본으로 갈 것이냐는 것이오. 다시 말하면 당신은 조선 사람이냐? 일본 사람이냐는 말이오"(23면)라는 질문이 함축하고 있듯이, 마쓰노에게 있어서는 하나를 얻음으로써 다른 하나를 잃을 수밖에 없다는 점에서 아버지/어머니 중에 한 사람만을 선택하도록 강요받는 어린아이처럼 당혹스러운 상황인 셈이다.

'서툰' 조선어와 '익숙한' 일본어 사이에서 전자를 선택하기란 쉽지 않은 일이다. 그런데, 만주국에서 일본인으로서 누렸던 특권적인 지위는 만주국의 붕괴와 함께 사라져 버렸다. 마쓰노는 일본인으로서의 특권이 오히려 멍에가 되어 신변의 위협마저 받는 상황에 처한 것이다. 결국 마쓰노는 어머니의 나라를 버리고 아버지의 나라를 선택한다. 그리고 "아버지를 찾겠다는 일념이야 사내자식으로 태어나 가지고 어찌 없겠습니까"(24면)라는 말로 자신의 선택을 정당화한다. 이제 마쓰노는 조선인으로 살아가기로 결심하면서, 지금까지 사용해 왔던 일본식 이름을 버리고 조준식이라는 이름으로 새롭게 태어난다. 결국, 홍규는 '조선말'로 호명함으로써 마쓰노/준식이라는 복합적인 정체성을 하나로 환원한다. 마쓰노/준식이 일본인으로 살아가는 것이 "잘못된" 것이라는, 그래서 "이 기회에 바루 잡아 놓"겠다는 의지가 "사내자식으로 태어나" 잃어버린 "아버지를 찾겠다"라는 논리와 결합하면서 조준식이라는 '조선인'을 탄생시킨 것이다.

4. 가해의 망각과 피해의 기억

아버지/어머니, 조선(어)/일본(어)의 대립이 중첩되는 상황에서 하나를 선택할 수밖에 없도록 만드는 폭력적인 상황은 오족협화를 내세웠던 만주국에서의 경험을 송두리째 부정한다. 만주국에서의 경험이란 민족 간의 경계를 넘나드는 제국적 인터내셔널리즘의 경험이라고 할 수 있다. 민족 간의 경계가 '대동아'라는 개념 속에서 흐트러지고, 일본은 '대동아'를 구성하는 여러 민족의 이익을 대변하는 위장된 대표자로서 자신의 역할을 부여한 것이다.[23] 이에 따라 만주국에서는 일본적인 것들이 동아시아 보편성의 이름 아래 지배적인 것으로 자리잡았다. 마쓰노/준식은 이러한 제국적 인터내셔널리즘을 보여주는 기표라고 할 수 있다. 조준식이 조선인으로 새롭게 태어난다고 하더라도 아내와의 일상적인 대화에서는 분명히 일본어를 사용할 수밖에 없을 것이고, 홍규와의 공식적인 대화에서만 조선어를 사용할 것이다. 따라서 일상적인 '모어'와 공식적인 '국어' 사이에 존재하는 이중언어적인 상황은 지금껏 조선인이면서 일본어를 능숙하게 사용할 수 있는 홍규가 겪었던 언어적 경험과 다를 바 없다. 다만, 일본어와 조선어가 맺던 위계적인 관계가 역전되었을 뿐이다.

홍규가 마쓰노/준식을 돕는 이유도 바로 그러한 차원에서 이해될 수 있다. 홍규는 마쓰노/준식를 돕는 것이 담배 사단 때 입었던 도움을 갚는다는 개인적인 차원도 아니고, 민족반역자라든가 친일파와 같은 정치적인 차원과도 별개의 것임을 애써 강조한다. 그 대신 가정적인 문제라고 누누이 반복한다.

　　　"그러기에 힘써 보마는 말이요. 그런 경우에 제일 무서운

23　　고야스 노부쿠니, 동아·대동아·동아시아, 이승연 역, 역사비평사 2005, 87~88면.

것이 중국 사람이지마는 일본 사람이면 일본 사람으로서 끝
끝내 버티고 일본인회에서 탐탁히 가꾸어준다면 나역 아랑
곳할 필요가 없겠지요. 허나 결국에는 내 동족 아닙니까! 그
것도 정치적 의미로 소위 친일파니 민족반역자니 하면 낸들
별 도리 있겠나요마는 이것야 단순히 가정 문제요 가정 형편
으로 자초부터 그리된 거니까 이 기회에 바로 잡아놓는 것이
좋겠죠"(19면)

여기에서 가정적인 문제란 조선인 아버지와 일본인 어머니 사이
에서 태어난 마쓰노/준식의 정체성을 규정한다는 점에서 혈연적인
문제를 의미한다. 그것은 또한 "아버지 찾기"와 동일한 의미를 지녔
다. "아버지를 찾겠다는 일념이야 사내자식으로 태어나가지고 어찌
없겠습니까"(24면)라는 언급이 함축하듯이 아버지-아들이라는 가부
장제 논리로 민족을 구성하는 것과 다를 바 없는 것이다.[24] 또한 마쓰
노/준식의 정체성을 규정하는 행위는 제국적 인터내셔널리즘을 국민
국가의 논리로 재편하려는 것과 깊이 관련된다. 그런 맥락에서 보자
면, 마쓰노/준식은 제국적 인터내셔널리즘과 무관할 수 없는 홍규의
'과거' 혹은 '분신'이다. 따라서 마쓰노/준식을 향해 조선말로 호명하
는 것은 기실 홍규 자신을 향한 것이었다.

---

24 이러한 젠더적 시선은 마쓰노/준식을 단일한 정체성으로 환원시키는 것에만 멈추
는 것은 아니다. 미장원 여자라고 불리는 마쓰노의 아내가 조선인이라고 알려져 있
을 때, 홍규는 "조선 사람이 일본 여자와 사는 것"과 "일본 사람이 조선 여자와 사는
것"이 다르다고 주장한다. "동족의 남자가 얼마나 놈들에게 부대끼고 악착한 꼴을
당하였던가를 생각하면, 아무려기로 그놈들에게 시집을 가드람? 못된 년들이야"이
라고 말하는 것이다. 말하자면, 혈연적 순수성을 지키지 못한 책임을 여성들에게만
부과하는 것이다.

하지만, 만주국 체험을 의식적으로 망각하려는 노력에도 불구하고 홍규의 삶에서 일본적인 것을 완전히 제거하는 것은 불가능하다.[25] 앞서 말했듯이 일상적인 삶의 차원에서 일본어를 사용하는 것처럼 이미 습속화되어 있기 때문이다. 이 과정에서 흥미로운 것은 홍규가 자신과 유사한 경험을 공유하는 안집 친구의 과거 친일 행적을 들추어내고, 마쓰노/준식을 갱생으로 이끈 원조자로 자신을 정당화한다는 점이다. 홍규가 묵고 있는 안집 친구는 해방되기 전만 해도 '가네기(金城)'라는 이름으로 창씨개명을 한 바 있고, 일본인 하야시와도 가까이 지내던 인물이다. 안집 친구는 마쓰노와 함께 식민체제 아래에서 지배적인 것으로서의 제국적인 정체성을 받아들였던 인물인 셈이다. 그래서, 홍규는 끊임없이 "해방자라는 자ㅅ자는 왜놈의 잔재야"(21면), "일인의 본을 뜨는 것은 아니나"(40면)와 같은 표현은 만주국에서의 제국적 정체성을 은폐하는 것이라고 할 수 있다.[26]

이러한 은폐와 망각의 과정은 안동에서의 삶을 일본인에 의한 차별로 재구성하는 과정에서 더욱 극명하게 드러난다.

---

25 「삼팔선」에서는 이러한 트랜스-내셔널한 외모와 행동 때문에 빚어진 해프닝이 다음과 같이 드러난다. 만주에서 신의주를 거쳐 월남하는 피난 과정을 그린 이 작품에서 "지지던 머리지마는, 피난민 주제에-하는 말이 나오지 않은 것도 아니었으나, 서울 가면 비쌀 것이라고 떠나기 전에 지진다기에 내버려 둔 것이었으나, 이런 험난한 길에 남의 눈에 띠는 것이 아무래도 싫었다"라는 대목이나, "정거장 문턱에서 보안대원이 일일이 묻는 것은 하여간에 동행인 K군을 붙들고 **우리 내외가 일본사람 아니냐고 묻더라**는 것은 요절을 할 노릇이었다"(63면)

26 조선에 남아 있는 친일적인, 혹은 제국적인 잔재에 대한 비판적인 시선은 「삼팔선」에도 자주 등장한다. "이상한 억양이 있는 언설 구조"(63면)로 "민주주의가 어떠니 건국 도상이니 무어니 한바탕 설교"(63면)을 늘어놓은 차장의 모습을 반복적으로 등장시킴으로써 제국주의 잔재에 대한 강박적인 거부를 표현한다.

십 년 가까이 회사에 다녔어야 고원 첩지밖에 못 받아본 홍규는 속만은 제 아무리 살았어도 일본 사람에게 이렇게 공대를 받아보기는 생전 처음이다(16면)

몇몇해를 두구 방공연습에 함께 나가구 해야, 나 같은 것은 거들떠 보지두 않구 그렇게 쌀쌀하던 것이, 제가 아쉬우니까 죽었던 어머니나 살아온 것처럼 반색을 하고 뛰어나와서 안동 소식을 묻겠지.(13면)

만주에서 홍규의 삶은 이렇듯 차별과 피해의 경험으로 구성된다. 사실, 1930년대에 만주로 이주했던 조선인의 사회적 위상은 매우 이중적이었다. 만주국에서 조선인이 일본인의 지배 아래 놓여 있었다는 사실은 부인하기 어렵다. 하지만, 다른 한편으로 조선인들은 만주국에서 이민족을 식민 경영함으로써 자신들의 우월성을 증명한 것 또한 사실이다. 일본인이 지배하는 공간 속에서 일본인을 대신하여 토착민으로서의 만주족을 지배했던 까닭에 일본인-조선인-만주인이라는 민족적·종족적 위계질서 속에서 지배자이자 동시에 피지배자라는 이중적인 속성을 지니는 것이다. 만주국 성립 이후 만주는 조선이 일본인들에게 그러했던 것처럼 식민의 공간으로 발견되었던 셈이다.[27]

하지만, 홍규의 기억 속에서 만주에서의 경험은 일본인에 의한 차별과 억압'만'이 부각될 뿐, 중국인에 대한 차별과 억압이 은폐되어 있다. 이러한 기억의 재구성 과정의 핵심에 놓여 있는 것이 '담배 사단'이다. 담배 조합 간부가 조선 사람 몫으로 할당된 담배를 암시장으로

---

27 임성모, 식민지 조선인의 '만주국 경험'과 그 유산, 역사문제연구소 심포지움 자료집, 2002, 71면.

빼돌려 많은 이익을 본 사건을 홍규는 일본인과 조선인 간의 민족적 울분으로 채색한다.

> "그래서 우셨세요"
> 주인 애기씨가 놀리듯이 웃는다.
> "값싼 눈물이지만 화가 나면 울기도 하는거죠. 하하하. 그 사품에 담배를 한 일주일쯤 끊어보았지"
> "어떻게 쌈을 하셨던지, 화가 난다고 온 종일을 끙끙 앓으시다가 약주를 잡숫고 나시더니 남 부끄러운 줄두 모르시구 엉엉 우시면서 자식은 애초에 날 생각두 말라는 호령이시군요. 죽은 뒤에 물려줄 것이라고는 가난과 굴욕과 압박밖에 없는 신세가 무엇하자고 자식을 바라느냐고 종주먹을 대고 생트집이시군요"
> 홍규 아내는 이렇게 말을 맺고 자기 배를 슬며시 내려다본다.
> "오죽 분하셔야 그러셨겠세요. 하지만 인제는 아들 낳세요. 네 활개를 치고 옥동자를 낳아드리세요"(21면)

이처럼, 홍규는 만주에서의 경험을 조선인의 관점에서 피해의 서사로 구성한다. "죽은 뒤에 물려줄 것이라고는 가난과 굴욕과 압박밖에 없는 신세"(21면)로 단순화시키면서, 국가의 부재 상태로 말미암아 한민족의 구성원들이 일본인에 의해 끊임없이 피해를 입을 수밖에 없는 상태에 놓여 있었다고 상상하는 것이다. 이제 망각과 은폐를 통해 '창조된' 기억은 근대 국민국가의 건설이라는 역사적 과제로 이어진다. 이처럼 피해의 역사를 통해서 민족은 상상되거니와, 그 밑바탕에는 가해의 망각이 가로놓여 있었던 셈이다.

이러한 망각과 재구성의 과정 속에서 정작 사라진 것은 만주국에서의 과오에 대한 민족적 자기반성이다. 앞서 살핀 대로 주인공이 일본인 거주 지역에서 살았다는 사실은 만주에서 특권적인 위치에 있었음을 보여준다. 개인적인 차원에서 나타나는 이러한 지배의 경험들은 지배집단 내부의 민족적 갈등이나 차별로 전이됨으로써 은폐된다. 즉, 홍규는 만주에서 있었던 다양한 경험들을 민족적 억압의 경험으로 재구성한다. 이를 통해 만주국에서 있었던 식민세력에 대한 은밀한 공모와 타협 또한 은폐된다. 과거에 제국적 정체성을 가졌던 자신의 분신들, 예컨대 안집 친구를 삐딱한 시선으로 바라보고, 마쓰노/준식을 민족적으로 갱생하도록 유도했다는 자부심을 통해서 자신의 과거를 은폐하고 자신을 기만하는 것이다.[28]

5. '대동아공영권'의 삶, 다시쓰기

'대동아' 개념은 1937년 중일전쟁의 개시와 중국대륙 내부로의 전

---

28 이와 관련하여 「해방의 아들」, 「혼란」, 「모략」, 「삼팔선」 등과 같이 만주국에서의 경험을 담은 소설들에서 주인공의 과거는 흐릿하게 제시된다는 점도 상기할 필요가 있다. 「해방의 아들」에서 홍규는 만주에서 십여 년 동안 회사 고원으로 활동한 정도로만 나타나며, 「혼란」에서 창규 역시 "전쟁이 시작되자 조선 안에서 들볶이기가 싫어서 이 땅으로 피해 온"(153면) 인물로 "관계나 공직자들 사회의 비평을 모르고 지낸"(158면) 것으로 그려진다. "전쟁 말기에 조선 사람에 대한 회유책으로 유력자만 추려서 일본 사람과 같이 배급을 받게 한"(158면) 배급통장 변경 사단 때에 창규는 "그 차례에도 못 갔던 축"(158면)이었다. 이처럼 주인공의 과거를 은폐함으로써 만주국 패망 이후 그들이 어떻게 조선인회에서 지도적인 위치를 차지하게 되었는지에 대해서 소설적 설득력을 얻지 못한다.

쟁 확대, 그리고 1941년 태평양전쟁의 발발과 남방지역으로의 확전과 더불어 구성된 개념이다.[29] 기존의 서구중심적 세계질서를 재편하려는 동양 세계의 욕망을 담은 이 개념은 표면적으로 동아시아에서 국가·민족이라는 틀을 넘어서는 인터내셔널한 면모를 띤다. 특히, 만주국은 여러 민족의 협력과 공존을 내세운 동양적·제국적 인터내셔널리즘의 실험실이라고 할 수 있을 것이다. 다양한 종족을 만주국민으로 재통합하는 과정에서 사해동포주의·박애·만국평화·만국도덕 등을 강조한 것도 이와 무관하지 않을 것이다. 일본제국의 지역적 확장으로서의 '대동아'는 일본을 아시아 민족을 대표(representation)하는 위치로 격상시키면서, 제국주의와 식민지 간의 모순을 은폐하는 역할을 수행한 것이다.

이 과정에서 식민지배자를 모방하는 제국적 정체성은 '대동아'라는 인터내셔널한 논리 속에서 상이한 모습으로 나타난다. 조선의 경우, 식민지배자의 모방이 궁극적으로 차이에 대한 자각으로 이어질 수밖에 없었겠지만, 만주의 경우에는 동아 공통어로서의 일본어, 동아 신질서를 대표하는 일본문화에 대한 친연성, 그리고 일본 국적을 통한 치외법권적 특권을 바탕으로 새로운 식민지 주민에 대한 인종주의적 편견과 멸시를 보여줄 수 있었다. 이렇듯 외지 '일본인'으로서의 정체성을 내면화한 만주에서의 조선인들은 궁극적으로 일본에 대한 동화 내지는 '동아 신질서'라는 제국주의적 침략전쟁을 내면화할 수밖에 없었다.

그런데, '대동아'라는 일본 중심의 제국적 인터내셔널리즘이 붕괴

29　고야스 노부쿠니, 앞의 책, 85면.

하자, 재만조선인들의 제국적 정체성 역시 국민국가의 논리 속으로 수렴된다. 해방 직후 만주국에서의 귀환을 다룬 여러 소설들을 살펴보면, 제국주의를 모방하거나 동화되었던 경험들은 은폐되거나 혹은 내셔널리즘 속에서 재해석된다. 염상섭의 「해방의 아들」 역시 개인적 경험 혹은 기억을 재구성한다. 소설 속에 등장하는 주인공들을 살펴볼 때, 만주에서의 삶은 은폐되어 있거나, 제국주의에 의한 억압이라는 논리 속에서 의미부여된다. 식민지배자로서 토착민을 억압했던 지배의 경험은 망각되고, 피해의 경험만이 부각되는 것이다. 이렇듯 기억을 창조하는 과정은 식민지배의 역사에 대한 반성을 불가능하게 만들고, 민족/국민으로서의 정체성 역시 제국주의에 의해 파괴된 단일한 정체성을 복원하는 것으로 귀결된다. 이러한 경험은 실질적으로 식민주의에 대한 진정한 극복을 불가능하게 만든다는 점에서 많은 한계를 지닌다.

| 김석범 |

국가의 탄생과 재일조선인 디아스포라

1. 망각의 역사와 기억의 복원

에르네스트 르낭은 「국민이란 무엇인가」에서 망각의 중요성을 언급한 적이 있다. 망각이야말로 "국민 창조의 본질적인 요소"라는 것이다.[01] 그가 말하는 망각이란 한 개인이 아니라 국민이라는 집단의 공식적인 기억, 곧 역사에서 소거된 것을 가리킨다. 역사적 사실이 은폐되거나 망각된 것은 학문적으로는 '오류'에 해당하지만, 현실적으로는 하나의 국가에 소속된 운명공동체로서의 '환상'을 형성한다는 것이다.

르낭의 이러한 언급은 해방 직후 한반도에서 진행되었던 '나라 만들기' 과정에도 그대로 적용될 수 있을 것이다. 삼팔선을 경계로 두 개의 정부가 수립되는 과정에서 발생한 여러 역사적 비극들은 오랫동안 남북한의 공식적인 역사에서 망각되었다. 1948년 제주도에서 있었던 4·3사건 역시 마찬가지였다. 신생 독립 국가의 법적·제도적 토대를 마련할 제헌국회를 구성하는 과정에서 발생한 이 사건은 대

---

01 에르네스트 르낭, 민족이란 무엇인가, 신행선 역, 책세상, 2002, 61면.

한민국의 역사에서 은폐되고 배제된 것이다.

그래서 국가의 역사에서 망각된 역사적 진실을 복원하는 것은 문학이 담당해야 할 몫이었다. 1970년대 중반 국내에서 현기영이 한 개인에게 남겨진 4·3사건의 상처를 탐구하기 시작했다면, 일본에서는 김석범이 4·3사건의 역사적 실체를 복원하기 시작했다. 김석범의 「화산도(火山島, カテゴリ)」는 1976년부터 1981년까지 『분가쿠가이(文學界)』에 처음 연재된 후 약 5년 간 중단되었다가 1987년부터 1995년까지 제2부가, 1996년 9월까지 제3부가 발표되었다. 그리고 1997년 9월 분게이슌주(文藝春秋)에서 제7권이 간행되면서 연재를 시작한 지 이십여 년 만에 완성되기에 이른다.

김석범의 문학 세계가 처음 한국에 소개된 것은 1970년대 초반이었다. 사상계 주간을 지낸 바 있던 지명관[02]은 해방 직후의 사회주의 활동이 한국 현대사에서 망각되어 왔음을 지적하면서 일본 문학에서 역사적 기억을 복원한 김석범의 문학에 의미를 부여한다. 하지만, 반공이데올로기에서 벗어나지 못한 상황에서 4·3사건에 대한 관심은 불온시되기 일쑤였고, 김석범의 문학 역시 1980년대 중반에 이르기까지 이념적 금기지대에 놓여 있었다. 1987년 대통령 선거를 전후하여 4·3사건 진상 규명 문제가 사회적 쟁점으로 떠오르면서 비로소 소설집 『까마귀의 죽음』(소나무, 1988)과 장편소설 『화산도』(실천문학사, 1988)가 한국어로 번역되었고, 작가도 사십이년 만에 고국을 방문할 수 있었다.

지금까지 김석범의 「화산도」가 한국문학에서 관심을 끌지 못한 것

---

02 지명관, 먼길……그 '약속의 토지':재일한국 작가 이회성, 김석범의 작품을 분석한다, 문학사상 13, 1973.10, 302~307면.

은 4.·3사건을 금기시했던 반공주의에 가장 큰 원인이 있을 것이다. 이와 함께 이 작품이 한국의 역사적 상황을 그렸음에도 불구하고 '일본어'로 창작되었다는 사실과도 무관하지 않은 듯하다. 「화산도」가 한국어로 완역되지 못했기 때문에 한국문학 연구자들이 텍스트에 접근하는데 어려움을 겪었을 뿐만 아니라 '한국문학'에 내재한 언어민족주의적 태도는 일본어로 창작된 「화산도」를 한국문학의 영토에서 배제했던 것이다. 따라서 한국어로 번역된 「화산도」 제1부를 중심으로 제주 4·3사건의 역사적 진실이 어떻게 문학적으로 형상화되었는가를 살펴보는 것이 주된 관심이었다.[03] 하지만, 21세기에 접어들어 한국에서 「화산도」 연구는 활성화되고 있다. 정대성이 「김석범 문학을 읽는 여러 가지 시각」[04]에서 언급하고 있듯이 탈식민주의적 연구방법론이 도입되면서 과거 식민종주국의 언어였던 일본어로 글을 쓴다는 것이 지니는 의미와 함께 일본 사회에서 마이너리티로 존재하는 '재일조선인'으로서의 정체성 문제를 중심으로 김석범의 문학세계가 새롭게 주목된 것이다.[05]

---

03 제주작가회의가 엮은 『역사적 진실과 문학적 진실』(도서출판 각, 2004)은 김석범과 「화산도」에 관한 김영화의 「상상의 자유로움」과 김재용의 「폭력과 권력, 그리고 민중」을 수록하고 있다. 이외에도 서경석의 「개인적 윤리와 자의식의 극복문제—「화산도」」(실천문학 12, 1988. 겨울, 452~465면, 박미선의 「화산도」와 4,3 그 안팎의 목소리—김석범론(경희대학교 비교문화연구소 외국어문논총, 2001, 23~37면, 정홍섭의 「학살의 기억과 진정한 평화의 염원」(민족문학사연구, 2003년, 328~348면) 등이 여기에 해당한다. 이외에도 나카무라 후쿠지의 『김석범의 「화산도」 읽기』(삼인, 2001)는 역사학자의 관점에서 「화산도」에 나타난 다양한 삶의 양태를 제주도의 사회문화적 맥락과 종합적으로 비교하고 있다.

04 정대성, 김석범 문학을 읽는 여러 가지 시각, 일본학보 66, 2006.2, 377~397면.

05 유숙자, 재일한국인 문학 연구, 월인, 2000.
한일민족문제학회, 재일조선인 그들은 누구인가, 삼인, 2003.
김환기 편, 재일 디아스포라 문학, 새미, 2006.

이 글에서는 「화산도」의 주인공이라고 할 수 있는 남승지와 이방근을 중심으로 대한민국 건설 과정에 나타난 억압과 배제의 메카니즘을 살펴보고자 한다. 그동안 여러 연구를 통해 밝혀진 것처럼 4·3사건은 이념 대립 과정에서 빚어진 것이긴 하지만, 한 지역공동체가 근대적인 국민국가로 통합되는 과정에서 나타난 비극적 사건이기도 하다. 오랫동안 외부와 단절된 채 형성되었던 제주도의 문화적 개별성이 대한민국이라는 단일한 국민적/국가적 정체성으로 강제 통합되는 과정에서 폭력이 발생한 것이다. 그런 점에서 4·3사건은 에르네스트 르낭이 말했던 국민국가의 기원에 놓인 폭력처럼 여겨진다.

> 망각—심지어 역사적 오류라고까지 말할 수 있겠는데—
> 은 민족 창출의 근본적인 요소이며, 바로 그러한 연유로 역사
> 연구의 발전은 종종 민족성에 대해 위험한 것으로 작용합니
> 다. 사실 역사 분석에 의한 탐구는 모든 정치 조직의 기원에
> 서 이루어졌던 폭력적인 사태들, 심지어 가장 유익한 결과들
> 을 가져왔던 정치 조직의 기원에서조차 존재했던 폭력적인
> 사태들을 재조명해버립니다. 통일은 항상 갑작스럽게 이루
> 어졌습니다. 예컨대, 프랑스 북부와 남부의 결합은 거의 한
> 세기 동안 계속된 몰살과 테러의 결과였습니다.[06]

한승옥 외, 재일동포 한국어 문학의 민족문학적 성격, 국학자료원, 2007.
전북대재일동포연구소, 재일 동포 문학과 디아스포라 1~3, 제이앤씨, 2008.
이정석, 재일조선인 문학의 존재양상, 인터북스, 2009.
김학동, 재일조선인 문학과 민족—김사량·김달수·김석범의 작품세계, 국학자료원, 2009.

06 에르네스트 르낭, 앞의 책, 61면.

에르네스트 르낭이 "가장 유익한 결과들을 가져왔던 정치 조직"이라고 평가하고 있는 근대 국민국가는 프랑스의 경우에서 잘 드러나듯이 "거의 한 세기 동안 계속된 몰살과 테러의 결과"였다. 국가권력의 헤게모니를 장악하기 위한 여러 집단 간의 경쟁이 폭력으로 발전한 것이다. 여러 민족국가의 초기 역사에서 '내전'이 나타난 것도 그 때문이다. 그 결과 국가권력을 쟁취한 다수집단은 자신의 정체성을 소수집단에게 강제로 이식시켜 하나의 국민적/국가적 정체성을 구성한다. 이 과정에서 다수집단은 소수집단에게 가했던 폭력을 국민국가 건설을 위한 필연적인 과정으로 정당화하고, 소수집단 역시 다수집단이 부여한 단일한 정체성을 받아들임으로 자신들이 겪었던 피해의 경험을 망각한다.

「화산도」는 대한민국이라는 단일한 국민적 정체성이 형성되던 시기를 배경으로 삼아 여러 마이너리티 집단에 대한 통치권력의 강요와 억압을 담고 있다. 미국과 결탁하여 삼팔선 이남 지역의 통치권력을 장악하려는 정치집단에 맞서 자주적인 통일정부를 꿈꾸었던 주인공이 끝내 이 땅에서 축출되는 과정은 신생 독립국가가 건설되는 과정에서 무엇을 억압하고 배제했는가를 보여주는 것이다.

2. 재일조선인의 귀환과 망명

1945년 8월 15일은 일본이 패전을 선언함으로써 한민족에게 독립의 서광을 깃든 날이었지만, 동시에 동아시아에서 민족대이동의 서막을 올랐던 날이기도 했다. 19세기 말부터 타이완·조선·만주 등에 구축된 식민지가 붕괴되면서 식민지배자의 위치에서 축출된 일본인들은 본토로 돌아가야 했다. 이와 함께 자의에 의해서건 타의에 의해서건 일본, 만주 그리고 남양군도로 이주했던 조선인들 역시 한반도로 돌아와야 했다. 이 시기에 약 450만 명에 이르는 해외 이주 한국인들이 한반도로 이주했고, 특히 200만 명에 이르던 재일조선인 중 3/4 정도가 현해탄을 건너 귀환한다.[07]

이렇듯 8·15 직후에 시작된 민족대이동은 '대동아공영권'이 내포하던 다민족적·제국적 성격이 붕괴되고 동아시아라는 공간이 민족적 질서에 따라 재편되는 과정이었다. 그래서 해방 공간에서 한국문학은 해외에 이주했던 한국인들의 민족대이동에 많은 관심을 기울였다. 염상섭·김만선·허준 등은 만주에서 국내로 돌아오는 과정을, 안회남은 일본 큐슈 탄광에 강제 징용되었던 경험을 소설로 형상화한다. 이러한 해방 직후의 민족대이동은 잃어버렸던 집/고향/조국으로의 '귀환'으로 의미화되었다. 일본제국주의의 강압과 수탈에 의해 집과 고향과 조국을 빼앗기고 낯선 곳에서 유랑할 수밖에 없었던 민족 구성원들이 해방과 함께 국내로 들어와 민족적 주체로 재탄생하는 '원점회귀'였다.

「화산도」에는 일제강점기 동안 일본에서 생활하다가 해방을 맞이하여 귀환한 인물들이 등장한다. 주인공 남승지는 1925년 무렵 제주도에서 태어나 소학교 3학년을 다니던 중 고향을 찾아온 사촌형 남승일을 따라 일본으로 건너가 오사카와 고베에서 성장했다. 그 후 조선

---

07 한국 정부가 발표한 일본에서의 귀환자 수는 141만 4238명이었고, 1946년 12월 이후 일본에 잔류한 재일조선인은 약 50만 명으로 추정된다. (이광규, 재일한국인, 일조각, 1995, 45면)

이 해방되자 1945년 11월 무렵 어머니와 누이동생을 일본에 남겨둔 채 혼자 현해탄을 건넌다. 그런데 일제강점기 동안 일본 제국 내에서 내지와 외지, 제국주의 일본과 식민지 조선을 구분 짓는 지역적 경계에 불과했던 현해탄은 해방 이후 국가 내지 민족의 경계로 변모한다. 현해탄이라는 경계를 넘는 것은 한 개인에게 민족적 정체성을 선택하는 과정이었다. 제주도에 돌아온 남승지와 일본에 남아 있는 이용근의 경우를 비교해보면, 현해탄을 가로지르는 공간적 이동이 어떤 의미를 지니는가가 드러난다.

제주도 유력 인사의 장남이었던 이용근은 일본에서 의학 공부를 하다 일본인 여성과 결혼한 후 하타나카 요시오로 창씨개명을 하고 아내의 호적에 입적을 한다.[08] 일본으로의 유학이나 일본인 여성과의 결혼, 그리고 일본식 이름으로의 창씨개명은 일제강점기 때에 흔히 볼 수 있는 현상이다. 하지만, 이용근이 해방 직후의 민족대이동에 참여하지 않고 일본에 남자, 제주도에 살던 가족들은 그를 일본인으로 규정하고 가족구성원에서 제외시킨다. 이에 따라 이용근은 재산 상속에서 제외되는 등 장남으로서의 권리를 박탈당한다. 해방이 된 후에도 한국인이 되기 위한 선택, 곧 현해탄을 건너오지 않았다는 사실 때문에 이용근은 일본인으로 규정되는 것이다.

부모형제가 모두 제주에 남아 있던 이용근이 일본인으로 규정된 것과 달리 남승지는 오사카에 어머니와 누이를 남겨둔 채 홀로 귀환하여 민족구성원으로 인정받고자 한다. 서울에 돌아온 직후 제주 출신 학우회 모임에서 일본에서 왔느냐는 질문을 받은 남승지가 "조국

---

08 이용근의 일본 국적 획득에 관한 법률적·제도적 문제에 대해서는 나카무라 후쿠지의 논의를 참조할 수 있다. (나카무라 후쿠지, 앞의 책, 199~203면)

에 돌아온 것"(I—67)[09]이라고 말하는 것은 그것을 잘 보여준다. 그가 현해탄을 건너 '조국'에 찾아온 것은 "일본인의 편견과 멸시에서 떠나 자기 나라에서 사는 것은 마음 편하고 자유롭다"(II—291)고 생각했기 때문이며, "식민지 민족으로서 빼앗기고 잃었던 것을 자기 나름대로 되찾고 싶다는 강한 욕구, 역사와 공동체로 돌아가고 싶다는 욕구"(I—53) 때문이었다.

이렇듯 민족적 주체로 호명된 남승지는 한때 "자신의 껍질 속에 틀어박혀 남을 만나려고도 하지 않는 자폐증적인 경향"(I—53)과 "자신의 내면으로만 도망치려 드는 일종의 왜곡된 니힐리즘"(I—53)에 빠져들기도 하지만, 친일파들이 다시 통치권력을 장악하는 상황에 직면하자 사회운동에 적극적으로 참여한다. 1946년 10월항쟁을 전후하여 학생자치회의 유인물 제작에 참여하고, 이어 광주학생사건 기념일 직전에는 삐라를 붙이다가 체포되는 것이다. 결국 남승지는 남로당 결성 직후 당원이 되어 "격동하는 조국의 사회정세 속에서 직접 '혁명'에 참가하려는 결심"(II—71)을 지닌 채 제주도에서 지하조직원으로 활동한다.

그렇지만, 남승지를 포함한 재일조선인들은 한반도에 귀환한 후에도 이 땅에 정착하는데 어려움을 겪는다. 현실적 곤경에 직면할 때마다 가족이 남아 있는 일본으로 되돌아가고픈 욕망에 쉽게 사로잡히기 때문이다.[10]

---

09 텍스트로 1988년 실천문학에서 한국어로 번역된 것을 사용했다. 인용 말미에 권수와 면수를 밝혔다.

10 이러한 도피심리는 남승지뿐만 아니라 양준오에게서도 발견된다. "나는 조선을 떠나고 싶어요. 나는 이곳에 친척도 아무것도 없는 사람이지만, 해방 덕분에 다른 사람과 똑같이 조국이라는 곳으로 돌아왔습니다. 그런데 요즘의 상황은 어떻습니까.

남승지는 요즘 문득, 왜 나는 여기 있는 것일까, 하는 불안감을 느끼곤 한다. 그것은 익숙지 않은 이 섬 생활에서 느끼는 위화감인 동시에 도회지의 생활 감각에서 빼놓을 수 없는 불안정함이기도 할 것이다. 남승지는 육친을 특별히 사랑한다고는 생각지 않지만, 일본이나 서울에서 겪었던 생활의 이미지가 느닷없이 튀어나와 그를 휘청거리게 했다. 서울에서의 생활이 어쨌다고, 이제 와서 그 이미지가 새삼스럽게 마음을 어지럽히는 것일까? 불을 땐 적 없는 냉돌방에서 차가운 이불로 몸을 감싸고, 추위와 배고픔에 시달리던 생활이 아니었던가. 결코 즐거울 턱이 없는 그 이미지가 마치 그리움의 베일을 걸친 것처럼 꿈틀거리는 까닭은 무엇일까? 남승지는 인정하고 싶지 않았지만, 그것은 이 섬에서 도망치고 싶은 욕망이 변형된 것에 다름 아니었다. 그는 애써 그 사실에 눈을 감으려고 한다. (I—30)

이처럼 남승지에게 있어서 한반도는 정신적인 안식처로서의 역할을 담당하지 못한다. 삶이 위기에 처할 때마다 자신이 안식처로 여기는 장소로 회귀하려는 경향이 인간의 보편적인 심성[11]이라고 할 때, 남승지는 위기에 봉착할 때마다 어머니가 사는 오사카의 이카이노를 떠올린다. 오사카 동남부에 자리잡은 이곳은 본디 히라노강의 잦은 범람 때문에 사람이 살기에 적당하지 않은 곳이었지만, 1920년대 운하 공사가 시작되면서 많은 조선인들이 정착한다. 특히 1923년 12월

'고향'이라는 것 때문에 의리로…… 말하자면 추상적으로 살고 있는 거나 마찬가집니다. 하지만, 어차피 추상적인 것에 불과하다면……. 나는 고향에 아무런 의리도 없고, 여기 있는 것보다는 외국에서 사는 편이 낫습니다"(I—213)

11 이—푸—투안, 공간과 장소, 구동회 역, 대윤, 1995, 239면.

15일 제주에서 일본 오사카를 연결하는 정기항로가 개설되어 기미가요마루가 취항하자, 매년 1만 명에 가까운 제주도민들이 이곳에 모여들면서 코리아타운을 형성했다.[12]

그런데 일제강점기 동안 식민종주국에 이주한 제주도 출신 조선인들에게 있어서 이카이노는 생활의 기반인 동시에 잃어버린 조국을 떠올리게 만드는 공간적 표상이었다. 그곳에서는 식민지의 전통과 문화를 유지되기 때문이다.

> 양준오는 남승지가 고베에서 오사카에 오면 이카이노의 거리를 걸으며 '이카이노 예찬론'을 열심히 펼치곤 했다. 한 마디로 말해서, 일본이 아무리 '황민화정책(皇民化政策)', '동화정책(同化政策)'을 강행하고, 조선옷차림이나 조선말을 금지해도 '이카이노' 같은 생명력이 있는 한, 일제의 뜻대로는 되지 않는다는 거였다. 거기서는 조선인의 생활의 원형(原形)이 조금도 훼손되지 않고 불가사의한 생명력으로 계속 살아남아 있었다. [……]
>
> '조선시장'에는 조선인의 생활에 필요한 것은 제사에 쓰이는 제기(祭器) 종류에 이르기까지 모두 갖추어져 있는제, 이 봉건적인 생활양식의 유물조차 '황민화', '내선일체(內鮮一體)'에 대한 무언의 저항으로 나타났다고 말할 수 있다. 거기에는 잃어버린 말까지 있었다. 성(姓)과 국어와 글자까지 빼앗기고서도, 조선의 어머니들은 고향사투리를 그대로 쓰고, 자식에게 고향이야기를 들려주었다. 여기서는 아이들도 고향

---

12 1920년대 후반 오사카에서의 재일제주인사회의 형성에 대해서는 김인덕, 1920년대 후반 재일제주인의 민족해방운동, 제주 4·3연구, 역사비평사, 1999, 41~48면 참조.

의 말을 기억한다. (Ⅱ—297)

이처럼 이카이노는 일본이라는 국민국가의 영토 내에 존재하면서
도 국가가 부여하는 정체성을 받아들일 수 없는 식민지 조선인들의
공간이다. 형식적으로는 일본 '국민'이면서도 실질적으로는 국민으로
서의 권리를 박탈당한 채 '신민'으로서의 의무만을 강요받았던 조선
인의 삶이 투영된 공간인 것이다. 제국주의와 식민지의 관계를 제국
'내'에서 재현하는 내부식민지(internal colony)인 셈이다.

그런데, 남승지가 제주도 태생임에도 불구하고 이카이노를 정신
적인 안식처로 여기는 모습은 재일조선인이 처해 있는 복합적인 정
체성의 문제를 암시한다. 물론 식민지 피지배자의 후손이면서도 지
배자의 땅을 안식처로 여기는 아이러니컬한 운명은 일본제국의 식민
지 경영에 의해 배태된 것이었다. 하지만, 일본의 패망과 함께 동아시
아가 민족 질서에 의해 재편된다고 해도 여전히 정체성의 균열은 남
겨져 있다. 남승지는 이카이노와 제주도, 어머니의 땅과 아버지의 땅
'사이'에 놓인 존재이기 때문이다.

이러한 정체성의 균열을 극복하기 위해 남승지는 육체적인 고향
에 불과했던 제주도를 '조국'으로 재구성한다. 실제로 남승지는 제주
도에서 태어나 소학교 3학년 무렵까지 성장했음에도 불구하고 제주
도에서 보냈던 유년시절의 기억을 갖지 못했다. 일본으로 건너갈 때
S촌에 살던 고모와 헤어지던 일이 전부라고 할 만큼 제주도에서의 기
억은 소거되어 있다. 이처럼 기억이 없는 고향 제주도는 육체의 탄생
지에 불과하기 때문에 끊임없이 위화감을 불러일으킨다.[13] 남승지가

---

13 주인공 남승지가 제주도에서 태어난 것으로 설정되어 있음에도 불구하고 고향 혹

일본에서 귀환한 직후 서울에 머무를 때에는 "왜 돌아왔느냐"는 물음에 "식민지 지배에서 독립한 조국이니까 돌아왔다는 단순한 대답"(I—30~31)밖에 할 수 없는 것도 이 때문이다. 하지만, 제주도에 내려와 사회운동에 적극 투신하면서 "조국의 현실과 재일조선인인 자신과의 거리"(I—82)를 극복하고 제주도와 자신의 삶을 완전히 일치시킨다.

이렇듯 육체적 고향에 불과했던 제주도를 정신적 조국으로 재구성할 수 있는 것은 제주도의 공간적 성격이 이카이노가 보여주는 내부식민지적 성격과 닮았기 때문인지도 모른다. 제주도는 한반도에서 떨어진 섬이라는 지리적 특수성을 지녔으며, 이 때문에 정치적으로는 소외되어 있었으며 문화적으로도 독자적인 전통을 형성할 수 있었다. 뿐만 아니라 그 지역 속에서 살던 사람들이 하나의 공동체를 구성한다는 점에서 이카이노의 유사하다. 물론 오사카의 이카이노는 제주도민들이 일본에 건너가 자신들의 꿈과 삶을 재현한 것이기 때문에 제주도와 닮을 수밖에 없다. 하지만, 제주도에서 태어나 이카이노에 성장한 남승지는 제주도를 '조선의 이카이노'로 재발견하면서 육체적인 고향과 정신적인 고향, 조국과 모국 사이의 균열을 극복할 수 있게 된다.

하지만, 이러한 노력에도 불구하고 제주도에 귀환했던 재일조선인들은 끝내 이 땅에 뿌리내리지 못한 채 다시 일본으로 망명해야 하는 신세로 전락한다. "이 외딴섬에서 무장봉기를 일으킨다고 했을 때

은 유년의 기억이 드러나지 않는다는 점은 작가 김석범의 개인적 체험과 관련되어 있으리라고 여겨진다. 작가연보에 따르면 김석범은 1925년 일본 오사카에서 출생하여 소학교를 졸업한 뒤 1938년과 1943년 두 차례에 걸쳐 제주도를 방문한 바 있다. 김석범의 전기적 사실에 대해서는 김학동의『재일조선인 문학과 민족—김사량·김달수·김석범의 작품세계』를 참조할 수 있다.

과연 승산이 있겠느냐"(II—69)라는 의문을 품었던 양준오는 유격대에 합류했다가 당의 결정을 따르지 않는다는 이유로 처형된다. 유격대 활동에 적극적으로 참여했던 남승지 역시 무장투쟁의 실패와 함께 다시 일본으로 돌아가야만 했다. 4·3사건은 자유민주주의와 사회주의 이념 간의 갈등에서 촉발된 것이기는 하지만, 본토와 멀리 떨어진 채 독자적인 문화적 전통을 형성한 낯선 지역에 대한 편견과 두려움이 결합하면서 신생 독립국가 대한민국이 부여한 이념적·정치적 정체성을 거부한 지역공동체에 대한 거대한 폭력으로 변질되었다. 더욱이 재일조선인들은 동아시아가 민족적 질서에 따라 재편성되는 과정에서 어느 곳에도 속할 수 없는 경계인이었을 뿐만 아니라 신생 독립국가가 그토록 잊고 싶어했던 식민의 기억을 떠올리게 하는 거북스러운 존재였다.

3. 윤리적 주체의 죽음

「화산도」에서 남승지가 조선과 일본 사이에 놓인 지역적 경계인이라면, 이방근은 해방 이후 일본제국을 대신하여 통치권력을 장악한 부르주아계층에 속해 있으면서 4·3사건의 주도세력과도 연결되어 있는 이념적 경계인이라고 할 수 있다. 이방근은 제주도에서 자동차 회사를 운영하는 이태수의 2남 1녀 중 차남이다. 소학교 5학년 때에는 '교육칙어'와 '어진영(御眞影)'을 모신 봉안전 담벼락에 오줌을 눈 사건으로 퇴학 처분을 받기도 했고, 일본 유학 중이던 1938년에는 도쿄 A대학에서 민족주의 그룹의 일원으로 활동하다가 경찰에 체포되어 유치장 신세를 지기도 한다. 이후 조선에 돌아오던 중 부산에서 조선인 유학생 좌익연구그룹 사건으로 체포되어 서대문형무소에서 미결수로 복역한다. 이 과정에서 이방근은 사회주의운동에 가담하지 않겠다는 전향 의사를 밝히고 석방되어 한라산 기슭에 있는 관음사에 은거하다가 해방을 맞이한다.

그런데, 해방을 맞이한 후에도 이방근은 술과 여자로 세월을 보내는 타락한 삶을 살아간다. 그것은 일제의 강압에 못 이겨 자신의 신념을 포기하고 전향 선언을 했다는 부끄러움 때문이었다. 따라서 일본제국이 몰락했다는 이유로 다시 과거의 이념으로 회귀하는 것은 이념의 포기를 선언한 전향과 마찬가지로 자신에 대한 또 다른 배반으로 여긴다.

이방근은 일제시대 사상범으로 체포되어 서울 형무소에서 미결수로 복역한 적이 있었다. 그러나 옥중에서 폐결핵에 걸려 보석으로 풀려나왔다. 그때 '불온사상'에는 절대 가담하지 않겠다는, 소위 '전향'의 뜻을 표명했었다. 해방 후에도 그는 그 사실을 자신의 커다란 좌절로 인정하고, 남들이 아무리 권해도 사회에 나서는 일을 피해왔다. 해방 직후에도 감옥에 갇혔다는 경력이 권위 있는 '훈장'이 되고, 그 훈장을 달고 있는 자는 남들의 존경을 받았다. 그러나 실제로는, 전향한 뒤 일본제국주의의 협력기관에서 적극적으로 일하던 자들도, 해방 후에는 '재전향'하여 당에 입당하기도 했다. 이방근은 자신의 옥중생활의 '내용' 뿐 아니라 그런 경력 자체도 거의 남에게 말하지 않았지만, 그 완고한 태도는 남들의 반감을 불러 일으켜, '엄격'의 테두리를 넘어서는 태도, 곧 애국전선에

서의 이탈로 받아들여졌다. (I—147)

이처럼 이방근은 자신을 일본제국주의에 적극적으로 맞서지 못하고 오히려 그들의 요구에 굴복한 비윤리적인 주체로 규정한다. 이에 따라 비윤리적인 주체에 걸맞는 타락한 생활을 영위하면서 자기모멸을 가한다. 그런 점에서 해방 이후 이방근의 삶은 일제강점기 동안 일제에 적극적으로 저항하지 못한 자신의 삶에 대한 반성과 비판의 성격을 지녔다.[14] 사회주의로부터의 전향이 타인에 삶에 피해를 남기지 않은 개인적인 행위였기에 해방이 된 후에 얼마든지 자기합리화를 시도할 수도 있었음에도 불구하고 이방근은 자신에게 엄격한 윤리적 책임을 부과하는 것이다.

이러한 윤리적 책임의식은 해방을 기회로 삼아 일제와 결탁했던 과오를 은폐한 채 또다시 신생국가의 통치권력을 장악하려는 인물들을 멀리하고 자신만의 세계를 구축하는 이유이기도 했다. 실제로 일본제국의 패망과 함께 청산되리라 믿었던 친일세력들은 자유민주주의라는 이념을 내세워 부활에 성공한다. 제주도에서 사회 지도층으로 행세하는 인물들은 대부분 친일적인 경력의 소유자들이다. 이방근의 아버지 이태수는 전시체제 하에서 큰 재산을 모은 인물이다. 제주도에서 제일 큰 운송회사 남해자동차를 경영하면서 식산은행 이사장까지 지냈다. 이방근의 외척이자 제주경찰서 경무계장을 맡은 정세용도 마찬가지이다. 그는 일제강점기에 도쿄에서 고학을 할 무렵 "조선인 학우를 팔아"(I—174) 목포경찰서 순사부장을 맡았을 만큼 출

---

14   서경석, 개인적 윤리와 자의식의 극복 문제, 실천문학 12, 1988. 겨울.

세를 위해서 수단과 방법을 가리지 않는다. 이와 함께 제주도의 새로운 권력자로 부상하는 서북청년회의 마완도 부회장 역시 "해방 전 함흥경찰서에서 고등계 형사"(Ⅲ—266)로 활동했던 전력을 지녔다.

과거의 친일 전력은 이태수·정세용·마완도과 같은 우익 인사들에 한정되는 것은 아니다. 남로당 비밀당원이기도 한 유달현 또한 일본의 내선일체 정책에 적극적으로 협력한 바 있다. 이방근의 형 이용근의 입을 통해 폭로되었듯이 유달현은 야나기사와 다츠겐으로 창씨개명을 했을 뿐만 아니라 일억총력전을 옹호하는 협화회에 적극적으로 참여하여 경시청으로부터 표창을 받기도 했다.(Ⅲ—92) 하지만, 해방 이후 사회분위기에 편승하여 재빨리 공산주의자로 변신한 유달현은 당의 권위와 당원으로서의 의무를 강조하는 인물이 된다.

이렇듯 친일파들이 해방 후에 좌우익 세력의 지도층으로 변신한 것은 일본제국주의에 맞서 투쟁한 바 있던 이방근의 삶과 비견될 수 있다. 그들은 신념과는 무관하게 개인적인 이해득실을 따지면서 친일파에서 민족주의자 혹은 공산주의자로 거리낌없이 '전향'하지만, 이방근은 자신의 이념을 실현할 기회가 찾아왔음에도 불구하고 '재전향'을 거부하는 것이다. 이렇듯 전향을 신념에 대한 이탈, 곧 '배신'의 징후로 여기는 엄격한 윤리의식은 유달현과 정세용에 대한 형상화에서 잘 나타난다. 토벌대의 대대적인 공세로 말미암아 유격대 활동이 곤경에 처하자 유달현은 정세용에게 조직 정보를 팔아넘기고, 정세용은 이를 바탕으로 제주 성내 조직원을 일망타진한다.

그런데 제주도민들의 희생을 초래한 유달현과 정세용의 결탁과 공모는 개인적인 비윤리성의 문제이기도 하지만, 삼팔선을 경계로 분단체제가 성립되는 과정을 닮았다. 실제로 한반도의 분단을 초래할 남한 단독정부 구성을 위한 총선거에 반대하여 시작된 제주도 4·3사건은 군대와 경찰력을 대표되는 공권력과 서북청년회로 대표되는 사적 폭력에 의해 무차별적으로 진압당한다. 이 과정에서 대한민국 정부에 의해 제도적 학살이 이루어졌지만, 그것은 남한과 마찬가지로 단독정부 수립 과정에 있었던 조선민주주의인민공화국의 무관심 때문에 가능했던 일이기도 하다. 그런 점에서 정세용과 유달현의 공모는 개인적인 결탁을 넘어서 단독정부 수립을 통해 분단체제를 구성한 남북한 정권의 암묵적인 공모와 상동적이다. 4·3사건은 남북한 정부가 국가의 탄생을 위해 역사의 제단에 바치는 거대한 희생물이었던 셈이다.

소설의 결말 부분에서 이방근이 죄책감과 모멸감으로 얼룩진 윤리적 자폐증의 세계에서 벗어나 적극적인 행동으로 나아간 것은 이러한 역사에 대한 회의와 환멸 때문이었다. 이방근은 토벌대와 유격대 사이에서 시도되었던 4·28 평화협상을 결렬시킨 정세용을 사살하고, 일본으로 밀항하려던 유달현조차 살해함으로써 수많은 제주도민을 희생시킨 책임을 묻는다. 결국 이방근의 살인은 자신의 이익만을 추구하는 비윤리적 인물에 대한 응징인 동시에 민중들의 희생을 초래한 역사에 대한 비판이라고 할 것이다.

그런데 정세용과 유달현에 대한 응징을 감행한 이방근은 다시 자신의 살인 행위에 대한 책임을 지고 자살을 선택한다. 인간은 누구나 내적 의지와 욕망에 따라 자유롭게 행동할 수 있지만, 동시에 자신의 선택에 대해서는 윤리적 책임을 지지 않으면 안된다. 그런 점에서 이방근은 타인의 행위뿐만 아니라 자신의 행위가 어떠한 결과를 초래하는지에 대해서 엄격한 태도를 견지하고 있다. 일제강점기 동안 친일행위를 했음에도 불구하고 그것을 은폐하고 망각한 인물들이나, 4·3사건이 진행되는 과정에서 수많은 양민을 학살하고도 이념을 자기합리화에 급급한 인물들과는 달리, 이방근은 비록 역사적으로 정당했다고 할지라도 자신의 복수 행위에 대해서 철저하게 윤리적 책임을 묻는다. 표면적으로는 가장 타락한 삶을 영위하는 것처럼 보였던 이방근은 자신의 선택에 가장 엄격했고 자신의 행위에 무한책임을 지는 윤리적인 주체였던 것이다. 따라서 자살은 반민족적·비윤리적 세력들에 의해 장악된 이 땅에서 더 이상 자신의 신념을 지켜나갈 수 없었던 한 윤리적 주체의 최후의 선택이라고도 말할 수 있을 것이다.

4. 김석범 문학과 「화산도」

「화산도」의 중심인물이었던 남승지와 이방근의 비극적 운명은 대한민국의 건설 과정에서 나타났던 수많은 폭력을 잘 보여준다. 주지하듯이 해방 직후 수많은 갈등과 대립을 거치면서 정치적으로는 자유민주주의, 경제적으로는 자본주의를 지향하는 대한민국이 탄생한다. 이 과정에서 정치적·이념적 타자에게 가해졌던 물리적 폭력은 새삼 부연할 필요조차 없을 것이다. 「화산도」에서는 공산주의에 대한 물리적 탄압이라는 외피 아래 다양한 형태로 마이너리티에 가해졌던 폭력성이 드러난다.

먼저, 육지와 구별되는 제주도 지역사회에 대한 폭력이다. 해방 직후 극심한 이념적 갈등에 사로잡혔던 육지와는 달리 비교적 안정성을 유지하던 제주 사회는 서북청년회의 유입과 함께 좌우익 세력들의 대리전 양상을 띤다. 이에 따라 정치적으로 다른 이념을 지닌 사람들을 빨갱이로 몰아세우는 국가주의에 맞서 제주도민들은 자신들의 지역공동체 문화를 지키기 위한 투쟁에 나섰다. 하지만, 5·10 총선거를 통한 제헌국회의 구성과 대한민국 정부의 수립 이후 제주도민에 대한 이념적 공세는 제도적 학살로 확대되었고 통치권력에 의해 면죄부가 부여된다.

이와 함께 일제강점기 때부터 일본과 밀접한 관계를 맺어왔던 제주도의 특수한 상황에서 형성된 재일조선인들에 대한 추방이다. 일본과 조선 '사이'에 놓인 경계인들이었던 그들은 4·3사건이 진압되는 과정에서 이념적 굴레를 뒤집어쓴 채 다시 일본으로 되돌아갔다. 일본에서의 차별적 경험을 견디지 못해 찾아온 조국에서 정치적·이념적인 타자로 규정됨으로써 다시 일본으로 되돌아가야 하는 비극적인 운명을 맞이했던 것이다. 만약 그들이 공산주의 이념의 신봉자였다면 유격대 활동이 실패한 이후 이념의 조국을 찾아 월북해야 했을 것이다. 하지만 그들은 월북 대신에 일본으로의 망명을 선택한다. 그것은 남승지가 추구했던 것이 표면적으로 드러난 공산주의 이념과는 거리가 있었음을 반증한다.

이러한 모습은 일본이라는 망명지에서 살아가는 재일조선인으로서의 작가 김석범을 떠올리기에 충분하다. 「화산도」에서 제주도에서 태어났음에도 불구하고 유년의 기억을 갖지 못한 채 이카이노를 정신적인 안식처로 삼는 남승지의 모습은 일본에서 태어나고 성장한 재일조선인 2세대에 해당하는 김석범의 위치를 닮았다. 그는 오사카 태생이었지만, 두 차례에 걸친 방문을 통해서 부모의 고향이었던 제주도를 자신의 정신적 고향으로 삼았다.[15] 하지만 엄밀하게 말해 제주도는 김석범의 고향이 아니라 부모의 고향이었다. 그런데 오사카로 이주한 어머니가 이카이노를 생활의 근거지이자 '또 다른 고향'으로 삼자 제주도는 아버지의 고향으로 고착된다. 이 때문에 부재하는 아버지에 대한 대한 그리움은 제주도를 자신의 조국으로 재구성하는 과정으로 나타난다. 이러한 아버지/조국/조선/이념의 발견은 어머니/모국/일본/현실과의 균열을 내포한 것이었고, 둘 사이의 갈등은 소설 속에 등장했던 남승지뿐만 아니라 김석범이 짊어졌던 고통이다.

이렇듯 일본에 거주했던 조선인들이 '재일'이라는 굴레를 끝내 벗어던지지 못한 채 조국과 모국 사이에서 선택을 강요받는 현실이 남승지의 몫이었다면, 과거 식민잔재의 유산이라고 할 수 있는 일본적인 것이 한반도에 깊이 뿌리내리는 현실은 이방근의 몫이었다. 미군정의 방조 아래 친일파가 정치적인 헤게모니를 장악하는 현실에 비판적이었던 탓에 이방근은 자신이 발 디딜 수 있는 현실을 발견할 수 없었다. 과거의 식민주의를 청산하고 새로운 민족국가를 건설하려는 열망이 친일파에 대한 개인적인 응징과 자살이라는 결과로 나타난 것이다.

오랫동안 민족적 차별을 받아왔기에 해방과 함께 기꺼이 민족적 주체로 호명되기를 원했던 남승지와 일제의 요구에 굴복하여 전향을

---

15 "당시 반년 정도 머물다 일본으로 돌아온 나는 곧 어린 민족주의자로서 눈 떠 가고, 다시 수차례 조선으로 황래를 거듭하게 되는데, 바로 나의 '조선인'의 자아형성의 핵을 이루는 것으로써 '제주도'가 있었던 것이다. 제주도는 그런 의미에서 참으로 나의 고향이며, 조선 그 자체이다. 그리고 제주도는 그때부터 지리적 공간으로서의 그 실체를 초월하여 내게 있어 이데아적 존재로 되어간다. 나의 '고향'은 이렇게 해서 생겨났다"(김석범, 濟州道のこと, 金石範 大江健三郎 李恢成 대담, ことばの呪縛, 筑摩書房, 1972, 248~249면)

선언했다는 자책감 때문에 민족적 윤리에 민감했던 이방근이 서로를 이해한 것은 여전히 식민질서에서 벗어나지 못하는 모순적인 민족현실에 대한 비판의식 때문이었다. 하지만 남한 단독정부가 수립된 후 그들은 이 땅에서 추방당해 일본으로 망명하거나 자살을 선택할 수밖에 없었다. 이처럼 자기의 땅에서 추방당한 남승지와 이방근의 모습은 대한민국이 건국되는 과정에서 배제된 것이 무엇이었는지 상징적으로 보여주고 있다.

제5부

다시 쓰는 역사
새로 꿈꾸는 미래

| 김광식 |

식민지 청년의 운명과 선택

1. 학생, 병사가 되다

우리들은 흔히 전쟁을 일상의 반복과 평온이 깨어진 예외적인 상태로 이해한다. 그렇지만, 근대의 역사를 살펴보면 전쟁이 없는 시기를 찾아보기가 쉽지 않다. 일본제국의 경우 근대국가로 이행하는 과정에서 수많은 내전을 겪어야 했으며, 동아시아의 지역 패권을 장악하는 과정에서도 크고 작은 전쟁들이 계속되었다. 청일전쟁과 러일전쟁을 비롯하여 제1차세계대전(청도전투)와 러시아 내전 개입(블라디보스톡 출병), 그리고 만주사변과 중일전쟁 등이 꼬리를 물고 이어졌다. 이러한 전쟁상태는 아시아·태평양지역의 세계대전으로 확대되었다가 1945년 8월 15일의 항복선언까지 지속되었다. 그런 점에서 20세기 전반기의 동아시아에서 전쟁은 일상이었고, 평화는 예외적인 상태였다고 해도 지나친 말은 아니다.

그런데, 1910년 일본의 식민지가 된 뒤에도 조선인들은 오랫동안 전쟁과 거리를 두고 있었다. 일본제국에 뒤늦게 포섭된 홋카이도·오키나와 주민을 포함해 모든 성인 남성들이 징병 대상이었음에도 불구하고 조선이나 타이완의 식민지 청년들은 예외였다. 물론 그 무렵에도 일본 군인이 된 조선인들이 있었지만, 어디까지나 개인적인 차원이었고 대다수는 병사가 될 기회가 없었다. 식민지 청년들이 군인으로 훈련받았을 때 제국이 감당해야 할 위험성 때문에 빚어진 일이긴 했지만, 일본 국민이면서도 아무런 권리를 지니지 못한 '비국민'(피식민자)이었기 때문에 국가를 지켜야 할 책임에서도 벗어나 있었다고 해도 잘못된 말은 아니다. 조선인들은 제국을 위한 전쟁에 동원되지 않을 특권 아닌 '특권'을 가졌던 셈이다.

하지만, 제2차세계대전이 막바지에 이르면서 식민지 청년들에게 총을 맡겨야 할 만큼 전황이 크게 악화되었다. 1942년 5월 8일 일본 내각회의에서 조선인 징병제가 결정되었고, 일년여가 지난 1943년 8월부터 조선에서 전문대학 이상에 다니거나 일본과 만주 중국 등지에 유학하던 조선인 학생들을 일본제국의 병사로 호명한다. 하지만 '지원'이라는 형식을 취했던 까닭에 병사가 되려는 학생들이 많지 않자, 법문과 학생들의 징집 연기를 허용하지 않았을 뿐만 아니라 학병으로 지원하지 않는 경우에는 강제로 휴학 처리하고 징용자로 소집하는 조치까지 시행하기에 이른다. 결국 식민지 청년들은 병사가 되어 1944년 1월 20일부터 군사훈련을 받고 전장으로 배치된다.

한국 근대사에서 최초로 국가의 호명을 받아 병사가 되었던 이들을 흔히 '학병세대'라고 부른다.[01] 1920년 전후에 태어나 식민지 교육을 받으며 성장했던 이들의 체험에 세대적·역사적 의미를 부여하면서 하나의 동질적인 집단으로 규정하고자 했던 것이다. 당시 '학병 대상자'는 육천명이 조금 넘는 정도였다. 그중에서 학병으로 지원한 것

01　김윤식, 일제말기 한국인 학병세대의 체험적 글쓰기론, 서울대출판부, 2007.

은 70퍼센트 정도에 해당하는 4,385명이었다. 그들은 일본군 병사로 전장에서 싸우다 죽거나 혹은 패전 후에 귀국했고, 일부는 목숨을 건 탈주 끝에 광복군이나 조선의용군으로 합류하기도 했다. 나머지 30퍼센트에 해당하는 청년들은 다양한 방법을 동원하여 징집을 회피하거나 혹은 병사가 되기를 거부하고 도주하기도 했다. 따라서 '학병세대'들 중에서 학병에 동원되었다가 탈주했던 사람들, 학병으로 호명되었지만 지원을 거부했던 사람들, 그리고 학병으로 호명될 기회조차 가지지 못했던 대다수의 남/녀 청년들을 떠올린다면, 이 세대를 '학병체험'으로 균질화하는 것은 그리 적절하지 않다. 하나의 세대로 묶기에는 경험적 이질성이 매우 큰데, 학병을 경험했던 소수의 식민지 청년 남성 엘리트들을 대표자로 만드는 효과를 가져오기 때문이다.

1963년 을유문화사에서 간행한 '한국신작문학전집' [전10권] 중 제6권으로 간행된 김광식의 전작 장편소설 「식민지」는 한 역사학도가 학병 지원이 본격화되던 1943년 11월 무렵 일본을 탈출하여 1945년 10월까지 이년여 동안 만주에서 도피생활을 하다가 해방과 함께 귀국하는 과정을 이야기한다. 학병으로 호명되었지만 그것을 거부했던 작가 김광식의 개인적 체험과 깊이 관련되어 있어서 1945년 8월 15일을 전후한 만주지역의 역사적 상황뿐만 아니라 학병 거부자의 내면을 사실감 있게 그린다.

2. 죽음으로의 행진: 상비군 혹은 의용군

소설 「식민지」는 1943년 9월 주인공 한동사(韓東史)가 일본 메이지

대학 서양사학과를 졸업한 때부터 시작한다. 조선인 유학생인 한동사는 이때까지만 하더라도 병사가 되리라고는 상상조차 하지 않았다. 대학 예과 시절부터 오년 동안 친하게 지내던 일본인 친구 노다(野田)가 육개월 먼저 졸업장을 받고 군대에 가게 되었다고 낙심하는 모습을 보면서도 남의 일로만 여겼다. 총력전 체제 아래에서 국가총동원법(1939)에 따라 인적·물적 자원들이 전쟁으로 동원되었다 하더라도 조선인들은 전쟁을 직접 수행하는 일본인을 위해 후방에서 군수지원을 하는 것으로 국한되었던 까닭에 "피안의 불을 바라보고 있는 방관자"(19면)[02]와 다를 바 없었다.

그 무렵 한동사는 대학을 졸업한 뒤 조선으로 귀국하지 않고 대학의 연구실에 남아 있을 생각을 하고 있었다. 조선인 학생들을 처음으로 병사로 호명했던 「육군 특별지원병 임시채용규칙」(육군성령 48호, 1943.10.20)이 발표되었을 때 한동사는 이미 대학을 졸업한 상태여서 학병 대상자에 포함되지 않았던 터였다. 하지만, 「육군 특별지원병 임시채용규칙 개정안」(육군성령 53호, 1943.11.12)이 이어지면서 금년도 졸업생들까지 대상이 확대되자 한동사도 더이상 일본에 머물 수 없는 상황이 된다.[03] 1943년 11월 일본 도쿄의 메이지대학에서 열린 「조선학도 특별지원병 격려대회」에서 강제 징집의 마수가 일본에까지 뻗쳐 왔다는 것을 의미했다. 이 대회에서 "조선의 자주독립을 부르짖으며" "삼일운동의 선봉에 섰던 최선남·이원춘"(18면)은 학생들을 향

---

02 텍스트로는 1972년 삼성출판사에서 간행한 『식민지』를 사용했다. 인용문은 모두 현대적인 표기법에 따라 고쳤으며, 인용 말미에 면수를 밝혔다.

03 표영수, 일제말기 병력동원정책의 전개와 평양학병사건, 한일민족문제연구 3, 2002, 117면.

하여 "제군, 때는 왔다. 중대의무를 알라. 용감 활발하게……성전(聖戰) 진두에서 용약 출정하자"(20면)라는 연설로 학생들을 전장으로 동원한다.[04]

1943년 조선총독부가 식민지 청년들을 병사로 호명할 때 내세운 논리는 '국가를 위한 희생'이었다. 그동안 제국의 구성원이기는 했으되 아무런 권리를 지니지 못한 채 '비국민'으로서의 삶을 살아갔던 식민지 청년들을 병사로 동원하기 위해서는 먼저 '국민'으로 만들어야 했다. 국민이 되어야 국가를 위해 생명을 바치라고 요구할 수 있기 때문이다. 이에 따라 희생 혹은 죽음을 대가로 한 것이기는 해도 조선인들이 일본인들과 다를 바 없이 '국민'으로 동등하게 호명되는 초유의 사태가 펼쳐진다. 물론 일본제국이 식민지 청년들을 죽음으로 동원하면서 제시한 '국민'이 국가의 주권자가 아니라 '(황)국(신)민'에 불과하다는 점에서 시대착오적인 성격을 벗어나기 어려웠지만, 제국과 식민지 사이의 차별에 분노하던 이들에게는 매혹적인 것이기도

---

04 「식민지」에서 작가는 1943년 11월 도쿄 메이지대학에서 열렸던 「조선학도 특별지원병 격려대회」를 그대로 형상화한다. 조선총독부에서 학도지원병 제도가 실시되자 1943년 11월 7일, 경성 조선호텔에서 강령택, 고원훈, 김광근, 김명학, 김양하, 김연수, 송진우, 이광수, 이성근, 이충영, 조임재, 최남선 등이 모여 勤說隊의 파견 절차를 협의했다. 이튿날 제1반 김연수·이광수. 제2반 이성근·최남선이 경성을 출발하여 12일부터 릿쿄대학, 와세다대학을 비롯한 일본 내 각 대학에서 강연했다. (임종국, 일제말 친일군상의 실태, 해방전후사의 인식, 한길사, 1980, 238면) 11월 24일에는 도쿄 메이지대학에서 조선 학도 궐기대회를 개최한 바 있다. 작가 김광식은 「식민지」에서 대회가 개최된 시간이나 장소가 그대로 언급하면서 독자들이 최남선과 이광수가 연설자였음을 쉽게 연상할 수 있도록 서술한다. 그런데 작가가 메이지대학을 졸업한 것이 1943년 9월이어서 주인공 한동사와도 유사성을 지니긴 하지만, 김광식이 수필 「영원한 우정」에서 1943년 10월 학병 징집을 피해 신의주를 거쳐 만주로 피신하던 길에 아내를 만났다고 언급하고 있어서, 작가가 이 연설대회에 참석했는지 확인하기는 어렵다.

했다.

국민을 병사로 만들어 '국가를 위한 희생'에 동원하는 것은 지극히 근대적인 현상이다. 중세 서양에서 전쟁은 '기사'라고 불리는 특수집 단에 의해 수행되는 일이었다. 따라서 대다수 사람들의 삶과 무관했다. 하지만 베스트팔렌조약에 따라 국민국가를 근간으로 하는 국제 질서가 자리잡으면서 전쟁 양상 또한 바뀐다. 특히 프랑스혁명 이후 국가의 주권자가 된 국민들은 외국의 위협을 받을 때마다 자발적으로 병사가 되어 국가를 지키는 일에 나선다.[05] 프랑스혁명 시기 일시적인 조직에 불과했던 '의용군'은 외국의 위협이라는 가정법 아래 '정규군(상비군)' 체제로 정착된다. 이에 따라 상비군의 병사는 의용군 체제와 달리 '자발성'을 상실한다. 그리고 엄격한 군율이 자리잡으면서 병사는 전쟁을 수행하는 국가의 의지에 완전히 종속된다.

1943년 제국의 군인으로 호명된 조선인 학생들도 다를 바 없다. 그들은 군사훈련을 통해서 병사로 새롭게 태어나며, 이 과정에서 신체에 군율을 새기게 될 것이다. 병사의 신체는 국가의 명령이나 군대의 기율에 따라 언제든지 적을 살해하거나 혹은 적에게 살해될 수 있는 전쟁기계로 탈바꿈할 것이다. 따라서 국가의 호명을 받아 병사가 된다는 것은 국가의 의지에 따라 언제든지 자신의 생명을 바치겠다는 동의서에 서명하는 것과 다를 바 없다. 자신의 삶에 대한 통제권

---

05 프랑스혁명으로 탄생한 프랑스공화국은 구세계 유럽에서 최초의 근대국민국가였다. 이런 프랑스 공화국을 수호하기 위해, 프랑스에서는 반혁명을 지지하는 주변 여러 나라들의 공격을 막고자 유럽 최초로 국민군을 창설했다. 그때까지는 왕이나 영주들이 직업적으로 고용한 용병들끼리 전쟁을 벌였다. 다시말해 농민이나 상인 또는 일반인들은 전쟁에 참가할 수 없었다. 하지만 국민군이 성립하면서 비로소 공화국을 수호하기 위하여 농민이건 상인이건, 국민이면 누구나 단결해야 했다. (다카하시 데쓰야, 국가와 희생, 이목 역, 책과함께, 2008, 122면)

을 국가에게 위임하며, 국가의 명령이 있으면 언제든지 죽음으로의 행진을 시작하는 것이다. 따라서 국가의 호명에 병사로 응답하기 위해서는 죽음의 공포를 극복하지 않으면 안된다.

그렇지만 누가 죽음의 공포에서 벗어날 수 있겠는가. 아무도 죽음의 공포를 벗어날 수 없으니 병사로 동원하기 위해서는 다양한 권력의 레토릭이 필요하다. 예컨대「조선학도 특별지원병 격려대회」에서 최선남과 이원춘이 말한 것처럼, 사람은 누구나 죽는 존재여서 전장의 맞이하게 될 죽음이 조금도 특별한 것이 아니라고 말하는가 하면, 죽음을 회피하지 않고 죽음을 향해 뛰어드는 것이야말로 진정으로 용기있는 사람이라고 추켜 세우기도 한다. 그리고 한 걸음 더 나아가 국가를 위한 희생이야말로 한 개인의 가치 없는 죽음과는 달리 숭고하고 신성한 것으로 국가의 기억 혹은 역사에 영원히 새겨질 수 있다고 부추기는 것이다.

'국가를 위한 희생'을 미화하는 태도는 비단 제국의 통치권력만은 아니다. 제국주의의 통치를 받던 피식민자의 경우도 이러한 논리에 깊이 침윤되어 있다. 일제강점기 내내 일본인과 달리 병사가 될 수 없었던 조선인들은 병사가 된 식민지 청년들을 통해서 차별이 사라지리라는 헛된 환상에 사로잡히기도 한다. 그 과정에서 병사가 되어 전장으로 동원되는 조선인 학병들을 안타깝지만 어쩔 수 없는 희생이라고 받아들인다. 학병 개개인의 희생을 통해서 민족구성원 전체의 처지가 달라질 수 있다고 믿는 순간 학생들을 전장으로 동원하는 식민지 통치권력과 공모하는 것이다. 이러한 희생의 논리는 국가나 종족 차원에서만 발견되는 것은 아니다. 범위를 달리하여 가정으로 시선을 옮겼을 때에도 여전히 동일한 논리를 발견할 수 있다. 학병 지원을 거부할 경우 가족들이 겪어야 할 국가 폭력을 회피하기 위해 누군가가 희생양이 되어야 한다.

이렇듯 제국과 민족과 가정으로 이어지는 동심원적 구조 속에서 외부의 폭력으로부터 집단을 구하기 위해 개인을 희생자로 삼는 폭력적인 '희생양 만들기'는 무한히 반복되고 증식된다. 그 대신 외부의 폭력을 떠안음으로써 위기에 빠진 집단을 구원한 희생자는 숭고한 존재로 집단의 기억 속에 보존된다. 이태준이 「해방전후」에서 주인공 현의 목소리를 빌어 "일반지원병제도와 학생특별지원병제도 때문에 뜻아닌 죽음이기보다, 뜻아닌 살인, 살인이라도 내 민족에게 유일한 희망을 주고 있는 중국이나 영미나 소련의 우군(友軍)을 죽여야 하는 그리고 내 몸이 죽되 원수 일본을 위하는 죽음이 되어야 하는, 이 모순된 번민"을 간직한 존재로 학병을 언급하면서 궁극적으로는 "해방 전에 있어 민족 수난의 십자가를 졌"던 존재[06]로 의미화한 것은 바로 이런 맥락일 것이다.

덧붙여야 할 것은 희생자로 지목된 식민지 청년들이 무조건 자신의 의도와 무관하게 희생양으로 내몰린 것은 아니라는 사실이다. 그들에게 십자가를 맡긴 것은 다른 사람들이었지만, 그들 역시 자진해서 학병이라는 십자가를 짊어기도 했다. 학병 지원을 거부하고 만주로 도주하던 한동사가 국경도시 신의주에서 만난 학병 지원자들의 모습은 그것을 잘 보여준다.

동사와 같은 대학의 모자를 쓴 친구는 있었다. 파출소 안

06　이태준, 해방전후, 문학, 1946.08.

은 난장판이 되다시피 지원 학도들의 해후의 장소로 변해 버리고 말았다. 그들은 모두 술이 취해 있었다.

"야, 난 너를 못 보고 가는 줄 알았다. 우리 술 마시다가 네 던보 보구……응석이 데놈도. 만나구"

"야, 무엇 때문에 들어왔니?"

"조사하는 거가? 야, 야……우리는 데국군인이다. 누가 우리를 조사해. 순사쌔끼들이 데이고쿠 군징을 심문할 권리 없다. 나가, 나가……"

"뭐야, 이 쌔끼들이 데국군인 맛을 못 봤어? 어느 누가 우리를, 나가, 나가……"

술이 만취가 되어 술냄새가 확확 나는 지원학도들은 안하무인이었다. (98면)

제국 군인이 되었으니 순사들쯤이야 아무 것도 아니라는 식의 이러한 태도는 신의주만이 아니라 경성을 비롯한 식민지 곳곳에서 발견된다. "동화정책이 강화되면서 조선말도 쓰지 못하게 하며 더욱이 민족의 비애와 애수가 서린 민요나 노래를 부르면 사상 불온, 후데이센진으로 심문하고 고문하던 일본 경찰"(72면)이었건만 학병지원자들의 탈선 앞에서는 속수무책이었다. 그들은 제국의 병사가 되었다는 사실에서 수치심에 부끄러워하기도 하지만 자부심으로 부풀어오르기도 한다. 따라서 학병지원자들의 내면에서 일본인과 차별받지 않고 동등한 대우를 받으며 출세하고픈 욕망을 발견하는 것은 그리 어렵지 않다. 학생들을 전장으로 동원한 것은 제국이었지만, 그 거미줄에 스스로 발을 들인 것은 학생들이었다. 따라서 학병지원자들의 탈선이 입신출세를 향한 속물적인 추태인지, 그렇지 않다면 식민지 치하의 불평등한 위계를 전복시키는 서글픈 축제인지 단언하기 어렵지만, 이 모호한 욕망을 전자가 아니라 후자로만 바라보려는 태도는 문제적일 수밖에 없다.

이렇듯 학병이 된다는 것은 국가를 위한 희생을 강요하는 제국의 요구와 그것에 편승한 개인적인 욕망이 공모한 결과처럼 보인다. 그래서 자발적인 의지에 따른 지원의 형식을 띠면서도 강제적인 동원의 방식을 다양하게 활용할 수 있었다. 학병 동원에 지원한 식민지 청년만이 국민이 된다. 다르게 표현하자면 일본인이 된다. 그렇지만 설령 학병이 되었다고 해서 곧장 온전한 국민(일본인)이 되는 것은 아니다. 군대에서는 또 다른 차별이 기다리고 있었다. 결국 '국민(일본인) 되기'라는 목표가 완성되는 것은 죽음뿐이었다. 그들은 죽었을 때에야 비로소 아무런 차별도 없는 완전한 일본인이 되어 야스쿠니신사에 합사될 수 있었다.

식민지 청년들이 모두 일본인으로 죽기를 꿈꾼 것은 아니었다. 예컨대 가족들의 피해를 대신하여 희생양이 되었던 학병 일부는 전장으로 동원된 뒤에 제국의 군인이기를 그만두고 탈주하기도 한다. 학병으로 지원했다가 전선을 이탈하는 것이 죽음을 무릅쓸 때에만 가능하다는 것은 부연할 필요조차 없다. 그렇다면 그들의 탈주는 죽는 것이 두려워서가 아닐 것이다. 제국의 군인이 되든 혹은 그렇지 않든 상관없이 모두 죽음에서 벗어날 수 없다면 제국의 군인들이 탈주하는 이유는 '일본인'으로 죽을 수 없다는 것 때문이다. 국가를 위한 희생이 일본인이 되기 위한 강요된 과정이었다고 한다면, 탈주병의 선택은 조선인이 주권자가 되는 국가의 구성원을 목표로 한다는 점에서 '국민이 되기 위한 희생'이라고 이름붙일 수 있을지 모르겠다. 르낭식의 개념을 빌려 매일매일의 인민투표를 통해 국가/국민이 형성된다고 한다면, 목숨을 걸고 국민이 되기 위해 탈주하는 행위야말로 가장 분명하고 압도적인 의지의 표명일 것이다.

이처럼 학병지원자들의 경우 끝까지 일본군으로 남거나 혹은 탈영하여 연합군이 되는 길이 있었다고 하지만 일본인과 조선인, 그리고 강제성과 자발성, '국가를 위한 희생'과 '국민이 되기 위한 희생'이라는 개념이 착종되어 있었다. 「식민지」의 주인공 한동사의 경우는 어떠했을까? 그는 학병 징집을 피하기 위해 서둘러 도쿄를 떠나 경성에 들렀다가 만주로 탈출한다. 그런데 만주에 도착한 이후에도 학병 징병을 피해 잠적하기보다 중국 어디인가에 있다는 대한민국임시정부를 찾아 만주국의 국경을 넘는 새로운 모험을 시도한다. 당시 만주국과 윤함시기 중국의 국경을 이룬 곳은 산해관이었다. 북경이 일본에 의해 점령되었지만, 만주국과는 엄연하게 구분되어 있었다. 일본은 만주국의 모델을 좇아 화북윤함구를 괴뢰국가로 만들고자 했지만 쉽지 않았다. 화북윤함구를 관할한 것은 중국국민당에서 이탈한 왕징웨이정부 하의 화북정무위원회(1940년 3월 30일 결성)였다. 따라서 중국으로 가기 위해서는 당연히 왕징웨이정부의 통행증(비자)가 필요했음에도 불구하고 치밀한 준비도 없이 시도하다가 실패한다.[07] 그저 일본 통치체제에서 벗어나겠다는 의지만으로 이루어진 이 탈출 시도는 국경을 지키던 군인들에게 발각되면서 수포로 돌아가고 만 것이다.

사실 한동사의 만주행은 단순히 학병을 기피하려는 이유 때문은 아니었다. 그는 역사학을 공부하면서 중국 어딘가에 대한민국임시정

[07]　郭貴儒·張同樂·封漢章의 華北偽政史稿:從"臨時政府"到"華北政務委員會" (北京: 社會科學文獻出版社, 2007)

부가 활동한다는 사실을 알았기에 만주로 간 뒤 산해관을 거쳐 중국으로 밀입국하려고 계획했다. 경성에서 마지막으로 아버지를 만나는 자리에서도 "만주에 가서 형편을 보아 갈 수만 있다면 북지나 중지로 가서 저쪽 편으로 탈주해 볼 결심"(63면)이라고 털어놓은 적이 있다. 만약 한동사가 요행히 산해관을 넘었더라면, 그리고 어딘가에서 독립운동 세력과 접선이 되었더라면, 그는 아마 조선의용군이나 광복군이 되었을 것이다. 강제로 징집된 상비군이든 자발적으로 선택한 의용군이든 병사로서의 길, 곧 죽음으로의 행진에 잇닿았던 것이다. 요컨대 일본제국의 호명을 받아 제국의 군인이 될 상황에 놓이자 "일본 땅이나 조선 땅에서 살 수가 없어 살아보겠다"(36면)고 도망가는 것이라는 한동사의 말은 사실상 죽을 자리를 찾는 것에 불과했다.

이러한 사실은 만주로 향하던 한동사의 모습에서 미리 예감할 수 있는 바이기도 했다. 학병을 거부하고 몰래 부모님을 만나러 경성으로 갈 때 한동사가 사랑하는 김신애에게 자신을 기다리지 말라고 말하는 것은 이미 또 다른 죽음을 각오했다는 뜻이기도 했다. 그래서 한동사에게 사랑을 확인받고 싶어 하는 김신애와 일부러 거리를 둔다. 행여 자신의 죽음이 김신애에게 아픈 상처를 남길까 두려워했기 때문이다. 한동사는 학병 거부가 "죽는다는 생각을 버리고 산다는 의지"(35면)에 따른 것이라고 애써 말하지만, 그동안 맺어왔던 모든 관계, 가족관계나 연인관계가 정지된다는 점에서 사회적 죽음상태에 들어가는 것이었기에 김신애의 애절한 사랑 고백도 애써 외면한다. 학병으로 지원하든 지원하지 않든 간에 삶의 가능성은 완전히 봉쇄되어 있었다. 어느 길을 선택하든 죽음이 가로막는 시대, 그것이 전쟁이 막바지로 향하던 1943년의 풍경이었다.

3. 비겁한 자들의 용기

「식민지」의 초반부를 가득 메우던 비극적인 분위기는 주인공 한동사가 산해관을 넘지 못하면서 끝이 난다. 그동안 한동사는 참된 의미의 삶을 살겠다고 했지만, 겉으로 보기에는 죽음을 무릅쓰지 않으면 안되는 길을 걷고 있었다. 민족적 관념에 따른다면, 제국의 군인이 되어 일본인으로 죽거나 혹은 망명정부를 찾아가 조선인으로 죽거나의 문제였지만, 강제성과 자발성에 빗대어 정규군이 되는가 의용군이 되는가의 문제이기도 했고, 국가의 호명을 받아 자신의 의지와 무관한 죽음에 동원되는가 혹은 자신의 선택에 의해 의미 있는 죽음을 선택하는가의 문제이기도 했다. 분명한 것은 그러한 수많은 차이에도 불구하고 죽음에 의해서만 삶의 의미가 생성된다는 사실이다.

그렇지만, 산해관에서 국경을 경비하는 병사들이 쏜 총탄에 놀라 도망친 순간 도쿄에서 경성·신의주·안동·봉천을 거쳐오면서 한동사가 죽음을 무릅쓰고라도 반드시 이루어리라고 생각했던 목표는 실패로 판명된다. 그는 죽음을 무릅쓸 만큼 용기를 지닌 존재가 아니었다. 국가를 위한 희생을 할 뜻도 없었던 만큼, 국민이 되기 위한 희생을 두려워하지 않을 용기도 없었다. 그는 숭고하고 비극적인 영웅의 자질을 갖추지 못한 평범한 인물이었다. 사실 학병 지원을 피해 도쿄에서 경성으로 도망칠 때 한동사에게 가장 중요한 것이 살고 싶다는 욕망이었음을 기억한다면, 그가 만주로 탈출한 뒤 죽음을 무릅쓰고 산해관을 찾아가는 것은 그리 설득력이 높은 편이 아니다. 그러한 한동사의 욕망은 어쩌면 자발적이라기보다는 당위적이거나 혹은 사후적인 것이었는지도 모른다. 「식민지」에서 엄영수는 산해관에 가지도 않았고, 한동사도 한번 실패한 뒤 다시 시도하지 않았다는 것은 이러한 해석의 가능성을 높여준다.

이렇듯 주인공이 죽음으로 향하는 길에서 되돌아나와 삶의 길로 접어들자 「식민지」의 서사는 전혀 다른 방식으로 펼쳐진다. 그저 스쳐가는 풍경에 불과했던 만주국은 삶의 구체성을 가지게 된다. 제6장에서 한동사가 신경(新京, 현재의 長春)에 도착한 순간 그의 앞에 펼쳐진 것은 더이상 삶과 죽음이 칼날처럼 나뉘어진 전장이 아니었다. 전쟁 중에도 여전히 지속되는 나날의 삶이었다. 한동사가 나날의 삶에 복귀할 수 있었던 것은 아마 1944년 1월 20일 조선에서 학병들이 훈련소로 입영하면서 학병 지원을 강요하는 통치권력의 광기와 이에 공모한 사회적 강요가 누그러졌기 때문이다. 비록 도피자의 신분을 완전히 벗어날 수는 없었다고 해도 한동사의 처지는 학병대상자에서 징용대상자로 바뀌었고, 그만큼 통치권력의 감시와 죽음에 대한 공포 역시 줄어들었다.

이제 한동사는 더이상 죽음으로의 탈주를 시도하지 않는다. 지금까지 항상 자신이 서 있는 곳 너머에 존재할 무언가를 향한 동경에 사로잡혀 있었다면, 지금부터의 삶은 일상적인 삶을 향유하는 모습으로 바뀐다. 그리고 국가 혹은 민족이라는 이분법 뒤에 숨겨져 있던 가치들, 예컨대 예술적 취향이나 사랑과 우정 같은 개인적 가치들이 전면화된다. 죽음 때문에 의도적으로 거부하고 억압했던 것들이 되돌아온다. 무채색의 삶은 다채로운 빛깔로 새롭게 물든다. 이러한 변화는 서술태도의 변화와 결합하여 더욱 극적으로 구현된다. 그동안 한동사에게만 초점화되어 있던 서술자의 시선은 한동사의 친구인 엄영수에게도 분산된다 이에 따라 소설의 구성 역시 한동사의 탈출이라는 단선적인 진행에서 탈피하여 한동사와 엄영수가 바라보는 세계를 교직하면서 만주국, 특히 신경과 영구(營口)에서 펼쳐지는 보통사람의 삶을 소설의 세계로 폭넓게 편입시킨다.

한동사와 엄영수의 눈을 통해 새롭게 포착되는 만주국은 전쟁이라는 상황이 느껴지지 않을 만큼 평화롭다는 점에서 낯설기도 하지만, 어쩌면 이미 경험했던 것인지도 모른다. 한동사가 학생 시절 제국의 수도였던 도쿄에서 누렸던 모습과 그리 다르지 않다. 그것은 이병주가 「관부연락선」에서 코스모폴리탄적 분위기로 채색한 도쿄의 모습과 닮아 있다. 한마디로 표현한다면 세계에 편재하는 것처럼 보이는 파시즘적 획일성이나 강제성 속에서도 자유라든가 개성과 같은 개인적 삶이 시시때때로, 그리고 곳곳에서 출몰하는 그런 장소였다. 대학 졸업식에 찾아온 세쯔코가 "왜 고향엔 안 가세요?"라고 묻자 "아직 여기가 자유스러워서. 내 고향이란 식민지가 되어서 그런지, 잠깐 가 있어도 질식할 것만 같고 견딜 수가 없어서……"(12면) 라고 대답하는 대목에 잘 드러났듯이, 한동사가 학병으로 호명되지 않았다면 누렸을 도쿄의 풍경을 만주국의 수도 신경에서 발견하는 것이다.

> 오늘 저녁은 하르빈교향악단과 신경관현악단의 특별합동연주회의 밤이었다. 일백이십여 명의 단원들 가운데는 백계 러시아인이 사오십 명이나 있었고, 일본인 다음으로 조선인 단원도 십여 명이나 있다는 것을 김봉조에게 들어 한동사는 알고 있었다. 모두 모닝코트를 단정하게 입고 지휘자가 나타나기를 기다리며 음의 조정을 하는 것이다. 일본의 신향교향악단의 연주회에서는 작년부터 단원들의 복장이 암록색 국민복으로 바뀌어 도무지 어울리지 않는 음악회였던 것을

동사는 생각하며 무대를 바라보고 있었다. 동경에서는 음악
회에 갈 때마다 김신애와 꼭같이 갔었고 돌아오는 길에 즐거
웠던 대화가 있었던 것을 생각하나, 그것은 먼 옛날의 일이었
던 것만 같이 느껴졌다. (137면)

신경 협화회관에서 열린 이 음악회를 감싸는 것은 전쟁이라는 위기의식이 완전히 사라진 채 여러 민족의 다양한 문화들이 빚어내는 이국적이고 자유로운 분위기이다. 그 속에서 한동사는 "비창, 비애, 비참, 파멸, 멸망" 등의 언어를 생각하기도 하지만 밝고 명랑한 분위기 속에서 그리 오래 지속되지는 않는다. 조선인 친구들과 왁자지껄한 이야기를 나누고, 도쿄에서 우정을 쌓았던 세쯔코와도 재회한다. 총과 몸빼와 암록색이 지배하는 경성의 풍경과는 완전히 다르다. 그렇기에 이곳에서 세쯔코나 야마다처럼 제국의 목소리를 반복하지 않는 인물들과 자유롭게 교유할 수 있다.

이러한 모습을 우리는 '일상'이라고 부른다. 하지만, 총력전 체제에서 전장과 후방, 전쟁과 일상은 과연 구분될 수 있을까? 군사적 폭력은 전장과 일상을 분리시키는 것을 거부하고 세계를 전장으로 통합한다. 1944년의 신경 역시 그러할 것이다. '총후'라는 말이 상징하듯이 전장과 후방은 구분되지 않았고 전쟁은 일상 속에서 깊이 스며들었다. 전장과 무관한 일상으로 편입된 듯한 느낌은 일시적인 착각이었다. 그것을 예각적으로 보여주는 것이 한동사를 지켜보는 어둠의 눈, 감시의 눈이다. 제국의 수도 도쿄에서도 한동사를 감시하는 형사의 시선을 감지할 수 있었지만, 너무 노출되어 있어서 숨을 곳을 찾기가 어렵지 않았고 또한 느슨하기 짝이 없었다. 그래서 한동사는 무

사시노의 자연 속에서 친구들과 만나 「아리랑」을 부르며 민족적 울분을 토할 수 있었고 학병 거부를 결심할 수 있었다. 그렇지만 관부연락선을 타고 시모노세키를 떠나 부산에 도착한 순간부터 식민지에서의 감시의 시선은 훨씬 더 촘촘해지고 집요해졌다. 괴뢰국의 수도 신경에서는 훨씬 더 음침하고 음험한 음모에 가까웠다.

신경의 카페 다이아몬드에서 한동사와 엄영수를 감시하던 "독기가 섬광처럼 번쩍하고는 사라지는"(309면) 검은 눈의 정체는 관동군 정보과 촉탁으로 일하는 조선인 하근태/가와이(河合)였다. 경성의전 출신의 의사이었고 김영자의 남편이기도 했던 그가 어떻게 관동군과 함께 일하게 되었는가에 대해서 자세하게 언급되어 있지 않지만, "아편쟁이처럼 창백한"(226면) 얼굴이었던 것으로 미루어 아편 중독과 관련되어 있으리라 짐작된다. 하근태는 카페 다이아몬드의 여급 김영자를 통해 한동사의 비밀을 알아낸다. 그리고 이를 빌미삼아 한동사를 만선일보사의 '스파이'로 만들려고 한다. 《만선일보》가 겉으로는 일본에 협력하는 체하지만 그 간부들이 불순분자라는 사실을 눈치채고 한동사로 하여금 그 끄나풀이 되라는 것이다.

'스파이'가 된다는 것은 가면을 쓴다는 것이다. 가면을 통해서 다른 사람을 속이고 다른 사람을 감시하고, 그리고 궁극적으로는 다른 사람을 파괴할 것이다. 가면을 쓰는 한 진실은 존재하지 않는다. 설령 진실을 말하더라도 그 진실조차 거짓으로 만드는 것이 가면의 효과이다. 따라서 스파이는 다른 사람을 망가뜨리는 것에 그치지 않고 궁극적으로는 자신의 삶도 망가뜨린다. 그것이 가면을 쓴 스파이의 운명이다. 하근태의 요구는 은밀한 것이었지만, 학병이 되라는 요구만큼, 혹은 그 이상으로 근본적이었다. 학병 문제가 삶과 죽음을 둘러

싼 개인적인 선택에 가깝다면 스파이는 그가 맺는 모든 인간적인 관계에 걸쳐 있기 때문이다. 결국 한동사는 권력의 하수인이 되는 것을 거부하고 권력의 시선에서 벗어나기 위해 남만주 요하의 끝에 자리한 영구로 두 번째 도피의 길을 떠난다.

하지만 제국의 끄나풀이 되기를 거부한 대가는 참혹했다. 엄영수를 찾아온 김신애와 재회하여 행복한 생활을 보내던 한동사는 우연히 하근태의 눈에 띄어 헌병대로 압송되고, 엄영수와 김신애도 함께 체포되어 고초를 겪는다. 특히 한동사는 영구에서 있었던 국민당 지하당 사건이나 대한민국임시정부와 연관된 스파이로 의심받으면서 더욱 혹독한 고문을 당하다가 일본이 패망하기 직전 형무소 미결감으로 옮겨진다. 이곳에서 한동사는 일본의 패전 소식을 듣는다.

> 죽음을 각오하고 조국의 앞날을 빌며, 죽는 순간까지 싸운다는 그들을 바라보면서 동사는 그들이 무척 부러웠다. 그러나 자기는 학병을 피해 다니다가 이렇게 갇힌 하잘 것 없는 약한 인간이지마는, 조선독립을 위해 악착 같이 항일투쟁을 하다 얼마나 많은 사람들이 일제의 손에 죽었는지 알고 있다. 압록강과 두만강의 산지사방에 독립군들과 의사와 열사, 샹하이의 임시정부. (333면)

하지만 부러움과 부끄러움이 교차하는 한동사의 내면에도 불구하고 우리는 그것이 결코 부끄러운 일이 아니었다는 것을 안다. 하근태의 요구를 거부하고 스파이가 되지 않음으로써 만선일보사의 동료들을 지켜냈고, 만주국에서 혼자서 고독하게 살아가는 정신적 망명자 야마다와의 우정도 유지할 수 있었다. 그리고 헌병대와 경찰서에서 죽음 직전에 이를 만큼 혹독한 고문을 겪으면서도 자신의 고통을 덜기 위해 다른 사람에게 죄를 전가하지도 않았다. 그는 세계의 부조리와 폭력에 적극적으로 맞서지 못한 겁쟁이지만 그 폭력이 누군가에게 옮겨짐으로써 늘상 반복되는 악순환의 회로를 차단하는 용기를 지닌 것만은 분명하다. 그런 맥락에서 그는 결코 비겁한 사람이 아니었다. 오히려 그는 자신이 생각하는 가치를 용기 있게 지켜나간 사람이었다. 한동사의 용기는 언제나 죽음을 향하는 것이 아니라 삶에서 지켜져야 할 인간적인 존엄과 결부되어 있었다.

한동사는 만주국 붕괴 직후 경찰에게 모진 고문을 당하다 풀려났음에도 "일본인들도 이제부터는 고생을 좀 해야 해"라는 중국인 마부의 말에 선뜻 동감을 표시하지 않으며, 일본인들이 쫓겨난 후 그 재산을 약탈하는 중국인들에게 공포를 느끼기도 한다. 그리고 자신이 살던 곳에서 쫓겨나 힘들게 걸어가는 일본인 여성들의 짐을 들어주기도 하고 소련군에게 겁탈당할까 봐 남장을 한 채 술을 팔아 생계를 잇는 일본인 여성들을 향해 연민의 감정을 품기도 한다. 이러한 모습은 한동사와 일본인 세쯔코·야마다의 우정이라든가 엄영수와 중국인 왕주명의 공감 덕분에 충분한 소설적인 설득력을 지닐 수 있었다. 제국주의가 기반으로 삼았던 민족적 차별이라는 광기가 지배하던 시절에도 그들은 민족적인 우월감 따위는 팽개치고 동등한 인간의 자격으로 우정을 나눈 것이다. 그러니 제국주의가 지배하던 시절에도, 혹은 그것이 붕괴하여 새로운 시대가 찾아오더라도 달라져야 할 것은 아무 것도 없었다. 1945년 8월 제국적 인터내셔널리즘이 붕괴되어 동아시아에서 국민국가 체제에 기반한 내셔널리즘이 부상했지만, 어쩌면 여전히 인터내셔널리즘이 요구되는지도 모른다. 그랬을 때 우리는 르쌍티망((ressentiment)의 회로 너머를 상상할 수 있을 것이다.

4. 겁쟁이들의 꿈

근대를 대표하는 관념론자인 칸트는 노년에 접어들면서 프리드리히 빌헬름 2세의 종교적 불관용, 프랑스혁명에 뒤이은 유럽의 영토 전쟁 등을 보면서 정치 문제에 관심을 갖기 시작했다. 그는 이러한 관심을 전쟁이 없는 평화로운 세계에 대한 구상으로 담아 '영구평화론'을 탄생시킨다. 그의 주장은 물론 현실에서 쉽게 달성하기 어려운, 그리고 이미 실패한 적도 있는 국제정치적 과제이지만 그래도 여전히 떠올려야 할 질문인 것은 분명하다.

칸트의 도덕론에 의하면 전쟁은 악이며 영구평화야말로 인류가 도달해야 할 의무였다. 칸트는 우리의 양심이 전쟁 상태를 빨리 끝내도록 명령하기 때문에 영원한 평화가 현실적으로 가능하든 않든 간에 끊임없이 그러한 방향으로 행동해야 한다고 주장한다. 그래서 이상적으로서는 단일한 세계국가를 건설하는 것이 가장 바람직하지만 현실적으로 그것이 불가능하기 때문에 '국제연맹'과 같은 국제기구를 만드는 것이 가장 좋은 방법이라고 보았다. 그런데, 칸트의 '영구평화론'은 예비조항(6항)과 확정조항(3항) 외에 추가조항(2항)과 부록(2편)으로 구성되어 있는데, 그중에서 예비조항 제3조는 "상비군은 때가 되면 완전히 폐기되어야 한다"고 주장을 담고 있다. 그의 주장은 '상비군'은 존재 자체만으로도 다른 국가를 위협하는 바, 이에 맞서 상호 간에 군비 경쟁이 진행되다 보면 단기간의 전쟁이 더 적은 비용을 발생시키는 상황을 초래하여 침략전쟁이 일어난다는 것이다.

이러한 현실적인 이유 외에도 상비군 조직이란 기본적으로 인간을 "죽이고 죽임을 당하기 위해서 고용"하는 조직이어서 인간이 자신의 자유의지를 상실한 채 국가라는 이름의 타자에게 종속되는 소외로 발생시키고 인간성 역시 훼손한다는 도덕적 믿음을 떠올리게 한다. 물론 그렇다고 해서 칸트가 국가의 방위를 위한 군대 자체를 부정했던 것은 아니었다. 그는 "국가시민이 자신과 조국을 외부의 침략으로부터 안전하게 하기 위하여 자의적으로 정기적으로 행하는 무장훈련"이 필요하다는 것에 동의했다. 국가가 가상의 적을 미리 상정하고 상비군의 형태로 전쟁을 준비하는 것에 반대했을 뿐, 의용군의 형태로 자발적으로 자신의 속한 공동체를 수호하는 시민적 의무조차 외면하지는 않았던 것이다.

18세기 말에 씌어졌던 칸트의 이러한 기획은 20세기에 두 차례에 걸친 참혹했던 세계대전을 경험하고 난 후 국제연맹과 국제연합으로 나타났지만, 영원한 평화를 위한 예비조항이었던 상비군의 폐지조차 시작되지 못했다. 칸트의 말마따나 (민족)국가가 사라졌을 때에나 비로소 상비군도 사라질 것이다. 달리 말하면 인류가 국민을 넘어 세계시민이 되지 못하는 한, 자신이 속한 국가의 정체성을 지키는 병사들도 사라지지 않는다. 칸트가 우려했던 그대로 국가는 여전히 가상의 적으로부터 안전을 보장하기 위해 국민들을 상비군의 형태로 조직하며, 군사적인 규율에 따라 병사들을 언제든지 죽을 수 있는 존재로 훈련한다. 병사로 동원된 국민은 결코 주권자가 아니다. 국가의 명령에 따라 언제든지 다른 인간을 효과적으로 살해할 수 있으며, 국가의 영광을 위해 언제든지 스스로 살해당하는 것을 두려워하지 않는 전쟁기계일 뿐이다. 징병제를 통해서 '국가/국민/민족을 위한 희생'이 강요되는 21세기에 김광식의 「식민지」를 다시 펼쳐들어야 하는 것은 이 때문이다.

전쟁 동원과 '숭고한 희생'이라는 억설

1. 베트남전쟁과 선우휘

한국이 베트남전쟁에 참전한 지 오십 년이 지났다. 그동안 여러 연구자들이 「머나먼 쏭바강」(박영한), 「무기의 그늘」(황석영), 「하얀 전쟁」(안정효)과 같이 베트남전쟁의 광기나 무의미성을 고발하는 작품들에 관심을 가져왔다. 제삼세계의 민족해방운동을 억압하는 제국주의 전쟁에 참여했다거나 혹은 전쟁 중에 한국군이 비인간적인 만행을 저질렀다는 반성을 통해서 한국문학은 정의롭지 못한 전쟁(unjust war)에 협력하지 않았다는 도덕적 정당성을 확보하고자 했던 것이다.

하지만, 한국문학이 베트남전쟁에서 진정 자유로울 수 있는지 물어볼 필요가 있다. 「머나먼 쏭바강」, 「무기의 그늘」, 「하얀 전쟁」 등으로 채워진 우리의 문학사적 기억과는 달리, 많은 문학인들이 종군문학이라는 이름으로 베트남전쟁에 참여했을 뿐만 아니라, 전쟁의 정당성을 설파하여 국민들을 전쟁에 동원하기도 했다.[01] 선우휘의 「물

---

01 김병익에 따르면 파병 이후 베트남을 방문한 문학인들로는 "작가 이종환, 시인 모윤숙·류근주·이추림" 등이 있다. (동아일보, 1967.02.25) 1965년 12월 24일 모윤숙이 연예위문단을 이끌고 15일간 방문했는데(경향신문, 1965.12.23), 이때 한국문

결은 메콩강까지」(중앙일보, 1966.06.09~1967.02.28) 역시 우리의 문학사적 기억이 수정되어야 함을 잘 보여주는 작품 중의 하나이다.

「물결은 메콩강까지」는 베트남에 전투부대가 파병된 직후에 발표된 작품이다. 1964년 8월 2일 통킹만 사건을 계기로 미국 의회가 '대통령의 무제한 전쟁 수행 권한'을 부여하는 결의안을 통과시키자, 미국은 북베트남에 대한 전면폭격을 감행함으로써 베트남 전역으로 전쟁을 확대한다. 이 와중에 한국은 1964년 9월 비전투부대[02]를 시작으로 이듬해 10월 전투부대[03]를 파견한 뒤, 1973년 3월까지 8년 5개월 동안 다섯 차례에 걸친 파병을 통해 총 32만 명을 전쟁에 동원한다. 박정희정권이 많은 국민들의 반대를 무릅쓰고 파병을 결정한 것

인협회 사무국장이었던 이종환도 동행한 것으로 보인다. 그리고 《경향신문》 기자였던 시인 류근주가 종군기자로 활동한 뒤 르포르타쥬 『월남상륙기』(미경출판사, 1966)를 간행했고, 이추림도 4개월 간에 걸친 종군 경험을 토대로 '전쟁시화전'(중앙공보관, 1967.08.08~21)을 개최했다. 1967년 2월에는 최정희가 연예위문단 단장으로 월남에 다녀온 뒤 「사랑하는 병사들에게」(동아일보, 1967.02.28~03.02)라는 종군기를 발표했다.

02 한국군이 베트남에 처음 파견된 것은 1964년이었다. 1964년 9월 11일 제1이동외과병원(130명) 및 태권도 교관단(10명)이 해군 LST편으로 부산항을 출발해서 9월 22일 베트남 사이공에 도착했다. 그 후 미국의 지원 요청이 잇따르는 가운데 이듬해 1월 추가 지원을 요구하는 베트남정부의 서한이 도착하자 비전투요원으로 구성된 비둘기부대(1개 공병대대, 1개 경비대대, 1개 수송중대 및 1개 해병·공병 중대로 구성)가 1965년 3월 10일 인천항을 떠나 3월 16일 사이공에 도착한 후 다얀으로 이동하여 임무를 수행했다.

03 1965년 6월 14일 베트남공화국 수상으로부터 한국군 1개전투사단 지원요청서를 접수한 한국 정부는 6월 23일 한국군 1개 전투사단 파병에 관한 대미합의각서를 체결한다. 그리고 8월 29일 수도사단을 파병하기도 결정하고, 채명신 소장을 지휘관으로 부대를 편성하여 4주 동안 국내 훈련을 실시한다. 9월 25일에는 주월 한국군사령부가 창설되었고, 10월 12일에는 여의도공항에서 박정희 대통령이 참석한 맹호부대 환송식이 거행된다. 그리고 10월 16일 맹호부대 본대가 부산항을 출발하여 10월 22일 베트남 퀴논항에 도착한다.

은 경제개발을 위한 자금이 필요했기 때문이다. 일본과의 국교 수립에 이어 베트남 파병으로 이어지는 일련의 정치적 선택은 한국전쟁을 통해서 경제 부흥에 성공했던 일본을 모델로 삼으려는 경제적 계산이 깔려 있었다.

「물결은 메콩강까지」는 베트남 파병을 둘러싸고 찬반 논의가 치열하게 펼쳐지던 시기에 발표되지만, 그동안 거의 알려지지 않았다. 선우휘에 대한 수많은 작가론, 특히 보수적 반공주의자로서의 선우휘의 사상적 기원을 치밀하게 연구했던 한수영의 연구[04]에서도 이 작품에 대한 언급이 없으며, 베트남전쟁과 관련된 소설을 다루는 논문들도 이 작품에 주목한 경우는 없었다.[05] 이 작품이 외면을 받은 것은 『선우휘문학선집』 등에서 제외되면서 대표작의 반열에 오르지 못한 까닭이겠지만, 보다 근본적인 이유는 베트남전 파병이라는 한국 현대사의 아픈 기억을 상기시킨다는 점일 것이다. 베트남전쟁에 대한 부정적인 인식이 확산되면서 독자들이나 연구자들도 이 작품에 관심을 기울이지 않은 것이다.

---

04   한수영, 사상과 성찰, 소명출판, 2011.

05   송승철, 베트남전쟁 소설론-용병의 교훈, 창작과비평 80, 1993, 77~94면.
정호웅, 월남전의 소설적 수용과 그 전개양상, 출판저널 135, 1993.09.20, 16~17면.
서은주, 한국소설 속의 월남전-집단광기의 역사, 그 고통의 담론, 역사비평 32, 1995.08, 214~225면.
박진임, 한국소설에 나타난 베트남전쟁의 특성과 참전 한국군의 정체성, 한국현대문학연구 14, 2003, 111~136면.
오은경, 파병과 전쟁문학, 민족문학사연구22, 2003, 303~326면.
고명철, 베트남전쟁 소설의 형상화에 대한 문제, 현대소설연구 19, 2003, 291~312면.
장두영, 베트남전쟁 소설론, 한국현대문학연구 25, 2008.08, 383~425.

그렇지만 「물결은 메콩강까지」는 발표 당시에 독자들의 관심을 끌었다. 이 작품이 발표될 당시 이십대 초반이었던 소설가 한수산은 다음과 같이 회고한다.

　　　당시로서는 베트남의 메콩강이라는 이름이 낯설지 않았다. 베트남전쟁에 많은 청년들이 파병되어 있었기 때문이었다. 소설가로보다는 《조선일보》의 언론인으로 더 알려졌던 선우휘 씨가 그 무렵 「메콩강은 흐른다」('물결은 메콩강까지」의 잘못-인용자)라는 소설을 쓰기도 했다. 우리는 그렇게 메콩강이라는 이름을 알고 있었다.[06]

　　「물결은 메콩강까지」는 특히 베트남전쟁을 다룬 최초의 소설로서 베트남 파병에 대한 대한 소설적 인식틀을 제공한다는 점에서 문학사적으로 반드시 짚고 넘어가야 할 작품일 뿐만 아니라 작가 선우휘의 문학적 인생에서 중요한 변곡점을 형성했다는 점에서도 주목되어야 할 작품이다. 선우휘는 1955년 단편소설 「귀신」으로 문단에 등단한 이후 당대 현실의 부정성을 강도 높게 비판한 작가 중의 한 사람이었다. 1960년대의 초까지 다른 누구보다도 앞장서서 현실의 부조리를 고발하고 이를 극복하기 위한 적극적인 대응을 주문했던 것이다. 그런데, 앙가쥬망론을 내세워 전후문학의 기수로 자리잡았던 선우휘는 1960년대 중반 이후 참여문학론을 비판하는데 앞장선다. 이러한 변모의 과정에 「물결은 메콩강까지」가 자리잡고 있는 것이다.

06　　한수산, 한수산의 자작나무 아래서 11, 매일경제 Luxmen 35, 2013.08.

2. 1964년의 언론 필화 사건과 선우휘의 변모

1964년은 선우휘에게 있어서 여러 모로 뜻 깊은 해였다. 1961년 5월 15일 조선일보 논설위원으로 재입사한 지 3년 만에 편집국장으로 임명되었다. 당시 선우휘는 방우영의 제안을 받으면서 "정도를 벗어나면 언제든지 그만두겠다"라는 조건을 달았고, 이러한 모습은 언론윤리위원회법 제정을 둘러싼 언론 파동 때 "신문사는 문을 열고 죽는 수가 있고, 문을 닫고 사는 수가 있다"며 통치권력의 요구를 거부하는 모습으로 나타났다.[07] 1964년 7월 14일 언론윤리위원회법 제정 계획이 발표된 것은 일본과의 국교 수립 과정에서 나타난 국민적 저항 때문이었다. 1964년 3월 4일 서울에서 대학생 오천 여 명이 일본과의 수교를 반대하는 시위를 펼쳤으며, 6월 4일에는 일만 여 명의 학생들이 광화문까지 진출하여 정권 퇴진을 요구한 것이다. 이에 박정희정권은 6월 4일 서울 일원에 비상계엄령을 선포하는 한편, 경향신문 발행인과 기자를 구속한 데 이어 동아일보 간부 여섯 명도 반공법 위반 혐의로 구속한다. 그리고 8월 14일에는 "혁신계 인사와 언론인·교수·학생들이 국가전복을 기도했다"는 혐의로 인민혁명당 사건을 조작하여 사회 전반에 공포 분위기를 조성한다.

언론윤리위원회법은 이러한 공포정치의 연장선상에서 언론의 공적 책임과 윤리를 내세워 언론을 통제하려는 시도였다. 이 때문에 한국신문발행인협회, 통신협회, 편집인협회, IPI 한국위원회 등 언론단체들의 반대에 직면하자, 일요일이었던 8월 2일 밤에 국회를 통과시킨 후 곧바로 법률 제1652호(1964.08.05)로 공포하기에 이른다. 하지

---

07   조선일보사 사료연구실, 조선일보 사람들: 광복 이후 편, 랜덤하우스코리아, 2004.

만 오백여 명의 언론인들이 전국언론인대회를 개최하는 상황까지 벌어지자, 동양통신 사장이며 공화당 국회의원이었던 김성곤의 중재로 9월 9일 청와대가 법 시행을 보류함으로써 38일 동안 지속되었던 권력과 언론 사이의 갈등이 일단락된다.

언론윤리위원회법을 만들어 언론 전체를 장악하려는 시도가 실패하긴 했지만, 이 법률은 1980년 언론기본법이 제정되기까지 대통령이 공포하면 언제든지 효력을 발생할 수 있는 상태여서 언론 통제의 가능성을 항상 열어놓고 있었다. 그뿐만 아니라 개별 언론사 내지는 언론인에 대한 통제 또한 더욱 강화되었다. 언론 파동이 일단락된 지 얼마 지나지 않아 "남북한의 유엔 동시가입을 아시아·아프리카외상회의에서 검토 중"[08]이라는 기사를 트집 잡아 《조선일보》 리영희 기자를 반공법 제4조 2항 '적성국가 및 반국가단체 고무찬양죄'를 적용하여 구속한 것이다.

잘 알려져 있듯이 아시아·아프리카회의란 과거 제국주의 침탈을 경험했던 아시아와 아프리카의 국가들이 미국과 소련에 맞서 제삼세계라는 이름으로 독자세력을 형성했던 국제적인 연대였다. 흔히 비동맹회의로 알려진 이 회의는 1955년 인도네시아 반둥에서 첫 회의가 개최된 이래 1961년 베오그라드에서, 1964년 10월 카이로에서 열렸고, 1965년 6월에는 알제리에서 열리기로 예정되어 있었다. 이 기사로 말미암아 리영희는 오랫동안 합동통신 기자로 일하다가 조선일보사로 자리를 옮긴 지 한 달 만에 구속되었고, 편집국장이었던 선우휘 또한 현직 언론사 편집국장으로는 처음으로 구속된다.[09] 이 사건

---

08 남북한 유엔 동시가입 제안 준비, 조선일보, 1964.11.21.
09 1964년 11월 21일 새벽 중앙정보부는 선우휘와 리영희를 임의동행 형식으로 연

은 표면적으로 반공법 위반 사건이었지만, 법 제정에 반발했던 언론에 대한 위협과 보복의 성격을 지녔다. 서북지역 출신으로 해방공간의 격동 속에서 공산주의를 피해 월남을 선택했던 두 지식인에게 반공법 위반이라는 혐의는 설득력이 떨어질 수밖에 없었기 때문이다.

선우휘는 필화 사건으로 일년 만에 편집국장에서 물러났다가 이듬해 1월 21일 논설위원으로 복귀하지만, 언론 현장과 거리를 둘 수밖에 없었다. 그 대신 1965년 동안 소설 창작에 힘을 쏟아 장편 「사라기」(서울신문, 1965.04.18~11.30)를 연재하고, 단편 「그의 동기」, 「점배기 여인」, 「마덕창 대인」, 「언제까지나」, 「좌절의 복사」, 「십자가 없는 골고다」, 「망향」, 「기통담」 등을 발표한다. 이 시기에 발표한 작품들 중에서 특히 주목되는 것은 언론과 권력 사이의 관계를 다룬 「좌절의 복사」(세대, 1965.05), 「십자가 없는 골고다」(신동아, 1965.06) 등이다.

단편 「좌절의 복사」는 C신문사 사회부의 Y기자[10]가 K기관에 잡혀

행하고, 신문을 압수한다. (조선일보를 압수, 동아일보, 1964.11.21) 곧이어 반공법 제4조 1항(반국가단체 활동의 찬양 고무 및 동조)와 특정범죄 처벌에 관한 임시특례법 제3조 3항(정부 비방 등)을 적용하여 1964년 11월 23일에 두 사람을 서울교도소에 수감한다. 두 사람은 서울 형사지방법원에 구속적부심을 신청했는데, 리영희와 달리 선우휘는 "증거 인멸 및 도피의 우려가 없다"는 이유로 1964년 11월 27일에 석방된다. (선우 국장 석방, 이 기자는 기각, 동아일보, 1964.11.27) 그리고 12월 16일에는 서울지검 공안부가 리영희 기자를 반공법 위반으로 불구속 기소했는데, 제1심에서 징역 1년에 집행유예, 제2심에서 선고유예 판결을 받으면서 일단락된다.

10 여기에 등장하는 Y기자는 남재희를 모델로 한 것으로 추측된다. "1964년 6.3사태 때(박정희정권의 한일 국교 정상화에 반대하는 학생 시위 등으로 계엄령이 내려짐) 조선일보의 선우휘 편집국장과 정치부 차장인 나, 두 사람을 구속하러 남산에서 왔는데 둘이 용케 피신하여 한 달 쯤 후에는 아무런 일이 없었던 것처럼 나타날 수 있었다. 외국 언론들은 둘이 구속되었다고 크게 보도하였으며, 일본의 지식인들은 연명으로 석방 호소의 어필(appeal)을 내기도 했었다. 그런 일들조차 신문에 기사화하는 것이 남산에 의해 금지되어 있었다"(남재희, 소설 '1984년'과 '정오의 암흑'의 단면들, 프레시안, 2012.11.28)

간 지 엿새가 되도록 풀려나지 않자, 편집국장인 R이 X국장을 만나 항의하는 상황을 그린다. 대학 시절 '정치적 연구의 클럽'에 가입한 까닭에 사찰기관의 블랙리스트에 올라있던 Y는 계엄령이 내리자 신문사에서 종적을 감춘다. 계엄령이 해제된 후 Y는 R에게 다시 신문사에 다니고 싶다는 의사를 피력하고, R은 K기관 간부를 만나 선처를 약속받은 뒤 Y를 출두시킨다. 그런데 K기관에서 '국가 변란에 관한 일'에 연루되었다는 핑계를 대며 Y를 풀어주지 않자, R편집국장은 "자기들이 데리고 있는 사람을 속여서 K기관에 넘겨버린 배신자"[11]라는 오명을 듣지 않기 위해 X국장에게 강하게 항의하여 풀려나도록 한다. 그리고 Y기자가 다른 사람들을 놔둔 채 혼자 풀려났다는 사실 때문에 괴로워하는 모습을 보면서 젊은 시절에 경험했던 좌절의 경험을 떠올리는 것이다.

이 작품에서 흥미로운 것은 편집국장 R이 Y기자를 바라보는 시선이다. 젊은 시절 R 역시 고향 선배, 학교 은사와 함께 공산주의자라는 혐의를 받고 모진 고문을 당하다가, 중추원 참의였던 고모부의 도움으로 혼자 풀려나면서 죄책감으로 괴로워했던 경험이 있었다. 그리고 해방 후에 지리산 사령부에서 장교로 근무할 때에는 한 빨치산 포로가 동료들을 생포하여 전향시킨다는 조건으로 토벌에 협력하지만, 전투의 와중에서 동료들이 모두 죽자 죄책감으로 자살하는 모습을 보기도 했다. 이런 경험들을 떠올리면서 R은 "역사의 세찬 수레바퀴"에 끼어 '젊음의 핵'을 잃어간다는 사실을 깨달으면서 Y에게 다음과 같이 말한다.

11　　선우휘, 좌절의 복사, 선우휘문학선집 제2권, 조선일보사, 1987, 21면.

"난 앞으로 자네의 동정에 대한 보증을 섰어. 그렇지만 거기 구애되지는 말게. 만약의 경우 나한테 어떤 누를 끼치게 된다는 그런 걱정은 말야. 이건 진정에서 하는 말이야. 바꿔 말하면 자네는 무엇이든지 **자네가 마음먹은 대로 할 수 있다는 자유**를 가져도 좋다는 말일세"(강조는 인용자)[12]

이처럼 R에게 있어 Y는 잃어버린 젊은 날의 모습을 간직한 분신과 같다. 그는 '국가 변란에 관한 일'에 연루되었다고 조사를 받지만, 사찰기관이 조작한 누명에 불과하다. 그것을 통해 통치권력이 노린 것은 Y기자에게 "마음먹은 대로 할 수 있다는 자유"를 빼앗는 것이고, 넓게는 언론의 자유를 억압하는 것이다. R은 이러한 통치권력의 위협에 맞서지 못하고 좌절해 버린 자신을 떠올리면서 Y만은 그런 좌절을 경험하지 않기를 바라는 마음을 표현하는 것이다.

「십자가 없는 골고다」 역시 통치권력과 언론 사이의 불편한 관계를 그린다. 이 작품에서 신문기자 K는 "취하면 못하는 소리가 없는 목로집"에서 술김에 대한민국을 국제 경매로 다른 나라에 팔아넘기자는 허무맹랑한 주장을 펼치는데, 우연히 이 말을 들은 이칠성은 K의 취담을 믿고 사람들의 서명을 받으러 다니다가 죽음을 당하고 만다. 그런데, 언론에서 이칠성 사망 사건을 일절 보도하지 않자, K는 언론사를 찾아다니며 항의하다가 끝내 미치광이 취급을 받고 정신병원에 감금된 것이다.

이 작품에서 진실은 "어디선가 들려오는 소리"에 의해 은폐된다. 신문기자들 역시 진실에 접근하기보다는 통치권력의 요구에 순응할

---

12 같은 글, 39면.

뿐이다. 이렇듯 진실을 은폐하고 침묵을 강요하는 상황은 1·4 후퇴 중에 사람들이 모두 피난을 떠난 뒤에 겪었던 무인지경의 공포를 환기시키거니와, 이를 통해 작가는 당대의 언론 검열을 비판한다.[13] 그렇지만, 진실을 둘러싼 언론과 권력 사이의 긴장관계보다 흥미로운 것은 부조리한 시대를 살아가는 사람들의 태도이다.

> "그래서 나는 비극을 제일 좋아한다. 그러나 슬프다고 모두 비극은 아니다. 그런 것이 아니고 자기 운명이 어떻게 될 것을 뻔히 내다보면서 그래도 자기의 길을 가지 않으면 안된다고 그 비운의 길을 한 발자국 걸어가는 비극이 말이다. 그런 비극이 없다면 인간의 이승이 밀림 속의 동물의 세계와 무엇이 다를 것이 있겠는가?"[14]

「십자가 없는 골고다」에서 통치권력의 통제와 부자유에 맞서 비극의 길을 걷고자 하는 인물은 H옹이다. 그는 부조리한 시대 상황 속에서 누군가 순교자가 되어야만 시대의 어둠을 걷어낼 수 있다고 믿고, 자신을 역사의 제단에 희생양으로 바치려 한다. 하지만 순교를 통해 권력에 맞서고자 했던 H옹의 전략은 실패한다. 통치권력은 교활하게도 그에 대해 아무런 조치를 취하지 않음으로써 대중들의 무관심을 유도한 것이다. 그는 십자가를 지고 골고다 언덕을 올랐던 예수를 본

---

13 김건우는 「십자가 없는 골고다」가 발표되던 "이 시기에 신문사들은 자본주의적 경영방식으로 무장해 있었고, 사회적 영향력이 큰 권력으로부터 자유로울 수 없는 상태"(현대문학연구 21, 244면)였다고 말한다. 하지만, 1964년 언론윤리위원회법 파동과 관련하여 본다면, 권력과 언론의 유착관계는 좀 더 시간이 흐른 후에 본격화되었으리라 여겨진다.

14 선우휘, 십자가 없는 골고다, 선우휘문학선집 제2권, 조선일보사, 1987, 43면.

받고자 했지만, 통치권력은 그가 십자가를 질 기회를 없앰으로써 비극의 주인공이 될 자격을 박탈한 것이다.

정작 비극의 주인공이 된 것은 자발적으로 희생양이 되고자 했던 H옹이 아니라 평범한 청년에 불과했던 이칠성이었다. 그는 K의 말을 신뢰하고 그것을 실천함으로써 비극의 주인공이 된다. H옹이 희생의 제물로 자신을 바침으로써 통치권력에 대항할 수 있는 힘을 얻고자 했다는 점에서 일종의 교환을 시도한 것이라고 한다면, 이칠성은 K의 취담에 대해 절대적으로 신뢰함으로써 비극적인 주인공이 될 수 있었다. 요컨대 작가는 이 작품에서 신념이 올바른가를 묻는 것이 아니라 신념에 따라 '행동'하는가를 묻는 셈이다.[15]

1965년 동안 선우휘의 활동 중에서 특별히 기억되어야 할 것은 베트남 파병 훈련을 받다가 순직한 강재구 소령의 전기 『별빛은 산하에 가득히』를 집필한 일이다. 강재구 소령은 1965년 10월 4일 강원도 홍천에서 수도사단 제1연대 제10중대를 지휘하던 중 사병의 실수로 안전핀이 뽑힌 수류탄이 땅에 떨어지자 자신의 몸으로 수류탄을 덮쳐 많은 생명을 구하고 죽음을 맞이했다. 당시 수도사단은 베트남전 파병을 위해 훈련을 받던 중이었다.

나는 이 책을 세 번 고쳐썼다.
처음에는 군신화(軍神化)하기 위해서 하나의 경전처럼 썼고 다음에는 소설 형식으로 써보았다. 그러나 두 가지가 다

---

15 「십자가 없는 골고다」에 등장하는 H옹이 《사상계》의 정신적 지주였던 함석헌 신부를 지칭한다는 사실은 여러 연구들에서 밝혀진 바 있다. 선우휘는 등단 초기에 지역적인 연고에 따라 《사상계》를 주요 활동무대로 삼았는데, 「망향」(사상계, 1965.08)을 끝으로 작품을 발표하지 않았다.

마음에 들지 않았다. 모두 거짓의 냄새가 나는 까닭이었다. 고 강재구(姜在求) 소령이 남긴 일기와 발췌와 수상을 더듬어 보고 음미할수록 그러한 나의 과장이나 잔 재간은 그의 인간 다운, 너무나 인간다운 생애를 모독하는 것이라는 양심의 가 책조차 일게 했다.

그래서 나는 두 가지로 써본 원고지 600여 장을 밀어 놓고 그가 남긴 일기와 발췌와 수상에 충실함으로써 고 강재구 소령의 인간상을 있은 그대로 드러내어 놓기로 마음먹었다. 그 결과로 만들어진 것이 이 책이다.[16]

강재구 소령이 사망한 것이 1965년 10월 4일의 일이고, 이 글을 쓴 것이 1966년 2월 5일이라는 점에 비추어볼 때, 넉 달이라는 짧은 시간 동안 세 번이나 고쳐썼다는 사실은 선우휘가 이 책을 집필하는 데 큰 관심과 열정을 지녔음을 보여준다. 그는 이 책을 통해 강재구 소령을 '현대적 의미의 영웅'으로 재탄생시킨다. E.헤밍웨이의 논리에 기대어 "죽음이라든가 습관을 경멸하는 개인의 기질에서 나타난 즉 위험에 무관심한 용기"와 "적극적인 동기 즉 개인의 자랑이라든가 애국심이라든가 어떤 종류의 열정에서 나타나는 용기"를 구분한 다음, 강재구 소령의 행위야말로 두 용기가 합쳐진 "완전무결에 가까운 용기"[17]라고 극찬하는 것이다. 이에 따라 강재구 소령은 자신이 가는 길이 죽음에 잇닿아 있음을 알면서도 타인을 위해 자신을 내던진 비

---

16 선우휘, 저자 서, 별빛은 산하에 가득히 - 강재구 소령의 짧은 생애, 흑조사, 1966, 6면.

17 같은 글, 23면.

극의 주인공, 혹은 '현대적 의미의 히어로'로 호명된다.[18]

그런데, 강재구 소령의 일대기 집필은 복잡한 시대적 맥락을 지니고 있었다. 당시 파병 반대 여론에 직면해 있던 박정희정권은 강재구 소령의 희생을 기리는 국민적 애도의 목소리를 정치적으로 활용하여 베트남 파병을 정당화하고자 했다. 따라서 자신의 의도가 무엇이었든지 간에 강재구 소령의 전기를 집필했다는 것만으로도 5·16 쿠데타세력에 대한 비판[19] 대신에 협력의 길을 걷겠다는 의미로 받아들여질 수 있다.[20] 실제로 선우휘는 강재구 소령의 일대기 집필 이후 베트남전쟁 파병을 정당화하는 활동에 적극적으로 참여한다. 1966년 6월부터 베트남 종군을 내용으로 한 장편소설 「물결은 메콩강까지」를 연재했을 뿐만 아니라, 소설 주인공의 베트남 행에 맞추어 1966년 9월 하순에 베트남 퀴논 기지를 방문하고, 9월 23일에 시작된 맹호 6호 작전에 직접 종군하여 신문 지상에 종군기를 싣기도 한다.[21]

당시 여러 기자들이 베트남파병 부대를 공식적으로 종군하는 상황에서 선우휘가 비공식적으로 베트남 퀴논에 다녀온 것 또한 통치권력과의 유착을 보여주는 상징적인 사건이다. 이와 관련하여 선우

18　강재구라는 인물을 통해 1950년대에 선우휘를 매료시켰던 콜린 윌슨(Colin Henry Wilson)의 '아웃사이더(outsider)'라든가 '사라진 영웅(vanishing hero)'이라는 개념은 포기되는 것처럼 보인다.

19　예컨대, 선우휘는 1964년 5월 18일 서울대 문리대 정치학회에서 주최한 정치사상 강연회에서 군사정권의 국민 감시를 강도 높게 비판한 적도 있다. 그리고 1965년 7월에는 세계문화자유회의 한국본부에서 열린 원탁토론에도 참석하고 한일조약 반대 문인 서명에 참여했다.

20　「별빛은 산하에 가득히」는 고영남 감독에 의해 영화로 만들어져 1966년 5월 12일부터 서울 아카데미극장에서 개봉되기도 했다. 이 작품에는 당대 최고의 인기 배우였던 신성일과 고은아가 주연으로 참여했다.

21　선우휘. 맹호 6호 작전 종군기, 조선일보, 1966.10.13~16.

휘와 함께 필화 사건에 연루되었던 리영희는 매우 흥미로운 글을 남겼다. 그에 따르면 베트남 취재 여행은 비판적인 기자들을 회유하기 위해 정부가 안겨준 일종의 특혜였다. 해외여행이 쉽지 않았던 시기에 국비로 파병 부대 시찰을 명목으로 베트남을 여행한다는 것은 쉽게 포기할 수 없는 기회인 것이다. 리영희 역시 1966년 가을 중앙정보부로부터 두 달 간 베트남전쟁 특별 취재를 제의받기도 했고, 서울에 있던 다른 언론사 외신부장들과 함께 베트남으로 '위로 출장'을 다녀오라는 제의를 받기도 했다. 하지만 리영희는 이러한 특혜를 거부한 탓에 1967년 7월 4일 일본에서 귀국하여 이듬해 2월 편집국장으로 부임한 선우휘에 의해 조선일보사에서 해직당한다.[22]

> S[선우휘-인용자]국장은 L[리영희-인용자]부장에 외신부
> 장으로 두 차례나 베트남 파병군의 현지 상황 시찰 여행을 주
> 선했을 때 두 번 다 '거절'한 사실을 특히 지적했다. 그에 대해
> 회사의 고위층과 정부는 '사상'적 문제로 보고 있다고 말했
> 다. 베트남전쟁과 베트남 사태, 중국혁명, 제삼세계 동향 등
> 에 관한 외신부장의 취급과 해설이 이 회사의 입장과 다르며
> 정부의 반공정책과도 어긋나기 때문에 "더이상의 타협의 여
> 지가 없다"고 선고했다.[23]

리영희는 베트남 파병군의 현지 상황 시찰 여행에 다녀오지 않은

---

22 1967년 조선일보 편집국장으로 복직한 선우휘는 리영희를 외신부장에서 조사부장으로, 이듬해 7월 말에는 새로 급조된 심의부장으로 임명하면서 암묵적으로 사퇴를 종용했다. 리영희는 결국 1968년 7월 31일 우편으로 사표를 제출한다. 여기에 대해서는 리영희(대담 임헌영), 대화, 한길사, 2005, 320~327면 참조.

23 리영희, 어느 인텔리의 수기, 동굴 속의 독백, 나남출판, 1999, 249~250면.

것이 사상적인 문제로 받아들여지면서 해직에까지 이르렀다고 회고한다. 권력의 언론 통제에 맞서 함께 고초를 겪었던 선우휘와 리영희는 이처럼 베트남 파병을 전후해서 전혀 다른 길을 걷는다. 리영희가 지속적으로 베트남전쟁의 부당성을 알리면서 통치권력과 긴장관계를 유지했던 반면, 선우휘는 박정희정권의 베트남 파병에 협조하면서 통치권력과 밀월관계를 형성한 것이다.[24]

3. 속죄의식과 희생의 숭고성

1966년 6월 일본 도쿄대 신문연구소로 유학을 떠나면서 연재를 시작한 「물결은 메콩강까지」는 여느 선우휘 소설과 크게 다르지 않다. 그의 작품이 대부분 그러하듯이 자연적 질서에 따라 사건이 진행되는 단선적 플롯을 채택했으며, 수사를 배제한 건조하고 간결한 문장으로 사건을 서술한다. 또한 내용적으로도 한국전쟁의 체험을 서사화[25]했던 다른 작품들과 마찬가지로 전쟁의 상흔을 간직한 월남민을 주인공으로 내세워 작가 자신의 내면을 보여준다.

소설은 1966년 늦봄의 서울에서 시작하여 일본의 도쿄를 거쳐 베트남의 사이공과 퀴논으로 이어진다. 한국전쟁에 참전한 바 있던 주

---

24 "선우 선생과 엄청 술을 마시고 재담을 하였는데 그것도 끝나게 되었다. 그가 《중앙일보》에 「물결은 메콩강까지」라는 월남 파병을 예찬하는 소설을 쓰게 되었기 때문이다. 경제적 실리는 취할지 모르겠으나 도덕적 명분은 없는 파병으로, 오늘날에 와서는 우리가 그 일을 사과하고 있지 않는가. 나중에 한겨레신문 부사장이 된 임재경 씨와 함께 장시간 술을 마셔가며 간곡하게 말렸다. 그런데도 선우 선생은 우편향의 길을 가고 말았다"(남재희, 언론·정치 풍속사: 문주 40년, 민음사, 2004)

25 선우휘, 6.25와 전쟁문학, 한국문학, 1985.06, 38면.

인공 남기욱은 한반도의 서북지방에서 태어나 스물두 살 때 학병으로 끌려가기도 했고, 해방이 된 후에는 북한에 아내와 남매를 남겨둔 채 월남했으며, 한국전쟁에 참전했다가 제대하고서는 화가로 살아간다. 그런데, 오년 전에 다방 내부 장식을 부탁했던 은경에게 깊은 연정을 품었음에도 불구하고 결혼에 실패한 뒤에는 화가로서 창작에 전념하지도, 그렇다고 일상인으로서 평범하게 살아가지도 못한다. 그가 은경과 결혼하지 못한 것은 "살뜰히 애정을 느끼지 못한 아내였지만 아내를 이북에 두고 왔다는 자책"(31면)[26] 때문이었다.

이렇듯 월남민으로서의 죄책감 때문에 방황하는 남기욱을 보면서 친구 조일연은 '키에르케고르의 대지진'을 들먹이며 삶의 근본적인 변화가 필요하다고 설득한다. 그는 자신들을 전쟁에 들려 있는 세대, 혹은 "가끔 조로의 징조를 발견하면 그 책임을 전쟁에 돌리기 일쑤"(37면)인 세대로 규정하면서 남기욱을 향해 "늙은 체 하지 마! 겉늙지 말란 말이야! 나이가 몇이야. 사십이 갓 넘어서…… 뭣보다 우습잖아? 그건 일종의 겉멋이구, 응석이구, 사치라는 거야"(69면)라고 목소리를 높인다. 결국 남기욱은 조일연의 충고에 따라 베트남에 종군하기로 결심한다.

조일연과 남기욱에게 있어 베트남은 삶의 무기력과 무의미를 해소시켜 주리라 기대되는 낭만과 청춘의 땅이다. 물론 청춘의 시기에 전쟁에 참여했다고 해서 전쟁과 청춘이 동격일 수는 없다. 그리고 다시 전쟁에 참여한다고 해서 청춘이 되돌아올 리도 없다. 하지만 전

---

26 텍스트로는 1974년 12월 잡지 《여원》의 별책부록으로 간행된 한국문학전집(선일문화사)의 31권을 사용했다. 인용문은 모두 현대적인 표기법에 따라 고쳤으며, 인용 말미에 면수를 밝혔다.

쟁을 청춘과 동격에 놓음으로써 조로의 삶에서 벗어나기 위해 전쟁에 다시 참여해야 한다고 말하는 것이다. 전후세대의 무력감과 무의미가 전쟁 때문이라면, 모름지기 전쟁의 불모성에 대한 인식으로 나아가야 함에도 불구하고, 남기욱과 조일연은 새로운 전쟁에 참여함으로써 자신들의 청춘을 되찾을 수 있으리라는 허위의식에 빠져드는 것이다.

그런데, 종군을 결심한 남기욱은 곧바로 베트남으로 향하지 않고 도쿄 한국대사관에 근무하던 조일연을 찾아 일본을 방문한다. 주인공의 일본행은 당시 일본 유학 중이던 작가 선우휘의 개인적인 체험과 연관되어 있기도 하지만, 이 소설의 목표가 무엇이었던가를 짐작케 한다. 단순히 베트남 참전을 독려하기 위한 것이었다면 구태여 일본을 소설적 공간으로 편입시켜야 할 이유가 없기 때문이다. 당시 일본은 조일연의 언급처럼 베트남전쟁에 대한 비판 여론이 강했던 곳이었다. "미국의 권유에 못 이겨 국군을 파월(派越)하게 된 우리의 입장을 몹시나 동정"(74면)하면서 "절대평화의 원칙에 서서 월남전에 반대하고 있"(77면)는 것이다. 따라서 일본을 소설의 무대로 포함시킨 것은 반전 여론에 맞서 참전의 정당성을 소설적으로 제시하기 위한 것으로 보인다. 실제로 「물결은 메콩강까지」에서 도쿄라는 공간은 일본에서 베트남전 반대 운동을 펼치는 김석과의 논쟁과 일본에 유학온 베트남 학생 시움과의 대화로 채워져 있다.

재일교포 김석은 일본에서 운동기구를 팔아 번 돈으로 뉴욕타임즈에 베트남전 반대 광고를 게재한 인물이다.[27] 그런데, 남기욱은 김

---

27 김석은 1966년 5월 23일자 뉴욕타임즈에 1만 달러가 넘는 거금을 들여 '베트남 평화를 위한 아이디어'라는 전면광고를 실었던 재일교포 승호석을 모델로 한 것이다.

석의 반전운동을 "돈키호테"나 "치인(痴人)의 백일몽"(126면) 쯤으로 치부한다. 그에 관한 신문 기사를 보고 많은 한국인들이 김석에게 도와 달라는 편지를 보낸 사실에서 잘 드러나듯이, 전쟁에 맞서 평화를 지켜야 한다는 김석의 주장은 '가난한 조국'의 현실을 고려하지 않은 관념적이고 공상적인 것에 불과하다는 것이다.

> "가난한 동포들-그네들에게 김석 씨의 평화 어필에 공감 동조할 마음의 여유도, 격려하는 나머지 보태 쓰라고 돈을 보낼 경제적인 여력도 없거니.
> 가난한 조국-당신은 오래도록 제대로의 평화도 누리지 못했고, 누릴 힘조차 겨울 뿐 아니라, '가난한 평화'를 평화로서 실감하고 즐길 수 없도록 가난한 현실을 지니고 있는 것은 아닌지"(123면)

이처럼 남기욱은 평화와 전쟁을 대립시키지 않는다. "평화란 목적이 아니라 결과"(74)일 뿐이라며 전쟁을 가난과 연결시킨다. 서구와 일본의 반전운동을 풍요로운 삶과, 한국의 베트남 참전을 가난한 삶과 결부시키는 것이다. 그래서 김석이 "미군이나 월남군보다는 적지만 본국에서 보다는 훨씬 많기 때문에 그것을 집으로 보내서 살림을 도우려고 지원하는 사람이 있다"는 사실에 인간적 모욕을 느끼는 것과 달리 남기욱은 "삶에의 피나도록 치열한 의욕"(128면)을 발견하는 것이다.

그렇지만, '가난한 조국'을 내세워 전쟁을 옹호했을 때, 작가의 의

(동아일보, 1966.06.03)

도와는 달리 베트남 참전이 이념적인 목적이 아니라 경제적인 목적이었음을 스스로 폭로하는 결과가 초래된다. 한국이 가난을 벗어나기 위해 어쩔 수 없이 미국의 용병으로 전쟁에 참여했음을 인정하는 것이다. 이러한 궁지에서 벗어나기 위해서 남기욱은 김석의 반전운동을 "일본사람이 만들어낸 월남의 이미지에 따라 원숭이 흉내를 내"(130면)고 있다고 비판한다. 일본에 대한 민족감정을 동원하여, 달리 말하면 가난한 '조국'을 통해 균열을 봉합하고자 했던 셈이다.

베트남전쟁을 둘러싼 선우휘의 고민은 일본에 유학 온 베트남 청년과의 만남에서도 발견된다. 베트남에 대한 지식을 얻기 위해 찾아간 베트남 식당에서 우연히 만난 시움은 남기욱에게 사이공 대학생들이 엮어낸 『도이 토아이(對話)』라는 책을 소개하고 오랫동안 대화를 나눈다. 그런데 시움과의 대화는 남기욱에게 또 다른 과제를 남긴다. 베트남전쟁이 베트남인들의 전쟁이라는 너무도 당연한 사실을 환기시킨 것이다.

> "십여 년 전 한국전쟁에서도 그랬어요. 그것을 마치 미군과 중공군의 싸움처럼 말하는 사람이 있었지만, 역시 그 전쟁은 코리언의 전쟁이었지요"
>
> "……"
>
> "자기 영토에서 전쟁이 벌어진 이상, 어디 그것이 남들끼리의 전쟁이어서야 될 일이까"
>
> 그렇게 핏대를 올리고 나서 기욱은 좀 겸연쩍은 생각이 들자
>
> "그러니 가 봐야죠. 이 검은 두 눈으로 직접 그걸 확인해 봐야죠"

하고는 입을 다물고 말았다.

이치에 맞는 것 같으면서 이치에 어긋난 말을 늘어놓은 것만 같아, 스스로 어리둥절해진 탓이기도 했다.(140면, 강조는 인용문)

이 대목에서 남기욱은 시움에게 내세웠던 참전의 논리가 억지스러움을 스스로 깨닫는다. 베트남전쟁이 베트남인들의 전쟁이라는 것, 달리 말해 한국인의 참전은 어떠한 경우에도 국외자의 간섭에 불과하다는 것이 선명해졌다. 그래서 남기욱은 더 이상 말을 할 수 없었으며, 겸연쩍고 어리둥절한 상황에 놓이게 된다. 자기 조국의 이익을 위해 다른 나라의 전쟁에 개입한다는 사실이 드러나면서 자기모순을 자각할 수밖에 없었던 것이다.

이렇듯 반전운동이 펼쳐지던 일본 도쿄를 경유하면서, 그리고 그곳에서 전쟁에 반대하는 사람들과 만나면서 참전의 명분을 찾으려던 시도는 실패한다. 오히려 남기욱에게는 새로운 과제만 잔뜩 떠맡겨진다. 사이공과 퀴논으로 이어지는 베트남 체류 기간 동안 남기욱은 김석과 시움을 통해서 부과된 두 개의 문제, 곧 가난에서 벗어나기 위해 미국의 용병으로 베트남전쟁에 참여했다는 것과 베트남전쟁은 베트남인들의 전쟁이어야 한다는 것에 대한 적절한 대답을 찾는 데 열중한다.

베트남에 도착한 뒤 남기욱은 베트남을 '남'이 아니라 '나'의 일부라고 생각한다. 호텔에 묵으러 갔다가 몸 파는 여자를 소개하는 소년을 보면서 십여 년 전의 한국을 떠올리는 것이다.

기욱은 일순 그 소년들과 보이의 얼굴에, 한때의 우리네의 소년들이나 보이의 얼굴을 오버랩시켰다.

　　우리네 소년들은, 그때 외국군이나 외국인들에게 여자를 소개하는 경우, 월남 소년들의 '붕붕' 대신에 뭐라고 하면서 달랬던가?

　　그때 기욱은 그러한 거래를 분노와 수치심을 갖고 바라보는 제삼자-방관자에 지나지 않았다.

　　그런데 지금은?

　　지금 자기는 외국인으로서 이곳 소년들이나 보이의 '붕붕'거래의 대상이 되고 있는 것은 아닌가(154~155면)

남기욱에게 있어서 베트남은 한국의 '과거'였다. "자기는 여기서 외국을 느낄 수 없다고 기욱은 생각했다. 그에게 있어서 여기는 외국일 수 없었다. 여기는 바로 십여 년 전의 코리아-서울이 아닌가?"(155면) 이처럼 베트남과 한국은 일정한 시차를 두고 같은 길을 걸어가는 운명공동체인 것이다. 이러한 논리가 앞서 베트남 유학생 시움이 남기욱에게 던졌던 질문, 곧 베트남전쟁은 베트남인들의 전쟁이어야 한다는 것에 대한 소설적 답변임은 분명하다.

　　하지만 베트남과 한국은 공동운명체로 설정한다고 해도 여전히 설득될 수 없는 부분이 있다. 이미 내전을 경험한 한국의 역사적 상황이 베트남이 앞으로 걸어가게 될 미래의 모습과 크게 다르지 않다고 할지라도, 남기욱은 베트남인들에게 '외국인'으로 받아들여질 수밖에 없는 것이다. 한국인들이 베트남을 두고 '외국'이 아니라고 아무리 강조하더라도 베트남인들은 한국인을 '외국인'으로 바라보는 것이다. 결국 남기욱은 한 개인이 전쟁에 반대한다고 하더라도 베트남인들은 그런 사실보다는 한국인이 참전했다고 사실만을 기억하리라고 주장한다. 개인의 확장으로서의 민족 내지 국가를 내세워 개인적 선택을 무화시키는 것이다.

> 비전투원으로서 자기는 전투하는 동족을 보러온 것인데, 외국인으로부터는 동틀어 한국인으로서 보이고 있는 것이다.
> 그네들의 눈에는 전투원과 비전투원의 구별이 없는 것이다.
> 여기서 싸우고 있는 것은 파월된 '한국군'이 아니라 '한국인'인 것이다.
> 기욱이 전투의 방관자로 자처하건, 이 월남전의 국외자로 자처하건, 그것은 그네들의 아랑곳없는 것이었다. (206면)

> 그러기에 월남전은 남의 일이 아니다-라고 기욱은 새삼스럽게 생각한다. 남의 일일 수 없다. 누가 마음속에서 무엇을 생각하건 간에 그가 한국인일 때 그는 월남전에 참가하고 있는 것이다. 월남전의 책임을 면할 수는 없는 것이다. 그가 변두리의 주점에서 전쟁을 비판하고 월남전에 대한 시비를 벌인다 하더라도 그는 이 월남전의 책임을 면하지는 못한다. 그는 또한 월남에서 '싸우는 한국인'의 한 사람으로 '보이고 있는' 것이니까. (207면)

요컨대 선우휘에게 있어서 국가적 정체성과 배치되는 개인적 의지나 선택은 불가능하다. 한국이 베트남 참전을 결정한 이상 한국인들은 다른 선택의 가능성을 지니지 못하는 것이다. 이 지점에 이르면 '한국인'으로서의 남기욱에게 베트남전쟁의 정당성이라든가 베트남전쟁에의 참여 여부를 묻는 것은 아무 의미도 없다.

　이렇듯 개인의 선택을 부정하고 국가적 정체성만을 강조하는 선우휘의 태도가 가장 잘 드러난 것이 베트콩 소탕작전 중에 체포되었다가 도망치는 민간인을 사살하는 장면이다. 이때 남기욱은 이 장면을 다른 베트남인들이 볼 수 없도록 눈을 가린다. 이러한 행위는 소대장이 남기욱에게 했던 것과도 동일하다. 베트남 민간인의 사살이라는 사건을 앞에 두고 남기욱은 베트남인에게 감추려고 했던 반면, 소대장은 민간인 남기욱에게 감추고자 했던 것이다. 그것은 작가 자신이 말하듯이 "일종의 공범의식"(228면)의 표현이거니와, 이를 통해서만 한국인 내지 한국군으로서의 정체성을 확인했던 것이다.

　이처럼 서사의 진행과정에서 베트남전쟁에 참여할 수밖에 없는 정당성을 발견하려는 노력은 베트남 민간인 사살 사건과 더불어 실패하고 만다. 작가는 도쿄와 사이공과 퀴논을 거치면서 여러 에피소드들을 동원해 그것을 정당화하고자 하지만, 그러한 소설적 답변은 언제나 균열과 모순을 내포한다. 베트남 참전의 실제적인 동기를 은폐하기 위해 한국과 베트남을 운명공동체로 동일화하려고 했던 시도 역시 베트남 민간인 사살과 그것을 은폐하는 공범의식으로 귀결되고 만다.

　선우휘는 이처럼 베트남 참전의 비윤리성을 국가주의를 내세운 공범의식으로 은폐하는 한편 개인적인 속죄와 희생을 통해서 희석시킨다. 남기욱은 베트남에서 파월 국군 장교이자 이은경의 이복동생이었던 이세경을 만난다. 그는 어렸을 때에는 아버지의 외도로 태어난 자신이 "축복이 아니라 저주를 받"(238면)았다고 생각한다. 자신의 탄생이 이복누이였던 은경과 은경의 어머니에게 죄를 지은 것이라는 생각을 떨쳐버릴 수 없었다. 그가 어머니를 여읜 후 ROTC로 군인이 되었다가 베트남전쟁에 자원한 것도 이 때문이다.

그런데, 스물두 살의 이세경이 전쟁에 참여한 것을 두고 남기욱은 "일제말기에 학병으로 끌려간 나이였다는 우연의 부합"(33면)을 발견하거니와, 이세경의 모습에서 북에 남겨 둔 아내와 자식들에 대한 죄책감에 방황하다가 베트남전쟁에 참여한 자신을 발견한다. 그들은 자신의 죄를 씻기 위해 베트남에 왔고, 그 과정에서 세경은 죽음을 맞이한다. 이처럼 죄의식에 사로잡혀 있던 한 개인의 죽음을 통해 죄는 모두 소멸되고, 그 자리에 국가를 위한 숭고한 희생만이 남는다. 속죄는 개인적인 해방일 뿐만 아니라 국가적인 희생으로 재의미화되는 것이다.

이렇듯 속죄를 희생으로 둔갑시키는 모습은 선우휘 소설에서 매우 익숙한 것이다. 선우휘는 자신의 출세작이었던 「불꽃」에서 아브라함이 아들 이삭을 번제의 희생양으로 바치는 창세기의 한 구절을 인용하여 이러한 속죄의식을 형상화한 적이 있다. 「불꽃」의 제2부에서 고노인이 연호를 고현이 숨어 있던 동굴로 인도하는 장면에서 현의 어머니가 성경을 읊는 장면을 병치시키는데, 여기에서 고노인은 지금까지와는 달리 자신을 희생함으로써 현의 목숨을 구한다. 그의 희생은 키에르케고르적인 맥락에서 본다면 윤리적인 단계에 해당할 것이다. 자신의 목숨을 바침으로써 손자의 목숨을 구한 것은 세속적인 윤리에 부합하기 때문이다.

이러한 속죄와 희생의 논리는 「물결은 메콩강까지」에서 한 단계 더 비약한다. 그것은 키에르케고르의 개념을 빌자면 윤리적 단계에서 종교적 단계로의 비약이다. 자신의 아들을 희생양으로 바치라는 하나님의 명령을 받았을 때 아브라함은 개인적인 고통이나 윤리적인 비난에 대해서 초연한 채 하나님의 명령에 절대적으로 순종함으로써 자신의 믿음을 실천했다. 마찬가지로 이세경은 베트남 참전의 정당성에 대해 의문을 품지 않고 그것을 실천하는 인물이다. 그런 점에서 「십자가 없는 골고다」의 이칠성과 크게 다를 바 없다.

베트남은 이처럼 속죄의 공간이며, 희생의 공간이다. 그리하여 개인적이고 국가적인 죄는 모두 사라지고, 희생이라는 숭고성만이 부각된다. 그런 점에서 「물결은 메콩강까지」는 윤리적·세속적 판단을 넘어서 절대적 믿음으로 구축되어 있는 소설이라고 해도 과언은 아니다. 아브라함이 이삭을 바친 것처럼 국민들로 하여금 국가라는 제단에 자신을 희생양으로 바칠 것을 요구하는 셈이다. 선우휘에게 있어서 국가는 절대자의 다른 이름이었다. 베트남전쟁에 "찬표를 던지느냐 부표를 던지느냐는 시기는 지나가버렸"고, "이미 부여된 혹은 자신이 내던져진 역사적 현실을 비극적 운명으로 받아들여야 한다"(79면)는 주장은 국가권력에 의해 제시된 길에 국민을 동원하여 희생을 강요하는 것에 불과했던 것이다.

4. 사르트르와의 결별

주지하듯이 1950년대의 선우휘는 앙드레 말로라든가 장 폴 사르트르와 같은 프랑스 실존주의 사상가들의 행동주의와 깊이 연관되어 있었다. 하지만, 「물결은 메콩강까지」를 통해 베트남참전을 정당화하고자 했을 때, 그것은 자신의 과거와의 결별을 의미하는 것이기도 했다. 왜냐하면 일본에서 베트남전쟁 반대운동이 활성화된 것은 사르트르와 깊이 연관되어 있었기 때문이다. 1964년 노벨문학상을 거부하며 전세계적인 관심을 끌었던 사르트르는 1966년 일본을 방문하여 적극적으로 베트남전 반대 운동을 펼치고 있었다.[28] 이 때 일본에서 강연한 내용을 묶은 것이 잘 알려진 『지식인을 위한 변명』이다.

이처럼 1950년대 한국 전후문학에 큰 영향을 미쳤던 사르트르가 일본에서 적극적으로 반전 운동을 펼친다는 사실은 선우휘가 베트남전 참전을 정당화하는데 적지 않은 부담감이었을 것이다. 사르트르가 "월남전을 반대하는 입장에서 일본을 찾아 구체적인 운동에 참가하리라는 것은 기욱에게 있어 하나의 충격이 아닐 수 없었다"(194~195면) 남기욱이 사르트르를 비판하기 위해서 내세운 것은 그것이 우리의 논리가 아니라는 점이다. 외국이론을 맹목적으로 수입하는 지식인들을 겨냥해 "러셀이 다 뭐구 사르트르가 도대체 어떻다는 거야. 그들이 신이란 말인가? 러셀 같은 건 이제 안락사감이야"(78면)라고 말하면서 "땅덩어리가 두 쪽으로 갈라져서 육이오를 치러야 했구 이제 또 월남전에 참가하게 된 코리언으로서의 이야기"를 해보겠다는 것이다.

하지만, 사르트르와 결별은 쉽지 않았다. 남기욱은 베트남전쟁에 종군하면서도 끊임없이 사르트르를 의식한다. 그리고 끊임없이 그를

---

28 당시 사르트르의 반전 운동은 국내에서도 지식인들의 관심을 끌고 있어서 여러 차례 신문 기사로 소개되기도 했다. 1966년 한 해 동안만 하더라도 사르트르가 베트남전에서의 미국의 비인도적 행동에 반대하는 항의시위를 계획하고, 미국의 월남전 범죄를 심판하기 위한 전범재판소의 심판관이 되는 것을 수락했다는 소식, 그리고 일본을 방문하여 '지식인'이라는 타이틀로 순회강연을 하면서 일본노동조합총평의회가 주도한 반전 데모에 참가했다는 소식 등이 끊임없이 전해지고 있었다.

넘어서려고 하지만, 언제나 처음 자리를 맴돌았다.

  기욱은 생각한다.

  설혹 초월자가 볼 때 잘못이라 하더라도 나는 내 나름으로 생각하고 행동할 수밖에 없다고……

  그것이 스스로를 속이지 않는 성실성이라고…… 사르트르가 아무리 위대하다 하더라도, 그의 발언을 앵무새처럼 뇌까리고 그의 행동을 원숭이처럼 따를 수는 없는 것이 아닌가?

  나는 이제 사르트르와 몌별하자!

  이제까지 그렇게 친숙한 것도 아니었지만 이제 여기서 갈라져야지.

  먼훗날 스스로의 잘못인 것을 깨닫고 다시 그를 찾는 한이 있어도…… 지금 여기서는 헤어지자…… 그리고 나는 나의 갈 길을 가야지, 이제는!

  평화는 좋다! 살육은 인간이 할 짓이 못된다!

  그러나 나는 이 월남전에 대해서 사르트르와 같은 태도를 가질 수는 없다.

  현실에서 외면할 수는 있었다. 있다. 평화를 구두선처럼 말하기는 쉬웠다. 쉽다. 그래서 이상(理想)을 말하는 지식인이라는 표지를 얻는 것은 어렵지 않았다. 어렵지 않다. 아름다움을 추중하는 예술인이라는 칭송도 받을 수 있었다. 받을 수 있다. 뒷골목의 주점에서 무기를 들고 사람을 죽이며 훈장을 받는 병사들을 어리석다고 비웃을 수 있었다. 있다.

  미제국주의조차 술안주감으로 삼을 수 있었다. 삼을 수 있다. 거기에는 어떤 멋이 있다,

그러나 그것으로 될까? 잠못 이루는 밤에 마음의 깊은 곳
에서 스스로의 그러한 안일과 허위와 허영에 대한 책망의 소
리는 들려오지 않을까?
기욱의 전신에 진땀이 흘렀다. (196~197면)

남기욱이 이렇게 진땀을 흘리면서까지 사르트르와 대결을 벌인
것은 개인적으로 자신의 과거를 부정하는 일이었기 때문일 것이다.
또한 "어떠한 극한상황 속에서도 봄바람 같은 미소를 잃지 않는 인간
의 가능성"(104면)이라는 예술가적 욕망을 내세웠음에도 불구하고, 결
국에는 민간인 사살이라는 비인도적 범죄 행위에 대한 공범의식으로
귀결되었던 사정과도 무관하지 않을 것이다. 결국 선우휘는 1967년
7월 일본 유학을 마치고 귀국한 직후 「문학은 써먹는 것이 아니다」(조
선일보, 1967.10.19)를 발표하면서 사르트르와의 결별을 공개적으로 표
명하고 참여문학과의 투쟁에 나서게 된다.

선우휘가 사르트르와 결별하고 돌아간 곳은 국가주의였다. 개인
의 의지나 선택 대신에 국가적·집단적 정체성을 강조하고, '비극적
운명'이라는 이름 아래 현실의 논리를 무비판적으로 추종하는 태도는
지극히 군인적인 사유방식이기도 하다. 집단적인 규율에 익숙한 군
인들에게 개인적인 선택이란 허용되지 않는 것이고, 전쟁을 치루는
상황에서 죄란 무의미한 것인지도 모른다. 또한 군인이라는 존재는
국가를 위해 희생하도록 훈련된 전쟁기계이기도 하다.

소설 「물결은 메콩강까지」는 베트남 파병의 본질을 은폐한 채 국
가와 민족, 혹은 동료를 위한 희생이라는 측면만을 강조한다. 국가의
이름을 개인의 희생을 정당화하고, 이를 숭고한 행위로 승화시키는

것이다. 그 과정에서 낯설고 두려운 타국에서의 목숨을 건 전쟁은 실존적인 모험으로 변모되었다. 그런데, 에르네스트 르낭이 말했듯이 애도는 의무를 발생시킨다. 희생의 숭고성이 강조될수록 살아 있는 자들에게 부과되는 의무 또한 무거워진다. 결국 선우휘는 숭고한 희생을 내세워 국민을 전쟁에 동원하는 역할을 자임했다는 점에서 개인적으로, 그리고 문학사적으로 문제성을 지닌다. 하지만, 이러한 어두운 기억들을 망각했을 때, 한국문학은 희생의 논리를 내세워 또 다른 사람들을 죽음으로 동원할 지도 모른다. 그것이 「물결은 메콩강까지」를 또다시 읽어야 하는 이유일 것이다.

| 최인훈 |

무국적자, 국민, 세계시민

1. 제2차세계대전 속의 한국인

1957년 미국 헐리우드에서 데이비드 린 감독이 제작한 전쟁영화 「콰이강의 다리」는 싱가포르에서 항복한 영국군 공병대가 태국의 밀림 속에 자리한 일본군 포로수용소에 들어가는 장면으로 시작한다. 포로수용소장을 맡은 사이토 대령은 사병뿐만 아니라 장교들까지 다리 건설에 동원하고자 하지만, 영국군 공병대 니콜슨 중령은 제네바협약을 내세워 끝까지 이 명령에 따르지 않는다. 결국 정해진 기간 내에 다리를 건설하기 위해 포로들의 협조를 얻어야만 했던 사이토 대령이 어쩔 수 없이 명령을 철회하자, 니콜슨 중령은 효과적인 지휘체계를 구축하여 다리를 완공시킨다. 영화는 영국군 특수부대가 침투하여 다리를 폭파하면서 막을 내린다.

사이토 일본군 대령의 강압에도 성공하지 못했던 콰이강의 다리를 영국군 포로들이 다양한 공학 지식을 활용하여 완공시키는 과정을 지켜보면서 관객들은 서구적 합리성에 경외감을 갖는 한편 국가를 위해 개인의 희생을 강요하는 일본제국주의의 반인륜적 성격에 경악하게 된다. 하지만, 포로의 인권을 둘러싼 사이토 대령과 니콜슨 중령 사이의 논쟁은 일본이 제네바협약을 정식으로 비준하지 않았다는 역사적 맥락을 제거한 채 문명과 야만의 이분법을 반복하는 것이다. 영화는 파시즘에 맞서 민주주의와 인권을 수호했다는 서구인들의 역사적 자긍심과 함께 동양 문화에 대한 서구인들의 오리엔탈리즘적 편견을 드러내는 것이다.

이 영화에서 우리의 관심을 끄는 것은 영국군 포로들을 학대하는 수많은 감시원들이었다. 그들은 카메라의 초점에 놓이는 경우도 거의 없을 뿐더러 서로 말을 주고받는 모습조차 보여주지 않는다. 그저 사이토 대령의 명령에 따라 일사분란하게 움직일 뿐이다. 그래서 영화를 볼 때, 그들은 사이토 대령의 분신, 달리 말해 일본군으로 기억된다. 그런데 일본군의 옷을 입었지만, 그들은 '일본'군이 아니었다. 인도차이나 지역에 설치된 연합군 포로수용소의 감시원으로 동원되었던 이들은 조선이나 대만에서 동원된 식민지 청년들이었다. 또한 일본군의 옷을 입지만, 그들은 일본'군'이 아니었다. 정규 군사훈련을 받은 전투원(combatant)이 아니라 전쟁포로의 감시를 위해 동원된 군속(civilian component)이었다.

일본 육군성에 포로관리부라는 조직이 생긴 것은 제2차세계대전이 한창이던 1942년 3월 31일이었다. 1941년 12월 7일 오전 3시, 일본군은 하와이 진주만에 있는 미군 기지에 기습 공격을 가하는 한편, 말레이 반도를 비롯한 동남아시아 지역에 대한 대규모 진격 작전을 개시한다. 1941년 12월 10일 필리핀 북부에 상륙하여 이십여 일만에 수도 마닐라를 점령했고, 12월 20일 홍콩에 주둔하던 영국군의 항복을 받았고, 1942년 2월 15일에는 싱가포르의 영국군까지 제압했다. 또한 1942년 2월 14일에는 수마트라 남부의 팔렘방 유전을 확보하기 위해 300명의 낙하산 부대를 투입하고 3월 1일 자바섬에 상륙한 데 이어, 3월 9일에는 네덜란드를 항복시키기에 이르렀다.

제2차세계대전을 일으킬 당시 일본군은 동남아시아 점령 계획을 세웠을 뿐 포로 처리 문제에 대해 고민하지 않았다. 그런데 필리핀 바탄 코레히들 작전에서 52,000여 명, 말레이시아 작전에서 97,000여 명, 자바 작전에서 93,000여 명, 홍콩과 그 외 지역에서 19,000여 명 등 총 26만 명 넘는 대규모 전쟁포로가 발생하자 일본 육군성에 포로 관리부를 만들고 체계적인 관리 계획을 수립하기 시작한 것이다. 그리하여 1942년 5월 1일 버마의 중심부 만다레이를 점령함으로써 동남아시아 점령이 일단락되자, 「남방에 있어서 포로의 처리 요령의 건」(1942.05.05)을 지시하고 식민지 조선과 대만에서 전쟁포로를 감시하기 위한 군속들을 광범위하게 모집한다. 조선에서도 전국에서 모인 삼천 명의 젊은이들이 부산에 있는 노구치부대(野口部隊)에서 두 달 간 훈련을 받고 동남아시아로 파견된다.[01]

그런데, 제2차세계대전이 끝난 후 포로 감시 행위는 전쟁범죄로서 처벌된다. 1946년 1월 19일 연합군 최고사령관 맥아더는 '특별 선언'을 통해 전쟁범죄의 범위에 관한 입장을 발표했는데, 침략전쟁에 관여한 '평화에 관한 죄'에 해당하는 A급, 포로 학대 등 '통례의 전쟁 범죄'에 해당하는 B급, 박해 행위 등 '인도(人道)에 관한 죄'에 해당하는 C급으로 구분하여 재판을 열기로 한 것이다. 이때 미국은 맥아더 장군 휘하에 극동국제전범재판소를 두어 A급 전범을 맡고, 연합국 사령부 산하 49개 전범재판소(미국 5, 영국 11, 오스트레일리아 9, 네덜

01　전정근, 절규-태평양전쟁의 원혼들, 정일출판사, 1989, 97면.

란드 12, 중국 10, 프랑스 1, 필리핀 1)에서 B급과 C급의 전범들의 재판을 담당한다. 이 전범재판에서 조선인 148명(사형 23명)이 전범으로 처리되었는데, 군인은 필리핀 포로수용소장이었던 홍사익(사형)과 필리핀 산중에서 게릴라전을 수행했던 2명의 지원병(유기형)뿐이었다. 나머지는 중국 대륙에서 통역을 시키기 위해 징용된 16명(사형 8명)과 동남아시아 포로수용소에서 포로 감시를 맡았던 129명(사형 14명)이었다. 삼천 명의 포로감시원 중 129명이 전범으로 체포되었고 그중에서 14명이 교수형이나 총살형에 처해졌다는 사실은 매우 이례적인 일이다.[02] 당시 극동국제전범재판소에서 A급 전범으로 교수형에 처해진 일본인은 도조 히데키(東條英機)를 포함한 7명에 불과했다.

조선인 포로감시원의 굴곡진 삶 속에는 대동아공영권을 내세웠던 일본제국이 국민국가로 재편되는 동아시아의 역사가 놓여 있다. 조선인 포로감시원들은 전범재판을 받을 당시 '일본국민'이었기 때문에 한반도에 국가가 건설된 후에도 국가의 보호를 받지 못했다. 그들은 전범재판에서 사형을 면한 경우 일본 스가모(巢鴨) 형무소로 이감되었는데, 샌프란시스코 강화조약과 함께 일본 정부가 조선이나 대만 등 구식민지 출신자의 국적을 박탈하여 '외국인'으로 취급하는 상황 속에서도 끝내 모국으로 송환되지 못했다.[03] 대일본제국 시절 조

---

02 우쓰미 아이코, 조선인 BC급 전범, 해방되지 못한 영혼, 이호경 역, 동아시아, 2007, 8면.

03 해방 이후 동남아시아에서 포로감시원으로 일하다가 전범으로 체포된 조선인전범들의 소환 대책이 논의되지 않은 것은 아니었다. (경향신문, 1949년 12월 29일 자 전범의 오명 쓰고 동포들 남양감옥서 신음 및《경향신문, 1952년 4월 7일 자 자유의 날 기다리는 한인 전범 참조) 하지만 독립국가가 세워지기 전까지는 국민국가에 기반한 국제 질서에 능동적으로 대응하는 것이 불가능했던 탓에 식민지 출신 조선인들은 일본의 국적법에 따라 '일본국민'으로서 국가의 지배를 받아야 했다.

선인이라는 에스닉시티(ethnicity) 때문에 비국민(외지인)으로 차별을 받았던 그들은 전범재판 과정에서만 온전한 일본국민으로 취급받았을 뿐, 동아시아에서 새로운 국민국가의 질서가 자리 잡힌 후에도 어느 국가의 보호도 받지 못한 난민(refugee)으로 남았던 셈이다.

영화 「콰이강의 다리」에서 재현된 포로감시원의 모습은 이러한 역사적인 사실과 거리가 있다. 그들은 식민지 출신이나 군속과 같은 개별성을 제거당한 채 '일본군'으로 단일하게 재현될 뿐이다. 물론 헐리우드의 시각에서 보았을 때, 그들이 식민지 출신의 비정규군이라는 사실은 그리 중요하지 않을 지도 모른다. 그들이 설령 식민지 출신이라고 하더라도 일본제국의 국민이었으며, 정규군이 아니었다고 하더라도 반인륜적 명령을 충실하게 수행하는 전쟁기계였기 때문이다. 그렇지만, 식민지 치하에 살아야 한다는 것이 얼마나 고통스러운지 짐작하는 우리들로서는 식민지 출신의 군속들을 모두 일본 정규군과 다를 바 없이 재현하는 것이 불편하기 그지없다. 포로감시원들의 삶 속에 간직되어 있을 역사적 질곡에 대해서 눈 감을 수 없는 것이다.

2. 피식민자와 국민, 그리고 민족으로 되돌아가기:
   선우휘의 「외면」

1976년 7월 《문학사상》 46호에 발표된 선우휘의 중편소설 「외면」은 문틴루파(Muntinlupa)에 있는 전범수용소를 배경으로 한다. 필리핀의 수도 마닐라 남단에 위치한 이곳에는 미군 포로 학대 혐의로 체포된 일본군 전범들을 수용한 빌리비드교도소(Bilibid Prison)가 있었다.

이곳에 전범수용소가 설치된 사정은 다음과 같다.

1941년 12월 8일 아침, 일본 해군이 하와이에 있는 미군 기지를 기습 공격하면서 태평양전쟁이 시작되었는데, 이와 동시에 일본군은 필리핀에 상륙하여 미-필리핀군과 치열한 전투를 벌인다. 당시 서남태평양 지역으로의 확장을 준비하던 일본으로서는 필리핀을 전진기지로 확보할 필요가 있었다. 이듬해 4월 9일 미-필리핀군이 투항할 때까지 바탄 지역에서 만 여 명의 미군이 목숨을 잃었고, 칠만 오천 여 명이 포로가 되었다. 그런데 미군 포로들은 필리핀 바탄반도 남쪽 마리벨레스에서 산페르난도까지(88km), 이어서 카파스부터 오도넬수용소까지(13km) 강제로 행진하면서 구타와 굶주림에 고통을 겪었고, 행진에 낙오한 경우에는 총검에 찔려 목숨을 잃기도 했다. 결국 포로수용소에 도착한 전쟁포로들은 오만 사천 명에 불과했다. '죽음의 바탄 행진(Bataan Death March)'으로 알려진 이 사건은 전쟁이 끝난 후 필리핀 마닐라에 설치된 전범재판소에서 반인륜적 행위로 처벌받는다. 1946년 2월 23일 필리핀 방위전을 지휘했던 야마시다 도모유키가 마닐라 대학살의 책임을 지고 처형되었으며, 9월 26일에는 필리핀에서 연합군 포로수용소 소장으로 일했던 홍사익 또한 사형이 처해졌다.

「외면」은 전범으로 처형된 조선인 포로감시원을 주인공으로 삼고 있다. 서술자는 "그가 왜 미군 포로 학대의 잔인 행위를 저지르고 전범으로 지목되었는지, 그가 처형당하기 전에 자기의 짧은 삶을 그 마음속에서 정리하지 못한 채 죽어 간 것인지, 아니면 그 나름의 어떤 마무리를 짓고 죽어 간 것인지 필자는 그것만을 밝히면 족한 것이다"(382면)[04]라고 말한다. 전쟁이 끝난 후 전범재판관을 맡은 미국인 우드 중위, 통역관을 담당한 일본군 이츠키(五木) 소위, 그리고 전범으로 투옥되어 있는 조선인 하야시(林)를 초점화자로 교체시키는 것은 이러한 서술 목적과 관련되어 있다. 하야시가 전범으로 지목되어 처형당하는 '상황'과 함께 하야시가 포로 학대라는 반인간적 행위를 한 '동기'를 밝히고자 했던 것이다.

우드 중위에게 있어 하야시란 "겉도 속도 인간의 것으로 믿어지지 않는"(382면) 괴물 같은 존재이다. 그는 "필리핀의 미군 포로수용소에서도 가장 혹독하게 미군을 다룸으로써 미군 포로들의 공포와 증오를 그 한 몸에 집중시켰"(382면)음에도 불구하고 조사 과정에서는 무표정하게 "그저 상관의 명령에 따랐을 뿐입니다"라는 말을 반복할 뿐이다. 포로 학대라는 반인륜적 범죄를 저지르고도 뻔뻔하게 자기 책임을 인정하지 않는 하야시는 "신으로부터 인간에게 주어진 양심"을 지니지 않는 "야수성 또는 악마성"(383면)의 존재인 것이다. 더욱이 우드 중위는 동양인에 대한 인종적인 편견에 사로잡혀 있어서 하야시를 인간으로서의 존엄을 갖지 못한 "고릴라 같은 코리언"(389면)이라고 여길 따름이다.

이에 비해 이츠키 소위에게 하야시는 동양인이나 일본인이 아니라 '조센징'에 불과하다. "누구든지 한 사람이라도 더 동포인 일본인 포로가 전범재판의 대상에서 벗어나기를 바래야 했고, 힘이 미치는 데까지 그렇게 되도록 애써야 했"(391면)던 이츠키로서는 일본인 모리(森) 군조를 전범에서 제외시키기 위해 모든 책임을 조선인 하야시에

---

04 텍스트로는 1976년 7월 《문학사상》에 발표된 「외면」을 사용했다. 인용문은 모두 현대적인 표기법에 따라 고쳤으며, 인용 말미에 면수를 밝혔다.

게 전가시킨다. 이츠키의 이러한 태도는 대일본제국 시절 식민자와 피식민자의 동화와 협력을 강조한 것이 정치적 수사에 불과했다는 점과 함께 다양한 종족으로 구성되었던 '대일본제국'이 여러 국민국가로 해체되는 상황을 보여준다.

이렇듯 하야시를 서양인의 눈에 비친 동양적 야만으로 바라보는 우드 중위, 일본이라는 국민국가를 재구성하는 과정에서 식민지 출신 하야시를 배제하는 이츠키 소위의 공모에 의해서 하야시는 전범으로 처형된다. 그들은 하야시라는 '동양인'이자 '조센징'을 인종적·민족적 편견에 따라 전범으로 몰아간 것이다. 서술자는 이러한 편견들에 맞서 '인간'으로서의 하야시가 자신의 삶을 어떻게 바라보는지에 초점을 맞춘다. '하야시'는 '임재수(林在洙)'라는 본명을 가졌다. 평안북도 구성에서 자작겸소작인의 셋째 아들로 태어나 보통학교밖에 마칠 수 없었지만, 여러 씨름대회에 나가 상품을 도맡아 올 정도로 기골이 장대하고 건장한 젊은이였다. 하지만, 식민지 변방의 가난한 집안에서 태어난 그에게 출세의 길은 막혀 있었다. 그런 차에 "일본군이 침략전의 전역을 넓히면서 필연적으로 병력이 딸리자 궁여지책으로 제정한 제1차 반도인(半島人) 지원병 모집은 그의 팔자에 일대 전환을 가져올 수 있는 하늘의 소리처럼 받아"(394면)들여졌다. 그래서 부모의 반대를 무릅쓰고 지원병이 되었고 일본식 이름을 얻었다.

이렇듯 임재수가 하야시로 불리는 과정은 정체성의 선택과 관련된다. 식민지 조선인이 침략전쟁에 지원한다는 것은 '일본국민'이라는 상상의 공동체의 일원이 되는 것이다. '조선인-일본국민'(외지인)이라는 종래의 제국과 식민, 지배와 피지배라는 이분법적 세계를 뛰어넘어 '일시동인(一視同仁)'의 식민이데올로기가 만들어낸 환상 내지는 허위의식을 내면화하는 것이다. 따라서 임재수가 하야시로 바뀌는 순간 조선인으로서의 삶은 정지되고 일본국민으로서의 삶이 새롭게 시작된다.

그런데, 완전한 일본국민으로 '이행'하기 위해서는 조선인으로서의 정체성을 억압하지 않으면 안 된다. 현재의 시간으로 되살아나는 조선인이라는 타자성을 억눌러야만 완전한 일본국민이 될 수 있었던 하야시는 일본인보다도 제국의 이데올로기를 솔선하여 실천하는 인물이 된다. 일본군에 들어간 후 "시골청년이 남달리 잘나 보이려는 개인적인 작은 모험으로 근무에 열중"(399면)하여 총검술 등에서 발군의 실력을 보여준 것이다.

> 그는 계급이 오르면서 그 직위가 높아질수록 그보다 처진 계급의 직위가 낮은 병사들에게 자기의 명령에 순종할 것을 가차 없이 요구했다. 거기에 일본인이고 조센징이고의 구별이 없었던 것은 물론이다. 아니, 그는 자기가 일본제국의 자랑스러운 병사임에 한 번도 의심을 품어 본 적이 없을 뿐아니라 자기가 일본 천황의 이른바 적자임을 잠시나마 회의해 본 적이 없었다. 그러므로 그는 모리를 한 번도 인격적으로 따져 본 적이 없고 따라서 자기 자신을 인격적으로 평가해 본 적도 없었음은 물론이다.(401면)

이렇듯 일상적인 출세의 욕망을 좇아 지원병이 된 하야시는 엄격한 군율을 신체화하면서 타자에 대한 맹목적인 적개심으로 무장한 전쟁기계로 탄생한다. 이 과정에서 중요한 역할을 한 것은 직속상관이었던 모리 군조였다. 그는 하야시에게 미군 포로들을 잔인하게 대우하라고 명령한다. 하지만 교활하게도 "하야시에게 세밀한 부분까지 지시한 그는 언제나 손수 자기가 나서지는 않고, 막사 안이나 어느 그늘 밑 미군 포로들의 시선의 사각에서 담배를 피거나 야릇한 미소를 품은 표정으로 그 광경을 지켜보고 있을 뿐이었다"(403면) 이렇듯 모리의 보이지 않는 감시 아래 놓인 하야시로서는 언제나 모리가 상상한 것 이상의 폭력을 행사하지 않으면 안 되었다. 하야시를 더욱 곤경에 빠뜨린 것은 "미군 포로들이 그에게 보낸 증오어린 시선이었다. 아니 그러한 시선은 순간적으로 하야시에게 부어질 뿐 그들은 곧 그 시선을 딴 데로 돌렸다. 아예 미군 포로들은 하야시와 시선을 섞으려 하지 않았던 것이다"(400면)

포로 학대라는 폭력은 이러한 감시의 시선과 증오의 시선 '사이'에서 발생한다. 일상의 장 속에서 펼쳐진 일본과 조선, 국민과 비국민 사이의 차별은 하야시를 전장으로 이끌었다. 전장은 그에게 비국민으로서의 차별을 무화시킬 수 있는, 더 나아가 일본국민으로 주체화되는 유일한 기회였다. 따라서 전장에서 일상화되는 규율과 감시는 한편으로 하야시가 일본국민이 아니라는 점을 상기시키지만, 다른 한편으로 일본국민이 되고자 하는 욕망을 자극한다. 모리 군조의 감시 대상이면서도 동시에 미군 포로의 감시 주체로 이중화되었을 때, 하야시는 감시 주체인 모리에 대해 맹목적으로 복종하는 것만큼 감시 대상인 미군 포로들에게 맹목적인 복종을 요구한다. 그런데, 미군 포로들은 하야시의 이러한 요구를 거부하고 증오의 시선으로 되돌려준다. 이처럼 감시 주체로서의 역할을 부정당했을 때, 하야시는 감시 주체로서의 힘을 과시하기 위해 폭력을 행사한다.

이러한 미군 포로들에 대한 외부적·신체적 폭력은 하야시의 내면적 폭력과 조응하는 것이기도 하다. 모리의 감시는 하야시 외부의 시선이기도 하지만, 동시에 일본국민이 되고자 했던 하야시 내부의 시선이기도 했다. 일본국민이 된다는 것은 자신의 마음속에 일본제국이라는 상상의 공동체를 떠올리고 그것에 자신을 일치시키는 과정이다. 감시의 시선은 하야시가 일본국민이 되기를 선택하는 순간부터 하야시의 내면에 자리잡고 조선인으로서의 정체성을 억압했다. 이렇듯 조선인으로서의 정체성을 폭력적으로 배제한 순간, 전쟁포로가 된 미군들과 일본의 식민지로 전락한 조선인들이 유비적인 관계에 놓일 수 있다는 상상력은 개입할 여지가 사라진다. 내부의 타자에 대한 억압이 외부의 타자에 대한 학대로 표출된 것이다.

이렇듯 조선인이 일본국민이 된다는 것은 두 가지 방향의 접합으로 이루어진다. 하나는 (내부적으로) 비국민의 상태에서 '국민'의 상태로 주체화된다는 것이고, 다른 하나는 (외부적으로) 일본이라는 '국민'적 정체성을 바탕으로 다른 국민들과 구별된다는 것이다. 따라서 조선인이기를 포기하고 일본국민이 되기 위해서는 종족과 국가, 내부와 외부 사이의 균열을 감내해야만 한다. 내부적으로는 조선인다움을 끊임없이 감시해야 했고, 외부적으로는 국민적 타자 곧 미군들과의 대결을 떠맡아야 했다. 그런데, 이렇게 획득된 일본제국의 국민적 정체성은 전쟁이 끝나자마자 허구적인 것이었음이 드러난다. 모리가 하야시를 조센징이라고 호명함으로써, 하야시의 일본국민 되기는 완전히 실패한다. 결국 하야시는 꼭두각시로 살아온 24년간의 삶을 반성하면서 "착각은 조센징인 내가 일본인이라고 착각함으로써 자랑이요 빛으로 착각하게 된 착각이었다"(405면)라는 자각에 도달한다. 하야시는 다시 조선인 임재수로 되돌아간다.

이러한 선우휘의 해법은 여러 모로 문제적이다. 우리는 이러한 민족적 정체성의 '되돌아가기'가 과연 가능할 것인가 묻지 않을 수 없다. 사실 임재수는 자신이 놓여 있던 조선인-일본국민으로서의 모습 가운데에서 일본국민으로서의 정체성을 외피로 삼는다. 조선인이기 때문에 겪어야 했던 비국민으로서의 차별에서 벗어나기 위해 일본국민이라는 또 다른 모습에 자신을 내맡긴 셈이다. 그런데, 임재수가 하야시가 되고, 완전한 일본국민이 되었다고 하더라도 조선인이었던 그의 과거는 사라지지 않는다. 다만 억압될 뿐이다. 전범재판 과정은 그 억압된 것들이 다시 소환되는 과정이다. 일본국민이라는 외피가 쓸모없어졌을 때, 이전에 스스로 벗어던졌던 조선인이라는 외피를 다시 뒤집어쓴다.

그런데, 조선인이라는 새로운 외피가 덧붙여지면, 일본국민이고자 했던 시간들이 부끄러운 과거가 될 것이다. 일본국민이라는 외피를 갖고자 했을 때 조선인이라는 것이 부끄러운 내부였듯이, 조선인으로 다시 돌아오자 했을 때 일본국민이고자 했던 것 또한 부끄러운 내부인 것이다. 하지만 선우휘는 부끄러움 대신에 민족적 복귀의 정당성을 강조한다. 선우휘에게 있어 정체성이란 이처럼 선택 혹은 이행의 과정이다. 그렇지만 이 과정에서 분열은 필연적일 수밖에 없다. 선택을 통해서 또 다른 외피가 만들어지면 기존의 외피는 내부가 된다. 외피가 바뀌었을지언정 외피와 내부 사이의 분열을 피할 길 없다. 자기 속에 또 다른 내부가 만들어질 뿐이다.[05]

---

05 이와 관련하여 소설의 표제인 '외면'은 다층적인 의미를 지니는 듯하다. 어쩌면 작가는 전쟁 후에 우리가 망각하고 외면한 한국인의 삶을 그리고자 했는지도 모른다. 아시아·태평양전쟁 중에 군속으로 끌려가 끝내 전범으로 처형된 인물들은 우

이와 관련하여 '죽은' 하야시를 대신해서 말하는 서술자의 위치 또한 고려할 필요가 있다. 전범으로 몰려 죽은 하야시는 침묵한다. 그 침묵을 대신해서 말하는 것은 서술자이다. 실제적으로 발화능력을 갖지 못한 죽은 자를 대신해서 말한다는 것은 무엇을 의미하는 것일까? 인간은 과연 타자의 목소리를 재현할 수 있는가? 하야시의 목소리는 우드 중위와 이츠키 소위를 통해서 재현되지 못한다. 그렇지만 서술자는 그것이 자신을 통해서 가능하다고 믿는다. 그것은 민족적인 동질성 위에서만 가능하다. 같은 민족이라는 사실은 서술자가 죽은 하야시를 대신해서 말하는 것을 정당화한다. 서술자와 대상, 말하는 자와 말 못하는 자 사이에 '상상의 공동체'가 형성된다.

이러한 상상의 공동체에서 제2차세계대전 중에 일본국민으로서 행했던 가해 경험은 망각될 수밖에 없다. 피식민자로 주체성을 박탈당했던 조선인은 모두 피해자로 환원된다. 앞서 살핀 것처럼 서술자는 하야시의 반인도적 행위를 모리의 시선, 곧 제국의 감시와 연관 짓는데, 이에 따라 하야시의 반인륜적 행위의 책임은 다시 모리에게 되돌려진다. 하야시는 모리의 감시망 속에서 움직이는 꼭두각시에 불과했기 때문이다. 그렇다고 하더라도 하야시는 반인륜적 범죄 행위로부터 완전히 자유로울 수 없다. 그는 제국의 꼭두각시가 되는 것을 스스로 선택했다는 사실을 기억해야 한다. 따라서 피해자이면서도 또한 가해자이기도 하다는 사실을 직시하는 것이 중요하다. 그것이

리가 식민지 기간 동안 제국주의와 의도적/비의도적으로 협력할 수밖에 없었고 민족적·인륜적 과오를 저지를 수밖에 없었던 역사를 떠올리게 한다는 점에서 언제나 은폐와 망각과 침묵의 대상이었다. 작가 선우휘는 이렇듯 묻혀 있던 과거를 민족정체성의 관점에서 다시 호명하는 것이다. 그런 점에서 '외면'은 조선인으로서의 정체성을 감춘 채 제국의 신민이 되고자 했던 한 인물의 삶을 의미할 수도 있다.

몇몇 전범을 만들어내고 전범의 외부에 있는 국민들을 모두 피해자로 구성해 내는 '전후'의 방식을 넘어설 수 있는 지점일 것이다.

3. 피식민자와 무국적자, 그리고 세계시민으로 거듭나기: 최인훈의 「태풍」

최인훈의 「태풍」은 선우휘의 「외면」보다 3년 정도 앞서 1973년 1월 1일부터 《중앙일보》에 연재되었다가 1978년에 『최인훈전집』으로 출간되었다. 이 작품은 실재와 가상 사이를 넘나든다. 작품의 배경으로 제시된 여러 지명들은 작가가 인공적으로 만든 것이어서 텅 빈 것처럼 보이지만, 아나그램(anagram)의 규칙에 의해 만들어졌다는 것을 알아차리는 순간 실재하는 공간들과 공명한다. "유럽인들이 극동 혹은 동북아시아"라고 부르는 지역에서 "지구 표면의 4분의 1일 차지"하는 아니크, "동쪽 끝에 붙은 반도"인 애로크, 그리고 "이 반도를 활 모양으로 바라보는 몇 개의 섬으로 이루어진"(7면)[06] 나파유는 중국(China), 한국(Korea), 일본(Japan)과 대응한다.

이런 아나그램의 규칙을 적용해 보면 작품 속에 등장하는 아이세노딘[≒Indonesia], 니브리타[≒Britain], 아키레마[≒America]와 같은 국가라든가, 로파그니스[≒Singapore], 고노란[≒Rangoon]과 같은 도시, 그리고 오토메나크[≒Kanemoto], 카르노스[≒Sukarno]와 같은 인물들이 지시하는 대상을 쉽게 알아차릴 수 있다. 뿐만 아니라 「태풍」

---

06 텍스트로는 1998년 문학과지성사에서 간행한 『태풍』을 사용했다. 인용문은 모두 현대적인 표기법에 따라 고쳤으며, 인용 말미에 면수를 밝혔다.

에서 제시한 세계사적 상황 역시 1940년대 제2차세계대전의 전황과 대체로 일치한다. 니브레타-아키레마 연합군과 전쟁을 벌이는 와중에서 나파유가 니브리타군을 몰아내고 로파그니스를 차지한 뒤 아니크계 주민들을 대량학살한다든지, 나파유가 패망한 후에 카르노스가 재식민화의 야욕을 드러낸 니브리타 세력을 축출하고 아이세노딘의 독립을 달성하는 것 또한 그러하다.[07]

이처럼 「태풍」은 실재와 가상의 경계에 놓여 있다. 동남아시아를 배경으로 하면서도 현지취재조차 않은 채 작품을 구상하고 연재를 시작할 수 있었던 것도 이 때문이다.

> 이 작품은 현지 취재를 할 수 있었던 작품이다. 1973년 '베트남' 주둔 한국군 사령부의 문인 초청 방문 길에 나는 '베트남'의 풍물과 사회 분위기를 관찰할 기회가 있었다. 열흘쯤 되는 짧은 기간이었지만 나에게는 충분하였다. **'넌픽션'의 반대극에 있는 소설**을 위해서는 그 기간에 관찰한 것들만을 가지고 작중 상황으로 변모시키는 것은 어렵지 않았다. (강조는 인용자)[08]

최인훈이 베트남을 방문한 것은 1973년 1월이었다. 베트남 휴전이 지연되던 시기에 고은, 이호철, 최인훈 등 다섯 명이 국방부의 도

---

07 태풍과는 달리 실재의 역사에서 인도네시아를 지배한 것은 영국이 아니라 네덜란드였다. 작가가 이렇듯 동남아시아의 역사를 다르게 묘사한 까닭에 대해서는 구재진의 최인훈의 '태풍'에 대한 탈식민주의적 연구(현대소설연구 24, 2004)에 잘 나타나 있다.

08 최인훈, 원시인이 되기 위한 문명한 의식, 꿈의 거울, 우신사, 1990, 247~248면.

움을 받아 베트남을 방문한다. 1월 9일 C-54를 타고 김포공항을 출발하여 필리핀 클라크 공군기지를 거쳐 베트남에 있던 주월 한국군 사령부와 맹호부대, 백마부대 등을 방문했던 경험은 수필 「베트남 일지」에 상세하게 기록되어 있다. 고은에 따르면 최인훈 일행의 베트남 방문을 기획했던 인물은 선우휘였다.[09] 그 덕분에 일행은 한국군 사령관 이세호를 비롯한 고급 장교들의 융숭한 대접을 받았을 뿐만 아니라 사이공(호치민) 시가를 마음껏 활보할 수 있었다. 선우휘가 이러한 역할을 담당한 것은 정훈장교로 복무했던 인연이라든가 조선일보 주필로서의 사회적 영향력 때문이겠지만, 베트남에 한국군을 파견하던 즈음에 「물결은 메콩강까지」(중앙일보, 1966)라는 작품을 발표하여 통해서 베트남 파병 지지 여론을 이끈 것과도 무관하지 않을 것이다.

그런데 「태풍」을 연재하기 시작한 것이 1973년 1월 1일이었으므로, 최인훈은 동남아시아를 체험하지 못한 상태에서 작품을 구상했다는 것을 알 수 있다. 애초부터 배경이나 인물을 현실감 있게 재현하기 위한 현지 취재도 없이 순전히 상상력만으로 작품을 쓰기 시작한다. 그것은 작가의 말마따나 "넌픽션의 반대극에 있는 소설" 곧 독자에게 소설이 리얼리티를 재현한다는 환상을 의도적으로 거부하는 가상소설(imaginary novel) 형식을 선택한 이유일 것이다. 그렇지만, 돌려 생각하면 다음과 같은 의문을 품을 수 있다. 어차피 가상소설로서 작가의 상상력에 의해 자유롭게 배경을 설정할 수 있음에도 불구하고 최인훈은 왜 동남아시아를 배경으로 삼았을까?

이와 관련하여 한 가지 흥미로운 역사적 사실이 있다. 1945년 일

---

09 고은, 자전소설 나의 산하 나의 삶, 경향신문, 1994.07.17.

본이 제2차세계대전에서 패전한 후 네덜란드가 다시 재식민화의 야욕을 드러내자 인도네시아 민중들은 네덜란드와의 독립전쟁을 시작한다. 당시 수카르노가 이끌던 독립운동 세력은 일본군에게 무기를 요구하기도 하고, 자신들을 도와 독립전쟁을 적극적으로 참여해 주기를 요청하기도 한다. 이때 일본 남방군에 입대하여 자바섬 포로수용소의 감시원으로 일하던 조선인 양칠성(梁七星 Komarudin, 1919.05.29~1949.08.10)은 조선으로 돌아가지 않고 상관 아오키와 함께 인도네시아 독립운동에 참여하여 게릴라부대를 이끌다가 네덜란드군에 체포되어 총살당한다.

최인훈이 「태풍」을 창작할 때 양칠성에 대해서 구체적으로 알았을 가능성은 높지 않다. 1975년 11월 인도네시아 가룻 영웅묘지에 독립영웅으로 묻히면서 비로소 야나가와 시치세이(梁川七星)가 아닌 조선인 양칠성으로 밝혀졌기 때문이다. 하지만, 양칠성뿐만 아니라 인도네시아 자바수용소에 근무하던 조선인 포로감시원들이 일본 패망 이전부터 비밀결사 '고려독립청년당'을 조직하여 일제와 싸웠던 사실은 알려져 있었다.[10] 따라서 역사 속에 묻혀 있던 제삼국행 전쟁포로의 이야기를 「광장」으로 창작한 것과 마찬가지로 「태풍」 또한 동남아시아에서의 역사적 사건을 염두에 둔 가상소설이라고 볼 수 있지 않을까?

「태풍」의 주인공은 나파유군이 점령한 로파그니스에서 포로 감시 임무를 맡은 식민지 애로크 출신의 오토메나크이다. 그는 자신의 몸에 애로크인이라는 '부끄러운 피'가 흐른다고 생각한다. 그래서 '부끄러운 피'를 스스로 바꾸기로 결심하고 전쟁 정신으로 요약되는 나파

---

10   김인덕·김도형, 1920년대 이후 일본·동남아지역 민족운동, 독립기념관 한국독립운동사연구소, 2008.

유 정신을 신앙처럼 받아들인다.

> 오토메나크는 거듭났다. 나파유 정신이라는 이름의 신화
> 의 힘으로. 거듭난 사람의 눈으로 보니, 모든 사람이 너무나
> 비국민(非國民)으로 보였다. 오토메나크에게는 나파유인이든
> 애로크인이든 이 점에 대해서는 다를 것이 없었다. 생물학적
> 인종이 아니라, 정신적인 신앙이 문제였다. (13면)

하지만, 나파유 국민으로서 살아가던 오토메나크는 애로크에 나
파유 민족주의를 퍼뜨리는 데 앞장섰던 마야카를 만나면서 정신적인
혼란에 빠진다. 마야카는 나파유의 패전 가능성을 언급하면서 애로
크인이 나파유의 전쟁을 위해서 죽을 이유가 없으니 몸을 보존하라
는 아버지의 메시지를 전한 것이다. 이와 함께 오토메나크는 아이세
노딘의 독립운동을 다룬 니브리타의 비밀문서들을 발견하면서 나파
유인으로서 살고자 했던 자신의 선택에 회의를 품는다. 결국 오토메
나크는 아이세노딘에서 발생한 게릴라전의 배후로 아니크계 아이세
노딘인들을 지목한 나파유군이 민간인을 무차별 학살하는 장면을 직
접 목격하면서 아시아 해방을 내세웠던 나파유의 아시아주의가 기만
적인 술책에 불과했음을 깨닫는다.

이렇듯 나파유 정신을 내면화함으로써 제국의 정신적 적자가 되
고자 했던 오토메나크는 나파유의 아시아주의가 제국적 인터내셔널
리즘의 또 다른 이름이었음을 깨닫는다는 점에서 「외면」과 크게 다를
바 없다. 그런데, 조선인으로서의 정체성을 회복하는 과정으로 끝맺
는 선우휘와는 달리 최인훈은 '아시아주의'라는 담론을 포기하지 않

는다.[11] 작품의 말미에 '로파그니스 30년 후'라는 에필로그를 덧붙이면서 나파유식 아시아주의와는 구별되는 새로운 아시아주의의 비전을 제시한다. 포로 송환을 위하여 항해를 하던 중 태풍을 만나 무인도에 표류한 오토메나크는 일본의 패망이 가까워져 왔음을 알고 자결을 결심했다가 카르노스의 설득으로 아이세노딘 독립운동에 적극 참여하는 방식으로 극적인 변화를 보여주는 것이다.

> 당신은 얼마 전까지 자기를 나파유 사람이라고 믿고 있지 않았습니까? 지금 당신은 자기를 애로크 사람이라고 말합니다. 당신은 아이세노딘 사람도 될 수 있습니다. 아니 니브리타 사람도 될 수 있을 것입니다. 인연이 다한 이름을 버리면 됩니다. 사람은 육체로서는 한번 나는 것이지만, 사람으로서는, 사회적 주체로서는 몇 번이고 거듭날 수 있습니다. (360면)

나파유인으로 죽어야 한다는 「전진훈」의 옥쇄 정신[12] 대신에 카르노스의 충고에 따라 살아남기로 작정했을 때, 오토메나크는 바냐킴으로 개명함으로써 애로크인으로서의 정체성을 더이상 부정하지 않는다. 그리고 애로크의 통일을 위해 많은 도움을 주기도 한다. 그럼에도 불구하고 애로크 정부가 그의 공적을 기려 명예총영사로 위촉하는 것을 거절한다. 애로크인이기를 거부하고 나파유인으로 살고자

---

11 이러한 모습 때문에 송효정은 태풍이 일본의 군국주의적 파시즘의 자장에서 벗어나지 못한 작품으로 비판하기도 한다. (송효정, 최인훈의 '태풍'에 나타난 파시즘의 논리, 비교한국학 14-1, 2006, 98면)

12 최인훈, 평화의 힘, 유토피아의 꿈, 문학과지성사, 1994, 194면.

했던 과거에 대한 부끄러운 기억 때문이다. 그 대신 침략주의를 호도하기 위한 수사에 불과했던 나파유의 아시아주의를 넘어서 아이세노딘 민중의 편에 선 진정한 아시아주의를 실현하기 위해 노력한다.

이처럼 주인공 오토메나크/바냐킴에게 정체성은 국민국가의 경계에 갇히지 않았다. 오토메나크였을 때에 그는 애로크인의 피를 타고 났으면서도 나파유 정신을 신앙처럼 간직한 존재였다. 그리고 바냐킴으로 거듭났을 때에도 그는 정신적으로는 나파유가 내세웠던 아시아주의를 계승한 인물이었다. 그런데, 오토메나크가 애로크인임을 부정하고 나파유의 정신만을 따르고자 했을 때 어디에도 소속되지 '못하는' 정체성의 위기를 겪은 것과 달리, 바냐킴은 자신의 의지로 어느 국민국가에도 소속되지 '않는' 무국적자의 길을 걸음으로써 정체성의 위기에서 벗어난다. 정체성의 위기는 국민국가의 상상력이 만들어내는 현상일 뿐이다. 또한 자신이 한때 신봉했던 나파유식 아시아주의가 다른 민족에 대한 지배 야욕을 은폐한 위장된 침략주의였다는 사실을 깨달았을 때, 그것과 완전히 단절한 채 다른 이념으로 이행하는 방식이 아니라 그것을 온전히 실현할 수 있는 방법으로 아이세노딘의 독립을 위해 헌신했다. 이로써 오토메나크/바냐킴은 완전히 다른 존재이면서도 깊이 연관되어 있는 존재로 화해할 수 있게 된다. 그것은 과거에 대한 무조건적인 용서가 아니다. 한 인간이 자신의 잘못을 깨우쳐 새로운 인간으로 태어났을 때 과거를 용서할 수 있다. 이러한 거듭나기 내지는 부활의 가능성을 믿기 때문에 30년 전에 전쟁범죄를 저질렀던 인물을 법정에 세워 사형에 처한 것을 두고 "불필요하게 잔인하다"(349면)고 언급할 수 있었던 것이다.

최인훈은 「광장」에서 한국전쟁을 거치면서 이데올로기의 횡포에

절망한 지식인 이명준이 남북한 어디에서도 자신이 머물 공간을 마련하지 못하고 제삼국을 향하다가 자살하는 모습을 형상화한 바 있다. 이러한 이명준의 자살은 이념에 의해 분할된 두 개의 국가에 대한 비판이지만, 동시에 민족공동체를 떠난다는 것이 얼마나 두려웠던가를 보여준다. 주인공의 제삼국행은 일민족 이국가 체제에서 어느 쪽도 자신의 조국으로 삼을 수 없었던 피난민 최인훈의 어쩔 수 없는 선택이었지만, 그럼에도 불구하고 민족공동체와 유리된 삶을 상상할 수 없었던 최인훈의 문학적 자살이기도 한 것이다.

이에 비해 「태풍」은 이러한 국민국가라는 경계를 넘어섬으로써 '부활'의 가능성을 만들어낸다. 「회색인」에서 "혁명한 다음에, 우리나라가 동양의 스위스가 된 다음에, 만일 내가 실연(失戀)한다면? 동양의 무릉도원이 내게 무슨 소용인가?"라고 물음을 던지던 근대적 개인주의자 최인훈은 이렇듯 민족과 국민을 넘어선 '세계시민'으로서의 가능성을 묻는 지점까지 나아간다. 일찍이 칸트는 전쟁이 없는 영원한 평화를 구현하기 위해서 '세계공화국'을 꿈꾸면서 세계시민(Weltbürger)의 가능성을 모색한 적이 있다.[13] 칸트의 꿈처럼 세계시민이 된다는 것은 어느 국가에도 거주하지 않는 홈리스(homeless)가 되는 것이며, 더나아가 근대 국민국가의 질서 바깥으로 떨어져 나와 스스로 무국적자, 곧 난민(refugee)이 되는 것이기도 하다. 바나킴이 실천하고자 했던 아시아주의는 미국과 소련에 대립하는 비동맹노선만이 아니라 그 너머를 바라본다.

이로써 최인훈이 「태풍」을 가상소설로 구상했던 이유도 조금은 드

---

13   임마누엘 칸트, 영원한 평화, 백종현 역, 아카넷, 2013.

러나지 않은가 한다. 현실적으로 현대세계를 지배하는 정치적 주체로서의 국민국가를 넘어설 수 있는 가능성은 그리 많지 않다. 모든 개인은 국민국가의 통제 내에 놓여 있으며, 세계는 국민국가 간의 관계 속에서 유지된다. 따라서 현실적으로 국민국가 바깥을 사유할 수 있는 길은 거의 없다. 어떠한 국민국가의 국민이 되는 것을 스스로 거부하는 무국적자 혹은 난민이 되는 것만이 유일한 가능성이겠지만, 이 또한 국민국가의 연합체인 국제연합의 질서 속에 놓여 있음을 부인할 수 없다. 따라서 세계시민의 가능성을 실현시키는 것은 쉽지 않은 일이이지만, 그것을 꿈꾸는 것은 가상으로서의 문학이 지닌 장점이기도 하다. "어느 나라의 이야기도 아니지만 모든 나라의 이야기고, 어느 누구의 이야기도 아니지만 모든 사람의 이야기라는, '픽션'이라는 말을 가장 순수하게 실험조건으로 받아들이고 쓴 소설"[14]이라는 언급은 바로 이것을 염두에 두었을 때 이해될 수 있을 것이다.

4. 공모의 기억과 책임의 윤리

1970년대 중반에 발표된 선우휘의 「외면」과 최인훈의 「태풍」은 제2차세계대전을 배경으로 한다. 소설은 동남아시아에서 포로감시원의 역할을 했던 인물을 주인공으로 삼았지만, 전쟁이 끝난 후 자신의 정체성을 확인하는 과정에서 서로 다른 경로를 걷는다. 그들은 제2차세계대전 기간 동안 피식민자이면서 동시에 식민자로서, 감시의 대상이면서 동시에 감시의 주체로 살았다. 그들은 전쟁이 끝난 후 일본

---

14 최인훈, 원시인이 되기 위한 문명한 의식, 꿈의 거울, 우신사, 1990, 248면.

은 말할 것도 없고 모국으로부터도 환영받지 못한 존재들이었다. 남방군 군속 모집의 허황한 감언이설에 현혹되어 자원한 그들이었지만, 포로 학대로 인해 많은 이들이 전범으로 체포되어 형장의 이슬로 사라져갔다. 그리고 설령 그들이 살아돌아갔다 하더라도 그들의 가해 행위는 부끄러운 기억일 수밖에 없었다.

선우휘는 이러한 과정을 제국주의와 민족주의의 대립을 통해서 형상화한다. 전쟁이 끝난 후 일본은 하야시에게 일본인 자격을 박탈하고 조선인으로 만들어냄으로써 일본제국이 저질렀던 전쟁 범죄를 일본 바깥으로 떠밀어낸다. 이에 맞서 선우휘는 하야시의 전쟁범죄가 조선인-일본국민으로서 저지른 것이며, 그것도 일본인 모리의 감시 아래 이루어진 행위를 강조함으로써 다시 일본 내지 일본국민에게 책임을 되돌려준다. 자신의 의지와는 무관하게 제2차세계대전에 동원되었을 뿐이라는 논리를 통해 윤리적 면죄부를 부여하는 것이다. 하지만 이 말이 전쟁에 동원된 피식민자에게 아무런 죄가 없다는 것은 아니다. 조선인 임재수로 재탄생한다고 하더라도 일본인 하야시로 저질렀던 죄가 사라지는 것도 아니다.

이와 달리 최인훈은 제국의 붕괴를 민족의 복원과 일치시키지 않는다. 제2차세계대전이 끝나고 '대동아'라고 불렸던 일본제국이 사라지긴 하지만, 제국이 씨를 뿌렸던 인터내셔널하거나 혹은 트랜스내셔널한 상황은 쉽게 사라지지 않는다. 최인훈은 그러한 상황을 재전유한다. 조선과 마찬가지로 아시아 역시 일본국민의 내부이면서도 외부였던 것이다. 이렇듯 자신과 동일한 자리에 놓여 있음을 발견했을 때, 오토메나크는 카르노스와 아만다에게 정서적 연대감을 느낄 수 있었고 자기의 땅에서 스스로 추방당한 무국적자 혹은 세계시민의 삶을 살아간다. 뿐만 아니라 전쟁 중에 일본군국주의에 협력했던 부끄러운 과거 역시 망각하지 않는다. 그것은 피해자 의식에서 가해자 의식으로의 전환이며, 책임의 윤리에 충실한 모습이라고 말할 수 있다.

사실 한국 근대문학사에서 여러 전쟁들이 소설적 재현의 대상이었음에도 불구하고 제2차세계대전만큼은 예외적이라고 할 만하다. 그것은 아마도 전쟁을 기억하는 순간 한반도가 일본의 식민지 통치 아래 놓여 있었다는 역사적 상처가 함께 떠오르기 때문이다. 식민지 경험을 가진 다른 국가들과 마찬가지로 민족사의 어두운 과거보다는 밝은 미래를 위해서 전쟁을 의도적으로 은폐하고 억압했다. 그렇지만 전쟁이 오랫동안 잊혀진 것은 부끄러운 식민의 상황을 환기시키기 때문만이 아니라 오히려 반인륜적 전쟁에 동참했던 가해의 기억을 떠올리게 하기 때문인지도 모른다. 피식민자이면서도 전쟁 수행 과정에서 제국주의 전쟁에 공모했던 죄의식을 은폐하거나 망각하고, 이 과정에서 파생된 책임에서도 벗어나려는 시도이기도 했다. 하지만, 인간다움이란 과거의 망각이 아니라 반성과 책임에서 비롯하는 것이리라.

김종욱

서울대학교 및 동 대학원을 졸업했고, 현재 서울대학교 국어국문학과 교수로 재직 중이다. 주요 논저로『한국소설의 시간과 공간』,『한국 현대소설의 서사형식과 미학』,『한국 현대문학과 경계의 상상력』, 평론집『소설 그 기억의 풍경』,『텍스트의 매혹』, 편저『한국신소설선집』,『심훈전집』 등이 있다. 대한제국기 신소설과 염상섭, 이기영 등 한국 리얼리즘 작가들에 대한 탐구를 이어가고 있다.

한국문학의 동아시아적 지평

초판1쇄 인쇄 2022년 12월 5일
초판1쇄 발행 2022년 12월 18일

지은이   김종욱
펴낸이   이대현
편집   이태곤 권분옥 임애정 강윤경
디자인   안혜진 최선주 이경진
마케팅   박태훈 안현진

펴낸곳   도서출판 역락
출판등록   1999년 4월 19일 제303-2002-000014호
주소   서울시 서초구 동광로 46길 6-6 문창빌딩 2층 (우06589)
전화   02-3409-2060
팩스   02-3409-2059
홈페이지   www.youkrackbooks.com
이메일   youkrack@hanmail.net

ISBN 979-11-6742-414-3 93810

정가는 뒤표지에 있습니다.
잘못된 책은 바꿔드립니다.